Von David Morrell
sind als Heyne-Taschenbücher erschienen:

Rambo 2 – Der Auftrag · Band 01/6364
Rambo · Band 01/6448
Totem · Band 01/6582
Testament · Band 01/6682
Blutschwur · Band 01/6760
Der Geheimbund der Rose · Band 01/6850
Massaker · Band 01/7605
Rambo 3 · Band 01/7664
Verrat · Band 01/7760

DAVID MORRELL

VERSCHWÖRUNG

Roman

Deutsche Erstausgabe

WILHELM HEYNE VERLAG
MÜNCHEN

HEYNE ALLGEMEINE REIHE
Nr. 01/7652

Titel der amerikanischen Originalausgabe
THE FRATERNITY OF THE STONE
Deutsche Übersetzung von Heinz Nagel

5. Auflage

Copyright © 1985 by David Morrell
Copyright © der deutschen Übersetzung 1988 by
Wilhelm Heyne Verlag GmbH & Co. KG, München
Printed in Germany 1991
Umschlaggestaltung: Atelier Ingrid Schütz, München
Satz: IBV Satz- und Datentechnik GmbH, Berlin
Druck und Bindung: Presse-Druck Augsburg

ISBN 3-453-02513-X

In Liebe
für meine Mutter Beatrice

In mancher Hinsicht ähnelt die Tätigkeit berufsmäßig im Geheimdienst tätiger Menschen dem Leben der Mönche, mit Disziplin und persönlichen Opfern, die an mittelalterliche Orden erinnern.

> Der Kirchenausschuß des US-Senats
> Bericht über die Arbeit des Geheimdienstes 1976

Inhaltsverzeichnis

Prolog

KRIEGER GOTTES 7
Die Wüstenväter 8
Der Alte vom Berge 9
Heiliger Terror 10

Teil Eins

SÜHNE 19
Das Haus der Toten 20

Teil Zwei

PILGERFAHRT 91
Fremde neue Welt 92

Teil Drei

DER BESCHÜTZER 147
Das Haus der Einkehr 148

Teil Vier

AUFERSTEHUNG 199
Satanshorn 200

Teil Fünf

HEIMSUCHUNG 251
Die Sünden der Vergangenheit 252

Teil Sechs

CHARTREUSE 297
Spiegelbild, Doppelbelichtung 298

Teil Sieben

JANUS 335
Die Sünden der Gegenwart 336

Teil Acht

GERICHT 395
Die Bruderschaft des Steins 396

Epilog

»UND ALS BUSSE...« 479
Die Wanderer 480
Exil 489

PROLOG

Krieger Gottes

Die Wüstenväter

Ägypten 381.
Das Römische Imperium, das zu dieser Zeit in gefährlicher Weise zerrissen war, unternahm einen verzweifelten Versuch, die Einheit wiederherzustellen, indem es das Christentum als einzige offizielle Staatsreligion annahm. Einige wenige christliche Fanatiker, die diese Besudelung ihrer Religion durch die Politik störte, zogen sich aus der Gesellschaft zurück und suchten sich in der Wüste Ägyptens eine neue Heimat, wo sie in Höhlen lebten, um dort eine mystische Verbindung mit ihrem Gott zu finden. Als sich die Kunde um diese spirituellen Eremiten verbreitete, schlossen sich ihnen bald weitere enttäuschte Christen an und begründeten eine strenge religiöse Gemeinschaft, die das Fasten, das Gebet und die physische Kasteiung zu ihren Disziplinen machte. Im Jahre 529 hatten die strengen Traditionen dieser ›heiligen Wahnsinnigen‹, wie manche sie nannten, angefangen, sich in nördlicher Richtung über Europa auszubreiten.

Damit hatte das christliche Mönchstum seinen Anfang genommen.

Der Alte vom Berge

Persien 1090.
Hassan ibn al-Sabbah, Anführer einer fanatischen Moslemsekte, sah den Mord als geheiligte Pflicht an in seinem Kampf, den türkischen Eindringlingen und ihrem Verbündeten, dem ägyptischen Kalifen, die Herrschaft über sein Land zu entringen. Seine Geheimorganisation religiöser Mörder breitete sich bald nach Westen aus, nach Syrien, wo seine Nachfolger sich den Titel ›der Alte vom Berge‹ zulegten. Im Jahre 1096 drangen die europäischen Kreuzfahrer in die Länder des Nahen Ostens ein und begannen dort ihren vom Papst unterstützten Heiligen Krieg gegen die Moslems, um das Heilige Grab zurückzugewinnen. Natürlich zogen diese Eindringlinge die Aufmerksamkeit des ›Alten‹ und seiner Anhänger auf sich, die als *Hashishi* bekannt waren, wegen des Haschisch, das sie angeblich rauchten, um sich in religiöse Ekstase und in einen Zustand der Raserei zu versetzen und sich so auf ein mögliches Märtyrertum vorzubereiten.

Die Kreuzfahrer sprachen das Wort *Hashishi* falsch aus.
Sie trugen einen anderen Namen nach Europa – Assassine.

Heiliger Terror

Palästina 1192.
Obwohl die Sonne bereits langsam unterging, strahlte der Wüstensand noch die Hitze des Tages aus. Von Wächtern umgeben, blähte sich das voluminöse Zelt – aus schwerem Segeltuch gefertigt – in der glühendheißen Brise auf. Erschöpfte, schweißglänzende Pferde wirbelten Staubwolken auf, als Reiter aus den entgegengesetzten Lagern herannahten. Jeder Gruppe ritten Flaggenträger voraus, und ihre Banner zeigten drei übereinander angeordnete goldene Löwen auf rotem Feld – die englische Fahne – und die goldene Lilie auf blauem Feld – das französische Wappen. Wenn sie auch die heilige Sache einte, gab es doch zwischen ihren Ländern tiefe politische Meinungsverschiedenheiten, da die Franzosen englischen Landbesitz auf ihrem Territorium nicht anerkannten. Diese Belastung der Beziehungen war der Grund, daß keine der beiden Kavalkaden bereit war, es hinzunehmen, als erste einzutreffen und damit die Schmach auf sich zu nehmen, auf die andere Gruppe warten zu müssen. Späher auf nahegelegenen Dünen hatten über das Vorankommen der beiden Gruppen berichtet und damit sichergestellt, daß beide Delegationen gleichzeitig bei dem Zelt eintreffen würden.

Jetzt fand die Begegnung statt: Vier Abgesandte in jeder Gruppe mit dem entsprechenden Gefolge. Sie spähten zu einem kahlen Berg in der Ferne hinüber, wo zwischen den rauchenden Ruinen einer von Minaretts geschmückten Burg Heerscharen schwärmten. Die Belagerung war brutal gewesen; sie hatte viele Leben gekostet und beinahe drei Monate gedauert – aber zu guter Letzt waren die Moslems hier in Akka besiegt worden.

Einen Augenblick lang waren die politischen Differenzen zwischen Engländern und Franzosen vergessen. Müde, aber ungebrochen, lobte jeder den Mut des anderen, und sie gratulierten sich zu ihrem Sieg. Zuerst stiegen die Leibwächter vom Pferd, dann die Lakaien, die ihren Herren behilflich waren. War es zuerst Stolz gewesen, der jede Gruppe entschlossen gemacht hatte, nicht auf die anderen zu warten, so erforderte es jetzt die höfische Sitte, daß sie ihren Rivalen das Privileg anboten, das Zelt als erste zu betreten. Das Dilemma wurde praktisch gelöst. Derjenige Herr, der dem Zelt am nächsten stand, erklärte sich bereit, seine Bediensteten zurückzulassen und den Vortritt anzunehmen.

Als sie drinnen waren und die Zeltplane gesichert war, legten die Ritter Waffen, Helme und Kettenpanzer ab. Es herrschte drückende Schwüle. Nach dem grellen Licht der Wüstensonne brauchten ihre Augen eine Weile, um sich an das trübe Licht anzupassen. Die Schatten der draußen wartenden Wachen verdunkelten die Zeltwände.

Die Ritter musterten einander prüfend. Dies war bereits der dritte Kreuzzug ins Heilige Land, und die Lektionen aus den früheren Kreuzzügen hatten sie gelehrt, lange Gewänder zu tragen, um ihre Körperfeuchtigkeit zu bewahren und zu verhindern, daß die mörderische Sonne ihre Haut verbrannte. Ihre Gewänder waren von fahler Farbe und zogen damit weniger Hitze als die grellen Farben an, die sie in der Heimat bevorzugten. Die einzige Konzession, die sie an die Farbe machten, war das große rote Abbild des Kreuzes, das ihre Gewänder auf der Vorderseite schmückte – neben dem kupferfarbenen Flecken getrockneten Heidenbluts.

Die Männer trugen Bärte. Trotzdem wirkten ihre Wangen hager und ausgedörrt. Sie verdeckten ihr verklebtes Haar mit Kapuzen und tranken Wein aus Bechern, die man für sie bereitgestellt hatte. Wenn man den Zweck dieser Zusammenkunft bedachte, wäre Wasser vorzuziehen gewesen. Ein klarer Kopf war nötig. Aber die Logistik des Kreuzzuges, das riesige Territorium, durch das er führte, hatte unsichere Nachschublinien zur Folge, und Wein – den sie sich für eine Feier aufgespart hatten – war die einzige Flüssigkeit, die ihnen zur Verfügung stand. Trotz ihres Durstes tranken sie ihn sparsam. Für den Augenblick.

Der größte, muskulöseste Mann, ein englischer Lord, dem

der Ruf voranging, besonders geschickt mit der Streitaxt umgehen zu können, sprach als erster. Er gebrauchte die allgemein übliche Sprache der Diplomatie, das Französische. Sein Name war Roger von Sussex. »Ich empfehle, daß wir zuerst unsere Geschäfte erledigen, ehe wir...« Er deutete auf das Brot, die Oliven und das getrocknete, würzige Fleisch, das für sie bereitgelegt war.

»Einverstanden«, sagte der Anführer des französischen Kontigents, Jacques de Wisant. »Euer König Richard wird sich uns nicht anschließen?«

»Wir hielten es für klug, ihn nicht über diese Zusammenkunft zu informieren. Und Euer König Philip?«

»Es gibt gewisse Dinge, die man am besten im engsten Kreise bespricht. Sollte es sich als notwendig erweisen, wird er von dem, was wir beschließen, verständigt werden.«

Jeder wußte, was der andere meinte. Obwohl sie Wachen hatten, waren sie selbst auch Wachen, wenn auch Wachen einer höheren Ordnung. Ihre Funktion bestand darin, ihren jeweiligen Königen Schutz zu bieten. Und solcher Schutz erforderte ein Netz von Informanten, die jede noch so vage Andeutung, jedes Gerücht über eventuelle Umsturzpläne berichteten. Aber diese Gerüchte wurden selten an Richard oder Philip weitergegeben. Was ein König nicht wußte, beunruhigte ihn auch nicht und ließ ihn gar nicht erst argwöhnen, daß sein Sicherheitsstab vielleicht nicht das war, was er sein sollte. Eine Entlassung aus dem Dienst konnte leicht dazu führen, daß eine Axt den Kopf vom Halse des in Ungnade Gefallenen trennte.

»Also gut«, sagte ein Engländer, William von Gloucester. »Ich schlage vor, wir beginnen.«

Und plötzlich war die Gruppe nicht wiederzuerkennen. Die Ritter, die sich noch vor wenigen Augenblicken ihrer französischen oder englischen Nationalität und Pflichten bewußt gewesen waren, hatten jetzt ihre nationalen Rivalitäten begraben. Ein gemeinsames Band einte sie, ein exklusiver Kodex; sie waren Kameraden in der Brüderschaft des griechischen Gottes Harpokrates.

Schweigen. Stille. Geheimnis.

Der Engländer, Roger von Sussex, hielt eine Bibel, die die Mönche seines Landes für ihn kopiert hatten, einen ledergebundenen Band mit goldenen Verzierungen. Er schlug sie auf. »Das Buch Daniels«, erklärte er. »Die Stelle, in der Daniel seine Zunge im Zaum hält, und dies trotz der Drohung, von Löwen aufgefressen zu werden. Die Stelle schien mir passend.«

Das Ritual begann. Die acht Ritter bildeten einen Kreis. Ernst und feierlich legte jeder von ihnen die rechte Hand auf die Bibel und schwor Geheimhaltung.

Indem sie es ihren Feinden gleichtaten – was der Schwierigkeit zuzuschreiben war, Möbel zu transportieren – saßen sie auf einem kunstvoll geknüpften Teppich, den ihre Armeen aus der besiegten Moslemburg mitgenommen hatten. Sie lehnten sich in ihre Kissen zurück, ließen den Wein in den Bechern kreisen und lauschten Pierre de l'Étang.

»Als der Mann, der diese Zusammenkunft arrangiert hat«, sagte er, »erinnere ich Euch, daß die Wächter dort draußen Anweisung haben, sich den Zeltwänden fernzuhalten. Wenn Eure Stimmen also nicht zu laut werden, wird man Euch nicht hören.«

»Das haben mir meine Helfer berichtet«, erwiderte ein Engländer, Baldwin von Kent.

Der Franzose nickte beifällig. »Ja, meine Helfer haben mich davon unterrichtet, daß man sie beobachtet hat.«

Baldwin erwiderte das Kompliment des anderen mit einem Kopfnicken. »Aber *meine* Helfer haben mir noch etwas mitgeteilt. Euer König beabsichtigt, seine Armee aus Richards Kreuzzug zu lösen.«

»Wirklich?«

Baldwins Augen verengten sich. »Ja, in der Tat.«

»Uns Franzosen war nicht bewußt, daß dieser Kreuzzug von Richard geführt wird.«

»Das wird er, wenn Philip nach Frankreich zurückkehrt.«

»Nun ja, das will ich einräumen.« Pierre nippte an seinem Wein. »Eure Helfer verfügen über ausgezeichnete Quellen. Haben sie Euch auch gesagt, wann unser König beabsichtigt, seine Armee nach Hause zu führen?«

»Binnen zwei Wochen. Philip beabsichtigt, Richards Abwesenheit vom Hofe zu nutzen. Im Austausch für das Territorium, das unser Land in Frankreich besitzt, hat Euer König versprochen, Richards Bruder in seinem Anspruch zu unterstützen, den englischen Thron zu übernehmen.«
Der Franzose zuckte die Achseln. »Und was beabsichtigt Ihr mit dieser Information anzufangen, immer vorausgesetzt, daß sie der Wahrheit entspricht?«
Baldwin gab keine Antwort.
»Ich respektiere Euren Takt.« Pierre stellte seinen Becher ab. »Es hat den Anschein, daß die Beziehungen zwischen unseren Ländern sich bald verschlechtern werden. Doch bedenkt dies: Ohne Rivalität würden unsere Fähigkeiten brachliegen.«
»Und das Leben wäre uninteressant. Und das bringt uns zu dem Grund, der uns dazu veranlaßt hat, um diese Zusammenkunft zu bitten«, unterbrach Jacques de Wisant.
Die Engländer nahmen Haltung an.
»Angenommen, unsere Informationen treffen zu«, sagte Jacques, »wenn wir uns also wirklich binnen zwei Wochen vom Kreuzzug trennen, so bedauern wir es, daß wir damit auch ein besonders faszinierendes Problem ungelöst lassen. Als Abschiedsgeste der Brüderschaft, die uns eint, würden wir Euch gerne dabei unterstützen, eine Antwort zu finden.«
Baldwin sah ihn prüfend an. »Ihr bezieht Euch damit natürlich...«
»...auf den kürzlich geschehenen Mord an Eurem Landsmann – Conrad von Montferrat.«
»Vergebt mir, daß es mich überrascht, daß der Tod eines Engländers, so erschütternd er auch sein mag, Euch beunruhigt.«
»Fast ebensosehr wie der kurz zuvor erfolgte, in gleicher Weise erschütternde Mord an unserem eigenen Landsmann – Raymond de Chatillon.«
Einer weiteren Erklärung bedurfte es nicht. Vor sechs Jahren war eine Übereinkunft zwischen den Kreuzfahrern und den Anhängern Saladins gebrochen worden, als Raymond de Chatillon die Karawane von Saladins Schwester angegrif-

fen hatte. Dafür gab es keine friedliche Sühne. Und so hatte der große muslimische Gegenkreuzzug, die *Jihad*, begonnen. Ein Jahr später hatte man während der Belagerung Jerusalems Raymonds Kopf auf dem Alter des Schreins des Heiligen Grabes gefunden. Ein gekrümmtes Messer lag daneben.

Seit dieser Tat war es zu Dutzenden identischer Meuchelmorde gekommen, die ihren beabsichtigten Zweck erfüllt hatten und die die Kreuzfahrer gelehrt hatten, die Nacht zu fürchten. Gestern, nach dem Fall der Moslemburg hier in Akka, hatte man Conrad von Montferrats Kopf auf dem Altar gefunden, den man für die Siegesmesse errichtet hatte. Ein gekrümmtes Messer hatte daneben gelegen; eine Waffe, von der die Kreuzfahrer jetzt gelernt hatten, daß sie mit dem Alten vom Berge und seinem Fanatikerkult in Verbindung gebracht werden mußte.

»Meuchelmörder.« Roger machte ein Gesicht, als wollte er seinen Wein ausspucken. »Feiglinge. Diebe, die Leben im Dunkeln auslöschen. Die geziemliche Art für einen Herrn, zu sterben, ist es, bei Tageslicht in der Schlacht, im mutigen Zweikampf mit dem Feind, selbst wenn der Feind ein Heide ist. Aber diese Schleicher haben keinen Sinn für Ehre, für Würde, für den Stolz des Kriegers. Sie sind verabscheuungswürdig.«

»Nichtsdestoweniger existieren sie«, meinte Pierre de l'Étang. »Und was noch wichtiger ist, sie erfüllen ihren Zweck. Ich gestehe, daß mich gelegentlich die Sorge plagt, mein eigener Kopf könnte der nächste auf dem Altar sein.«

Die anderen nickten und gestanden, daß sie ähnliche Ängste hatten. »Und doch gibt es nichts, was wir tun können, es sei denn, noch mehr Leibwächer um uns zu sammeln, während wir schlafen«, sagte William von Gloucester. »Doch selbst dann schleichen sich diese Meuchelmörder an ihnen vorbei. Es ist fast so, als besäßen sie die Fähigkeit, sich unsichtbar zu machen.«

»Unterstellt ihnen keine geheimen Kräfte«, sagte Jacques. »Sie sind Menschen wie wir. Nur besonders gut ausgebildet.«

»In barbarischen Taktiken. Es gibt keine Möglichkeit, sie zu bekämpfen«, sagte William.

»Das frage ich mich.«

Die Gruppe musterte Jacques gebannt.

»Ihr habt einen Vorschlag?« fragte Roger.

»Vielleicht.«

»Und der wäre?«

»Feuer mit Feuer zu bekämpfen.«

»Davon will ich nichts hören«, ereiferte sich William. »Deren widerwärtige Methoden gegen sie einzusetzen? Ebenso feige zu werden wie sie und uns an ihre Anführer im Schlafe anzuschleichen? Das wäre gewissenlos.«

»Aber doch nur, weil es noch nie geschehen ist.«

William sprang auf. »*Weil es gegen den Kriegerkodex geht.*«

»Aber diese Schleicher sind Heiden. Unzivilisiert«, sagte Jacques. »Wenn sie zu primitiv sind, um Ehre und Würde zu verstehen, dann verpflichtet uns nichts, ihnen Respekt zu erweisen, indem wir an dem Kodex festhalten.«

Was er sagte, hatte Gewicht. Schweigen breitete sich im Zelt aus, während die Gruppe über das nachdachte, was er gesagt hatte.

William nickte. »Ich muß gestehen, daß ich den Wunsch habe, Conrad zu rächen.«

»Und Raymond«, erinnerte ihn ein Franzose.

»Einen tollwütigen Hund würde ich mit dem Speer durchbohren, gleichgültig, ob er mir den Kopf oder den Rücken zuwendet«, sagte ein anderer Franzose und ballte die Faust.

»Aber der Plan läßt sich doch nicht durchführen«, warf Baldwin ein. »Die Moslems würden jeden von uns erkennen, der es versuchte, sich bei ihnen einzuschleichen. Selbst die Nacht würde unsere helle Haut nicht verbergen.«

»Und bedenkt auch dies«, fügte Roger hinzu. »Auch wenn wir unsere Haut mit irgendwelchen Substanzen färbten, verstehen wir doch ihre Sprache nicht und auch nicht die Art, wie sie leben. Wenn einer von ihnen uns anspräche, während wir uns in Verkleidung zwischen ihnen bewegten, oder wenn wir auch nur eine falsche Bewegung machten...«

»Ich wollte auch nicht vorschlagen, daß wir versuchen, uns bei ihnen einzuschleichen«, sagte Jacques.

»Sondern?«

»Nicht wir selbst. Wir werden einen der ihren schicken.«

»Unmöglich. Sie hassen uns. Wo würden wir jemanden finden, der...?«

»Einen, der den Fehler seiner heidnischen Wege erkannt hat, der zu dem einen, wahren Gott übergetreten ist. Ein Moslem, der zum Christen geworden ist.«

Die Engländer waren schockiert.

»Wollt Ihr andeuten, daß Ihr einen solchen Mann kennt?« fragte Roger.

Jacques nickte. »Im Benediktiner-Kloster in Monte Cassino in Italien.«

Der Name war wohlbekannt. Monte Cassino war 529 gegründet worden, eines der ersten christlichen Klöster, als der wilde Eifer der Wüstenväter sich von Ägypten nach Norden durch Europa ausgebreitet hatte.

»Ich habe die Gastfreundschaft seines Ordens für eine Nacht in Anspruch genommen, als ich hierher ins Heilige Land reiste«, sagte Jacques. »Man hat mir erlaubt, eine Stunde mit ihm zu verbringen, und er bekam Sprecherlaubnis. Sein christlicher Eifer ist bemerkenswert. Er würde alles für den Herrn tun.«

»Ein Mönch?«

»In der Tat.«

»Das ist Blasphemie«, sagte William. »Einen Mönch auffordern zu töten?«

»Für eine heilige Sache. Die Befreiung des Heiligen Landes Christi. Bedenkt, daß der Papst selbst uns von allen Sünden Absolution erteilt hat, die wir möglicherweise auf diesem göttlich inspirierten Kreuzzug begehen könnten. Ich habe unter den Priestern, die mit uns hierhergekommen sind, Erkundigungen angestellt. Sie sind zuversichtlich, daß der Mönch, den ich im Sinn habe, einen päpstlichen Dispens erhalten würde. In der Tat würde er, indem er ein Krieger Gottes wird, seine Seele retten. Wenn es wahr ist, daß meine Landsleute und ich binnen vierzehn Tagen nach Frankreich zurückkehren, so könnte ich es einrichten, wieder in Monte Cassino Station zu machen. Ich bin sicher, daß er einverstanden wäre. Rom – und päpstliche Ermutigung – wären nicht weit.«

Die Ritter sahen in ihre Weinbecher.

Baldwin hob die Augen. »Aber er ist nicht ausgebildet.«

»Er ist mit Geschichten vertraut, die er über die Meuchelmörder gehört hat«, sagte Jacques. »Und mit Gerüchten über ihre Technik. Und vergeßt nicht, daß ich selbst ein paar technische Vorschläge habe.«

»Wie lange würde es dauern, ihn vorzubereiten?«

»Für das, was ich im Sinn habe? Drei Monate.«

»Ich habe ein Leben lang gebraucht, um mein Handwerk zu lernen«, sagte William. »Wir müssen die Wahrscheinlichkeit in Betracht ziehen, daß er getötet wird.«

»Beim Versuch, selbst zu töten«, sagte Jacques. »Aber begreift ihr denn nicht? Der Versuch ist das, was zählt. Sobald die Heiden begreifen, daß wir – und selbst einer, der früher einer der ihren war – bereit sind, für den einen, wahren Gott zu sterben...«

»Werden sie ebenso unruhig schlafen wie wir.«

Baldwin kniff die Augen zusammen. »Terror mit Terror bekämpfen?«

»Mit einem Unterschied«, sagte Jacques. »Denn der Kampf, den wir führen, ist heilig.«

TEIL EINS

Sühne

Das Haus der Toten

1

Es war nördlich von San Quentin im Staate Vermont. Zum Teil verdeckten es die Föhren, aber man konnte es von der zweispurigen Asphaltstraße aus sehen, die in vielleicht einer Viertelmeile Entfernung an dem Haus vorbeiführte. Es lag zur Rechten auf einer kleinen Hügelgruppe. Dahinter ragte ein etwas höherer Hügel auf, der dicht mit Ahornbäumen bestanden war, die jetzt ihre ganze herbstliche Farbenpracht entfalteten – lebhafte Orangetöne und Gelb und Rot. Ein hoher Drahtzaun verlief parallel zur Straße und bog dann im rechten Winkel ab und verschwand wieder im Wald. Die Größe des Anwesens abzuschätzen, war ziemlich schwierig, da man nicht sehen konnte, wie weit die Zäune nach hinten führten. Aber die Annahme, daß es sich um wenigstens hundert Morgen handelte, war sicherlich nicht falsch. Das nächstgelegene Gebäude – abgesehen von dem auf dem Hügel – war eine mit Brettern vernagelte Tankstelle ein gutes Stück weiter hinten, so daß man es nicht sehen konnte; es lag auf der anderen Seite einer Haarnadelkurve, die zu diesem geraden Stück Straße führte. Und bis zu der Ahornsirupfabrik war es noch mindestens eine Meile.

Abgelegen. Fern. Friedlich.

Wenn man zu dem Hügel hinübersah, hätte man vielleicht auf den Gedanken kommen können, daß der teilweise verdeckte Bau mit seinem gepflegten Holz der Zufluchtsort eines Millionärs war, ein Waldrefugium, wo man sich von dem tagtäglichen Druck der Geschäfte erholen und durch weiß Gott was für Dinge ablenken lassen konnte.

Oder vielleicht handelte es sich bei dem Haus auch um eine Skihütte, die jetzt geschlossen war, bis Schnee fiel. Oder...

Aber man würde es natürlich nie erfahren, wenn man nur

vorbeifuhr. Am Tor gab es weder einen Briefkasten noch eine Tafel, und das Tor selbst war mit einer dicken Kette verschlossen – und einem noch viel dickeren Schloß. Die Zufahrt auf der anderen Seite war von Unkraut überwuchert und durch Büsche und tief herunterhängendes Laubwerk verengt. Man könnte natürlich in der Ahornsirupfabrik fragen, wenn die Neugierde so lange vorhielt, aber das Ergebnis würde einen nur noch mehr enttäuschen. Die Arbeiter dort waren als echte Neuengländer zwar bereit, mit Fremden über das Wetter zu reden, aber nicht über ihre Angelegenheiten oder die ihrer Nachbarn. Nicht daß es etwas ausgemacht hätte. Sie wußten es nämlich auch nicht, wenn es auch Gerüchte gab.

2

Aus der Luft sah man, daß das Gebäude auf dem Hügel größer war, als man von der Straße her ahnen konnte. Tatsächlich war von oben sogar zu erkennen, daß das Gebäude nicht allein stand. Kleinere Gebäude – die sonst von den Fichten verdeckt wurden – bildeten drei Seiten eines Quadrats, dessen vierte das Blockhaus selbst war. Das Quadrat schloß eine Rasenfläche ein. Zwei mit weißen Steinplatten belegte Wege teilten den Rasen in vier gleich große Quadrate; sie waren mit Blumenbeeten, Bäumen und Büschen gesäumt. Das Ganze erweckte den Eindruck von Gleichgewicht und Ordnung, von Symmetrie und Proportion. Beruhigend. Selbst die kleineren Gebäude, die aneinandergefügt waren wie Reihenhäuser in einem Vorort, hatten kleine Spitzdächer und imitierten damit das größere Dach des Blockhauses.

Trotz der Weitläufigkeit des Anwesens waren dort unten aber nur erstaunlich wenig Leute zu sehen. Da war die winzige Gestalt eines Gärtners, der sich um den Rasen kümmerte. Zwei aus der Höhe zwerghaft wirkende Arbeiter ernteten Äpfel in einem Obstgarten außerhalb einer der Gebäudereihen. Ein Rauchfaden stieg von einem Feuer in einem ausgedehnten Gemüsegarten auf, der sich zu beiden Seiten der gegenüberliegenden Gebäudereihe ausdehnte. Man hätte angesichts so intensiver Bodenbearbeitung annehmen können, daß das Anwesen viele Bewohner beherbergte, und doch schien es, abgesehen von jenen wenigen Lebenszeichen, verlassen. Wenn es Gäste gab, so war eigentlich unvorstellbar, daß sie die Anmut dieses frischen Herbsttages nicht genossen. Wenn sie also im Haus blieben, mußte es dafür sicherlich einen wichtigen Grund geben.

Aber die Abgeschiedenheit der Bewohner war Teil des Geheimnisses, das dieses Anwesen umgab. Seit 1951, als von irgendwoher Bauarbeitertrupps aufgetaucht waren – nicht aus der nahegelegenen Ortschaft, wenn auch die Geldgeber des Projekts wenigstens den Anstand besessen hatten, dort in anständigem Umfang einzukaufen –, hatten sich die Bürger von Quentin gefragt, was auf jenem Hügel geschah. Und als die Arbeiter dann das Tor errichtet hatten und wieder abgezogen waren, fiel ein paar besonders fantasiebegabten Ortsbewohnern eine faszinierende Parallele auf. Sie erinnerten sich an Geschichten, die sie in letzter Zeit über die Entwicklung der Atombombe in New Mexico bei Kriegsende gelesen hatten. Die Regierung hatte eine kleine Stadt in die Wüste gebaut, hieß es. Die Geschäftswelt der Umgebung hatte sich davon eine Umsatzbelebung versprochen. Aber sie hatten vergebens gewartet. Denn das Seltsame war, daß die Leute zwar in die Wüstenstadt gingen, aber – ganz genauso wie es auch bei dem Anwesen auf dem Hügel der Fall war – sie kamen nicht heraus.

3

Jede der Einheiten, von denen es zwanzig gleiche in dem Gebäudekomplex gab, hatte zwei Etagen. Im Erdgeschoß war eine Werkstätte mit all den Geräten, die ihr Bewohner sich ausgewählt hatte, um damit seine Mußestunden zu verbringen. Im anderen Teil des Komplexes malten manche vielleicht oder beschäftigten sich mit Bildhauerei oder webten, arbeiteten möglicherweise mit Holz und Tischlerwerkzeugen. Oder, da jede Einheit neben der Werkstatt einen kleinen Garten hatte, den eine Mauer umschloß, konnten manche auch Gartenbau betreiben, vielleicht Rosen züchten.

In einem speziellen Fall hatte sich der Bewohner für Gymnastik und das Schreiben von Aufsätzen entschieden. Er wußte, daß er sich nicht konzentrieren konnte, wenn sein Körper nicht in guter Verfassung war. Tatsächlich war er in seinem früheren Leben Anhänger der Zen-Lehre gewesen, und wußte, daß Leibesübungen für sich etwas Spirituelles waren. So hob er jeden Tag eine Stunde lang Gewichte, sprang Seil, trieb Gymnastik und übte die *Katas* oder Tanzschritte der orientalischen Kriegskünste. Er tat all dies in Demut und empfand bei der Vervollkommnung seines Körpers keine Befriedigung, weil ihm bewußt war, daß sein Körper nur ein Instrument seiner Seele war. Tatsächlich zeitigten auch seine täglichen Übungen nur wenig sichtbare Auswirkungen. Sein Oberkörper war schlank und asketisch und besaß nur wenig von dem Protein, das seine Muskeln benötigten, um das Gewebe zu ersetzen, das seine Leibesübungen aufzehrten. Er aß kein Fleisch. Am Freitag nahm er nur Brot und Wasser zu sich. An manchen Tagen aß er nichts. Aber seine Disziplin verlieh ihm Stärke.

Seine Aufsätze erfüllten einen anderen Zweck. In den ersten Monaten seines Aufenthaltes hier war er versucht gewesen, über die Motive zu schreiben, die ihn zum Kommen veranlaßt hatten, um sich zu läutern, um seine Ängste zu bewältigen. Aber sein Bedürfnis zu vergessen war größer. Weil es ihn drängte, sich auszudrücken, hatte er zuerst Haikus geschrieben, was eine verständliche Entscheidung war, wenn man seine Sympathien für den Zen-Buddhismus bedachte. Er wählte Themen, die keinen Bezug zu dem hatten, was ihn quälte – das Lied eines Vogels, den Hauch des Windes. Aber die Eigenart des Haiku, seine komplizierte Spannung, die auf Reinheit und Kürze basierte, führte ihn dazu, sich noch mehr um Kürze und Verfeinerung zu bemühen, bis ihm überhaupt keine Aussage als der perfekte Haiku erschien und er an seinem Stift vorbei auf das Vakuum einer kahlen, leeren Seite blickte. Dann drängte es ihn zur Form des Sonetts, im Wechsel zwischen dem Stil Shakespeares und Petrarcas, immer mit einer anderen Anordnung der Reime, doch jeweils mit der perfekten Organisation von vierzehn Zeilen. Das Problem eines noch so komplizierten Rätsels reichte aus, ihn beschäftigt zu halten. Da ihn mehr interessierte, wie er schrieb, als was er schrieb, befaßte er sich mit Dingen von winziger Bedeutung und konnte die schwer auf der Welt lastenden großen Dinge vergessen. Er schrieb so gut er konnte, nicht aus Stolz, sondern aus Respekt für das Rätsel. Trotzdem wußte er, daß die Wortgewandtheit etwas war, das ihm versagt blieb. Vielleicht hatte sich in einer anderen Einheit des Baukomplexes ein Bewohner – so wie er – mit Dichtung befaßt. Vielleicht hatte jener andere Sonette von so perfekter Schönheit hervorgebracht, daß sie mit jenen Shakespeares und Petrarcas wetteifern konnten.

Es hätte nichts ausgemacht. Nichts, was irgendeiner der Bewohner hervorbrachte – Gemälde, Statuen, Teppiche oder Möbel – hatte den geringsten Wert. Alles war belanglos. Wenn die Männer, die sie geformt hatten, starben, legte man sie auf ein Brett und begrub sie in einem unmarkierten Grab. Und die Gegenstände, die sie zurückließen, ihre Kleider, ihre wenigen Habseligkeiten, ihre Sonette, ja selbst ein Sprungseil – sie alle wurden zerstört. Es würde sein, als hätten sie nie existiert.

4

Der Psychiater war, wie erwartet, ein Priester. Er war mit dem traditionellen schwarzen Anzug und weißem Kragen bekleidet, und sein Gesicht wirkte etwas verrunzelt und grau wie eine Gewehrkugel, als er sich eine Zigarette anzündete und Drew über seine Schreibtischplatte hinweg musterte.

»Sie sind sich darüber im klaren, wie schwerwiegend das ist, was Sie verlangen.«

»Ich habe sorgfältig darüber nachgedacht.«
»Und Ihre Entscheidung getroffen – wann war das?«
»Vor drei Monaten.«
»Und Sie haben gewartet...?«
»Bis jetzt. Um die Auswirkungen zu analysieren. Ich wollte natürlich ganz sicher sein.«
Der Priester inhalierte den Rauch seiner Zigarette, studierte Drew nachdenklich. Sein Name war Father Hafer. Er war Ende vierzig und sein kurzes Haar von derselben gewehrkugelgrauen Farbe wie sein Gesicht. Während er Rauch ausatmete, machte er mit der Zigarette eine wegwerfende Handbewegung. »Natürlich. Die andere Frage ist nur, wie können *wir* sicher sein? Ihre Hingabe? Ihrer festen Entschlossenheit?«
»Das können Sie nicht.«
»Nun, da hätten wir es.«
»Aber ich kann es, und darauf, und nur darauf kommt es an. Dies ist es, was ich brauche. Ich habe mich losgeagt, mich gelöst.«
»Wovon?«
»Von dem.« Drew deutete mit einer Kopfbewegung auf die lärmende Bostoner Straße vor dem Erdgeschoßfenster des Pfarrhauses.
»Von allem? Der Welt?«
Drew gab keine Antwort.
»Das ist das Wesen des Eremitenlebens. Ein Rückzug auf sich selbst«, sagte Father Hafer und zuckte die Achseln. »Trotzdem, eine negative Einstellung allein reicht nicht. Ihr Motiv muß zugleich auch positiv sein. Ein Suchen, nicht nur Flucht.«
»Oh, ich suche ja.«
»Wirklich?« Der Priester hob die Brauen. »Was suchen Sie?«
»Erlösung.«
Father Hafer musterte ihn und atmete wieder den Rauch aus. »Eine bewundernswerte Antwort.« Er ließ die Asche seiner Zigarette in einen Metallaschenbecher fallen. »Eine, die einem schnell auf die Lippen kommt, sehr bereitwillig. Sind Sie schon lange religiös?«

»Die letzten drei Monate.«
»Und vorher?«
Wieder gab Drew keine Antwort.
»Sie *sind* doch römisch-katholisch?«
»So bin ich getauft. Meine Eltern waren recht religiös.« Plötzlich spürte er, wie sich bei dem Gedanken daran, wie sie gestorben waren, seine Kehle zusammenzog. »Wir sind oft in die Kirche gegangen. Zur Messe. Die Kreuzwegstationen. Ich habe die Sakramente bis zur Firmung empfangen. Sie wissen doch, was man von der Firmung sagt: Sie hat mich zu einem Soldaten Christi gemacht.« Drew lächelte, ein bitteres Lächeln. »Oh, damals habe ich geglaubt.«
»Und nachher?«
»›Aufgehört‹ sagt man da wohl.«
»Haben Sie Ihre österlichen Pflichten erfüllt?«
»Seit dreizehn Jahren nicht mehr.«
»Sie sind sich darüber im klaren, was das bedeutet?«
»Indem ich vor Ostern nicht zur Beichte und Kommunion ging, habe ich mich praktisch von meinem Glauben gelöst. Ich bin inoffiziell exkommuniziert worden.«
»Und Sie haben Ihre Seele in Gefahr gebracht.«
»Das ist ja der Grund, weshalb ich zu Ihnen gekommen bin. Um mich zu retten.«
»Sie meinen, Ihre Seele«, sagte Father Hafer.
»Das ist richtig. Das habe ich gemeint.«
Sie musterten einander abschätzend. Der Priester beugte sich vor, stützte die Ellbogen auf den Schreibtisch, und das Interesse ließ seine Augen etwas heller leuchten. »Natürlich... Wir wollen sehen, was Sie auf diesen Formularen angegeben haben. Sie sagen, Ihr Name sei Andrew MacLane.«
»Die meisten nennen mich Drew.«
»Aber wenn wir uns dazu entscheiden, Ihren Antrag anzunehmen, wird man Ihnen diesen Namen wegnehmen. Ebenso wie alles andere, was Sie besitzen – einen Wagen zum Beispiel oder ein Haus – Sie werden Ihre Identität aufgeben müssen. Praktisch betrachtet werden Sie niemand sein. Dessen sind Sie sich bewußt?«
Drew zog die Achseln hoch. »Was ist schon ein Name?«

Wieder das bittere Lächeln. »Eine Rose unter jedem anderen Namen...«

»Oder keinem«, sagte der Priester, »und würde ebenso süß duften. Aber für die Nase Gottes...«

»Nun, wie Rosen riechen wir ganz sicher nicht. Ich jedenfalls nicht. Deshalb habe ich ja den Antrag gestellt. Um mich zu säubern.«

»Sie sind einunddreißig?«

»Richtig.« Drew hatte nicht gelogen. Alle Angaben, die er auf dem Formular gemacht hatte, waren nachprüfbar, und er wußte, daß der Priester das tun würde. Worauf es ankam, war das, was er *nicht* auf dem Formular angegeben hatte.

»Auf dem Höhepunkt des Lebens«, sagte Father Hafer. »Tatsächlich sogar ein paar Jahre davor, wenn wir dreiunddreißig als das ideale Alter ansehen, um auf eigenen Füßen zu stehen. Sie verzichten auf die Möglichkeiten, die die Straße vor Ihnen bietet. Werfen sozusagen Ihr Potential weg.«

»Nein, so sehe ich das nicht.«

»Wie denn...?«

»Ich habe mein Potential bereits entdeckt.«

»Und?«

»Es hat mir nicht gefallen.«

»Ich nehme an, das wollen Sie mir nicht näher erläutern.«

Drew blickte zu Boden.

»Irgendwann einmal werden Sie das tun müssen.« Father Hafer schien irgend etwas zu plagen. »Aber lassen wir das. Im Augenblick gibt es andere Dinge, die wir besprechen müssen. Unsere Bewerber haben gewöhnlich ihre Reife schon hinter sich, um es etwas feinfühlig zu formulieren, wenn sie sich um die Aufnahme bei uns bemühen.« Er zuckte die Achseln. »Natürlich bewerben sich sehr wenige, und noch weniger...«

»Werden angenommen. Weniger als fünfhundert auf der ganzen Welt. Und hier in den Vereinigten Staaten nur zwanzig, glaube ich.«

»Gut. Ich sehe, Sie haben Ihre Hausaufgaben gemacht. Tatsache ist – wenn ich es ein wenig deutlicher ausdrücken darf – die meisten dieser Männer sind alt.« Father Hafer drückte seine Zigarette aus. »Sie sind ihren Ambitionen nachgegangen. Sie haben ihre weltlichen Ziele erreicht, und manchmal auch nicht. Jetzt sind sie bereit, ihre dahinschwindenden Jahre in Zurückgezogenheit zu verbringen. Man kann ihre Entscheidung, wenn sie auch recht extremer Natur ist, als natürlich ansehen. Aber Sie – so jung, so robust. Frauen finden Sie ohne Zweifel attraktiv. Haben Sie darüber nachgedacht, was es bedeutet, die Beziehung zu Frauen aufzugeben?«

Er erinnerte sich an Arlene und empfand ein Stechen, wie von einem Messer. »*Sie* haben das auch aufgegeben.«

»Ich habe die sexuellen Beziehungen aufgegeben.« Father Hafer richtete sich auf. »Nicht die Beziehung zu Frauen. Ich begegne viele Male am Tag Frauen. Einer Bedienung in einem Restaurant. Einer Angestellten in der medizinischen Bibliothek. Einer Sekretärin irgendeines meiner Laienkollegen. Alles völlig unschuldig. Der Anblick von Frauen führt mich nicht in Versuchung, sondern läßt mir mein Keuschheitsgelübde weniger schwerwiegend erscheinen. Aber wenn wir Ihrem Antrag zustimmen, werden Sie nie wieder eine Frau sehen, nur sehr wenige Männer, und selbst die nur selten. Ich will es ganz deutlich aussprechen: Sie verlangen danach, den Rest Ihres Lebens ein Eremit zu sein.«

5

Das Obergeschoß der Einheit, das man über eine primitive Treppe aus Fichtenholz erreichte, war in drei Abschnitte aufgeteilt: Zuerst die Betstube, auch ›Ave-Maria-Raum‹ genannt – sie enthielt einen einfachen hölzernen Betschemel, dessen Kniebrett ungepolstert war und der gegenüber einem nüchtern wirkenden Altar mit einem Kruzifix an der Wand aufgestellt war. Dahinter befand sich das Studierzimmer – religiöse Texte, ein Tisch, ein Stuhl – und dann der Schlafraum: ein Holzofen, aber kein Bett, nur eine zolldicke Matte aus gewebtem Flachs.

Die Matte war sechs Fuß lang und drei Fuß breit. Man hätte sie leicht zusammenrollen und im Erdgeschoß in eine Ecke des Arbeitsraums stellen können, um sie nur dann auszurollen, wenn sie zum Ausruhen gebraucht wurde. Aber der Sinn des Ganzen war, die verschiedenen Aktivitäten gegeneinander abzugrenzen. Um vom Arbeitsraum in die Schlafkammer zu gehen oder von der Schlafkammer nach unten in den Arbeitsraum, mußte der Bewohner die Betkammer passieren, und die Regel schrieb vor, daß er jedesmal dort anhielt und betete.

6

»Wenn das, was Sie suchen, einfach ein Leben der Hingabe ist«, sagte Father Hafer, »sollten Sie vielleicht einen weniger strengen Orden in Betracht ziehen. Die Missionarischen Väter vielleicht?«

Drew schüttelte den Kopf.

»Oder vielleicht die Kongregation der Resurrektionisten. Die leisten gute Arbeit – in der Lehre beispielsweise.«

»Nein«, erklärte Drew.

»Was halten Sie dann von folgendem Vorschlag? Sie erwähnten vor einer Weile, daß das Sakrament der Firmung Sie zu einem Soldaten Christi gemacht hätte. Ihnen ist sicher bekannt, daß die Jesuiten dieses Konzept verstärkt haben. Sie sind viel rigoroser als die Resurrektionisten. Ihre Ausbildung dauert fünfzehn Jahre. Hinreichend Grund für ihren Spitznamen – die Kommandoeinheiten der Kirche.«

»Das ist es nicht, was ich im Sinn hatte.«

»Weil Sie sich mit der Welt auseinandersetzen?« Father Hafer ließ ihm keine Zeit, darauf zu antworten. »Aber Sie wären während eines großen Teils der Ausbildungsperiode in einem Kloster untergebracht. Erst gegen Ende schubst man Sie aus dem Nest, und bis dahin sind Sie vielleicht für den

Anstoß dankbar. Aber Sie würden auch vorher schon in verschiedenen Stadien Gelegenheit haben, Ihre Prioritäten noch einmal zu überdenken, die Richtung zu verändern, wenn Sie das wollten.«

»Ich glaube nicht.«

Father Hafer schien immer noch nicht überzeugt. »Dann gäbe es noch eine Möglichkeit: die Zisterzienser, der zweitanspruchsvollste Orden der Kirche. Sie leben in einem Mönchskloster, abgeschnitten von der Welt. Ihre Tage sind angefüllt mit erschöpfender Arbeit, Landarbeit beispielsweise, um einen nützlichen Beitrag für den Orden zu leisten. Sie sprechen niemals. Aber Sie arbeiten – und beten – wenigstens in einer Gruppe. Und wenn Sie dieses Leben als zu schwer empfinden, können Sie den Orden verlassen und sich zu einem späteren Zeitpunkt noch einmal bewerben, wenn auch nicht nach Ihrem sechsunddreißigsten Lebensjahr. Der Vorteil ist der, daß es ein System von Gewichten und Gegengewichten gibt, das Ihnen die Möglichkeit läßt, Ihre Meinung zu ändern.«

Drew wartete.

»Du lieber Himmel, Mann, warum müssen Sie so hartnäckig sein?« Father Hafer zündete sich die nächste Zigarette an, schnippte sein Gasfeuerzeug. »Ich versuche doch nur, Ihnen etwas klarzumachen. In der Fülle Ihrer Jugend drängen Sie sich danach, in den strengsten Orden der Kirche aufgenommen zu werden, in den Orden der Kartäuser. Es gibt nichts Extremeres. Dieser Orden verleugnet vollkommen das menschliche Individuum als soziales Lebewesen. Der Weg des Eremiten. Ihr restliches Leben würden Sie allein in einer Zelle leben. Mit Ausnahme einer Stunde Freizeit würden Sie nichts anderes tun als beten. Das ist die komplette Absonderung. Einsamkeit.«

7

Er trug ein grobes, härenes Hemd, das dazu bestimmt war, seine Haut zu reizen. Manchmal bereitete ihm dieses Kratzen so etwas wie Vergnügen, da diese Empfindung zumindest eine Wahrnehmung war, etwas Intensives. Aber wenn er der Versuchung einer solchen Erregung erlag, dann kämpfte er darum, sich abzulenken, betete noch mehr und geißelte sich manchmal mit seinem Sprungseil und unterdrückte das Stöhnen.

»Du bist nicht hier, um dich zu vergnügen. Du bist gekommen, um Buße zu tun. Um alleingelassen zu werden.«

Über dem härenen Hemd trug er ein weißes Gewand und darüber einen weißen, schürzenähnlichen Überwurf, außerdem eine weiße Kappe. Bei den wenigen Anlässen, zu denen er gezwungen war, Gemeinschaftsrituale zu ertragen, wie zum Beispiel den Chorgesang, perverse Anfechtungen, die dazu bestimmt waren, seine Seelenstärke auf die Probe zu stellen, trug er eine weit herunterhängende weiße Kapuze, die sein Gesicht verbarg und ihm die Möglichkeit gab, sich unsichtbar zu fühlen.

8

»Wir brauchen nicht so verbissen miteinander zu sprechen«, sagte Father Hafer und zwang sich zu einem Lächeln. »Warum entspannen wir uns nicht eine Weile? Debatten mögen zwar gut für den Verstand sein, aber ganz bestimmt nicht für die Konstitution. Darf ich Ihnen eine Erfrischung anbieten?« Er drückte seine Zigarette im Aschenbecher aus und ging auf ein Wandschränkchen zu, öffnete es und entnahm ihm eine Karaffe mit smaragdfarben leuchtender Flüssigkeit. »Ein Glas Chartreuse vielleicht?«

»Nein, danke.«

»Sie mögen den Geschmack nicht?«

»Ich habe nie...«

»Jetzt haben Sie dazu Gelegenheit.«

»Nein, ich trinke nicht.«

Father Hafer kniff die Augen zusammen. »Tatsächlich? Eine Schwäche, vor der Sie sich hüten?«

»Ich habe nie getrunken. Bei meiner Tätigkeit konnte ich mir eine Beeinträchtigung meines Urteilsvermögens nicht leisten.«

»Und was war das? Ihre Tätigkeit?«

Drew gab keine Antwort.

Father Hafer musterte ihn und ließ die smaragdfarbene Flüssigkeit im Glas kreisen. »Ein weiteres Thema, über das wir uns später unterhalten müssen. Ich frage mich, ob Ihnen eigentlich klar ist, wie diese Flüssigkeit zu unserem Gespräch paßt.«

»Chartreuse.« Drew spreizte die Hände. »Der Likör gilt als einer der feinsten. Sein ausgepräger Geschmack – etwas, was ich nicht kenne, von dem ich nur gehört habe – ist der Engelwurz zuzuschreiben. Und natürlich hundertfünfzehn verschiedenen weiteren Kräutern. Dieser Likör ist die Haupteinnahmequelle der Kartäuser. Er wird in La Grande Chartreuse in den Französischen Alpen hergestellt. Der Name des Likörs ist von dem Ort abgeleitet, wo er hergestellt wird: Chartreuse. Die grüne Art, die Sie hier in der Hand halten, hat einen Alkoholgehalt von fünfundfünfzig Prozent, während der gelbe Typ dreiundvierzig Prozent Alkohol hat. Das Rezept ist Anfang des sechzehnten Jahrhunderts entwickelt worden, von einem Laien, glaube ich, der die Formel den Kartäusern geschenkt hat. Hundert Jahre später hat ein chemisches Genie im Orden das Rezept vervollkommnet. Eine nachgemachte Version ist auf dem Markt aufgetaucht, aber diejenigen, die etwas davon verstehen, wissen auch, nach welchem Etikett sie Ausschau halten müssen.«

Father Hafer blinzelte. »Bemerkenswert.«

»In mehr als einer Hinsicht. Ein Eremitenorden bewahrt seine Unabhängigkeit dank des Einkommens, das von einer Flüssigkeit herrührt, die dazu bestimmt ist, Geselligkeit zu erzeugen. Der Likör wird natürlich von einer Laienbruderschaft hergestellt. Trotzdem ignoriere ich den Widerspruch.«

9

Seine Bedürfnisse wurden von nichteremitischen Brüdern erfüllt, deren Wohnungen sich im Hauptgebäude befanden, das auch die Kapelle, das Refektorium, die Küche und einen Gästeraum enthielt. Seine spartanischen Mahlzeiten wurden ihm durch eine Klappe neben einer Tür in seinem Arbeitsraum gereicht. An Sonntagen und höheren Feiertagen jedoch forderte die Ordensregel von ihm, daß er seine Zelle verließ, die nie abgesperrt wurde, und mit den anderen Eremiten im Refektorium im Hauptgebäude aß. Bei diesen Anlässen war gedämpfte Unterhaltung zulässig, aber dazu kam es nicht. Außerdem wurde von ihm verlangt, daß er seine Zelle verließ und sich um Mitternacht den anderen Mönchen in der Kapelle für die Matutin anschloß; um acht Uhr morgens zur Messe und um sechs Uhr nachmittags für die Vesper. Er mochte diese Unterbrechungen nicht und zog es vor, in der Isoliertheit seiner Zelle zu beten.

Die einzige Ablenkung, die es für ihn gab, war die Maus.

10

»*Die Gelübde*«, sagte Father Hafer verzweifelt. »Haben Sie wirklich überlegt, wie schwerwiegend die sind? Nicht nur die der Armut, der Keuschheit und des Gehorsams, so hart sie auch alle sein mögen. Aber fügen Sie dazu noch den Eid der Lehenstreue für die Prinzipien der Kartäuser. Ich muß jetzt brutal offen sein. Wenn der Ausschuß zusammenkommt, um Bewerber zu beurteilen, lehnen wir gewöhnlich junge Männer von vornherein ab. Ihre Unreife läßt uns an ihrer Fähigkeit zweifeln, das Gelübde der Einsamkeit zu halten. Die Folgen von Ungehorsam sind undenkbar.«

»Wenn ich mein Gelübde bräche, würde ich mich selbst der Verdammnis ausliefern.«

»Das ist richtig. Selbst die Beichte würde Ihre Seele nicht in den Stand der Gnade zurückversetzen. Die einzige Alternative, die Ihnen offenstünde, wäre, Dispens zu erbitten. Ein so ernstes Ansinnen braucht Monate, bis darüber befunden wird. Falls Sie in der Zwischenzeit sterben sollten..."

"Das würde nichts ändern."

"Ich verstehe nicht..."

"Ich bin bereits verdammt."

Father Hafer zuckte zusammen, und seine Stimme wurde lauter. "Weil Sie dreizehn Jahre lang Ihren österlichen Pflichten nicht nachgekommen sind? Im Vergleich mit einer Verletzung geheiligter Gelübde ist jene andere Sünde belanglos. Ich könnte Ihnen Absolution erteilen, wenn ich Ihnen die Beichte abnähme und Ihnen die Kommunion geben würde. Aber auch die Beichte könnte Ihre Seele nicht in den Stand der Gnade zurückversetzen, wenn Sie keinen Dispens hätten und fortfahren würden, die Gelübde zu verletzen. Sie verstehen sicherlich, weshalb der Ausschuß Ihren Antrag, dem Orden beizutreten, ablehnen würde. Wenn wir Sie akzeptierten, aber an Ihrer Fähigkeit Zweifel hätten, die Lebensweise der Kartäuser zu ertragen, dann wären für uns selbst Ihre Gelübde wertlos. Wir würden Ihnen in beträchtlichem Maße dabei helfen, sich selbst in Verdammnis zu begeben, und das würde uns schuldig machen. Wir würden unser *eigenes* Seelenheil gefährden."

"Aber wenn..."

"Ja? Fahren Sie fort."

"Wenn Sie mich nicht aufnehmen, wären Sie ohnehin schuldig."

"Schuldig woran?"

"An dem, wozu ich dann getrieben würde. Ich sagte, daß ich mich verdammt fühle. Ich meinte nicht, weil ich versäumt habe, meine österlichen Pflichten zu erfüllen."

"Was dann?"

"Ich möchte mich selbst töten."

11

In seinem fünften Jahr im Kloster, als die erste Kälte des Herbstes die Ahornblätter gefärbt hatte, fühlte er eine Bewegung zu seiner Rechten, als er auf dem harten Holzboden seines Arbeitsraumes kniete und für seine Seele betete. Es war eine winzige Bewegung, ein Huschen nur, das vielleicht der Überanstrengung seiner Augen zuzuschreiben war, eine Folge seiner qualvollen Konzentration. Schweiß trat ihm auf die Stirn. Beschämt darüber, daß er zugelassen hatte, daß ihn etwas ablenkte, meditierte er mit noch größerer Inbrunst, verzweifelt darauf bedacht, die schrecklichen Bilder aus seiner Vergangenheit zu verdrängen.

Aber die Bewegung dauerte an, kaum wahrnehmbar und nichtsdestoweniger vorhanden. Einen Augenblick lang fragte er sich, ob er ein Stadium erreicht hatte, in dem er unter Halluzinationen litt – das Gerücht ging, daß andere Mönche nach intensiver Andacht Erscheinungen wahrgenommen hatten –, aber seine Skepsis ebenso wie seine Bescheidenheit ließen ihn das verneinen, und außerdem war die Bewegung auf dem Boden, dort, wo die Wand ansetzte. Welche Art religiöser Vision würde sich dort manifestieren?

Er entschied, daß seine Willenskraft auf die Probe gestellt wurde, und beschloß, nicht hinzusehen; aber wieder erwischte das Huschen die äußerste Ecke seines Blickes, und in einem Augenblick der Schwäche, der ihm zu guter Letzt das Leben rettete, wandte er den Kopf nach rechts, dem Boden am Wandansatz zu, und sah eine kleine graue Maus.

Sie erstarrte.

Drew war überrascht.

Aber das war die Maus allem Anschein nach auch. Jeder betrachtete den anderen eine ganze Weile. Dann zuckte die Maus mit den Barthaaren, so als würde sie die Geduld verlieren. Und Drew kratzte sich unbewußt an der Nase. Erschreckt und mit erstaunlich schneller Reaktion hetzte die Maus auf ein Loch in der Mauer zu.

Drew war über sich selbst verblüfft, da er beinahe lachte. Als die Maus verschwand, runzelte er jedoch die Stirn über die Folgerungen, die sich aus seiner Beobachtung ergaben. Das Loch war nicht in der Wand gewesen, als er letzte Nacht zum Vespergottesdienst gegangen war. Er konzentrierte sich auf das frisch angenagte Holz und dachte nach, was zu tun sei. Er konnte heute nacht, wenn er wieder zum Vespergottesdienst ging, einen der Brüder bitten, eine Falle oder vielleicht Gift zu besorgen. Und nachdem er das eine oder das andere in das Loch geschoben hatte, konnte der Bruder seine Zimmererwerkzeuge dazu benutzen, das Loch abzudichten.

Aber warum? fragte sich Drew. In der Kälte des Herbstes war die Maus in das Kloster gekommen, um Zuflucht zu suchen, so wie er selbst Zuflucht gewollt hatte. In gewissem Sinne waren sie beide von der gleichen Art.

Der Gedanke hatte für ihn etwas Komisches. Sicher, ich und die Maus. Er dachte über die Gefahr abgenagter elektrischer Drähte nach, dachte an Mäuse, die sich hinter der Mauer vermehrten, bis das ganze Kloster von Ungeziefer befallen war. Gesunder Menschenverstand riet ihm, daß es unpraktisch sein würde, die Maus zu tolerieren.

Aber die Maus verfolgte ihn in seinen Gedanken. Etwas von ihrem Wagemut. Und doch auch ihrer... Hilflosigkeit, dachte er. Ich könnte sie leicht töten.

Aber jetzt nicht mehr. Nicht einmal eine Maus.

Er beschloß, sie leben zu lassen. Auf Bewährung. Solange du kein Unheil anrichtest. Solange du das Zölibat einhältst, gestattete er sich zu scherzen.

12

Father Hafer wurde bleich. »Sie geben zu...?«

»Ich glaube wahrhaftig«, sagte Drew, »daß ein Zurückziehen aus der Welt für mich die einzige Chance ist, gerettet zu werden. Andernfalls...«

»Wenn ich Ihren Antrag ablehne, wäre ich für Ihren Selbstmord verantwortlich? Für Ihre unverzeihliche Sünde der Verzweiflung? Dafür, daß Sie in die Hölle wandern? Absurd.«

»Das ist die Logik, die Sie vor einem Augenblick gebrauchten. Sie sagten, Sie würden sich mit Schuld beladen, wenn Sie mich trotz Ihrer Zweifel in den Orden aufnähmen und ich mich später selbst verdammte, indem ich meine Gelübde breche.«

»Dann wäre ich jetzt schuldig, wenn ich Sie *nicht* hereinließe und Sie sich später selbst der Verdammnis auslieferten, indem Sie Selbstmord begehen? Lächerlich!« sagte Father Hafer. »Was geht hier vor? Mit wem glauben Sie eigentlich zu sprechen? Ich bin ein Mann Gottes. Ich habe versucht, Ihren extremen Wunsch mit Respekt zu behandeln, und jetzt wollen Sie mir die Schuld dafür geben, daß... Ich muß mich sehr beherrschen, daß ich Sie nicht auffordere, hier zu verschwinden.«

»Aber Sie *sind* ein Mann Gottes, also werden Sie mir nicht den Rücken kehren.«

Father Hafer schien nicht gehört zu haben. »Und dieser Antrag.« Er deutete zornig auf seinen Schreibtisch. »Ich habe doch gleich geahnt, daß da etwas nicht stimmt. Sie behaupten, Ihre Eltern seien gestorben, als Sie zehn Jahre alt waren.«

»Das ist die Wahrheit.« Drew fühlte, wie sich seine Kehle zuschnürte.

»Aber da steht nur wenig über das, was nachher mit Ihnen geschah. Sie sagen hier, Sie seien auf einem Wirtschaftsinternat in Colorado erzogen worden, aber Sie sind doch offensichtlich auch in den Künsten ausgebildet worden – Logik, Geschichte, Literatur. Bei ›Beruf‹ sagen Sie, Sie seien stellungslos. Als was? Normalerweise würde man doch seinen Beruf angeben, ob man nun eine Stellung hat oder nicht. Ich habe Sie vor einer Weile danach gefragt, aber Sie wollten es mir nicht sagen. Unverheiratet. Nie verheiratet gewesen. Keine Kinder. Einunddreißig Jahre alt« – der Priester schlug auf das Blatt auf seinem Tisch – »und Sie sind ein Schatten.«

Drew lächelte bitter. »Dann sollte es doch leicht für mich sein, die Beweise für mein früheres Leben auszuradieren.« Und er fuhr fort: »*Da es den Anschein hat, es sei ohnehin bereits ausradiert worden.*« Father Hafer funkelte ihn jetzt an. »Haben Sie Schwierigkeiten mit dem Gesetz – ist das Ihr Motiv? Sie danken, die Kartäuser würden ein gutes Versteck abgeben? Die Kirche dazu zu mißbrauchen...«

»Nein. Tatsächlich hat das Gesetz mich zu dem ermutigt, was ich früher getan habe. Auf allerhöchstem Niveau.«

»Jetzt reicht es! Jetzt ist meine Geduld am Ende. Diese Unterredung ist hiermit beendet, wenn Sie nicht...«

»In der Beichte.«

»Was?«

»In der Beichte werde ich es Ihnen sagen.«

13

Die Maus hatte das gleiche Bedürfnis, sich abzusondern, wie er. Er sah sie die nächsten paar Tage nicht und glaubte schon, sie wäre verschwunden. Aber an einem kalten, regnerischen Nachmittag, als die Wolken tief am Himmel hingen und die nassen Ahornblätter träge von den Bäumen fielen, ahnte er wieder das Huschen einer Bewegung, als er meditierend auf dem Boden kniete. Und als er in seinen Arbeitsraum hinüberspähte, sah er eine Nase und ein paar Barthaare, die aus dem Loch herauslugten.

Er verhielt sich so ruhig wie möglich und beobachtete. Die Maus schob vorsichtig den Kopf aus dem Loch, ihre Nase zitterte. Er suchte den Raum ab, ob ihr irgendwelche Gefahren drohten. Entschlossen, sie nicht zu verängstigen, und neugierig darauf, was sie wohl vorhaben mochte, versuchte Drew sogar, ein Blinzeln zu unterdrücken.

Die Maus tat einen vorsichtigen Schritt, so daß jetzt ihre Schulter auftauchte. Noch einen Schritt. Und jetzt sah Drew sie von der Seite; ihren winzigen Brustkasten, der sich hob und senkte, ihre Augen, die hin und her huschten. Ein weiterer Schritt, und sie hatte das Loch verlassen.

Aber es schien nicht dieselbe Maus zu sein. Wenn auch ebenso grau wie beim letztenmal, wirkte ihr Fell stumpfer, ihr Körper dünner, und Drew überlegte, ob dies vielleicht eine zweite Maus sei. Die Besorgnis, die er zuletzt empfunden hatte, daß es sich nämlich nicht nur um eine Maus, sondern um ein ganzes Nest handeln könne, ließ ihn zweifeln, ob er richtig gehandelt hatte, indem er das Auftauchen der Maus verschwiegen hatte, statt einen der Laienbrüder aufzufordern, sich des Problems anzunehmen. Statt amüsiert zu sein, beobachtete er die Maus jetzt beunruhigt.

Sie schob sich langsam an der Sockelleiste entlang und schnüffelte. Aber sie schien aus dem Gleichgewicht geraten, bewegte sich so, als ob sie ein verletztes Bein hätte oder benommen wäre. Oder krank? fragte sich Drew. Aber wie sollte er feststellen, welche Krankheiten sie hatte oder ob sie gar auf Menschen übertragen werden konnten? Vielleicht sogar die Tollwut, wurde ihm plötzlich erschreckt klar.

Fast wäre er aufgestanden, um die Maus in ihr Loch zurückzuscheuchen. Aber als sie eine Ecke erreichte und von einer Sockelleiste zur anderen hinüberwechselte und dabei immer weiterschnüffelte, erriet er, was wohl ihre Absicht war – sie suchte nach Nahrung. Das würde die scheinbare Benommenheit erklären. Möglicherweise zitterte sie vor Hunger.

Aber müßte nicht eigentlich reichlich Nahrung vorhanden sein? fragte er sich. Dann wurde ihm klar, daß der Regen draußen fast in Graupeln übergegangen war. Die Maus würde riskieren müssen, zu Tode zu frieren, und schwierige Hindernisse überwinden müssen, um eine Distanz zurückzulegen, die für sie beträchtlich sein mußte, nur um ein paar nicht eingesammelte Äpfel im Garten oder die Überreste von Gemüse im Garten vor dem Kloster zu finden. Natürlich gab es in der Küche und dem Keller des Klosters Nahrung. Aber die Maus hatte den Fehler gemacht, sich diese Zelle in einem Flügel auszusuchen, der weit vom Hauptgebäude entfernt lag. Offenbar hatte sie nicht herausgefunden, wo die Küche war, sonst hätte sie ohne Zweifel dort ihr Nest gebaut.

Du hast wirklich einen Fehler gemacht, Maus. Deine Überlebensinstinkte sind jämmerlich.

Als die Maus die nächste Ecke erreicht hatte und an der daran anschließenden Sockelleiste entlangtaumelte, sah sie in Drews Richtung. Ihre Augen weiteten sich plötzlich – ihre Nase zuckte. Sie machte einen Satz, hetzte quer durch den Arbeitsraum und schoß in ihr schützendes Loch.

Erst jetzt wagte Drew wieder zu atmen, und das Geräusch, das dabei entstand, war fast ein Lachen. Er beobachtete das Loch noch einen Augenblick lang und drehte sich dann um, als er das klappernde Geräusch hörte, das beim Anheben eines Riegels entstand. Im Korridor draußen klappten unsichtbare Hände den Lukendeckel neben seiner Tür auf, durch welchen ihm die Nahrung gebracht wurde. Mit einem scharrenden, klappernden Geräusch wurde seine Abendmahlzeit auf ein Brett gestellt. Die Luke wurde wieder geschlossen.

Er stand auf und ging hinüber, holte sich den Becher und die Schüssel. Er besaß weder eine Uhr noch einen Kalender. Die einzige Möglichkeit für ihn, die Zeit zu messen, war die Klosterglocke, das Verstreichen der Jahreszeiten und die Arten von Mahlzeiten, die ihm gebracht wurden. Deshalb mußte heute Freitag sein, schloß er nach einem Blick auf den Inhalt seines Bechers und seiner Schüssel, denn dies war der Tag, an dem er nur Brot und Wasser bekam.

Er stellte die spartanische Mahlzeit auf seine Werkbank und blickte in den düsteren Regen hinaus. Vielleicht lag es an der feuchten Kühle – jedenfalls empfand er heute die Versuchung des Hungers ungewöhnlich stark und zwang sich demzufolge um der Disziplinierung willen, nicht das ganze Brot aufzuessen.

Später fragte er sich, ob er vielleicht die ganze Zeit ein anderes Motiv zum zeitweisen Fasten gehabt hatte. Aber es überraschte ihn dennoch, als er ganz impulsiv, als die Kapellenglocke ihn zur Vesper rief, ein kleines Stückchen Brot vor dem Loch der Maus hinterließ.

Als er zurückkehrte, war das Brot verschwunden, und er gestattete sich ein Lächeln.

14

»Das Sakrament mißbrauchen?« Father Hafer war schockiert. »Wenn es Ihnen um mein Schweigen geht, braucht es keine Beichte. Vergessen Sie nicht, ich bin auch Psychiater. Meine Berufsethik zwingt mich, diese Unterhaltung streng vertraulich zu führen. Ich würde nie vor Gericht oder mit der Polizei darüber sprechen.«

»Aber ich ziehe es vor, mich auf Ihre Ethik als Priester zu verlassen. Sie messen den geheiligten Gelübden große Bedeutung bei und würden sich selbst der Verdammnis ausliefern, wenn Sie das weitergeben würden, was Sie in der Beichte hören.«

»Ich sagte Ihnen doch, daß ich das Sakrament nicht mißbrauchen werde. Ich weiß nicht, was Sie sich da für einen Trick ausgedacht haben, aber...«

»*Hergott, ich flehe Sie an!*«

Der Priester blinzelte verblüfft.

Drew schluckte, und seine Stimme klang jetzt schmerzerfüllt. »Dann werden Sie wissen, warum man mir erlauben muß, dem Orden beizutreten.«

15

Es wurde zu einem Ritual. Jeden Abend ließ er etwas von seiner Mahlzeit – ein Stück Karotte, ein Salatblatt, ein Stückchen Apfel – vor dem Loch liegen. Sein Angebot wurde nie verschmäht. Aber die Maus blieb in ihrem Loch, so als hegte sie Argwohn gegenüber Drews Großzügigkeit.

Natürlich, dachte Drew. Warum sich die Mühe machen herauszukommen, wenn einem die Mahlzeiten geliefert werden?

Das Motiv, das er der Maus zuschrieb, amüsierte ihn, wenn er diesem Gefühl auch nicht gestattete, ihn in seiner Entschlossenheit zu beeinträchtigen. Der Zweck seines Hierseins war zu beten, und seine Tage waren erfüllt mit Gebet und Buße für die Ehre und den größeren Ruhm Gottes und als Sühne für seine abscheulichen Sünden.

Die Schneefälle des fünften Winters, den er hier verbrachte, häuften vor seinem Fenster riesige Wächten auf. Und er blieb hart, läuterte seine schrecklichen Gefühle und unterdrückte die Schuld, die seine Seele marterte. Aber jetzt wagte sich manchmal die Maus während seiner Gebete heraus. Sie sah fetter aus, ihre Augen wirkten munterer. Sie entfernte sich höchstens einen Meter von ihrem Loch, aber ihre Bewegungen waren jetzt sicher, und ihr Fell glänzte gesund.

Dann kam der Frühling, und die Maus brachte genügend Vertrauen auf, um sich zu zeigen, wenn Drew seine Übungen machte. Sie saß vor ihrem Loch, hatte die Vorderbeine erhoben und betrachtete etwas, das ihr sehr seltsam erscheinen mußte.

An jedem angenehm warmen Tag rechnete Drew damit, daß die Maus ihn verlassen würde. Für dich ist jetzt Zeit zu spielen, dachte er. Koste sie doch, die süßen neuen Knospen, und sieh zu, daß du ein paar Freunde kennenlernst. Ich würde dich sogar vom Keuschheitsgebot freisprechen. Nur zu, Kleines! Leg dir eine Familie zu. Die Welt braucht auch Feldmäuse.

Aber die Maus erschien öfter. Sie entfernte sich jetzt weiter von ihrem Loch.

Als es so heiß wurde, daß Drew unter seinem groben, härenen Hemd und seinem schweren Gewand der Schweiß an der Brust herunterrann, verspürte er eine winzige Bewegung an seinem Bein, als er an der Werkbank saß und aß.

Er blickte nach unten und sah, daß die Maus an seinem Gewand schnüffelte, und ihm wurde klar, daß das Tier hierbleiben würde.

Noch ein Eremit. Er wußte nicht, welches Geschlecht die Maus hatte. Aber angesichts ihrer klösterlichen Lebensumstände zog er vor zu glauben, daß es sich um ein männliches Tier handelte.

Und dann erinnerte er sich an eine Maus, über die er vor

langer Zeit in einem Buch von E. B. White gelesen hatte, und gab ihr einen Namen.

Stuart Little.

Als ich noch unschuldig war, dachte er.

16

»Ich habe mein Meßgewand nicht hier.«

»Wo ist es?« fragte Drew.

»In meinem Zimmer, hier in der Pfarrei.«

»Dann gehe ich mit, wenn Sie es holen. Wir müssen ohnehin von hier weggehen – zum Beichtstuhl in der Kirche auf der anderen Straßenseite.«

»Das ist nicht notwendig«, sagte Father Hafer. »Die Vorschriften sind lockerer geworden. Wir können das Sakrament hier vollziehen, in meinem Büro, von Angesicht zu Angesicht. Man bezeichnet das als ›öffentliche Beichte‹.«

Drew schüttelte den Kopf.

»Was haben Sie denn?«

»Nun, man könnte sagen, ich bin altmodisch.«

Sie überquerten die verkehrsreiche Straße und gingen hinüber zur Kirche. Ihre Schritte hallten durch die kühle Leere, als sie ihre Plätze in und vor dem Beichtstuhl einnahmen. Drew kniete in der Dunkelheit nieder. Hinter der Wand schob der Priester ein Brett zur Seite. Drew flüsterte in Richtung auf den Schatten hinter dem Gitter.

»Segne mich, Vater, denn ich habe gesündigt. Meine letzte Beichte war vor dreizehn Jahren. Dies sind meine Sünden.« Er berichtete.

Und er berichtete... und hielt nicht einmal inne, als er die Fotografien beschrieb, die er in der Tasche trug, und der Atem des Priesters wurde langsam schwerer.

17

Es war wieder Herbst, Oktober, sein sechstes Jahr im Kloster. Der rötliche Glanz des Sonnenuntergangs färbte das Laub der Ahornbäume auf dem Hügel. Er hörte das Klappern der Luke, dann das vertraute Scharren und Pochen eines Bechers und einer Schüssel, die auf das Brett neben der Tür gestellt wurden.

Er ließ die Axt sinken, mit deren stumpfem Ende er auf einen Metallkeil eingeschlagen hatte, um Scheite für seinen Ofen zu spalten, und sah zu dem winzigen Loch ganz unten an der Wand seines Arbeitszimmers hinüber, wo plötzlich Stuart Little auftauchte. Die Maus setzte sich und hob die Vorderpfoten, um sich den Schnurrbart abzustreifen.

Jetzt fehlen dir bloß noch Messer und Gabel und eine Serviette, witzelte Drew stumm und amüsierte sich darüber, wie das Klappern der Luke für Stuart Little zur Essensglocke geworden war.

Die Maus kam herangehuscht, als Drew das Essen auf die Werkbank stellte. Wasser und Brot – wieder ein Fastentag. Mit knurrendem Magen beobachtete er, wie Stuart versuchte, an seiner Kutte emporzuklettern, und riß dann mit einem Seufzer gespielter Verärgerung ein Stück Brot ab und warf es der Maus hin. Er setzte sich an die Bank und beugte den Kopf, faltete betend die Hände.

Weißt du, Stuart, dachte er, als er das Gebet beendet hatte, du fängst an, gefräßig zu werden. Eigentlich sollte ich dich dazu bringen, daß du abwartest, bis ich zu Ende gebetet habe. Ein wenig Frömmigkeit würde dir nicht schaden. Was hältst du denn davon, hm?

Er sah zu der Maus hinunter.

Und runzelte die Stirn. Die Maus lag auf der Seite und regte sich nicht.

Drew starrte sie überrascht an und bewegte sich ebenfalls nicht. Seine Brust spannte sich. Erschreckt hielt er den Atem an, blinzelte dann, atmete langsam ein und beugte sich hinunter, um Stuart anzutippen. Doch die Maus blieb reglos.

Drew stieß sie sachte an, fühlte das weiche, glatte Fell, bekam aber keine Reaktion. Seine Kehle fühlte sich an, als wäre sie mit Sand gefüllt. Er schluckte schmerzhaft und hob Stuart auf. Die Maus lag reglos in seiner Hand. Sie wog fast nichts, aber es war ein totes Gewicht.

Drews Magen fühlte sich wie Eis an. Bestürzt schüttelte er den Kopf, war verwirrt. Vor einer Minute hatte die Maus praktisch noch für ihr Abendessen getanzt.

Ob es Altersschwäche war, fragte er sich, eine Herzattacke oder ein Schlaganfall? Er wußte nicht viel über Mäuse, erinnerte sich aber unbestimmt daran, irgendwo gelesen zu haben, daß sie nicht lange lebten. Ein oder zwei Jahre.

Aber das galt für das Leben in freier Wildbahn, Räubern ausgesetzt und Krankheiten und Kälte. Wie war das hier in der Zelle? Er strengte sich an, darüber nachzudenken, sagte sich, daß Stuart Little trotz der Wärme und der guten Versorgung eines Tages hätte sterben müssen. Und woher sollte er wissen, wie alt die Maus gewesen war, als sie letzten Herbst hier aufgetaucht war – nach menschlicher Zählart mochte sie jetzt bereits neunzig Jahre alt gewesen sein.

Ich sollte nicht überrascht sein. Indem ich sie gefüttert habe, habe ich es nur hinausgeschoben... Wenn sie heute nicht gestorben wäre...

Morgen.

Er biß sich auf die Lippe und legte den kleinen Leichnam auf den Boden zurück. Und fühlte sich schuldig, weil er trauerte. Von einem Kartäuser erwartete man, daß er alle weltlichen Ablenkungen von sich fernhielt, sie ausschloß. Nur Gott alleine war wichtig. Die Maus war eine Versuchung gewesen, der er hätte widerstehen sollen. Und jetzt bestrafte ihn Gott und lehrte ihn, warum er keine Zuneigung zu vorübergehenden Geschöpfen hätte empfinden dürfen.

Tot.

Drew schauderte. Nein. Ich würde nichts anders machen. Es hat Spaß gemacht, die Maus um mich zu haben. Ich bin froh, daß ich für sie gesorgt habe.

Seine Augen brannten und ließen ihn ein paarmal blinzeln, als er auf seinen leblosen Freund hinunterstarrte. Schreckliche Gedanken kamen ihm in den Sinn. Was sollte er mit der

Leiche machen? Ganz sicherlich würde er nicht veranlassen, daß einer der Brüder ihn beseitigte, ihn vielleicht sogar in den Müll warf. Die Maus hatte Besseres verdient. Die Würde einer Bestattung.

Aber wo? Mit vernebeltem Blick sah er zum Fenster seines Arbeitsraums hinüber. Der Sonnenuntergang war in die Dämmerung übergegangen und tauchte seine Gartenmauer in Schatten.

In einer Ecke der Mauer wuchs ein Zedernstrauch. Ja, dachte Drew, er würde Stuart Little unter dem Strauch begraben. Ein immergrünes Gewächs, das das ganze Jahr lebte. Selbst im Winter würde ihn die Farbe des Strauchs erinnern.

Seine Kehle verengte sich und schmerzte jedesmal, wenn er schluckte. Durstig griff er nach seinem Wasserbecher, hob ihn an die Lippen und blickte an ihm vorbei auf die dicke Scheibe Brot in seiner Schüssel.

Und hielt inne.

Er spürte ein Prickeln an der Wirbelsäule.

Er sah auf das Brot am Boden hinab, den Brocken, den er Stuart Little hingeworfen hatte. Dann starrte er das Wasser in dem Becher an, den er in der Hand hielt. Und stellte den Behälter langsam, vorsichtig, darauf achtend, daß keine Flüssigkeit über den Rand schwappte, auf den Tisch zurück. Nachdenklich wischte er sich die Hände an der Vorderseite seiner Kutte ab.

Nein, dachte er, das konnte nicht sein.

Aber was ist, wenn du dir das nicht einbildest?

Sein Argwohn erfüllte ihn mit Scham. In seinem sechsten Jahr der Buße – hatte er sich da immer noch die Denkgewohnheiten bewahrt, die er in seinem früheren Leben gehabt hatte? War seine Ausbildung so wirksam gewesen? Erwiesen sich seine Instinkte als so widerstandsfähig gegenüber der Veränderung?

Aber nur einmal angenommen... Du weißt schon, rein theoretisch gedacht. Was für eine Art könnte es denn sein? Tötete es bei Berührung?

Seine Muskeln spannten sich, und er starrte auf seine Hände. Nein, er hatte die Maus berührt. Und das Brot. Erst vor einer Minute. Aber die Maus war schnell gestorben. In der Zeit, die Drew dazu gebraucht hatte, die Augen zu schließen und sein Gebet zu sprechen. Wenn es Gift ist und bei Berührung tötete, sollte ich, selbst bei meiner Größe, jetzt auch tot sein.

Er atmete.

Also gut denn, man muß es mit der Nahrung aufnehmen.

(Du mußt aufhören, so zu denken.)

Und es ist kräftig. Wirkt fast sofort.

Unterstellt, daß es Gift ist.

Natürlich, nur unterstellt. Schließlich ist es immer noch durchaus möglich, daß Stuart Little eines natürlichen Todes gestorben ist.

(Aber was hättest du vor sechs Jahren gedacht?)

Er kämpfte darum, seine schrecklichen Erinnerungen zu unterdrücken. Nein. Gott stellt mich erneut auf die Probe. Er benutzt den Tod dieser Kreatur dazu, um zu erfahren, ob ich mich wirklich geläutert habe. Ein wirklich objektiv denkender Mensch würde nie so etwas denken.

(Aber früher...

Ja?

Früher hast du immer so gedacht.)

Er verengte den Blick, bis er nur noch die reglose Maus am Boden sah. Er runzelte die Stirn so kräftig, daß er die Anfänge von Kopfschmerzen verspürte, und hob die Augen bis zu der Luke neben seiner Tür.

Die Luke war verschlossen. Aber dahinter war ein Korridor.

(Nein. Das gibt keinen Sinn. Nicht *hier*, nicht *jetzt*! Wer? Warum?)

Außerdem stellte er schließlich nur Vermutungen an, baute Hypothesen auf. Die einzige Möglichkeit, mit Sicherheit herauszufinden, ob das Brot vergiftet war, bestand darin...

Es zu kosten? Sicher nicht.

Es untersuchen zu lassen? Das würde zu lange dauern.

Aber es *gab* eine andere Möglichkeit. Er konnte das Kloster durchforschen. Sein Zweifel ließ ihn erstarren. Der Gedanke stieß ihn ab.

Aber unter den gegebenen Umständen...

Er starrte die Tür an. In den sechs Jahren, die er jetzt hier war, hatte er nur selten seine Räume verlassen; nur um mit den anderen Mönchen für die obligatorischen gemeinsamen Verrichtungen zusammenzukommen. Jene Ausflüge nach draußen waren für ihn in höchstem Maße beunruhigend gewesen, hatten seinen inneren Frieden gestört, waren eine Qual für seine Nerven gewesen.

Aber unter den gegebenen Umständen...

Er wischte sich die Schweißtropfen von der Oberlippe. Die langjährige strikte Disziplin befahl ihm, noch eine Weile zu warten, bis zu der Zeit, wenn er seine Räume normalerweise zum Vespergebet verließ. Ja. Die Entscheidung beruhigte ihn. So vermied er überstürztes Handeln, und das paßte in seine Vorstellung von gesundem Menschenverstand.

Die Dämmerung vertiefte sich, ging in Dunkelheit über. Nieselregen perlte von seiner Fensterscheibe. Er fröstelte, trauerte, war zu sehr mit seinen Gedanken beschäftigt, um sich dazu zu bewegen, Licht zu machen.

Die Vesperglocke blieb stumm, aber im Rhythmus seines Tageslaufes wußte er, daß sie inzwischen hätte schlagen müssen. Er sagte sich, daß der Tod der Maus sein Urteilsvermögen beeinträchtigt hatte. Die Zeit schleppte sich mit zäher Langsamkeit hin, das war alles. Er hatte keine Uhr in der Zelle. Und woher wollte er also wissen, wann die Zeit zum Vespergebet sein sollte?

Er zählte bis hundert. Wartete. Fing wieder zu zählen an. Und hielt inne.

Mit einem schmerzvollen Seufzen verdrängte er seine Hemmungen, durchbrach eine sechs Jahre alte Gewohnheit und öffnete die Tür.

18

An der Decke glühte eine Lampe. Der Korridor war leer und kahl, keine Gemälde, kein Teppich. Geräuschlos. Verlassen.

Das war nichts Ungewöhnliches. Freilich, wenn die Glocke anschlug, begegnete er gelegentlich anderen Mönchen, die ihre Zellen verlassen hatten, um die Kapelle aufzusuchen. Aber ebenso häufig ging er früher oder später als die anderen und schritt dann den Korridor allein hinunter.

Das tat er jetzt auch. Immer noch entschlossen, das Ritual zu befolgen, erreichte er das Ende des Korridors, bog nach links und ging unter einer weiteren Leuchte durch, um das Hauptgebäude zu betreten. Im Schatten lag die Kapellentür fünfzig Schritte vor ihm, auf der rechten Seite.

Seine Unruhe wuchs, seine Instinkte schlugen Alarm. Statt den Weg in Richtung auf die Kapelle fortzusetzen, änderte er kurz entschlossen seinen Plan und bog scharf nach rechts, ging die Stufen zum Refektorium des Klosters hinunter. Wie er es erwartet hatte, war es um diese Abendstunde nicht besetzt (eine Ausnahme wäre Sonntag gewesen). Aber indem er an das Brot dachte, das man ihm gegeben hatte, starrte er auf das Licht hinten, wo die Küche war. Als er an den leeren Tischen vorbeiging, holte er tief Luft, stieß die Pendeltür auf und betrachtete den mächtigen Herd und die an einen Geldschrank erinnernde Tür zur Gefrierkammer, die vielen Schränke mit Arbeitsplatten darüber sowie die oben an der Wand befestigten Geschirrschränke. Und die zwei toten Männer auf dem Boden.

Wenn es auch Laienbrüder waren, keine Eremiten, so trugen sie doch die weiße Kutte, das Kapular und die Kappe der echten Kartäuser. Und beide Kutten waren im Brustbereich mit Blut befleckt, ebenso wie die Kappen an der Schläfe von Blut rot waren.

Drew staunte über sich selbst. Vielleicht kam es daher, daß er instinktiv etwas Ähnliches erwartet hatte. Vielleicht auch, weil seine Instinkte nicht so neutralisiert waren, wie er das gehofft hatte. Jedenfalls blieb sein Herz völlig ruhig.

Aber sein Magen fühlte sich an, als wäre er verbrannt.

Die Schüsse waren vermutlich mit Schalldämpferwaffen abgegeben worden, um zu verhindern, daß das Kloster alarmiert wurde, dachte er. Wenigstens zwei Angreifer. Beide Brüder waren in etwa der gleichen Haltung zu Boden gefallen, was darauf hindeutete, daß man sie überrascht hatte. Kein Spur von Panik oder eines Fluchtversuchs, und das bedeutete, daß sie gleichzeitig in die Brust geschossen worden waren. Drew nickte. Ja, wenigstens zwei Mörder.

Und zwar erfahrene Leute. Eine Brustwunde war manchmal nicht tödlich. Die Richtlinien verlangten eine weiteren Schuß – um sicherzugehen. Und damit das Opfer möglichst wenig leiden mußte. Der notwendige Gnadenschuß. Ein Schuß in die Schläfe. Professionell. Ja, in der Tat.

Drew beherrschte den Druck, der in ihm immer stärker wurde, drehte sich um und verließ die Küche. Vor dem Refektorium nickte er gequält. Er wußte, was er jetzt tun mußte, was er bereits in Betracht gezogen hatte, als er seinen Raum verlassen hatte. Aber er hatte es so lange wie möglich hinausgeschoben, bis er keine andere Wahl mehr hatte. Es würde absolut ein Verstoß gegen die Ordensregeln der Kartäuser sein; ein ebenso großer Verstoß, wie es auch schon das Verlassen seines Raumes zu einer anderen Zeit als für die vorgeschriebenen Rituale gewesen war.

Der Gedanke war ihm widerwärtig. Aber er mußte handeln.

Er ging die Stufen wieder hinauf und damit den Weg zurück, den er gekommen war. Er erreichte das Ende des Korridors im Hauptgebäude und bog nach rechts, in den Flügel, in dem sich seine Zelle befand. An der ersten Tür, die er erreichte, hielt er inne. Er untersuchte den Türknopf.

Und öffnete die Tür. In dem Arbeitsraum leuchtete eine Deckenlampe. Der Mönch, der die Zelle bewohnte, mußte sie eingeschaltet haben, als die Sonne unterging. Der Mann lag hingestreckt auf dem Boden. Der Stuhl vor seiner Werkbank war umgeworfen. Seine Hand krampfte sich um einen Kanten Brot. Unter seiner Kutte hatte sich eine Urinpfütze ausgebreitet.

Drew schob sein Kinn vor und schloß die Tür. Galle stieg

ihm in den Mund, doch er kämpfte dagegen an; er ging zur nächsten Tür und öffnete sie. Diesmal war die Deckenbeleuchtung im Arbeitsraum nicht eingeschaltet. Aber das Licht vom Korridor reichte Drew aus, um den über den Tisch gesunkenen Mönch zu sehen, die Schüssel mit dem Brot hielt er unter einem Arm festgeklemmt.

Und so ging er weiter, öffnete und schloß jede Tür, ging zur nächsten und wieder zur nächsten. Manchmal war Licht eingeschaltet, manchmal nicht. Die Leiche lag manchmal auf dem Tisch, manchmal auf dem Boden. Einige Male war der Mönch im Sterben gegen seinen Wasserbecher gestoßen und hatte ihn umgeworfen, so daß man Wasser und Urin nicht voneinander unterscheiden konnte.

Alle – die neunzehn anderen Mönche, die in diesem Refugium Zuflucht und Abgeschiedenheit gesucht hatten –, sie alle waren von dem Brot vergiftet worden. Oder vom Wasser, dachte Drew. Es war logisch, daß das Wasser ebenfalls vergiftet war. Es hatte keinen Sinn, nicht gründlich zu sein. Professionell.

Zu viele Fragen drängten sich ihm auf. Aber an allererster Stelle stand die nach dem Warum.

Jetzt verstand er sein Motiv, weshalb er, als die Dämmerung dichter geworden war, sein Licht nicht eingeschaltet hatte. Er hatte angenommen, daß sein Kummer über Stuart Little ihn sogar der Entschlußkraft beraubt hatte, durch sein Arbeitszimmer zu gehen und den Lichtschalter anzuknipsen. Aber jetzt wußte er es besser, wußte, daß sein Unterbewußtsein ihn gewarnt hatte. Wer auch immer ihr Essen vergiftet hatte, hatte ganz bestimmt jemanden draußen aufgestellt, wahrscheinlich im Hof, um das Kloster nach Lebenszeichen abzusuchen. Ein Licht, das aufleuchtete, wo keines aufleuchten sollte, hätte die Meuchelmörder zu seiner Zelle gelockt.

Weitere Fragen. Warum Gift? Warum nicht jeden Mönch erschießen, so wie die zwei Brüder in der Küche erschossen worden waren? Warum so lange warten, sich vom Erfolg der Aktion zu überzeugen?

Warum jeden töten? Und wo war die Killerbande?

Mit jeder Tür, die er öffnete, mit jeder Leiche, die er fand, kehrte er immer schneller zu seiner früheren Denkweise zurück. Vor sechs Jahren, auf der Flucht vor Scalpel, hätte er ganz natürlich angenommen, daß er das Ziel war. Aber er war vorsichtig gewesen. Scalpel wußte nicht, daß er in das Kloster eingetreten war. Scalpel hielt ihn für tot.

Wer sonst aber könnte Jagd auf ihn machen? Möglicherweise war er gar nicht das Ziel. Vielleicht hatte der Angriff einem der anderen Mönche gegolten. Aber warum? Nein, das war unwahrscheinlich. Und warum war *jeder* Mönch getötet worden? Die Taktik ergab einfach keinen Sinn.

Doch im nächsten Augenblick tat sie das doch, und sein Hals fühlte sich hinten wie Eis an. Die Killerbande konnte nicht gewußt haben, wem welche Zelle gehörte. Die Mönche waren alle anonym, die Türen unmarkiert. Es gab keine Möglichkeit festzustellen, wer sich in welcher Einheit abschloß. Die Bande hätte nicht gut jeden Raum überprüfen können – eine so komplizierte Operation wäre zu riskant gewesen und die Gefahr, daß dabei Fehler passierten, zu groß. Es war eine Sache, die Brüder in der Küche in der unteren Etage anzugreifen, wo es höchst wahrscheinlich war, daß jemand Lärm hörte. Das Risiko war akzeptabel. Aber im Erdgeschoß, wo die Mönche dicht beieinander lebten – das war eine völlig andere Angelegenheit. Wenn sie jede Zelle betreten hätten, selbst mit Schalldämpfern, um die Schüsse zu dämpfen, so hätte das Team doch Sorge haben müssen, daß einer der Mönche erschreckt einen Schrei ausstieß und damit die anderen Mönche alarmierte. Und – wenn ich recht habe, dachte Drew – ganz besonders einen Mönch, den Mann, dessentwegen die Bande gekommen war.

Meinetwegen.

Er runzelte gequält die Stirn. Wegen meiner Sünden? Ist das der Grund, weshalb alle sterben mußten? Lieber Gott, was habe ich angerichtet, indem ich hierhergekommen bin?

Die Logik, die für den Einsatz von Gift sprach, war ihm jetzt klar. Sie bot die Möglichkeit, das ganze Kloster (mit

Ausnahme der zwei bereits vorher getöteten Küchenbrüder) auf einmal zu erledigen. Und was ebenso wichtig war: Es war Tötung aus der Ferne. Durch Fernsteuerung.

Weil die Killer Respekt hatten vor den Fähigkeiten des Mannes, den zu ermorden sie gekommen waren. Weil sie nicht wußten, ob sechs Jahre Abgeschiedenheit ausgereicht hatten, seine Talente verkümmern zu lassen, hatten sie sich dafür entschieden, ihn überhaupt nicht direkt anzugreifen. Eine zusätzliche Vorsichtsmaßregel. Um ganz sicherzugehen.

Aber alle anderen hatten sterben müssen.

Drews Kehle entrang sich ein schreckliches, würgendes Geräusch.

Plötzlich wurde ihm klar, daß die Meuchelmörder, wo auch immer sie sich verbargen, doch bald würden herauskommen müssen. Wenn ihrer Meinung nach hinreichend Zeit verstrichen war, um sich sicher zu fühlen, würden sie das Kloster inspizieren. Sie würden jede Zelle absuchen. Sie würden sich von ihrem Erfolg überzeugen wollen, *um zu garantieren, daß insbesondere ein Mann getötet worden war*.

Seine Schulterblätter spannten sich, als er in beiden Richtungen den Korridor hinunterblickte.

Die Vesperglocke begann zu schlagen.

19

In dem tödlichen Schweigen um ihn herum klang sie unnatürlich, hallte durch den Korridor und den Hof. Klagend, als wolle sie ein Begräbnis ankündigen.

Seine Sehnen spannten sich. Er duckte sich und konnte kaum gegen seine ausgeprägten Gewohnheiten ankämpfen: er begriff, wie sich eine Motte fühlen mußte, wenn sie zu einer Flamme hingezogen wurde. Während der letzten sechs Jahre hatte ihn tagtäglich jene Glocke gerufen und war so sehr Teil seines Tagesablaufs geworden, daß er selbst jetzt, als er die Bedrohung erkannte, den Zwang empfand, ihrem

Ruf zu gehorchen. So wie das jeder andere überlebende Mönch tun würde, der sich infolge besonderer Disziplin dafür entschieden hatte, selbst die minimale Mahlzeit aus Wasser und Brot zu verweigern. Die Vesperglocke würde den Mönch in die Kapelle locken, und er würde die Tür öffnen.

Und von einer schallgedämpften Waffe erschossen werden, die das bewirkte, was das vergiftete Essen nicht geschafft hatte. Keine Zeugen, kein Widerstand. Verfeinerung über Verfeinerung.

Drew zitterte vor Wut.

Aber soviel war offenkundig: Wenn die Glocke hinreichend lange geschlagen hatte, wenn die Bande überzeugt war, daß kein fastender Mönch ihren Ruf mißachtet hatte, würde die Suche beginnen. Er mußte sich verstecken.

Aber wo? Er konnte nicht riskieren, das Kloster zu verlassen. Er mußte davon ausgehen, daß die Umgebung beobachtet wurde. Also gut – er mußte drinnen bleiben.

Und wieder die Frage – wo? Wenn die Bande seine Leiche nicht fand, würden sie jeden Raum und jeden Winkel im Kloster überprüfen. Selbst wenn er nicht ihr spezielles Ziel gewesen war, so war ihre Absicht doch ganz eindeutig gewesen, jeden zu töten. Er mußte davon ausgehen, daß sie nicht zufrieden sein würden, bis jede Leiche abgehakt war. Zwar hatte er den Vorteil, sich besser auszukennen als sie, aber sie würden trotzdem methodisch vorgehen, entschlossen. Die Chancen standen gegen ihn.

Es sei denn – die Verzweiflung beflügelte seine Gedanken – wenn er es fertigbrachte, sie zu überzeugen, daß...

Jeder Schlag der Glocke kam ihm lauter, kräftiger vor. Er beeilte sich, in seine Zelle zurückzukehren. Er hatte die Tür gewohnheitsmäßig verschlossen, als er seinen Werkraum verließ, um zur Vesper zu gehen. Aber das war ein Fehler gewesen, überlegte er, und deshalb ließ er diesmal die Tür offen, nachdem er in die Zelle zurückgekehrt war. Die tote Maus neben dem Stück Brot auf dem Boden würde der Bande zeigen, daß er von dem Gift erfahren hatte. Daß seine Leiche nicht da war, daß seine Tür – und *nur* seine Tür – offenstand, würde das Team glauben machen, daß er geflohen war. Sie würden ihre Suche auf andere Teile des Klosters konzentrieren, höchstwahrscheinlich draußen, würden die Wachen im Umkreis des Klosters alarmieren und sie davor warnen, daß er versuchen würde, durch den Wald zu entkommen. Sie würden unruhig sein, ungeduldig.

Das hoffte er. Indem er lautlos die finstere Treppe hinaufrannte, erreichte er seine Betkammer, und zum erstenmal in sechs Jahren hielt er nicht inne, um zu beten. Er eilte durch den Raum in die Schwärze seiner Studierstube und dann in seine Schlafkammer, wo er auf das winzige düstere Bad zustrebte.

In der Decke über dem Ausguß führte eine Falltür zu der Isolierung unter dem Dache. Er zog die Schuhe aus, um auf den Fliesen keine Spuren zu hinterlassen, nahm die Schuhe in die Hand und kletterte auf den Ausguß, hörte ihn unter seinem Gewicht ächzen. Er tastete nach oben, atmete aus, als er den Rand der Falltür spürte, schob sie nach oben und zog sich in die kalte und doch schweißtreibende Enge hinauf. Nachdem er die Falltür wieder zugezogen hatte, kroch er über die Glaswolleisolierung in einen fernen Winkel, wo er sich so flach hinlegte, wie er das konnte, und sich hinter den Pfetten und Sparren verbarg. Er versuchte seinen Geist in Ruhe zu versetzen, schaffte es aber nicht.

Während er den Staub einatmete, grübelte er. Über seine Mitmönche.

Und Stuart Little.

20

Die Glocke hörte auf zu schlagen, und ihr Verstummen wirkte gespenstisch. Er erstarrte, bemühte sich angestrengt zu lauschen, wußte, daß die, die ihn jagten, jetzt die Kapelle verlassen würden. Der Nieselregen, der vorher über sein Fenster geperlt war, hatte sich zu einem gleichmäßigen Regen gesteigert und trommelte auf das schräge Dach über ihm. Vor Kälte und Feuchtigkeit fröstelnd, preßte er sich gegen die

Isolierung. So dick sie auch war, spürte er doch die scharfkantigen Balken, die das Skelett des Bodens unter ihm bildeten. Er wartete.

Und wartete.

Hin und wieder glaubte er, in der Ferne gedämpfte Geräusche zu hören. Keine Stimmen natürlich – die Bande würde professionell vorgehen und sich nur mit Gesten verständigen. Aber andere Geräusche waren unvermeidbar: Türen, die geöffnet wurden, Schritte auf harten, nackten Bodenbrettern. Während er das Ohr gegen die Isolierung preßte, vermutete er sogar, daß einige unbestimmte, krächzende Laute, die er unter sich hörte, darauf zurückzuführen waren, daß jemand durch seine Betstube kroch, sein Studierzimmer und seine Schlafkammer: Aber ebensogut war möglich, daß er sich diese Geräusche einbildete. Nichtsdestoweniger konzentrierte er seine Aufmerksamkeit auf die für ihn unsichtbare Falltür und lauschte gespannt auf das scharrende Geräusch, das sie erzeugen würde, wenn jemand sie nach oben schob. Er leckte sich über die trockenen Lippen.

Und wartete.

Die Nacht verstrich langsam. Trotz der Spannung, unter der er stand, machte ihn die stickige Luft benommen. Er blinzelte durch schwere Lider in die Dunkelheit, wachte ruckartig auf und kämpfte dagegen an, erneut einzuschlafen. Das nächstemal, als er aufwachte, verwirrt, aber gleich wieder auf der Hut, bemerkte er eine Andeutung von Licht durch die Ritzen in einer Klappe, die dazu bestimmt war, während des Sommers aufgestaute Hitze durch die Decke entweichen zu lassen. Morgen. Das Trommeln des Regens auf dem Dach hatte aufgehört. Tatsächlich war außer dem trockenen, kontrollierten Zischen seines Atems nichts zu hören.

Trotzdem wartete er. In seinem vorangegangenen Leben hatte man ihn einmal fünf Tage lang durch einen Dschungel gejagt. Er hatte fast nichts gegessen, nur die nichttoxischen Blätter, die seinem Gehirn das Natrium und das Lithium lieferten, das er brauchte, um auf der Hut zu bleiben. Auch dem bakterienverseuchten Wasser hatte er nicht vertrauen können und sich deshalb auf den Regen verlassen müssen, um

Feuchtigkeit zu bekommen. Im Vergleich mit jenem Dschungel lieferte ihm dieser Dachboden nur wenige Probleme. Schließlich war er das Fasten gewöhnt und brauchte sich auch nicht zu bewegen. Wenn es statt Oktober August gewesen wäre, dann wäre die drückende Hitze hier oben (trotz der Lüftungsschlitze) unerträglich gewesen. Aber unter den gegebenen Umständen – kühl, aber nicht gefährlich kalt – konnte er volle drei Tage hierbleiben. Das war die Grenze – länger konnte ein Mensch ohne Wasser nicht überleben. Vielleicht würde er sogar länger überdauern können, aber dann im Delirium.

Er brütete den ganzen Morgen lang und fühlte den Tod unter sich. Die Leichen würden jetzt die Leichenstarre hinter sich haben und anfangen, von den Körpergasen anzuschwellen, zu stinken. Und das gleiche würde mit Stuart Little geschehen.

Seine Stirn schmerzte, weil er sie dauernd runzelte. 1979, erinnerte er sich, war er so verzweifelt gewesen, daß er sich hatte töten wollen. Das Kloster hatte ihm die einzige Alternative geliefert, eine Möglichkeit, sich zu bestrafen und dabei zu versuchen, seine Seele zu retten.

Warum war er aber jetzt so verzweifelt darauf bedacht, denen zu entkommen, die auf ihn Jagd machten, wer auch immer sie waren? Warum fühlte er sich getrieben, sie davon abzuhalten, das zu tun, was er sich selbst beinahe angetan hätte? Wenn die Meuchelmörder ihn töteten, wäre es immerhin kein Selbstmord. Er würde sich nicht selbst verdammen.

Weil es eine Sache war, den Märtyrertod zu erleiden, und eine ganz andere, sich dafür anzubieten. Anmaßung war eine ebenso verdammenswürdige Sünde wie Verzweiflung. Er durfte nicht wagen, auf Gott zu bauen, daß er ihn rettete, nur weil er wegen seiner Sünden getötet worden war. Er würde für die Erlösung kämpfen müssen. Er mußte alles einsetzen, was ihm zur Verfügung stand, jeden Trick, der ihm einfiel, um seinen Verfolgern zu entkommen.

Ich will bestraft werden. Ja. Für mein vorangegangenes Leben. Für die Mönche, die meinetwegen gestorben sind.

Aber...

Ja?

Mir ist auch eine Pflicht auferlegt.

Oh? Und was verlangt diese Pflicht?

Andere zu bestrafen. Diejenigen, die sie getötet haben.

Aber du hast jene Mönche nicht einmal gekannt. Sie waren Eremiten wie du. Persönlich haben sie dir nichts bedeutet.

Das hat nichts zu sagen. Sie waren menschliche Wesen, und sie sind betrogen worden. Sie haben die Chance verdient, sich um ihre Heiligkeit zu bemühen.

Vielleicht sind sie jetzt im Himmel.

Dafür gibt es keine Garantie. Das ist wieder Anmaßung.

Also ziehst du die Rache der Anmaßung vor? Ist das ein gutes Motiv für einen Kartäuser? Auge um Auge, anstatt die andere Wange hinzuhalten?

Darauf hatte er keine Antwort. Fremde, beunruhigende Gefühle, die seit sechs Jahren in ihm geschlummert hatten, wallten in ihm auf. Die Welt hatte sich in sein Leben hineingedrängt und ihn in Versuchung geführt.

21

In der nächsten Nacht stürmte es wieder. Blitze, die schwach durch die Lüftungsschlitze sichtbar waren, zuckten über den Himmel. Donner ließ das Dach zittern. Er beschloß, das Wetter zu seinem Vorteil zu nutzen, und kroch auf die Falltür zu, schob sie auf, so lautlos das ging, und ließ sich in die Dunkelheit hinuntersinken, die den Ausguß verbarg. Während draußen der Sturm tobte, kroch er in seine düstere Schlafkammer, hielt immer wieder inne, lauschte. Ein Meuchelmörder hätte schon wild entschlossen sein müssen, ganz zu schweigen von der dafür nötigen Geduld, um hier hintereinander zwei Nächte zu warten, nur auf die vage Chance hin, daß Drew sich im Dachboden versteckt hielt. Viel wahrscheinlich war, daß die Bande jemanden dort hinaufgeschickt hätte, hinter ihm her, oder wenigstens Tränengas eingesetzt hätte, um Drew herunterzuzwingen. Außerdem würde das Team, sobald es einmal argwöhnte, daß Drew die Anlage verlassen hatte, sich bedroht fühlen, Angst haben, er würde, wenn ihm die Flucht gelang, die Polizei alarmieren. Nachdem sie ihn nicht gefunden hatten, waren sie praktisch gezwungen gewesen, sich zu entfernen.

Wenigstens hoffte Drew das. Sicher war gar nichts. Aber hier in der Nacht hatte er einen Vorteil auf seiner Seite: Eine seiner ganz besonderen Fähigkeiten, die Folge konzentrierter Spezialausbildung, war Nahkampf in völliger Dunkelheit. Er hatte selbst nach sechs Jahren der Untätigkeit nicht vergessen, wie man das machte. Einen Augenblick lang fühlte er sich in jenen drückend schwarzen Raum in dem verlassenen Flugzeughangar in Colorado zurückversetzt. Reglos wartend, langsam atmend und gespannt lauschend, konnte er keinen lauernden Gegner riechen oder hören.

Natürlich würde das Trommeln des Regens andere Geräusche übertönen. Von einem bestimmten Punkt an mußte er sich ganz auf seinen Instinkt verlassen, seine Schlafkammer durchqueren, auf der Hut, irgendwo gegen Stoff zu stoßen, wenn jemand ihn plötzlich ansprang. Aber das geschah nicht. Er sah sich um. Während der Regen gegen sein Fenster peitschte, zuckte dahinter ein Blitz, beleuchtete den Raum und gab ihm einen Augenblick lang die Chance, sich zu vergewissern, daß niemand da war.

Die Dunkelheit kehrte zurück, während der Donner polterte, und er begriff, daß es ein Fehler gewesen war in den Blitz zu sehen. Seine Pupillen hatten sich verengt, um sich gegen das plötzliche grelle Licht zu schützen; jetzt, wieder in der Dunkelheit, brauchten sie lange Zeit, um sich wieder zu weiten. Seine Nachtsicht war beeinträchtigt. Er mußte warten, beunruhigt, einen Augenblick blind. Quälend langsam begann er schattenhafte Umrisse in der Dunkelheit zu erkennen. Er biß sich auf die Lippen. Also gut, er hatte einen Fehler gemacht, das gab er zu. Aber der Fehler war zugleich nützlich gewesen. Er hatte daraus gelernt. Seine Fähigkeiten stellten sich langsam wieder ein. Schon kalkulierte er, suchte einen Weg, um den Blitz zu seinem Vorteil zu nutzen.

Indem er dem Fenster den Rücken zukehrte, verließ er

seine Schlafkammer, durchquerte die noch tiefere Schwärze seines Studierzimmers und der Betstube, verspürte dort erneut das leise Zupfen der Gewohnheit, anzuhalten und zu beten, und ignorierte es. Auf der Treppe, die in sein Arbeitszimmer hinunterführte, sah er seine offene Tür, sah das Licht, das vom Korridor hereinfiel. Er roch einen nur allzu vertrauten Gestank, der ihm den Magen umkehrte. Als er unten angekommen war, sah er sich vorsichtig im Zimmer um. Sein Becher und seine Schüssel standen immer noch auf der Werkbank. Stuart Little lag noch an derselben Stelle auf dem Boden, aber so, wie er es erwartet hatte, war die Maus jetzt angeschwollen, mit Gas gefüllt.

Drew schluckte – nicht vor Ekel, sondern vor Mitleid. Weil er den Kadaver brauchte, hob er ihn liebevoll am Schwanz an und wickelte ihn vorsichtig in ein Taschentuch, das er auf seinem Holzstapel liegengelassen hatte. Er band das Taschentuch an das Seil, das er zur Selbstzüchtigung benutzt hatte, und schlang es sich um die Hüften.

Aus einer Schublade in seiner Werkbank holte er vier Fotografien, die einzigen Gegenstände, die er aus seinem früheren Leben mitgebracht hatte. Vor sechs Jahren hatte er diese Fotos Father Hafer gezeigt, nachdem ihm der Priester erschüttert die Beichte abgenommen hatte. Die Fotografien hatten das bestätigt, was Drew gesagt hatte, und hatten den Priester überzeugt, seinen Widerstand aufzugeben und Drews Aufnahme in den Kartäuser-Orden zu befürworten. Die Fotos zeigten einen Mann und eine Frau, die von Flammen verzehrt wurden, und einen kleinen Jungen, der von Schrecken erfüllt schrie. Im Kloster hatte Drew diese Bilder jeden Tag studiert und sich an das erinnert, was er gewesen war und an sein Bedürfnis, Buße zu tun. Er konnte es nicht über sich bringen, jetzt ohne diese Bilder wegzugehen.

Er schob sie in eine Tasche seiner Kutte und sah sich um. Was noch? Er brauchte eine Waffe. Die Axt von seinem Holzstapel.

Der Sturm wurde heftiger; obwohl er dem Fenster den Rücken zuwandte, sah er, wie wieder ein Blitz den Raum mit Helligkeit füllte. Er näherte sich der offenstehenden Tür, spähte nach beiden Seiten in den leeren Korridor hinaus, sah sich sehnsüchtig in dem Raum um, der die letzten sechs Jahre sein Zuhause gewesen war, hob dann seine Axt und schlich den Gang hinunter, zum hinteren Teil des Klosters.

Einmal machte er Halt – um eine andere Zelle zu untersuchen. Der scharfe, Übelkeit erregende Gestank, der ihm entgegenschlug, als er die Tür einen Spalt öffnete, sagte ihm alles. Aber er schob die Tür weiter auf und starrte die grotesk verzerrte Leiche eines Mönchs an.

Die Bande hatte also das Kloster so verlassen, wie sie es vorgefunden hatte; hatte jede Tür hinter dem letzten Geheimnis verschlossen und sich nicht die Mühe gemacht, die Toten zu beseitigen – keine Zeit dazu gehabt –, aber wenigstens einen perversen Respekt vor ihren Opfern empfunden.

Auch das hatte nichts zu besagen. Ganz gleich, welcher besonderen Ethik sie auch anhingen – Drew selbst war einmal solcher Ethik treu ergeben gewesen –, sie würden bezahlen müssen.

22

Er stand jetzt vor dem Ausgang, der in den Gemüsegarten führte. Der Donner ließ die dicke Holztür dröhnen.

Er überdachte seine Entscheidungen noch einmal. Der naheliegende Weg aus dem Kloster führte vorn durch das Hauptgebäude, dann den Weg durch den Wald hinunter zu der asphaltierten Landstraße unten am Hügel. Freilich hatte er die Zufahrt nur einmal kurz gesehen, vor sechs Jahren, als man ihn hierhergefahren hatte – aber er erinnerte sich an die Landstraße und die Ortschaft – wie hatte sie doch geheißen? Quentin? – etwa zehn Meilen weiter südlich. Aber wenn der nächste Weg der durch den Wald und hinunter zur Straße war, dann mußte er aus genau dem Grund eine andere Richtung einschlagen. Denn wenn die Bande auch allem Anschein nach die Gegend verlassen hatte, so bestand doch die Wahrscheinlichkeit – eine sehr große Wahrscheinlichkeit sogar – daß man einen Mann zurückgelassen hatte, um das Kloster ein zweites Mal zu durchsuchen. Ein Grund mehr für Drew, hier schnell zu verschwinden.

Aber nicht durch den Vordereingang, nicht auf einem Weg, der bewacht war. Okay, also hinten. Trotzdem, wenn man die professionelle Arbeit der Bande bedachte, mußte Drew weitere Möglichkeiten in Betracht ziehen.

Zum ersten würde der Posten die anderen Ausgänge des Klosters nicht unbewacht lassen. Er würde sich in angemessener Distanz aufhalten, sich einen Standpunkt auswählen, der ihm bequem Überblick über den ganzen Komplex verschaffte. Und es gab nur einen solchen Punkt: hinter dem Kloster auf dem bewaldeten Hügel, der diesen hier überragte.

Und zweitens: Der Posten würde auch für die Nacht gerüstet sein, also entweder ein Infrarot-Teleskop benutzen, das einen unsichtbaren Strahl aussandte, oder einen Restlichtverstärker. Und weil dieser Sturm die Sterne verdunkelte, war ein Infrarotgerät die bessere Wahl.

Drew studierte seine Kutte. Gewöhnlich weiß, war sie jetzt schmutzig-grau von den Spinnweben, dem Staub und der Isolierung auf dem Dachboden. Aber selbst wenn sie mit Kohlenstaub verkrustet gewesen wäre, würde man sie doch in einem Nachtteleskop erkennen. *Es sei denn* – dachte Drew und erinnerte sich an den Blitz.

Er sah nach oben auf die Glühbirne, die an der Korridordecke leuchtete. In dem Augenblick, in dem er die Tür öffnete, würde das zusätzliche Licht den Blick des Postens auf sich ziehen. Es gab keinen Lichtschalter im Korridor – Drew nahm an, daß der Schalter sich an einem Schaltbrett in einer Zentrale befand, die man ihm nie gezeigt hatte –, also griff er nach oben, streckte sich, bis er einen Zipfel seines Umhangs um die Birne wickeln und sie losschrauben konnte. Als zusätzliche Vorsichtsmaßregel ging er den Korridor ein Stück hinunter und schraubte zwei weitere Birnen heraus und umgab sich so mit Dunkelheit. Da der Gang keine Fenster hatte, war von draußen nicht zu erkennen, was geschehen war.

Er kehrte zur Tür zurück, atmete tief durch und betätigte

dann die Klinke. Er zog die Tür langsam auf und war bemüht, eine ins Auge fallende Veränderung in diesem Abschnitt des Klosters zu vermeiden. Und während er die Tür aufzog, hielt er sich dahinter außer Sicht.

Dann war sie endlich ganz offen. Er wartete, bewegte seine Schultermuskeln. Alles kam jetzt auf das richtige Timing an, weil sowohl Infrarot- als auch Restlicht-Teleskope eine gemeinsame Schwäche hatten: Plötzliche Beleuchtung blendete den Beobachter. Die kurze Blindheit, die Drew in seiner Schlafkammer erlebt hatte, als er den Blitz dazu nutzte, um sich im Raum zu orientieren, würde durch ein Nachtteleskop drastisch verstärkt werden. Normaler Instinkt hätte Drew dazu veranlaßt, in dem Intervall der Schwärze zwischen den Blitzen aus dem Kloster zu rennen. Aber Drew hatte begriffen, daß seine einzige Chance, dies ungesehen zu tun, darin lag, genau das Gegenteil zu tun – sich in Bereitschaft zu halten, seine Reflexe zu alarmieren und in dem Augenblick loszurennen, in dem der nächste Blitz zuckte.

In der Dunkelheit schob er sich ein Stück hinter der Tür vor und studierte den Garten. Mit angehaltenem Atem spähte er in die regenverhängte Nacht hinaus. Er schloß die Augen und sah weg, als der Blitz einen Baum draußen hinter dem Garten traf. Ein Ast krachte. Dann setzte wieder abrupt die Nacht ein. Aber er wußte jetzt, wo er hinrennen mußte. Donner. Bald folgten die Blitze dichter aufeinander. Drew malte sich die Qualen aus, die der Posten erleiden mußte.

Nun, worauf wartest du? fragte er sich. Willst du hier noch herumhängen, zur Messe gehen?

In dem Augenblick, in dem der nächste Blitz zuckte, rannte Drew aus der offenen Tür. Sofort peitschte der Regen in sein Gesicht. Er streckte die Axt von sich weg und warf sich in den weichen Schlamm hinter einem gestutzten Zedernbusch. Der Regen durchtränkte seine Kutte, drang eisig zu seiner nackten Haut durch. Fast im selben Augenblick ließ der Donner die weiche Erde unter ihm erzittern. Trotz dieses Angriffs auf seine Sinne registrierte ein Teil seines Bewußtseins die fremd gewordene Süße der Luft, das vergessene Prickeln des Windes – Gefühle, die ihm ehemals vertraut gewesen waren und jetzt nach der langen Abgeschlossenheit neu auf seine Sinne einstürmten. Aber er hatte keine Zeit, sie auszukosten oder sich darüber Gedanken zu machen, wie sehr er sie vermißt hatte. Er rieb sich den Schlamm aus den Augen und studierte sein nächstes Ziel. Als der nächste Blitz herunterzuckte, hatte er sich bereits darauf vorbereitet, huschte an schlüpfrigen Pfützen vorbei und ließ sich schwer hinter einem Komposthaufen fallen. Sein fauliger Geruch ließ ihn würgen, aber auch dieser Komposthaufen war ihm unerwartet willkommen.

Obwohl der Regen kalt war, begann er zu schwitzen. Wohin jetzt? Sein endgültiges Ziel war der brütende Wald hinter dem Garten, aber er mußte sich ihm im Zickzack nähern – zuerst zu einem kleinen Geräteschuppen, dann zu einer mit Wasser gefüllten Furche zwischen Reihen von bereits geerntetem Mais, dessen Stoppeln mithelfen würden, ihm Deckung zu verschaffen. Sein Herz schlug beängstigend. Aber während eines Blitzstrahls konnte er höchstens zehn Fuß weit rennen. Er wagte es nicht, in Bewegung zu bleiben, sobald der Posten wieder durch das Nachtteleskop sehen konnte. Wieder ein Blitz. Er hetzte los und warf sich hinter einem mit Stroh abgedeckten Erdhaufen hin, wo Kartoffeln gewachsen waren. Dann preßte er die Augen zu, schützte sie vor dem grellen nächsten Blitz. Als der Donner dröhnte, schlug er sie wieder auf. Die Abstände zwischen Blitz und Donner wurden kürzer, nur noch zwei Sekunden, und das Zentrum des Sturms rückte näher. Gut. Er konnte die Ablenkung brauchen, die das möglicherweise für den Posten war.

Er starrte in die Dunkelheit. In dem kalten, schweren Regen wählte er sich blinzelnd eine nächste Deckung aus, ein paar hüfthohe, ineinander verwachsene Himbeerbüsche. Ein Blitz flammte auf, und er rannte los, glitt aber im Schlamm aus und verlor das Gleichgewicht, landete auf dem Gesicht, so daß ihm das Wasser in die Nase drang und seinen Mund füllte. Er hustete, konnte nicht atmen, wälzte sich auf die Himbeerbüsche zu. Dunkelheit hüllte ihn ein. Er schnaubte, um Nase und Mund freizubekommen.

Hatte er die Büsche rechtzeitig erreicht? Hatte der Posten

ihn entdeckt? Sein Herz pochte bis in den Kopf, sein Magen rebellierte, seine Lungen flatterten. Er zitterte erschöpft, so als wäre er meilenweit gerannt. Das Gesicht dem Himmel zugewandt, ließ er sich vom Regen die Augen, die Nase und die Lippen reinwaschen. Er ließ das Wasser im Mund kreisen, spuckte es aus und ließ dann zu, daß der Regen erneut seinen Mund füllte, und schluckte, kostete die Süße des Wassers und genoß die Erleichterung, die es seiner angeschwollenen Kehle brachte.

Er mußte weiter! Zuerst zu ein paar Weinranken an einem hölzernen Gerüst.

Und dann...

Endlich hatte er das Unterholz erreicht und damit den Schutz des Waldes. An seiner Kopfhaut, seinem Gesicht und seiner Kutte hingen Schlammklumpen, glitten an seinen Armen herunter, sammelten sich an seinen Fingern und plumpsten in das tote Laub zu seinen Füßen.

Aber er hatte es geschafft. Der Posten hatte ihn nicht entdeckt.

So mußte es sein. Denn: Wenn er ihn gesehen hätte, wäre er jetzt tot gewesen.

Er gab sich größte Mühe, wieder gleichmäßig zu atmen. *Ich bin raus. Ich bin frei!* Jetzt blieb nur noch, den Wald zu durchqueren, seine Deckung zu nutzen und zu entkommen.

Doch wohin? Einen Augenblick lang machte ihn die Frage benommen. In seinem früheren Leben hätte er automatisch bei seinem Netz Zuflucht gesucht, bei Scalpel. Aber Scalpel war am Ende sein Feind geworden. Um zu überleben, hatte er Scalpel glauben gemacht, er wäre tot.

Wohin konnte er sich also retten? Ein plötzlicher Funken langer, gewaltsam unterdrückter Zuneigung sagte ihm, daß er zu Arlene gehen solle. Sie würde ihm helfen, das wußte er. Sie hatten sich einmal geliebt. Trotz der vielen Jahre war er bereit, aufgrund dessen, was einmal zwischen ihnen gewesen war, es zu riskieren. Er konnte sich auf sie verlassen. Und wenn er sie erreichte, würde er auch Jake erreichen, ihren Bruder. Jake, seinen Freund.

Und doch mußte er sie widerstrebend aus seinen Gedanken verbannen. Wenn es in den alten Tagen seine Pflicht gewesen wäre, sein Netz zu kontaktieren, so existierte diese Pflicht immer noch, nur daß sie sich nicht auf Scalpel bezog, sondern auf sein gegenwärtiges Netz, die katholische Kirche. Er mußte die Kirche warnen, ihr von dem Überfall auf das Kloster berichten. Er mußte die Kirche entscheiden lassen, wie sie sich mit der Krise auseinandersetzen wollte. Die Kirche würde ihn schützen.

Aber jetzt, nachdem er sein Ziel kannte, nutzte er die Deckung des Waldes immer noch nicht, um sich zu entfernen. Statt dessen blickte er zu dem Hügel hinter dem Kloster hinüber, den gerade ein weiterer Blitz in seiner ganzen Größe sichtbar machte. Als ihn wieder Dunkelheit einhüllte, verstand er sein Zögern nicht. Die Flucht lag vor ihm – seine Chance, zu entkommen und die Kirche zu warnen. Weshalb fühlte er sich also gedrängt...?

Mit flammenden Augen starrte er zu dem Hügel hinüber und begriff, was er zu tun hatte, was jetzt die größte Priorität hatte: der Posten. Ja, er mußte den Posten in seine Gewalt bekommen, ihn zum Reden bringen. Der Mann würde sich logischerweise einen Aussichtspunkt gewählt haben, wo die Bäume seine Sicht nicht behinderten. Das deutete darauf hin, daß er sich hinter einer Lichtung verstecken würde. Nach den Jahren, die er in seinem Schatten gelebt hatte, war Drew mit den Konturen jenes Hügels wohlvertraut. Selbst in der Dunkelheit und im Sturm konnte er die drei größeren Lichtungen oben am Abhang klar ausmachen, die drei wahrscheinlichsten Aussichtspunkte.

Wenn es wirklich eine Wache gab. Beweise dafür hatte er nicht. Er ging immer noch von seinen Annahmen aus.

Aber es gab einen Weg, das sicher zu wissen.

Und einen Weg, herauszufinden, warum die Killerbande hierhergeschickt worden war – herauszufinden, bei wem die Schuld lag.

23

Die Intensität des Sturms nahm zu. Indem er die peitschende Gewalt des Regens ignorierte, arbeitete er sich durch den Wald, vorbei an Baumstümpfen und umgestürzten Bäumen, auf die Schwärze jenes Hügels zu.

Er hielt seine Axt so fest umklammert, daß seine Knöchel schmerzten, erreichte die Basislinie des Hügels und ging in einem Halbkreis um ihn herum. Als er hinten angelangt war, stieg er nach oben. Bäume peitschten ihn, die von der Gewalt des Windes zerzaust waren. Er klammerte sich an Schößlingen fest, Ästen, Büschen, an allem, um sich daran in die Höhe zu ziehen.

Als er oben angelangt war, hörte er auf, sich wegen des Lärms, den er machte, Sorgen zu machen; das Tosen des Sturms war lauter als jedes Geräusch, das er hätte verursachen können, selbst einen wilden Schrei hätte es übertönt. Er begann zu kriechen, nutzte die Deckung, die Büsche und herunterhängende Äste ihm boten.

Von einem sorgfältig gewählten Standpunkt aus entschied er, daß die Bäume hinter der ersten Lichtung nicht als Versteck dienten. Er trat in den Wald zurück und strebte der zweiten Lichtung zu. Unter dem Hügel waren trotz des Regens Lichtpunkte vom Kloster sichtbar. Wahrscheinlich sah es ganz genauso aus wie in jeder anderen Nacht. Nur daß es kein Kloster mehr war. Jemand hatte es in ein Haus des Todes verwandelt.

Er studierte die Deckung hinter der zweiten Lichtung, entschied, daß auch dort niemand war, und wandte sich um, um auf die dritte zuzugehen, als ein unnatürliches Rascheln zwischen den Bäumen seine Aufmerksamkeit wieder auf die zweite Lichtung lenkte. Seine Nervenenden prickelten. Mit zusammengekniffenen Augen – weil gerade wieder ein Blitz über den Himmel zuckte – sah er eine dunkle Nylonplane, die in Kopfhöhe wie ein improvisiertes Zelt gespannt war, die Seiten und die hintere Hälfte halb zum Boden geneigt, um zu verhindern, daß der Regen schräg eindrang. Die vier Ecken waren an Bäumen festgebunden, und der Wind zerrte wild an den Tauen. Ein senkrecht in den Boden gerammter Stock stützte die Mitte. Natürlich! Ein Beobachter hätte sich nicht die Mühe gemacht, ein kompaktes Zelt nach hier oben zu schleppen. Aber eine Nylonplane brauchte selbst in einem leichten Tragebeutel nicht viel Platz. Sie bot zwar nicht soviel Komfort wie ein Zelt, aber auf Komfort kam es nicht an.

Er mußte den nächsten Blitz abwarten. Die Wirkung war so, wie wenn man in einem Stroboskoplicht sporadische Bilder sieht. Unter der Nylonplane sah er zwischen den heruntergezogenen Seiten und dem Boden die Beine und Hüften eines Mannes – Bergsteigerstiefel, Jeans, ein Messer in einer Scheide an einem Gürtel.

Dunkelheit. Drew kauerte sich nieder, um unter der Zeltplane mehr erkennen zu können.

Wieder ein Blitz, und er sah den Oberkörper des Mannes. Groß und muskulös, auf dem Kopf eine Strickmütze, ansonsten mit einer gesteppten Nylonweste und einem Hemd aus dickem Tuch bekleidet, in stumpfen Farben, um im Wald nicht aufzufallen. Der Mann spähte den Hang hinunter zu dem Kloster. Er benutzte ein Infrarot-Teleskop – die lange Silhouette war deutlich zu erkennen –, das auf einem Scharfschützengewehr befestigt war, welches wiederum auf einem Dreibein montiert war. Als wieder ein Blitz über den Himmel zuckte, wandte sich der Mann von dem Teleskop ab, rieb sich die Augen und trank aus einer Thermosflasche, die er neben seinem Tragebeutel in der Astbeuge eines Baumes verstaut hatte.

Drew zog sich ein paar Meter zurück; der Regen peitschte ihm ins Gesicht. Er sah auf die Axt, die er in der Hand hielt, und entschied, daß er nicht angreifen konnte, indem er einfach unter die schräggespannte hintere Seite der Nylonplane rannte. Auf diese Weise wäre er in seiner Bewegungsfähigkeit zu sehr behindert. Die Gefahr, daß er im Schlamm ausrutschte oder an die Plane stieß und damit den Mann warnte, war zu groß.

Nein, dachte Drew, es mußte eine bessere Möglichkeit geben.

Er beobachtete, wie die Nylonplane vom Wind hin und her

gezerrt wurde, und nickte, kroch nach rechts auf das Seil zu, mit dem eine Ecke der Plane an einem Baum vertäut war. Er betastete den Knoten und erkannte die Form. Ein Ziehknoten; kräftig und verläßlich, aber nichtsdestoweniger leicht dadurch zu lösen, daß man am freien Ende des Seils zog.

Das tat er jetzt. Sein Plan war, den Mann unter der Plane zu fangen und ihn mit einem Schlag mit dem stumpfen Ende der Axt bewußtlos zu schlagen. Aber die Plane tat ihm nicht den Gefallen, in sich zusammenzubrechen; vielmehr wurde sie vom Wind erfaßt und in die Höhe gerissen, so daß der Mann dem Sturm ungeschützt ausgesetzt war. Ein Blitz zerschmetterte einen in der Nähe stehenden Baum. Der Mann wirbelte überrascht herum und bemerkte Drew.

Die Axt war jetzt nutzlos. Zu schwer, zu langsam. Drew ließ sie fallen, stürzte sich nach vorne. Immerhin hatte er noch den Vorteil der Überraschung, denn der Mann schien nicht nur durch die weggerissene Plane verblüfft, sondern auch durch das, was er plötzlich vor sich sah – einen wütenden Mönch, dessen asketisches Gesicht ein Abbild des Schreckens war und dessen Kutte so mit Schlamm besudelt war, daß er ebensogut ein Alptraum aus den tiefsten Gründen der Erde hätte sein können.

Der Angriff auf das Kloster hatte gezeigt, daß es sich bei der Bande um Profis handelte. Trotzdem stieß der Beobachter unwillkürlich einen Schrei aus, und in dem Augenblick schrie Drew ebenso – schrie den traditionellen Zen-Schrei hinaus, der dazu diente, den Gegner abzulenken und zugleich Drew dabei zu helfen, die Kraft zu sammeln, die er mit der Luft aus seiner Lunge ausstieß. Es lag Jahre zurück, daß er mit bloßen Händen gekämpft hatte; aber seine täglichen Übungen, zu denen auch die Tanzschritte der Kriegskünste gehört hatten, hatten dafür gesorgt, daß seine Reflexe nicht eingerostet waren. Auch wenn er jene Tanzschritte aus spirituellen Gründen geübt hatte, gab es doch allem Anschein nach Dinge, die man nie vergaß. Seine früheren Instinkte stellten sich mit geradezu beunruhigender Präzision wieder ein.

Einem ungeschulten Beobachter wäre das, was sich jetzt

anschloß, sogar noch schneller vorgekommen als die dreizehn Sekunden, die es in Anspruch nahm. Die ineinander übergehenden Bewegungen wären verwirrend gewesen, fast unmöglich voneinander zu unterscheiden.

Aber für Drew – und ohne Zweifel auch seinen Widersacher – dehnte sich die Zeit erstaunlich. So wie ein Tennischampion den Ball mit der Schwerfälligkeit eines Medizinballs herannahen sieht, so empfanden diese Männer ihre Begegnung, als wären sie Riesen in Zeitlupe.

Drew schlug seinem Gegner mit dem Handrücken direkt über dem Herz gegen den Brustkasten. Der Schlag hätte die Rippen seines Feindes zerschmettern und Knochensplitter nach innen treiben sollen, um Herz und Lunge aufzuspießen.

Doch das geschah nicht. Durch die Handkante spürte er sofort, was nicht stimmte. Die wattierte Nylonjacke seines Widersachers war so mit Daunen oder – noch wahrscheinlicher – mit schnell trocknendem Synthetikschaum gefüttert, daß sie die Wucht seines Schlages abgefangen hatte. Ein grunzender Laut des Mannes ließ erkennen, daß er immerhin Schaden angerichtet hatte, aber nicht genug, um ihn bewegungsunfähig zu machen.

Der Mann hatte sich bereits wieder gefangen, war in die Knie gegangen und hatte sich mit dem Rücken gegen einen Baum gelehnt. Drew mußte mit der anderen Handkante zuschlagen. Diesmal richtete sich sein Schlag auf die Kehle. Aber sein Gegner reagierte. Während ein Blitz Drew blendete (aber vermutlich auch seinen Gegner), bemühte er sich blindlings, den Schlag abzulenken, von dem er wußte, daß er auf sein Herz zielte.

Den ersten Schlag hatte er mit der rechten Hand geführt. Und so stieß er jetzt mit der linken Hand nach oben, leicht nach innen gerichtet, davon ausgehend, daß sein Gegner – den er über dem Herzen getroffen hatte – mit der gegenüberliegenden Körperseite würde reagieren müssen.

Drews linke Hand traf den nach vorne schießenden rechten Arm des Gegners am Ellbogen und renkte ihn aus. Die Wucht des Aufpralls ließ sie beide im Schlamm taumeln.

Drew hörte den Mann stöhnen. Sein Gegner glitt aus, prallte gegen ihn, und sein ausgerenkter Arm verhängte sich im Latz von Drews schlammbesudelter Kutte. Der Latz war groß genug, um als Schlinge benutzt zu werden. Als die Dunkelheit wieder über ihnen zusammenschlug, fanden sie sich Brust an Brust ineinander verhängt. Drew roch die mit Knoblauch gewürzte Wurst, die der Mann gegessen hatte. Der fremdgewordene Gestank von Fleisch war übelkeiterregend.

Er stieß zu und stemmte die Füße ein, worauf sein Gegner zurückstieß. Sie taumelten hin und her, glitten über den Schlamm und kämpften keuchend.

Drew spürte, wie sein Gegner nach hinten griff, nach etwas an seiner Hüfte tastete.

Und erinnerte sich.

Das Messer in der Scheide am Gürtel seines Feindes.

Darauf vorbereitet, nach der Hand zu schnappen, die das Messer halten würde, überlegte Drew es sich blitzartig anders. Er mußte schneller zuschlagen. Er brauchte eine Waffe.

Und die Waffe war zur Hand. Ohne an die Bedeutung seiner Handlung einen Gedanken zu verschwenden, griff er nach dem Kruzifix, das an einer Kette um seinen Hals hing. Er umklammerte den Kopf Christi und rammte den langen schlanken Teil des Kruzifix' seinem Gegner in das weitgeblähte rechte Nasenloch.

Jetzt schlug der Sturm mit voller Wucht zu. So als wollte er damit das verdammen, was Drew getan hatte, flammten so viele Blitze über den Himmel, daß es so aussah, als wäre das Firmament selbst zersprungen.

Der Mann war nicht tot. Drew hatte das auch nicht erwartet. Aber ein solches Eindringen in eine Körperöffnung mußte zum Schock führen. Wie nicht anders zu erwarten, verkrampfte sich der Mann in tödlicher Pein, fing zu jammern an, begann zu zittern. Erstaunlicherweise funktionierte sein Überlebensmechanismus weiter, und seine freie Hand stieß mit dem Messer zu.

Immer noch an den zitternden Körper gepreßt, fing Drew das Messer ab, dessen Klinge den Ärmel seiner Kutte aufschlitzte, und stieß dann die Haut zwischen dem Daumen und Zeigefinger seiner Hand hart gegen die Kehle des Mannes und hörte, wie seine Luftröhre zerriß.

Der Blitz schlug neben ihm ein und zerfetzte einen Baum in seine Bestandteile. Das Aufbrüllen der Elemente betäubte ihn, riß ihn von den Füßen. Während Splitter auf ihn herunterhagelten, wurden er und der Mann von dem Wald förmlich weggeschleudert. Sie taumelten in die Lichtung, rollten den Abhang hinunter, überschlugen sich, einmal Drew oben und einmal der andere, und landeten schließlich an einem Felsbrocken. Drew stöhnte unter dem Aufprall. Während er sich bemühte, den Arm des Mannes von seiner Kutte zu lösen, sah er auf das im Dunklen liegende Gesicht hinunter, betastete die Ader an dem Hals des Mannes und erkannte, daß er tot war.

Ein Würgen überkam Drew. Der peitschende Knall des Blitzes hallte immer noch in seinen Ohren nach. Benommen schüttelte er den Kopf und spähte mit zusammengekniffenen Augen zu der Lichtung hinauf, auf den rötlichen Rauch, der sich zehn Fuß von der zerfetzten Nylonplane entfernt aus den Überresten eines Baumes erhob. Der Geruch von Ozon drang an seine Nase. Wieder zuckte ein Blitz über den Himmel.

Er fröstelte, blickte wieder auf den Mann hinab, den er getötet hatte. Als er in das Kloster eingetreten war, hatte er geschworen, daß das Töten ein Ende gefunden hatte. Und jetzt...

Er hätte sich rechtfertigen können, den Mann im Zorn getötet zu haben – wegen der Mönche, wenn nicht wegen Stuart Little. Zorn war ein natürlicher menschlicher Fehler, eine angeborene Schwäche. Das Vermächtnis Kains. Aber er hatte nicht im Zorn getötet. Er hatte den Zorn weit hinter sich gelassen und war von einem viel tieferen Urinstinkt geleitet worden – dem Überlebenstrieb. Und die Jahre hatten nichts daran geändert. Er besaß den Instinkt immer noch, und seine Ausbildung war so wirksam gewesen, daß er selbst jetzt imstande war, automatisch den Tod herbeizuführen – so wie ein Knie zuckt, wenn man es mit einem Gummihammer antippt.

Wenn ich ihn durch Zufall getötet hätte, wäre es mir gleichgültig. Aber ich habe es reflexartig getan. Weil ich mich besser auf das Töten verstehe.

O Jesus! Er betete und erinnerte sich voll Schrecken daran, was er mit dem Kruzifix getan hatte. Hab Barmherzigkeit mit diesem Sünder. Ich wollte das nicht werden, was ich bin. Man hat es mir aufgezwungen. Aber ich hätte mich besser beherrschen sollen.

Während der Regen über sein Gesicht strömte und sich mit seinen Tränen vermischte, beugte er den Kopf in Richtung auf den Mann, den er getötet hatte, und schlug sich gegen die Brust. Durch meine Schuld. Meine drückende Schuld.

Er wollte sich übergeben.

Doch er hatte trotzdem keine Wahl. Er durfte die Beherrschung nicht verlieren. Verbittert richtete er sich auf und zog seine Kutte und sein härenes Hemd aus. Sein nackter Körper fröstelte im eisigen Regen. Er entkleidete den Toten und zog dessen Kleider an. Wenn er gezwungen war, wieder in die Welt einzutreten, dann konnte er nicht damit rechnen, daß er überlebte, wenn er in einer Kutte auf sich aufmerksam machte. Er mußte Vorsichtsmaßregeln treffen. Dieser Mann war nicht allein gewesen; dort draußen waren andere, die darauf warteten, ihn zu töten. Warum? Er wußte es nicht. Aber ein neues Verständnis hatte ihn überkommen. Sein Motiv war über das Bedürfnis hinausgewachsen, seine Mitmönche zu rächen. Eine niedere Empfindung, die er sich gezwungenermaßen eingestand. Denn jetzt, da er wieder getötet hatte, hatte er seine unsterbliche Seele in Gefahr gebracht. Und denjenigen, die dafür die Verantwortung trugen, konnte er nur empfehlen, einen guten Grund für ihr Tun zu haben.

24

Die Kleider seines Feindes paßten Drew schlecht; alles war zu weit. Er mußte seine eigenen Socken über die des Toten ziehen, damit die Stiefel paßten. Die Jeans hingen an ihm herunter, als hätte er eine Abmagerungskur gemacht, was ja in gewisser Weise auch der Fall war. Wäre die Steppjacke nicht gewesen, so hätte Drew wie eine Vogelscheuche ausgesehen. Er steckte das Taschentuch, in das er Stuart Little gewickelt hatte, in eine Jackentasche und schlang sich das Seil um die Hüften. Er holte die Fotos aus seiner Kutte und schob sie in die andere Jackentasche. Dann stieg er den Hügel wieder hinauf, zu dem Dreibein, dem Karabiner und dem Infrarot-Teleskop. Der Regen durchnäßte ihn. Er sah sich um, bis sein Blick auf den Tragebeutel fiel, den sein Gegner in der Astbeuge eines Baumes verkeilt hatte. Er öffnete ihn...

Eine Mauser-Pistole. Er überprüfte sie, vergewisserte sich, daß die Waffe voll geladen war, und schob sie sich dicht beim Rückgrat in den Hosenbund.

Zwei mit Munition gefüllte Magazine. Er steckte sie in die Tasche, in der sich bereits Stuart Little befand.

Ein großer Plastikbeutel mit Schokoladeriegeln, Erdnüssen und Trockenobst. Er fing mit den Erdnüssen an, weil er das Salz brauchte, und kaute sie langsam und hungrig.

Keine Zeit. Was konnte er sonst noch mitnehmen, ehe er ging? Er zwang sich nachzudenken. Was würde er sonst noch brauchen, um sich der Welt da draußen zu stellen? Gab es etwas, das ihm früher selbstverständlich gewesen war und von dem er inzwischen gelernt hatte, daß man auch ohne es leben konnte?

Ein Gegenstand kam ihm in den Sinn, und er griff nach der Hüfte der Jeans, die er sich angezogen hatte, holte die Brieftasche des Toten heraus. Er öffnete sie und kniff die Augen zusammen, als ein Blitz über den Himmel zuckte, und sah ein paar Zwanziger und Fünfer. Also gut. Das, was er hatte, lief auf eine weitere Waffe hinaus. In einem Fach der Brieftasche ertastete er ein paar Plastikkarten, von denen er annahm, daß es sich dabei um einen Führerschein und Kreditkarten handelte. Die Daten darauf würden natürlich alle gefälscht sein. Ein Profi würde nie mit einer echten Identität in eine Operation gehen; Zweck der Dokumente war es lediglich, keinen Verdacht zu erwecken, falls der Mann in einen Verkehrsunfall geraten oder gezwungen sein sollte, eine Nacht in einem Motel zu verbringen. Aber einer oberflächlichen Untersuchung würden die gefälschten Papiere standhalten, und deshalb konnte Drew sie eine Zeitlang benutzen.

Was sonst noch? während er sich umsah und überlegte, hörte er plötzlich eine Stimme hinter sich. Er duckte sich und fuhr gleichzeitig herum, die Hände erhoben, um sich zu verteidigen. Trotz des pfeifenden Windes hörte er die Stimme wieder – vor ihm, zu seiner Linken, eigenartig gedämpft, laut und doch fern.

»George?«

Drew runzelte die Stirn, suchte argwöhnisch den Wald vor sich ab.

»George, wo bist du?« Die Stimme klang verstärkt, irgendwie metallisch. Jetzt war das Knacken von atmosphärischen Störungen zu hören. »George, was, zum Teufel, machst du eigentlich? Bist wohl pinkeln? Deine Meldung ist überfällig.« Wieder Knistern.

Drews Spannung lockerte sich. Er spürte, wie seine Muskeln sich lösten. Er ging auf die Stelle zu, von der die Stimme ausging. Das Walkie-talkie hing in der Nähe des Tragebeutels am Baum. Vorher hatte es die Nylonplane geschützt, jetzt hing es frei im Regen.

»Herrgott noch mal, George, melde dich!«

Drew hätte beinahe den Sendeknopf gedrückt und sah sich der starken Versuchung ausgesetzt, Antwort zu geben – freilich nicht, indem er vorgab, George zu sein, weil Drew keine Ahnung hatte, ob Georges Stimme nun hoch oder tief war, ob George einen ausgeprägten Akzent hatte oder vielleicht erkältet war. Es war höchst unwahrscheinlich, daß er den Mann am anderen Ende würde täuschen können. Trotzdem wollte Drew antworten, um den Schock zu erleben, den der Mann empfinden würde, wenn eine fremde Stimme über das Walkie-talkie kam und plötzlich verkündete: »Tut mir leid.

George kann im Augenblick nicht an den Apparat kommen. Er ist tot. Kann ich ihm etwas ausrichten?«

Reiß dich zusammen, dachte Drew. Wenn du anfängst, solche Späße zu machen, dann bist du kurz vor dem Umkippen.

Er widerstand dem Drang. Aber er wußte bereits mehr, als er noch vor einer Minute gewußt hatte. Der Posten war nicht allein gewesen. Irgendwo ganz in der Nähe hatte er einen Partner.

Er wog die Möglichkeiten ab. Dieser Hügel über dem Kloster war der beste Punkt, von dem aus man alle Ausgänge der Anlage beobachten konnte. Aber war es praktisch, hier oben zwei Männer zu postieren? War es sinnvoller, zwei Männer im Schichtbetrieb arbeiten zu lassen, abwechselnd, so daß jeder eine Chance bekam, sich ein wenig aufzuwärmen und zu schlafen?

Wo schlafen? Hatte die Bande ein Fahrzeug in der Gegend? So sehr Drew auf Antworten angewiesen war, brauchte er doch auch ein Transportmittel, hatte aber nicht viel Zeit, danach zu suchen.

»George, was, zum Teufel, ist los?« forderte die knatternde Stimme aus dem Walkie-Talkie. »Hör jetzt auf mit dem Blödsinn! Bist du okay?«

Ehe der Mann am anderen Ende hinreichend beunruhigt war, um nach seinem Partner zu suchen oder gar die Gegend zu verlassen, mußte Drew ihn finden. Und wenn Drews Überlegung logisch war, dann hatte er eine gute Chance, wenn er entlang der Straße suchte.

Er verließ die Baumgruppe und stieg, vom Regen getrieben, den Hügel hinunter. Als er bei dem Toten angelangt war, hielt er abrupt inne. Er hatte sich die Frage gestellt, was er sonst noch brauchen würde, um in der Welt zu überleben. Ein Gegenstand an der nackten Leiche, das einzige, was Drew nicht entfernt hatte, erweckte seine Aufmerksamkeit. Völlig überflüssig und in den letzten sechs Jahren nie vermißt, schien es ihm plötzlich wesentlich.

Er kniete im Regen nieder und nahm der Leiche die Armbanduhr ab.

Als er sie um sein Handgelenk legte, spürte er, wie ihn eine Veränderung überkam. Ja, dachte er mit ungeheurer Sorge, und plötzlich traten ihm Tränen in die Augen – jetzt war er wieder in die Welt eingetreten.
Die Zeit hatte wieder angefangen.

25

Als er am Fuße des Abhangs angelangt war, bog Drew nach rechts ab, arbeitete sich schnell durch ein weiteres Waldstück, bis er den hohen Drahtzaun erreichte, der das Land rings um das Kloster einschloß. Der Lärm des Sturms hielt an und überdeckte die Geräusche, die er beim Überklettern des Zaunes machte. In dem Augenblick, als er sich auf der anderen Seite in den Schlamm fallen ließ, nahm er instinktiv eine verteidigungsbereite kauernde Haltung an. Soeben hatte er eine weitere Schwelle überschritten. Ebenso wie die Uhr an seinem Handgelenk bedeutete die Überwindung dieses Zauns eine weitere Stufe auf dem Weg vom Frieden des Klosters in die Unruhe der Welt.

Aber er durfte nicht zulassen, daß sein Bedauern ihn aufhielt oder störte. Er mußte die Kirche erreichen, speziell Father Hafer, seinen Kontaktmann, seinen Beschützer. Er mußte die Bedingungen akzeptieren, die man ihm aufgezwungen hatte, mußte dorthin gehen, wo ihn die Notwendigkeit hinführte. Die Antworten, die toten Mönche im Kloster – *sie* waren es, worauf es ankam. Nicht sein Widerstreben.

Er arbeitete sich im Sturm den nächsten bewaldeten Abhang hinunter, bis er die Straße erreichte. Ein Blitz zeigte ihm, daß sie, so wie er sich erinnerte, asphaltiert war. Der Regen glänzte auf dem Asphalt. Nach dem schwierigen Gelände, das er bis jetzt hinter sich gebracht hatte, wirkte die glatte, unbehinderte Straßenfläche einladend auf ihn. Aber er wagte es nicht, sich zu zeigen. Er würde durch das Unterholz am Straßenrand kriechen müssen.

Er blieb stehen, um sich zu orientieren. Das Kloster lag jetzt links von ihm. Noch ein paar Meilen und ein paar Haarnadelkurven weiter lag die nächste Ortschaft, Quentin. Er versuchte die Strategie der Killerbande nachzuempfinden. Wenn er einer der beiden Männer gewesen wäre, die sie zurückgelassen hatten, um das Kloster zu überwachen – für den Fall, daß ihre Zielperson in der Gegend geblieben war –, würde er ganz bestimmt nicht im Wald campieren wollen. Zu feucht und zu kalt. Er würde sich einen trockenen, warmen Ort wünschen, um dort zu schlafen und die Kleider zu wechseln und etwas zu essen, während sein Partner oben auf dem Hügel Wache hielt. Aber er würde sich auch Beweglichkeit wünschen und die Möglichkeit, eiligst aus der Gegend zu verschwinden, falls das nötig sein sollte. Diese Kombination von Bedürfnissen deutete auf ein Fahrzeug, das groß genug war, um Gerätschaften und ein Bett darin unterzubringen – ein Campingwagen also beispielsweise oder ein Lieferwagen. Und er würde ganz sicher damit nicht an einer Stelle parken, wo die Polizei vielleicht vorbeifahren könnte. Das wahrscheinliche Versteck würde sich nicht an dem Straßenstück befinden, das nach Quentin führte, sondern auf der entgegengesetzten Seite des Klosters. Rechts von Drew. Wo die Straße zu der Ahornsirupfabrik führte und nachher nur in die fast unbewohnte Landschaft.

Fünfzehn Minuten später fand er einen Lieferwagen. Am Straßenrand, an einer Stelle vor einer Kurve, von wo aus man die Einfahrt in das Straßenstück sehen konnte, das zum Kloster führte. Eine logische Position, dachte Drew. Das einzig sichere Anzeichen dafür, daß ich entkommen war, wäre eine Anzahl Fahrzeuge, die beim Kloster eintreffen würden – Ambulanzen, Polizei, der Gerichtsmediziner. Wer sonst außer einem Überlebenden des Anschlags hätte die Behörden informieren können? Sobald die Bande überzeugt war, daß ich mich nicht in der Gegend befinde, konnten die beiden zurückgelassenen Posten abziehen. Umgekehrt würde ihr Argwohn, daß ich nicht entkommen war, um so größer werden, je länger sich die Behörden nicht einfanden.

Aber er mußte sich vergewissern, daß der Lieferwagen hier

nicht einfach wegen einer Panne parkte oder weil der Fahrer müde geworden war und ein Nickerchen machte. Er kroch weiter an der Straße entlang durch das Unterholz, bis er sich dicht hinter dem Lieferwagen befand – er hatte keine Seitenfenster, nur hinten eines, das wie ein Bullauge aussah. Geduckt, um durch das Fenster nicht gesehen zu werden, hetzte er quer über den Asphalt und kauerte sich neben dem rechten Hinterrad nieder. Das nach außen gewölbte Heckfenster konnte so gestaltet sein, um die Sonnenhitze abzulenken; andererseits war ebensogut möglich, daß es den Zweck hatte, den Einblick von draußen zu behindern. Vielleicht war das Fenster sogar nur von innen durchsichtig oder verfügte über eine herunterziehbare Jalousie. Vielleicht war das Glas sogar kugelsicher und auch die Karosserie des Wagens geschützt. Das alles waren natürlich angenommene Möglichkeiten, die man nur durch ein Experiment überprüfen konnte.

Dennoch gab es einen einfachen Test, um herauszufinden, ob ein scheinbar ganz normales Fahrzeug für den Kampf ausgerüstet war. Drew brauchte sich nur auf den Asphalt zu legen und unter das Chassis zu sehen. In der Dunkelheit mußte er warten, bis sich wieder ein Blitz im Asphalt spiegelte. Aber selbst in diesem kurzen Lichtschein sah er das, worauf es ihm ankam: Der Lieferwagen besaß keinen sichtbaren Benzintank.

Der daraus zu ziehende Schluß lag auf der Hand: Da der Benzintank im hinteren Teil des Lieferwagens angebracht war, war er ebenso geschützt wie die Insassen des Fahrzeugs. Jetzt gab es keine Frage mehr. Er mußte davon ausgehen, daß der Lieferwagen gepanzert war. Um sich Zutritt zu verschaffen, würde er also eine wesentlich wirksamere Waffe als eine Mauser-Pistole brauchen.

Aber selbst Goliath war besiegbar gewesen. Ein gepanzertes Fahrzeug war dazu konstruiert, einem Angriff standzuhalten, während es sich in Bewegung befand. Wenn es stand, wurde es verletzbarer, ganz besonders dann, wenn der Feind ihm nahe kam. Er kniete nieder, um den rechten Hinterreifen zu betasten, und stellte nicht sehr überrascht fest, daß der Gummi extradick war und ohne Zweifel eingelegte Metallschichten besaß. Eine Kugel aus der Mauser würde wenig Schaden anrichten; nicht genug jedenfalls, um den Fahrer daran zu hindern davonzurasen.

Der Trick bestand also darin, den Insassen – der bereits beunruhigt war, weil er seinen Partner nicht über das Walkietalkie hatte erreichen können – davon zu überzeugen, daß er es mit einem anderen, unmittelbareren Problem zu tun hatte: der Auswirkung des Regens auf das Kiesbankett der Straße. Selbst ein kugelsicherer Reifen mußte aufgepumpt werden. Oder um es umgekehrt zu sagen, der Reifen konnte auch seine Luft verlieren. Freilich, wenn er die Luft aus dem Reifen ließ, würde Drew nicht mit dem Lieferwagen wegfahren können. Aber dieses gutausgestattete Fahrzeug hätte sicherlich auch einen Reservereifen.

Er tastete an dem kiesbedeckten Seitenstreifen entlang und fand das, was er brauchte. Der Konstrukteur des Lieferwagens hatte nicht damit gerechnet, daß ein Angreifer so nahe herankommen würde. Die Ventildeckel waren nicht abgesperrt. Drew schraubte hastig den am rechten Hinterreifen ab, rammte ein Stück Holz hinein und hörte das Zischen von Luft.

Der Lieferwagen begann in Richtung auf Drew abzusacken und sank langam in das regennasse Kiesbett. Er riß die Mauser aus dem Gürtel und rannte ein Stück zurück, um an einem Punkt Stellung zu beziehen, wo er sowohl die Hintertür als auch die beiden vorderen Türen gut im Auge hatte. Seine Taktik basierte auf der Annahme, daß der Insasse des Lieferwagens annehmen würde – sobald er bemerkte, daß der Wagen sich neige –, daß der Regen den Seitenstreifen so stark aufgeweicht hatte, daß der Lieferwagen in den Schlamm einsank und in Richtung auf den Wald abkippte.

Würde der Fahrer herauskommen, um nachzusehen?

Eine Tür flog auf.

Drew wälzte sich in den Graben und lag im eiskalten, schlammigen Wasser und wartete darauf, daß der Fahrer die rechte Seite des Lieferwagens überprüfte.

Aber der Fahrer tat etwas anderes. Der abgerissene Kontakt mit seinem Partner hatte ihn bereits nervös gemacht, und jetzt rannte er los. Drew hörte schnelle Schritte, quer über den Asphalt auf den Wald zu. Er sprang auf, hetzte aus dem Graben heraus. Auf dem Bauch liegend, weil der Mann viel zu weit entfernt war, um ihn zu erreichen, schoß er durch den Zwischenraum, zwischen Wagen und Straße, zielte auf das Geräusch der Schritte, feuerte ein paarmal hintereinander.

Er hörte ein Stöhnen, und etwas fiel schwer auf den Asphalt. Er rappelte sich hoch und rannte an dem Wagen vorbei auf die Straße zu. Er hatte nicht mit der Absicht geschossen, den anderen zu töten, sondern vielmehr auf die Beine gezielt, da er ja den Mann überwältigen und von ihm Antworten bekommen mußte. Wer hatte den Angriff befohlen? Warum hatten sie versucht, ihn zu töten?

Der Mann kroch schwerfällig vor ihm.

Ein Schuß aus einer Pistole ließ Drew nach links ausweichen. Ein zweiter Schuß verfehlte sein Ziel noch weiter. Der Mann hörte zu schießen auf, drehte sich wieder nach vorne und kroch weiter auf die Bäume neben der Straße zu. Jetzt hatte er den Rand des Asphalts erreicht. Im nächsten Augenblick wäre er im Graben und hätte damit die Büsche als Deckung gewonnen, um sich von dort aus verteidigen zu können. Drew mußte ihn jetzt aufhalten.

Er rannte von der Seite auf den Mann los. Er hatte keine andere Wahl mehr, und so trat er nach der Stirn des Mannes und stellte sich mit dem anderen Fuß schwer auf die Hand, die die Waffe hielt. Der Mann stieß einen Schrei aus, glitt vom Asphalt auf den Kies und landete hart auf seiner verletzten Stirn. Drew riß ihm die Waffe aus der Hand und trat erneut zu. Der Mann stöhnte und wälzte sich auf das Bein, das er hinter sich hergezogen hatte, wo die Jeans von einer Flüssigkeit, die dunkler als Regen war, durchnäßt war. Sein Schrei war lauter als das Heulen des Windes. Dann wurde der Schrei leiser, ging in ein Stöhnen über und verstummte schließlich ganz.

Der Mann lag reglos da. Soweit Drew das feststellen konnte, hatten der Schmerz und der Schock ihn die Besinnung verlieren lassen. Trotzdem war der nächste Schritt riskant, denn Drew mußte sich jetzt über ihn beugen und ihn berühren. Wenn der Mann ihm die Bewußtlosigkeit nur vorspielte, wenn er ein Messer hatte...

Drew fesselte die Arme des anderen mit dem Seil, das er sich um die Hüften geschlungen hatte. Dann durchsuchte er den Mann, fand aber keine weiteren Waffen. Er packte ihn am Kragen und zerrte ihn über den Asphalt auf den Lieferwagen zu, kippte ihn leicht zur Seite, so daß das verwundete Bein belastet wurde. Er mußte weiterhin Schmerzen erzeugen, mußte sicher sein, daß der Mann besinnungslos blieb. An der Fahrertür, die der Wind zugeworfen hatte (hatte er das wirklich?), hielt er inne und starrte in die Finsternis hinter der Fensterscheibe. Was war, wenn er sich geirrt hatte? Seine Überlegungen beruhten auf der Annahme, daß die Killerbande zwei Männer – und nur zwei – zurückgelassen hatte. Schließlich war die Chance, Aufmerksamkeit zu erwecken, wenn die Behörden kamen, um so geringer, je weniger Leute da waren. Und zwei war das Minimum für den Job. Aber angenommen, es gab *doch* einen dritten Mann, der drinnen geblieben war und jetzt nur darauf wartete, daß Drew die Tür öffnete, mit schußbereiter Waffe wartete?

Bemüht, sich aus der Feuerlinie zu halten, und gegen die Wagenwand gepreßt, richtete Drew die Mauser auf die Tür und zog diese langsam auf. So wie er das erwartet hatte, ging die Innenbeleuchtung nicht an. Früher, in seinem ehemaligen Leben, hatte er immer die Innenbeleuchtung jedes Fahrzeugs herausgeschraubt, das er fuhr, weil er damit rechnete, daß es einmal eine Nacht geben würde, in der er sich beim Aussteigen nicht zeigen wollte. Aber das hatte notwendigerweise zur Folge, daß er immer eine Taschenlampe unter dem Sitz verstaut hatte, wo er sofort hingreifen konnte, wenn er sie brauchte. So viele Gewohnheiten seines ehemaligen Berufs (*ehemalig*? fragte er sich; was bildest du dir eigentlich ein, daß du *jetzt* machst?) waren für jeden, der in dieser Welt lebte, selbstverständlich. Das war einer der Vorteile, wenn man es mit Experten zu tun hatte. Man arbeitete nach bekannten Regeln. Die Angst vor dem Unvorhersehbaren stellte sich nur dann ein, wenn man mit Amateuren zu tun hatte.

Die Taschenlampe lag unter dem Sitz, dort, wo er selbst sie auch hingelegt hätte: ein gummiarmiertes Modell, lang und mit vier Batterien ausgestattet. Drew drückte den Knopf und richtete den Lichtkegel nach hinten in den Wagen.

Niemand.

Die Luft im Wageninneren roch abgestanden. Er sah zwei Schlafsäcke, die auf zwei Matratzen lagen. Eine Seitenwand enthielt eine Reihe komplizierter Radiogeräte. An der anderen Wand waren zwei offene Reisesäcke mt Kleidung darin zu sehen, ein halb geleerter Träger mit Coca-Cola-Flaschen, ein Feldkocher, ein paar Dosen Hormel Chili, Heinz Spaghetti mit Fleischbällchen und Armor Corned-beef. Drew hatte einen säuerlichen Geschmack im Mund. Aßen diese Burschen denn überhaupt nichts ohne Fleisch? Unter dem Rand eines Schlafsacks ragten die Läufe von zwei Karabinern heraus. Zu Hause ist's doch am schönsten!

Er beugte sich aus dem Wagen und blickte durch den Regen auf den Mann zu seinen Füßen hinab. Er stieß das verletzte Bein an und schloß daraus, da das zu keiner Reaktion führte, daß der Mann noch bewußtlos war. Erst jetzt beugte er sich vor, griff dem Mann von hinten unter die Arme und hob ihn an, um ihn in den Wagen zu ziehen.

Er zuckte zusammen, als er in der Ferne Scheinwerfer sah; zwei Lichtpunkte, die größer wurden und sich aus Richtung Quentin näherten, an der Abzweigung vorbeifuhren, die zum Kloster hinaufführte, und auf ihn zukamen.

Ganz ruhig bleiben, dachte er. Diese Lichter würden wahrscheinlich keine Gefahr bedeuten. Einfach jemand, der noch spät unterwegs und auch in diesem Sturm auf der Straße geblieben war.

Aber was würden die Insassen des Wagens denken, wenn sie sahen, wie ein Mann den reglosen Körper eines anderen in den Lieferwagen zerrte?

Drew schaltete seine Taschenlampe ab. Keuchend kippte er den Fahrersitz nach vorne und schob den Körper des Verletzten durch den Spalt zwischen dem Sitz und dem Türrahmen. Sobald der Mann hinten lag, deckte er ihn mit einem Schlafsack zu, auch seinen Kopf, und türmte dann auch noch die Reisesäcke darüber und tat alles, um den Eindruck von Unordnung zu verstärken und damit zu tarnen, daß darunter ein Mensch lag.

Er drehte sich um und blickte zur Straße hinaus. Die Lichtpunkte waren größer geworden, wurden immer heller, kamen näher. Jetzt war keine Zeit mehr, in den Wagen zu springen, ohne damit Argwohn zu erwecken. Er wollte nicht, daß das Fahrzeug anhielt oder, noch schlimmer, daß der Fahrer oder die Fahrerin Argwohn schöpfte und in der nächsten Ortschaft die Polizei verständigte.

Aber was war, wenn der Wagen den Leuten gehörte, die hinter ihm her waren? Wenn er in den Lieferwagen kletterte, würde er in der Falle sitzen. Und er konnte nicht einmal wegfahren, da er den Reifen nicht gewechselt hatte, aus dem er die Luft gelassen hatte, und auch noch nicht wußte, wo der Schlüssel war.

Reiß dich zusammen, dachte er. Es ist bloß ein Wagen. Sechs Jahre haben dich paranoid gemacht. Trotzdem – er erinnerte sich, daß er damals in der alten Zeit auch auf kleine Einzelheiten geachtet hatte.

Er brauchte also einen einleuchtenden Grund, um hier draußen zu stehen, und deshalb schloß er die Tür des Lieferwagens, ging um die Motorhaube herum, stellte sich mit Blickrichtung auf den Graben hin und zog den Reißverschluß seiner Hose auf. Er sah zu den Scheinwerfern hinüber, die ihn jetzt blendeten, so groß, daß sie wie Suchscheinwerfer wirkten, und wandte sich betont gleichgültig dem Wald zu und gab vor, zu urinieren. Wenn der Wagen der Killerbande gehörte, hätte er eine Chance, die Bäume zu erreichen.

Das herannahende Fahrzeug begann langsamer zu werden, seine Scheinwerfer strahlten. Drew wartete beunruhigt und ließ es nicht aus den Augen. Jetzt wurde es noch langsamer. Er blickte mit zusammengekniffenen Augen durch den Regen und schauderte, als er auf dem Dach des Wagens ein Gestell erkannte. Und an dem Gestell waren zwei Lichtkuppeln angebracht.

Großartig! dachte er. Wirklich wunderbar!

Die Polizei. Das war wirklich alles andere als eine Erleichterung. Drew konnte unmöglich das Risiko eingehen, ihnen zu sagen, was in dem Kloster passiert war. Die allererste Handlung eines Bullen wäre, ihn aufs Revier mitzunehmen. Und anschließend würde ein reger Sprechfunkverkehr beginnen. Er mußte annehmen, daß die Killerbande den Funkverkehr in der Gegend überwachte. Sie würden erfahren, wo er war, würden kommen und ihn über kurz oder lang erwischen. Davor konnten die Bullen ihn sicher nicht schützen.

Der Streifenwagen hielt an. Ein Suchscheinwerfer flammte auf und richtete sich auf Drew.

Okay, dachte Drew. Ich habe gerade sechs Jahre im strengsten Orden der katholischen Kirche verbracht. Ich habe gerade den Anschlag einer professionellen Killerbande überlebt. Ich habe mich an einen Mann herangeschlichen und ihn getötet. Ich habe einen weiteren Mann verwundet. Ich habe ihn gefesselt und es geschafft, ihn in den Wagen zu werfen, ehe die Bullen kamen. Und jetzt wollen wir doch sehen, ob ich nicht fähig bin, etwas zu tun, wenn ich es wirklich will.

Wie beispielsweise urinieren.

Er verstärkte den Druck auf seine Blase und spähte unter seiner Schulter durch zu dem Suchscheinwerfer hinüber, konnte mit einiger Mühe die Aufschrift auf der Tür des Streifenwagens lesen: VERMONT STATE POLICE. Er spannte die Muskeln und seufzte erleichtert, als die Flüssigkeit zu fließen begann.

»Haben wohl nicht warten können?« sagte eine mürrische Männerstimme hinter dem Suchscheinwerfer.

Drew schüttelte sich und zog den Reißverschluß hoch. Er drehte sich um, grinste gespielt verlegen in Richtung des Unsichtbaren hinter dem Scheinwerfer.

Er machte den Mund auf, um zu sprechen, aber kein Wort kam hervor. Abgesehen von dem obligatorischen Chorgesang und den vorgeschriebenen Antworten bei der täglichen Messe hatte er in den letzten sechs Jahren mit keinem menschlichen Wesen gesprochen. Seine einzige – einseitige – Konversation hatte mit einer Maus stattgefunden.

»Haben wohl nicht warten können? Ich hab' Sie etwas gefragt.« Der Polizist war ungeduldig.

Drew grinste immer noch gespielt verlegen. Worte formten sich in seinem Bewußtsein, aber seine Stimmbänder widersetzten sich. Komm schon, du weißt doch, daß du reden kannst. Stell dir einfach vor, du würdest bei der Messe antworten. Seine Lippen und seine Zunge fühlten sich dick an. »Nun... sicher... ich... ehm, wenn man muß, muß man eben.«

Amen. Seine Stimme klang heiser, so als hätte er Kieselsteine im Hals.

»Irgend etwas mit Ihrem Hals nicht in Ordnung?«

Drew schüttelte den Kopf, tat aber so, als müßte er husten. »Bloß eine Erkältung.« Jetzt ging es schon besser.

»Sie sollten wohl besser zu einem Arzt gehen. Wo wollen Sie denn hin – nach Quentin?«

Drew gab sich verwirrt. »Wo?«

»Die nächste Ortschaft. Zwölf Meilen südlich. Die Richtung, aus der ich komme.«

»Wenn ich gewußt hätte, daß eine Ortschaft so nahe ist, hätte ich mit dem Pinkeln noch etwas gewartet. Gemütlich ist das hier ja nicht gerade.« Drew streckte die Hand aus und sah zu, wie sich der Regen auf ihr sammelte.

»Ja, feucht, kann man wohl sagen.« Der Polizist, der hinter seinem Suchscheinwerfer immer noch unsichtbar geblieben war, schwieg einen Augenblick lang. »Sie steigen besser ein.«

Drew hustete wieder. »Ja.« Aber als er sich der Fahrertür des Lieferwagens zuwandte, überlegte er plötzlich, ob der Bulle etwa gemeint hatte, er solle in den Streifenwagen einsteigen. Er griff nach der Türklinke.

»Sie haben mir immer noch nicht gesagt, wo Sie hinwollen«, sagte der Bulle.

»Massachusetts. Boston.« Drew wartete angespannt.

»Sie sind aber spät unterwegs.«

Allem Anschein nach war die Antwort akzeptabel gewesen. »Die brauchen mich im Büro. Ich hatte Urlaub gemacht, ein Jagdtrip in Kanada.«

»Etwas erwischt?«

»Yeah. Eine Erkältung.«

Der Polizist lachte. »Nun, das nächstemal lassen Sie das Licht brennen, wenn Sie anhalten. In diesem Sturm hätte jemand hinter Ihnen um die Kurve kommen und...«

»Auf mich drauffahren können. Stimmt. Das war unüberlegt.« Drew hustete. »Wahrscheinlich wollte ich bloß nicht, daß mich beim Pinkeln einer sieht.«

Der Polizist schaltete den Suchscheinwerfer ab. Drews Augen entspannten sich. In der Armaturenbrettbeleuchtung des Streifenwagens konnte er jetzt das Gesicht des anderen ausmachen – jünger und schmaler, als er aus der rauhen Stimme geschlossen hatte. »Und bleiben Sie wach, ja?« sagte dere Polizist. »Behalten Sie die Straße im Auge.«

»Darauf können Sie sich verlassen.«

Der Polizist hob den Daumen und fuhr weg. Drew blickte den roten Punkten seiner Rücklichter nach, bis sie um die Straßenbiegung verschwunden waren. Dann atmete er tief durch und lehnte sich gegen den Lieferwagen. Wenn der Mann hinten aufgewacht wäre und angefangen hätte, Lärm zu machen...

Aber was, wenn er wirklich aufgewacht war und die Zeit benutzt hat, seine Fesseln zu lösen, und jetzt auf mich wartet? Drew riß die Tür auf. Er knipste die Taschenlampe an und sah, daß der Haufen unter den Schlafsäcken sich nicht bewegte. *Tot? War er erstickt?*

Drew riß die Schlafsäcke weg und atmete auf, als er den schwachen Atem des Mannes hörte. Aber aus der Wunde am Bein quoll Blut. Der Schlafsack war davon durchtränkt. Er würde sich beeilen müssen. Nachdem er sich vergewissert hatte, daß die Armfesseln noch sicher waren, benutzte er den Gürtel des Mannes als Kompresse, um die Schußwunde an der Wade abzubinden. Die Blutung hörte auf.

Drew zog ihn nach vorne und zwängte ihn mit einiger Mühe auf den Beifahrersitz, in eine einigermaßen bequeme Lage, und schnallte ihn dann an Brust und Hüften mit dem Sicherheitsgurt fest. Er wollte seinen Feind nicht hinter sich, wo er ihn nicht sehen konnte, und auf diese Weise wirkte der

Mann auf einen unbefangenen Beobachter einfach wie ein eingeschlafener Passagier.

Drew durchsuchte ihn, fand einen Schlüsselbund und stieg wieder aus, um die Hintertür des Wagens zu öffnen, wo er nach dem Reserverad suchte. Er fand ein Abteil unter dem Bodenbrett, in dem sich das Reserverad befand, aber, was noch besser war, auch eine Luftpumpe mit Fußpedal und Druckmesser. Fünf Minuten später hatte er den rechten Hinterreifen wieder aufgepumpt. Dann setzte er sich hinter das Steuer und probierte ein paar Schlüssel aus, bis schließlich einer ins Zündschloß paßte. Er drehte ihn, und der Motor sprang sofort an. Dann runzelte er die Stirn und betrachtete das fremdartige Armaturenbrett, die verwirrenden Hebel und Knöpfe an der Steuersäule. Viel mehr, als er gewöhnt war. Das letzte Mal, daß er hinter dem Steuer eines Wagens gesessen hatte, war 1979 gewesen. Er hatte keine Ahnung, was sich im Fahrzeugbau seitdem alles geändert hatte. Hatte sich die Technik so sehr fortentwickelt, daß er vielleicht den Wagen gar nicht würde steuern können?

Wenigstens hatte der Wagen ein automatisches Getriebe; es dürfte also keine Probleme bereiten, einfach das Gaspedal zu drücken und den Wagen zu steuern. Aber als er den Hebel in Fahrtposition brachte, wurde ihm klar, daß der Regen so dicht war, daß er kaum sehen konnte, und er brauchte dreißig Sekunden, bis er schließlich herausgefunden hatte, daß einer der Knöpfe am Blinkerhebel für die Scheibenwischer zuständig war. Ein Knopf an einem anderen Hebel schaltete die Scheinwerfer ein.

Sieh jetzt zu, daß du los kommst, dachte er. Der Bulle könnte zurückkommen. Er mußte nach Quentin fahren. Nicht, daß er das wollte; die Gefahr war groß, daß dort weitere Mitglieder der Bande nach ihm Ausschau hielten. Aber er konnte es sich nicht leisten, in entgegengesetzte Richtung zu fahren, wo er vielleicht wieder auf den Bullen stoßen würde.

Zumindest lag Quentin im Süden, und nach Süden mußte er auch, um nach Boston zu kommen, zu seinem

Kontakt in dem neuen Netz. Zu seinem Beichtvater, Father Hafer. Die Kirche würde ihn schützen.

Aber während er durch den Sturm dahinfuhr und dabei sorgfältig darauf achtete, die Geschwindigkeitsbeschränkung nicht zu überschreiten – waren es immer noch fünfundfünfzig Meilen die Stunde? –, erfüllte ihn Unruhe. Er blickte nach links zu dem von der Dunkelheit halb verdeckten Tor und der schmalen Straße, die sich durch den Wald nach oben zum Kloster hinaufwand. Er stellte sich den spitzen Giebel des Hauptgebäudes vor, der oben am Hügel über die Föhrengipfel ragte. Er stellte sich das Schweigen der Toten in ihren Zellen vor, und seine Kinnmuskeln verkrampften sich.

Dann lag die Abzweigung hinter ihm, und als er in den Rückspiegel blickte, sah er nur Finsternis. Sein Herz sank, vor Sorge schwer. Er haßte es, diese Gegend zu verlassen.

Was für eine fremde neue Welt lag vor ihm? fragte er sich. Was für Antworten? Sechs Jahre lang war für ihn die Zeit stillgestanden; aber die Welt hatte sich weiterbewegt. Im Begriff, sich dem zu stellen, was für ihn eine völlig fremdartige Zukunft war, wußte er, daß er sich auch seiner Vergangenheit würde stellen müssen, denn die Antworten lagen irgendwo hinter ihm. Wer hatte das Kloster angegriffen? Warum? War es Scalpel, sein ehemaliges Netz? Aber Scalpel hielt ihn für tot. Wieder dachte er an Arlene, die er einmal geliebt hatte, und ihren Bruder Jake, seinen Freund. Jake, den einzigen Menschen, sah man von Father Hafen ab, der wußte, daß Drew nicht tot war. Also gut, dachte er. Zuerst spreche ich mit Father Hafer; dann geh' ich zu Jake. Soviel stand trotz seines verwirrten Zustandes fest: In seinem vorangegangenen Leben hatte er sich viele Menschen zum Feind gemacht, nicht nur Scalpel. Und indem er die Sünden seiner Vergangenheit verleugnete, würde er auch sich selbst verleugnen.

TEIL ZWEI

Pilgerfahrt

Fremde neue Welt

1

Vor sich sah Drew durch den dichten Regen Straßenlaternen. Er fuhr in die Außenbezirke von Quentin ein und bog von der Hauptstraße ab, benutzte Seitenstraßen und vermied damit den geraden Weg durch die Stadt, wo die Wahrscheinlichkeit am größten war, daß ein feindlich gesonnener Beobachter auf ihn wartete. Am anderen Ende Quentins fuhr er wieder auf die Hauptstraße zurück und setzte die Fahrt nach Süden fort. Das Armaturenbrett war anders gestaltet, als er das von den Fahrzeugen gewohnt gewesen war, die er 1979 benutzt hatte. Statt einer kreisförmigen Anzeige mit Skalennadeln hatte dieser Wagen eine Reihe grün leuchtender Zahlen und Buchstaben, die in ihm den Eindruck erweckten, er befände sich im Cockpit eines Flugzeugs. Eine von vielen Änderungen, mit denen er sich vertraut machen mußte. 5:09 a. m. Bald würde die Morgendämmerung einsetzen, dachte er. Er mußte Quentin so weit wie möglich hinter sich lassen, ehe es hell wurde.

Der Mann, den er auf dem Beifahrersitz festgeschnallt hatte, begann zu stöhnen. Drew sah besorgt zu ihm hinüber. Wenn er jetzt aufwachte, wäre das für ihn noch zu früh. Dann begriff er, weshalb der Mann stöhnte – er trug die Kompresse bereits zu lange. Er mußte am Straßenrand anhalten und den Gürtel lockern, damit das Bein etwas durchblutet wurde. Blut floß aus der Wunde und rann auf den Boden. Ein unangenehm süßer, kupferner Geruch erfüllte das Innere des Wagens.

Er öffnete sein Fenster und fuhr zehn Minuten, spähte durch den Regen hinaus und hielt wieder an, um die Kompresse aufs neue zu befestigen. Dann setzte er die Fahrt fort. Es kam ihm in den Sinn, daß es ebenso wahrscheinlich war, daß die Bande an dieser Straße nach ihm Ausschau hielt wie an der Hauptstraße durch Quentin, und deshalb bog er als weitere Vorsichtsmaßnahme an der nächsten Kreuzung nach links ab. Eine schmalere Straße führte ihn durch einige Bergtäler, wand sich an von Sturmwolken verhangenen Berggipfeln vorbei, stieg in die Höhe und sank wieder ab. Er passierte ein paar kleine Ortschaften, deren einst vertrauter, malerischer Neuengland-Charakter ihm jetzt wie frisch erlebtes Ausland erschien. Eine weißgetünchte Kirche mit steilen Dachgiebeln weckte in ihm Erinnerungen an die großen Prediger Neuenglands: Cotton Mather, Edward Taylor, Jonathan Edwards. Obwohl die natürlich ihre Größe nicht in Vermont erreicht hatten. Bei Edwards erinnerte er sich an die berühmte Predigt ›Sünder in den Händen eines zornigen Gottes‹, und er ertappte sich dabei, daß er laut zu beten begonnen hatte.

»Vergib uns unsere Schuld, so wie wir vergeben unseren Schuldigern, und führe uns nicht in Versuchung, sondern erlöse uns von dem Bösen.«

Vergeben – aber darauf kam es jetzt nicht an. Auf das Überleben kam es an. Sühne – Versuchung? Ja. Und das Böse.

Als die Morgendämmerung hereinbrach, kreuzte die Straße, auf der er sich befand, eine andere, und er bog nach rechts, fuhr jetzt wieder in südlicher Richtung, immer auf Boston zu, zu Father Hafer. Als der Sturm schließlich nachließ und in Nebel überging, verriet ihm eine Straßentafel, daß ihn diese Route über den Fluß nach New Hampshire gebracht hatte. Das war gut so. Um nach Boston zu gelangen, war es ohnehin schneller, quer durch den unteren Teil von New Hampshire zu fahren. Aber wenn er jetzt in Ortschaften einfuhr, erlebte er gelegentlich Verkehr, hin und wieder Leute auf den Straßen; die Welt wachte auf und schickte sich an, ihren Geschäften nachzugehen. Er würde seine Erledigungen machen müssen, ehe ihn zu viele Zeugen zu Gesicht bekamen. Obwohl er seit der letzten Nacht nicht geschlafen hatte, hielt ihn das Bombardement, dem seine Sinne ausgesetzt waren, indem sie die Welt neu erlebten, völlig wach. Bald stand die Sonne hoch genug am Himmel, um den Nebel wegzubrennen, der von dem Sturm übriggeblieben war, und er entdeckte einen Wegweiser, der zu einer Raststelle wies. So früh am Morgen – 8:14 sagte die Uhr – würde sich niemand an dem Rastplatz befinden, und er mußte anhalten, um die Kompresse des Verwundeten wieder einmal zu lockern.

Der Rastplatz war klein, aber recht gemütlich. Eine Gruppe dicht beieinander stehender Bäume schützten ihn vor der Sicht von der Straße. Fünf Redwood-Tische waren in einem Hain von Kastanienbäumen verteilt, deren Blätter bereits herbstlich braune Farben angenommen hatten. Ein mit weißen Steinplatten belegter Weg führte zu einer schmalen Holzbrücke, die über einen kleinen Bach zu einer Schaukel hinüberführte.

Er hielt neben dem ersten Tisch an und bewunderte den im frühen Morgenlicht glitzernden Bach – ohne Zweifel kein besonderer Anblick, aber für Drew sensationell – und machte sich dann ans Werk. Diesmal spürte er an seinem Gefangenen eine Veränderung.

Drews auf Verteidigung ausgerichtete Instinkte setzten sofort ein. Er richtete die Mauser auf seinen Gefangenen und starrte ihn an. Jetzt öffneten sich die Lider des Mannes; nicht ganz, ein wenig träge, aber immerhin konnte er ihn sehen.

»Keine Bewegung!« sagte Drew. »Ich bin nicht sicher, wie wach Sie sind. Aber falls Sie sich stark fühlen sollten, sollten Sie auch wissen, daß wir hier allein sind. Wenn Sie mich dazu zwingen, erschieße ich Sie.«

Die Warnung löste keine Reaktion aus.

»Hören Sie mich?« fragte Drew.

Keine Antwort.

»Verstehen Sie?«

Keine Reaktion.

Es gab eine Möglichkeit, um herauszufinden, wie groggy der Mann wirklich war. Drew wedelte mit der freien Hand vor dem Gesicht seines Gefangenen herum und tippte dann abrupt mit dem Zeigefinger an die Nasenspitze des Mannes. Es handelte sich um eine Technik, die von Schiedsrichtern in Boxkämpfen gern benutzt wurde. Wenn ein Boxer bei vollem Bewußtsein war, würden seine Augen automatisch der Fingerbewegung folgen.

Und das geschah jetzt.

»Sie sind also wach«, sagte Drew. Je mehr er redete, desto leichter stellten sich die Worte ein. »Passen Sie auf. Ich muß den Gürtel an Ihrem Bein lockern. Es liegt in Ihrem Interesse, daß Sie nicht versuchen, nach mir zu treten, während ich das tue. Ich müßte sonst kräftig auf Ihre Wunde schlagen, um Sie zu beruhigen.«

Der Gefangene starrte ihn finster an. »Nur zu! Lockern Sie den Gurt.«

Das tat Drew.

Der Gefangene spähte zum Fenster hinaus und sah die Picknicktische. »Wo sind wir? Immer noch in Vermont?«

»New Hampshire.«

»Ah.« Der Mann leckte sich die aufgesprungenen Lippen.

»Was ist denn?«

»Wenn wir schon in New Hampshire sind, dann kann ich wohl nicht erwarten...«

»Daß Ihre Freunde Sie finden? Nein, damit würde ich an Ihrer Stelle nicht rechnen.«

Der Mann starrte sein Bein an. »Ist's schlimm?«

Drew zuckte die Achseln »Die Kugel ist geradewegs durchgegangen. Sie hat den Knochen nicht berührt.«

»Dafür kann man wohl dankbar sein, oder? Ich habe hinten einen Medizinkasten. Macht es Ihnen etwas aus?«

Drew überlegte. »Nein, warum auch?«

Der Mann schien überrascht.

»Und der Blutverlust hat Sie sicher durstig gemacht. Ich mach' eine von diesen Cola-Dosen auf. Schade, daß sie nicht kalt sind.«

Drew säuberte die Wunde, desinfizierte und verband sie. Er tupfte verkrustetes Blut von der Stirn des Mannes und hielt ihm dann eine geöffnete Cola-Dose an die Lippen. »Schlucken Sie nicht zuviel auf einmal. Ich möchte nicht, daß Ihnen schlecht wird.«

Der Mann riß ungläubig die Augen auf.

Durstig machte Drew sich selbst auch eine Cola auf. Nach

sechs Jahren, in denen er nichts als Wasser, Milch und Fruchtsaft getrunken hatte, schmeckte das mit Kohlensäure durchsetzte Getränk widerlich süß. »Tut's sehr weh?«

»Hab' schon Schlimmeres erlebt.«

»Das glaub' ich.«

»Wenn es sein muß« – er klang mürrisch – »dann kann ich mehr ertragen, glauben Sie mir das.«

»Natürlich. Aber trotzdem...« Drew öffnete ein kleines Päckchen Aspirin aus dem Medizinkasten und schob dem Mann vier Pillen zwischen die Lippen.

»Warum all die Hilfe?«

»Nun, sagen wir, ich bin eben ein guter Samariter.«

»Lassen Sie sich was Besseres einfallen. Sie hätten mich nicht mitgenommen, wenn Sie nicht vorhätten, mich auszufragen. Sie glauben wohl, Sie haben da eine neue Technik erfunden? All die Nettigkeit soll mich wohl weichmachen?«

Drew seufzte. »Okay. Wenn Sie darauf bestehen, dann wollen wir es doch hinter uns bringen. Sie denken jetzt, solange ich Informationen brauche, werde ich Sie am Leben halten. Also wägen Sie Ihr Leben gegen den Schmerz ab, den ich Ihnen zufügen kann, um Sie zum Reden zu bringen. Unter diesen Umständen sind Sie bereit, das Maximum zu erdulden. Vielleicht haben Sie auch vor, mir all die Lügen aufzutischen, für die Sie mich für dumm genug halten. Aber andererseits sind die Lügen vielleicht gar keine so gute Idee. Ich könnte immerhin, wenn ich sie glaubte und zu der Entscheidung käme, daß ich Sie nicht weiter benötige, mit Ihnen Schluß machen. Sind wir soweit einer Meinung?«

Der Mann blieb stumm.

Drew spreizte die Hände. »Wenn ich Chemikalien hätte – Natrium-Amytal zum Beispiel – könnte ich Sie dazu bringen, mir alles zu sagen, was ich wissen will. Aber wenn ich auf Folter angewiesen bin, dann hängt Ihr Überleben davon ab, daß Sie den Mund halten. Damit wären wir beim Punkt. Ich habe nicht die Absicht, Sie zu foltern, und ich habe nicht die Absicht, Sie zu töten.«

»Was für...?«

»Soweit es mich betrifft, sind Sie bloß ein ausführendes Organ. Sie haben nur das getan, wofür man Sie bezahlt. Die Person, die Sie bezahlt, ist verantwortlich, nicht Sie.«

»Ich weiß nicht, was, zum Teufel...«

»Also gut, ich will's Ihnen leichtmachen. Als Sie das Kloster überfielen, haben Sie da gewußt, wer ich bin? Hat man Ihnen etwas über meinen Hintergrund, meine Vergangenheit gesagt?«

»Jetzt hab' ich's kapiert.« Der Mann blickte finster. »Das Ganze ist ein Trick, damit ich Ihnen sage, wer...«

Drew schüttelte den Kopf. »Ich hab' mir wirklich Mühe gegeben, Ihnen das zu erklären. Dann nehmen Sie es eben so. Falls Sie das nicht schon erraten haben – ich bin nicht bloß ein Mönch. Ich bin kein Amateur. Was auch immer ich mit Ihnen mache, Sie sollen wissen, daß alles professionell geschehen wird. Und ich erwarte, daß Sie es genauso angehen. Keine Panik, keine dummen Bewegungen, keine Schlampereien. Alles klar?«

Der Mann sah ihn verblüfft an.

»Ich werde jetzt beispielsweise die Kompresse neu anlegen«, sagte Drew. »Dann werde ich Sie mit einem Schlafsack bis zu den Schultern zudecken. Sie werden vorgeben zu schlafen. Wir fahren dann, bis wir an eine Tankstelle kommen. Ich werde nicht aussteigen, sondern vom Fenster aus mit dem Tankwart sprechen. Ich muß etwas von ihm kaufen. Und Sie werden weiterhin so tun, als würden Sie schlafen. Andernfalls – falls Sie Schwierigkeiten machen – muß ich Sie leider daran hindern.«

»Und davon abgesehen? Sie haben gesagt, Sie würden mich nicht töten und nicht foltern.«

»Sie haben mein Wort darauf.«

»Aber Sie glauben trotzdem, daß Sie mich zum Reden bringen können.«

»Das ist richtig.«

»Da bin ich gespannt.«

Drew lächelte.

Als er die Raststelle verließ, fühlte er sich von dem Lärm und der Hektik des inzwischen dichter gewordenen Verkehrs bedrängt. Die Autos schienen noch kleiner, als er sie in

Erinnerung hatte; das war wohl ein Vermächtnis der Ölkrise Mitte der siebziger Jahre. Aber dann rollten zwei riesige Wohnwagen an ihm vorbei, und er erinnerte sich an Prophezeiungen von 1979, daß treibstoffverschwendende Fahrzeuge bald der Vergangenheit angehören würden.

Offenbar war es nicht dazu gekommen. Hinter den Wohnwagen kam ein Luxuswagen, den er nicht kannte (war die Ölkrise beendet? Hatte man vielleicht einen neuen, billigen Treibstoff entwickelt?). Und dann ein großes Cabriolet. Das begriff er nicht – man hatte den Bau von Cabriolets eingestellt, ehe er in das Kloster eintrat. Was war passiert, daß die Dinge sich so geändert hatten?

Er erreichte eine Anzahl Drive-in-Lokale. In den siebziger Jahren hatten sie ihn angewidert, aber er war trotzdem daran gewöhnt gewesen, und ihr Anblick war ihm so vertraut gewesen, daß er sie gar nicht mehr wahrgenommen hatte. Aber jetzt, aus seiner ungewohnten Perspektive, war ihre Häßlichkeit überwältigend. Eine Tafel pries irgend etwas Spezielles an, das sich Taco Pizza nannte. Und was in aller Welt war Chicken McNuggets?

Er fand eine Tankstelle. Benzin kostete einen Dollar zwanzig die Gallone; das waren fünfzig Cent mehr als der unverschämte Preis, an den er sich von 1979 erinnerte, und doch war die Straße überfüllt.

»Ich habe das Gefühl, als wäre ich vom Mars hierhergekommen.«

»Was?« sagte der Mann neben ihm.

Oder vielleicht war dies der Mars.

Drew parkte neben den Zapfsäulen. »Schließen Sie die Augen, und halten Sie sich ruhig. Es kommt jemand.«

Drew kaufte von dem jungen Angestellten einen Kühlerschlauch und bezahlte ihn mit Geld aus der Brieftasche, die er dem Mann weggenommen hatte. Als er an den Zapfsäulen vorbei wieder zur Straße fuhr, warf er seinem Gefangenen den Schlauch in den Schoß. »Da! Ein Geschenk für Sie.«

Trotz der Sicherheitsgurte, die ihn festhielten, wäre der Mann fast in die Höhe gesprungen. »Was, zum Teufel, soll das?«

»Warum sind Sie so nervös? Mögen Sie keine Überraschungen?«

»Ich hab' gefragt, was das *soll*.«

»Raten Sie doch mal.«

»Man benutzt so etwas, um jemanden zu schlagen und keine Spuren zu hinterlassen! Aber Sie haben doch gesagt, Sie würden nicht...«

»Richtig. Keine Schläge. Falsch geraten. Aber versuchen Sie's weiter. Auf die Weise verstreicht die Zeit schneller.«

»Fahren wir jetzt nicht in die Richtung zurück, aus der wir gerade gekommen sind?«

»Zu der Raststelle.«

»Jetzt hab' ich verstanden.«

»Was verstanden?«

Der Mann rutschte auf dem Sitz herum. »Du großer Gott, Sie sind verrückt!«

Drew starrte ihn an. »Ich wünschte, Sie würden den Namen des Herrn nicht mißbrauchen.«

2

Sie erreichten den verlassenen Rastplatz. Durch die Bäume am Straßenrand vor Sicht geschützt, lenkte Drew den Wagen rückwärts auf den Parkplatz, bis er fast an eine Kastanie stieß. Er schaltete den Motor ab und stieg aus. Er lächelte. »Bin gleich wieder zurück«, versprach er und winkte vergnügt mit dem Kühlerschlauch.

Er schob das eine Schlauchende auf das Auspuffrohr des Wagens, öffnete die hintere Tür und bog den Schlauch, bis das andere Ende ins Wageninnere reichte. Jetzt ließ er den Motor wieder an und fuhr ein Stück weiter zurück, bis die Hintertür den Schlauch festklemmte. Er ließ den Motor laufen. Das Wageninnere begann sich mit dichtem, blauem Auspuffqualm zu füllen.

Der Mann verfiel in Hysterie. »Herrgott, ich hab' doch recht gehabt! Sie sind, Sie sind ja verrückt!«

»Wenn Sie sich zu sehr aufregen«, sagte Drew kühl, »werden Sie die Luft nicht anhalten können.«

Die Augen des Mannes weiteten sich. Eingehüllt in blauen Dunst, fing er zu husten an.

Drew benutzte die Schlafsäcke dazu, um die Tür abzudichten. Dann vergewisserte er sich, daß die Fenster ganz geschlossen waren. Dann schaltete er, als wäre ihm das in letzter Minute eingefallen, das Radio ein. »Möchten Sie gerne etwas Musik hören?«

Er hatte etwas Schrilleres als Heavy-Metal-Rock erwartet. Aber statt dessen hörte er: »Linda Ronstadt und das Nelson Riddle Orchester«, verkündete ein Sprecher.

Und dann begann die Ronstadt vor dem Hintergrund eines Arrangements, wie es für Frank Sinatras Capitol-Aufnahmen aus den fünfziger Jahren typisch war, einen Oldie aus den vierziger Jahren zu singen. Dabei erinnerte er sich an ihre kehligen Versionen von ›When Will I Be Loved?‹ und ›Back in the U.S.A.‹. Er hatte das Gefühl, er müsse den Verstand verlieren.

Das Husten seines Gefangenen riß ihn in die Wirklichkeit zurück. Der Auspuffqualm im Wagen drin war noch dichter geworden.

»Kann nicht atmen«, sagte der Mann. »Sie dürfen nicht...«

Drew schloß die Tür. Er ging vor den Wagen, und dann weiter den weißen Plattenweg zu einer Holzbrücke, die über einen kleinen Bach führte. Er ließ ein paar Steine ins Wasser fallen. Die Luft roch kühl und süß.

Mit gleichgültiger Miene blickte er zum Wagen zurück. Das Innere war jetzt vom Rauch verdunkelt, aber er konnte trotzdem sehen, wie der Mann sich auf dem Beifahrersitz wand. Und was noch wichtiger war: Der Mann konnte ihn sehen. Drew streckte die Arme und lehnte sich gegen das Brückengeländer. Aus dem Wageninneren waren Schreie zu hören.

Ein wenig später, als die Schreie leiser wurden, verließ Drew die Brücke und schlenderte den Plattenweg zurück. Er öffnete die Tür auf der Fahrerseite und schaltete den Motor ab. »Wie geht's Ihnen denn?«

Das Gesicht des Mannes war schwachblau. Seine Augenlider waren zu Dreiviertel geschlossen. Als eine leichte Brise mithalf, den Auspuffqualm aus dem Wagen zu vertreiben, schlug Drew ihn sanft auf die Wangen. »Jetzt schlafen Sie mir bloß nicht ein. Die Vorstellung, ich könnte Sie langweilen, wäre mir wirklich unangenehm. Ich hab' Sie gefragt, wie es Ihnen geht.«

Der Mann würgte. Dann stieß er hervor: »Sie Hundesohn.«

»So gut, hm?«

Der Mann hustete wieder und quälte sich, die Lungen freizubekommen. »Sie Drecksack! Dabei haben Sie mir Ihr Wort gegeben.«

»Was denn?«

»Versprochen haben Sie es. Daß Sie mich nicht foltern würden, mich nicht umbringen!«

»Ich halte doch mein Versprechen. Wenn das Folter ist, sind Sie selbst schuld. Ersticken soll doch etwas ganz Friedliches sein. So wie wenn man einschläft. Entspannen Sie sich einfach, und lassen Sie sich treiben. Machen Sie es sich leicht.«

Wieder hustete der Mann; seine Augen waren gerötet und tränten. »Und das nennen Sie, mich nicht umbringen?«

Drew blickte beleidigt. »Das war mir ernst. Ich habe nicht die leiseste Absicht, Sie sterben zu lassen.«

Der Mann sah ihn mit zusammengekniffenen Augen an. »Was dann?«

»Ich habe Fragen. Wenn Sie die nicht beantworten, dann bekommen Sie noch einmal eine Ladung Auspuffgas. Und *noch eine*, wenn es sein muß. Das Monoxyd muß schließlich wirken. In welchem Ausmaß, können nur Sie beurteilen. Obwohl natürlich immer das Risiko besteht, daß Ihr Geist zu schwach wird, daß Sie erkennen, wann Sie nicht mehr schweigen sollten.«

»Sie denken wohl, ich hätte Angst vor dem Sterben?«

»Ich sag' Ihnen doch die ganze Zeit, es geht hier nicht ums Sterben. Sie werden überleben.«

»Warum, zum Teufel, sollte ich dann reden?«

»Weil Ihnen etwas viel Schlimmeres als der Tod bevorsteht. Wenn Sie nicht reden, dann...« Drew kratzte sich an den Bartstoppeln, »dann müssen Sie mit Gehirnschaden rechnen. Mit dauerndem Schaden.«

Der Mann wurde bleich.

»Sie werden nicht viel mehr wert sein als ein Kohlkopf.«

»Man hätte es mir sagen sollen.«

»Ihnen was sagen?«

»Wie gut Sie sind. Seit dem Augenblick, wo ich aufgewacht bin, haben Sie nicht aufgehört, an meinem Verstand herumzufummeln. Ein halbes Dutzend Persönlichkeiten haben Sie mir vorgespielt. Die ganze Zeit haben Sie mich auf Trab gehalten. Verrückt? Zum Teufel, Sie sind so gesund, wie einer nur sein kann.«

Drew schaltete den Motor wieder ein und schloß die Tür.

3

Zwei Sitzungen später fing der Mann an, Fragen zu beantworten. Es dauerte eine Weile. Mittlerweile war er nicht mehr imstande, zusammenhängend zu reden, und was er sagte, war häufig nur mit Mühe zu verstehen. Aber obwohl er gezwungen war, geduldig zu sein, war Drew sich zumindest einigermaßen sicher, daß der Mann die Wahrheit sagte; denn das Kohlenmonoxyd machte ihn so groggy, daß es ihm alle Hemmungen nahm, und wirkte in der Beziehung ähnlich wie Natrium-Amytal. Zwei Stunden später hatte Drew soviel erfahren, wie er vernünftigerweise erwarten konnte.

Aber das ermutigte ihn nicht. Der Überfall war auf ebenso professionelle Weise bestellt und gekauft worden, wie er durchgeführt worden war. Aus naheliegenden Gründen galt die Regel, daß der Kunde nie direkt in die Operation eingeschaltet war. Wenn etwas schiefging, wenn ein Mitglied der Bande gefangen wurde oder beschloß, seinen Auftraggeber zu erpressen, dann gab es keine direkte Spur zu demjenigen, der die Rechnung bezahlt hatte. Statt dessen nahm der

Kunde üblicherweise mit einem Makler Verbindung auf, der seinerseits einen Untermakler ansprach, der die notwendigen Spezialisten einstellte und sicherstellte, daß der Job durchgeführt wurde. Mit Ausnahme der Bandenmitglieder untereinander gab es keinerlei persönlichen Kontakt von Angesicht zu Angesicht. Die Vereinbarungen zwischen dem Kunden, dem Makler und dem Untermakler wurden durch Mittelsleute getroffen, die sich neutraler Telefone bedienten. Nichts wurde je schriftlich weitergegeben. Die Honorare wurden über anonyme Konten in der Schweiz oder auf den Bahamas überwiesen.

Soweit Drew das aus dem entnehmen konnte, was ihm sein Gefangener sagte, war man auch im vorliegenden Fall so vorgegangen. Der Mann überzeugte Drew davon, daß ihn jemand engagiert hatte, den man als einen Agenten bezeichnen konnte und dessen Namen er nie erfahren hatte. Der Agent wußte, wo er mit Spezialisten Verbindung aufnehmen konnte, obwohl die Spezialisten ihrerseits nicht wußten, wie sie ihn erreichen konnten. Der Agent hatte natürlich seinen Spezialisten nicht gesagt, wer für den Auftrag bezahlte oder weshalb. Ein Job war ein Job. In diesem Fall zugegebenermaßen bizarr – aber die Anzahlung war großzügig gewesen.

Drew hatte den Mann mehrmals aus seiner Benommenheit reißen müssen, wozu er Riechsalz aus dem Erste-Hilfe-Kästchen benutzte. Jetzt ließ er ihn in Schlaf sinken, wobei er sich vergewisserte, daß genügend frische Luft in den Wagen kam.

Er grübelte niedergeschlagen. Er hatte verzweifelt gehofft, daß es leicht sein würde, die Antworten zu finden. Aber Gott hatte anders entschieden. Seine Prüfung sollte verlängert werden. Auch das war Buße.

Nun gut. Er hatte es versucht, aber keinen Erfolg gehabt. Aber das war nicht seine Schuld. Wenn er es nicht versucht hätte, wäre es unvernünftig gewesen. Aber jetzt hatte er sich zu lange aufgehalten. Er mußte weiter. Boston. Sein Kontaktmann. Father Hafer. Er mußte seinem Beschützer sagen, was geschehen war. Mußte die Kirche warnen und sie um Zuflucht bitten.

Er zog den Kühlerschlauch aus dem Auspuffrohr, entfernte die Schlafsäcke von der Hintertür und schloß sie. Während der Mann benommen und betäubt neben ihm schlief, steuerte Drew den Wagen vom Rastplatz und setzte seine Fahrt durch New Hampshire fort, jetzt in südöstlicher Richtung, auf Massachusetts zu.

4

Als er Boston erreichte, herrschte dort Zwielicht. Er nahm seinem Gefangenen die Brieftasche ab und ließ dann den Wagen mit seinem bewußtlosen Insassen in der fast leeren obersten Etage eines Parkhauses am Flughafen Logan stehen. Irgend etwas mußte er mit seinem Gefangenen schließlich machen, und er hatte ihm etwas versprochen. Aber das hieß nicht, daß er ihm keinen Ärger bereiten durfte.

Die Abenddämmerung war bereits in Dunkelheit übergegangen, als er an einer Bushaltestelle vor dem Flughafen eine Telefonzelle fand und von dort aus die Sicherheitsabteilung des Flughafens anrief und ihnen sagte, wo der Lieferwagen parkte (er hatte darauf geachtet, seine Fingerabdrücke abzuwischen) und was sie auf dem Beifahrersitz finden würden.

»Er ist ein Terrorist. Ich sage Ihnen, der Mann ist krank, pervers. Fragen Sie ihn nur. Er hat eine Menge Waffen und – he, er hat sich damit gebrüstet, daß er eine Überseemaschine entführen möchte und den Captain zwingen würde, nach Florida zu fliegen. Und dann würde er sie über Disneyworld zum Absturz bringen. Krank. Was hätte ich also tun sollen? Versetzen Sie sich in meine Lage. Ich mußte ihn erschießen.«

Drew legte auf. Innerlich lächelnd stieg er in einen Bus, der ihn in die Innenstadt bringen würde, zahlte den Fahrer und setzte sich auf einen der hinteren Plätze. Die anderen Passagiere starrten mißbilligend seinen Stoppelbart und seine schmutzigen Kleider an. Sie würden sich an ihn erinnern, dachte er. Und dann malte er sich die Aktivität am Flughafen aus.

Die technischen Einrichtungen der Flughafensicherheit wären gut genug, um selbst einen nur zwanzig Sekunden dauernden Anruf anzupeilen, weil nämlich ein Gerät dafür sorgen würde, daß die Leitung besetzt blieb, als ob er nie aufgelegt hätte. Inzwischen hätte ein Team der Sicherheitsabteilung den Lieferwagen bereits gefunden, und ein anderes würde in höchster Eile zu der Telefonzelle vor dem Flughafen rasen. Sie würden die Leute in der unmittelbaren Umgebung befragen. Jemand würde sich ganz bestimmt an einen heruntergekommen aussehenden, ungepflegten Mann in Jeans und einer Steppjacke erinnern, der aus der Telefonzelle gekommen war – und vielleicht sogar daran, daß der unrasierte Mann einen Bus bestiegen hatte.

Er hinterließ eine Spur. Wenn er vorhatte, zu verschwinden, würde er den Bus verlassen und hinsichtlich seines Aussehens etwas tun müssen, es verändern, es verbessern. Bald. Erst dann würde er zu Father Hafer gehen können.

Er sah durch das Hinterfenster hinaus und musterte das Verkehrsgeschehen im nächtlichen Boston. Keine blitzenden Lichter von Verfolgungsfahrzeugen. Bis jetzt wenigstens noch nicht. Aber wie lange...?

Die Geschäfte waren geschlossen; er würde bis morgen warten müssen, um sich unauffällige Kleidung zu besorgen. Und bis dahin? Er wog die Möglichkeiten ab, die sich ihm boten, und entschied sich gegen ein Hotel, selbst ein solches der untersten Kategorie. Nicht so wie er aussah. Alle Hotelangestellten hatten ein Gedächtnis. Im Augenblick brauchte er Tarnung.

Er amüsierte sich, indem er sich die Fragen ausmalte, die sein Gefangener zu beantworten haben würde, wenn die Sicherheitsbeamten ihn fanden. Was für eine Geschichte würde der Mann wohl erfinden, um den kugelsicheren Lieferwagen, die Waffen und die Funkeinrichtungen zu erklären? Doch was auch immer für eine Geschichte es war, dachte Drew – der Mann würde ganz bestimmt nicht wagen, das Kloster zu erwähnen.

Er erinnerte sich an das erhebende Gefühl, das er empfunden hatte, als er mit seinem Gefangenen gesprochen oder der

Sicherheitsabteilung seine kleine Rede gehalten hatte. Nach sechs Jahren überwiegenden Schweigens war es ein seltsam angenehmes Gefühl gewesen, zu sprechen. Dann schlug seine Stimmung abrupt um, als er sich die Frage stellte, weshalb er sich eigentlich die Mühe gemacht hatte, seinen Gefangenen in dem Lieferwagen zu lassen.

Nun, ich hätte ihn ja nicht gut mitnehmen können.
Nein, natürlich nicht. Aber...
Es gab eine Möglichkeit.
Ja, aber du hast sie nicht genutzt.
Früher, in den alten Tagen...
Richtig. Als du auf dem Hügel um dein Leben gekämpft hast, hast du deinen Gegner getötet. *(Mea culpa)*. Aber hier hattest du eine Wahl.

In dem Augenblick war ihm sonnenklar: Früher, in den alten Tagen, hätte er den Mann nicht am Leben gelassen.

5

Trotz all der Änderungen in der Welt, die sich in seiner Abwesenheit vollzogen hatten, war ein Zustand zumindest gleich geblieben, möglicherweise war er sogar noch schlimmer geworden: die Nahkampfzone von Boston.

Nachdem er den Bus verlassen hatte, strebte er der Innenstadt von Boston zu, ging durch Finsternis, in der die Straßenlaternen Heiligenscheine trugen, durch die winkeligen Straßen der Stadt (einem Vermächtnis des frühen 17. Jahrhunderts und heute der Alptraum eines Stadtplaners), kam vorbei an Gebilden aus Chrom und Glas neben historischen Ziegelfassaden, hinter denen man ohne Zweifel die Innenmauern weggerissen hatte, so daß Räume entstanden waren, die jetzt mit Hängepflanzen und Orientteppichen dekoriert waren.

Aber je tiefer er in das Labyrinth der Stadt eindrang, desto drückender wurden die Gebäude. Der Stolz wich hier der Vernachlässigung. Er erreichte den Dschungel der Raubtiere, der Aasfresser: die Nahkampfzone.

Prostituierte säumten im Abstand von zwanzig Fuß beide Straßenseiten. Trotz der kalten Oktobernacht trugen manche enge Röcke, oft aus Leder, die nicht einmal bis zu den Knien reichten, oder geschlitzte lange Kleider, die die nackte Haut sehen ließen.

Als Drew vorüberging, musterten sie ihn mit zusammengekniffenen Augen, prüften, schätzten ab.

»He, Süßer!«

»Wie wär's mit uns beiden, Kleiner?«

Drew musterte sie, so wie sie ihn musterten, erforschte ihre Gesichter, suchte nach der schwachen Andeutung, daß diese oder jene Frau ihm nützlich sein könnte.

Ein grellgelb lackierter Wagen kam mit quietschenden Bremsen neben ihm zum Stillstand. Drew fuhr hellwach herum und griff nach der Mauser unter seiner Steppweste. Verblüfft riß er die Augen auf, als eine Frau auf dem Beifahrersitz ihm ihre Brüste zeigte, die Brustwarzen mit Lippenstift umrandet, und ihn mit hochgezogenen Brauen fragend ansah.

Drew verspürte ein ihm fremd gewordenes Prickeln im Unterleib. Er schüttelte heftig den Kopf. Sie lachte und wandte sich dem Mann zu, der neben ihr saß, worauf dieser eine Bierdose an die Lippen führte und aufs Gaspedal trat, so daß der Wagen mit einem Satz davonschoß.

Er strengte sich an, die unerwünschte Schwellung zu unterdrücken. Sein Geschlechtstrieb war im Kloster mühelos eingeschlafen; jetzt, wo er erst seit Stunden in die Welt zurückgekehrt war, stellte er sich wieder ein. Er zwang sich weiterzugehen, zu suchen, aber Arlenes Gesicht stand jetzt in lebhaften Farben vor seinem geistigen Auge.

Eine junge schwarze Frau erweckte seine Aufmerksamkeit. Ihr dickes, dunkles Haar war kurzgeschoren, wie das eines Jungen. Ihre Brüste schwollen unter einem Sweatshirt mit der Aufschrift ›Celtics‹, und darüber trug sie einen offenen Plastikmantel. Aber das, was sie eigentlich anziehend machte, war, daß sie an einem Riß in ihrer Strumpfhose zupfte. Die Geste erweckte sein Mitgefühl.

Als er sich ihr näherte, flackerten ihre Augen. Sie richtete sich auf, schob den Busen vor.

»Haben Sie ein Zimmer?« fragte Drew.
»Wozu?«
»Ein Bett müßte dort sein.«
»*Wozu?*«
Drew runzelte die Stirn. Er konnte einfach nicht glauben, daß er sie falsch eingeschätzt hatte.
»Drücken Sie sich klar aus«, fügte sie hinzu. »Was wollen Sie von mir?«
Jetzt begriff er. »Eine Falle? Sie haben Angst, ich könnte ein Bulle sein?«
Sie klimperte mit den langen Wimpern. »Jetzt sagen Sie doch selbst, warum sollte ein Bulle mich belästigen wollen?«
»Es ist so lange her, daß ich die Regeln vergessen habe. Ich müßte jetzt fragen, wieviel. Wenn ich derjenige bin, der vom Geld spricht, dann kann man Ihnen nichts anhaben.«
»Wieviel für was?«
»Um die Nacht zu verbringen.«
»Und was soll ich die Nacht über *tun*?«
Die Wahrheit würde sie nicht glauben, erkannte er, also machte er ihr einen Vorschlag.
»Oh.« Sie entspannte sich. »Und das ist alles? Einen Augenblick lang habe ich gedacht, du wärst *so* einer, du weißt schon: ein Perverser. Mußt eine hohe Meinung von mir haben, wenn du meinst, du könntest *das* die ganze Nacht tun. Fünfzig Mäuse.«
Selbst vor sechs Jahren wäre das wenig gewesen. »Für die ganze Nacht?«
»Süßer, eines nach dem anderen. Vielleicht. Wir werden ja sehen.« Sie tätschelte seine Stoppelwange. »Aber gegen dieses Sandpapier müssen wir was unternehmen.«
»Das gehört auch dazu.«
In ihren Augen flackerte es wieder. »Komm mit!«

# 6

Sie führte ihn zwei Häuserblocks weiter, zu einem ziemlich schäbigen Apartmentgebäude mit Schmutz an der Ziegelfassade und Staub auf den Fenstern. Die Eingangsstufen aus Beton waren mit weißem Vogelkot übersät.

An der Tür blieb sie stehen. »Jetzt will ich dir gleich sagen, Süßer, daß mein Freund in der Wohnung nebenan wohnt. Falls du also einer von den Typen bist, die's gern rauh haben...«

»Dann besuchen uns er und zwei Kumpels mit Baseballschlägern.«

»Du hast's erfaßt. Hab' ja gleich gewußt, daß du's kapieren würdest.«

Sie traten in ein muffig riechendes Vestibül und gingen über eine ächzende Treppe, deren Geländer wackelte, zwei Etagen hinauf. Sie schloß die Tür zu einem kleinen Apartment auf und breitete in einer willkommen heißenden Geste die Arme aus. »Das Heim ist, wo das Herz ist. Die Höhle des Lasters.«

Plötzlich wurde Drew bewußt, daß sie intelligent war, nicht nur gerissen. »Du hast das College besucht?«

»Ja, das auch. Und die Schule des Lebens. Aber wenn du etwas über Liebe lernen willst, dann bring' ich es dir heute nacht bei.« Sie grinste und schloß die Tür. Das Zimmer war klein, aber sauber und freundlich. »Du wirst feststellen, daß ich nicht abgeschlossen habe, nur für den Fall, daß mein Freund uns besuchen muß. Im Schrank ist was zu trinken: Scotch, Rye, Bourbon. Bier im Kühlschrank. Kostet alles extra. Ich hab' sogar einen Laden, der einem belegte Brote ins Haus liefert, aber das kostet auch extra.«

»Das kann ich mir vorstellen«, sagte Drew. »Keinen Alkohol. Aber ich bin am Verhungern. Alles, was ohne Fleisch zubereitet ist. Tomatensandwiches. Drei – nein, besser vier. Milch.« Er sah sich im Zimmer um, und der Magen knurrte, während sie telefonierte. Ein kleiner Zenith-Fernseher, ein Sony Stereo, ein Sofa, ein Regisseursessel.

»Ist das das Schlafzimmer?« fragte er und deutete auf eine Tür.

Sie lachte. »Du meinst wohl, du bist im Ritz? Das ist die Abstellkammer. Dort drüben ist das Klo. Entschuldige den Ausdruck. Das Sofa ist das Bett. Brauchst bloß die Kissen hochzuheben, dann kannst du's rausziehen.«

Das tat er. Im gleichen Augenblick hörte er hinter sich das Rascheln von Kleidern. Erschreckt drehte er sich um. Zu spät. Sie hatte mit geübter Geschicklichkeit den Plastikregenmantel fallen lassen, ihr Sweatshirt ausgezogen und war jetzt dabei, ihren Lederrock abzustreifen.

Er hob die Hand. »Nein. Als ich gesagt habe, was ich tun will – hab' ich gelogen.«

Sie erstarrte halb geduckt, während sie gerade dabei war, den Rock über die Knie zu ziehen. Sie trug jetzt nur noch ihre Strumpfhose, durch die sich dunkel ihr Schamhaar abzeichnete. Ihre Augen flammten. Gebückt, wie sie dastand, mit wippenden Brüsten, wirkte sie verletzlich. »Was?« Sie richtete sich ruckartig auf. »*Was?*«

An den Brüsten und Hüften konnte man cremig aussehende Dehnspuren auf der glatten, schokoladenfarbenen Haut sehen, ein Hinweis darauf, daß sie einmal ein Kind geboren hatte.

»Ich hatte das von vornherein nicht vor. Ich wollte es schon auf der Straße erklären, aber ich hatte mir gedacht, du...«

»He, ich hab' dir's doch gesagt, irgendwelche krummen Touren, und...« Sie hob die Faust, um damit gegen die Wand zu schlagen.

»Nein! Halt!« Drew hob beide Arme. Er wußte, daß die Wände so dünn waren, daß ein lauter Ruf ebenso katastrophale Folgen haben konnte, wie wenn sie gegen die Wand schlug. Er gab sich Mühe, leise zu sprechen. »Bitte, tu's nicht! Schau, ich zieh' mich ja zurück, ich komm' dir nicht zu nahe. Du brauchst keine Angst zu haben.«

»Was, zum Teufel, soll das?«

»Ich hab' es ganz genauso gemeint, wie ich es auf der Straße gesagt habe. Ich will die Nacht hier verbringen, das ist alles. Baden. Deinen Rasierapparat benützen und mich ein wenig saubermachen. Und ins Bett gehen. Und schlafen.«

Ihre Augenbrauen schoben sich hoch. »Du hast's wohl mit Baden? Und ich soll dich waschen – ist es das?«

»Ganz und gar nicht.« Obwohl er sich Mühe gab, nicht auf ihr Schamhaar zu sehen, verriet ihn sein Körper. Schließlich hatte er seit 1979 keine Frau mehr gesehen, geschweige denn eine nackte Frau, und er konnte einfach nicht anders, als sich zu ihr hingezogen zu fühlen. Aber er *mußte* sich dem widersetzen, und so gab er sich Mühe, sich auf ihr dunkles, knabenhaftes Gesicht zu konzentrieren und ihre Brüste zu ignorieren. »Bitte, mir wäre wirklich recht, wenn du was anziehen würdest.«

»Das ist nun wirklich pervers«, sagte sie, aber ihre Stimme klang nicht mehr erzürnt. »Du willst mir sagen« – sie nahm eine eindeutige Pose ein und schob die Hüfte vor –, »daß dir das nicht gefällt, was du siehst.«

»Wenn es dir beim Verständnis hilft, dann will ich dir sagen, daß ich ein... ein Priester bin... oder beinahe einer war.«

Ihre Augen verengten sich. »Na und? Eine Freundin von mir hat zwei Priester die Woche. Ich glaube an gleiches Recht für alle.«

Drew lachte.

»Schau, so gefällst du mir schon besser. Jetzt wirst du wohl langsam locker, hm?«

»Wirklich, wieviel kostet die Nacht? Aber kein Sex.«

»Es ist dir also wirklich ernst?«

Er nickte.

»Müßte ich weggehen?«

Er schüttelte den Kopf. »Nein, mir wär's sogar lieber, wenn du bleibst.«

»Wenn das nicht verrückt ist!« Sie rechnete. »Okay, also zweihundert Mäuse.« Ihr Gesichtsausdruck ließ ihn erkennen, daß sie von ihm erwartete, daß er mit ihr feilschte.

»Das ist genau das, was ich besitze.« Er zog die Brieftaschen heraus, die er dem Mann auf dem Hügel und dem im

Lieferwagen abgenommen hatte, und warf Geld auf das herausgezogene Bett.

»Von einem Hotel hast du wohl noch nie etwas gehört?«

Er wies auf seine schmutzigen Kleider. »So? Jeder würde sich an mich erinnern.«

»Und du willst nicht, daß man sich an dich erinnert?«

»Nun, wollen wir sagen, daß ich scheu bin.«

Ihr Lächeln verflog, und sie musterte ihn prüfend. »Und cool bist du auch, Süßer. Okay, jetzt hab' ich's verstanden. Brauchst dir keine Sorgen zu machen. Hier bist du sicher. Nimm ein Bad!«

»Aber wenn es dir nichts ausmacht...«, sagte Drew.

Sie öffnete die Tür zu der Abstellkammer und holte einen Hausmantel heraus.

»Ich würd' mich besser fühlen, wenn...«

Sie drehte sich zu ihm herum und schlüpfte in den Mantel.

»Wenn du mitkommen würdest.«

»Oh?«

»Yeah. Ich hab' ein paar Fragen an dich.«

7

Und – aber das fügte er nicht hinzu – er wollte sie im Auge behalten.

Im Bad zog er seine schmutzige Steppjacke aus. Sie setzte sich auf einen Hocker in der Ecke und zündete sich einen Joint an.

»Und du bist auch ganz sicher, daß du nicht mal ziehen willst?« fragte sie.

»Das widerspricht meiner Religion.«

»Was – daß du dich entspannst?«

»Daß ich meine Sinne abstumpfe.«

Sie lachte glucksend. »Und das wollen wir natürlich nicht.«

Heißes Wasser ergoß sich dampfend aus dem Hahn in die Wanne, so daß der Spiegel über dem Waschbecken beschlug.

Drew legte seine Kleider auf ein Regalbrett hinter sich und schob dabei unauffällig die Mauser unter die Steppweste. Sich vor ihr auszuziehen, bereitete ihm keine Schwierigkeiten, physisches Schamgefühl hatte er eigentlich nie gekannt.

»Nicht schlecht«, sagte sie nach einem prüfenden Blick auf seinen Körper, und dann inhalierte sie scharf und behielt den Rauch in der Lunge. »Bißchen dünne Schenkel.« Sie gestikulierte mit dem Joint. »Und der Arsch ein wenig mager. Mit deinem Hinterteil müßte ich Sozialhilfe beantragen. Trotzdem – nicht schlecht.«

Drew lachte. »Das verdanke ich alles meiner strengen Diät und meinen Übungen.«

»Übungen? Verdammt, du siehst wie einer von den Läufertypen aus.«

Drew spürte, wie ihm warm um die Brust wurde; er war leidenschaftlicher Läufer gewesen. »Yeah.« Er lächelte. »Jim Fixx, Bill Rodgers.«

»Herrgott, das will ich nicht hoffen. Fixx ist tot.«

Drew verspürte einen Stich in der Brust. »Du machst Witze.«

Sie sog an ihrem Joint und schüttelte den Kopf. »Nee. Aber er hat einen schönen Tod gehabt. Ist beim Joggen gestorben.« Sie sah ihn an. »Wo hast du denn gesteckt? Wenn du einer von den Typen bist, müßtest du doch wissen, daß Fixx tot ist. Hatte von Anfang an ein schwaches Herz – Vererbung – und dann all das Joggen und...«

Drew versuchte sich von dem Schock zu erholen, den ihm das Gehörte bereitet hatte. »Nun, ich schätze, Garantien gibt es eben nicht.« Er drehte sich um, um in die Badewanne zu steigen.

Plötzlich fuhr sie von ihrem Hocker hoch. »Du große Scheiße!«

Er fuhr herum, bereit, nach der Pistole unter seinen Kleidern zu greifen. »Was ist denn los?«

»Was *los* ist? Du lieber Gott, dein Rücken! Was ist denn mit dir passiert?«

»Bleib leise!«

»Tut mir leid, das hab' ich vergessen. Mein Freund.«

»Was ist mit meinem Rücken?«

»Die Narben.«

»Was?«

»Der sieht ja so aus, als ob dich jemand gepeitscht hätte.«

Drew verspürte ein Gefühl der Kälte. Das war ihm nie bewußt geworden. Die Jahre der Buße, die er sich auferlegt hatte. Das Seil, mit dem er sich selbst gegeißelt hatte.

»Yeah. Ich war in Vietnam. Gefoltert.«

»Das muß schrecklich gewesen sein.«

»Ich mag nicht darüber reden. Nicht einmal mehr daran denken mag ich.«

Drew drehte sich um, so daß sein Rücken von ihr abgewandt war, und stieg in die Badewanne. Er drehte das Wasser ab und ließ sich langsam sinken, fühlte, wie es ihm allmählich über die Hüften stieg, und spürte, wie das heiße Wasser seine schmerzenden Muskeln entspannte. Er hatte kein heißes Bad mehr genommen, seit er in das Kloster eingetreten war, und der ungewohnte Luxus erzeugte in ihm ein unbestimmtes Schuldgefühl. Er atmete den Fliederduft der Seife ein. Dann betrachtete er eingehend den riesigen Schwamm, den sie ihm gegeben hatte, als hätte er noch nie zuvor einen gesehen, tauchte ihn dann ins Wasser und ließ sich die seifige Lauge über den Kopf rinnen.

Sie hatte wieder einen Zug von ihrem Joint genommen und atmete jetzt den Rauch aus, den sie so lange wie möglich in der Lunge festgehalten hatte. »Nun, ich hab' mich getäuscht. Du bist gar nicht schüchtern.«

»Ist ja nur ein Körper.«

»Yeah, das hab' ich schon vor einer ganzen Weile gelernt. Das Shampoo steht auf dem Plastikregal bei deinem Kopf. Weil wir gerade von schmutzig reden – sieh dir das Wasser an. Du mußt die Wanne auslaufen lassen und noch einmal von vorn anfangen. Was hast du denn gemacht – dich im Schlamm gewälzt?«

Ihr Spott amüsierte ihn. »Du weißt gar nicht, wie recht du hast.« Er kratzte sich über die Stoppeln. »Wir waren uns beide darüber einig, daß ich mich rasieren muß.«

»Der Rasierapparat steht neben dem Shampoo auf dem Brett.«

Rasiercreme hatte sie nicht, und daher mußte er Seife benutzen. »Ich bin sicher, daß das jetzt komisch klingen wird«, sagte er. »Wer ist Präsident?«

Sie wäre beinahe an dem Rauch, den sie inhaliert hatte, erstickt. »Du machst dich über mich lustig.«

»Ich wollte, es wäre so.«

»Aber das ist jetzt schon das zweitemal, daß du... Als ich zuerst Fixx erwähnte... Siehst du nicht fern oder liest Zeitungen?«

»Nicht da, wo ich war.«

»Aber selbst im Knast gibt's doch Fernsehen und Zeitungen.«

»Dann sollte ich dir etwas sagen.«

»Du warst nicht im Knast? Aber ich hatte den Eindruck...«

»Glaub mir – stell keine Fragen. Je weniger ich dir sage...«

»Desto besser ist es für mich. Also schön. Du behauptest, ein Priester zu sein.«

»Fast. Das, was man einen Bruder nennt.«

»Wenn das deine Story ist, dann werd' ich so tun, als würd' ich glauben, daß du in einem Kloster warst. Reagan ist Präsident.«

Überrascht setzte Drew einen Augenblick lang mit dem Rasieren aus. »Dann ist Carter nicht wiedergewählt worden?«

»Ist ja kein Wunder, wenn man bedenkt, wie er zugelassen hat, daß uns die Iraner auf der Nase herumtanzen.«

»Iraner?«

»Die Geiselkrise. Weißt du denn gar nichts?«

»Ich denke, das wird ja langsam offensichtlich. Erzähl mir davon.«

Und damit begann die Vorlesung, und sie schmerzte ihn. Er erfuhr von dem Überfall auf die amerikanische Botschaft in Teheran 1979. Er erfuhr, daß die Sowjets 1980 unter der Behauptung, sie fühlten sich durch die Gewalttätigkeiten im Iran bedroht, in Afghanistan eingefallen waren, um dieses Land zu einem schützenden Puffer zu machen. Und beide Krisen, wurde ihm schaudernd klar, hatten sich seinetwegen ereignet, wegen etwas, das er getan hatte – oder besser gesagt, *nicht* getan hatte. Wellen. Ursachen und Folgen. Wenn er seinen letzten Auftrag erfüllt hätte, wenn er den Mann getötet hätte, mit dessen Tötung ihn sein Netz beauftragt hatte, dann hätte die ganze Folge von Ereignissen wahrscheinlich nie angefangen. Statt dessen war er in das Kloster eingetreten, und seine Zielperson war im Iran an die Macht gelangt.

Habe ich falsch gehandelt? dachte Drew. Wie viele Leute haben meinetwegen gelitten? Aber wie kann die Entscheidung, nicht zu töten, falsch sein?

Die Frau fuhr fort. »Wegen Afghanistan hatte Präsident Carter den amerikanischen Sportlern verboten, an den olympischen Spielen 1980 in Moskau teilzunehmen. Die Sowjets untersagten daraufhin ihrerseits ihren Athleten die Teilnahme an der Olympiade von 1984 in Los Angeles.

Die Russen behaupteten, deshalb nicht an den olympischen Spielen teilzunehmen, weil sie sich Sorgen wegen Terroristen machten«, sagte die Frau. »Aber jeder wußte, daß das nur die Quittung für das war, was Carter getan hatte.«

Terroristen. Innerlich stöhnte Drew. Er hatte gehofft, dieses Wort nie wieder zu hören. Aber es gab noch mehr, viel mehr. Während sie den nächsten Joint rauchte und in freier Reihenfolge und aus ihrer persönlichen Sicht über die wichtigsten Ereignisse der letzten sechs Jahre berichtete, wurde die Übelkeit, die seine Seele befallen hatte, noch schlimmer. Er erfuhr, daß Reagan beinahe von einem liebeskranken Verrückten ermordet worden wäre, der damit die Aufmerksamkeit eines Teenagerfilmstars auf sich lenken wollte, der gerade das Studium in Yale begonnen hatte. Der Papst war während einer Prozession auf dem Petersplatz von einem türkischen religiösen Fanatiker verwundet worden, der angeblich für die bulgarische Geheimpolizei arbeitete. Eine südkoreanische Verkehrsmaschine voll Passagiere, darunter auch Amerikaner, war in den sowjetischen Luftraum eingedrungen und abgeschossen worden. Es hatte keine Überlebenden gegeben, aber nichts war unternommen worden.

»Warum nicht?« fragte sie erbost. »Wie kommt es, daß wir uns von denen so rumschubsen lassen?«

Drew brachte es nicht über sich, ihr zu sagen, daß in solchen Dingen nichts jemals so war, wie es schien; daß Verkehrsmaschinen nicht einfach zufällig in feindlichen Luftraum eindrangen.

Worauf das Ganze hinauslief, war klar. Für sie schienen diese Katastrophen alltäglich. Aber nach seinen sechs friedlichen Jahren im Kloster war die Wirkung ihres Berichts auf ihn erschütternd. Er versuchte, dem Schluß auszuweichen, daß das Unerträgliche zur Selbstverständlichkeit geworden war, daß die Welt den Verstand verloren hatte.

»Détente?« fragte er.

»Was ist das?«

»Die Abrüstungsgespräche. Die Atomverträge.«

»Oh, sie versuchen es immer noch. Aber weißt du, was manche Arschlöcher – selbst nennen die sich Experten – behaupten? Daß wir tatsächlich einen Atomkrieg gewinnen, ihn *überleben* können. Die sagen, das sei in der Bibel prophezeit; daß die Christen die Kommunisten besiegen werden.«

Drew stöhnte. »Hör besser auf!« Er stand triefend auf und schickte sich an, aus der Badewanne zu steigen.

Sie warf ihm ein Handtuch hin. »Du solltest dich besser bedecken, Süßer. Sonst« – sie hob eine Braue – »man kann nie wissen. Am Ende fang' ich noch an, mich für dich zu interessieren.«

Er hatte die richtige Wahl getroffen, entschied er. Sie war gut für ihn; sie brachte es fertig, ihn zum Lachen zu bringen. Er schlang sich das Handtuch um die Hüften und sah dann auf seine Kleider. »Ich schätze, die sollte ich wohl waschen.«

»Nun, ich kann ja wenigstens *etwas* für das tun, was du mir bezahlt hast. Laß mich helfen.«

Er konnte sie nicht rechtzeitig abhalten. Mit angewiderter Miene hob sie seine schmutzigen Kleider auf und sah die Mauser darunter.

Sie erstarrte. »Du steckst voll Überraschungen.«

Er sah sie eindringlich an. »Was machen wir jetzt?«

»Ich schreie. Dann kommt mein Freund gerannt.«

»Hoffentlich nicht.«

Sie sah ihm forschend in die Augen.

Er wollte sie nicht verletzen. Wenn sie jetzt zu schreien anfing – was würde er tun?

»Also gut, ich lass' es bleiben.«

Er atmete erleichtert auf.

»Die Hälfte der Leute, die ich kenne, laufen mit Ballermännern herum, aber die haben keine so guten Manieren wie du. Das muß man dir lassen: Für die zweihundert Dollar wird es einem mit dir nicht langweilig.« Während sie immer noch die Kleider hielt, rümpfte sie die Nase. »Aber was ist das für ein Bündel in deine Jackentasche? Es riecht irgendwie.«

»Ich hab' dir doch gesagt, du solltest besser nicht fragen.«

Er nahm die Jacke und legte sie auf das Regal. Dann ließ er das Wasser aus der Wanne und wusch die Socken, die Unterwäsche, seine Jeans und das Wollhemd in frischem Wasser. Er bat sie um eine Plastiktüte. Und während sie telefonierte, um sich zu erkundigen, weshalb es so lange dauerte, bis ihr Essen geliefert wurde, steckte er den aufgedunsenen Kadaver von Stuart Little in den Plastikbeutel und band ihn luftdicht zu. Anschließend legte er den Beutel und die Mauser gemeinsam mit den Fotos, die er aus dem Kloster mitgebracht hatte, unter ein Handtuch und wusch zuletzt die Jacke.

Später, als sie ihm einen braunen Hausmantel aus Cord gegeben hatte, wartete er, bis sie einmal nicht hinsah, und steckte dann die Maus, die Fotos und die Pistole in die Manteltaschen. Sie sah die Ausbuchtungen, hatte aber inzwischen etwas gelernt.

»Ich weiß«, sagte sie. »Frag nicht.«

8

Das Klopfen machte ihn nervös. Mit der Pistole in der Tasche des Hausmantels stand er auf der blinden Seite der Tür, während sie fragte: »Wer ist da?«

»Speedy's Sandwich-Service. Gina, ich bin's – Al.«

Sie nickte Drew zu und öffnete die Tür gerade weit genug,

um mit dem Geld zahlen zu können, das Drew ihr gegeben hatte, um dann das Päckchen entgegenzunehmen. Sie schloß die Tür.

»Gina? Ist das dein Name?«

»Ja, so etwa. Meine Mutter hat mich Regina genannt. Ich mußte das abkürzen. In meinem Beruf kann ich keine Witze gebrauchen, ob ich eine Queen* sei.«

Er grinste. »Wenn es dir nichts ausmacht, Gina, könnten wir die Tür absperren?«

»Mein Freund will aber schnell hier reinkönnen, wenn er das muß.«

»Aber wir wissen doch beide, daß das nicht nötig sein wird.«

Sie sah ihn prüfend an. »Ich weiß wirklich nicht, warum ich das alles für dich tue.«

Aber sie tat, was er verlangt hatte, und er fühlte sich sofort wohler. Ausgehungert nahm er am Tisch Platz und aß hastig seine belegten Brote. Das Brot war altbacken und der Salat und die Tomaten wäßrig. Aber nach den Erdnüssen, den Schokoladeriegeln und dem tiefgekühlten Obst machte ihm das nichts aus. Selbst die lauwarme Milch schmeckte herrlich.

Das Essen zeitigte sofort seine Wirkung an ihm: Der Zukker machte ihn müde. Er hatte seit sechsunddreißig Stunden nicht mehr geschlafen. Seine Augen brannten von der Anstrengung; schließlich war er den ganzen Tag am Steuer gesessen. Er sah zum Bett hinüber. »Ich mache das ungern, aber ich muß dich um eine weitere Gefälligkeit bitten.«

Sie stippte eine Pomme frite ins Ketchup. »Bis jetzt habe ich noch zu allem ja gesagt.«

»Ich würde jetzt gern schlafen gehen.«

»So?« Sie kaute das Stück Pomme frite und leckte sich einen Tropfen Ketchup von der Unterlippe. »Dann leg dich doch schlafen.«

»Aber ich möchte dich dabeihaben.«

---

* Unübersetzbares Wortspiel. Queen – Königin und Slangausdruck für männliche Homosexuelle, die die weibliche Rolle spielen. – Anmerkung des Übersetzers.

»Was?« Ihre Augen blitzten. »Mir wär' jetzt wirklich recht, wenn du dich entscheiden könntest. Zuerst das große Tamtam, daß du mir die Nacht freigeben würdest, und jetzt...«

»Neben mir im Bett. Das ist alles. Sonst nichts.«

»Einfach daliegen?« Sie runzelte die Stirn. »Jetzt komm schon. Du mußt doch wollen, daß ich *irgend etwas tue.*«

»Schlaf einfach. Genau wie ich.«

Sie sah ihn verblüfft an.

Er wußte nicht, wie er ihr erklären sollte, daß er nicht würde schlafen können, wenn er nicht wußte, wo sie war und was sie tat. Wenn er ihr die Wahrheit sagte – daß er ihr sein Leben nicht anvertrauen konnte, während er schlief –, würde sie vielleicht nicht mitspielen. So druckste er herum und tat so, als wäre er verlegen. »Das ist schwer... Sieh mal... Laß es mich mal so sagen – ich...«

Sie trommelte mit ihren langen Fingernägeln auf die Tischplatte.

»...Ich brauch' jemanden, den ich festhalten kann.«

Ihr starr gewordenes Gesicht entspannte sich. »Das wird die traurigste Sache, die ich je...« Sie griff nach seiner Hand.

Er ging mit ihr zu dem herausgezogenen Sofa und half ihr dabei, ein Laken darüberzulegen und zwei Kopfkissen zu überziehen, die sie aus dem Schrank holte.

»Heute nacht ist es kalt.« Sie fröstelte und legte zwei Dekken auf das Bett, schickte sich aber dann trotz ihrer Bemerkung über die Kälte an, ihren Hausmantel auszuziehen.

»Nein«, flüsterte er.

»Macht der Gewohnheit. Tut mir leid.« Sie grinste, schloß den Mantel wieder und schaltete dann das Licht aus.

Er kroch mit ihr unter die Decken. Als er sie dann in der Dunkelheit festhielt und ihre Weichheit spürte, ignorierte er die Versuchung, die von ihren Brüsten, ihren Hüften und ihrem sanft gerundeten Bauch ausging. Er war seit 1979 nicht mehr mit einer Frau im Bett gewesen, und die Erinnerung an Arlene erregte ihn aufs neue. In seinem früheren Beruf hatte es für ihn nicht viele Frauen gegeben, weil er das Risiko einer engeren Beziehung nicht hatte eingehen können. Nur Arlene war für ihn wichtig gewesen, und sie hatte seinem früheren

Netz angehört, die eine Frau, die zu lieben er sich erlaubt hatte. Seine Kehle schmerzte, Gina bewegte sich neben ihm, machte es sich bequem, und er lenkte sich mit einer praktischen Frage ab, damit nämlich, daß er sich vergewisserte, daß die Mauser unter seinem Bein lag, wo sie sie nicht erreichen konnte, ohne ihn zu wecken.

Er kuschelte sich an die Matratze – die erste, auf der er lag, seit er in das Kloster eingetreten war – und versuchte sich zu entspannen.

»Träum etwas Schönes«, murmelte sie an seinem Ohr.

Das hoffte er. Und zu seinem Erstaunen war es auch so.

Oder besser gesagt, er hatte *keine* Träume. Er schlief wie ein Toter.

Das Flackern von Licht weckte ihn. Er bemerkte sofort, daß Gina nicht mehr neben ihm war. Erschreckt setzte er sich in der Dunkelheit auf, sofort auf der Hut, und erkannte, daß das Licht vom Fernseher kam. Die Bilder ließen ihn glauben, er schliefe noch, hätte einen Alptraum. Er sah junge Männer mit wilden Augen, mit Gesichtern so fahl wie die von Leichen, als SS-Leute gekleidet und – das mußte eine Halluzination sein – purpur gefärbtem Haar mit einem Schnitt, wie die Mohawk-Indianer ihn zu tragen pflegten, und Ringen in den Ohrläppchen. Frauen in schwarzen Motorrad-Lederjacken hielten Feuerwehrschläuche auf Plakattafeln gerichtet, auf denen die Explosionspilze von Wasserstoffbomben zu sehen waren.

Ein Schatten regte sich vor dem Fernseher.

Er tastete nach seiner Mauser. Aber dann hielt er inne.

Der Schatten war Gina. Jetzt drehte sie sich um und nahm etwas aus ihrem Ohr. Die wahnsinnigen Bilder huschten weiterhin lautlos über den Bildschirm.

»Tut mir leid«, sagte sie. »Ich hatte nicht damit gerechnet, daß der Fernseher dich wecken würde. Ich dachte, wenn ich die Kopfhörer benutze...«

Er deutete auf den Bildschirm. »Was ist *das*?«

»MTV. Das heißt Music Television. Das sind Punker.«

»Was?«

»He, ich hab' doch gesagt, daß es mir leid tut. Ich weiß, du wolltest, daß ich auch schlafe, aber du mußt verstehen, ich bin die Nachtschicht gewöhnt. Im Augenblick bin ich hellwach. Morgens um acht brauche ich mit ein paar Freundinnen drunten einen Kaffee und ein Hörnchen...«

»Wie spät ist es?«

Sie sah auf die Uhr. »Fast halb sechs.«

»So spät?« Im Kloster wäre er jetzt schon wach gewesen und bereit zur Messe. Er schlug die Decke zurück und stieg aus dem Bett. Selbst in Ginas Morgenmantel fror er. Nachdem er im Bad gewesen war, betastete er die Kleider, die er gewaschen hatte und die jetzt auf Handtuchstangen hingen. Sie waren noch feucht.

»Hast du einen Haartrockner?«

Sie lachte. »Jetzt *weiß* ich, daß du nicht in einem Kloster warst.«

»Für meine Kleider.«

Sie lachte wieder. »Hoffentlich gehen sie dabei nicht ein.«

Das taten sie nicht, und beim Frühstück – »Obst«, sagte er, »irgendwelches Obst, das du hast, möchte ich« – setzte er sich selbst damit in Erstaunen, daß er sich zu ihr hinüberbeugte und sie auf die Wange küßte.

Auch sie war überrascht. »Wofür war das jetzt?«

»Einfach um Danke zu sagen.«

»Du meinst, ein halbes Danke.«

Er leistete keinen Widerstand, als sie seinen Kuß erwiderte; nicht lange und nicht sinnlich, aber intim. Auf die Lippen.

Ein anderes Leben, dachte er, und ihr Duft ließ seine Nasenflügel beben. Und dann dachte er wieder an Arlene. Aber jenes andere Leben war ihm versagt.

Wegen meiner Sünden.

9

Um halb neun betrat er eine Telefonzelle in einem Drugstore, zwei Häuserblocks westlich von Boston Common. Trotz seiner ziemlich mitgenommenen Kleidung war er rasiert und sauber und schien daher dem Drogisten nicht sonderlich aufzufallen, der gerade damit beschäftigt war, an der Ladentheke ein Rezept abzutippen.

»Guten Morgen. Pfarrei der Heiligen Eucharistie«, sagte die brüchige Stimme eines alten Mannes; sie klang ebenso staubig wie der Sherry, den man manchmal als Meßwein benutzte.

»Ja. Father Hafer, bitte.«

»Es tut mir schrecklich leid, aber Father Hafer ist heute morgen nicht zu sprechen.«

Drew fiel das Herz herunter. Gestern abend hatte er vom Flughafen aus und dann später einige Male von Ginas Wohnung aus anzurufen versucht, aber niemand hatte sich gemeldet, oder besser gesagt, nur ein Anrufbeantworter, dieselbe staubige, brüchige Stimme, eine Aufzeichnung, die erklärte, daß die Priester im Augenblick nicht erreichbar seien. Der Anrufer möge doch bitte seinen Namen und seine Nachricht hinterlassen. Im Falle Drews war diese Aufforderung höchst unpassend. Nicht bei der Nachricht, die *er* überbringen wollte.

Du lieber Gott! Während er seine Hand um den Telefonhörer krallte, dachte er darüber nach, was für Möglichkeiten er hatte.

»Hallo?« fragte die brüchige Stimme unsicher am Telefon. »Sind Sie noch...?«

Drew schluckte. »Ja, ich bin hier. Wissen Sie... Warten Sie. Sie sagten, er wäre heute morgen nicht zu sprechen? Heißt das, daß Sie ihn heute nachmittag erwarten?«

»Es ist schwer, das mit Sicherheit zu sagen. Vielleicht. Aber es könnte auch sein, daß er nach seiner Behandlung ungestört sein möchte.«

»Behandlung?« Drews rechte Hand krampfte sich um den Telefonhörer.

»Wenn Sie einen Geistlichen brauchen, kann ich Ihnen helfen. Oder irgendeiner von den anderen Priestern hier. Handelt es sich um einen Notfall? Sie klingen so, als hätten Sie Sorgen.«

»Das ist eine persönliche Angelegenheit. Ich muß mit *ihm* sprechen. Ich verstehe nicht – was für eine Behandlung?«

»Es tut mir leid. Ich glaube nicht, daß ich darüber mit Ihnen sprechen darf. Aber nachdem Sie ihn kennen, wird er es Ihnen ohne Zweifel erklären können. Warum hinterlassen Sie mir nicht einfach Ihren Namen und Ihre Nummer?«

»Ich rufe wieder an.«

Drew legte auf, öffnete die Tür und verließ die Zelle. Der Drogist warf ihm einen Blick zu. Bemüht, sich seine Betroffenheit nicht anmerken zu lassen, sah Drew auf die Uhr und ging dann an Regalen und Ladentheken vorbei, auf die Straße hinaus.

Heute nachmittag? Und vielleicht nicht einmal dann?

Aber jemand mußte es wissen. In Ginas Wohnung hatte er den *Boston Globe* von gestern gelesen. Das, was in dem Kloster geschehen war, war in der Zeitung nicht erwähnt. Sofern die Behörden die Story nicht geheimhielten, hieß das, daß man die Leichen bis jetzt noch nicht gefunden hatte. Aber es fiel ihm schwer, sich vorzustellen, daß man eine solche Geschichte zurückhalten würde. Während er über den von Menschen wimmelnden Bürgersteig zurück zum Boston Common ging, ließ seine Fantasie vor seinem geistigen Auge die aufgedunsenen Leichen auf dem Tisch oder auf dem Boden ihrer Zellen erscheinen. Tot. Alle tot.

Wieder dachte er widerstrebend an die Polizei. Wenn er sie vielleicht einfach anrief... Aber sie würden ihm keinen Glauben schenken. Sie würden verlangen, daß er sich identifizierte, sich mit ihnen traf, und dazu war er nicht bereit, wenigstens so lange nicht, als nichts und niemand ihm seine Sicherheit garantierte. Und unterdessen, während er sie davon überzeugte, daß er kein Spinner war, würden sie die Behörden in Vermont alarmieren, und jemand von dort würde sich das Kloster ansehen. Wenn die Leichen gefunden wurden, würde bald klar sein, daß ein Mönch entkommen war. Die

Polizei von Boston würde die Verbindung zu dem Mann herstellen, der sie angerufen hatte. Wer sonst hätte etwas von den Leichen wissen können, mit Ausnahme eines Überlebenden oder desjenigen, der sie getötet hatte?

Drew schüttelte den Kopf. Im schlimmsten Fall würde die Polizei vermuten, daß er mit den Morden zu tun hatte. Im besten Fall, selbst wenn sie ihn für unschuldig hielten, würden sie eine Fahndungsmeldung herausgeben und damit der Killerbande bei deren Suche helfen. Und was geschehen würde, wenn die Polizei sich näher mit ihm befaßte – darüber hatte er noch nicht einmal nachgedacht – die Nebelwand, die man bewußt vor seiner Vergangenheit errichtet hatte, würde sie zuerst verblüffen und dann beunruhigen. Und wenn ihre Fragen sie in jene Richtung lenkten, dann käme das einer Katastrophe gleich.

Nein. Der Weg, für den er sich ursprünglich entschieden hatte, blieb der beste, der sicherste. Father Hafer, sein Beichtvater. Hilf mir herauszufinden, wer meine Feinde sind! So bald wie möglich.

Als Fremder schlenderte er durch das Straßen- und Gassengewirr von Boston. Er durchstreifte die Geschäftshäuser, staunte über die grell beleuchteten, lärmenden Videoarkaden und die unglaubliche Technik, die es jungen Leuten beibrachte, sich die tödlichen Reflexe von Piloten von Jagdflugzeugen anzueignen. Bei jedem Spiel, mit dem er sich befaßte, bestand das Ziel darin, anzugreifen und zu zerstören. Der Sieger vernichtete den Feind. Und manchmal verkündeten nukleare Wolken Leben oder Tod.

Junge Männer schlenderten in modischen Tarnanzügen durch die Shopping Center, während zielbewußte ältere Männer Lederjacken trugen, die denen der Bomberpiloten des Zweiten Weltkriegs nachgemacht waren.

Wahnsinn. Du lieber Gott, fragte er sich, was war in den sechs Jahren, die er nicht dagewesen war, passiert?

Er bemühte sich, seine Besorgnis zu unterdrücken. Es gab etwas viel Wichtigeres – die Erlösung. Wenn die Welt entschieden hatte, sich selbst zu vernichten – nun gut. Aber was er brauchte, war Frieden und Zurückgezogenheit. Das Sterben war unvermeidbar. Aber wenn dies während des Gebets geschah, so war der Tod etwas, das man hinnehmen konnte.

Während des Nachmittags rief er die Pfarrei einige Male an und fühlte sich noch verlorener und ungeduldiger, als er erfuhr, daß Father Hafer immer noch nicht zurückgekehrt war. Die Zeit wurde zur Qual. Auch in der letzten Ausgabe des *Boston Globe* stand noch nichts über das Kloster, obwohl das, für sich betrachtet, noch ohne Belang war. Es gab einige mögliche Erklärungen dafür, daß es keine derartige Story gab. Aber er konnte den Gedanken nicht ertragen, daß man die Leichen noch nicht entdeckt hatte, daß sie noch ein Geheimnis waren. Das war Blasphemie. Als er gegen halb fünf wieder durch ein Einkaufscenter schlenderte, zuckte er plötzlich zusammen, mußte unwillkürlich bei dem Anblick blinzeln, der sich ihm bot. Eine Menschenmenge schob sich träge auf ihn zu, mit geröteten Augen, einige wischten sich Tränen weg.

Etwas Schreckliches mußte geschehen sein, dachte er. Er erinnerte sich an 1963, an die Reaktion Amerikas auf die Ermordung Präsident Kennedys, und stellte sich auf das Schlimmste ein.

Er ging auf die Menschen zu, erschüttert über ihr Leid. »Was ist geschehen? Warum weinen Sie?«

Eine übergewichtige Frau in mittleren Jahren schluchzte in ihr Taschentuch und schüttelte den Kopf. »So traurig.«

»Was?«

»Jetzt hab' ich den Film zum achtenmal gesehen, und dabei muß ich immer noch weinen. Sie sieht so schön aus, wie sie an Krebs stirbt.«

»Krebs?«

»Debra Winger.«

»Wer?«

Die Frau blickte entsetzt. »Debra Winger – sagt Ihnen das denn nichts? Wo sind Sie denn her?« Die Frau deutete nach hinten. Ein Kino. Die Vorstellung war gerade zu Ende, und die Zuschauer strömten heraus.

Verwirrt fand er neben einem Lady-Godiva-Wäschegeschäft, dessen Schaufenster mit Spitzenhöschen gefüllt waren, ein paar Telefonzellen. Ein Mann mit Ohrringen ging vorbei, dann eine Frau, die auf der Hand ein Herz eintätowiert hatte. Drew steckte Münzen in den Schlitz und wählte hastig die Nummer, die er sich gemerkt hatte.

»Pfarrei Heilige Eucharistie.«

»*Bitte*, ist Father Hafer jetzt da?«

»Ah, Sie sind es wieder. Ich habe ihm von Ihren Anrufen erzählt. Einen Augenblick. Ich will sehen, ob ich ihn stören darf.«

Drew ließ sich gegen die Wand der Kabine sinken und wartete. Als er schließlich ein klapperndes Geräusch hörte, das ihm verriet, daß jemand den Hörer aufnahm, erkannte er die angespannt atemlos klingende Stimme nicht. »Hallo. Hier spricht Father Hafer.«

Drew runzelte die Stirn. Er hatte sechs Jahre lang nicht mit Father Hafer gesprochen. Wie konnte er sicher sein? »Ich muß Sie sprechen, Father. Jetzt gleich. Bitte, glauben Sie mir, es ist wichtig.«

»Was? Wer spricht denn?«

Drew starrte das Telefon argwöhnisch an. Was, wenn die Killer bei ihrer Suche erraten hatten, an wen Drew sich logischerweise wenden würde, um Zuflucht zu suchen? Angenommen, diese Stimme, die zu heiser und zu atemlos klang, um die Father Hafers zu sein, gehörte einem der Männer, die hinter ihm her waren? Nein, Drew hatte keine Wahl. Er mußte so vorgehen, wie es ihn sein letzter Beruf gelehrt hatte. Er konnte es sich nicht leisten, unvorsichtig zu sein.

»Wer da *spricht*, habe ich gefragt«, beharrte die rauhe Stimme.

Drews Gehirn arbeitete fieberhaft. Trotz seines Argwohns erfüllte ihn Hoffnung. Er wollte einfach glauben. Ein Erkennungszeichen, irgendeine Information, die nur sie beide kennen konnten. »Wir sind uns vor sechs Jahren in Ihrem Büro das erste Mal begegnet. Wir hatten eine Auseinandersetzung. Aber dann gingen wir über die Straße in die Kirche, und Sie haben mir die Beichte abgenommen.«

»Ich habe vielen Leuten... Vor sechs Jahren? Es gibt nur eine Beichte, von der irgend jemand sicher sein könnte, daß ich mich erinnern würde.«

»Wir haben über einen Likör gesprochen.«

»Du lieber Gott, das kann doch nicht sein! *Sie*?«

»Nein, hören Sie zu. Der Likör. Erinnern Sie sich an seinen Namen?«

»Natürlich.«

Drew runzelte die Stirn. »Er fällt Ihnen so schnell ein?«

»Die Kartäuser stellen ihn her. Ich habe ihn bewußt gewählt. Er ist nach dem Stammhaus des Ordens benannt. Chartreuse.«

Drew entspannte sich. Gut. Das würde reichen müssen.

Father Hafer hatte nicht aufgehört zu reden. »Was, um Himmels willen, soll die Geheimnistuerei? Wo, in aller Welt, *sind* Sie? Warum rufen Sie mich an?« Jetzt klang die Stimme des Priesters noch atemloser. »Ganz offensichtlich sind Sie nicht in...«

»Nein, es ist etwas passiert. Ich mußte dort weg. Wir müssen reden.«

»Etwas passiert? Was denn?«

»Das kann ich am Telefon nicht sagen. Ich muß Sie persönlich sehen. *Jetzt gleich.*«

»Warum weichen Sie mir aus? Sich wo mit mir treffen? Und warum können Sie es mir nicht am Telefon sagen?« Die Stimme hielt plötzlich inne. »Sie wollen doch ganz sicher nicht andeuten...?«

»Die Leitung könnte angezapft sein.«

»Aber das ist doch absurd.«

»Absurd ist das, was hier draußen geschieht, Father. Ich sage Ihnen, ich habe keine Zeit. Es ist etwas passiert. Bitte, hören Sie mir zu.«

Im Hörer war nur der angestrengte Atem des Priesters zu hören.

»Father?«

»Ja, schon gut. Wir werden uns treffen.«

Drew sah sich in dem Einkaufszentrum um, und seine Stimme blieb leise, aber eindringlich. »Nehmen Sie sich ein

Blatt Papier und einen Bleistift. Ich werde Ihnen sagen, wie Sie es machen sollen. Sie müssen mir helfen, Father.«

10

Eine klassische Operation. Aber diesmal mußte Drew mehr als eine Variable einkalkulieren.

Seine Hauptsorge war natürlich, daß die Killer erraten hatten, wo er versuchen würde, sich Hilfe zu holen. Logischerweise konnte das nicht die Polizei sein, nicht bei Drews Vergangenheit. Und auch nicht angesichts der Tatsache, daß er vermeiden mußte, von ihnen festgehalten zu werden.

Die logische Alternative? Der Priester, der ihn als Kandidat für die Kartäuser unterstützt hatte. Schließlich, wer würde ihn sonst verstehen? Nach dieser Logik würde die Killerbande den Priester überwachen. Und wenn Father Hafer die Pfarrei plötzlich am Abend verließ, würde das einen Alarm auslösen. Man würde ihm folgen.

Der zusätzliche Faktor? Angenommen, die Polizei hatte sich eingeschaltet; entweder weil man die Leichen entdeckt hatte oder weil Drews Anruf Father Hafer hinreichend beunruhigt hatte, daß er sie um Schutz gebeten hatte. Es war möglich, daß nicht nur die Killer oder die Polizei dem Priester folgen würden, sondern beide. Diese Komplikation machte die ansonsten lehrbuchmäßige Operation wesentlich komplizierter. Ganz gleich, wie detailliert der Plan am Ende auch sein würde, Drew mußte ganz am Anfang beginnen, bei den grundlegenden Dingen.

Im Laufe des Tages war er einige Male am Boston Common vorbeigekommen, hatte den Park von jedem Winkel aus erforscht und sich über die Vorteile, die er bot, Gedanken gemacht. Ein großer, mit Bäumen und Wegen, Gärten, Teichen und Spielplätzen angefüllter Park, flankiert von Reihen von Gebäuden mit Wohnungen und Geschäften an allen Seiten. Er hatte sich einen geeigneten Punkt ausgesucht und um sieben Uhr abends Position auf dem Dach eines Wohngebäudes bezogen. Jetzt kauerte er in der Deckung, die ihm ein Kamin bot, der seine Silhouette bedeckte, und spähte in den Park hinunter. Da es Mitte Oktober war, war die Sonne bereits untergegangen, und der Park lag in Dunkelheit, war nur von den Straßenlaternen am Rand und den Wegelampen beleuchtet.

Der Vorteil dieser Position auf dem Dach bestand darin, daß Drew drei der vier Straßen beobachten konnte, die den Park begrenzten. Die von ihm entfernte Seite wurde von den schwarzen, einander überdeckenden Zweigen entlaubter Bäume verdeckt. Aber die entfernte Seite hatte nichts zu besagen: Sie war zu weit entfernt, als daß die Killer oder die Polizei an ihn herankonnten, ohne sich zu zeigen und damit Drew die Chance zu geben, zu entkommen. Und auf dieser Seite beabsichtigte Drew, sich Father Hafer zu nähern.

Aber nicht persönlich.

Er war mit dem, was er dem Priester gesagt hatte, sehr vorsichtig gewesen. Hätte er Father Hafer lediglich instruiert, zum Common zu gehen und dort abzuwarten, was sich weiter entwickelte, dann wäre er damit das Risiko eingegangen, daß ihn entweder die Killer oder die Polizei auf diesem Dach fanden, wenn sie die Gebäude am Rand des Common absuchten, was nahelag. Dabei ging er davon aus, daß die Telefonleitung der Pfarrei angezapft war oder daß der Priester mit den Behörden zusammenarbeitete. Aber Drews Überlegung basierte auf solchen Annahmen. Selbst jetzt, nach vielen Jahren, erinnerte er sich lebhaft und deutlich an das Rocky Mountain Industrial College in Colorado und an Hank Dalton und seine Vorträge: ›Verfolgungswahn wird Ihr Leben retten. In *Ihrer* Welt ist es verrückt, *nicht* vom Verfolgungswahn besessen zu sein. Gehen Sie davon aus, daß irgendwelche Bastarde gegen Sie sind, die ganze Zeit und überall.‹

Also waren Drews Instruktionen so kompliziert gewesen, daß er Father Hafer gesagt hatte, er solle sie sich aufschreiben. Keine Killerbande und keine Polizeitrupe konnten so viele Männer haben, daß sie in nur wenigen Stunden den kompletten Weg abdecken konnten. Sie würden keine spezielle Zielzone haben. Aus ihrer Perspektive betrachtet, konnte der Kontakt überall hergestellt werden.

Aber weil Drew einen zusätzlichen Sicherheitsfaktor benötigte, hatte er beschlossen, den Kontakt nicht persönlich herzustellen. Während er die drei im Schatten liegenden, aber sichtbaren Straßen beobachtete – unter sich, zu seiner Rechten und zu seiner Linken – sah er nichts, was auf Überwachung hindeutete; niemanden, der herumlungerte, keine Fahrzeuge, die anhielten, ohne daß jemand ausstieg. Die Straßen sahen ganz normal aus, unschuldig, gewöhnlich.

Er würde das bald in Erfahrung bringen. Um zehn nach sieben sah er den Priester. Father Hafer trug einen langen, dunklen Mantel, dessen oberste Knöpfe offenstanden, so wie er ihn instruiert hatte, so daß man seinen weißen Kragen in der schwach beleuchteten Nacht deutlich erkennen konnte. Aber die Art und Weise, wie Father Hafer sich bewegte, ließ Drew die Stirn runzeln. Der Priester ging nicht, er schlurfte eher, etwas nach vorne gebeugt und sichtlich müde. Er kam aus der Ecke zur Rechten von Drew und schickte sich an, den Common zu überqueren. Irgend etwas stimmte nicht. Drews Blick wanderte zu der Straße hinüber, die der Priester verlassen hatte. Niemand schien ihm zu folgen.

Drews Augen huschten wieder zu dem Priester zurück, und seine Unruhe stieg abrupt an; nicht, weil er eine Falle entdeckt hatte, sondern wegen etwas, das noch viel unerwarteter war; obwohl Drew jetzt, wo er darüber nachdachte, erkannte, daß er eigentlich darauf hätte vorbereitet sein müssen. Er hätte es ahnen müssen. Father Hafer war gebeugt und hustete so heftig, daß Drew ihn aus fünfzig Metern Entfernung hören konnte. Der Priester schien Schmerzen zu haben. Und schien dünner zu sein, als Drew ihn in Erinnerung hatte. Selbst in der Nacht war seine Blässe nicht zu übersehen.

Der Priester war im Begriff zu sterben.

»Behandlung«, hatte die heisere Stimme am Telefon der Pfarrei gesagt. »Es könnte sein, daß er nach seiner Behandlung nicht gestört werden möchte.«

Chemotherapie. Bestrahlung. Father Hafer war im Begriff, an Krebs zu sterben. Die Heiserkeit, die Kurzatmigkeit – welche andere Erklärung gab es dafür? Ein Krebs am Kehlkopf oder, noch wahrscheinlicher, in der Lunge. Und dann erinnerte sich Drew mit großer Sorge an die vielen Zigaretten, die Father Hafer vor sechs Jahren geraucht hatte, eine nach der anderen, damals während ihres Gesprächs. Wieder beugte sich der Priester vor, hustete, litt offenbar Schmerzen. Er wischte sich mit einem Taschentuch über den Mund und richtete sich langsam auf, ging mit sichtlicher Mühe auf den Park zu. Drew konzentrierte sich auf die dritte Bank an dem Weg, auf dem der Priester nach seinen Instruktionen gehen sollte.

Die erste. Die zweite.

Als Father Hafer die dritte Bank erreichte, huschte ein Schatten aus den Büschen, hastete auf ihn zu.

Jetzt, dachte Drew. *Jetzt*, falls man ihn überwacht. Statt die hagere, schakalähnliche Gestalt zu beobachten, die den Eindruck vermittelte, als würde sie den Priester angreifen, richtete Drew seine ganze Aufmerksamkeit auf die Straßen der Umgebung. Aber nichts geschah – keine Rufe, keine Sirenen, kein plötzliches Hervorhuschen von Schatten, keine Schüsse. Nichts. Die Nacht blieb gespenstisch still und abgesehen von dem Verkehr stumm.

Drews Aufmerksamkeit wandte sich wieder der dritten Bank an dem Weg zu. Die Anweisungen, die er dem hervorhuschenden Schatten erteilt hatte, waren ganz klar gewesen, stützten sich auf die Anordnung der Lampen im Park und gestatteten Drew einen unbehinderten Ausblick auf das, was geschehen würde. Wenn man dem Priester ein Mikrofon und Batterien gegeben hatte, die er unter seinen Kleidern verbergen sollte, dann würde der Schatten sie bei seiner hastigen Durchsuchung entdecken. Die Gestalt würde die rechte Hand heben und Drew warnen, ihm die Chance geben, zu fliehen.

Natürlich brauchte der Schatten einen Anreiz, um den Priester zu durchsuchen, und deshalb hatte Drew früher am Tag nach dem offensichtlichen Junkie in der Nahkampfzone gesucht, einem, dem man seine Sucht ansah, der aber noch funktionsfähig war. Er hatte dem Süchtigen ein wenig Heroin aus einem Beutel gegeben und ihm für später mehr versprochen; Rauschgift, das Drew am Nachmittag einem zweitrangigen Dealer abgenommen hatte.

Drew sah zu, wie der Schatten mit dem Priester zusammenprallte, ihn abtastete, ohne diesen Anschein zu erwecken, und dann Father Hafer einen Zettel in die Hand drückte. Im nächsten Augenblick huschte der Schatten wieder davon, zog sich in ein dunkles Gebüsch zwischen zwei Lampen zurück und wurde erst wieder sichtbar, als er über einen schwach beleuchteten Spielplatz rannte, auf die links von Drew gelegene Ecke des Parks zu.

Drew schmunzelte. Nicht schlecht, wirklich nicht schlecht. Das zeigte wieder einmal, daß man Junkies nicht unterschätzen soll, solange man ihnen nur die richtige Motivation bieten kann. Drew war nicht nur von der Leistung des Mannes entzückt, sondern auch davon, daß er überlebt hatte. Er war nicht getötet worden.

Daraus zu ziehender Schluß: Wenn die Killer sich in der Gegend befanden, hatten sie erkannt, daß der Schatten dort unten nicht Drew, sondern ein Kurier war. Sie würden ihre Aufmerksamkeit ebenso auf den Kurier wie auf den Priester richten, in der Hoffnung, daß der Kurier sie zu Drew führen würde oder ihnen wenigstens Informationen über das liefern konnte, was auf dem Zettel stand. Der Kurier würde sie auch führen – in eine Sackgasse, drei Häuserblöcke entfernt, wo Drew dem Junkie versprochen hatte, ihm den Rest des Heroins in dem Beutel zu geben.

Drew hatte den Beutel auf einen Fenstersims gelegt, und während er zusah, wie der Junkie unbehindert verschwand, glaubte er langsam, daß weder die Killer noch die Polizei Father Hafer gefolgt waren. Aber ganz sicher war er immer noch nicht. Er hatte noch ein weiteres Ablenkungsmanöver geplant, und dies war der Zweck des Zettels, den der Priester jetzt in der Hand hielt.

Drew richtete seine Aufmerksamkeit wieder auf den Park. Father Hafer stand neben der dritten Bank am Weg und preßte sich eine Hand an die Brust, als wolle er das heftiger gewordene Schlagen seines Herzens damit unter Kontrolle bekommen. Während er sich von dem plötzlichen Überfall erholte, blickte er entgeistert auf den Zettel, den er in der anderen Hand hielt, brach aber, ehe er ihn lesen konnte, in einen weiteren Hustenanfall aus, zog sein Taschentuch heraus und preßte es sich gegen den Mund.

Lieber Gott, sei mir barmherzig, dachte Drew.

Der Priester ging vorsichtig auf eine nahestehende Straßenlampe zu und krümmte die Schultern, versuchte zu lesen. Drew wußte, was er sehen würde.

Ich bitte um Nachsicht für die Unannehmlichkeiten. Ich muß sicher sein, daß man Ihnen nicht folgt. Wenn es einen anderen Weg gäbe... Aber wir sind fast am Ziel. Gehen Sie den Weg zurück, den Sie gekommen sind. Kehren Sie in die Pfarrei zurück.

Der Priester hob ruckartig den Kopf und blickte sich sichtlich verärgert um. Er stopfte sich den Zettel in die Manteltasche, beugte sich wieder nach vorne und hustete schmerzerfüllt in sein Taschentuch. Dann wandte er sich um und schlurfte sichtlich erzürnt den Weg zurück, den er gekommen war.

Wenn ich gewußt hätte, daß Sie krank sind, hätte sich es anders gemacht, dachte Drew. Ich hätte dann einen kürzeren Weg gewählt, einen weniger schwierigen. Verzeihen Sie mir, Father, für das Leid, das ich Ihnen zufüge. Ich hatte keine Wahl. Ich mußte den Feind ebenso ungeduldig machen, wie Sie es jetzt sind.

Er sah zu, wie der Priester unter sichtlicher Anstrengung den Park verließ und dann die Straße rechts von Drew hinunterschlurfte. Irgendwelche Anzeichen einer hastig neu formierten Überwachung war nicht zu erkennen. Kein Fahrzeug bog ab, um die neue Richtung einzuschlagen, die der Priester genommen hatte. Da war auch niemand, der sich plötzlich herumdrehte und hinter dem Priester herhastete.

Drew wartete noch zwanzig Sekunden, und als er dann

immer noch nichts Ungewöhnliches sah, stand für ihn fest, daß weder die Polizei noch die Killer anwesend waren.

Aber von seiner gegenwärtigen Position aus konnte er nicht in die Straße sehen, in der der Priester sich jetzt befand. Wenn er sich nicht beeilte, dieses Dach zu verlassen, und um die Ecke blickte, konnte er nicht wissen, ob jene Straße sicher war. Sich dort dem Priester zu nähern, könnte ein Risiko sein.

Aber es bot sich ihm auch eine andere Möglichkeit an. Wenn er nicht zu dem Priester gehen konnte, dann konnte der Priester zu ihm kommen.

11

Von der Dunkelheit und von einigen Büschen neben der Kirche geschützt, spähte Drew über die Straße zur Pfarrei hinüber. Über ihm fiel das Licht aus dem Inneren der Kirche durch Mosaikfenster, die die Kreuzwegstationen darstellten. Obwohl die Fenster geschlossen waren, hörte Drew die Gebete einer Abendmesse, hörte die gedämpfte Stimme eines Priesters rezitieren: »O du Lamm Gottes, das du hinwegnimmst die Sünden der Welt...«

Und die Kongregation fiel ein: »Gib uns Frieden.«

Drews Zettel hatte Father Hafer aufgefordert, auf dem Umweg, auf dem er gekommen war, zur Pfarrei zurückzukehren. Drew hingegen hatte einen direkten Weg eingeschlagen, um das Ziel schneller zu erreichen. Er mußte die Pfarrei aus verschiedenen Aussichtspunkten beobachten, um festzustellen, ob jemand sie beobachtete. Eine letzte Vorsichtsmaßnahme. Wenn die Killer Father Hafer gefolgt waren, bestand immerhin die Möglichkeit, daß einer davon als letzte Vorsichtsmaßregel der anderen Seite zurückgeblieben war. Erst wenn Drew sich überzeugt hatte, daß die Pfarrei sicher war, würde er es riskieren, den Rest seines Planes auszuführen.

Aber nach sechs Jahren im Kloster hatte er vergessen, daß

die Kirche in den siebziger Jahren ihre Vorschriften gelockert hatte und die Katholiken nicht mehr zwang, der Sonntagsmesse beizuwohnen; an ihre Stelle konnte eine Messe am Samstagabend treten.

Und jetzt war Samstagabend. Und während hier die Messe gelesen wurde und die Wagen der Gemeindemitglieder am Straßenrand dieser wohlhabenden Umgebung parkten und andere vor der Pfarrei anhielten und mit laufendem Motor offenbar darauf warteten, nach der Messe Gläubige mitzunehmen, sah Drew sich mit zu vielen möglichen Problempunkten konfrontiert. In einem Wagen unten an der Straße flammte ein Streichholz auf, und er konnte sehen, wie eine Silhouette sich eine Zigarette anzündete. Würde ein Profi seine Position so offenkundig verraten? Vielleicht – wenn er einfach wie einer der anderen Fahrer aussehen wollte, der auf einen Passagier wartete.

Und was war mit der Frau auf der Treppe, die zur Kirche hinaufführte? Sie hielt einen Säugling mit einer rosafarbenen Strickmütze und einer weich aussehenden Decke an sich gedrückt und tätschelte ihm im Gehen den Rücken. Hatte sie die Messe vorzeitig verlassen, weil das Kind zu weinen angefangen hatte und damit die Gläubigen störte, und wartete jetzt auf ihren Mann? Aber warum weinte das Kind dann jetzt nicht mehr? Und angesichts der eisigen Kälte – warum wartete sie eigentlich nicht im Vestibül der Kirche, wo sie und der Säugling es warm haben würden?

Das war einfach zuviel.

Und — schlimmer noch – er wußte, daß sein Argwohn wachsen würde, wenn die Messe beendet war und die Gläubigen herauskamen. In dem Durcheinander und all dem Trubel, die dann herrschen würden, könnte er niemals entscheiden, ob die Umgebung sicher war. Sein ganzer Plan hatte darauf aufgebaut, daß er die Pfarrei erreichte, ehe Father Hafer zurückkehrte. Der Priester würde jetzt jeden Augenblick zurückkommen, und Drew konnte einfach nicht das Risiko eingehen, die Straße zu überqueren.

Doch nein. Die Messe, entschied er. Anstatt seinen Plan zunichte zu machen, könnte sie sich auch als Vorteil erweisen. Er drehte sich um und kroch durch die Büsche zurück, auf die Seitentür der Kirche zu. Im Schatten war die Tür dreißig Fuß vom hinteren Ende entfernt; ein schmaler Weg führte an ihr vorbei und bot einen bequemen Zugang von der Straße dahinter. Er drückte die schmiedeeiserne Klinke nieder und zog dann an der schweren Eichentür.

Sie leistete ihm Widerstand, und einen Augenblick lang, während sein Herzschlag sich beschleunigte, befürchtete er, sie könnte versperrt sein. Er zog kräftiger daran, und sie öffnete sich ächzend.

Seine Schultermuskeln spannten sich, als er ins Innere der Kirche spähte. Er sah ein Stück Betonboden und glatt verputzte Wände, die weiß leuchteten. Zu seiner Linken führten sieben Stufen zu einer Tür, hinter der die Messe gelesen wurde – das Hauptschiff der Kirche. Unmittelbar vor ihm führten andere Stufen in den dunklen Unterbau der Kirche hinunter. Und rechts von ihm führte eine dritte Treppe zu einer weiteren Tür.

Er stieg die Stufen zu seiner Rechten hinauf und versuchte vorsichtig, die Tür zu öffnen. Sie war nicht abgesperrt; damit hatte er auch nicht gerechnet. Der Priester, der vor kurzer Zeit hier durchgegangen war, um sich auf die Messe vorzubereiten, hatte wohl kaum erwartet, daß jemand in diesen Raum eindringen würde, während er und die Ministranten am Altar waren. Trotzdem mußte Drew sich leise verhalten.

Hinter ihm deuteten schlurfende Schritte jenseits der Tür zum Hauptschiff der Kirche an, daß jetzt die Kommunion gespendet wurde; daß die Kongregation zum Altar strebte, um die Hostien zu empfangen. Gleichzeitig hörte er aus der Kirche die halberstickten Gitarrenklänge und einen Sopran, der die John-Lennon-Yoko-Ono-Weise ›Give Peace a Chance‹ sang, wobei gelegentlich statt ›Peace‹ das Wort ›God‹ gebraucht wurde. Drew, der sich an die liturgischen Gesänge erinnerte, die er und seine Mönchsbrüder bei der täglichen Messe gesungen hatten, zuckte bei dem Kontrast zusammen. Aber die Kongregation war wenigstens beschäftigt, obwohl es, wie ihm jetzt in den Sinn kam, immer ein paar ungeduldige Kirchengänger gab, die die Messe vorzeitig verließen, sobald die Kommunion fast beendet war. Jeden Augenblick könnte jemand durch die andere Tür aus der Kirche kommen und sehen, wie Drew sich hier hereinschlich. Er mußte sich beeilen.

Er trat durch die Öffnung, schloß die Tür hinter sich und erforschte den Raum hinter dem Altar. Dieser Bereich war die Sakristei, und hier legte der Priester seine Meßkleidung an: das Chorhemd und den Gürtel, das Meßgewand und die Stola, ehe er die Messe las. Schränke und Regale enthielten nicht nur diese Kleider und andere, sondern auch Altartücher, Kerzen, Handtücher, Weihrauch, Flaschen mit Meßwein und verschiedene andere Gegenstände, die für die vielen katholischen Rituale gebraucht wurden.

Er hatte befürchtet, einer der Ministranten könnte hierher zurückkommen, um irgend etwas zu suchen, was er vergessen hatte. Aber die Sakristei war leer. Zu seiner Linken sah er den Türbogen, der zum Altar hinausführte, sah die flackernden Kerzen, die das goldene Tabernakel flankierten, in dem die nicht benötigten geweihten Hostien in ihrem Kelch eingeschlossen werden würden. Der Raum vor dem Altar war verlassen, weil der Priester und seine Helfer noch unten am Geländer damit beschäftigt waren, die Kommunion zu spenden. Die Gitarrenklänge waren immer noch zu hören. Die Sopransängerin mußte die Beatles im Sinn gehabt haben – sie war jetzt zu George Harrisons ›Here Comes the Sun‹ übergegangen; aber an diesem Ort bedeutete ›Sun‹ soviel wie ›Son‹, und an seiner Stelle sang man manchmal ›Lord‹.*

Die Sakristei war so angelegt, daß die Gemeinde nicht durch den Türbogen in sie hineinsehen konnte. Da Drew sich sicher fühlte, öffnete er einige Schränke und entdeckte zu guter Letzt das, was er brauchte – eine schwarze, knöchellange Soutane. Er zog sie schnell an und schloß die zahlreichen Knöpfe. Anschließend wählte er ein weißes, leinenes, hüftlanges Chorhemd, zog es sich über den Kopf und über die Soutane. Diese Kombination wurde häufig von Priestern ge-

---

* Hier kommt die Sonne, wobei Sonne ›Sohn‹ bedeutet und manchmal in ›Herr‹ geändert wurde. – Anmerkung des Übersetzers.

wählt, die als Ministranten tätig waren und bei der Meßfeier mithalfen.

Auf einer Theke neben dem Ausguß fand er eine formelle Kopfbedeckung, die man als Birett bezeichnet – einen schwarzen, quadratischen Hut mit drei symmetrischen Ausbuchtungen oben und einer Quaste in der Mitte. Einem Impuls folgend, nahm er sich noch ein Gebetbuch von einem Stapel, der neben einem Weihrauchgefäß lag. Obwohl der Weihrauch nicht angezündet war, drang ihm sein würziger Duft in die Nase.

Er setzte sich in Richtung auf den Türbogen in Bewegung und vernahm halblaute Schritte, die über den Teppich zum Altar strebten. Er mußte hier raus. Während er schnell zur Tür zurückkehrte und sie hinter sich schloß, sah er schemenhaft den Priester und seine Helfer am Tabernakel eintreffen, jetzt, wo die Kommunion vorüber war. Die Gitarre und die Sopranstimme verstummten barmherzigerweise.

Lautlos zog er die Tür zu, huschte die Treppe hinunter und erstarrte, als sich die Tür, die zum Hauptteil der Kirche führte, ächzend öffnete.

Ein rothaariger Mann und eine sommersprossige Frau entfernten sich rückwärts aus der Kirche, blickten nach drinnen, nach rechts auf den Altar zu – und beide tauchten die rechte Hand in ein marmornes Weihwasser und bekreuzigten sich. Sie waren zu sehr damit beschäftigt, die Messe vorzeitig zu verlassen, um ihn zu bemerken. Aber in dem Augenblick, in dem sie die Tür schlossen und sich umdrehten und die Treppe hinuntergingen, richteten sie sich auf, sahen seine Kleidung und zuckten peinlich berührt zusammen.

Drew zog sich die Kappe tiefer ins Gesicht und preßte das Gebetbuch an sein Chorhemd.

»Oh – äh... Tag, Father«, flüsterte der Mann.

Drew nickte würdevoll, nahm das Birett ab und sagte mit leiser Stimme: »Mein Sohn... Haben wir es eilig, wie?«

»Nun, ja. Wissen Sie, Father, wir...«

»Schon gut, Sie brauchen es mir nicht zu erklären.«

Der Mann und die Frau sahen einander erleichtert an.

»Aber dem Herrn könnten Sie es vielleicht erklären. Sie haben sicher das Gleichnis von den Gästen gehört, die vorzeitig das Gastmahl verließen.«

Sie wurden beide rot, so rot, daß die Sommersprossen der Frau verschwanden und das Gesicht des Mannes sich seiner Haarfarbe anpaßte. »Es tut mir leid, Father.« Der Mann beugte den Kopf.

Hinter der Tür hörte Drew den Priester verkünden: »Die Messe ist beendet, geht hin in Frieden.«

Er schenkte dem Mann und der Frau ein väterliches Lächeln. »Aber ich bin sicher, daß Sie glaubten, einen guten Grund zu haben; zumindest sind Sie zur Messe gekommen.«

»Das tun wir, sooft wir können, Father.«

Die Tür zum Hauptschiff der Kirche öffnete sich, und die Gemeinde strömte heraus.

Drew hob segnend die rechte Hand. »Der Herr sei mit Ihnen«, sagte er zu dem Mann und der Frau und öffnete dann die Tür, die ins Freie führte, und bedeutete den beiden, daß er ihnen den Vortritt lassen wollte.

Auf dem schattigen Weg neben der Kirche atmete er Rauhreif in die kühle Oktobernacht und setzte sich die Kappe wieder auf. Er schickte sich an, gute Nacht zu sagen, aber als er sah, daß der Mann und die Frau dem vorderen Teil der Kirche zustrebten und nicht der Straße dahinter, schloß er sich ihnen an. Hinter ihm verließen einige Gläubige die Kirche, von denen viele dieselbe Richtung wie er einschlugen. Das sollte ihm nur recht sein. Je mehr Menschen, desto besser. Er hörte sie über die Predigt, über das Wetter und über Michael Jackson (wer auch immer *das* sein mochte) reden.

»Sie müssen in der Gemeinde neu sein, Father«, sagte die Frau. »Ich habe Sie noch nie gesehen.«

»Ich bin nur auf ein paar Tage hier, zu Besuch.«

Sie hatten unterdessen den Haupteingang der Kirche erreicht, wo jetzt der Großteil der Gläubigen zum Portal herausströmte und sich nach beiden Seiten der Straße verteilte. Einige Wagen wurden angelassen, und der Verkehr verdichtete sich. Leute sammelten sich, redeten. Ausgezeichnet, dachte Drew. Wenn jemand die Pfarrei beobachtete, würde dieser Betrieb ihn ablenken, und ein Priester würde am allerbesten in der Szene untertauchen können.

»Nun, dann gute Nacht, Father«, sagte der Mann. »Wir sehen uns dann in der Kirche wieder.« Er schien der Meinung zu sein, einen großartigen Witz gemacht zu haben.

Als der Mann nach der Hand der Frau griff, nahm Drew den stolzen Blick eines Priesters an, dem gerade die Genugtuung widerfahren war, ein gutes katholisches Ehepaar kennenzulernen, das getreulich seinen christlichen Pflichten nachkam.

Er veränderte seinen Gesichtsausdruck auch nicht, als er hinter der Menge und den abfahrenden Fahrzeugen Father Hafer bemerkte, der sich der Pfarrei von der gegenüberliegenden Seite näherte. Der Priester hielt sich das Taschentuch vor den Mund und hustete. Bei all dem Trubel konnte Drew nicht sagen, ob jemand dem Priester folgte. Aber in vieler Hinsicht hatte das nichts mehr zu bedeuten. Er hatte getan, soviel er konnte; hatte so viele Vorsichtsmaßnahmen ergriffen, wie ihm eingefallen waren. Von diesem Augenblick an war alles seiner Kontrolle entzogen und lag in den Händen Gottes.

Jetzt laß dir bloß nicht in den Sinn kommen, so zu denken, warnte Drew sich selbst. Du darfst dir nicht anmaßen, dich auf Gott zu verlassen. Der Herr hilft denen, die sich selbst helfen.

Er überquerte die Straße zur Pfarrei hinüber. Einen Augenblick lang beunruhigte ihn, daß er das weiße Chorhemd über die Soutane gezogen hatte. Im Lichtschein der Lampe über der Tür zur Pfarrei würde das Chorhemd eine perfekte Zielscheibe abgeben. An seinem Rücken begann es zu prickeln. Er klammerte sich am Türknopf fest, drehte ihn, stieß die Tür auf und trat ein.

Aber er war nicht in der Pfarrei. Da er schon einmal hier gewesen war, erinnerte er sich daran, daß die Pfarrei ein Vestibül hatte, einen kurzen, schmalen Gang, der zu einer anderen Tür führte, deren obere Hälfte aus einer Milchglasscheibe bestand, hinter der schwaches Licht die Schatten von schwerem Mobiliar erkennen ließ. Ein winziger Hebel stand aus der Mitte der Tür, unmittelbar unter dem undurchsichtigen Glas, und Drew erinnerte sich vom letzten Mal, daß man mit dem Hebel auf der anderen Seite eine Glocke zum Klingen brachte, worauf eine Haushälterin kommen würde, die einen einlassen konnte. Wenn er sich dafür entschied, die Glocke nicht zu betätigen, konnte er die Tür einfach selbst öffnen und eintreten, wobei er von der Annahme ausging, daß die Tür nicht versperrt war.

Aber er tat keines von beiden. Statt dessen drehte er sich um und beobachtete die Außentür und wartete. Im Winter würde dieses Vestibül verhindern, daß der kalte Wind ins Innere der Pfarrei drang, wobei Drew unwillkürlich daran dachte, daß dieser Zug belanglos war, wenn man ihn mit den eisig kalten Wintern verglich, die er im Kloster verbracht hatte, wo die einzige Wärmequelle für ihn die Holzscheite waren, die die Brüder ihm in seine Zelle gebracht hatten. Die Brüder. Die Eremiten. Tot! Alle tot! Ein Stöhnen entrang sich seiner Kehle. Plötzlich kam ihm in den Sinn, daß Father Hafer zu lange brauchte; daß der Priester, der die Messe gehalten hatte, bald aus der Kirche kommen und ihn hier entdecken würde – ihn, einen Fremden, der sich als Priester verkleidet hatte. Und dann würde er ohne Zweifel die Kleider erkennen, die Drew aus der Sakristei gestohlen hatte.

Drews Pulsschlag beschleunigte sich, als er hörte, wie der Türknopf draußen betätigt wurde. Er duckte sich hinter die Tür, als diese sich öffnete. Ein Schatten tauchte auf. Drew preßte sich an die Wand und spürte den Druck der Tür an seiner Brust. Der Schatten trat ein. Und als Father Hafer die Tür schloß und hustete, fand er sich Drew von Angesicht zu Angesicht gegenüber.

12

»Father, ich kann alles erklären.«

Father Hafers Augen weiteten sich, dunkel und doch vor Zorn funkelnd.

»*Sie!*«

Drew hob die Hände. »Es tut mir leid. Ehrlich. Wenn ich gewußt hätte, daß Sie krank sind, hätte ich nicht – hätte ich eine andere Möglichkeit gefunden...«

»*Sie!*«

»Jetzt ist keine Zeit. Wir müssen hier weg. Es ist gefährlich, hier zu reden.« Drew sprach hastig und versuchte den Priester zu beruhigen, ihn an einem Zornesausbruch zu hindern, der vielleicht in der Pfarrei Aufmerksamkeit erregen würde. »Glauben Sie mir, ich wünschte, ich hätte Sie nicht veranlaßt, so weit...«

»Keine Zeit? Wir müssen weg? Gefährlich?« Father Hafers Augen blitzten immer noch. »Wovon, in Gottes Namen, reden Sie? Sie haben das Kloster verlassen. Sie haben mir diesen Unsinn mit Ihrem Zettel aufgezwungen. Schauen Sie doch, wie Sie angezogen sind. Haben Sie denn allen...« Und dann hielt er inne, und seine Rolle als Psychiater gewann die Oberhand über seine andere Rolle als Priester. Er schien den Fehler zu erkennen, den er gemacht hatte.

»Nein, Father, ich habe nicht den Verstand verloren. Meine Seele vielleicht.«

Drew machte eine Geste, die nach draußen wies, auf den Verkehrslärm vor der Tür zu. »Und wenn ich nicht vorsichtig bin, dann auch noch mein Leben. Das Kloster ist angegriffen worden. Alle Mönche sind tot. Man macht Jagd auf mich.«

Father Hafers graues Gesicht wurde weiß wie die Wand. Er trat einen Schritt zurück, entweder weil ihn das, was Drew gesagt hatte, abstieß, oder weil er sich Drews Zugriff entziehen wollte.

»Tot? Aber das ist unmöglich! Ist Ihnen klar, was Sie da sagen?«

»Ich habe Ihnen doch gesagt, daß wir keine Zeit haben. Wir

sind beide in Gefahr. Wer auch immer die anderen getötet hat, könnte hierher kommen. Könnte bereits hier sein.«

Father Hafer trat auf die Tür zu. »Aber das ist doch Wahnsinn! Ich kann nicht...«

»Später. Ich erkläre es Ihnen. Aber zuerst müssen wir hier weg. Wissen Sie einen Ort, wo wir reden können? Einen, der sicher ist?«

Ein plötzliches Geräusch ließ Drew herumwirbeln, auf die Innentür zu, die in die Pfarrei führte. Sie öffnete sich, und ein hochgewachsener, hagerer Priester spähte besorgt heraus.

»Ja, ich habe doch gewußt, daß ich Stimmen gehört habe.« Der Priester sah die beiden abschätzend an, musterte Drews Chorhemd und Soutane und runzelte die Stirn, als er die Erregung in ihren Gesichtern sah. »Father Hafer? Ist alles in Ordnung?«

Drews Herz schlug wie wild in seiner Brust. Er ließ Father Hafer nicht aus den Augen.

Father Hafer schien den Atem anzuhalten. Er erwiderte Drews Blick, sah ihn scharf an, überlegte kurz und drehte sich dann schnell zu dem Priester unter der offenen Tür herum.

»Ob alles in Ordnung ist? Nein, ganz und gar nicht. Ich habe gerade sehr schlechte Nachrichten über jemanden erhalten, den ich betreut habe. Ich fürchte, ich muß noch einmal weg.«

Drew spürte, wie sich seine Bauchmuskeln entspannten.

Der Priester an der Tür dachte über das nach, was er gehört hatte. »Wenn Sie müssen. Aber vergessen Sie nicht, Father, Sie sollen sich schonen.«

»Alles zu seiner Zeit. Aber diese Sache duldet keinen Aufschub.«

Jetzt wandte sich die Aufmerksamkeit des Priesters wieder Drew zu. »Sie müssen es aber eilig gehabt haben, daß Sie sich nach der Messe nicht umgekleidet haben. Aus welcher Pfarrei...?«

Father Hafer unterbrach ihn. »Nein, es ist besser, wenn er das Vertrauen nicht bricht, das man in ihn gesetzt hat. Sie sollten sich nicht mit unangenehmen Informationen belasten.«

»Ja, das ist wahr. Ich verstehe.«

»Aber« – Father Hafer wandte sich besorgt zu Drew um – »vielleicht können Sie jetzt doch die Kleider wechseln.«

Sie starrten einander an.

TEIL DREI

Der Beschützer

Das Haus der Einkehr

1

»Nein, das kann nicht sein. *Alle?*« Father Hafers Stimme klang ächzend, nur noch wie ein Hauch.

Drew saß ihm gegenüber und versuchte sich ein Urteil zu bilden. Es hatte den Anschein, als würde der Priester ihm glauben und doch dagegen ankämpfen, es zu glauben; so als hätte er zuerst geargwöhnt, Drew hätte den Verstand verloren. Jetzt kämpfte er wie besessen darum, nicht selbst ein ähnliches Schicksal zu erleiden, indem er das Unerträgliche in Frage stellte.

»Und *keiner* – Gott steh' uns bei – hat überlebt?«

»Ich habe nicht jede Zelle überprüft. Dafür war keine Zeit. Das wäre gefährlich gewesen. Aber in denen, wo ich nachgesehen habe... und in der Küche, wo ich die zwei Küchenbrüder fand, die man erschossen hatte. Sehen Sie, zuerst schlug die Vesperglocke nicht. Und dann schlug sie, aber später als üblich. Daher weiß ich, daß die anderen tot sind.«

»Ich weiß nicht, wie ich das...«

»Gewohnheit. Wenn irgendein Mönch überlebt hätte, dann hätte er nicht gewußt, daß die anderen tot waren. Und deshalb wäre er automatisch zur Kapelle gegangen, als die Glocke rief.«

»Und?« Father Hafer schien den Wunsch zu haben, hinzuzufügen, »wäre entkommen«.

»Und wäre ermordet worden. Ich habe keine Schüsse gehört. Aber die haben natürlich Schalldämpfer benutzt. Und dann muß ich auch davon ausgehen, daß die Bande Garrotten gehabt hat.«

Father Hafer starrte Drew an, als stammte das Wort ›Garrotten‹ aus einer unverständlichen Sprache. Und als dann der Schock des plötzlichen Verstehens einsetzte, verzerrte sich sein Gesicht. Er lehnte sich in seinem Sessel vor, vergrub das Gesicht in den Händen und stöhnte: »Möge Gott ihren Seelen barmherzig sein.«

2

Sie befanden sich in einer Wohnung im fünfzehnten Stockwerk eines Gebäudes aus Glas und Chrom. Father Hafer hatte den Kombiwagen der Pfarrei in einer unterirdischen Garage abgestellt und Drew dann mit dem Lift zum Privateingang dieser Wohneinheit gebracht.

Aber nachdem der Priester die Tür abgeschlossen und das Licht eingeschaltet hatte, hatte Drew sich verwirrt umgesehen. Das Wohnzimmer war gut eingerichtet, und doch auf seltsame Art unpersönlich und erinnerte Drew dadurch an ein teures Hotelzimmer.

»Was *ist* das für ein Raum? Wissen Sie auch ganz genau, daß er...?«

»›Sicher‹ haben Sie vorhin gesagt. Sie brauchen keine Sorge zu haben. Niemand oder zumindest nur sehr wenige wissen davon.«

»Aber warum?« Das Apartment machte Drew nervös. Es sah unbewohnt aus. »Wofür wird es benutzt?«

Father Hafer schien es zu widerstreben, darauf Antwort zu geben. »Für Dinge, die Diskretion erfordern. Meine Aufgaben als Psychiater beschränken sich nicht darauf, die Kartäuser zu beraten. Man ruft mich oft, um Priester verschiedener Orden zu beraten, die – sagen wir – besondere Probleme haben. Eine Glaubenskrise. Übermäßige Zuneigung für eine junge Frau im Kirchenchor. Hinneigung zum Alkohol oder Drogen oder sogar zu einem anderen Mann. Ich hoffe, ich sage damit nichts, was Sie schockiert.

Versuchung ist der Schlüssel zur menschlichen Natur. In meinem früheren Leben war es für mich selbstverständlich, daß jeder eine Schwäche hatte. Ich brauchte bloß zu suchen, bis ich sie fand. Ein Priester, der feststellt, daß er sich im moralischen Konflikt zu seinen heiligen Gelübden befindet, gerät manchmal in solche Not, daß er...«

»Zerbricht?«

»Ich ziehe das Wort Nervenzusammenbruch vor. Oder vielleicht trinkt er so viel, daß er den Ruf der Kirche in Gefahr bringt.«

»Sie benutzen dieses Apartment also, um sie zu beruhigen oder auszutrocknen.«

»Zum Ausruhen und zur Beratung. Oder, in einem Notfall, auch als kurzfristiges Kloster, während die nötigen Maßnahmen getroffen werden, um sie zum Ruhesitz ihres Ordens zu bringen. Und dann ist auch manchmal die Trennung zwischen Kirche und Staat nicht immer so klar, wie es die Verfassung vorschreibt. Politiker, die der Kirche als Gegenleistung für die Stimmen von Katholiken besondere Vergünstigungen anbieten, ziehen es oft vor, sich hier mit ihren Gesprächspartnern zu treffen, anstatt dabei beobachtet zu werden, wie sie das Büro des Bischofs oder des Kardinals aufsuchen.«

»Mit anderen Worten, ein sicheres Haus für Priester«, sagte Drew grimmig. »Nein, Father, unsere Welten unterscheiden sich überhaupt nicht voneinander.«

3

»*Möge Gott ihren Seelen gnädig sein.*«

Drew war nicht sicher, wessen Seelen Father Hafer meinte – jene der Mönche, die getötet worden waren, oder die der Männer, die sie getötet hatten.

Das Stöhnen ging in einen weiteren Hustenanfall über.

Drew musterte ihn, hilflos. So krank Father Hafer auch ausgesehen hatte, als Drew ihn das erstemal von dem Dach am Boston Common aus gesehen hatte – jetzt, aus der Nähe, wirkte der Priester noch kränker. Seine Haut, die stets grau gewesen war, war jetzt noch dunkler, glanzloser und ließ Drew an Bleivergiftung denken.

Oder eine andere Art von Vergiftung: Chemotherapie. Das Fleisch an seinen Backenknochen und am Kinn war eingeschrumpft und betonte die Knochenstruktur seines Gesichts. Aber zugleich schien das Fleisch nicht mehr mit den Knochen in Verbindung zu stehen, schien im Begriff zu sein, sich abzuschälen. Die Augen schienen hervorzutreten. Sein Haar – das letztemal, als er ihn gesehen hatte, erinnerte es an Salz und Pfeffer – war jetzt von glanzlosem Weiß, dünn, brüchig und spärlich.

Auch sein Körper hatte zu schrumpfen angefangen; der schwarze Anzug und der weiße Kragen hingen an ihm, als hätte er sie sich von einem größeren Mann ausgeborgt. Drew mußte ihren schlechten Sitz unwillkürlich damit vergleichen, wie seine eigenen ausgeborgten Jeans, das Hemd und die Jacke ihm etwas zu groß waren. Aber es gab da einen Unterschied: Drews schlanker, geschmeidiger Körper strahlte den gesunden Glanz von Askese aus, wohingegen der des Priesters das Licht eher zu absorbieren als auszustrahlen schien – ein in sich zusammenbrechendes schwarzes Loch.

Des Todes.

»*Garrotten?*« Father Hafer schluckte gequält. »Aber Sie wissen es nicht genau. Soweit Sie das sagen können, hat man nur die beiden Brüder in der Küche erschossen. Sie haben keine Hinweise für eine Strangulierung gesehen.«

»Das ist richtig. Mit Ausnahme des Küchenpersonals waren die Leichen, die ich gesehen habe, vergiftet worden.«

»Dann – Gott helfe ihnen – besteht die Chance, daß sie nicht gelitten haben.«

»Oh, mehr als nur die Chance. Sie wußten überhaupt nicht, was mit ihnen geschah.«

»*Aber wie können Sie dessen sicher sein?*«

»Wegen der Maus.«

Der Priester starrte ihn völlig verständnislos an.

»Ich habe darauf gewartet, Ihnen davon zu erzählen.« Seufzend zeigte Drew ihm den Plastikbeutel mit der Leiche von Stuart Little. »Das Gift hat sie sofort getötet. Wenn ich ihr nicht einen Brocken Brot hingeworfen und nicht vorher noch mein Tischgebet gesprochen hätte, dann wäre ich selbst tot.«

Father Hafer reagierte erschreckt auf das, was er da sah. »Dieses *Ding* haben Sie die ganze Zeit mit sich herumgetragen?«

»Das mußte ich tun.«

»*Warum?*«

»Als ich von dem Dachboden herunterkam, wußte ich nicht, ob man die Leichen entfernt hatte. Später sah ich, daß sie immer noch in ihren Zellen lagen. Aber was wäre gewesen, wenn die Bande, nachdem ich geflohen war, zurückgekommen wäre und sie beseitigt hätte? Ich mußte die Mäuseleiche mitnehmen, um herauszufinden, welches Gift man benutzt hatte. Manche Spezialisten haben so etwas wie ein Wahrzeichen. Sie mögen ganz bestimmte Typen. Ich hoffe, daß man bei einer Autopsie herausfindet...«

»Spezialisten? Wahrzeichen? Autopsie an einer Maus? Und Sie haben das in der Tasche mit sich herumgetragen? Ich hatte unrecht. Möge Gott ihnen barmherzig sein. Nein, nicht nur ihnen. Möge Gott uns *allen* barmherzig sein.«

Father Hafer stand zornig auf. »Sie sagen, das Kloster sei vor vier Nächten angegriffen worden?«

»Das stimmt.«

»Und Sie sind zwei Nächte später entkommen?« Die Stimme des Priesters klang jetzt eindringlich.

»Ja.«

»*Aber anstatt zur Polizei zu gehen, haben Sie die ganze Zeit damit vergeudet, zu mir zu kommen.*«

»Ich konnte das Risiko nicht eingehen, daß man mich im Gefängnis festhält. Ich wäre dann zur Zielscheibe geworden.«

»Aber hätten Sie sie nicht um Himmels willen wenigstens anrufen können? Jetzt ist die Spur kälter geworden. Jetzt wird es viel schwieriger sein, noch Nachforschungen anzustellen.«

»Nein. Es gab noch einen weiteren Grund, weshalb ich die Polizei nicht angerufen habe. Nicht anrufen *konnte*.«

»Das kann ich mir nicht vorstellen.«

»Ich hatte keine Wahl. Die Kirchenbehörden mußten es zuerst wissen. Sie mußten entscheiden, was zu tun ist.«

»Entscheiden? Glauben Sie denn ehrlich, daß sie eine Wahl gehabt und die Polizei nicht angerufen hätten?«

»Doch, das hätten sie wahrscheinlich schon getan, aber nicht sofort.«

»Was Sie sagen, ergibt keinen Sinn.«

»Doch, das tut es. Erinnern Sie sich daran, wer ich bin? Wer ich war? *Wo* ich war?«

Und Father Hafer stöhnte. »Wie ich mir doch wünsche, daß Sie nie in mein Büro gekommen wären.« Er wurde bleich. »Und Sie sagen, unsere Welten unterscheiden sich nicht voneinander? Die Feinde der Kirche werden es ganz sicher so auslegen. *Ihretwegen*. Und *meinetwegen*. Wegen meiner Schwäche, weil ich geglaubt habe, daß Sie die Erlösung wollten, trotz Ihrer erschütternden Sünden.«

»Aber das tue ich doch!«

Father Hafer grub die Fingernägel in die Handballen. »Weil ich empfohlen habe, daß die Kartäuser Sie aufnehmen. Weil Ihre Verbrechen Sie eingeholt hatten. Und jetzt haben diese heiligen Mönche die Strafe erlitten, die für Sie bestimmt war« – er hustete. »Ich habe nicht nur den Ruf der Kartäuser, sondern den der heiligen Mutter Kirche selbst aufs Spiel gesetzt. Ich sehe die Schlagzeilen jetzt schon vor mir. ›Katholische Kirche beschützt Meuchelmörder, gewährt internationalem Killer Zuflucht.‹«

»Aber ich stand doch auf der Seite des...«

»Des Guten? Ist es das, was Sie sagen wollten? Gut? Morden?«

»Ich habe es für mein Land getan. Ich dachte, ich würde das Richtige tun.«

»Aber dann haben Sie entschieden, daß es nicht das Richtige war?« Father Hafers Stimme war voll Abscheu. »Und Sie wollten Vergebung? Ah. Jetzt sind diese Mönche tot. *Und Sie haben die Kirche in Gefahr gebracht.*«

»Sie sollten besser dafür sorgen, die Dinge unter Kontrolle zu bekommen.«

»*Kontrolle?*« Er ging zum Sofa, griff nach dem Telefon, das daneben auf einem Tisch stand, und tippte ein paar Ziffern.

»Warten Sie! Wen rufen Sie an? Wenn das die Polizei ist...« Drew griff nach dem Telefon.

Mit unerwarteter Kraft schob Father Hafer Drews Hand weg.

»Hier ist Father Hafer. Ist er da? Nun, dann wecken Sie ihn. Ich habe gesagt, daß Sie ihn wecken sollen. Es ist wichtig.«

Während er den Hörer am Ohr hatte, legte Father Hafer die Hand über die Sprechmuschel. »Ich habe nur noch bis zum Ende dieses Jahres zu leben.« Er hob die Hand und gebot Drew zu schweigen. »Was das damit zu tun hat? Erinnern Sie sich an unser Gespräch vor sechs Jahren?«

»Selbstverständlich.«

»Wir haben damals über Gelübde gesprochen. Ich sagte, ich hätte Angst, ich würde, wenn ich einen so jungen Mann, wie Sie einer sind, in den Kartäuser-Orden bringe, für Ihre Seele verantwortlich sein, falls Ihnen die Gelübde des Ordens zu hart erschienen und Sie sie brächen.«

»Ich erinnere mich.«

»Und an Ihre Antwort auch? Sie sagten, ich würde ohnehin verantwortlich sein, nur auf eine andere Art, wenn ich Ihren Antrag ablehnte. Weil Ihre Verzweiflung so groß wäre, daß Sie andernfalls versucht sein könnten, sich selbst zu töten. Wenn ich Sie abwiese, würde ich für Ihre Verdammnis verantwortlich sein.«

»Ja.«

»Das war eine trügerische Argumentation. Jeder Mensch ist für seine Seele selbst verantwortlich. Ihr Selbstmord wäre selbstgewollte Verdammnis gewesen. Aber ich habe Ihre Beichte gehört. Ich dachte, ein Mann mit Ihrer Vergangenheit – welche Hoffnung würde der auf Erlösung haben? Welche Buße könnte den Ausgleich für Ihre schrecklichen Sünden darstellen?«

»Und deshalb haben Sie befürwortet, daß der Orden mich aufnimmt.«

»Und wenn ich nicht gewesen wäre, würden sich jene Mönche immer noch bemühen, ihre Seelen zu retten. Sie sind meinetwegen tot. Das ist nicht nur ein Skandal, daß die

Kirche einen Killer schützt. Möge Gott Sie verdammen. Sie sind verantwortlich. Sich selbst und mir gegenüber. Und ich Ihnen gegenüber. Ihretwegen habe ich meine Seele aufs Spiel gesetzt. Ich sagte Ihnen, ich werde sterben. Bis Weihnachten. *Ich glaube, Sie haben mich in die Hölle geschickt.*«

Drew starrte den anderen an und versuchte, die Anklage in seinem Inneren aufzunehmen. Jetzt war er an der Reihe, sich vorzubeugen, sein Gesicht in den Händen zu vergraben. Dann blickte er abrupt auf, als er Father Hafer weiterreden hörte.

»Euer Exzellenz? Es tut mir zutiefst leid, Sie so spät stören zu müssen. Aber etwas Schreckliches ist geschehen. Katastrophal. Es ist unerläßlich, daß ich Sie sofort spreche.«

4

Der Bischof, Seine Exzellenz, der Ehrenwerte Peter B. Hanrahan, hatte ein schmales, kantiges Gesicht. Er war Ende Vierzig, und obwohl man ihn vor weniger als einer Stunde aufgeweckt hatte, sah sein kurzes, sandfarbenes Haar frisch gewaschen und geföht aus. Es war makellos gekämmt. Seine grünen Augen erinnerten Drew an Porzellan, aber nach genauerem Hinsehen berichtigte er sich: sie glänzten wie Stahl.

Der Bischof saß hinter einem großen Eichenschreibtisch in einem getäfelten Büro, das mit Plaketten verschiedener wohltätiger Organisationen – protestantischer und jüdischer ebenso wie katholischer – und gerahmten Hochglanzfotografien seiner Person verziert war, die ihn grinsend und händedrückend mit verschiedenen Bürgermeistern von Boston, Gouverneuren von Massachusetts und Präsidenten der Vereinigten Staaten zeigten. Aber den Ehrenplatz an der Wand hinter seinem Schreibtisch nahmen die Bilder von ihm mit einigen Päpsten ein.

Vielleicht hatte er gespürt, daß dieses Gespräch sowohl beunruhigend als auch langwierig sein würde, und war daher in einer Kleidung in seinem Büro erschienen, die wesentlich behaglicher als seine Bischofsrobe oder sein schwarzer Priesteranzug mit dem weißen Kragen wirkten. Er hatte sich für graue Mokassins, dunkelblaue Cordhosen, ein hellblaues Oxfordhemd mit geknöpftem Kragen und darüber einen burgunderfarbenen Pullover entschieden, dessen Ärmel etwas hochgeschoben waren, so daß man eine Rolex-Armbanduhr sehen konnte. Stahl freilich, nicht Gold.

Auf Drew wirkte er wie ein Politiker, was ein passender Vergleich war, da ein kirchlicher Würdenträger seines Ranges Politiker sein mußte. Der Schliff seiner Sprache, die sorgfältige Wahl wirkungsvoller Worte waren vermutlich weniger das Resultat sonntäglicher Predigten als von Verhandlungen mit ortsansässigen katholischen Geschäftsleuten über Spenden für Bauprojekte in der Diözese

Seine Exzellenz saß mit nach hinten gekipptem Stuhl hinter dem Schreibtisch, und seine Augen blickten konzentriert, während zuerst Father Hafer und dann Drew ihre Aussagen machten. Viermal bat der Bischof Drew um nähere Erklärungen. Er musterte die Maus in dem Plastikbeutel, nickte und gab Drew mit einer Handbewegung zu verstehen, daß er fortfahren sollte.

Endlich schloß Drew das ab, was er ganz automatisch als Lagebericht betrachtete, tatsächlich sogar den zweiten Bericht dieser Art, den er im Laufe der Nacht abgegeben hatte. Er sah auf die Uhr. Es war sieben Minuten nach eins. Obwohl die Fenster mit dicken, beigefarbenen Gardinen verhängt waren, drang das gedämpfte Brausen eines vorbeifahrenden Automobils herein. Davon abgesehen, herrschte in dem Raum Stille.

Jetzt wanderte der Blick des Bischofs von Drew zu Father Hafer hinüber und wieder zurück zu Drew. Seine Augenlider bewegten sich, aber ansonsten blieb er reglos. Die Stille hielt an. Dann ächzte sein Sessel, als er sich nach vorne beugte und die Ellbogen auf den Schreibtisch stützte.

Seine Augen blitzten scharf. »Was Sie da erlebt haben, ist ganz sicherlich sehr bemerkenswert.« Seine Stimme blieb gleichmäßig, wohltönend. »Und natürlich höchst beunruhigend.« Er schien zu überlegen und drückte dann einen Knopf auf seiner Sprechanlage. »Paul?«

Eine ebenso glatte Männerstimme antwortete: »Euer Exzellenz?«

»Ah, gut. Sie sind noch nicht auf Ihr Zimmer zurückgegangen.«

»Ich dachte, Sie würden mich vielleicht brauchen.«

»Ich weiß nicht, wie ich ohne Sie zurechtkäme. Erinnern Sie sich an Pat Kelley?«

»Nur vage. Aber ich kann mir seine Akte ansehen.«

»Nicht nötig. Er ist Inhaber einer Baugerätefirma. Letzte Woche haben er und seine Frau eine Reise nach Rom gemacht. Er hat mich damals gebeten, ob ich es einrichten könnte, daß seine Heiligkeit ihnen den Segen erteilt.«

»Ah, ja, jetzt erinnere ich mich.« Ein glucksendes Lachen war zu hören. »Er hat sich eine Bestätigung des Segens rahmen lassen und sie in seinem Büro aufgehängt.«

»Wenn ich mich richtig entsinne, besitzt seine Firma einen Helikopter. Er behauptet, er brauche ihn, um schwere Geräte auf Hochbauten zu schaffen. Aber ich habe immer den Verdacht gehabt, daß der Helikopter in Wirklichkeit nur ein Spielzeug ist, das er von seiner Einkommenssteuer abschreibt. Würden Sie ihn bitte anrufen? Sagen Sie ihm, seine Kirche würde ihn um eine Gefälligkeit bitten. Er soll uns seinen Hubschrauber leihen. Erklären Sie ihm, daß ich so bald wie möglich mit ihm Verbindung aufnehmen werde, um zu danken.«

»Selbstverständlich, Euer Exzellenz. Ich werde ihn anrufen, ehe er sein Haus verläßt, um ins Büro zu fahren.«

»Nein, jetzt.«

»Sie meinen, ihn aufwecken?«

»Ich möchte, daß uns dieser Hubschrauber bei Morgendämmerung zur Verfügung steht. Wenn er zögert, dann könnten Sie andeuten, daß die Kolumbus-Ritter möglicherweise zu seinen Ehren ein Bankett abhalten könnten. Anschließend sehen Sie in unserem Computer nach und suchen nach Priestern in der Diözese, die Erfahrung in Krankenhäusern oder im Krieg hatten. Drei genügen, aber einer von ihnen muß den Helikopter fliegen können.«

»Sehr wohl, Euer Exzellenz. Noch etwas?«

»Ja, bringen Sie uns etwas Kaffee und vielleicht ein wenig Gebäck. Ich werde eine ganze Weile beschäftigt sein.«

Bischof Hanrahan nahm den Finger vom Sprechknopf und schien damit beschäftigt, Ordnung in seine Gedanken zu bringen. »Lassen Sie mich eine Frage stellen, Bruder MacLane. Ich möchte ganz sicher sein, daß ich die Situation richtig verstehe. Nach Ihrer Flucht galt Ihre Sorge – abgesehen von Ihrer eigenen Sicherheit – dem Wohlergehen der Kirche? Das war der Grund, weshalb Sie nicht die Behörden alarmiert haben, sondern statt dessen Ihren Beichtvater und anschließend mich aufgesucht haben?«

»Das ist richtig.«

»Dann darf ich annehmen, daß Sie mir praktische Vorschläge machen wollen, wie ich auf Ihre Information hin handeln sollte?«

Drew nickte.

»Und was genau empfehlen Sie?«

»Es gibt drei Möglichkeiten.« Drew legte die beiden Zeigefinger aneinander. »Erstens, jene Mönche hatten sich als Kartäuser aus der Welt entfernt. Sie hatten jeglichen Besitz, der ihnen einmal gehört hatte, verkauft, ihre Bankkonten aufgelöst und ihre Stellungen aufgegeben. Sie hatten sich von ihren Freunden und Verwandten endgültig verabschiedet und klargestellt, daß niemand aus ihrem früheren Leben je wieder mit ihnen in Verbindung treten könnte. Keine Besuche, keine Telefonanrufe, keine Briefe. Sie haben sogar die Regierung davon verständigt, daß sie keine Steuererklärungen mehr einreichen würden.«

»Das ist mir bekannt. Bitte Ihre Empfehlung.«

»Soweit es die Welt betrifft, hätten diese Männer ebensogut bereits tot sein können. Sie hatten sich unsichtbar gemacht und sollten im normalen Ablauf der Ereignisse, wenn sie sterben, ebenso unsichtbar bleiben. Wie Sie sicherlich wissen, benutzen die Kartäuser keinen Sarg. Der völlig bekleidete Körper wird auf ein Brett gelegt und das Gesicht mit einer Kapuze bedeckt. Die Kutte wird an das Brett genagelt, und anschließend wird die Leiche in einem privaten Friedhof begraben und nur mit einem einfachen weißen Kreuz markiert. Um Demut und Bescheidenheit zu betonen, trägt dieses Kreuz keine Inschrift.«

»Auch das ist mir bekannt. Worauf wollen Sie hinaus?«

»Folgen Sie dieser Prozedur.«

»Was?«

»Begraben Sie sie.«

»*Ohne jemandem etwas zu sagen?*«

»Wer würde es denn sonst wissen? Wenn sie an einer Epidemie gestorben wären oder an einer Lebensmittelvergiftung, hätte die Kirche das veröffentlicht? Die Kirche hätte sie lediglich zur Ruhe gelegt. Sie wären immer noch unsichtbar geblieben. Das Geheimnis der Kirche.«

»Mit anderen Worten, Sie schlagen vor, daß die Kirche einen Massenmord deckt.«

»Das ist eine Möglichkeit.«

Bischof Hanrahan starrte ihn an. »Aber wenn die Behörden keine Ermittlungen anstellen können, wenn sie sich nicht auf die Spur der für die Tat verantwortlichen Männer setzen können – wer, wenn ich fragen darf, soll dann die Strafe...?«

»Gott.«

Der Kopf des Bischofs bewegte sich ruckartig zurück. »Ich habe anscheinend vergessen, daß auch Sie ein Kartäuser waren. Ihr Glaube ist bemerkenswert.«

»Nein, bitte sagen Sie das nicht. Glaube? Ich glaube an die Hölle.«

»In der Tat.« Der Bischof runzelte die Stirn. »Wir überlassen also, um den Ruf der Kirche zu schützen, die Mörder ihrem Richtspruch beim Jüngsten Gericht und tun in der Zwischenzeit so, als hätten die Morde nie stattgefunden?«

»Ich sagte, daß das eine Möglichkeit ist. Sie muß in Betracht gezogen werden.«

»Aber würden Sie so handeln?«

»Nein.«

»Warum nicht?«

»Weil das Risiko zu groß ist, daß die Geschichte bekannt wird. Eine derartige Operation – die Säuberung, das Begräbnis – erfordert eine Menge Menschen, und damit besteht die Wahrscheinlichkeit, daß geredet wird. Wenn dies ein Abwehreinsatz wäre, wenn die Säuberungsaktion durch Profis durchgeführt würde, dann würde ich mir keine Sorgen machen. Aber die Arbeit würde von Priestern verrichtet werden, und das, womit sie zu tun haben würden, wäre so schockierend, daß sie vielleicht nicht fähig sein würden, nachher den Mund zu halten.«

Der Bischof dachte nach. »Vielleicht. Aber vergessen Sie nicht, daß Priester an das Gelübde der Schweigsamkeit gewöhnt sind. Ich könnte sie Stillschweigen schwören lassen.«

»Trotzdem, welchen Sinn hat es, es sich so schwer zu machen? Warum eine Menge Leute hineinziehen? Das Problem ist nicht, daß jene Mönche getötet worden sind. Das Problem...«

»Sind Sie«, sagte Father Hafer; es war das erste Mal seit einer ganzen Weile, daß er etwas sagte.

Drew nickte ernst. »Ich.«

»Und Sie auch«, sagte der Bischof, zu Father Hafer gewandt. »Wenn Sie nicht gewesen wäre, hätte es kein Massaker gegeben.«

»Ich bin mir dessen wohl bewußt, Euer Exzellenz. *Mea culpa.* Ich werde bald Fürsprache für meine Seele gebrauchen.« Father Hafer versuchte erfolglos ein Husten zu unterdrücken.

Der harte Blick des Bischofs wurde weich. »Verzeihen Sie mir. Ich sollte nicht so schroff sprechen.« Er wandte sich wieder Drew zu. »Ihr zweiter Vorschlag?«

»Tilgen Sie die Beweise der Morde nicht. Tilgen Sie statt dessen die Beweise meiner Anwesenheit im Kloster. Entfernen Sie alles aus meiner Zelle. Sorgen Sie dafür, daß sie unbewohnt aussieht. Entfernen Sie meine Akte aus den Archiven des Ordens. Dann alarmieren Sie die Behörden, und wenn man wegen der leeren Zelle Fragen stellt, dann erklären Sie, der Orden hätte Schwierigkeiten gehabt, neue Mitglieder zu gewinnen, und das Kloster sei nicht voll besetzt gewesen. Weil die Polizei unmöglich herausfinden kann, daß man einem Meuchelmörder dort Zuflucht gewährt hat, vermeidet die Kirche den Skandal.«

»Dann empfehlen Sie diese zweite Option?«

»Sie hat den Vorzug, einfach zu sein. Die Polizei kann Nachforschungen anstellen. Es gibt fast keine Chance, daß jemand reden wird. Die einzigen Leute, die es wissen würden, sind wir drei und wer immer meine Zelle säubert.« Er hielt inne. »Es gibt natürlich eine dritte Option.«

»So?«

»Die einfachste von allen.«

»Und die wäre?«

»Der Polizei die Wahrheit zu sagen.«

Die Augen des Bischofs verengten sich.

Die Sprechanlage summte. Er drückte einen Knopf. »Ja?«

»Euer Exzellenz, ich habe die Angelegenheit mit dem Helikopter erledigt.«

»Und die Crew?«

»Jesuiten. Ehe sie dem Orden beigetreten sind, haben sie in Vietnam gedient. Einer von ihnen hat dort einen Helikopter geflogen.«

»Das paßt. Die Kommandos der Kirche. Noch etwas«, fuhr der Bischof dann fort. »Ich möchte, daß Sie für mich einen Termin mit dem Kardinal so früh wie möglich heute morgen ausmachen.«

»Möchten Sie, daß ich ihn wecke?«

»Du liebe Güte, nein! Warten Sie bis sieben. Bevor er seine tägliche private Messe hält. Und, Paul, ich bin mir nicht ganz klar, wem die Kartäuser in Vermont unterstehen. Stellen Sie das bitte fest.«

»Sofort, Euer Exzellenz.«

Der Bischof nahm den Finger vom Knopf und lehnte sich zurück. »Sie werden sich fragen, was ich mache.«

»Keineswegs«, sagte Drew. »Sie haben vor, diese Jesuiten zu dem Kloster zu schicken, um sich zu vergewissern, daß ich die Wahrheit sage.«

Der Bischof blinzelte.

»Und Sie beabsichtigen, sich mit dem Kardinal so rechtzeitig zu treffen, um den Helikopter und die Jesuiten aufhalten zu können, falls er sich nicht Ihrer Meinung anschließt. Aber Sie bezweifeln, daß der Kardinal anderer Meinung als Sie sein wird. Wahrscheinlich wird er Sie dafür belobigen, daß Sie so schnell gehandelt haben. Aber das Schwierige, die endgültige Entscheidung, werden Sie ihm überlassen.«

»Sie müssen zugeben, daß einen Ihre Geschichte skeptisch macht. Ein Kloster voll Leichen? Wirklich, ich müßte ein Narr sein, Entscheidungen zu treffen, bevor ich alle Fakten besitze.«

»Aber warum sollte ich lügen?«

»Vielleicht nicht lügen. Vielleicht täuschen Sie sich einfach nach sechs Jahren als Eremit. Verwirrt.«

»Geistesgestört?« Drew spürte, wie der Zorn in ihm aufstieg.

»Selbstverständlich nicht. *Verwirrt*. Wer kann das an diesem Punkt schon sagen? Das einzige, was ich weiß, ist, daß Sie ein paar Tage lang eine tote Maus in der Tasche getragen haben. Wenn Sie an meiner Stelle wären, würden Sie meinen, daß das das Vertrauen in Sie fördert?«

Der Bischof warf einen Blick auf den Plastikbeutel, der auf seinem Schreibtisch lag. Dann griff er viel zu beiläufig danach.

In einer blitzartigen Bewegung kam Drew seiner Hand zuvor. Der Bischof zuckte zusammen. Drew steckte den Beutel in die Tasche zurück.

»Sie hängen wohl an Ihrem kleinen Freund?«

»Wir wollen sagen, ich bin sentimental.«

Der Ausdruck des Bischofs verhärtete sich. »Nun gut. Wenn Seine Eminenz, der Kardinal, einverstanden ist, sollte der Helikopter gegen Mittag beim Kloster eintreffen. Wenn dann das zutrifft, was Sie behaupten, werden wir entscheiden, welche der Optionen, die Sie vorschlagen, am klügsten erscheint.«

»Und unterdessen?«

»Sie brauchen eine Unterkunft. Was auch immer von dem stimmt, was Sie angeblich durchgemacht haben, Sie sind sichtlich erschöpft. Und ich darf vielleicht vorschlagen, daß es recht gut wäre, die Kleidung zu wechseln.«

Drew blickte etwas verlegen auf seine ausgefransten Sachen. »Wohin schicken Sie mich dann?«

»Das weiß ich noch nicht genau. Ich werde mit Paul sprechen müssen.«

Father Hafer hustete. »Und was ist mit mir? Sollte ich mit ihm gehen?«

Der Bischof schürzte die Lippen. »Ich glaube nicht. Wir wollen keine Aufmerksamkeit auf uns ziehen. Solange wir nicht genau wissen, wie die Situation wirklich ist, ist es besser, wenn wir unserer normalen Routine nachgehen. Aber eines würde ich vorschlagen: Haben Sie die Beichte dieses Mannes gehört?«

»Selbstverständlich. Ehe ich empfohlen habe, daß die Kartäuser ihn aufnehmen. Sein Leben als Eremit war seine Buße.«

»Nein, ich meine in letzter Zeit. Heute nacht.«

»Nun, das nicht. Ich meine...« Father Hafer runzelte die Stirn. »Ich dachte nicht...«

»Weil er behauptet, er hätte vor zwei Tagen einen Mann getötet. Wenn das wahr ist, ist seine Seele in Gefahr. Man muß ihm Absolution erteilen.«

Drew erinnerte sich an das Kruzifix, das er als Waffe benutzt hatte, und fragte sich, ob eine Absolution möglich war.

5

»Wachen Sie auf. Wir sind da«, sagte die Stimme.

Drew lag auf dem Hintersitz des schwarzen Cadillacs, den der Bischof bestellt hatte. Der Fahrer – ein junger, schlanker und doch athletisch aussehender Mann mit blauen Augen und einem Bürstenhaarschnitt, bekleidet mit Segelschuhen, Jeans und einem Sweatshirt mit der Aufschrift U. of Mass. – war ihm als Father Logan vorgestellt worden. »Aber Sie können mich einfach Hal nennen.« Der Priester sah aus, als gehörte er in die Leichtathletikmannschaft einer Universität.

Sie hatten die Residenz des Bischofs kurz nach der Morgendämmerung verlassen, und als der Cadillac dann durch den spärlichen Verkehr auf der Interstate 90 in westlicher Richtung fuhr, hatte Hal gesagt: »Wir werden eine Weile fahren. Sie können ruhig ein wenig schlafen.«

Aber da war zuviel zu überlegen gewesen. Drew hatte sich nicht müde gefühlt. Trotzdem war er, nachdem sie zum Frühstücken haltgemacht hatten, eingeschlafen, als er wieder in den Wagen gestiegen war. Später fragte er sich, ob man ihm vielleicht ein Beruhigungsmittel gegeben hatte. Aber Hal war die ganze Zeit nicht an Drews Essen herangekommen. Nur, dachte Drew, als ich in die Toilette ging. Aber warum sollte der Bischof daran interessiert sein, daß man mir ein Schlafmittel gibt?

Darüber dachte er nach, während er auf dem Rücksitz des Cadillacs lag und so tat, als würde er langsam aufwachen, nachdem Hal ihn angesprochen hatte. Er setzte sich auf, rieb sich die Augen und blickte dann mit halb zugekniffenen Augen in die grelle Morgensonne, die prächtigen Farbtöne der Ahornbäume an den Hügeln entlang der Straße. Und im gleichen Augenblick wurde ihm bewußt, daß die Wirkung, selbst wenn man ihm keine Drogen verabreicht hatte, doch dieselbe war. Er wußte nicht, wo er war.

»Wir haben die Interstate verlassen?«

»Schon vor einer ganzen Weile. Wie haben Sie geschlafen?«

»Wie ein Baby.«

Drew bemerkte Hals Lächeln.

Sie fuhren auf einer zweispurigen, asphaltierten Straße, die zu beiden Seiten von Bergen gesäumt war. Drew sah keinerlei Verkehr oder Gebäude. Die Digitaluhr am Armaturenbrett zeigte 10:31. »Sind wir noch in Massachusetts?«

»Mhm.«

»Wo?«

»Weit im Westen.«

»Aber wo genau?«

»Das ist eine komplizierte Route. Es würde zu lange dauern, Ihnen das zu erklären.«

»Und Sie sagten, wir seien angekommen – wo auch immer das ist, wo Sie mich hinbringen.«

»Es ist nicht mehr weit. Ich wollte Ihnen die Chance geben, vor der Ankunft aufzuwachen.«

Drew studierte mißmutig das Terrain und zerbrach sich immer noch den Kopf darüber, wo er war. Sie erreichten ein mit Bäumen bestandenes Tal und bogen in eine andere Straße ein. Nachdem sie eine Viertelmeile weit gefahren waren, erreichten sie eine hohe Steinmauer zur Rechten und fuhren durch einen offenen Eisenzaun. In der Ferne sah Drew ein hochaufragendes weißes Kruzifix auf einem großen rechteckigen Gebäude, das von kleineren Gebäuden flankiert war. Die Anlage war großzügig. Der Rasen sah frisch geschnitten aus, obwohl er vom Oktober gebräunt war. Büsche begrenzten Gärten, deren Blumen abgestorben waren. Als Drew näher kam, bemerkte er einen verlassenen Basketballplatz.

»Was *ist* das hier?« Die scheinbare Friedlichkeit der Anlage beruhigte ihn nicht. Er fragte sich, ob es sich vielleicht um ein Sanatorium handelte.

»Alles mögliche«, sagte Hal. »Es fing als Seminar an. Aber die letzten paar Jahre mußten Kandidaten für den Priesterberuf ja nicht gerade Schlange stehen. Also entschied die Kirche, daß die leeren Räume genutzt werden sollten. Das Gebäude zur Rechten ist ein Schlafsaal. Verschiedene katholische Männerclubs kommen einmal im Monat hierher, um ein Wochenende lang auszuspannen.«

Drew nickte; er hielt viel von dem Konzept. Die Kirche glaubte daran, daß die Gläubigen von Zeit zu Zeit den Belastungen und dem Druck der Welt entfliehen mußten. So wurde Gemeindemitgliedern für einen freiwilligen Beitrag, meistens von Freitag bis Samstagabend, die Gelegenheit geboten, in ein kleines ›Haus der Einkehr‹ zu gehen, wo sie Exerzitien machten, häufig ein Seminar, das sich mit katholischen Riten befaßte. Ein Einkehrmeister, gewöhnlich ein prominenter Priester, hielt dort Vorträge über Fragen des Dogmas und der Spiritualität. Abgesehen von der Teilnahme an Diskussionsgruppen, durften keine Gespräche geführt werden. In jedem Raum stand im Überfluß religiöse Literatur als Unterstützung der Meditation zur Verfügung.

»Aber das ist nur einmal im Monat«, sagte Hal. »Am meisten wird dieses Gebäude zur Linken benutzt. Ich habe in der Bischofsresidenz gesehen, wie Sie mit Father Hafer sprachen. Ich nehme an, Sie wissen, daß er Psychiater ist. Ich möchte seinen Job nicht geschenkt haben. Er muß Priester beraten, die die Last ihrer Gelübde nicht ertragen können.«

»Nun, Menschen brauchen es manchmal, schwach zu sein.«

»Als ob ich das nicht wüßte. Traurig. Sie wären überrascht, wie viele kaputte Typen ich hierhergebracht habe. Wie man mir erzählt, gibt es drei oder vier Anlagen wie diese im Land. Aber die hier ist die einzige, die ich gesehen habe. In dem Gebäude links schlafen sie. Sie haben keinerlei Pflichten, nur natürlich ihre tägliche Messe. Ansonsten werden sie von den hiesigen Angestellten betreut.«

»Wie lange bleiben sie?«

»Die meisten ein oder zwei Monate. Bis sie trocken sind, oder bis sie begriffen haben, daß selbst Heilige nicht fünfundzwanzig Stunden am Tag arbeiten müssen. Aber ein paar von ihnen – nun, vor vier Jahren habe ich einen alten Pfarrer hierhergebracht, und der schwört immer noch, daß die Jungfrau Maria ihm jeden Abend vorsingt.«

6

Sie hielten an dem großen Gebäude in der Mitte an, dem, das oben ein Kruzifix trug. Die Sonne stand so, daß der Schatten des Kreuzes über den Cadillac fiel, und als Drew ausstieg, stellte er fest, daß die Luft trotz des klaren, strahlend blauen Himmels kühl war.

Er betrachtete das Gebäude, musterte die Fenster. Die Ziegelsteine wirkten verwittert, die Betonstufen hatten Risse.

»Scheint leerzustehen.«

Hal zuckte die Achseln. »Es ist beinahe elf. Die Seminarteilnehmer müssen in den Seminarräumen sein.«

Und als hätten sie auf dieses Stichwort gewartet, ertönten jetzt von irgendwo aus den Tiefen des Gebäudes junge Männerstimmen: »Herr, sei barmherzig! Christus, sei barmherzig! Herr, sei barmherzig! Ehre sei Gott in der Höhe...«

»Das klingt wie das Kyrie und das Gloria«, sagte Hal. »Anscheinend üben sie die Liturgie.«

Drew schüttelte den Kopf. »Unterricht am Sonntag? Das glaube ich nicht. Und die Messe hätten sie doch sicher gleich am Morgen abgehalten. Nein, etwas stimmt da nicht.«

Er schickte sich an, die gesprungenen Betonstufen hinaufzugehen.

Hal hielt ihn auf. »Sicher. Aber dieser Sonntag war etwas ganz Besonderes. Die Messe ist bis jetzt aufgeschoben worden.«

Verblüfft drehte Drew sich zu ihm um.

»Wir sollen uns den Teilnehmern fernhalten. Der Bischof hat dem Hausmeister gesagt, daß Sie kommen würden. Aber es ist vereinbart, daß Sie keine Aufmerksamkeit erwecken sollen. Sie werden dort drüben schlafen.« Hal deutete auf das Gebäude zur Rechten. »Wo die Exerzitien stattfinden.«

Drew fühlte sich unbehaglich. »Aber wenn sie Exerzitien abhalten, was macht es dann für einen Unterschied, ob *die* mich sehen oder die Seminarteilnehmer?«

»An diesem Wochenende finden keine Exerzitien statt. Wir haben das ganze Gebäude für uns allein.«

Wieviel man Hal wohl über mich gesagt hat? fragte sich Drew. Warum werde ich das Gefühl nicht los, daß ich Typen wie ihm schon begegnet bin? So, wie er Haltung angenommen hat. So, wie er die ganze Zeit in den Rückspiegel des Cadillacs sah.

In einem anderen Beruf.

»Yeah, es wird ganz ruhig sein. Gut zum Ausruhen«, sagte Hal.

Ein leichter Windhauch berührte Drews Gesicht. Etwas aus dem Gleichgewicht gebracht, kam er die Stufen wieder herunter und ging mit Hal über die Rasenfläche auf das Gebäude zur Rechten zu. Und da war noch etwas, was ihn störte: »Wenn man uns nicht bemerken soll – meinen Sie nicht, daß Sie dann besser den Wagen wegschaffen sollten?«

»Das werde ich in ein paar Minuten tun. Ich muß ohnehin noch einmal kommen.«

»So?«

»Um Ihnen etwas zum Anziehen zu bringen. Ich habe nicht viel Auswahl. Diese Seminarteilnehmer ziehen sich nicht gerade modisch an. Schwarze Schuhe, schwarze Socken, schwarze Hosen. Deprimierend. Aber Sport treiben sie gerne, also denke ich, daß ich Ihnen ein Sweatshirt beschaffen kann. Vielleicht auch ein Arbeitshemd. Könnte sein, sogar eine Windjacke. Haben Sie Hunger?«

»Gemüse. Frisch. Und möglichst viel.«

Hal lachte. »Yeah – Karotten, wie? Wollen Sie was zu lesen?«

Drew schüttelte den Kopf. »Ich denke, ich mache ein paar Übungen.«

»Prima! Mögen Sie Basketball? Haben Sie Lust, eine kleine Zweierpartie mit mir zu spielen? Nein, warten Sie, das geht nicht. Der Platz ist draußen. Sie sollen sich ja nicht sehen lassen.«

Drew blieb plötzlich stehen.

»Stimmt was nicht?«

»Eine Frage. Ich platze fast vor Neugierde.«

»Aber bitte!«

»Sind Sie wirklich Priester?«

»Hat der Papst etwas gegen Polacken-Witze? War Johannes ein Täufer? Sie können ruhig glauben, daß ich Priester bin.«

»Und was noch?«

»Wie, bitte?«

»Was Sie noch sind – oder *waren*? Sie riechen doch geradezu nach Militär. Abwehr.« Drew sah ihn erwartungsvoll an.

»Okay. Yeah, ich war bei der militärischen Abwehr. Navy. so wie *Magnum*.«

Drew verstand nicht, was er damit meinte. »Und was hat Sie dazu veranlaßt, Priester zu werden?«

Hal ging weiter. »Sie können sich das Zimmer aussuchen. Welches wollen Sie haben?«

Drew antwortete schnell; er wollte das Thema nicht wechseln. »Irgendeines bei der Treppe im ersten Stock.«

»Yeah, das hätte ich mir auch ausgesucht. Da kann sich keiner durchs Fenster Zugang verschaffen. Und oben kann man sich besser verteidigen. Und im zweiten Stock kommt man zu schwer raus.«

»Ich hatte Sie gefragt, warum Sie Priester geworden sind.«

»Und Sie können auch ruhig weiterfragen.«

»Dann lassen Sie mich noch etwas fragen.«

Hal blieb stehen und sah den anderen ungeduldig an.

»Ich bin eine gewisse Regelmäßigkeit gewöhnt. Vor fünf Tagen hat man mich gezwungen, dieses Schema aufzugeben. Und jetzt ist Sonntag.«

»Und?«

»Father Hafer hat mir im Haus des Bischofs die Beichte abgenommen. Fünf Tage sind zu lang. Ich möchte die Kommunin empfangen.«

»He, jetzt reden Sie wieder vernünftig. Lassen wir das mit Basketball. Ich habe heute meine Messe noch nicht gelesen. Aber ich habe keinen Ministranten.«

»Sicher haben Sie einen. Sie brauchen mir bloß zu sagen, wo ein Altar ist.«

»In dem Haus der Einkehr ist eine Kapelle.«

»Ich werde die Karaffen mit Wasser und Wein füllen. Ich werde der beste Ministrant sein, den Sie je gehabt haben.«

»Geht in Ordnung, Kumpel. Was ist denn so komisch?«

»Wir reden wie zwei Jungs, die jetzt gleich zu spielen anfangen.«

7

Eine Diele im Boden ächzte. Drew kniete betend in der vordersten Bank der Kapelle. Er hob den Kopf und blickte nach hinten in die Schatten.

Aber da war niemand. Er wandte sich wieder dem Altar zu und setzte sein Gebet fort.

Es war nach Mitternacht. Obwohl die Messe, bei der er Hal ministriert hatte, fast zwölf Stunden zurücklag, erinnerte er sich immer noch an das Gefühl der dünnen, steifen Hostie auf seiner Zunge. Es hatte ihm gutgetan.

Der Rest des Tages hatte ihn deprimiert. Er hatte sich bemüht, irgend etwas zu tun – hatte sich gewaschen und rasiert und die Kleider angezogen, die Hal ihm gebracht hatte. Er war in seinem Zimmer auf und ab gegangen, hatte Liegestütze gemacht, die Tanzschritte der Kriegskünste geübt und sich gefragt, wo Hal wohl hingegangen sein mochte.

Als es dann Nachmittag geworden war, wußte er, daß der Helikopter inzwischen schon lange das Kloster erreicht hatte. Jesuiten würden die Leichen gefunden und dem Bischof davon berichtet haben. Der Bischof würde mit dem Kardinal gesprochen haben. Und der Kardinal mit Rom. *Warum hat also noch niemand mit mir gesprochen? Welche Entscheidungen sind gefallen? Was geschieht?*

Die Ironie, die in seiner nervösen Langeweile lag, wurde ihm bewußt. In den sechs Jahren, die er in Abgeschiedenheit gelebt hatte, hatte er nie die Last der Zeit verspürt. Und jetzt, nach nur fünf Tagen Abwesenheit vom Kloster, konnte er es einfach nicht verhindern, daß er immer wieder auf die Uhr sah, eine Uhr, die er einem Mann weggenommen hatte, den er getötet hatte. Stöhnend sank er auf die Knie und flehte darum, daß diese Last von ihm genommen werden möge. *Ich weiß, daß nichts ohne Grund geschieht. Ich bin nur ein Werkzeug. Aber, bitte, o Herr, laß diesen Kelch an mir vorübergehen. Ich will doch nur in Frieden leben.*

Nur? Er betastete die kleine Ausbuchtung in seiner Jacketttasche und erinnerte sich an den Drang, den er empfunden hatte, den Tod der Mönche zu rächen. Dann spürte er die Fotos in einer anderen Tasche – den Mann und die Frau in Flammen und den schreienden Jungen – und betete für seine Seele.

Gegen sechs kam Hal in sein Zimmer. »Ich habe Ihnen etwas Milch und Gemüse gebracht. Rohen Blumenkohl wollten Sie haben, sagten Sie? Ich ertrage das Zeug nicht einmal gekocht.«

»Wie lange soll ich hierbleiben?«

»Bis wir andere Anweisungen bekommen, denke ich. He, wenn Sie sich langweilen – es gibt hier nur einen einzigen Fernseher, und der steht im Seminargebäude. Aber ein Radio kann ich Ihnen beschaffen.«

»Wie wär's mit einem Telefon?«

»Sie sollten sich entspannen. Genießen Sie die Landluft.«

»Hinter verschlossenen Türen?«

»Da haben Sie auch wieder recht. Aber machen Sie sich keine Sorgen. Es ist für alles gesorgt.«

»Oh?«

»Heute nacht wird's kalt, um null Grad. Aber ich hab' schon herausgefunden, wie man in diesem Gebäude die Heizung anstellt.«

Hal ging hinaus.

Wieder sah Drew ungeduldig auf die Uhr. Ihre Zeiger wiesen exakt auf sechs – die Stunde, zu der in den letzten Jahren immer die Vesperglocke geschlagen hatte.

Er sehnte sich nach der Befriedigung, die er heute während der Messe empfunden hatte. Er wollte die glückselige Regelmäßigkeit des Klosters wiederherstellen. Sechs Uhr. Und so, als hätte er die Vesperglocke gehört, gehorchte er ihrem Ruf und verließ sein Zimmer.

8

Das Haus der Einkehr lag stumm da. Am Ende der Halle glomm ein schwaches Licht und lockte ihn zur Treppe. Mit einer Hand hielt er sich an der zerkratzten Geländerstange aus Metall fest und ging nach unten; er erreichte das Erdgeschoß, ignorierte die halbdunkle Halle und ging weiter hinunter in den Keller. Seine Hand strich über eine feucht wirkende, verputzte Wand, und dann ging er durch die Dunkelheit auf eine Tür zur Rechten zu. Die Kapelle, wo er früher am Tage als Meßdiener tätig gewesen war und wo jetzt der Vespergottesdienst stattfinden sollte.

Er stieß die Tür auf und trat ein. Schwärze. Er erinnerte sich an einen Lichtschalter links, tastete danach und knipste ihn an. Aber der Strom für den Keller mußte über eine andere Leitung fließen als der für sein Zimmer im Obergeschoß, denn es blieb finster. Als er das letztemal hier gewesen war, war das Sonnenlicht, das durch die Fenster hoch oben an der Wand hereingeströmt war, ausreichend für ihn gewesen, um bei der Messe zu helfen. Aber jetzt...

Er malte sich aus, wie die Zeiger seiner Uhr über die Sechs hinauswanderten. Der innere Zwang, der auf ihm lastete, nahm zu.

Er tastete sich an der Wand zu seiner Linken entlang und stieß gegen einen Stuhl. Dann erreichte er eine andere Wand und tastete sich an einem Beichtstuhl vorbei. Modergeruch ließ seine Nasenflügel vibrieren. Aber unter dem Moder war auch der Duft von Weihrauch zu verspüren; Weihrauch, der sich in vielen Jahren in jeden Winkel gelegt hatte. Als er mit der Hüfte gegen das Altargeländer stieß, wußte er, daß er fast zu Hause war.

Jetzt fehlten ihm nur noch Streichhölzer. Er erinnerte sich an die Reihen von Votivkerzen, die innen links und rechts das Altargeländer gesäumt hatten. Ja, als er über das Altargeländer hinwegkletterte und einen Schritt nach vorne trat, spürte er Streichhöler in einem Metallbecher, riß eines davon an dem Becher an und lächelte, als es aufflammte. Und er lächelte immer noch, als er die Kerzen eine nach der anderen anzündete und damit den vorderen Teil der Kapelle mit einem schimmernden Strahlen erfüllte. Er kniete im ersten Betstuhl nieder und sprach lautlos die Vespergebete.

Um Mitternacht – er hatte immer noch nichts vom Bischof gehört – fühlte er sich erneut vom Ritual gezwungen, zurückzukommen und das Frühgebet zu sprechen.

Und da hörte er das Ächzen hinter sich.

9

Als er das Geräusch das erstemal hörte, sagte er sich, das wäre nur Holz, das sich in der Kälte zusammenzog.

Das zweitemal sagte er sich, es wäre das müde, alte Gebäude, das in sich einsackte.

Das drittemal zog er seine Mauser unter seinem Jackett hervor und ließ sich auf den Boden sinken.

»Okay, Kumpel, keine Sorge«, sagte eine Stimme hinten. »Ich wollte Sie nicht nervös machen.«

Hal.

Drew blieb auf dem Boden unter dem Betstuhl, wo ihn der andere nicht sehen konnte.

»Kommen Sie schon!« sagte Hal, den die Dunkelheit im hinteren Teil der Kapelle schützte. »Ich weiß, wo Sie sind. Ich hab' gesehen, wie Sie sich geduckt haben. Aber vorher hab' ich noch gesehen, daß Sie eine Pistole unter Ihrem Jackett herausgezogen haben. Also ganz ruhig bleiben, ja? Ich soll ein Auge auf Sie haben, aber nicht Zielscheibe für Sie spielen.«

Drew hatte nicht vor, irgendein Risiko einzugehen. Er blickte nach vorne auf eine Tür zu seiner Linken, hinter dem Altargeländer, und erinnerte sich von der Messe am Mittag her, daß man durch die Tür in die Sakristei hinter dem Altar kam. Dahinter gab es eine weitere Tür, die in ein Treppenhaus hinausführte. Wenn es sein muß, kann ich über das Altargeländer springen und entkommen.

Wieder ein Ächzen, es kam näher.

Drew spürte die dicken Schweißtropfen, die ihm auf der Stirn standen. Dabei war es in der Kapelle schrecklich kalt.

»Ganz ruhig bleiben, okay?« meinte Hal. »Ich will Ihnen das erklären, ja? Sehen Sie, ich weiß, daß Sie um sechs hierhergekommen sind. Ich hab' geahnt, daß Sie der gewohnten Routine folgen würden, nach der Sie im Kloster gelebt haben. Vespergottesdienst. Der nächste Gottesdienst ist um Mitternacht. Also bin ich schon vorher hierhergekommen. Ich hatte vor, Sie zu beobachten, Sie aber nicht im Gebet zu stören. Ich tu nur das, was man mir aufgetragen hat. Woher sollte ich denn wissen, daß der Boden hier hinten bei jedem Atemzug ächzt?«

Drew überlegte. Es war durchaus möglich, daß Hal die Wahrheit sagte. Aber warum ist er nicht einfach mit mir hierhergekommen? Mir hätte das doch nichts ausgemacht, wenn er während meines Gebets in der Kapelle sein wollte. Nein, irgend etwas stimmt nicht.

Wieder ein Ächzen. Näher.

Drew entfernte sich vorsichtig von dem Betstuhl und begann sich auf das Altargeländer zuzuarbeiten. Er spürte die eisige Kälte des Raumes an der Brust.

»So kommen wir nicht weiter«, sagte Hal, wieder ein Stückchen näher. »Sie wollen sich erst zeigen, sobald ich mich gezeigt habe. Aber ich will auch nicht der erste sein, wo Sie doch die Pistole in der Hand haben. He, ich hab' einen Fehler gemacht, daß ich Ihnen nicht gesagt habe, daß ich hier bin. Das geb' ich ja zu. Aber irgendwie müssen wir aus dieser Geschichte raus. Ich bin auf Ihrer Seite.«

Wieder ein Ächzen.

Drew schob sich einen halben Fuß näher an das Altargeländer heran. Die Kerzen flackerten.

»Überlegen Sie doch«, sagte Hal. »Wenn ich Ihnen etwas tun wollte, hätte ich das ja machen können, als Sie im Wagen schliefen.« Das stimmte.

»Oder ich hätte auf Sie...«

Ächzen. Drew schob sich wieder ein Stückchen näher an das Geländer heran.

»...Sie erschießen können, während Sie jetzt gebetet haben.«

Auch das war richtig.

»Also, schließen wir Waffenstillstand. Ich kann wirklich nichts dafür.«

Also gut, dachte Drew. Ich halte mir ja viel darauf zugute, daß ich flexibel bin. Und so rollte er sich, anstatt die restliche Strecke zum Altargeländer zu kriechen, in die entgegengesetzte Richtung auf die Betstühle auf der rechten Seite der Kapelle zu.

Er machte die Pistole zielbereit und sprach jetzt zum erstenmal. »Dann brauchen Sie mir jetzt bloß zu sagen, warum Sie Priester geworden sind.«

Als Drews Stimme ertönte, flog die Tür der Kapelle auf. Ein Mann in einem schwarzen Priesteranzug mit weißem Kragen stürzte herein und zielte mit einer M-16.

»Nein!« schrie Hal. Er stand viel näher, als Drew erwartet hatte, und hob den Arm. Im Halbdunkel war nicht genau zu erkennen, ob er eine Pistole in der Hand hielt, aber möglich war das.

Aber der Priester wirbelte in Richtung auf Hal herum und drückte den Abzug seiner M-16. Das Mündungsfeuer erhellte den hinteren Teil der Kapelle, als die Waffe – eine Automatik – zu knattern anfing und leere Patronenhülsen ausspie, die klirrend zu Boden fielen. Die Wucht des Feuerstoßes hob Hal in die Höhe und schleuderte ihn nach hinten gegen die Wand. Blut spritzte. Hal prallte ab, krümmte sich und stürzte zu Boden.

Als Drew sich aufrichtete, um kniend mit seiner Mauser zu zielen, tauchte in der Tür ein zweiter Priester auf, und zwar so, daß er dem ersten Flankenschutz bot, preßte eine Uzi an sich und gab eine Salve in die Kapelle ab. Der Lärm, den das Echo von den Wänden noch verstärkte, hallte in Drews Ohren und ließ seine Trommelfelle dröhnen.

Er kauerte sich hinter dem Betstuhl nieder. *Priester? Killer?* Er zweifelte an seinem Verstand. *Religion? Gewalt?* Der Widerspruch schockierte ihn.

Die Priester – Killer – dort hinten hatten den Vorteil der Dunkelheit auf ihrer Seite. Er wagte nicht, sich im Kerzenlicht zu zeigen, um zu zielen und zu schießen. Eine Mauser gegen eine M-16 und eine Uzi? Alle Chancen standen gegen ihn. Als der beißende Gestank von Cordit an seine Nase drang, drehte er sich um und machte einen seitlichen Sprung über das Altargeländer. Er landete auf dem teppichbelegten Boden dahinter, zuckte unter dem harten Aufprall zusammen und sprang mit einem Satz auf, hetzte auf die Sakristeitür zu. Kugeln zerfetzten den Altar hinter ihm.

Im gleichen Augenblick mischte sich das Stakkato schnell abgefeuerter Pistolenschüsse in das Knattern der Maschinenpistolen. Der unverkennbare Abschußknall einer .45 Automatik. Wieder. Und noch einmal.

Drew packte den Knopf der Sakristeitür, drehte ihn, stieß die Tür nach innen, ließ sich fallen, um so Deckung zu finden. Er sah sich um und erhaschte einen flüchtigen Blick auf jemand anderen in der Kapelle. Und der Blick reichte aus, ihn in seiner Bewegung erstarren zu lassen.

Wieder ein Priester. Aber dieser Mann war älter, Anfang fünfzig, durchschnittlich groß, aber auffällig breitschultrig. Dunkles Haar, slawische Gesichtszüge, Schnurrbart.

In der Dunkelheit der Sakristei zwang Drew sich, weiter nach draußen zu starren. Der Priester war – Drew schauderte bei der plötzlichen Erkenntnis – aus dem Beichtstuhl zur Rechten aufgetaucht.

War er die ganze Zeit dort gewesen? Als er sich vorher durch die Dunkelheit getastet hatte und gegen den Beichtstuhl gestoßen war?

Er war schießend aus dem Beichtstuhl gekommen, als man Hal getötet hatte. Drews Pistole war immer noch auf die Priester im hinteren Teil der Kapelle gerichtet, dabei war seine Vorsicht überflüssig. Die Männer lagen reglos am Boden, und um sie herum breitete sich eine Blutlache aus.

Der Priester hielt seine Pistole in der linken Hand. Drews Perspektive ließ ihn die Außenseite jener Hand deutlich erkennen. Ein Glitzern von reflektiertem Kerzenlicht zog seine Aufmerksamkeit auf sich. Am Mittelfinger.

Ein Ring. Und selbst auf diese Entfernung wirkte das unheimlich. Er schien zu glühen.

Ein Ring mit einem großen, roten Stein.

Der Priester, der immer noch die Hand mit der Pistole erhoben hatte, drehte sich jetzt zu der offenen Sakristeitür herum. Obwohl er unmöglich Drew dort in der Dunkelheit sehen konnte, hatte jener das schreckliche Gefühl, daß ihre Blicke sich begegneten. Mit grimmig vorgeschobenem Kinn ging der Priester mit langsamen Schritten auf das Altargeländer zu.

Drews Zeigefinger spannte sich um den Abzug der Mauser. Er wußte nicht, ob er den Mann erschießen oder ihn ausfragen sollte. Immerhin hatte der Mann ihm das Leben gerettet.

Aber hatte er das? Zwei Priester haben gerade versucht, mich zu töten. Hal ist tot. Und dieser Bursche sieht aus, als würde er einem die Zähne als Buße eintreten, wenn ihm das nicht gefiel, was man ihm in der Beichte sagte. Warum versteckte er sich in der Kapelle? Was, in Gottes Namen, geht hier vor sich?

Der Priester machte einen Satz, verschwand plötzlich aus seiner Sicht, suchte hinter dem Altargeländer Deckung.

Drew hielt den Atem an.

Die Stimme, die von dort draußen zu ihm hereindrang, klang kehlig und heiser, hatte einen leicht slawischen Akzent. »Ich weiß, daß Sie in der Sakristei sind. Hören Sie, was ich Ihnen zu sagen habe. Yanus.«

Drew hielt mit einiger Mühe den Atem an.

»Yanus«, wiederholte die slawische Stimme. »Wir müssen über Yanus reden.«

Und dann hatte Drew zwischen den bis jetzt sorgfältig abgewogenen Handlungsmöglichkeiten keine Wahl mehr. Auf dem Korridor hallten plötzlich Schritte, wurden immer lauter, während sie sich der Kapelle näherten. Und er rannte davon.

10

Er war nicht der einzige. Als Stimmen in der Kapelle laut wurden, setzte auch der Priester zur Flucht an, sprang über das Altargeländer und rannte auf die Sakristei zu.

Drew erreichte die Tür, die in den Korridor führte, und riß

sie auf. Als er mittags Hal dabei geholfen hatte, sich auf die Messe vorzubereiten, hatte er zu der Tür hinausgesehen und eine Treppe entdeckt, die nach oben führte. Aber jetzt, nachts, ohne die Sonne, die durch ein Fenster hereinstrahlte, konnte er die Stufen nicht sehen.

Nicht daß es etwas zu bedeuten gehabt hätte. Er hatte nicht vor, sie zu benutzen. Statt dessen rannte er geradeaus weiter auf die Mündung eines Tunnels zu. Er wußte nicht, wohin er führte, aber eines wußte er: Die zwei Priester, die versucht hatten, ihn zu töten, hatten mit solcher Professionalität gehandelt, daß sie sicher auch anderen professionellen Maßstäben genügten und daher nicht allein gekommen waren. Für den Fall, daß Drew die Flucht gelungen war, würden ohne Zweifel andere Meuchelmörder die Treppe von oben im Auge behalten. Und sobald sie ihn näherkommen hörten, würden sie sich bereitmachen, ihn zu töten. Wenn Zeit gewesen wäre, hätte er versuchen können, lautlos die Treppe hinaufzusteigen. Aber die Schritte des Priesters hinter ihm, der sich im Beichtstuhl verborgen hatte und ihm jetzt folgte, zwangen Drew, den Weg einzuschlagen, von dem er hoffte, daß man nicht mit ihm rechnete, einen, von der die Killerbande möglicherweise nicht einmal etwas wußte. In dem Fall würde er nur mit dem Priester zu tun haben, der jetzt hinter ihm herrannte.

Die Schritte kamen näher.

Und weit dahinter stürmten andere Schritte in die Kapelle.

Drew hastete durch die Finsternis. Er prallte gegen einen Tisch, stieß sich die Schenkel an, zuckte zusammen, als der Aufprall die Tischbeine über den Betonboden scharren ließ.

Er drehte sich um. Obwohl er nichts sah, hörte er das leise Knirschen vorsichtiger Schritte, die auf ihn zukamen. Drew widerstand dem Drang zu schießen. Das Mündungsfeuer der Mauser würde seine Position verraten. Und was hatte Schießen für einen Sinn, wenn er sein Ziel nicht sehen konnte? Freilich, ungefähr konnte er die Position des Gegners aus dessen Geräuschen schließen. Was aber, wenn sein Gegner täuschende Geräusche erzeugte, um ihn in die Falle zu locken? Wenn Drew feuerte, wäre der Mündungsblitz sein Tod. Natürlich, er konnte bleiben, wo er war, sich etwas zur Seite ducken. Schließlich war die Dunkelheit seine Spezialität. Der Nahkampf, Mann gegen Mann, in völliger Finsternis. Aber jene Art von Kampf war mühsam und kostete Zeit. Diesen Kampf richtig zu führen und dabei zu überleben, erforderte das Geschick und die Vorsicht eines Spezialisten, der eine Bombe entschärfte.

Aber Drew hatte keine Zeit für Vorsicht. Er mußte hier raus. Stimmen hallten aus der Sakristei. Er dachte über die Wahrscheinlichkeit nach, daß andere Meuchelmörder in dem Haus der Einkehr warteten, und lauschte auf die einzelnen Schritte, die auf ihn zustrebten.

»Sie verstehen nicht«, flüsterte die slawische Stimme. »Ich will Ihnen nichts zuleide tun. Yanus. Wir müssen über Yanus reden. Ich bin hier, um Sie zu schützen.«

Doch Drew konnte es sich nicht leisten, ihm zu glauben. Er hastete weiter. Sein Verfolger war hinter ihm. Und als Drew stehenblieb, blieb auch der Verfolger stehen.

»Sie müssen mich erklären lassen«, zischte die slawische Stimme.

Kommt nicht in Frage, dachte Drew und hastete wieder weiter. Ich weiß nicht, wer du bist oder ob du überhaupt ein Priester bist. Ich weiß nicht, wer, zum Teufel, hier versucht hat, mich zu töten oder weshalb. Aber das eine weiß ich: Ich habe versucht, mich nach den Regeln zu verhalten. Ich bin mit meinem Beichtvater in Verbindung getreten, meinem Leitoffizier. Ich habe meinem Vorgesetzten in der Kirche vertraut (fast hätte Drew statt Kirche ›Netz‹ gedacht). Aber jemand anderer spielt nicht nach den Regeln. Es gibt irgendwo einen Informanten. Eine undichte Stelle. Jemand hat ihnen gesagt, wo ich bin.

Und deshalb spiele ich jetzt nach meinen eigenen Regeln. Ich mache es auf meine Art.

Er hastete durch Spinnweben, fühlte, wie sie an seinem Gesicht kleben blieben. Wasser tropfte. Er roch faulige Nässe – und hinter ihm drängten die Schritte. Als er durch eine Wasserpfütze tappte und spürte, wie die Feuchtigkeit seine Schuhe und Hose durchnäßte, hörte er das Echo von Stimmen, weit hinten im Tunnel. Die Gruppe, die in die Kapelle eingedrungen war, war jetzt hinter ihm. Er eilte weiter. Kurz darauf hörte er, wie der Mann hinter ihm durch das Wasser tappte. Die Stimmen dahinter schienen ihm lauter. Als er sich umdrehte, um zu lauschen, stieß er mit dem Kopf gegen ein Rohr, das von einer Wand zur anderen führte. Er taumelte zurück, sah Sterne vor den Augen und griff sich an die Beule, die sich bereits gebildet hatte. Als er etwas Feuchtes im Haar fühlte, führte er die Finger zum Mund und war erleichtert, als er das Salz des Schweißes und nicht den Kupfergeschmack von Blut auf die Zunge bekam. Er hastete weiter.

Wozu diente der Tunnel? Wohin führte er? Er rannte jetzt geduckt, um seinen Kopf vor weiteren Rohren zu schützen. Aber als er an einer Reihe isolierter Schächte an der linken Wand vorbeikam, vermutete er, daß es sich um einen Wartungstunnel handeln mußte. Sicher. Die Wasser- und Heizungsrohre mußten hier durchgeführt werden, dachte er. Auf die Weise konnten die Arbeiter Reparaturen durchführen. Aber wenn das stimmte, mußte der Tunnel in das Seminargebäude führen. Jetzt, da er endlich ein Ziel vor sich hatte, fühlte er sich wohler. Aber irgend etwas schien nicht geheuer. Die Geräusche hinter ihm waren verstummt.

Warum?

Er stieß gegen eine Mauer. Seine Nase schmerzte.

Er hatte unrecht gehabt – der Tunnel war eine Falle! Und jetzt wartete sein Verfolger dort hinten.

Drews Hand krampfte sich um die Mauser. Er drehte sich um und spähte sinnlos in die pechschwarze Röhre, durch die er jetzt zurück mußte. Er tastete sich an der Mauer zu seiner Linken entlang, arbeitete sich Zentimeter um Zentimeter auf dem Weg zurück, den er gekommen war. Aber als seine Schuhe einen heruntergefallenen Betonbrocken am Boden berührten, veränderte sich der Klang seiner eigenen Schritte. Er blieb stehen und runzelte die Stirn. Dann schob er sich wieder weiter und hörte, wie das Scharren seiner Schritte wieder das Echo erzeugte, das er gewohnt war. Er versuchte ein Experiment, machte drei Schritte zurück, und das Echo wurde wieder voller.

Jetzt begriff er – er tastete sich zu der Wand auf der anderen Seite, und seine Hand spürte dort, wie er das erwartet hatte, nichts. Doch sein Fuß stieß gegen Beton. Er hob ihn etwas, und jetzt berührte er ebenso wie seine Hand nichts. Ein wenig höher – wieder Beton. Ein Treppenschacht! Er hastete hinauf.

Die Treppe bog ab. Er erreichte eine hölzerne Tür, drehte den Knopf und zog daran. Nichts bewegte sich. Eine plötzliche Eingebung ließ ihn schieben anstatt ziehen, und er atmete erleichtert aus, als die Tür sich öffnete. Für den Fall, daß jemand sich dahinter verbarg, stieß er sie gegen die Wand und spähte dann hinaus, blickte in einen schwach beleuchteten Korridor. Der Tunnel hatte ihn in das Seminargebäude geführt.

Als er niemanden sah, warf er sich nach links. Er erreichte einen großen Raum: Sofas, Sessel, Tische, ein Fernsehgerät. Das Mondlicht leuchtete durch die Fenster herein und gab den Blick auf den Rasen vor dem Gebäude frei. Hinter dem Rasen fingen der Wald und die Berge an. Und die Sicherheit.

Aber er mußte hier verschwinden, ehe einer der Seminarteilnehmer ihn fand oder seine Verfolger ihn einholten. Er durchquerte den Raum, erreichte einen Vorraum und sah eine Tür zu seiner Linken, die nach draußen führte. Als er sich in diese Richtung bewegte, hörte er hinter sich das Rascheln von Tuch. Er wirbelte herum, hob seine Mauser und erstarrte.

»Oh, Jesus, ich danke dir!«

Drews Kopfhaut prickelte.

»Ich wußte, daß du kommen würdest.« Aus der Finsternis klang die Stimme verzweifelt, alt, brüchig. »Rette mich! Du weißt, wie sehr ich gelitten habe.« Die Stimme begann zu schluchzen. »Die werden mir nicht glauben, daß deine Mutter jede Nacht für mich singt.«

Aus einer völlig im Schatten liegenden Ecke tauchte ein Schemen auf. Ein alter, gebeugter Mann. Sein Haar und sein Bart waren weiß. Er trug ein weißes Nachthemd.

Drew spürte ein eisiges Gefühl in der Magengrube. Der

alte Mann hielt einen Stab umklammert. Seine Füße waren nackt, seine Augen glänzten – der Glanz des Wahnsinns.

Du lieber Gott, dachte Drew, ich bin nicht im Seminargebäude. Ich habe die falsche Treppe erwischt. Ich bin zu weit gegangen. Dies ist der alte Priester, den Hal erwähnt hat, den er hierhergebracht hat. Hier haben sie –

Der alte Mann kniete nieder, preßte die Hände aneinander und blickte verzückt nach oben. »Aber ich danke dir, Jesus.« Der alte Mann weinte. »Du wirst sie dazu bringen, daß sie verstehen. Du wirst ihnen sagen, daß ich nicht gelogen habe, was deine geheiligte Mutter angeht. Ich habe so lange darauf gewartet, daß du mich erlöst.«

Drew trat erschrocken zurück. Der alte Mann keuchte, und Drew dachte, er hätte vielleicht einen Herzanfall. Aber das war nur sein Atem. Und jetzt begann er zu singen.

»Nein, bitte!« sagte Drew.

Die brüchige Stimme tönte verzückt: »Gro-ho-ßer Go-hott, wir lo-ho-ben dich. Herr, wir prei-i-sen dei-hine Stärke.«

Drew rannte auf die Tür zu, die nach draußen führte.

Und von oben schalt eine Männerstimme: »Father Lawrence, haben Sie sich wieder aus Ihrem Zimmer geschlichen? Sie wissen doch, daß Sie nachts nicht singen sollen. Sie werden alle aufwecken...«

»Ein Wunder!« schrie der alte Mann. »Ein Wunder!« Und er fing wieder zu singen an. »Unendlich groß ist deine Gü-hüte.«

11

Drew rannte hinaus, atmete die kalte Luft, spürte ihr Prickeln an den Nasenwänden. Er rannte die Betonstufen hinunter, hetzte über den Rasen durch die Dunkelheit und hörte, wie das vom Frost steife Gras unter seinen Schuhen knirschte.

Zu seiner Linken sah er, daß sämtliche Lichter des Seminargebäudes brannten. Die Seminarteilnehmer hatten sich draußen vor dem Haus versammelt und starrten zu dem

Haus der Einkehr zur Linken hinüber. Ein paar von ihnen rannten darauf zu; andere hatten es bereits erreicht und drängten sich hinein.

Das Exerzitiengebäude selbst war dunkel. Aber dann wurde es plötzlich heller. Das Erdgeschoß, der erste Stock, der zweite Stock, ein Fenster nach dem anderen wurde schnell hintereinander hell.

Warum? fragte Drew sich, während er immer noch weiterlief. Glauben sie, ich bin immer noch im Gebäude, oder suchen sie jemand anderen? Den Priester, der mich verfolgt hat, den Rest des Killerteams?

Rufe hallten durch die Nacht. Er rannte noch schneller, als weitere Lichter aufflammten, jetzt direkt hinter ihm, so hell, daß er den Schatten sehen konnte, den er selbst warf, und die Rauhreifwolken, die sich vor seinem Mund bildeten.

Jemand schrie, so nahe, daß Drew herumfuhr. Ein großer Mann in einem Bademantel stand in der offenen Tür des Sanatoriums und deutete in Drews Richtung. Er rannte die Treppe hinunter, aber irgendwie unbeholfen. Er verlor einen Pantoffel, stolperte und stürzte.

Trotzdem hatten seine Rufe Aufmerksamkeit erweckt. Eine Gruppe von Seminarteilnehmern rannte auf den Gestürzten vor dem Sanatorium zu. Eine andere Gruppe rannte hinter Drew her.

Er dachte, er hätte Halluzinationen. Ein Graswasen vor ihm flog in die Höhe, aber er hörte den Schuß nicht. Aber vielleicht hatte sein eigener schneller Atem und die aufgeregten Schreie hinter ihm ihn übertönt. Oder die Waffe war mit einem Schalldämpfer ausgestattet. Feststand jedenfalls, daß ein weiterer Schuß vor ihm einschlug, als er den Rand des Lichtscheins erreichte. Er bog zur Seite ab, begann im Zickzack zu laufen.

Und jetzt hörte er es; nicht etwa den nächsten Schuß selbst, sondern das *Wuumm!*, als eine weitere Kugel das Gras aufsetzte. Der Schußwinkel war so, daß der Schütze vor ihm sein mußte. Auf dem mit Bäumen bestandenen Hügel.

Und ich bin in der Mitte, dachte Drew, und hörte die Seminarteilnehmer, die hinter ihm herrannten. Wußten sie von dem Schützen? Würden sie stehenbleiben, wenn sie es merkten?

Aber statt dessen hörte der Schütze zu schießen auf; und Drew warf sich in einem letzten Spurt durch die Büsche in die größere Finsternis des Waldes.

Sein Brustkasten fühlte sich an, als müßte er zerplatzen. Tief geduckt zwängte er sich an Bäumen vorbei, durch das Unterholz, über einen umgestürzten Baumstamm. In dem beunruhigenden Gefühl, das alles schon einmal erlebt zu haben, erinnerte er sich an seine Flucht aus dem Kloster. Aber die Parallele stimmte nicht ganz. Vor sechs Nächten hatte der Schütze auf dem Hügel nicht gewußt, daß Drew das Gebäude verlassen hatte und sich an ihn heranschlich. Und Drew war auch nicht verfolgt worden. Jetzt konnte er sich nicht die Zeit nehmen, sich an den Schützen anzuschleichen, ohne daß ihn unterdessen seine Verfolger einholten; und wenn er sich darauf konzentrierte, den Verfolgern zu entkommen, dann würde er vielleicht dem Schützen direkt vor die Waffe laufen.

»Heut nacht wird es kalt werden, um null Grad«, hatte Hal gesagt.

Drew war nicht für diese Kälte gekleidet. Die leichten schwarzen Hosen, das baumwollene Sweatshirt und die ungefütterte Jecke, die Hal ihm gebracht hatte, boten keinen Schutz vor der Kälte. Trotz des Brennens in seinen Lungen fröstelte Drew bereits, und sein Schweiß nahm die Kälte des Waldes auf. In der schützenden Wollkutte, die er im Kloster getragen hatte, hätte er leicht überleben können. Aber das, was er jetzt trug, hielt nur die Kälte fest, anstatt dagegen zu schützen. Wenn er die ganze Nacht im Wald verbrachte, dann riskierte er Unterkühlung. Und die war in drei Stunden tödlich.

Das kalte Metall der Mauser machte seine Hand taub. Er zwängte sich an einem abgestorbenen Baum vorbei und kroch noch tiefer in den Wald hinein. Hinter ihm drängten die Verfolger durch die Büsche. Äste knackten.

Würde der Heckenschütze zu dem Schluß kommen, daß die Situation aussichtslos war, und sich entfernen? Aber selbst in dem Fall, das war Drew klar, werden die Seminarteilnehmer nicht aufhören, mich zu jagen.

Was ich brauche, ist ein Wagen.

Der Cadillac, in dem Hal ihn hierhergebracht hatte. Irgendwo parkte er. Aus dem Fenster im ersten Stock hatte Drew zugesehen, wie Hal ihn um den hinteren Teil des Seminargebäudes herumgefahren hatte. Dort hinten mußte eine Garage sein. Hatte Hal nicht darauf bestanden, daß die Seminarteilnehmer ihn nicht sehen durften?

Ohne auf die Gefahren hinter sich und vor sich zu achten, bog Drew nach rechts ab. Er hatte ohnehin vorgehabt, tiefer in den Wald einzudringen, war aber bis jetzt nicht auf den Gedanken gekommen, einen Bogen zu schlagen und wieder zu dem Seminargebäude zurückzueilen. Welchen Sinn hätte es auch haben sollen? Wenn er die offene Rasenfläche überquerte, hätte er sich ja wieder als Zielscheibe dargeboten. Und was hätte seine Absicht sein können? Schließlich wollte er hier weg, nicht sich hier verstecken, wie er es in dem Kloster getan hatte. Aber jetzt?

12

Er trat aus dem Schutz der Bäume heraus, an den Rand der Rasenfläche. Hinter sich hörte er, wie sich seine Verfolger immer tiefer in den Wald hineinarbeiteten. Vor ihm brannte immer noch in allen drei Gebäuden Licht. Und davor drängten sich Gestalten.

Diese Gestalten würden ihn natürlich sehen, wenn er die Rasenfläche von hier aus überquerte, und er beschloß daher, sich am Waldrand entlangzuarbeiten. Das Gras ermöglichte ein lautloses Vorankommen, und die Finsternis des Waldes hinter ihm verbarg seine Silhouette. Er bewegte sich auf die Fläche hinter den Häusern zu, riskierte es, sich zu zeigen, und rannte auf den hinteren Teil des Seminargebäudes zu.

Niemand schlug Alarm.

Seine Vermutung erwies sich als richtig: Hinter dem Seminargebäude – es war hier wesentlich weniger hell – gab es einen aus Hohlblocksteinen errichteten Bau mit fünf Garagentüren. Die ersten zwei, die er zu öffnen versuchte, waren versperrt. Aber als er am Griff der dritten zog, bewegte sie sich.

Er schob die Tür langsam in die Höhe und bemühte sich, möglichst wenig Geräusche zu erzeugen. Das schwache Mondlicht ließ ihn den schwarzen Cadillac des Bischofs erkennen. Drew vermutete, daß Hal diese Garagentür für den Fall unversperrt gelassen hatte, daß er hier schnell weg mußte. Er öffnete die Fahrertür, und die Innenbeleuchtung flammte auf. Normalerweise hätte er sie ausgeschaltet, aus Angst, sich zur Zielscheibe zu machen. Aber jetzt war er für das Licht so dankbar, daß er die Tür offenstehen ließ, sich auf den Rücken legte und unter das Armaturenbrett spähte, wo er die Drähte fand, die er brauchte. Er drückte zwei zusammen; damit schloß er die Zündung des Cadillac kurz, und der Motor sprang an.

Summend erwachte er zum Leben. Drew zwängte sich hinter das Steuerrad und knallte die Tür zu. Wieder, genauso wie es in dem Wagen gewesen war, mit dem er aus Vermont gekommen war, verwirrte ihn das Armaturenbrett. Er wußte nicht, wie er die Scheinwerfer einschalten sollte; nicht, daß das von Bedeutung gewesen wäre. Scheinwerfer waren im Augenblick das letzte, was er haben wollte. Er drückte den Gashebel nieder, und der Cadillac schoß mit einem mächtigen Satz aus der Garage.

Der Wagen nahm so schnell Geschwindigkeit auf, daß Drew förmlich in die Polster gepreßt wurde und ehe er ausweichen konnte bereits die Zufahrt verlassen hatte und über einen Randstein polterte. Er riß das Steuer herum und glitt seitwärts über das Gras. Ein Klappern hinter ihm deutete darauf hin, daß sich beim Aufprall eine Radkappe gelöst hatte. Er hielt das Steuer immer noch scharf nach links und fühlte, wie die Räder des Cadillac Furchen in den Rasen gruben. Dann lenkte er den Wagen gerade, verließ die Grasfläche und fuhr an der Seitenwand des Seminargebäudes entlang. Er rechnete damit, daß die Fahrbahn vor dem Seminargebäude nach links abbog, an dem Exerzitienhaus vorbei und dann eine weitere Kurve beschrieb, diesmal nach rechts, und ihn durch den Wald zu dem eisernen Tor und der öffentlichen Straße führen würde.

Aber er würde nicht versuchen, an den Gestalten vor den Gebäuden vorbeizufahren. Vielmehr riß er das Steuer, nachdem er das Seminargebäude hinter sich gelassen hatte, wieder herum, stieß wieder an einen Randstein und rutschte über den Rasen, bis die Reifen griffen, so daß hinter ihm Erdbrocken in die Höhe flogen.

Er raste weiter. Das Fenster auf seiner Seite war heruntergelassen. Er hörte Schreie. Gestalten kamen aus den Gebäuden herausgerannt. Vor sich sah er völlige Schwärze. Ohne Scheinwerfer wußte er nicht, wo er hinsteuern sollte, um wieder auf die Fahrspur zu gelangen. Wenn er so weitermachte, würde er vielleicht gegen einen Baum rasen. Er tippte die Bremsen an und überlegte dann, daß dabei die Bremslichter aufleuchten würden und er sich auch ohne Scheinwerfer damit zur Zielscheibe machte.

Wie er es auch anpackte, war es falsch.

Warum also nicht gleich die Scheinwerfer einschalten?

Er tastete an Knöpfen und Hebeln herum und schaffte es schließlich – buchstäblich Sekunden, bevor die schwarze Mauer des Waldes vor ihm aufragte –, die Scheinwerfer einzuschalten. Als er das Steuer nach links riß, scharrte er an einem Baum entlang und hörte, wie der rechte hintere Kotflügel des Cadillac eingedrückt wurde. Dann sah er die Straße und richtete die Nase des Wagens in diese Richtung. Einen Augenblick lang empfand er Erleichterung – und dann erstarrte ihm die Kopfhaut zu Eis – vor sich sah er den Priester aus der Kapelle, den mit dem dunklen Haar, dem Schnurrbart und den slawischen Zügen. Den mit der .45er Automatik.

Der Priester stand mit gespreizten Beinen da und versperrte Drews Wagen den Weg. Die Scheinwerfer des Cadillac erfaßten den weißen Priesterkragen, ließen den roten Ring an seiner linken Hand aufblitzen, der Hand, mit der er die Pistole hob.

Drew drücke das Gaspedal durch, fühlte, wie sein Magen

gegen seine Wirbelsäule drückte, und zielte mit dem Cadillac auf den Priester. Zu beiden Seiten drängten sich die Bäume dicht heran.

Anstatt zu schießen, fuchtelte der Priester wie wild mit den Händen, signalisierte Drew, anzuhalten.

Kommt nicht in Frage, dachte Drew. Er richtete das Steuer gerade und drückte das Gaspedal noch kräftiger nieder.

Der Priester fuchtelte immer noch mit den Händen, immer eindringlicher, und sein Körper wuchs vor der Windschutzscheibe riesenhaft an.

Zwei Sekunden brachten die Entscheidung: Der Priester drehte sich zur Seite, sprang nach links aus dem Weg und zielte. Die Detonation der .45er dröhnte in Drews Ohren – nur daß der Priester nicht auf den Cadillac geschossen hatte, sondern darüber, über das Dach des Wagens.

Ein automatischer Karabiner knatterte jetzt wild zur Rechten von Drew aus dem Wald. Kugeln schmetterten gegen den Cadillac. Fenster platzten, Glasscherben regneten auf Drew herunter.

Verzweifelt versuchte er gleichzeitig zu steuern und sein Gesicht vor den Glassplittern zu schützen. Er fühlte, wie der Priester in den Wald tauchte. Die Straße beschrieb einen Bogen, wurde enger. Bäume scharrten an dem Wagen entlang. Ein plötzlicher Ruck hinten deutete daraufhin, daß die Stoßstange sich in irgend etwas verhängt hatte. Als seine Scheinwerfer wieder gerade nach vorne strahlten und der Cadillac wie eine Rakete voranschoß, sah Drew die hohe Steinmauer zu beiden Seiten. Vor ihm war das eiserne Tor.

Aber das Tor war verschlossen. Eine weitere Automatikwaffe knatterte hinter ihm. Seine Hände umfaßten das Steuer fester.

Dreißig Fuß.

Zwanzig.

Zehn.

13

Der Aufprall warf ihn nach vorne gegen das Steuer. Während er vor Schmerz aufstöhnte, hörte er den scharfen Ton der Hupe und wurde gegen den Sitz zurückgepreßt.

Die Vorderseite des Cadillac wurde eingedrückt. Ein Scheinwerfer zersprang. Glassplitter flogen durch die Luft, glitzerten im grellen Schein des anderen Scheinwerfers. Die Chromeinfassung des Scheinwerfers segelte wie ein Frisbee durch die Luft. Ein Stück Metall erzeugte auf der Windschutzscheibe des Cadillac ein sternförmiges Muster. Drew kämpfte darum, das zerbrochene Steuerrad unter Kontrolle zu bekommen. Zu seiner Rechten und seiner Linken teilte sich das Eisentor. Die verbogenen zwei Hälften schlugen beiderseits gegen die Steinmauer.

Obwohl er auf die Bremse trat, schoß der Cadillac über die Straße. Ein Graben tat sich vor ihm auf, und der Wagen flog über den Abgrund. Dann sackte er herunter, traf einen Grasstreifen, rutschte weiter und schleuderte zur Seite und kam ruckartig zum Stillstand. Drew saß wie erstarrt da. Noch zehn Fuß, und der Cadillac wäre gegen einen Baum geprallt. Sein Brustkasten schmerzte und ließ ihn beim Atmen zusammenzucken.

Er schüttelte den Kopf, um ihn klarzubekommen. Ich muß hier weg. Der linke Scheinwerfer strahlte immer noch, obwohl er beim Aufprall auf das Tor verdreht worden war und jetzt nach rechts schielte. Dampf zischte aus dem Kühler. Der Motor lief ebenfalls noch, nur daß er jetzt nicht mehr gleichmäßig summte, sondern klapperte.

Er probierte das Gaspedal. Der Wagen reagierte träge, überquerte den Grasstreifen. Die Federung war sichtlich in Mitleidenschaft gezogen, so daß er jedesmal unsanft nach oben geschleudert wurde, wenn die Räder eine Unebenheit trafen. Er erreichte einen Bach, bog nach links, um ihm auszuweichen, und fand schließlich eine flache Stelle im Graben. Mit etwas Zureden fuhr der Wagen zuerst hinunter und dann auf der anderen Seite auf die Straße hinauf. Er steigerte das Tempo.

Aber das rechte Vorderrad lief jetzt unregelmäßig. Der Geschwindigkeitsmesser – ebenso digital wie die Uhr – blieb auf Null stehen. Der Motor keuchte, und der Kühler zischte. Er wußte nicht, wie weit oder wie schnell er fahren konnte. Wenn sich der Motor überhitzte, wäre der Wagen vielleicht vollkommen unbrauchbar.

Das kam ihm komisch vor. Unbrauchbar? Der Cadillac des Bischofs war ohnehin ein totales Wrack. Sehr viel mehr Schaden konnte er nicht mehr anrichten.

Aber der Wagen verblüffte ihn. Er fuhr immer noch weiter. Und auch das kam ihm komisch vor. Der verträgt einiges, dachte er. Qualität!

Er sah in den Rückspiegel und wollte sich vergewissern, ob hinter ihm die Scheinwerferbalken von Verfolgern zu sehen waren. Aber er konnte den Spiegel nicht finden. Als er nach unten sah, entdeckte er ihn auf dem Boden.

Von nun an kam ihm nichts mehr komisch vor.

Er bog bei der ersten Kreuzung nach links ab und dann bei der nächsten, fünf Meilen weiter, nach rechts, darauf bedacht, seine Verfolger in dem Labyrinth der Bergstraßen abzuschütteln.

Seine Brust schmerzte, und das zerbrochene Steuerrad war schwer zu bedienen. Als er das nächstemal nach rechts abbog, wobei er die hochragenden Berge ringsum eher fühlte als sah, entdeckte er einen Wegweiser, der ihm verriet, daß eine Stadt namens Lenox zwölf Meilen in entgegengesetzter Richtung lag.

Lenox? Der Name rührte an etwas in seinem Gedächtnis. Das kleine rote Haus. Er war nie dort gewesen, aber er wußte, daß die Stadt und jenes Haus berühmt waren.

Hawthorne hatte einmal dort gelebt. Hal hatte nicht gelogen, als er gesagt hatte, daß sie ins westliche Massachusetts gefahren waren. Ich bin in den Bergen von Berkshire.

Und Pittsfield, wo Melville gelebt hatte, sollte in der Nähe sein. Melville, der oft aus den Bergen heruntergekommen war, um Hawthorne zu besuchen, und der so darauf erpicht gewesen war, Hawthornes Freund zu sein, daß er *Moby Dick* für ihn geschrieben hatte.

Da waren Gespenster rings um ihn. Drews Träumerei endete, als seine schmerzende Brust ihn zum Husten brachte. Der Motor wurde langsam zu heiß. Er hörte, wie er sich quälte. Der Kühler zischte nicht mehr.

Weil er leer war.

Der Wagen bewegte sich nur noch träge voran. Ein Stück vom Kühlergrill fiel herunter, klirrte auf die Straße. Er tuckerte an einem dunklen, ländlichen Laden vorbei, schleppte sich in eine schläfrige Stadt und kam, während der Motor im Sterben noch einmal hustete, vor einem heruntergekommenen Haus, dessen Rasen dringend gemäht werden mußte, zum Stehen.

Obwohl das Haus finster war, konnte man im Licht einer Straßenlaterne Motorräder sehen, die an dem etwas zur Seite geneigten Verandageländer lehnten. Er stieg aus dem Cadillac und stellte bald fest, daß keines der Motorräder irgendwo angekettet war.

Wie vertrauensselig. Wahrscheinlich meinen die, daß keiner den Mut hätte, sich mit ihnen anzulegen. Nun, mir ist gerade danach.

Er wählte sich die größte Harley-Davidson aus und schob sie zur Straße hinunter. Zwischen den Bäumen leerte er die Satteltaschen der Maschine, die mit Werkzeug und einer alten Lederjacke vollgestopft waren. Er legte das elektrische System frei und schloß das Motorrad kurz, wie er es vorher mit dem Cadillac gemacht hatte. Um den Motor anzulassen, mußte er sich in den Sattel setzen und den Kickstarter treten. Der Motor erwachte polternd zum Leben.

Er war seit fast zehn Jahren nicht mehr auf einem Motorrad gesessen, seit damals, als er eines bei einem Einsatz benutzt hatte, bei dem –

Nein. Er schüttelte den Kopf. Er wollte sich nicht erinnern.

Die kalte Oktoberluft wehte ihm beißend ins Gesicht, als er den Gasgriff drehte und die Maschine durch die Nacht dröhnte. Er fragte sich, wie die Motorradfahrer wohl am Morgen reagieren würden. Würde der Diebstahl sie so ärgern, daß sie das, was von dem Cadillac übriggeblieben war, zerlegen und die Teile aus Rache verkaufen würden? Er wischte sich die Tränen weg, die ihm der Wind aus den Augen trieb. Der Cadillac des Bischofs. Vier Räder und ein Brett. Er wußte, daß er diese Gedanken eigentlich nicht spaßig finden sollte. Aber er tat es trotzdem, genauso wie ihm das kraftvolle Dröhnen der Harley Vergnügen bereitete, die ihn nach Boston zurücktrug.

Und dort würde es einige Antworten für ihn geben.

14

»Father Hafer, bitte.« Drew stand in einer Telefonzelle neben einer Tankstelle und sprach mit ausdrucksloser Stimme, bemüht, seinen Zorn zu verbergen. Es war kurz nach acht Uhr morgens. Seine Hände waren taub. Er fröstelte von dem kalten Wind, der die ganze Nacht an ihm gezerrt hatte. Die Morgensonne, die einen Hauch Altweibersommer mit sich brachte, erfüllte die Telefonzelle mit etwas Wärme.

Die Männerstimme, die sich am Telefon in der Pfarrei gemeldet hatte, gab keine Antwort.

»Können Sie mich nicht hören?« Obwohl Drew sich bemühte, gelang es ihm doch nicht, den Ärger aus seiner Stimme zu verdrängen. Er wollte Erklärungen haben. Wer hatte einen Fehler gemacht? Warum war er in dem Seminar angegriffen worden? Von Priestern! »Ich sagte, ich möchte Father Hafer sprechen!«

Wütend blickte er durch das staubige Glas der Telefonzelle auf die Straße hinaus und hielt Ausschau nach Motorradfahrern, Polizisten, irgend jemandem, der Interesse für ihn zeigte. Ursprünglich hatte er vorgehabt, nach Boston zu fahren, aber dann war es ihm zu kalt geworden, und er hatte in Concord Halt gemacht, neunzehn Meilen westlich von der Stadt.

Die Stimme am Telefon gab immer noch keine Antwort.

Versucht der andere, Zeit zu gewinnen? dachte Drew. War die Leitung angezapft, und versuchte jemand seinen Standort zu ermitteln?

Jetzt sagte der Mann abrupt: »Einen Augenblick!«

Drew hörte ein pochendes Geräusch, als der Hörer hingelegt wurde. Im Hintergrund war das Murmeln von Stimmen zu vernehmen.

Ich geb' ihm noch zwanzig Sekunden, dachte Drew, dann leg' ich auf.

»Hallo?« Eine andere, männliche Stimme. »Sagten Sie, Sie wollten...?«

»*Father Hafer* möchte ich sprechen. Was ist denn los?«

»Wer spricht denn, bitte?«

Drew wurde vorsichtig. »Ein Freund von ihm.«

»Dann haben Sie es offensichtlich noch nicht gehört.«

»*Was* gehört?«

»Es tut mir leid, es Ihnen so sagen zu müssen. Am Telefon kommt es einem so unpersönlich vor... Er ist leider tot.«

Drew hatte den Eindruck, als würde die Telefonzelle umkippen.

»Aber das ist...« Das Wort ›unmöglich‹ blieb Drew in der Kehle stecken. »Ich habe ihn doch gestern früh noch gesehen.«

»Es ist letzte Nacht passiert.«

»*Aber wie?*« Drews Stimme klang vom Schock heiser. »Er hatte nicht mehr lange zu leben, das weiß ich. Aber er hat mir gesagt, die Ärzte hätten ihm bis zum Jahresende gegeben.«

»Ja. Er ist auch nicht an seiner Krankheit gestorben.«

15

Drew legte wie benommen auf. Er zwang sich dazu, sich zu bewegen, wußte, daß er Concord so schnell wie möglich verlassen mußte – für den Fall, daß das Gespräch wirklich abgehört worden war und jemand ihn angepeilt hatte. Er brauchte einen Ort, wo er sich sicher fühlen konnte.

Um sich den Luxus des Leidens zu gestatten.

Um den Versuch zu machen, das alles zu verstehen.

Die Fahrt nach Lexington weiter im Osten, elf Meilen vor

Boston, wurde von seinem Gehirn überhaupt nicht registriert. Er konnte sich nicht erinnern, wie er die Strecke zurückgelegt hatte. Seine Augen – sein ganzes Bewußtsein – waren durch den Schmerz umwölkt. Er ließ das Motorrad in einer ruhigen Seitenstraße stehen; er bezweifelte, daß der Bericht über seine Entwendung schon die Polizei von Lexington erreicht hatte.

Im strahlenden Sonnenlicht, das im krassen Widerspruch zu seiner Niedergeschlagenheit stand, schlenderte er durch den Dorfpark und tat so, als interessiere er sich für den Ort, wo Amerikas Unabhängigkeitskrieg begonnen hatte.

Mit geballten Fäusten schritt er dahin, er nahm weder die goldenen Herbstbäume wahr noch den Geruch von Holzfeuern oder das Rascheln des Laubes unter seinen Füßen. Sein Bewußtsein war angefüllt mit Sorge und Zorn.

Letzte Nacht hatte Father Hafer einen Anruf in der Pfarrei erhalten. Er hatte den anderen Priestern gesagt, er müsse ausgehen. Er war vor der Kirche über die Straße gegangen, zu dem Bürgersteig auf der anderen Seite, und dort hatte ihn ein Wagen angefahren. Auf dem Bürgersteig. Die Wucht des Aufpralls hatte ihn die Stufen hinauf und gegen die Eingangstür der Kirche geschleudert.

(»Er kann nicht gelitten haben.«
»Aber... woher wissen Sie das?«
»Da war so viel Blut. Der Fahrer hielt nicht an. Er muß betrunken gewesen sein. Wie man so die Kontrolle verlieren kann, von der Straße abkommen. Die Polizei hat ihn noch nicht gefunden, aber wenn sie ihn finden... Die Gesetze sind in diesem Punkt nicht streng genug. Der arme Mann hatte nur noch so wenig Zeit übrig. Und die mußte ihm ein verantwortungsloser Betrunkener nehmen!«)

Drew ballte die Fäuste noch fester, während er dahinschritt, ohne das Rascheln des Laubes zu hören.

Einen Anruf erhalten? Von einem Wagen angefahren, während er auf dem Bürgersteig stand? Das wichtigste Bindeglied zwischen meinem früheren Leben und dem Kloster von einem Betrunkenen getötet?

Nie und nimmer!

Drew spürte die Ausbuchtung in seiner Jackentasche. Den Plastikbeutel. Die Leiche von Stuart Little. Er dachte an die toten Mönche. Jetzt gab es noch etwas, wofür jemand würde bezahlen müssen.

16

»Verbinden Sie mich mit dem Bischof.« Drews Stimme klang heiser, wie er in der Telefonzelle stand und zu seinem Motorrad in der Seitenstraße hinüberblickte und dann zu den Touristen im Park.

»Es tut mir schrecklich leid...«

Drew erkannte die wohlklingende Stimme; sie gehörte Paul, dem Mann, mit dem der Bischof vor zwei Nächten über seine Sprechanlage gesprochen hatte.

»...Aber Seine Exzellenz ist jetzt nicht zu erreichen. Wenn Sie mir Ihren Namen hinterlassen wollen und Ihre Nummer?«

»Das geht schon in Ordnung. Mit mir wird er sprechen.«
»Und wer...?«
»Sagen Sie ihm nur, der Mann mit der Maus.«
»Ja, das ist richtig. Er will mit Ihnen sprechen.«

Drew hörte ein plötzliches Klicken. Er sah auf die Uhr und schloß mit sich selbst eine Wette ab: fünfzehn Sekunden. Aber der Bischof kam sogar noch schneller, in zwölf.

»Wo *sind* Sie? Ich habe auf Ihren Anruf gewartet. Was ist passiert, in dem...«

»Dem Seminar? Komisch, ich hatte gehofft, Sie würden mir das sagen.«

»Reden Sie keinen Unsinn. Mein Telefon hört seit fünf Uhr früh nicht zu klingeln auf. Ich habe Sie gefragt...«

»Zwei Priester haben versucht, mich zu töten, das ist es!« Drew hätte am liebsten mit der Faust das Glas der Telefonzelle eingeschlagen. »Sie haben Hal getötet. Und da war noch jemand, noch ein Priester. Er hatte sich im Beichtstuhl versteckt.«

»Haben Sie den Verstand verloren?«

Drew erstarrte.

»Zwei Priester haben versucht, Sie zu töten? Wovon reden Sie? Hal soll tot sein? Ich habe gerade eine Nachricht von ihm erhalten. Was ich wissen möchte, ist, weshalb Sie auf diese Seminarteilnehmer geschossen haben. Weshalb Sie in das Sanatorium eingebrochen sind und diese Priester zu Tode erschreckt und meinen Wagen gestohlen haben.«

Drews Herz fühlte sich an, als würde es von riesigen Eisschollen zusammengequetscht.

»Und noch etwas – diese Fantasien, die Sie da hatten«, sagte der Bischof.

»Fantasien?«

»Wegen des Klosters. Gott sei Dank war ich so vorsichtig, einige Jesuiten hinzuschicken, um nachzusehen. Wenn der Kardinal und ich beschlossen hätten, die Polizei zu alarmieren, dann wäre das eine Katastrophe gewesen. In diesem Kloster gibt es keine Leichen.«

»Was?«

»Dort sind überhaupt keine Mönche. Die ganze Anlage ist verlassen. Ich verstehe auch nicht, wo sie hingegangen sind. Aber bis ich nicht *sehr viel mehr* über diese Situation erfahren habe, habe ich nicht die Absicht, die Kirche zum Narren zu machen.«

Drews Stimme zitterte vor Wut. »Sie haben sich also für die erste Option entschieden – das Tarnmanöver. Und mich lassen Sie hier draußen allein.«

»Ich habe nicht die Absicht, Sie dort draußen zu lassen. Glauben Sie mir, ich will Antworten hören. Hören Sie jetzt gut zu! Es wäre nicht klug für Sie, in mein Büro zu kommen. Ich will Ihnen sagen, wo Sie sich melden können.«

»Vergessen Sie's.«

»Ich verbitte mir diesen Ton. Sie werden sich bei der Adresse melden, die ich Ihnen jetzt nenne.«

»Nein.«

»Ich warne Sie. Machen Sie es sich nicht noch schwerer. Sie haben Gehorsam gelobt. Ihr Bischof gibt Ihnen einen Befehl.«

»Dem werde ich nicht gehorchen. Ich habe es auf Ihre Art versucht. Aber das hat nicht funktioniert.«

»Ihre Einstellung gefällt mir nicht.«

»Warten Sie, bis Sie Ihren Wagen sehen.« Drew knallte den Hörer auf die Gabel.

17

Ungeduldig setzte er sich auf das Motorrad. Seine Brust, die bereits vom Aufprall gegen das Steuerrad wehtat, schmerzte jetzt noch mehr, nur daß es diesmal Zorn und Bedrückung waren. Er trat den Kickstarter durch. Als der Motor zu dröhnen begann, drehte er den Gasgriff.

Aber wohin sollte er fahren? Was sollte er tun?

Eines war jedenfalls klar: Die Kirche kam als Zuflucht nicht in Frage. Irgend jemand irgendwo in der Kette war nicht vertrauenswürdig. Der Bischof vielleicht? Aber nicht unbedingt – ebensogut war möglich, daß er es ehrlich meinte und genauso verwirrt war wie Drew.

Aber was war mit Paul, dem Assistenten des Bischofs? Aber der Bischof hatte Paul mit absolutem Vertrauen behandelt.

Wer aber dann? Und was noch wichtiger war: warum? Und was war mit dem slawischen Priester mit dem seltsamen, blitzenden roten Ring und der .45er, der sich im Beichtstuhl der Kapelle versteckt hatte? Also gut. Drew biß sich auf die Lippe. Die Kirche bedeutete nichts mehr. Nur Gott. Und Drews eigenes Überleben. Um seine Seele zu retten.

Er mußte vergessen, daß er in das Kloster eingetreten war. Er mußte seine Zuflucht vor seinem ehemaligen Leben ignorieren.

– Tu so, als wärst du noch im Netz, sagte er sich. Was hättest du getan, wenn du ihm nicht vertrauen könntest? Wenn du Angst hättest, es gäbe darin einen Feind?

Die Antwort lag auf der Hand. Instinktiv. Aber sie war mit dem Makel des Stolzes besudelt, wofür er Gott um Vergebung bat. Einmal war er der beste von allen gewesen. Er konnte immer noch der beste sein. Sechs Jahre bedeuteten nichts.

Ja. Er drehte den Gasgriff durch und brauste davon, entschlossen. Aber jetzt nicht mehr nach Boston. Nicht nach Osten. Nach Süden.

New York. Zu den einzigen Leuten, auf die er sich verlassen konnte. Zu seiner früheren Geliebten und seinem ehemaligen Freund, Arlene und Jake.

TEIL VIER

Auferstehung

Satanshorn

1

Das Backsteingebäude an der Zwölften Straße in der Nähe des Washington Square war ihm aus der Vergangenheit bekannt und vertraut. Natürlich war es möglich, daß jetzt ein Fremder dort lebte, dachte Drew, und traf daher, ehe er mit der Beobachtung begann, die zusätzliche Vorsichtsmaßregel, eine Telefonzelle zu suchen, deren Adreßbuch wunderbarerweise noch nicht von Vandalen gestohlen worden war. Sein Puls schlug schneller, als er die Seiten durchblätterte und sich dem Buchstaben H näherte, seinen Finger dann eine Spalte hinunterwandern ließ und dort Hardesty, Arlene und Jake, fand.

Dieselbe Adresse.

Das hieß nicht, daß Arlene und Jake in der Stadt waren. Drew würde sich natürlich nicht die Mühe machen, das Haus zu beobachten, bevor er genau wußte, daß es bewohnt war. Das Problem war nur, daß er nicht einfach anrufen konnte, um das herauszufinden – möglicherweise war das Telefon angezapft, und er wollte seine Feinde nicht wissen lassen, daß er sich in der Umgebung aufhielt. Vielleicht waren sie auch auf die Idee gekommen, daß er versuchen würde, mit Arlene und Jake Kontakt aufzunehmen.

Er kettete das Motorrad an einen Metallzaun in der Nähe des Washington Square an und schlenderte durch den großen, quadratisch angelegten Park, wobei er die vielen Junkies und Dealer ignorierte, die auf den Bänken herumlungerten. Er kam an dem Kinderspielplatz vorbei, und seine Schritte strebten dem riesigen, mit Graffiti bedeckten Bogen zu, der den Anfang der Fifth Avenue markierte, jener breiten, majestätischen Prachtstraße, die, soweit sein Auge reichte, nach Norden führte. Der Himmel war grau, aber es war warm, um die fünfzehn Grad, und die übliche Ansammlung von Parkmusikanten hatte sich unter dem Bogen versammelt und spielte traurige Melodien, so als wäre das Omen des düsteren Himmels hinreichende Warnung für sie, daß sie den Park nicht mehr viel länger würden benützen können.

»Wollen Sie sich fünf Dollar verdienen?«

Der junge Mann, den er sich ausgewählt hatte, saß neben dem Bogen unter einem bereits entlaubten Baum und war damit beschäftigt, eine abgerissene Saite an seiner Gitarre zu ersetzen. Langes, blondes Haar, ein Bart, eine Windjacke mit den Buchstaben CCNY auf dem Rücken, ein Riß an der Kniepartie seiner Jeans und Turnschuhe, wobei aus einem ein Zeh hervorlugte. Der junge Mann blickte auf und sagte mit erstaunlich kräftiger Stimme: »Hauen Sie ab!«

»Verstehen Sie mich nicht falsch. Das ist kein obszöner Antrag. Und auch nichts Illegales. Sie brauchen bloß ein Telefongespräch für mich zu führen. Ich will Ihnen was sagen: Ich erhöhe mein Angebot sogar auf zehn.«

»Bloß um einmal zu telefonieren?«

»Ich bin heute in großzügiger Stimmung.«

»Und es ist weder obszön noch illegal?«

»Das garantiere ich.«

»Zwanzig.«

»Gemacht. Ich hab's eilig.«

Er hätte dem jungen Mann sogar mehr bezahlen können. Letzte Nacht war er auf die Jagd gegangen, durch dunkle Straßen, und hatte sich dort als Ziel für Raubgesindel dargeboten. Dreimal hatte er Aufmerksamkeit erweckt und war mit einer Pistole bzw. einem Messer oder im dritten Fall einem Totschläger bedroht worden. Er hatte alle drei Straßenräuber mit gebrochenen Kniescheiben und Ellbogen zurückgelassen (das ist ihre Buße; geht in Frieden und sündigt nicht mehr) und hatte ihnen alles Geld abgenommen, das sie hatten. Die Straßenraubbranche war lukrativ. Insgesamt hatte er zweihundertdreiundzwanzig Dollar eingenommen, was ausreichte, um sich am Morgen einen beigefarbenen Steppmantel und ein paar wollene Handschuhe zu kaufen. Aber obwohl er es sich leisten konnte, mit den Überresten seiner

Beute großzügig zu sein, wollte er diesem jungen Mann nicht so viel Geld geben, daß ihm der gesunde Menschenverstand sagte, daß irgend etwas nicht stimmte.

So schien der junge Mann nur unfähig, an sein Glück zu glauben. Er stand auf und sagte argwöhnisch: »Also, wo ist das Geld?«

»Die Hälfte jetzt, die Hälfte nachher. Wir machen das so: Zuerst suchen wir uns eine Telefonzelle, und dann wähle ich die Nummer für Sie. Ich gebe Ihnen den Hörer. Wenn ein Mann sich meldet, fragen Sie ihn, ob er Jake ist. Sagen Sie ihm, Sie wohnen an derselben Straße und hätten sich über den Lärm der Party geärgert, die er letzte Nacht veranstaltet hat. Sie hätten nicht schlafen können.«

»Hat er eine Party veranstaltet?«

»Das bezweifle ich. Aber wer weiß das schon? Aber bleiben Sie bei Ihrer Story. Und anschließend knallen Sie den Hörer auf die Gabel. Wenn sich eine Frau meldet, sagen Sie dasselbe, fragen aber, ob sie Arlene ist.«

»Und was soll das Ganze?«

»Liegt das nicht auf der Hand? Ich will wissen, ob Jake oder Arlene zu Hause ist.«

Fünf Minuten später trat der junge Mann aus einer Telefonzelle in der Nähe. »Eine Frau«, sagte er. »Arlene.«

2

Wie gewöhnlich begann Drew drei Häuserblocks von seinem Ziel entfernt, indem er sichtlich ohne Eile die Zwölfte Straße entlangschlenderte, allem Anschein nach ohne Interesse für die Umgebung, wobei er aber in Wirklichkeit jede Einzelheit vor sich studierte. Wie so viele andere der von ihm reaktivierten Fähigkeiten, war auch sein Instinkt für das Ausforschen eines Ortes in den Jahren der Untätigkeit nicht abgestumpft. Und ebensowenig das Vergnügen, das ihm diese Fähigkeit bereitete. Er schwelgte in der Erinnerung daran, wie er diese Fähigkeit gelernt hatte.

Hongkong, 1962. Er war damals zwölf Jahre alt gewesen. Sein ›Onkel‹ Ray war besorgt gewesen, weil Drew die Privatschule schwänzte, in die die meisten Eltern in der Botschaft ihre Kinder eingetragen hatten. Rays Sorge war sogar noch größer geworden, als er erfuhr, was Drew machte – er trieb sich nämlich mit chinesischen Straßenkindern herum, hielt sich in den Slums und Docks auf.

»Aber warum?« fragte Ray. »Ein amerikanischer Junge, auf den keiner aufpaßt, kann in manchen Vierteln dieser Stadt – *jenen* Vierteln – leicht ums Leben kommen. Und dann findet dich eines Morgens die Polizei tot im Hafen schwimmen.«

»Aber ich bin nicht allein.«

»Du meinst diese Kinder, mit denen du dich herumtreibst? Sie sind es gewöhnt, in den Straßen zu überleben. Und sie sind Chinesen, sie passen dort hin.«

»Das ist es ja, was ich lernen möchte: Wie man hier in die Straßen paßt, obwohl man Amerikaner ist.«

»Es ist ein Wunder, daß dich diese Kinder nicht einfach verprügeln, sondern dich akzeptieren.«

»Nein. Siehst du, ich gebe ihnen mein Taschengeld, Essen von zu Hause und Kleider, aus denen ich herausgewachsen bin.«

»Du lieber Gott, warum ist das so wichtig?« Rays gewöhnlich etwas gerötetes Gesicht war bleich geworden. »Wegen deiner Eltern? Wegen dessen, was ihnen passiert ist? Selbst noch nach zwei Jahren?«

Drews gemarterte Augen sagten alles.

Als er das nächstemal die Schule schwänzte und wieder mit der Chinesenbande durch die Straßen zog, bot Ray ihm einen Kompromiß an.

»So geht das nicht weiter. Wirklich, Drew, es ist zu gefährlich. Das, was du von ihnen zu lernen glaubst, ist das Risiko nicht wert. Versteh mich jetzt nicht falsch. Wie du in bezug auf das empfindest, was deinen Eltern passiert ist – das ist deine Angelegenheit. Wer bin ich schon, um zu sagen, du hättest unrecht? Aber dann mach es wenigstens richtig!«

Drew sah ihn aus leicht zusammengekniffenen Augen an und war sichtlich interessiert.

»Zuallererst einmal solltest du dich nicht mit fünftklassigen Lehrmeistern begnügen. Und dann solltest du um Himmels willen die Dinge, die du in der Schule lernen kannst, nicht geringschätzen. Die sind genauso wichtig. Glaub mir, jemand, der nichts von Geschichte, Logik, Mathematik und den Künsten versteht, ist ebenso hilflos wie jemand, der die Gesetze der Straße nicht begreift.«

Drews Ausdruck zeigte, daß seine Bockigkeit in Verwirrung umschlug.

»Oh, ich rechne nicht damit, daß du jetzt gleich verstehst, was ich meine. Aber ich glaube, du respektierst mich genug, um zu wissen, daß ich kein Narr bin.«

»Fünftklassige Lehrmeister?«

»Versprich mir, daß du die Schule nicht mehr schwänzt und daß du dafür sorgst, daß deine Noten über dem Durchschnitt bleiben. Wenn du das schaffst, dann...« Ray hielt inne und überlegte.

»Wenn ich das schaffe?«

»Dann sorge ich dafür, daß du einen ordentlichen Lehrmeister bekommst. Jemanden, der die Straßen wirklich kennt und der dir die Disziplin beibringen kann, die dir deine Freunde in der Bande nicht vermitteln können.«

»Wer?«

»Denk an das, was wir ausgemacht haben.«

»Aber *wer*?«

Und damit fing einer der aufregendsten Abschnitte in Drews Leben an. Ray brachte ihn am nächsten Tag nach der Schule zu einem Restaurant in der Innenstadt von Hongkong, wo das Essen zwar orientalisch, aber nicht chinesisch war. Er stellte ihm den Besitzer – einen erstaunlich kleinen, rundgesichtigen, stets grinsenden Mann, alt, aber mit glänzend schwarzem Haar – als Tommy Limbu vor.

»Tommy ist ein Gurkha«, erklärte Ray. »Natürlich ist er jetzt im Ruhestand.«

»Gurkha? Was ist ein...?«

Tommy und Ray lachten.

»Siehst du, du fängst schon, etwas zu lernen. Gurkhas« – Ray drehte sich fast ehrerbietig zu Tommy herum und deutete eine Verbeugung an – »sind die besten Söldner, die es auf der Welt gibt. Sie kommen aus einer Stadt gleichen Namens in Nepal, das ist ein Bergstaat nördlich von Indien. Das Hauptgeschäft dieser Region ist der Export – der Export von Soldaten. In erster Linie für die britische und die indische Armee. Wenn die Aufgabe für jeden anderen Soldaten zu schwierig wird, schicken sie die Gurkhas. Und dann wird die Aufgabe erledigt. Siehst du dieses gekrümmte Messer in der Scheide, das hinter der Bar an der Wand befestigt ist?«

Drew nickte.

»Man nennt das einen *Kukri*. Das ist das Wahrzeichen der Gurkhas. Selbst die härtesten Männer bekommen es mit der Angst zu tun, wenn sie ein solches Messer sehen.«

Drew sah den kleinen, grinsenden, scheinbar unbedeutenden Nepalesen und dann wieder das Messer an. »Darf ich es in die Hand nehmen? Darf ich die Klinge berühren?«

»Die Folgen würden dir nicht gefallen«, sagte Ray. »Die Gurkhas haben eine Regel: Wenn du das Messer aus seiner Scheide ziehst, mußt du es in Blut tauchen. Wenn nicht in das deines Feindes, dann in dein eigenes.«

Drew blieb der Mund offenstehen.

Tommy lachte, seine Augen blitzten. »Du liebe Güte!« Er überraschte Drew nicht nur mit seinem gepflegten Englisch, sondern auch seinem britischen Akzent. »Wir dürfen dem Jungen keine Angst machen. Du lieber Himmel, nein! Er wird mich sonst für einen schrecklichen Menschen halten.«

»Tommy lebt in Hongkong, weil viele Gurkhas hier in der britischen Garnison stationiert sind«, erklärte Ray. »Wenn sie dienstfrei haben, kommen sie gern zum Essen hierher. Und sie erinnern sich natürlich an ihn, aus der Zeit, als er noch zum Regiment gehörte.«

»Sie werden mein Lehrer sein?« fragte Drew, immer noch etwas skeptisch in bezug auf diesen freundlichen, netten Mann.

»Aber nein doch, nein!« Tommys Stimme klang weich, fast als würde er singen. »Du liebe Güte, meine Knochen sind zu alt. Ich hätte nie die Energie, mit einem Derwisch wie dir Schritt zu halten. Und dann muß ich ja schließlich mein Geschäft führen.«

»Wer denn?«

»Auch ein Junge natürlich.« Voll Stolz wandte Tommy sich einem Kind zu, das, ohne daß Drew das bemerkt hatte, lautlos neben ihm aufgetaucht war. Eine Miniaturausgabe von Tommy, noch kleiner als Drew, obwohl Drew später erfahren sollte, daß der Junge vierzehn war.

»Ah, da bist du ja«, verkündete Tommy. »Mein Enkel.« Er lachte glucksend und wandte sich Drew zu. »Sein Vater dient hier im Bataillon und zieht es vor, daß das Kind bei mir wohnt, nicht in Nepal. Wenn er Urlaub hat, kommen sie zu Besuch, obwohl das nur selten vorkommt. Im Augenblick hilft er mit, eine unappetitliche, aber ohne Zweifel nicht sehr bedeutsame kleine Auseinandersetzung in Südafrika in Ordnung zu bringen.«

Wie Drew später erfuhr, war Tommys Familienname ›Two‹ die Folge des britischen Versuches, mit der verwirrenden Namensähnlichkeit unter den Mitgliedern eines Volkes zurechtzukommen, die sich nach den Stämmen benannten, denen sie angehörten (daher der Familienname des älteren Tommy, Limbu). Weil die Bürokratie nicht imstande war, einen Tommy Limbu von einem anderen zu unterscheiden, zumindest auf dem Papier, hatte man sich für Two anstelle von Junior entschieden.

Aber Tommy Two unterschied sich in einem wesentlichen Punkt von seinem Großvater: Er lächelte nicht. Nicht einmal ein Hallo kam über seine Lippen. Drew fühlte sein Desinteresse und fragte sich unwillkürlich und verstimmt, wie sie je miteinander auskommen sollten – oder was dieser mürrische Junge ihm beibringen sollte.

Doch seine Zweifel schwanden bereits in der nächsten halben Stunde. Von den Erwachsenen alleingelassen, gingen sie auf die schmale, geschäftige Straße hinaus, wo Tommy Two in perfektem Englisch erklärte, daß Drew jetzt lernen würde, wie man Leuten Dinge aus der Tasche stiehlt.

Drew konnte seine Überraschung nicht verbergen. »Aber Onkel Ray hat mich hierhergebracht, weil die Bande, mit der ich mich herumtreibe, Leute bestiehlt. Er möchte nicht, daß ich...«

»Nein.« Tommy Two hob einen Finger wie ein Zauberer. »Nicht irgendwelche Taschen. Meine.«

Drews Überraschung wuchs.

»Aber zuerst« – Tommys Zeigefinger bewegte sich hin und her – »mußt du verstehen, wie es sich anfühlt, wenn jemand das mit *dir* macht.«

Der Anblick dieses kleinen Jungen, der das Kommando übernahm, war verblüffend. »Und das wirst du machen?« fragte Drew und schob ungläubig die Brauen hoch.

Tommy Two gab keine Antwort, sondern bedeutete statt dessen Drew mit einer Handbewegung, ihm zu folgen. Sie bogen um eine Ecke und ließen das Restaurant hinter sich zurück. Drew fand sich in einer ruhigen, noch schmaleren Straße, die vollgestopft mit Fußgängern, Radfahrern, Karrenverkäufern und kleinen Ständen mit Vordächern war. Das Stimmengewirr und die Mischung aus Gerüchen war überwältigend.

»Zähle jetzt bis zehn«, verkündete Tommy Two. »Dann geh die Straße hinunter. Nach drei Häuserblocks« – er deutete auf Drews Hüfttasche – »habe ich deine Geldbörse.«

Drews Verwirrung schlug in Faszination um. »Drei Blocks, ha?« Er spähte die chaotische Straße hinunter. Dann holte er die Geldbörse aus der Hüfttasche und steckte sie in eine engere Tasche vorne und unterdrückte dann ein Grinsen. »Okay, wie du meinst. Aber irgendwie ist das nicht fair. Ich meine, soll ich mir nicht beim Zählen die Augen zuhalten? Damit du dich verstecken kannst?«

»Lohnt sich nicht.« Immer noch verdrossen wirkend, ging Tommy Two die Straße hinunter.

Drew zählte im Geiste. Eins, zwei... Sah zu, wie Tommy zwischen einem Moped und einer Rikscha durchging. Drei, vier, fünf...

Und dann runzelte er die Stirn. Tommy Two war verschwunden. Drew streckte sich, suchte die Straße ab. Wie hatte er das gemacht? Wie ein Stein, den man ins Wasser fallen läßt, war Tommy Two in der quirlenden Menschenmasse untergetaucht. Bis Drew über den Trick nachgegrübelt hatte, dessen Zeuge er soeben geworden war, war ihm klar, daß die Zeit für die anderen fünf Zahlen inzwischen längst vorüber sein müßte.

Trick? Sicher, mehr war es nicht gewesen, entschied Drew. Ein Trick. Die Schultern nach hinten durchgedrückt und voll Selbstbewußtsein, setzte er sich die Straße hinunter in Bewegung. Aber als er in die Menge eintauchte, wurde ihm bewußt, daß dies komplizierter war, als er zuerst angenommen hatte. Es gab zu viele Möglichkeiten, für die er sich entscheiden mußte. Zum einen, sollte er langsam oder schnell gehen, ging es um Vorsicht oder Flinkheit? Zum anderen, sollte er sich immer wieder umsehen oder gerade nach vorne blicken, um auszuweichen –

Ein Radfahrer raste so dicht vorbei, daß Drew gezwungen war, einen Satz nach rechts zu machen, wobei er eine alte Chinesin anstieß, die einen Korb Wäsche trug. Sie warf ihm ein paar unfreundliche Worte auf chinesisch an den Kopf, die er nicht verstand. Alle Kinder in der Straßenbande hatten seine Sprache besser gesprochen als er ihre. Vielleicht hatte Onkel Ray recht, daß die Schule auch ihre Vorteile hatte. Er hörte einen Schrei hinter sich und drehte sich reflexartig um, sollte aber nie erfahren, woher der Schrei kam. Er stolperte über eine Ritze in der kopfsteingepflasterten Straße und stieß gegen einen mit Obst gefüllten Schubkarren. Klebriger Obstsaft tropfte auf seinen Hemdärmel. Als der Verkäufer ihn mit schriller Stimme anschrie, wäre Drew fast stehengeblieben, um den Mann zu bezahlen. Aber in dem Augenblick wurde ihm klar, wenn er seine Geldbörse herauszog...

Tommy Two. Drew fuhr herum, voll Argwohn, spürte Unruhe, rannte durch die Menge nach vorne. Der Verkäufer schrie immer noch auf ihn ein. Doch bald übertönten die einladenden Rufe der Händler in den Buden an der Straße seine Schreie. Die Gerüche wurden schlimmer – abgestandenes Öl, halbverkohltes Fleisch, fauliges Gemüse. Drew spürte Übelkeit in sich aufsteigen.

Dennoch eilte er weiter. Er mußte sich auf seine Geldbörse konzentrieren. Er hielt die Hand ständig gegen die Ausbuchtung seiner Hosentasche gedrückt und erreichte so den zweiten Block. Jetzt merkte er, wie sehr er als einziger Weißer inmitten einer immer dichter werdenden Schar von Orientalen auffiel. Sein Blick wanderte die ganze Zeit nach allen Seiten, suchte Tommy Two, als er den letzten Häuserblock erreichte.

Er beschleunigte seine Schritte und fühlte sich erleichtert, als er das Ende der vereinbarten Strecke sah und eine auffällige Tafel mit der Aufschrift HARRY'S HONG KONG BAR AND GRILL. Er betrachtete die Tafel wie eine Ziellinie, wich einem Mann ohne Beine aus, der sich auf einem Brett mit Rollen voranschob, und dann schwoll seine Brust im Triumph, als er Tommy Two unter der Tafel an der Hausecke lehnen sah. Grinsend überquerte er die dichtbevölkerte Straße und blieb stehen.

»Also, was ist denn so schwierig daran?« fragte er und zuckte geringschätzig die Achseln. »Ich hätte wetten sollen, daß ich es schaffe.«

»Wie hättest du denn bezahlt?«

Beunruhigt griff Drew nach der Geldbörse in seiner Hosentasche. »Damit natürlich.« Aber noch während er die Geldbörse berührte, wußte er, daß etwas nicht stimmte. Er zog sie heraus und lief rot an. Die Geldbörse war schmutzig und bestand aus Stoff. Die seine war nagelneu und aus poliertem Leder gewesen, und die hier war leer. Der Mund klappte ihm auf, aber er brachte kein Wort heraus.

»Suchst du vielleicht danach?« Tommy Two zog die Hand hinter dem Rücken hervor und hielt seine Trophäe hoch. »Ich bin mit dir einer Meinung. Wir hätten wetten sollen.« Aber dieser rotgesichtige Junge mit dem glänzendschwarzen Haar, drei Zoll kleiner als Drew, obwohl älter, zeigte in seinem Triumph keinerlei Befriedigung – grinste nicht, spielte sich nicht auf, machte sich nicht über den anderen lustig.

»Wie hast du es gemacht?«

»Ablenkung, das ist immer der Schlüssel. Ich habe mit dir Schritt gehalten, in der Menge verborgen. Als du gegen den Obstkarren gestoßen bist, warst du zu verwirrt, um zu bemerken, daß ich deine Geldbörse gegen die meine vertauschte. Dir war nur wichtig, daß du noch etwas in deiner Tasche gespürt hast.«

Drew blickte finster. Er ärgerte sich, daß man ihn zum Narren gemacht hatte. »So einfach ist das also? Jetzt, wo ich weiß, wie es geht, werde ich mich nie wieder so übertölpeln lassen.«

Tommy Two zuckte die Achseln. »Wir werden ja sehen. Deine Lektion dauert noch dreißig Minuten. Probieren wir es nochmal?«

Drew fuhr verdutzt zurück. Noch dreißig Minuten übrig? Er hatte angenommen, sie spielten miteinander. Aber jetzt begriff er, daß Tommy Two ihm für Geld Unterricht erteilte.

»Noch mal probieren?« fragte Drew etwas beleidigt, aber er nahm die Herausforderung doch an. »Darauf kannst du dich verlassen.«

»Würdest du diesmal wetten wollen?«

Fast hätte Drew ja gesagt, aber Argwohn dämpfte seine Entschlossenheit. »Noch nicht gleich.«

»Wie du willst.« Tommy Two richtete sich auf. »Ich schlage vor, daß wir dieselben drei Häuserblocks nehmen, aber diesmal umgekehrt, zum Ausgangspunkt zurück.«

Drews Hände waren schweißnaß. Er steckte seine eigene Geldbörse in die Tasche zurück und sah wieder zu, wie Tommy Two wie durch Zauberei in der Menge verschwand.

Und als Drew zwei Häuserblocks weiter, nur um sicherzugehen, in die Tasche griff, wußte er sofort, daß die Geldbörse, die dort steckte, nicht die seine war. Er fluchte.

Wie beim letztenmal lehnte Tommy Two wieder am Ende des dritten Blocks an einer Mauer und zeigte Drew seine Geldbörse.

Am nächsten Nachmittag nach der Schule versuchte Drew es wieder. Mit dem gleichen Ergebnis.

Und am nächsten Nachmittag. Und am nächsten.

Aber jedesmal gab Tommy Two Drew einen zusätzlichen Rat. »Um einen Angriff zu vermeiden, mußt du darauf achten, daß du keinen herausforderst. Du mußt unsichtbar werden.«

»Das kannst du leicht sagen. Du bist Orientale. Du paßt hier ins Bild.«

»Das ist nicht wahr. Für dich als Amerikaner sehen sicher alle Orientalen gleich aus. Aber für einen Chinesen ist ein Nepalese wie ich genauso auffällig wie du. Wenigstens normalerweise.«

Das verblüffte Drew. »Wenigstens normalerweise? Du meinst, daß es bei dir nicht so ist?«

»Ich bewege mich mit dem Rhythmus der Straße. Ich sehe keinem in die Augen. Ich bin nie lange genug an einem Fleck, um aufzufallen. Und ich ziehe mich ein.«

»So?« Drew versuchte seinen Körper in sich zusammenzuquetschen und nahm dabei eine so groteske Haltung ein, daß Tommy Two lachte, was bei ihm eine ausgesprochene Seltenheit war.

»Nein. Du liebe Güte, natürlich nicht. Was für seltsame Ideen du hast. Ich meine, daß ich meine Gedanken einziehe. Geistig mache ich mich« – er suchte nach Worten – »bin ich nicht hier.«

Drew schüttelte den Kopf.

»Du wirst das zur rechten Zeit lernen. Aber noch etwas. Du darfst dich nie – nie – ablenken lassen. Laß nicht zu, daß dich irgend etwas verwirrt oder deine Konzentration stört. Nicht nur hier, wenn wir üben. Immer. Überall.«

Der Junge ist angeblich vierzehn, dachte Drew. Aber das kann nicht sein. Bloß weil er klein ist, denkt er, er kann mich in bezug auf sein Alter anlügen. Er muß mindestens zwanzig sein. Unsichtbar werden. Mit der Menge bewegen. Laß dich von nichts ablenken. Drew versuchte es noch einmal.

Bis eines Nachmittags nach der Schule, als er wieder Tommy Two nach ihrer Teststrecke an einer Mauer lehnen sah und in seine Tasche griff, verstimmt darüber, wieder versagt zu haben, und mit großen Augen die Geldbörse ansah, die er herauszog. Seine eigene. »Du hast mich gewinnen lassen.«

Tommy Two schüttelte ernst den Kopf. »Ich lasse nie jemanden gewinnen. Du hast getan, was ich dir beigebracht habe. Du hast nicht auf den Bettler reagiert, der Geld wollte.

Du hast die Papageien überhaupt nicht angesehen, die an diesem Stand zu verkaufen waren. Und du hast auch überhaupt kein Interesse an dem Gemüsekarren gezeigt, der umgekippt ist, sondern bist nur um ihn herumgegangen, hast nicht einmal auf die Pfefferschoten gesehen, die unter deinen Füßen lagen. Du hast es mir unmöglich gemacht, dich auszutricksen.«

Drews Herz schlug voll Stolz schneller. »Dann habe ich es...«

»Einmal geschafft. Einmal ist keinmal. Bist du bereit, es wieder zu versuchen?«

Beim nächstenmal zog Drew wieder seine eigene Geldbörse heraus.

Aber Tommy Two gratulierte ihm nicht. Für den jungen und doch uralten Nepalesen schien es selbstverständlich, daß der Erfolg Lohn genug war. »Jetzt fangen wir mit dem schwierigen Teil an.«

»Schwierig?« Drews Stimmung sank auf den Nullpunkt.

»Du hast bewiesen, daß ich deine Geldbörse nicht stehlen kann. Ist es dir möglich, die meine zu stehlen?«

Drew grinste. »Probieren wir's!«

Drew tauchte in die Menge ein, kam von hinten, sah seine Chance, huschte vor und griff zu. Tommy packte seine Hand. »Ich habe jede Sekunde gewußt, wo du bist. Du bist nicht unsichtbar geworden. Probier es noch einmal.«

Und: »Laß dich von der Menge aufnehmen.«

Und: »Du mußt vorhersehen, was mich ablenken könnte.«

»Dich lenkt *nichts* ab.«

»Dann ist das ein Problem für dich, das du lösen mußt.«

Drei Tage später lehnte Drew an einer Mauer am Ende ihrer Strecke. Als Tommy Two seine Haltung sah, blitzten seine Augen verstehend. Er griff in die Tasche und zog die falsche Geldbörse heraus.

»Als mich die Orange an der Schulter traf?« fragte Tommy Two.

»Ich hab' einem Jungen dafür Geld gegeben, damit er nach dir wirft.«

»Es war dumm von mir, mich in die Richtung zu drehen. Ich war sicher, du hättest sie geworfen.«

»Aber ich war hinter dir.«

»Ausgezeichnet!« lachte Tommy Two. »Du meine Güte, was für ein Witz!«

»Aber vergißt du nicht etwas?«

Tommy Two blickte verwirrt. Dann begriff er und zuckte die Achseln. »Natürlich.« Ohne einen Hauch von Enttäuschung gab er Drew einen amerikanischen Dollar.

Weil Drew sich diesmal dazu entschlossen hatte, zu wetten.

3

Als er die Zwölfte Straße hinunterging und drei Straßen entfernt anfing, das Backsteingebäude in Augenschein zu nehmen, wurde Drew klar, daß er an Tommy Two dachte. Er hatte ihn nie mehr gesehen, nachdem der Unterricht zu Ende war. Aber Tommy und seine Lektionen waren in seiner Erinnerung lebendig geblieben. Er wußte, daß Tommy finsterer als gewöhnlich blicken würde – tadelnd und streng – falls er hiergewesen wäre und gewußt hätte, daß Drew sich hatte ablenken lassen, und wäre es auch nur einen Augenblick lang.

Du mußt mit dem Straßenleben eins werden. Du mußt dein Bewußtsein zusammendrängen. Du mußt dich unsichtbar machen. Dich konzentrieren. Drew gehorchte der stummen, gepflegten britischen Stimme und wußte, daß alles gut sein würde. Gefaßt und konzentriert ließ er den ersten Häuserblock hinter sich, überquerte die verkehrsreiche Kreuzung und ging auf die nächsten zwei Blocks zu.

Aber er hatte nicht die Absicht, über die Mitte dieses zweiten Blocks hinauszugehen. Die Taktik, die er einzusetzen gedachte, erforderte Geduld, erforderte ein Erforschen der ganzen Umgebung, indem er sich aus unterschiedlichen Richtungen immer wieder an sein Ziel heranarbeitete und dabei die Fläche eingrenzte. Überzeugt, keine Aufmerksamkeit zu erwecken, überquerte er etwa in der Mitte des zweiten Häuserblocks die Straße und kehrte um. An der Kreuzung wandte er sich in südliche Richtung, hinunter zur Zehnten Straße, dann ging er auf dieser weiter in einer parallel zu dem Backsteingebäude verlaufenden Richtung und schließlich wieder nach Norden, so daß er zur Zwölften zurückkam. Jetzt war er wieder drei Straßen von dem Backsteingebäude entfernt, kam aber diesmal aus der entgegengesetzten Richtung. Indem er sich wieder dem Rhythmus der Straße anpaßte und keine Einzelheit vor sich aus den Augen ließ, begann er mit dem Auskundschaften. Als er die Mitte des zweiten Häuserblocks erreichte, überquerte er erneut die Straße und kehrte um.

Also gut, dachte er, ich habe das Areal eingegrenzt, und bis jetzt sieht alles gut aus. Das ließ sich daraus schließen, daß man mich nicht angegriffen hat. Wenn das Haus beobachtet wird, dann haben sich die Beobachter beiderseits in eineinhalb Häuserblocks Entfernung postiert.

Er wußte genau, wonach er Ausschau halten mußte. Zuallererst einen Wagen. Man mußte davon ausgehen, daß die Zielperson ein Taxi besteigen würde, wenn sie das zu überwachende Areal verließ. Und das bedeutete, daß man einen Wagen brauchte, um mit ihr Schritt halten zu können. Und bei den Parkproblemen der City bedeutete das, daß man einen Parkplatz, sobald man einmal einen gefunden hatte, nicht mehr aufzugeben wagte. Und außerdem mußte man sich in der Nähe des Wagens aufhalten, für den Fall, daß die Zielperson sich plötzlich entfernte. Zwei Männer in einem geparkten Wagen würden Aufmerksamkeit erwecken, und deshalb blieb gewöhnlich ein Mann im Wagen, während der andere sich in einem naheliegenden Gebäude aufhielt.

Es gab Variationen dieser Praktiken, und Drew hatte all diese Variationen in Betracht gezogen und entsprechend Ausschau gehalten: nach einem Wagen mit hochgeklappter Motorhaube, an dem jemand etwas reparierte; einem Lieferwagen mit zu vielen Antennen; oder nach einem Mann, der zum Beispiel an der Straßenecke einen Verkaufsstand für Regenschirme aufbaute.

Aber das, was er wissen wollte, hatte er bereits gesehen. Am westlichen Ende des Häuserblocks, in dem der Backsteinbau stand, saß ein Mann in einem dunkelblauen Wagen (die Regel schrieb vor, nie einen hellen zu benutzen) und interessierte sich mehr für das Backsteingebäude als für eine Blondine in einem enganliegenden Lederkostüm, die ihren Hund an ihm vorbeiführte.

Du mußt dich dem Rhythmus der Straße anpassen, Kumpel, dachte Drew. Wenn die Umstände es verlangen, mußt du so aussehen, als würdest du dich ablenken lassen, selbst wenn das nicht so ist.

Drew wußte nicht genau, wo der andere Beobachter war. Tatsächlich nahm er sogar an, daß noch zwei da sein würden; einer, der bei dem Backsteingebäude bleiben mußte, und ein dritter mit dem Auftrag, zu dem Fahrer in dem Wagen zu steigen, damit der ihn aussteigen lassen konnte, falls die weitere Verfolgung der Zielperson das erforderte.

Aber ihr Hauptzweck lag nicht darin, die Hardestys zu beobachten, erinnerte sich Drew. Das Backsteingebäude war nur der Köder. Ich bin der Grund, daß die Beobachter hier sind, und sie werden Arlene und Jake nur im Hinblick darauf verfolgen, daß ich vielleicht versuche, an irgendeinem anderen Ort als hier mit ihnen Kontakt aufzunehmen.

Schön, dachte er. Kein Problem. Nachdem er auf diese Weise die kürzeste ungefährliche Distanz zu dem Backsteingebäude ermittelt hatte, eilte er zu der Stelle zurück, wo er sein Motorrad am Washington Square abgestellt hatte. Er löste die Kette, mit der er es an einen Metallzaun angeschlossen hatte, und trat den Kickstarter durch. Er fuhr zurück zur Zwölften Straße, parkte zwischen zwei Autos, ein Stück hinter dem Beobachter in dem blauen Wagen, trat die Seitenstütze herunter, lehnte sich gegen den gepolsterten Sattel und begann im Schutze des Fahrzeugs vor sich zu warten.

4

Drei Stunden.

Kurz nach vier Uhr nachmittags, als ein leichter Nieselregen einsetzte, sah er eine Frau aus dem zwei Blocks entfernten Backsteingebäude treten. Selbst auf diese Entfernung, wo ihre Silhouette so klein war, daß Drew das Gefühl hatte, er würde sie durch ein umgekehrtes Fernrohr beobachten, erkannte er sie.

Arlene. Die Kehle schwoll ihm zu, bis er Schwierigkeiten mit dem Atmen hatte. Er hatte geglaubt, er wäre auf den Schock vorbereitet, sie wiederzusehen; aber seine aufgestauten Gefühle, die er sechs Jahre lang verdrängt hatte, stürmten auf ihn ein. Die Liebe, die er für sie empfand, überströmte ihn. Durch ihre athletische Ausbildung, ganz besonders im Bergsteigen, hatte sie einen auffällig sinnlichen Gang bekommen, energisch, ohne überflüssige Schnörkel, mit elastischen Schritten. Eine disziplinierte Eleganz. Er erinnerte sich daran, wie ihr Körper sich anfühlte, erinnerte sich an den Klang ihrer Stimme und sehnte sich danach, sie zu berühren und jene Stimme wiederzuhören.

Ihre Kleidung deutete auf ihre Lebensumstände hin. Sie kleidete sich selten elegant, sondern zog Laufschuhe oder Wanderstiefel vor, Jeans, einen schweren Sweater, eine Baumwolljacke. Anstelle einer Handtasche trug sie einen kleinen Nylonbeutel über die Schulter. Sie ging jetzt in entgegengesetzter Richtung die Straße hinunter, ohne auf den Nieselregen zu achten, der auf ihr kastanienbraunes Haar fiel.

Seine Kehle fühlte sich immer noch geschwollen an, und Tränen standen ihm plötzlich in den Augen, als er das Motorrad anließ, ohne jedoch den Schutz der Wagen vor sich zu verlassen. Als Arlene fest die Straßenecke erreicht hatte, erhob sich ein Pennbruder auf der gegenüberliegenden Straßenseite von seinem Platz an einer Kellertreppe. Indem er sich an einem eisernen Geländer entlangtastete, kam er auf Drew zu, überquerte die Straße in Richtung auf den blauen Wagen mit dem Beobachter an der Ecke. Der Pennbruder ließ sich schwerfällig auf den Rücksitz des Wagens fallen und hatte seine Tür noch nicht geschlossen, als der Fahrer bereits aus seiner Parklücke bog und auf die Ecke zujagte, an der Arlene jetzt nach rechts abbog.

Drew grinste; er hatte das alles richtig vorhergesehen. Irgendwo an der Straße würde ein weiterer Beobachter zurückbleiben. Unterdessen würde der blaue Wagen die Straßenecke rechtzeitig genug erreichen, um feststellen zu können, ob Arlene auf der Straße blieb oder einen Laden betrat oder sich ein Taxi herbeiwinkte.

Drew setzte sich in Bewegung, konnte aber nicht die Zwölfte Straße hinunterfahren, wo er dem Beobachter auffallen würde. Statt dessen bog er an der Kreuzung nach rechts ab und fuhr in nördliche Richtung, parallel zu Arlene. Er bog nach links in die Dreizehnte Straße und jagte auf die nächste Kreuzung zu, in der Hoffnung, Arlene dort einzuholen.

Er sah sie nicht. Dafür sah er den dunkelblauen Wagen wieder. In seinem Inneren starrten die beiden Männer nach vorne, während sie an der Ecke vorbeifuhren. Für wen sie wohl arbeiten mochten? fragte sich Drew. Scalpel?

Als er die Kreuzung erreichte, blickte Drew die Straße hinauf und hinunter. Keine Arlene zu sehen. Er unterdrückte seine Ungeduld lange genug, um ein paar Wagen vorbeiziehen zu lassen, ehe er in den Verkehr hinausdröhnte, um dem Beobachterwagen zu folgen, dessen Fahrer sie vermutlich nicht aus den Augen gelassen hatte.

Er nahm an, daß sie beim Erreichen der Avenue ein Taxi gerufen hatte. Wenn das so war, dann überraschte ihn ihre Entscheidung, da sie es fast immer vorzog, zu Fuß zu gehen, selbst wenn die Entfernung größer war. Aber er hatte zumindest den Beobachterwagen vor sich, und das war ebenso gut, wie wenn er Arlene selbst gesehen hätte. Die paar Fahrzeuge zwischen den Beobachtern und ihm machten es unwahrscheinlich, daß er ihnen auffallen würde, wenn sie sich umsahen. Der Nieselregen, der jetzt in Dauerregen übergegangen war, bot ihm zusätzlichen Schutz, wenn auch die Regentropfen, die ihm eisig über das Gesicht rannen, lästig waren.

Um nicht blinzeln zu müssen, erinnerte er sich an die Disziplin, die er in seinem Fechtkurs in der Rocky Mountain Industrial School gelernt hatte. Damals war es darum gegangen, ihn an die tödliche Spitze eines Rapiers zu gewöhnen, mit dem man nach seinen ungeschützten Augen stieß. Er hatte gelernt, das Reflexverhalten seiner Lider unter Kontrolle zu bekommen. Einige der Studenten entwickelten diese Fähigkeit nie; sie blieben nicht lange auf der Schule.

Durch den heftiger gewordenen Regen, der seine Wollhandschuhe durchtränkte und sich unter seinem Jackenkragen sammelte, folgte er dem dunkelblauen Wagen. Er befand sich jetzt in der Mitte Manhattans und bog in die Fünfzigste Straße.

Als der Beobachterwagen seine Fahrt verlangsamte, tat er es ihm gleich. Im nächsten Augenblick begriff er den Grund. Weiter vorne, nahe genug, um ihr kastanienbraunes Haar und das gesunde Leuchten ihrer Haut erkennen zu können, sah er Arlene aus einem Taxi steigen, das am Straßenrand angehalten hatte.

Er spürte, wie sein Herzschlag sich beschleunigte. Sie hatte nie Make-up benutzt; die Sonne und der Wind hatten ihr immer genügend Farbe verliehen. Ihre Stirn, ihre Backenknochen und ihr Kinn waren perfekt proportioniert und ihre Gesichtszüge von erlesener Schönheit. Aber das hieß keineswegs, daß sie eine Porzellanpuppe gewesen wäre. Obwohl ihre Figur eher üppig war, mit Hüften und einem Busen, um die sie manche Schauspielerin beneidet hätte, war sie sehnig und keineswegs weich.

Der Wagen mit den Verfolgern hielt an. Der Mann in den schmutzigen Kleidern eines Stadtstreichers kroch vom Rücksitz nach vorne und schob sich hinter das Steuer. Der gutgekleidete Fahrer stieg aus, um Arlene zu folgen. Begleitet von einem schrillen Hupkonzert, setzte der Ersatzfahrer den Wagen wieder in Bewegung. Drew konnte ihm sein Problem nachfühlen. Wo gab es für ihn inmitten Manhattans einen Parkplatz? Wenn er nicht in zweiter Reihe parken und damit die Aufmerksamkeit eines Polizisten auf sich lenken wollte, würde er um den Block fahren müssen, immer wieder, bis sein Partner wieder auftauchte. Doch in dem Augenblick bemerkte Drew, daß der gutgekleidete Mann, der Arlene folgte, sich Kopfhörer über den Kopf gestülpt hatte. Ein Draht hing herunter und führte in die Innentasche seines Anzugs.

Als Drew in Boston durch das Einkaufszentrum geschlendert war, hatte er sich gewundert, als er Jugendliche und sogar Erwachsene gesehen hatte, die ähnliche Kopfhörer trugen. Hin und wieder hatte er schwache Musik aus den Kopfhörern dringen hören. Er war in ein Radiogeschäft gegangen und hatte erfahren, daß die Kopfhörer zu winzigen Radios und Tonbandgeräten gehörten, die man als Walkman kannte. Der gutgekleidete Mann benutzte keinen Walkman, obwohl die Kopfhörer so aussahen, als würden sie zu einem gehören, und damit nicht auffielen. Nein, die Kopfhörer dienten dazu, mittels eines kleinen versteckten Radios den Kontakt mit dem Fahrer aufrechtzuerhalten. Der Stadtstreicher konnte den ganzen Nachmittag lang um den Häuserblock fahren und würde doch stets genau wissen, wann und wo er seinen Partner abholen konnte.

Obwohl es erst halb fünf war, ließ der bedeckte Himmel den Nachmittag fast wie Abend erscheinen. Drew stemmte sein Motorrad über den Randstein und beschloß, eine Strafe zu riskieren. Die vorbeirollenden Fahrzeuge ignorierten ihn. Er seinerseits ignorierte den eisigen Regen und blickte fünfzig Meter nach vorne, vorbei an dem gutgekleideten Mann mit den Kopfhörern, und beobachtete Arlene, die ein Geschäft betrat.

Drew hatte bereits geahnt, wohin sie ging, als er sie aus dem Taxi steigen sah. Die Schaufenster des Geschäfts, das sie betrat, waren mit Sportzubehör angefüllt, hauptsächlich mit solchem für Bergsteiger. Eingerollte, leichte Nylonseile, hundertfünfzig Fuß lang und, wie er wußte, zäh genug, um zweitausend Kilo Last zu tragen; Karabiner, Felshaken und Hämmer, um sie einzuschlagen, Rucksäcke, Eispickel, Kletterstiefel.

In dem Geschäft wurden auch gewöhnliche Sportartikel verkauft, aber es hatte sich auf Kletterbedarf spezialisiert und war deshalb allen Bergsteigern im ganzen Nordosten bekannt. Drew selbst war einige Male mit Arlene und Jake hiergewesen. Die Glaspendeltür schloß sich hinter ihr. Der gutgekleidete Mann mit den Kopfhörern schlenderte beiläufig weiter, fand dann eine Lücke im Verkehr, überquerte die Straße und bezog auf der anderen Seite unter einem Vordach Position, von wo er aus die Frau, ohne selbst bemerkt zu werden, durch die Schaufenster beobachten konnte.

Aber wenn er hierher blickt, dachte Drew, könnte er mich bemerken.

Der dunkelblaue Wagen würde bald wieder um den Häuserblock herumkommen. Drew zog sein Motorrad ganz auf den Bürgersteig, machte kehrt und schob es zur Kreuzung zurück. Er überquerte die Avenue und schob das Motorrad weit genug auf dem Bürgersteig nach hinten, um sicherzustellen, daß der Tippelbruder am Steuer des dunkelblauen Wagens ihn nicht sah, wenn er um den anderen Block herumkam. Trotz des Regens und der Entfernung konnte er den Mann immer noch sehen, der das Geschäft beobachtete, und würde auch Arlene bemerken, wenn sie herauskam.

Zwanzig Minuten später tat sie das. Sie trug drei Pakete.

Sie hatte unglaubliches Glück. Sie erwischte sofort ein Taxi. Aber das Überwacherteam hatte ähnliches Glück – der dunkelblaue Wagen kam gerade in dem Augenblick um die Ecke, als ihr Taxi sich in Bewegung setzte. Während der gutgekleidete Mann sich auf den Rücksitz zwängte, setzte der Stadtstreicher am Steuer ihre Verfolgung fort.

Und dann verließ Drew das Glück.

Er schob das Motorrad über den Bürgersteig auf die Straße, trat den Kickstarter durch, gab Gas und – die Ampel schaltete auf Rot. Als die Ampel schließlich wieder auf Grün schaltete, waren sie nicht mehr zu sehen.

5

Der Mann hinter dem Verkaufstresen sah aus, wie man sich einen Schweizer vorstellt – hochgewachsen, robust, blauäugig, blond. Anfang Dreißig, vermutete Drew, und in ausgezeichneter Kondition. Mit breiten Schultern und muskulösen Armen und einem mächtigen Brustkasten. Mit einem strahlenden, Energie verratenden Lächeln wandte er sich von dem Regal ab, in dem er gerade Kletterseile verstaut hatte, und sah Drew an, hinter dem sich die Glastür schloß.

Sein Akzent freilich erinnerte eher an die Bronx als an die Schweiz. »Scheußlicher Tag, wie? Bin froh, daß ich heute nicht am Berg bin.« Er deutete in den strömenden Regen hinaus. »Möchten Sie eine Tasse Kaffee? Ihre Jacke ist so naß, daß Sie sich leicht verkühlen könnten.«

Drew erwiderte sein Lächeln. »Kaffee? Damit könnten Sie mich in Versuchung führen. Aber ich lass' es lieber, sonst bekomm' ich Herzrasen.«

»Koffeinfrei?«

Drew überlegte, wovon der andere redete. Koffeinfreier Kaffee? Was war das denn? »Nein. Aber trotzdem vielen Dank. Ich war in dem Laden auf der anderen Straßenseite und hab' da die Frau hereinkommen sehen. Ein gutaussehender, athletischer Typ, rotbraunes Haar. Sie hatte einen Nylonbeutel statt einer Handtasche. Sie sah aus wie eine Bekannte von mir. Arlene Hardesty.«

»Das war sie auch. Sie und ihr Bruder kaufen hier eine ganze Menge.«

»Der gute alte Jake. Ich hatte daran gedacht, bei den beiden vorbeizuschauen. Aber dann ist eines zum anderen gekommen. Anscheinend hab' ich sie verpaßt.«

»Sie ist vor zehn Minuten gegangen.«

Drew gab sich enttäuscht. »Schade. Ich hab' sie schon so lange nicht mehr am Seil gehabt, daß ich sie jetzt wirklich mal anrufen sollte.«

»Am Seil gehabt?« Die Augen des Verkäufers strahlten. »Klettern Sie?«

»In letzter Zeit bin ich nicht mehr dazu gekommen, aber

früher oft. Meistens mit Arlene und Jake. Vielleicht sollte ich sie fragen, ob sie wieder einmal mit mir auf Tour gehen wollen.«

»Das könnte früher sein, als Sie vielleicht glauben. Sie sollten Arlene anrufen. Deshalb war sie hier. Sie hat ein paar Dinge nachgekauft. Morgen fährt sie weg. Tatsächlich würden Sie ihr sogar einen Gefallen tun, wenn Sie mitkämen.«

»Warum einen Gefallen?«

»Weil sie mir gesagt hat, sie würde allein fahren. Ich weiß nicht, wie streng Sie es mit den Regeln nehmen – aber wir raten selbst geübten Kletterern davon ab, allein aufzusteigen. Man sollte das einfach nicht tun. Oh, sie weiß natürlich, was sie macht. Aber was ist, wenn ein Unfall passiert? Und einen Übungshang kann man ja die Wand nicht gerade nennen, in der sie klettern will.«

»Wo denn?«

»Am Satanshorn. In Pennsylvania drüben.«

»Das ist in den Poconos.«

»Kennen Sie den Berg?«

»Ich bin ein paarmal mit Jake und Arlene dort gewesen. Arlene pflegte zu sagten, daß das Satanshorn auf sie besser als ein Aspirin wirkte, um Kopfschmerzen loszuwerden. Dort ist sie immer hingegangen, wenn sie Ärger hatte. Sozusagen als Therapie.«

»Nun, ich war auch schon dort und hab' mir eher Kopfschmerzen geholt. Sie kennen die Wand ja, also wissen Sie auch, daß man die besser nicht allein angehen sollte. Dieser verdammte Schiefer! Jedesmal, wenn ich mich an einem Überhang festhielt, fing ich an, wieder an Gott zu glauben, aus Angst, der Schiefer könnte mir in der Hand zerbröckeln.«

Drew grinst. »An Gott zu glauben? Das Gefühl kenne ich.«

»Dann reden Sie es ihr aus, ja? Oder, wenn Sie das nicht schaffen, laden Sie sich selbst ein mitzukommen.«

»Ich möchte wirklich nicht, daß ihr etwas zustößt.« Drew tat so, als würde er darüber nachdenken. »Ach was, zum Kuckuck, ich hab' in letzter Zeit ohnehin zuviel gearbeitet. Okay, Sie haben mich überzeugt. Aber wenn ich morgen klettern gehen soll, dann sollte ich mir besser einige Ausrüstungsstücke besorgen. Ich hab' meine Sachen in meiner Sommerhütte.«

Jetzt leuchteten die Augen des Verkäufers noch heller. Offenbar hatte er nicht damit gerechnet, so kurz vor Ladenschluß noch etwas zu verkaufen. »Fangen wir mit den Stiefeln an.«

6

Vom frühen Morgennebel eingehüllt, ging Drew einen feuchten, mit Bäumen bestandenen Abhang hinunter. Die von Feuchtigkeit durchtränkte Erde und die nassen Blätter fühlten sich unter ihm schwammig an. Er bog um zwei Felsbrocken und erreichte einen Bach. Die Sonne schob sich hinter ihm über den Abhang hinauf und brannte etwas von dem Dunst weg, so daß er die umgestürzten Baumstämme und ihre Äste rings um sich besser sehen konnte. Er wählte sich einen der Äste aus – zehn Fuß lang und zehn Zoll dick und nicht ganz so morsch wie die anderen – und trug ihn zu dem Bach, legte ihn quer darüber. Das aufgerollte Kletterseil über der Schulter, ging er über den Ast, die Arme etwas ausgestreckt, um das Gleichgewicht zu halten, und hörte, wie das Holz unter ihm ächzte.

Auf der anderen Seite stieg er einen Hang hinauf, und seine Nasenflügel blähten sich im würzigen Duft von Lehm. Als er oben angelangt war, blieb er stehen. Er hatte eine halbe Stunde dazu gebraucht, um die Viertelmeile durch dichten Wald bis hierher zurückzulegen. Sein Motorrad war in einem Gebüsch abseits von der zweispurigen Straße verborgen, die zu der kiesbedeckten Parkfläche führte, wo die Wanderer und Kletterer gewöhnlich ihre Expeditionen begannen. In New York hatte er in einem Obdachlosenheim geschlafen und dem aufsichtführenden Priester gesagt, daß er im Austausch für eine Mahlzeit und eine Pritsche Teller waschen würde. Und jetzt, nach zwei Stunden Fahrt, genoß er die Anstrengung, die Erleichterung, die sie seinen steif verkrampften Muskeln gebracht hatte, die Stille, im Gegensatz zu dem vibrierenden Brausen des Motorrads.

Vor sich sah er sein Ziel durch das zerzauste Unterholz, jetzt, wo der Nebel verschwand und die Sonne höherstieg, sah den grauen Kegel, der sich Satanshorn nannte. Er war dreißig Fuß von einer benachbarten Klippe entfernt, mit der den Kegel früher einmal eine natürliche Felsbrücke verbunden hatte, die in den fünfziger Jahren zerbröckelt war. Die Tatsache, daß das Horn sich von der Klippe gelöst hatte, war ein dramatischer Beweis dafür, wie brüchig das Felsgestein hier war. Und dem Haufen heruntergefallener Steinbrocken am kreisförmigen Ansatz des Kegels nach zu schließen, wußte Drew, daß das Horn eines Tages ebenso zerbröckeln würde, wie es mit der Brücke geschehen war.

Für den Augenblick freilich türmte sie sich eindrucksvoll – einladend? – auf, zumindest gegen eine durch den Wind verursachte Erosion durch die steilen Felsufer des halbkreisförmigen Beckens geschützt.

Er schob sich durch das Unterholz, überquerte eine mit toten braunen Farnen und kniehohem Gras bewachsene Fläche und spürte, wie die Farnwedel ihre Feuchtigkeit an seinen Hosenbeinen abstreiften. Er setzte jeden Schritt vorsichtig auf die Felsbrocken, die zu dem Horn hinführten, besorgt, daß die Bruchstücke sich unter ihm verschieben würden und er sich einen Knöchel verstauchen könnte.

Die Stille, die in dem Becken herrschte, war gespenstisch, und die Klippen rings um ihn verstärkten das Knirschen seiner Schritte, als wollten sie damit betonen, daß er hier ein Eindringling war. Und als er den nächsten vorsichtigen Schritt tat, hörte er hinter sich das Scharren von Ästen.

Erschreckt wirbelte er herum, zog blitzartig die Mauser heraus, zielte... wohin? Das Scharren dauerte an, kam näher.

Die nächste Deckung war dreißig Meter entfernt, hinten im Wald. Und welche Garantie hatte er, daß die Büsche, die er auswählte, nicht bereits besetzt waren?

Rechts von ihm.

Dort. Zweige teilten sich. Büsche bewegten sich.

Er blinzelte.

Drei Rehe mit weißem Spiegel, zwei Ricken und ein Bock, traten auf die von Farnen und Gras bedeckte Fläche heraus, und das Geweih des Bockes ähnelte den blattlosen Ästen hinter ihm. Drew sah den Schrecken in ihren Augen, eine Art von Schock, die sie einen Augenblick lang bewegungsunfähig machte, wie in einer Fotografie erstarrt.

Und dann war der Bann gebrochen. Die Rehe setzten sich explosionsartig in Bewegung, drehten sich um, die weißen Spiegel hoch oben, und preschten in den Wald zurück, und das Geräusch ihrer Hufe klang wie ein polternder Felssturz. Wurde leiser, schwächte sich ab.

Dann senkte sich das Schweigen wieder in das Becken herab.

Drew atmete tief ein, steckte die Mauser zurück und setzte seinen vorsichtigen Aufstieg über die Felsbrocken fort.

7

Im Ansatz des Horns spähte er nur ein einziges Mal nach oben. So lautete die Regel: Schau nicht hinauf, und schau nicht hinunter. Prüfe nur die Fläche vor dir. Aber er konnte einfach nicht widerstehen, die Großartigkeit dieser unwirklichen Formation zu bewundern.

Während er sich das Kletterseil um die Schultern schlang, erforschte er, wie die täuschend einfach wirkende Aufgabe am besten anzugehen wäre. Die Felswand stieg zwar fast senkrecht in die Höhe und verjüngte sich an der Spitze nach innen – ihre Oberfläche war aber so unregelmäßig, daß es kein Problem sein würde, genügend Ansatz für Hände und Füße zu finden.

Jedenfalls theoretisch, bis man zu klettern anfing. Und dann begriff man, daß das Felsgestein ebenso leicht abbrechen konnte wie ein Kartoffelchip. Kein einziger Griff bot Garantie. Jedesmal, wenn man sein Gewicht auf einem Felsvorsprung abstützte oder die Finger um einen Vorsprung krümmte, mußte man ihn prüfen – und wieder prüfen, langsam den Druck verstärken, und man konnte trotzdem nie sicher sein, daß er wirklich halten würde. Nur die erfahrensten, wagemutigsten Kletterer waren dafür qualifiziert, es mit dem Horn aufzunehmen. Und nur sie konnten den *Wunsch* verspüren, das Horn zu ersteigen. Zweihundert Fuß bis zum Gipfel, das war alles. Und doch konnte der Aufstieg bis zu zwei Stunden dauern. Einhundertzwanzig Minuten, in denen die Nerven bis zum Zerreißen gespannt waren. Tausende von Entscheidungen, bei denen sich einem der Magen zusammenzog und der Schweiß von der Stirn tropfte. Er konnte verstehen, weshalb Arlene gern das Horn bestieg, wenn sie einen klaren Kopf haben wollte. Man konnte wirklich an nichts anderes als an das Horn denken, wenn man es erkletterte.

Aber was quälte sie so, daß sie die Therapie dieser Kletterpartie brauchte?

Er drängte den Gedanken von sich. Das Horn war eine Aufgabe, die über die Existenz entschied. Nichts konnte einen davon ablenken. Hier galten nur Entscheidungen, die von Sekunde zu Sekunde getroffen wurden. Nichts vorher und nichts nachher.

Im Gegensatz zu dem, was ein Amateur vielleicht erwartet hätte, preßte man sich nicht eng an die Felswand. Man klammerte sich nicht an ihr fest, um sich von ihr stützen zu lassen, um ihr Sicherheit abzugewinnen. Wer hier überleben wollte, lehnte sich von der Felswand weg. Diese Position ließ einen die nächsten Hand- und Fußgriffe besser erkennen. Außerdem gestattete es einem, die Arme und Beine zu strecken und sie so zu entspannen. Als er zu klettern anfing und mit argwöhnischer Sorgfalt jeden Zollbreit der Felswand überprüfte, erinnerte Drew sich an das Geheimnis des Kletterns, das Arlene ihn gelehrt hatte. Das Geheimnis vieler Dinge, erinnerte er sich jetzt, da er darüber nachdachte. Locker lassen.

Nervosität schlängelte sich in seinen Magen. Er fühlte sich gleichzeitig entzückt und verängstigt. Bald würde er sie wiedersehen.

8

Das Horn war von spärlichen Sträuchern gekrönt, die jetzt zwar kahl, aber doch genügend ineinander verwachsen und dicht genug waren, um Drew Deckung zu bieten. Nachdem er sich über dem Klippenrand in die Höhe gezogen hatte, zwang er sich abzuwarten, bis er über eine fünf Fuß breite Felsplatte gekrochen war, ehe er sich den Luxus gestattete, an der tiefsten Stelle eines Dickichts auszuruhen. Die Sonne stand über ihm. Aber obwohl sie aus einem klaren, blauen Himmel herunterglänzte, gab sie nur wenig Wärme ab. Sein Schweiß, den vorher die Anstrengung erwärmt hatte, begann kalt zu werden. Er fröstelte, griff in seine Manteltasche, um sich Sonnenblumenkerne, Trockenfrüchte und eine Granolastange zu holen.

Langsam kauend, hakte er eine Feldflasche aus dem Gürtel, den er unter dem Jackett trug, und schluckte lauwarmes Wasser. Bald kehrten seine Kräfte zurück. Die Gipfelfläche des buschbedeckten Horns maß etwa vierzig Fuß, genügend Manövrierfläche für ihn, falls er sie brauchte. Er bewegte seine von den Felsen zerschundenen Hände, um sich Linderung zu verschaffen, und konzentrierte sich auf den einzigen Eingang zum Becken – die Baumgruppe, durch die er gekommen war. Weit oberhalb der Baumgrenze vermittelte ihm sein Aussichtspunkt das Gefühl, klein zu sein. Er sprach ein Dankgebet für Gottes Großartigkeit.

Flach auf dem Bauch ausgestreckt, bemüht, sich zu entspannen, wartete er. Im Rückblick schienen ihm die Entscheidungen, die er getroffen hatte, logisch. Wenn er in New York geblieben wäre, hätte er vielleicht ein paar Tage warten müssen, ehe sich ihm die Gelegenheit bot, Arlene eine Botschaft zukommen zu lassen, ohne ihre Überwacher zu alarmieren. Und je mehr er den Bewachern folgte, während diese ihrerseits Arlene verfolgten, desto größer war das Risiko, daß sie ihn bemerkten.

Aber so – indem er vor ihr hier eintraf und ihr Ziel kannte – fühlte er sich sicher. Ohne Zweifel würde das Beschatterteam ihr hierher zum Horn folgen – aber sie würden es nicht wagen, sich zu zeigen, indem sie heraufkletterten, um herauszufinden, was sie auf dem Gipfel machte. Natürlich könnten sie auf die Idee kommen, eine benachbarte Felsklippe zu ersteigen und sie von dort aus zu beobachten; aber mit hoher Wahrscheinlichkeit kannten sie weder das Terrain, noch waren sie erfahrene Bergsteiger. Aber der Hauptgrund, weshalb er ziemlich sicher war, daß die Männer nicht versuchen würden, sie von einer benachbarten Felsklippe zu beobachten, war, daß sie zu lange dazu brauchen würden, um die Klippe zu ersteigen und danach wieder an ihren Ausgangspunkt zurückzukehren. Unterdessen hätte Arlene leicht Gelegenheit, ihnen zu entkommen.

So bestätigte sich Drew seine Entscheidungen und war zuversichtlich, daß sie hier oben zumindest eine Weile allein und ungesehen sprechen könnten. Während er seinen Körper gegen den felsigen Boden preßte, sah er Arlene aus dem Schutz der Bäume hervortreten. Eine Ader an seiner Stirn begann zu pochen, und er bemühte sich, sein wie wild schlagendes Herz zu beruhigen. Aus Drews Perspektive wirkte sie winzig, als sie stehenblieb, um das Horn zu mustern. Dann richtete sie sich befriedigt auf und arbeitete sich durch das Unterholz zum Einstieg herüber.

Sie trug ebenso wie er ein zusammengerolltes Seil. Außerdem sah er einen schweren Rucksack. Die Kleider hingen ihr locker am Körper: eine schwere Wollhose und ein wollenes Hemd, beide blau, und eine offene Khakijacke mit zahlreichen Taschen. Trotz der tristen Unförmigkeit ihrer Kleidung war sie unverkennbar eine Frau. Ihr kastanienbraunes Haar hatte sie unter eine graue Strickmütze gestopft, und man konnte die wohlgeformte Linie ihres Halses sehen. Selbst in ihren massiven, schweren Kletterstiefeln blieb ihr Schritt elastisch und elegant. Bilder ihres Körpers drängten sich in seine Gedanken. Drew schloß die Augen, um sie zu verdrängen.

9

Zuerst erschien eine Hand. Zerschunden wie seine eigene, hielt sie sich an einem Steinbrocken fest. Dann eine zweite Hand. Er sah die graue Strickmütze. Und dann ihr von den Strapazen verzerrtes Gesicht, schweißüberströmt. Sie atmete tief ein, forderte ihrem Körper die letzten Energiereste ab.

Er beobachtete sie ungesehen aus den Büschen heraus, sah ihre Gesichtszüge deutlich vor sich. Sie zog sich in die Höhe, hob ein Knie über den Klippenrand und wälzte sich über die flache Felsplatte, rollte sich auf den Rücken, und ihre Brust hob und senkte sich heftig.

Ein paar Augenblicke lang starrte sie in den wolkenlosen Himmel, schluckte und griff dann nach der Feldflasche, die sie am Gürtel trug. Wie Drew es erwartet hatte, trank sie in kurzen, gemessenen Schlucken, achtete darauf, sich nicht zu überanstrengen. Als ihr Atemrhythmus wieder normal geworden war, wischte sie sich mit dem Jackenärmel über die Stirn und setzte sich langsam auf, den Rücken Drew zugewandt, und spähte in die Herbstlandschaft unter sich hinunter.

Sie nahm die Mütze ab, schüttelte den Kopf, so daß ihr Haar frei fliegen konnte, und strich sich dann mit den Fingern durch die rotbraunen Locken. Ihr Rücken war so gerade wie der eines Fotomodells.

Drew blickte an ihr vorbei in den dichten Wald hinunter, konnte aber das Überwachungsteam immer noch nicht sehen. Er hoffte, daß sie aufstehen und ihre Beinmuskeln entspannen würde, indem sie durch die Büsche ging und damit auf ihn zukam. Aber sie blieb sitzen, spähte nach unten.

Schließlich wollte er nicht noch mehr Zeit vergeuden. Er ging ein Risiko ein, verließ sich auf ihre Disziplin.

»Arlene, ich bin's, Drew.«

Er flüsterte die Worte, aber für sie war es wie ein Schrei.

»Nein. Dreh dich nicht um.«

Er sah das Zucken ihrer Schultern, einziges Zeichen der Spannung und zugleich der Überraschung, die sie empfand. Aber wie er es vorhergesehen hatte, behielt ihre anerzogene

Disziplin die Oberhand. Gewöhnt, sich plötzlichen Veränderungen ihrer Umwelt anzupassen, ließ sie keine andere Reaktion erkennen und blickte weiterhin zu den Bäumen hinunter. Eine Ader an ihrem Hals pochte sichtbar.

»Sag nichts«, fuhr er fort. »Ich will dir erklären, weshalb ich hier bin. Aber nicht im Freien. Man ist dir gefolgt. Die beobachten dich von dort unten.«

Sie nahm einen weiteren Schluck aus der Feldflasche.

»Yeah, du bist die große Klasse«, staunte Drew. »Wenn es dir natürlich erscheint, dann steh auf, streck deine Arme und sieh zu, daß du dich entspannst. Geh ein wenig auf und ab. Da du jetzt schon einmal hier oben bist, wirst du dich auch umsehen. Tritt in das Dickicht. Aber wenn man dich von dort unten aus nicht mehr sehen kann, dann setz dich, und wir können reden.«

Wieder nahm sie einen Schluck Wasser und schraubte dann die Feldflasche zu.

»Ich brauche deine Hilfe«, fügte er hinzu. »Ich bin in einer scheußlichen Situation.«

Eine Minute später stand sie auf, steckte die Hände in die Jackentaschen, drehte sich um und warf einen Blick auf die Felsufer an ihrer Seite des Beckens. Dann ging sie beiläufig zu dem Dickicht hinüber.

Er wünschte sich aus ganzem Herzen, sie wieder an sich drücken zu dürfen, ihre Brüste zu spüren, die sich öffnenden Lippen küssen zu können. Herrgott, schalt sich Drew, was ist denn mit dir los? Du hast ein heiliges Gelübde abgelegt!

Arlene sank unter die Büsche auf ihn zu, die Hand in der Jackentasche. Ihre Augen beunruhigten ihn. Sie zeigten weder Neugierde noch Freude darüber, ihn wiederzusehen. Statt dessen wirkte sie schrecklich ruhig. Und ihr Lächeln war aufgesetzt.

Sein Puls wurde schneller. Und während sie niederkniete, zuckte die Hand aus der Tasche.

Und schwang einen Hammer nach seiner Schläfe.

Das eine Ende des Hammers war gebogen, die Unterseite gezackt. Als er die Spitze durch die Luft pfeifen hörte, taumelte er zurück, wich ihm aus, sah den Hammer vor seinen Augen vorbeipfeifen.

»Nein!« Seine Stimme war angespannt. Heiser. Als sie erneut zuschlug, rollte er sich in entgegengesetzter Richtung davon. Angst erfaßte ihn. Sie war stark genug und der Hammer tödlich genug, daß er ihm zumindest die Kinnlade hätte zerschmettern können.

Er rollte sich wieder weg, versuchte seinen Schock zu überwinden.

»Arlene! *Warum?*«

Wieder pfiff der Hammer an ihm vorbei.

»Um Himmels willen!«

Diesmal verfing sich der Hammer, weil sie schlecht gezielt hatte, in der Schulterpartie seiner Jacke.

Er trat nach oben, während sie auf den Punkt zwischen seinen Augen einschlug. Sein Stiefel traf sie am Handgelenk, lenkte die Spitze ab. Sie stöhnte. Er stieß nach oben, packte sie am Handgelenk und um den Bizeps, warf sie zu Boden. Sein Körper preßte den ihren nieder, seine Hände hielten ihr beiden Hände umfaßt, und er spürte ihre Brust an der seinen. Er war fünf Zoll von der Wut in ihren Augen entfernt.

Ihrer beider angestrengter Atem mischte sich. Er roch sie.

»*Du dreckiger Bastard!*« zischte sie.

Er fuhr zurück.

Sie wand sich in seinem Griff, und ihre Augen funkelten haßerfüllt. »Wo, zum Teufel, ist Jake?«

Seine Energie verließ ihn. Gedanken wirbelten durch seinen Kopf. »Jake?«

»Du hast mich gehört, du Hundesohn! Wo *ist* er? Gottverdammt sollst du sein, wenn du ihn umgebracht hast.«

Arlene schlug um sich, versuchte Drew das Knie in den Unterleib zu rammen.

Er preßte ihr Bein hinunter, starrte in ihre funkelnden Augen, schüttelte verzweifelt den Kopf, wälzte sich von ihr weg und starrte ausdruckslos an den Büschen vorbei zum Himmel.

Die einzige Geste, die ihm in den Sinn kam, mit der er sie

besänftigen konnte. Um seine Unschuld zu zeigen. Kapitulation. Völlige Aufgabe.

Sie rappelte sich auf, und ihre Augen loderten, schwang den Hammer. Aber er machte keine Anstalten, ihn abzuwehren.

Mit einem tiefen Aufatmen grub sie die Spitze des Hammers dicht neben Drews Hals in den weichen Boden, so daß der gekrümmte Rand der Kontur seines Halses folgte und die zackige Unterseite an seiner Haut prickelte.

Keiner von beiden bewegte sich. Sie funkelten einander an. Auf einer Felsklippe hinter ihnen flog flatternd ein Vogel auf.

Ihre Brust bebte, forderte Sauerstoff. »Du...«

»Bastard«, sagte er. »Ich weiß. Das hab' ich schon kapiert. Und Gott wird mich dafür verdammen, daß ich ein Hundesohn bin. Auch das ist rübergekommen. Mir wäre nur recht, wenn du mir sagen würdest, warum.«

Sie zögerte. Tief einatmend sank sie langsam neben ihm zu Boden. »Ich hätte fast...«

»Beschlossen, meinen Hals nicht zu verfehlen? Yeah, das hab' ich mir auch gedacht. Aber außerdem hab' ich mir auch gedacht, daß ich das Risiko eingehen mußte.«

»Damit ich denken sollte, daß du mich nicht bedrohst? Ich bin immer noch nicht überzeugt.«

»Aber wenigstens weißt du, daß ich dich hätte töten können, als ich auf dir lag.«

»Und das ist der einzige Grund, daß ich nicht...« Sie blickte finster den Hammer an, der neben seinem Hals im Boden steckte. »Derselbe alte Drew. Nicht einmal gezuckt hast du.«

Er hob die Achseln, zog den Hammer heraus, setzte sich dann auf, nahm den Hammer am Griff und gab ihn ihr zurück. »Tut es dir leid? Willst du es noch mal versuchen?«

Sie schüttelte den Kopf.

»Dann sag mir, was das alles soll.«

Ihre Augen flammten. »Das könnte ich auch fragen. Was machst du hier oben? Woher wußtest du, daß ich hier sein würde?«

»Man ist dir gefolgt.«

»Ich weiß.«

Er hob die Brauen. »Du weißt es?«

»Drei sind es. Einer in einem dunkelblauen Wagen unten an der Straße. Ein zweiter, der auf der anderen Straßenseite in einem Kellerabgang herumlungert und so tut, als wäre er ein Säufer. Der dritte verkauft Regenschirme an einem Stand an der Straßenecke. Wenn die Sonne scheint, verlegt er sich auf Bratwurst und Sauerkraut.« Sie schnitt eine Grimasse. »Vor fünf Tagen sind sie aufgetaucht.«

Drews Muskeln spannten sich. »Am Samstag?«

Sie sah ihn forschend an. »Ja, Samstag. Morgens, warum? Ist das wichtig?«

Drew strich sich mit der Hand über den Mund. Freitag abend war er in Boston eingetroffen. Er hatte seinen Gefangenen in dem Lieferwagen an der Parkrampe am Flughafen Logan abgestellt. Ein paar Stunden später mußte die Killerbande – und wer auch immer den Angriff auf das Kloster befohlen hatte – erfahren haben, daß er Vermont verlassen hatte.

Jake? Arlene hatte wissen wollen, wo ihr Bruder war. Sie hatte angenommen, daß Drew etwas mit Jakes Verschwinden zu tun hatte. Das war der Grund, weshalb sie ihn fast getötet hätte.

»Mir sagt das eine ganze Menge«, meinte Drew, den es immer noch danach drängte, sie an sich zu drücken, und der Mühe hatte, mit gleichmäßiger Stimme zu sprechen. »Was ist mit Jake? Du hast gesagt, er sei verschwunden. Vor dem letzten Dienstag?«

Arlenes Knöchel wurden am Hammergriff weiß. »Dann *weißt* du etwas über ihn?«

»Ganz und gar nicht. Jetzt komm schon, wir sind uns doch einmal nahegestanden, hast du das vergessen? Beruhige dich! Dienstag habe ich einfach geraten, weil das der Tag ist, an dem meine eigenen Schwierigkeiten anfingen. Ich beginne langsam zu glauben, daß das, was Jake widerfahren ist, etwas mit mir zu tun hat.« Sein Verstand arbeitete fieberhaft. »Wann genau ist er verschwunden?«

»Freitag. Vor jenem Dienstag.«
»Und warum hast du mir die Schuld gegeben?«
»Wegen Janus.«
»*Was?*«
»Du und Janus.«
»Eine Frau, die Janice heißt?«
»Nein, der Name aus der Mythologie.« Sie buchstabierte ihn. »J-a-n-u-s. Du siehst so aus, als hättest du nie von ihm gehört. Das ist dein neuer Deckname, nicht wahr?«

Janus? Plötzlich erinnerte er sich an die Stimme des slawischen Priesters. »Yanus! Ich muß mit Ihnen über Yanus sprechen!« Hatte der Akzent das Wort vielleicht verzerrt?

Drews Kopf fühlte sich an, als wollte er zerspringen. Der Schmerz schwoll an, so als bohrte jemand mit einer rotglühenden Stange in seinem Schädel herum. Janus? Der römische Gott, der nach vorne und nach hinten sah? Der Zweigesichtige.

Wahnsinn.

»Ich weiß nicht, wovon du redest«, sagte er.
»Aber der Deckname, das ist doch *deiner*. Die Zeitungsartikel. Die Fotos.«

Sosehr es ihn auch danach drängte, sie in die Arme zu nehmen, der Wahnsinn wurde immer größer. Nichts ergab mehr einen Sinn. »Von mir?« Er hatte Angst, sein Verstand könnte ihm den Dienst versagen, er könnte zusammenbrechen. »Aber es *kann* doch keine Fotos geben. Das ist nicht möglich.«

Sie funkelte ihn an.

»Was ist denn?« fragte er.

»Es kann keine Fotos geben... Möglich... Das hat Jake auch die ganze Zeit gesagt.«

»Ich wette, daß er das gesagt hat. Schließlich sollte er es wissen.«

Sie schlug den Hammer in den Boden. »Verdammt noch mal, hör auf, dich über mich lustig zu machen!«

»Janus. Wer ist das? Weshalb ist er so wichtig?«
»Wenn du Janus bist, solltest du das wissen.«
»*Sag es mir!*«
»Ein auf Rechnung arbeitender Meuchelmörder. Ein inter-

nationaler Killer. Er hat sich selbständig gemacht. In den letzten zwei Jahren hat er zwanzig Menschen exekutiert.«

Drew spürte, wie ihm alles Blut aus dem Gesicht wich. »Und das soll ich sein?«

Ihr harter Blick wurde unsicher. »Je mehr Jake über dich gehört hat, desto wütender wurde er. Er wollte mir nicht sagen, warum das so war. Vor zweieinhalb Wochen sagte er schließlich, er könne nicht länger warten. Er müßte herausfinden, was vor sich ginge.«

»Und dann ist er...?«

»Verschwunden. Letzten Samstag tauchte das Beobachtungsteam auf. Ich konnte nirgendwo ohne sie hingehen. Und welche Taktik ich auch einsetzte, es hatte keinen Sinn. Sie kamen mir immer zuvor. Deshalb bin ich hier. Um zu versuchen, sie abzuschütteln. Ich hatte vor, bis zur Dunkelheit hier auf dem Gipfel zu bleiben, mich dann abzuseilen, eine Klippe hinter dem Horn zu ersteigen und sie loszuwerden.«

»Nicht schlecht.« Während seine Brust vor Verlangen nach ihr schmerzte, lächelte Drew über ihre Raffinesse. »Dann hattest du vor herauszufinden, was Jake passiert ist?«

»Das kannst du mir glauben.«

»Dann hast du jetzt einen Partner.« Seine Stimme klang angespannt. »Ich bin ebenso auf Antworten erpicht wie du. *Auf eine ganze Menge Dinge.* Hör zu. Es tut mir leid, daß ich dir nicht gesagt habe, was mir passiert ist.« Er sah sie prüfend an, hätte sie fast berührt. »Aber in bezug auf das Beobachtungsteam hast du unrecht. Die sind nicht hinter dir her. Die wollen dich auch nicht davon abhalten, Jake zu finden.«

»Um was geht es dann?«

»Um mich.«

Ihre Augenbrauen schoben sich zusammen.

»Sie beobachten dich für den Fall... Sie sind hinter mir her«, sagte Drew. »Vor einer Weile hast du dich gefragt, weshalb Jake sicher war, daß ich nicht Janus sein konnte. Warum die Zeitungen unrecht haben mußten. Warum es keine Fotos geben konnte.«

Sie wartete, und sie atmete tief.

»Weil ich die letzten sechs Jahre in einem Kloster gewesen bin. *Weil Jake mich vor sechs Jahren getötet hat.*«

10

»Getötet?« Ihr Gesicht verlor alle Farbe. Ihr Kopf ruckte zurück, als hätte jemand ihr einen Schlag versetzt. »Ein Kloster? Wovon redest du denn? Jake dich *getötet?*«

»Ich hab' nicht die Zeit, dir das zu erklären. Nicht jetzt. Du würdest weitere Fragen stellen. Und nachher noch mehr andere Fragen.«

»Aber...«

»Nein«, beharrte er. »Diese Männer dort unten werden langsam argwöhnisch werden. Sie werden wissen wollen, was du machst. Du bist ohnehin schon zu lange für sie unsichtbar.«

Sie schien mit sich zu kämpfen.

»Ich verspreche es dir. Später«, sagte er.

Sie nickte und sah zu dem Gebüsch hinüber, das sie vor den Beobachtern verbarg. Und dann schnallte sie ihren Gürtel auf, löste einen Knopf und zog den Reißverschluß herunter.

Er reagierte schockiert. »Was machst du?«

»Du hast doch selbst gesagt – die werden wissen wollen, was ich hier oben mache.«

Sein Schock verwandelte sich in Verstehen und dann Bewunderung. »Schlau.«

»Aber du machst doch mit? Du wirst mir helfen, Jake zu finden?«

»Ich *muß* Jake finden. Nach dem, was du mir gerade gesagt hast, bin ich sicher, er weiß, wer hinter mir her ist. Wir werden warten, bis es dunkel ist, und dann gemeinsam hier weggehen. Und sobald wir an einem sicheren Ort sind, werde ich deine Fragen beantworten. Wenn wir alles zusammenwerfen, was du weißt und was ich weiß, kommen wir vielleicht dahinter wo er ist.«

Sie betrachtete ihn lächelnd, und ihre Augen blickten liebevoll. »Es ist lange her. Ich habe mich immer gefragt, was mit dir passiert ist.« Sie griff nach seiner Hand. »Das mit dem Hammer tut mir leid.«

»Vergiß es!« Die Gefühlsbewegung ließ ihn zittern. »Ich habe mir gedacht, wenn du mich wirklich hättest töten wollen, hättest du es getan.«

»Ich habe das gleiche gedacht. Du hättest *mich* töten können.« Sie drückte seine Hand. »Ich kann dir gar nicht sagen, wie froh ich bin, dich wiederzusehen. Wie du mir gefehlt hast.«

Seine Stimme klang belegt. »Du hast mir auch gefehlt.« Er fühlte sich zerrissen, und die Liebe, die er für sie empfand, zerrte ihn in die eine Richtung und sein Zölibatsgelübde in die andere. Sein innerer Aufruhr wuchs, als sie sich über ihn beugte und ihn auf den Mund küßte. Er fühlte ihren Atem auf seiner Haut. In dem Augenblick wünschte er sich nichts sehnlicher, als ihren Kuß zu erwidern, sie festzuhalten, ihren Körper zu spüren. Aber seine Willenskrise ging vorüber. Was er jetzt empfand, war nicht Begehren. Er wollte sie jetzt nicht besitzen, sondern ihr zeigen, wieviel sie ihm bedeutete. Wie konnte das Sünde sein? Er hielt sie an sich gepreßt.

»Diese Männer dort unten«, sagte er.

»Ich weiß.« Sie grinste. »Wir sollten uns nicht ablenken lassen.« Ernüchtert richtete sie sich auf, trat zwischen den Büschen hervor und zog den Reißverschluß hoch.

Er spürte immer noch die Berührung ihrer Lippen auf den seinen und strengte sich an, seiner Verwirrung Herr zu werden. Durch eine Lücke im Dickicht spähte er hinaus, voll Nervosität. Sie schloß den Knopf an ihrer Hose, schnallte den Gürtel wieder zu und setzte sich auf die flache Felsplatte am Klippenrand. Ihre Bewegungen waren überzeugend, entschied er. Der Eindruck, den sie den Beobachtern vermitteln würde, war, daß sie Deckung gesucht hatte, um sich zu erleichtern. An ihrer Stelle würde ich die Erklärung akzeptieren.

Er sah ihr zu, wie sie etwas Dörrobst aß. Dann trank sie noch einmal aus ihrer Feldflasche und legte sich auf die Felsplatte, wie um vor dem Abstieg auszuruhen. Durch die Büsche sah er, daß sie die Augen schloß. Nach einer Weile konnte er, abgesehen vom Auf und Ab ihrer Brust, keine Bewegung mehr erkennen. Ob sie nun wirklich eingeschlafen war oder nicht – jedenfalls würden die Beobachter das glauben.

Er suchte den Wald ab, konnte aber keine Spur der Männer entdecken. Entweder sind sie ungeheuer gut, oder sie sind nicht dort unten. Wäre das nicht ein Witz? dachte er. Wenn die ganze Mühe unnötig gewesen wäre!

11

Nachdem die Dämmerung gekommen war, wählte er die beste Verankerung auf der Hinterseite des Horns – einen Felsbrocken, den er auch unter Einsatz seiner ganzen Kraft nicht von der Stelle bewegen konnte.

Arlene kam durch die Büsche zu ihm. Sie trug ihr Seil und den Rucksack und kniete neben ihm nieder. »Hast du eine Verankerung gefunden?«

»Hier.« Er legte seine Hand auf den in der Dunkelheit kaum mehr sichtbaren Felsen.

»Hast du ihn ausprobiert?«

»Er wird halten. Wenn wir Glück haben.«

»Glück? O Mann!« Aber sie schien zu wissen, daß er scherzte. »Wir sollten besser anfangen.« Sie griff in ihren Rucksack und holte eine Nylonschlinge heraus.

»Ich werde deine Sachen zusätzlich brauchen. Ich habe nur ein Seil und eine Schlinge.«

»Das paßt gar nicht zu dir, nicht komplett vorbereitet zu kommen.« Jetzt scherzte *sie*.

»Nun, ich hatte da ein kleines Problem. Kurzzeitigen Mangel an flüssigen Mitteln.«

Während sie so leise miteinander sprachen, genoß Drew es, mit ihr zusammenzuarbeiten. Er befestigte seine Nylonschlinge an den Felsen. Arlene hakte einen Metallkarabiner in die Schlinge ein und vergewisserte sich, daß die Feder des Karabinerhakens eingeschnappt war. Dann verknotete sie die Enden ihres Seils und schlang es in den Karabiner. Drew wußte, daß es einfacher gewesen wäre, das Seil direkt an der Schlinge zu befestigen, aber das Seil bestand ebenso wie die Schlinge aus Nylon; und Nylon hatte einen gefährlich niedrigen Reibungspunkt. Falls das Seil und die Schlinge sich aneinander reiben würden, dann konnte das Gewicht eines Kletterers leicht zu einer Überhitzung führen und damit zum Abreißen. Auf diese Weise diente der Metallkarabiner als Puffer und verringerte die Hitze.

Jetzt waren sie fast fertig. Arlene wand sich eine Schlinge um Beine und Hüfte, wobei sie das Seil fast wie eine Windel durchzog. Sie hakte einen Karabiner zwischen den Beinen ein. Drew tat es ihr gleich, wozu er sich aus ihrem Rucksack bedienen mußte. Die Nacht hüllte sie ein, aber er konnte dennoch ihren schattenhaften Umriß sehen, athletisch und graziös. Die Liebe, die er für sie empfand, wurde immer stärker.

Sie hakte das Doppelseil in den Karabiner, schlang die zwei Stränge um die linke Schulter am Rücken entlang und rechts zur Hüfte. Auf diese Weise konnte der Karabinerhaken zwischen ihren Beinen die Hauptbelastung des Seils aufnehmen. Ihre Schulter und ihr Rücken würden den Rest der Last tragen. Wenn es nötig war, würde sie das Seil mit der rechten Hand gegen die Hüfte pressen und auf diese Weise bremsen können.

»Ich nehme den Rucksack und gehe als erste«, flüsterte sie. »Sechzig Fuß tiefer ist ein Vorsprung. Ich werde dort eine weitere Verankerung suchen und dann noch eine weitere unten. Bis unten sind drei Ansätze nötig.«

»Ich weiß.«

»Dann erinnerst du dich wohl immer noch, wie man das macht?« Sie schien zu grinsen.

»Ich hatte eine gute Lehrmeisterin.«

»Schmeichler!«

Und dann war sie verschwunden, ging rückwärts über die Klippe, hielt das Seilstück über dem Karabiner fest und preßte das andere Stück gegen ihre Hüfte. Er malte sich die elegante Leichtigkeit aus, mit der sie sich hinunterließ. Sie hatte immer am freien Fall Freude gehabt. Ein Stück Tuch, das sie am Ende ihres Seils festgebunden hatte, würde sie warnen, wenn das Seil zu Ende ging. Dann würde sie innehalten und eine weitere Verankerung vornehmen.

Das würde der gefährliche Teil des Unternehmens sein – auf dieser brüchigen Klippe eine feste Verankerung suchen. Aber anschließend brauchte sie sich bloß auf dem Felssims im Gleichgewicht zu halten, während sie das Seil aus der Schlinge zwischen ihren Beinen loshakte. Sie würde die verknoteten Seilenden lösen und an einer Seite herunterziehen und die andere Seite durch den Anker oben auf der Klippe zu sich herunterziehen. Dann würde sie das Seil in eine neue Position bringen, diesmal an dem neuen Anker, und den Abstieg fortsetzen.

Besorgt kauerte er sich nieder und tastete nach dem Seil, spürte, wie es sich zu bewegen begann. Okay. Er entspannte sich einen Augenblick lang. Sie würde den anderen Anker errichten. Bald, wenn sie weiter unten angelangt war, würde sie den dritten errichten. Und sobald er annehmen konnte, daß sie genügend Zeit gehabt hatte, um bis unten zu kommen und von dem Felskegel zurückzutreten, um irgendwelchen Steinen auszuweichen, die er vielleicht beim Abstieg lösen könnte – erst dann würde er anfangen.

Fünf Minuten – mehr Zeit würde er nicht brauchen. Er fragte sich, was das Beobachterteam wohl tun mochte. Sie mußten inzwischen argwöhnisch geworden sein. Als Profis, die sie waren, hatten sie vermutlich ein Infrarotgerät, mit dem sie sehen konnten, daß Arlene verschwunden war. Sie würden näher kommen, um nachzuforschen. Wenn ich jetzt nicht bald nach unten komme...

Er hörte zu zählen auf, sicherte sein Seil, wandte der Klippe den Rücken und ließ sich fallen, während sein Magen ihm in die Kehle schoß.

12

Er trat auf einen losen Felsbrocken; der rutschte unter ihm weg. Zur Seite taumelnd und um sein Gleichgewicht kämpfend, hörte er ihn in der Dunkelheit davonrollen. Er erstarrte.

Er hatte den Boden erreicht. Hinter dem Horn türmte sich dicht hinter ihm die benachbarte Klippe auf und erzeugte eine noch dichtere Dunkelheit. Die herrschende Enge drohte ihn zu ersticken. Er fühlte sich desorientiert, hilflos. Wo war Arlene?

Ein Fingerschnippen verriet ihm, wo sie stand: zu seiner Linken, in der Nähe der anderen Klippe, nur ein kurzes Stück von ihm entfernt. Mit so wenig Geräusch wie nur möglich setzte er sich in ihre Richtung in Bewegung.

Es war ihm klar, daß jeder das Geräusch erzeugt haben konnte. Vielleicht hatte sich das Überwachungsteam in der Finsternis an das Horn angeschlichen und angenommen, daß Arlene auf der Rückseite absteigen würde, und hatte dort auf sie gewartet.

Und auf mich, dachte er. Er strengte sich an, in der Nacht eine Gestalt zu erkennen. Wieder hörte er das Fingerschnippen. Er zog seine Mauser heraus und bewegte sich langsam nach vorn, seine Muskeln waren vor Anspannung verkrampft.

Ein Schrei von oben durchbrach das Schweigen. Schrill und voller Entsetzen. Drew verspürte einen Luftzug – wieder von oben – und taumelte hastig zurück, während ein großer Gegenstand an ihm vorbeiflog und auf die Felsen aufprallte. Obwohl der Gegenstand schwer und massiv zu sein schien, erzeugte er ein Übelkeit erregendes, klatschendes Geräusch, wie eine Wassermelone, die man von einer Fußgängerbrücke auf einen Freeway wirft. Etwas Warmes, Feuchtes spritzte ihm ins Gesicht. Er fuhr sich mit der Hand an die Wange.

Seine Überraschung verwandelte sich in Schock. Und sein Schock wurde zu etwas, das ihn drängte, ihn zum Handeln zwang. Obwohl er wußte, was gefallen war, mußte er doch herausfinden, ob es Arlene war. Die Angst trieb ihm bittere Galle in den Mund. Und dann spürte er plötzlich Arlene dicht neben sich. Aus der Nähe erkannte er ihre Gestalt, ihren Geruch. Wer war aber dann...? Er stürzte sich nach vorne, kauerte mit der Mauser in einer Hand nieder und tastete mit der anderen vor sich. Seine Finger berührten blutiges Haar, einen zerschmetterten Schädel, warm und klebrig. Er fuhr mit der Hand prüfend über den Oberkörper. Ein Mann. Seine Kleider waren schmierig, zerfetzt, ein paar Knöpfe fehlten, und anstelle eines Gürtels trug er eine Schnur. Die abgerissene Kleidung, wie sie vielleicht ein Landstreicher tragen würde. Oder jemand, der sich als Landstreicher verkleidet hatte. Einer der Männer, die Arlene von ihrem Backsteingebäude aus gefolgt waren.

Aber wie konnte das passiert sein?

Während Arlene neben ihm niederkniete, versuchte er das Problem zu Ende zu denken. Das Überwacherteam mußte ungeduldig geworden sein. Wahrscheinlich hatten sie geargwöhnt, daß sie versuchen würde, sich nachts vom Horn herunterzuschleichen, und hatten sich geteilt. Der Landstreicher mußte versucht haben, die Steilwand hinter dem Horn zu ersteigen, während sein Partner, der gutgekleidete Mann mit den Kopfhörern, gewartet hatte, für den Fall, daß Arlene sich für den bequemeren Weg entschied und durch die Bäume am Eingang zu dem Becken zurückkehrte.

Bis dahin ergab das alles einen Sinn, dachte Drew. Der Landstreicher, der sich in der Finsternis oben an der Steilwand versteckt hatte, mußte das Scharren unserer Stiefel auf dem Felsgestein gehört haben, als wir unten ankamen. Wenn er sich zu dicht an den Felsrand gelehnt hatte, dann war es durchaus möglich, daß er dabei das Gleichgewicht verloren hatte und heruntergestürzt war. Das passierte in der Nacht ganz leicht.

Trotzdem beunruhigte ihn die Erklärung. Das war nicht die Art von Fehler, wie man sie von einem Profi erwarten durfte. Neben ihm nahm Arlene die Hände von der Leiche und richtete sich langsam auf. Er wußte, daß sie in diesem Augenblick ebenfalls versuchte, sich die Reihenfolge der Ereignisse zusammenzureimen. Sie brauchten nicht zu besprechen, was geschehen war, durften es nicht *wagen!* Die andere

Hälfte des Teams hielt sich noch in der Gegend auf. Vielleicht sogar oben auf der Steilwand. Vielleicht waren beide Männer dort hinaufgegangen, von der logischen Annahme ausgehend, daß die Klippe hinter dem Horn die Stelle war, an der Arlene versuchen konnte, ihnen zu entkommen.

Zu viele Variable. Zuviel Unsicherheit.

Aber soviel wußte er – der Schrei des abstürzenden Landstreichers würde seinen Partner gewarnt haben. Wenn der gutgekleidete Mann sich in dem Wald am Eingang zu dem Becken aufhielt, dann würde er möglicherweise jetzt beschließen, in diese Richtung zu kommen, um nachzusehen.

Andererseits durfte ein Profi eigentlich nicht zulassen, daß ein Schrei – selbst ein Schrei seines Partners – ihn in etwas hineinlockte, was sich als Falle erweisen konnte.

Arlene berührte ihn an der Schulter und gab ihm damit denselben Drang zu erkennen, den auch er empfand, nämlich von hier zu verschwinden. Sie überquerten den finsteren, schmalen Abgrund und hielten an der Steilwand hinter dem Horn an. Hinter ihnen erzeugte die Leiche ein gurgelndes Geräusch, mit dem der Druck Gas und Blut aus dem zerfetzten Torso trieb.

Drew verdrängte das Geräusch aus seinem Bewußtsein und konzentrierte sich ganz auf das Problem, dem er sich gegenübersah. Obwohl eine nächtliche Kletterpartie immer schwierig war, bot die Klippe hinter dem Horn dafür auch einen Vorteil. Sie war nicht so halsbrecherisch steil wie das Horn und bot mehr Felsvorsprünge und Simse. Arlenes schattenhafte Gestalt tastete nach oben, wählte sich eine Stelle aus, um sich daran festzuhalten, prüfte sie und hob dann den Fuß, um einen Punkt zu suchen, an dem sie den Stiefel aufsetzen konnte. Drew dachte nach: Wenn der gutgekleidete Mann mit dem Landstreicher den höchsten Punkt der Klippe aufgesucht hatte, dann werden wir nie über den Felsrand kommen. Dann enden wir wie sein Freund hier unten.

Nein, alles das mutete irgendwie falsch an. Er zupfte an der Hinterseite von Arlenes Jacke, als die sich aufrichtete. Sie erstarrte, leistete Widerstand. Er zupfte noch einmal. Dann griff er nach ihrer Hand und zeigte damit von der Klippe weg, am Horn vorbei, auf den Eingang des Beckens. Er führte ihre Hand an seine Brust, an die ihre und deutete dann wieder an dem Horn vorbei. Die Botschaft war klar, hoffte er. Vielleicht ist es besser, wenn wir *den* Weg nehmen. Sie schien darüber nachzudenken. Dann tippte sie ihn zweimal an der Schulter an. Okay.

Sie krochen aus der Spalte zwischen dem Horn und der Felswand heraus. Wenn der gutgekleidete Mann dort draußen war, sich irgendwo im Wald versteckt hielt und sie durch ein Nachtsichtgerät beobachtete, dann würden sie ihm eine Zielscheibe bieten. Aber seine Intuition, ein Instinkt, sagten Drew, daß die Lage noch wirrer war, als er sich das ausmalte; daß keine Kugel seine Brust durchbohren würde und daß er und Arlene durchaus die Chance hatten zu entkommen.

Sie arbeiteten sich nach rechts, ließen die Felswand links liegen und stiegen den Hang hinunter, traten in den engen Hohlweg ein, der aus dem Becken herausführte. Der Wald vor ihnen war still und kalt, wirkte aber wegen seines Dickichts beruhigend.

Ihrer Ausbildung entsprechend hielten sie zwanzig Fuß Abstand zwischen sich, wobei Drew voranging und umgestürzten Bäumen und Felsbrocken auswich. Getrennt boten sie ein schwierigeres Ziel. Und wenn ein Heckenschütze auf einen von ihnen schoß, dann hätte der andere eine Chance, den Mündungsblitz zu sehen und das Feuer zu erwidern. Drew empfand ein Gefühl der Erleichterung und der Beruhigung, seit er die Pistole gesehen hatte, die sie aus dem Rucksack geholt hatte.

Als sie diesmal den Bach erreichten, vergeudete er keine Mühe daran, einen Stamm zu finden, um ihn damit zu überqueren, sondern watete einfach hindurch, wobei ihn lediglich die klatschenden Geräusche beunruhigten, die er dabei erzeugte.

Dann hatte er den Bach hinter sich gelassen. Und nachdem er gehört hatte, daß Arlene ihm folgte, kroch er weiter durch die Büsche und Bäume, bei jedem Schritt sorgfältig darauf achtend, wohin er den Fuß setzte. Befriedigt nahm er zur

Kenntnis, daß die Blätter noch vom gestrigen Regen durchnäßt waren und deshalb nicht raschelten. Von den Sternen geleitet, arbeitete er sich in östlicher Richtung auf die zweispurige Straße und das Motorrad zu, das er in der Nähe der Straße versteckt hatte.

Als er schließlich den Asphaltbelag der Straße sah, löste sich seine Spannung. Der Mond war aufgegangen und hüllte die Straße in gelbliches Licht. Die skelettartige Silhouette eines Fernleitungsmastes ragte vor dem Sternenhimmel zu seiner Rechten auf. Als er am Morgen angekommen war, hatte er sich den Leitungsmast als Markierung gewählt, um die Stelle wiederzufinden, wo er das Motorrad versteckt hatte. Und als er sich jetzt durch die Büsche arbeitete, die die Straße flankierten, kam er zu der Harley. Er überprüfte die Maschine; niemand hatte sich daran zu schaffen gemacht.

Trotzdem wollte er den Motor nicht anlassen und damit Aufmerksamkeit erwecken und schob deshalb das Motorrad die Straße hinunter, diesmal links von dem Leitungsmast, und erreichte bald die Stelle, wo Arlene auf ihn wartete.

Im Mondlicht sah er sie auf einen teilweise überwachsenen Weg deuten, der in den Wald hineinführte. Die Büsche und das niedrige Gestrüpp waren heruntergedrückt, so als ob ein Wagen darübergefahren wäre. Mit einer Handbewegung bedeutete sie ihm, ihr zu folgen. Nach dreißig Metern fand er den dunkelblauen Wagen, der in der Finsternis kaum von seiner Umgebung zu unterscheiden war.

In dem Wagen saß jemand.

Der gutgekleidete Mann saß reglos hinter dem Steuerrad. ein dünner Strich wie eine Narbe umgab die vordere Hälfte seiner Kehle kreisförmig. Der Strich hatte sich tief eingeschnitten, ganz offensichtlich die Auswirkung kräftiger Hände mit einer rasiermesserscharfen Würgeschlinge. Vom Laub gefiltertes Mondlicht fiel auf die Szene herunter und ließ das Blut erkennen, das die Vorderseite des Mantels des Toten durchtränkte.

Drew wirbelte herum auf den Wald zu, der eine schwarze Wand bildete. Der Landstreicher war nicht von der Klippe gestürzt – man hatte ihn gestoßen! Da war noch jemand im Wald!

Jetzt kam es nicht mehr darauf an, sich leise zu verhalten. Wer auch immer dort draußen ist, kennt jede Bewegung, die wir gemacht haben.

Er stieg auf das Motorrad und trat den Kickstarter durch. Das Brüllen des Motors zerriß die Stille. »Sehen wir zu, daß wir von hier verschwinden.«

13

Er spürte Arlenes Brüste an seinem Rücken, ihre Arme um seine Brust und raste auf die kiesbedeckte Parkfläche zu, wo sie ihren Wagen abgestellt hatte – Firebird stand auf dem Typenschild, wenn er auch das Modell nicht kannte.

Er inspizierte ihn schnell, aber auch hier hatte sich niemand zu schaffen gemacht, ebensowenig wie an der Harley. Tatsächlich sprang der Wagen im selben Augenblick an, in dem Arlene den Zündschlüssel im Schloß drehte. Mit durchdrehenden Reifen, die den Kies aufspritzen ließen, raste Arlene davon. Drew brauste hinter ihr her.

Aber fünf Meilen weiter, dicht nach einer Haarnadelkurve, ließ er ihre Rücklichter verschwinden, während er sich in den Büschen neben der Straße versteckte und Ausschau nach einem Verfolger hielt. Er wartete zehn Minuten.

Niemand kam. Das ergibt keinen Sinn, dachte er. Wer auch immer diese Männer getötet hat, muß gesehen haben, wie wir wegfuhren. Warum verfolgt man uns nicht? Mit gerunzelter Stirn verließ er sein Versteck und traf sich zehn Meilen weiter wieder mit Arlene.

»Da *muß* doch jemand sein«, sagte sie.

»Ich weiß.« Er blickte die in Dunkelheit gehüllte Straße entlang. »Ich hätte nie gedacht, daß es mich stört, wenn man mich *nicht* verfolgt.«

»Probieren wir es noch einmal. Fahr nach der nächsten scharfen Biegung noch einmal von der Straße ab und warte.«

Kein Wagen folgte ihnen. Enttäuscht fuhr er ihr nach.

»Das wär's dann wohl«, sagte sie. »Sehen wir zu, daß wir ein paar Meilen hinter uns bringen. Halte dich dicht hinter mir, ich werde Nebenstraßen benutzen.«

»Wohin denn?«

»Du hast es ja selbst gesagt. Wir brauchen einen sicheren Ort, wo du mir meine Fragen beantworten kannst.« Ihre Stimme klang erschöpft. »Und wo du mir sagen kannst, was das alles mit Jake zu tun hat.«

Beunruhigt sahen sie sich beide um. Was war in diesem Wald *passiert?*

»Wir *müssen* Jake finden«, sagte Arlene eindringlich.

14

Sie fuhren in südlicher Richtung durch Pennsylvania und hielten in Bethlehem am Lehigh River an. Das Motel, das sie dort auswählten, lag an einer Seitenstraße. Es bestand aus einer Reihe miteinander verbundener primitiver Häuschen mit einem Parkplatz vor jeder Tür. Bei dem schläfrigen Angestellten trugen sie sich als Mr. und Mrs. Robert Davis ein und verlangten das Häuschen, das am weitesten hinten lag (»damit uns der Verkehr am Morgen nicht weckt«), und stellten dann fest, daß um drei Uhr früh alle Schnellimbisse der Umgebung geschlossen waren. Sie mußten sich also mit dem Rest ihres Bergsteigerproviants und ein wenig geschmacklosem Käse und weichen Crackers aus einem Automaten in der Motelhalle begnügen.

Sie parkten den Firebird vor ihrer Tür und stellten das Motorrad dahinter ab, so daß man es von der Straße aus nicht sehen konnte, sperrten hinter sich zu, zogen die Vorhänge vor und schalteten erst dann die Beleuchtung ein.

Jetzt ließ Arlene sich mit ausgestreckten Armen auf das Bett sinken. Auf dem weißen Laken sah sie aus wie ein Engel im Schnee. Sie schloß die Augen und lachte. »Ganz wie in der guten alten Zeit, wie? Das erinnert mich an damals,

als wir uns in Mexico City verkrochen haben. Du und ich...«

Sie schlug die Augen auf und wirkte plötzlich gar nicht mehr entspannt.

»Und Jake«, sagte Drew.

Sie runzelte die Stirn. »Jetzt ist's Zeit.«

Er reagierte nicht.

»Du hast es versprochen.«

»Sicher. Es ist nur so...«

»Jake. Du hast gesagt, du wärst in einem Kloster gewesen. Du hast gesagt, Jake hätte dich vor sechs Jahren getötet. Was soll das bedeuten?« Ihre Stimme wurde hart. »Sag es mir.«

Er hatte gewußt, daß das kommen würde. Während der unruhigen Fahrt hierher (wieder die schreckliche Frage: *Was war in diesem Wald passiert? Warum war man ihnen nicht gefolgt?*) hatte er versucht, sich darauf vorzubereiten.

Aber er war immer noch nicht soweit.

»Ich fürchte, das wird eine Weile dauern.«

»Dann solltest du keine Zeit vergeuden. Fang an!« Sie stand auf, zog ihre Khakijacke aus und fing an, ihr dickes Wollhemd aufzuknöpfen.

Die Intimität, die in diesem Verhalten lag, überraschte ihn, obwohl sie ganz offensichtlich überhaupt nicht darüber nachdachte und sich ihm gegenüber immer noch so verhielt, als wären sie ein Liebespaar. Wieder spürte er eine Aufwallung von Liebe für sie, eine Art bittersüßes Heimweh, ein Sehnen nach ihrem früheren Leben.

»Und ehe du anfängst« – sie öffnete die Tür ins Badezimmer – »ich bin die erste unter der Dusche.« Sie drehte sich ungeduldig um, ohne darauf zu achten, daß ihr Hemd halb offen war und er ihren Busen sehen konnte. »Komm schon, Drew, fang an zu reden.«

In seinen Gedanken herrschte völliges Chaos, und sein Unterbewußtsein bemühte sich, die Alpträume nicht an die Oberfläche kommen zu lassen, die es vergraben hatte. Er sah zu Boden.

Als er aufblickte, war Arlene verschwunden. Aus dem Badezimmer hörte er das Scharren von Haken am Duschvorhang und dann das Geräusch von Wasser, das in eine Wanne spritzte.

Jetzt war wieder das Scharren des Vorhangs zu hören, und er ging ins Badezimmer. Ein Schatten bewegte sich hinter dem gelbgeblümten Vorhang. Ihre verstaubte Bergsteigerkleidung lag in einem unordentlichen Haufen unter dem Waschbecken. Dampf stieg auf und erfüllte den Raum.

»Drew?«

»Hier. Ich versuche mir darüber klarzuwerden, wo ich anfangen soll.« Er biß sich auf die Unterlippe, klappte den Toilettendeckel herunter und setzte sich darauf.

»Aber du hast doch gesagt, vor sechs Jahren.«

»Nein. Es fängt früher an. Wenn du nicht weißt, was vorher geschehen ist, verstehst du den Rest nicht.« Er starrte in den Dampf, der das Badezimmer erfüllte. Trotz ihrer Intimität hatte er ihr bisher von alledem nichts erzählt. Die Erinnerung daran war zu deprimierend gewesen. »Japan«, murmelte er.

»Was? Ich kann dich nicht hören. Die Dusche ist zu laut.«

»Japan«, sagte er lauter.

Die Dampfschwaden waren noch dichter geworden. Einen schwindelerregenden Augenblick lang hatte er das Gefühl, in dem Dampf zu versinken.

TEIL FÜNF

Heimsuchung

Die Sünden der Vergangenheit

1

Japan, 1960.
Am 10. Juni stürmte vor einem geplanten Besuch des amerikanischen Präsidenten Dwight D. Eisenhower ein wütender Mob von zehntausend antiamerikanischen Demonstranten den Flughafen von Tokio, um damit gegen einen neuen japanisch-amerikanischen Verteidigungsvertrag zu protestieren, der weiterhin die Präsenz amerikanischer Militärstützpunkte gestattete und – was in Anbetracht der Atombomben, die die Vereinigten Staaten auf Hiroshima und Nagasaki abgeworfen hatten noch schlimmer war – auch die Stationierung von Kernwaffen auf japanischem Boden vorsah. Die unmittelbare Wut richtete sich auf den amerikanischen Botschafter in Japan und einige Angehörige von Eisenhowers Stab.

Wie als Warnung vor noch schlimmeren Krawallen, zu denen es kommen würde, falls der amerikanische Präsident in Japan eintraf, umringte der Mob die Limousine, mit der die Gruppe von Amerikanern zur Botschaft hatte fahren wollen, und bedrohte ihre Insassen so sehr, daß ein Helikopter der US Marine-Infanterie zwischen den Protestierenden eine Notlandung durchführte und die Beamten in Sicherheit brachte.

Sechs Tage später erbat die japanische Regierung eine Verschiebung von Eisenhowers Besuch. Die massiven Demonstrationen dauerten jedoch an.

2

Tokio, eine Woche später. Die ›Schwierigkeiten‹ der letzten Tage – Drew hatte diesen Ausdruck in letzter Zeit häufig von seinem Vater gehört – die ›Schwierigkeiten‹ waren schuld daran, daß seine Geburtstagsparty abgesagt wurde. Er wußte nicht, worin die Schwierigkeiten bestanden (es mußte etwas mit dem geheimnisvollen Ort zu tun haben, der sich Botschaft nannte, wo sein Vater arbeitete), aber er wußte, daß letztes Jahr, als er neun geworden war, zwanzig Kinder bei seiner Party gewesen waren und daß dieses Jahr, morgen, gar keine kommen würden.

»Bei diesen Schwierigkeiten ist es für Amerikaner gefährlich, in größeren Gruppen zusammenzukommen«, hatte sein Vater gesagt. »Wenn hier viele Eltern mit ihren Wagen ankommen, würde das zuviel Aufmerksamkeit erwecken. Wir können uns keine weiteren Zwischenfälle leisten. Ich bin sicher, daß du das verstehst, Drew. Nächstes Jahr, das verspreche ich dir, sollst du eine größere, bessere Party haben als wir sie für dieses Jahr geplant hatten.«

Aber Drew verstand das nicht – genauso wenig, wie er es verstand, weshalb sein Vater seiner Mutter gestern beim Abendessen gesagt hatte, daß sie vielleicht aus ihrem Haus in die Botschaft würden umziehen müssen.

»Nur eine temporäre Maßnahme.« Manchmal benutzte Drews Vater Worte, die für Drew zu hochgegriffen waren, als daß er sie hätte erfassen können. »Nur, bis sich die Lage stabilisiert hat.«

Was auch immer ›stabilisiert‹ bedeutete. Der einzige Hinweis darauf, daß irgend etwas nicht stimmte, war in den letzten Wochen, daß die meisten ihrer japanischen Bediensteten gekündigt hatten. Und jetzt, wo Drew darüber nachdachte, war da noch etwas gewesen. Sein bester Freund in der Nachbarschaft, ein japanischer Junge, kam nicht mehr zum Spielen. Drew rief ihn häufig an, aber die Eltern seines Freundes sagten immer, der Junge sei nicht zu Hause.

»He, jetzt vergiß die Party mal, Sportsfreund«, sagte Drews Vater und strich ihm verspielt durch das Haar. »Schau nicht so traurig. Geschenke kriegst du ja trotzdem. Eine ganze Menge. Und einen großen Schokoladenkuchen, den magst du doch. Ich werd' sogar deinetwegen nicht zur Arbeit gehen, um dir beim Feiern zu helfen.«

»Du meinst, du kannst einfach wegbleiben?« fragte Drews Mutter entzückt. »Werden die dich nicht in der Botschaft brauchen?«

»Ich habe in letzter Zeit so viele Überstunden gemacht, daß ich dem Botschafter gesagt habe, mein Sohn sei mir wichtiger als irgend so eine verdammte Krise.«

»Und da ist er nicht ungehalten geworden?«

»Nein. Er hat bloß gelacht und gesagt: ›Sagen Sie Ihrem Sohn Happy Birthday von mir‹.«

3

Eine lange, schwarze Limousine hielt um zwei Uhr am nächsten Nachmittag vor dem Haus an. Drew sah aufgeregt von seinem Schlafzimmerfenster aus zu. Der Wagen hatte eine kleine amerikanische Flagge auf einer Metallstange beim Rückspiegel des Fahrers. Die Nummernschilder waren von derselben Art wie die am Wagen seines Vaters – von der Botschaft. Ein uniformierter Amerikaner stieg aus, nahm ein großes, rot-weiß-blaues Paket vom Sitz neben sich, schob die Schleife zurecht und ging den geschwungenen Eingangsweg entlang, vorbei an einem kunstvoll angelegten japanischen Garten auf den Eingang zu.

Er klopfte an der Tür und schob sich, während er wartete, die Chauffeurmütze zurecht und drehte sich dann um, als er in einem nahestehendem Kirschbaum einen Vogel singen sah. Eine ältere Japanerin, eine von den wenigen Bediensteten, die nicht ihre Arbeit hier aufgegeben hatten, kam heraus und verbeugte sich elegant in ihrem leuchtend orangefarbenen Kimono.

Der Fahrer verbeugte sich leicht und tippte sich aus amerikanischer Gewohnheit an die Mütze. »Bitte sagen Sie Mister

MacLane, daß der Botschafter sich empfehlen läßt.« Der Fahrer grinste. »Oder vielleicht sollten Sie es seinem Sohn sagen. Und geben Sie ihm dieses Geburtstagsgeschenk. Der Botschafter hofft, daß das ein Ausgleich für die abgesagte Party ist.«

Der Fahrer reichte der Angestellten das Paket, verbeugte sich noch einmal und ging zu der Limousine zurück.

4

Trotz seiner wachsenden Ungeduld wartete Drew gehorsam in seinem Zimmer, während seine Mutter und sein Vater sich vergewisserten, daß alles ordentlich angerichtet war.

»Wir sind zwar nur zu dritt«, hatte seine Mutter gesagt, »aber wir werden Spaß für zwanzig haben.«

Er blätterte interessiert in den amerikanischen Comics, – Superman und Davy Crockett waren seine Favoriten –, die sein Vater speziell für ihn hatte liefern lassen. »Mit Diplomatenpost«, hatte sein Vater gesagt, wenn Drew auch wußte, daß er nur Spaß machte. »Für meinen Sohn ist nichts zu gut.«

Er lag auf seinem Bett und starrte ungeduldig zur Decke.

»Okay, Drew«, hörte er seine Mutter aus dem Garten hinter dem Haus rufen. »Jetzt kannst du herauskommen.«

Er sprang aus dem Bett und rannte aus seinem Zimmer. Der schnellste Weg in den Hintergarten führte durch das Arbeitszimmer seines Vaters. Als er am Schreibtisch seines Vaters vorbeikam, sah er durch die offene Glastür seine Mutter und seinen Vater an einem runden Tisch sitzen, der hoch mit Geschenken jeder Farbe und Größe beladen war. Die Sonne spiegelte sich in dem hohen, beschlagenen Glas, das seine Mutter in der Hand hielt.

»Schau, sogar der Botschafter hat dir ein Geschenk geschickt«, sagte sie erregt, als sie ihn kommen sah, und hob das Glas zum Munde.

»Das hätte er nicht gebraucht. Er denkt wirklich an alles.

Ich bin neugierig, was drinnen ist«, sagte Drews Vater und schüttelte die Schachtel.

Drew betrat den Garten.

Die alles erschütternde Explosion betäubte ihn, warf ihn durch die offene Tür des Arbeitszimmers zurück und schmetterte ihn hart gegen den Schreibtisch seines Vaters. Einen Augenblick lang mußte er das Bewußtsein verloren haben. Er erinnerte sich nicht daran, von dem Schreibtisch zu Boden gefallen zu sein. Das nächste, was er wußte, war, wie er sich taumelnd erhob. Das Brausen in seinen Ohren erzeugte ihm Übelkeit. Alles, was er sah, war verschwommen. Während er auf die zerfetzten Reste der Arbeitszimmertür zutaumelte, wurde ihm klar – trotz seiner Verwirrtheit –, daß seine Kleider feucht waren, und als er an sich herabblickte, blinzelnd, um wieder einen klaren Blick zu bekommen, sah er, daß sie mit Blut durchtränkt waren. Der Anblick des Blutes allein hätte schon ausgereicht, um ihn schreien zu lassen; aber er tat es nicht. Und er schrie auch nicht, als er in Panik geriet, Angst hatte, wie sehr er wohl verletzt sein würde; und auch nicht, als ihm klar wurde – nein! – daß das Blut nicht das seine war.

Er taumelte durch die zerfetzte Tür und sah seine Mutter und seinen Vater zerrissen auf dem Rasen, das Gras von ihrem Blut feucht. Der Geburtstagskuchen, die Teller und Tassen und die bunt verpackten Geschenke, die den ganzen Tisch bedeckt hatten, existierten nicht mehr. Der Tisch selbst hatte sich aufgelöst. Beißender Rauch von der Explosion quoll dicht um ihn, ließ ihn husten. Ein Busch in der Nähe stand in Flammen.

Aber er schrie immer noch nicht.

Erst als er den fast abgerissenen Kopf seiner Mutter sah. Die Gewalt der Explosion hatte ihr das Glas, aus dem sie getrunken hatte, in den Mund gerammt. Das kreisförmige Unterteil des Glases spreizte ihre Lippen auseinander. Und der Rest des Glases war in ihrem Mund zersplittert. Sich wie Blütenblätter öffnende Glassplitter stachen bluttriefend aus ihren zerfetzten Wangen hervor.

Da schrie er.

5

Der Dampf verflüchtigte sich. Arlenes Schatten war unbewegt hinter dem Vorhang zu sehen. Im Badezimmer herrschte Stille. Drew hatte nicht bemerkt, daß sie das Wasser abgedreht hatte.

Jetzt durchbrach das Scharren der Metallhaken am Vorhang die Stille, als sie ihn halb öffnete und ihn mit mitfühlendem Gesichtsausdruck ansah. »Das habe ich nicht gewußt.«

»Das konntest du nicht wissen. Das ist etwas, worüber ich nicht gern rede. Selbst jetzt bereitet es mir noch zu große Schmerzen.« Nur, dachte Drew, daß er einmal in einem Augenblick der Schwäche Jake davon erzählt hatte. Er wischte sich etwas, das vielleicht Dampf war, aus den Augen.

»Es tut mir wirklich schrecklich leid.«

»Yeah.« Seine Stimme war ausdruckslos.

»Das Geschenk von der Botschaft.«

»Mit dem rot-weiß-blauen Einwickelpapier.«

»... enthielt eine Bombe?«

Drew nickte.

»Aber es kam nicht aus der Botschaft, und die Limousine war kein Dienstwagen, und die Nummernschilder waren gefälscht«, sagte sie.

»Natürlich. Und der Fahrer – niemand wußte etwas von ihm. Die Sicherheitsleute der Botschaft ließen mich Fotos ansehen. Nichts.«

»Klassisch.«

»Yeah.« Drew schloß die Augen. »Das war es wohl, nicht wahr?«

6

Von all dem Schmerz an Geist und Körper wie gelähmt, sah er sich dem Botschafter in dem großen, bedrückend wirkenden Büro gegenüber. Aus seiner Perspektive eines Zehnjährigen beunruhigte ihn die Decke; sie war so hoch, daß sie ihn unsicher machte, als wäre er plötzlich kleiner geworden. Das wuchtige Mobiliar war mit Leder überzogen und sah unbehaglich aus. Die Wände hatten eine bedrückend dunkle Holzvertäfelung und brütende Bücher auf schweren Regalen, beängstigende Fotografien wichtig aussehender Männer. Der Teppich war so dick, daß er nicht wußte, ob er überhaupt mit den Schuhen darauf stehen durfte.

»Wäre das alles, Sir?« hatte eine Botschaftswache – Drews Augen hatten sich geweitet, als er den Revolver in dem Halfter an seinem Gürtel gesehen hatte – den älteren, weißhaarigen Mann hinter dem Schreibtisch in dem riesigen Zimmer gefragt.

Drew erkannte den Mann; er war ihm einige Male begegnet, als seine Eltern Drew zu Weihnachtsfeiern und zu den Partys am 4. Juli in die Botschaft mitgenommen hatten. Der Mann trug einen grauen Nadelstreifenanzug mit Weste. Sein kurzgestutzter Schnurrbart war ebenso weiß wie sein Haar. Sein hageres Gesicht wirkte faltig, müde.

»Ja, danke«, sagte der Mann zu dem Uniformierten. »Sagen Sie meiner Sekretärin, daß ich in den nächsten fünfzehn Minuten keine Anrufe haben möchte.«

»Sehr wohl, Sir.« Der Posten ging zwei Schritte rückwärts, verließ das Büro und schloß die Tür hinter sich.

»Hallo. Du heißt Andrew, nicht wahr?« Der Botschafter sah ihn forschend an, schien seine Worte sorgfältig auszuwählen. »Warum kommst du nicht zu mir herüber und setzt dich?«

Verwirrt gehorchte Drew. Der Ledersessel gab ein ächzendes Geräusch von sich, als er auf ihm Platz nahm, und seine Füße baumelten über dem Boden.

»Ich bin froh, daß du aus dem Krankenhaus entlassen bist. Hat man dich gut behandelt?«

Verwirrt konnte Drew nur seufzen. Im Krankenhaus waren Soldaten mit Gewehren gewesen, die ihm Angst eingejagt hatten. In der ganzen Station waren sonst keine Kinder gewesen, und benommen von der Injektion, die man ihm verpaßt hatte, um ihn schläfrig zu machen, hatte er nicht begriffen, warum man die Schwestern mit ›Lieutenant‹ ansprach.

»Dein Arzt hat mir gesagt, daß dir, abgesehen von ein paar Platzwunden und Schnitten – und den versengten Augenbrauen – nichts fehlt. Wirklich ein Wunder. Er sagt übrigens, du brauchst dir keine Sorgen zu machen. Deine Augenbrauen werden nachwachsen.«

Drew sah ihn verwirrt und mit gerunzelter Stirn an. Seine Augenbrauen? Als ob die wichtig gewesen wären! Seine Eltern – die Glassplitter, die aus den zerfetzten, blutigen Wangen seiner Mutter hervortraten – *das* war wichtig.

Das Leid verkrampfte ihm den Magen, stieg kalt in ihm auf und erfaßte sein schmerzendes Herz.

Der Botschafter beugte sich besorgt vor. »Alles in Ordnung, Sohn?«

Drew wollte schluchzen, hielt sich aber zurück, schluckte nur und nickte.

Der Botschafter wartete, versuchte zu lächeln. »Und dein Zimmer hier in der Botschaft? Sicherlich vermißt du dein Zuhause. Aber so wie die Umstände sind, konnten wir dich ja nicht gut dort bleiben lassen, selbst mit Wachen. Das verstehst du doch. Ich hoffe jedenfalls, daß du dich wohl fühlst.«

Das Schlafzimmer, das man Drew gegeben hatte, erinnerte ihn an ein Hotelzimmer – wenn er über den entsprechenden Wortschatz verfügt hätte, hätte er es unpersönlich genannt – in dem er und seine Eltern während einer Urlaubsreise nach Hawaii gewohnt hatten. Wieder zwang er sich zu nicken.

»Ich weiß, daß meine Angestellten dich gut behandelt haben«, sagte der Botschafter. »Ich hab' in der Küche ausdrücklich Anweisung gegeben, daß du soviel Eiskrem haben sollst, wie du willst. Die nächsten paar Tage jedenfalls. Erdbeer magst du am liebsten, glaube ich.«

Der Gedanke an Erdbeereis, seine Farbe und Konsistenz, erinnerte Drew an die blutigen Wangen seiner Mutter.

»Gibt es sonst noch etwas, was du gerne haben möchtest? Etwas von zu Hause vielleicht, das du vermißt?«

Meine Mutter und meinen Vater, wollte Drew hinausschreien, aber er litt stumm.

»Überhaupt nichts?«

Drew, der die Spannung im Raum spürte, bemühte sich, irgend etwas – *irgend etwas* – zu finden, was er sagen konnte, und murmelte die ersten Worte, die ihm in den Sinn kamen.

Der Botschafter richtete sich auf. »Tut mir leid, Sohn, ich hab' dich nicht verstanden.«

Nennen Sie mich nicht Sohn! wütete Drew innerlich. *Ich bin nicht Ihr Sohn. Ich bin niemandes Sohn. Nicht mehr.*

Aber er sagte nur, weil es eigentlich gleichgültig war: »Meine Comic-Hefte.«

Der Botschafter wirkte erleichtert. »Selbstverständlich. Was du magst. Ich werde heute nachmittag einen Mann hinschicken, um sie zu holen. Magst du irgendwelche besonders?«

»Superman.« *Es ist gleichgültig.* Drew wünschte sich verzweifelt, das Büro verlassen zu dürfen. »Davy Crockett.«

»Ich werde dir eine ganze Schachtel voll besorgen lassen.« Der Botschafter schürzte die Lippen. »Also dann.« Er stand auf, ging um seinen Schreibtisch herum und lehnte sich mit den Hüften dagegen, beugte sich etwas vor, um auf Drews Augenhöhe zu sein. »Es gibt da ein paar Dinge, über die wir reden müssen. Das ist nicht leicht, aber es muß sein. Das Begräbnis deiner Eltern...«

Drew zuckte zusammen. Obwohl er erst zehn war, hatte ihn das Schreckliche gestern gelehrt, plötzlich den Tod zu begreifen. Sicherlich, nachdem er die zerfetzten Körper seiner Eltern gesehen hatte, wußte er, daß man sie unmöglich wieder zusammensetzen konnte.

»... wird morgen früh sein. Meine Mitarbeiter und ich haben über die Angelegenheit einige Gespräche geführt. Wir wissen, wie schmerzhaft das für dich ist. Aber wir sind alle zu der Meinung gekommen, daß du teilnehmen solltest. Um deine Alpträume zur Ruhe zu legen, sozusagen. Und um aus dir ein Symbol dessen zu machen...«

Drew verstand das Wort nicht.

»... wozu Haß fähig ist. Ein Symbol dessen, was nie wieder geschehen darf. Ich weiß, daß das alles für dich schrecklich verwirrend ist. Aber manchmal müssen wir es so einrichten, daß aus dem Schlechten Gutes erwächst. Wir wollen, daß du bei dem Begräbnis in der vordersten Reihe sitzt. Eine Menge Fotografen werden Bilder von dir machen. Eine Menge Leute – genauer gesagt, die ganze Welt – wird zusehen. Es tut mir wirklich leid, daß du so schnell erwachsen werden mußt. Falls es etwas bedeutet – ich bin sicher, daß deine Mutter und dein Vater gewollt hätten, daß du hingehst.«

Und da weinte Drew endlich. So sehr er auch versuchte, es nicht zu tun –, er konnte sich einfach nicht zurückhalten.

Der Botschafter drückte ihn an sich und tätschelte ihm den Rücken. »So ist's gut. Laß es einfach laufen. Glaub mir, es ist schon in Ordnung, wenn du weinst.«

Drew brauchte die Aufmunterung nicht. Er hörte nicht auf zu schluchzen, und es schüttelte ihn so stark, daß er glaubte, sein Herz müßte brechen. Schließlich ließ es nach. Er wischte sich die Augen, spürte seine Tränen an den Wangen brennen und sah den Botschafter mit vor Schmerz gefurchter Stirn an. »Warum?« Seine Kehle war so angeschwollen, daß das Wort nur als ein Krächzen zu hören war.

»Es tut mir leid, Andrew. Ich glaube, ich habe nicht richtig verstanden. Warum was?«

»Wer hat sie getötet? *Warum*?«

Der Botschafter seufzte. »Ich wünschte, ich wüßte das. Heutzutage ist Amerika leider nicht sehr populär.« Er nannte ein paar Länder, und von den meisten hatte Drew noch nie gehört – Kuba, Kamerun, Algerien, der Kongo. »Nicht nur hier in Japan gibt es Krawalle gegen uns. Alles verändert sich. Die Welt ist nicht mehr der Ort, der er einmal war.«

»Aber gibt es denn nicht *irgend jemanden*, den Sie bestrafen können?«

»Es tut mir leid. Wir wissen einfach nicht genug. Aber ich verspreche dir, daß wir alles tun, was in unserer Macht steht, um die Täter zu finden.«

Drew blinzelte unter seinen Tränen.

»Es ist mir wirklich unangenehm, das alles auf einmal tun zu müssen. Es gibt da noch etwas, worüber wir reden müssen. Vor einer Weile sagte ich, daß ich der Küche Anweisung gegeben hätte, dir die nächsten paar Tage soviel Eiskrem zu geben, wie du willst. Der Grund dafür, daß ich es zeitlich begrenzt habe, ist, daß man dich nach dem Begräbnis, nachdem du dich ein wenig ausgeruht hast, in die Staaten zurückfliegen wird. Jemand muß sich um dich kümmern. Ich habe mit deinem Onkel gesprochen und dafür gesorgt, daß du bei ihm bleiben kannst. Du wirst« – der Botschafter sah auf die Uhr – »in zwanzig Minuten mit ihm telefonieren können.«

Verwirrt versuchte Drew sich daran zu erinnern, wie sein Onkel aussah; aber alles, was er vor seinem geistigen Auge sah, war das Gesicht seines Vaters, oder besser gesagt, ein undeutliches Abbild des Gesichts seines Vaters. Es erschreckte ihn, daß er sich nicht daran erinnern konnte, wie sein Vater aussah. Er sah nur die zerfetzten Leichenteile, die über den blutdurchtränkten Rasen verstreut lagen.

7

»Aber wer hat denn deine Eltern getötet?« Arlene saß neben ihm auf dem Bett und hielt die Decke an sich gepreßt.

»Das hab' ich nie erfahren. In der Botschaft habe ich eine Menge Vermutungen gehört. Man beschrieb den Amerikaner, der sich als Chauffeur verkleidet und die Bombe gebracht hatte, als einen Söldner, einen bezahlten Killer. Das war das erstemal, daß ich das Wort je gehört hatte. Man nahm an, daß japanische Fanatiker ihn bezahlt hatten. Aber ein Mann aus dem Sicherheitsstab der Botschaft – er hatte seit Kriegsende in Japan gelebt – bestand darauf, daß eine Bombe nicht japanischer Stil sei. Er redete die ganze Zeit von Samurai und Bushido – und einer ganzen Menge anderer Dinge, die ich nicht verstand. Dem Ehrenkodex des Kriegers. Er sagte, für einen Japaner, der seines Namens wert sei, wäre es Ehrensache, seinen Feind in der Öffentlichkeit zu töten, von Angesicht zu Angesicht. Nicht mit einer Bombe und nicht einmal mit einem Revolver, sondern mit einem Schwert. Und drei Monate später tat ein Angehöriger der japanischen Protestbewegung auch genau das, arbeitete sich durch die Menge und spießte einen japanischen Politiker auf, der den neuen Vertrag mit Amerika unterstützte. Und der Mann sagte auch, ein wahrer Japaner hätte niemals versucht, die Frau und das Kind seines Feindes zu töten – nur den Mann, den Vater.«

»Aber wenn der Mann nicht den Japanern die Schuld gab, wem hat er *dann* die Schuld gegeben?«

»Den Russen. Vieles von alledem hat mir damals nicht viel gesagt, aber später kam ich dahinter, was er meinte. Der Sinn des neuen Verteidigungsbündnisses war es, Amerika zu helfen, einen Angriff der Sowjets in Japan zu verhindern. Mit unseren Stützpunkten in Japan hatten wir unseren Daumen auf Südostasien und konnten versuchen, eine weitere Ausbreitung des Kommunismus zu stoppen. Die Theorie des Wachmannes war, wenn die Sowjets es so hinstellen konnten, als hätten die Japaner einen amerikanischen Diplomaten und seine Familie in die Luft gejagt...«

»Dann wären diese Morde so erschütternd, daß das den Abgrund zwischen Amerika und Japan vertiefen würde. Der Vertrag wäre bedroht«, sagte Arlene.

»So hatte der Wachmann es sich zurechtgelegt. Aber wenn das der Fall war, dann hat die Taktik nicht funktioniert. Die Ermordung meiner Eltern ließ jeden erkennen, wie sehr die ganze Situation außer Kontrolle geraten war. Die Japaner, erschüttert, daß sie des Meuchelmordes bezichtigt wurden, stellten ihre Demonstrationen ein. Die Krise war zu Ende.«

Arlene nahm seine Hand. »Aber nicht deine Alpträume.«

Er sah sie gequält an. »*Ich wollte einen Schuldigen.*«

8

Er war oft mit seinen Eltern zur Messe gegangen, aber erst nach ihrem Begräbnis wurde ihm zum erstenmal klar, wie viele Bilder des Todes ihn in der Kirche umgaben. Christus am Kreuz, Nägel, die seine Hände und Füße durchbohrten und die Striemen der Peitschenhiebe am Rücken, Christus mit Dornen gekrönt und mit einer tiefen Speerwunde an der

Seite. In einem Gebetbuch fand er ein farbiges Bild des Grabes, aus dem Christus auferstanden war. Christi Jünger umstanden den weggerollten Stein und blickten mit verklärtem Gesicht zum Himmel.

Aber nichts konnte ihm seine Eltern zurückbringen, das wußte er. Er hatte die blutigen Fragmente ihrer Körper gesehen.

Die dröhnende Orgelmusik jagte einem Angst ein, und das Latein der Messe war ebenso bedeutungslos wie das Englisch, in dem der Priester ›diese schreckliche Tragödie‹ beschrieb. Drew, der in der vordersten Kirchenbank saß, hatte das Gefühl, daß alle ihn anstarrten. Die Fotografen machten dauernd Aufnahmen von ihm. Er hätte schreien können.

Der Botschafter hatte ihm erklärt, die Leichen würden an einem Ort, der sich Andrews Air Force Base nannte, geflogen werden, wo sein Onkel und ›sogar der Staatssekretär‹ ihn erwarteten. Wer auch immer der Staatssekretär war. Es war ohne Bedeutung. An der Grabstätte der Familie seines Vaters in Boston würde ein weiterer Gottesdienst abgehalten werden; aber auch das war ohne Bedeutung, obwohl allem Anschein nach dieser erste Gottesdienst wichtiger war, ein Symbol – der Botschafter hatte das Wort ein zweitesmal benutzt –, wie wichtig die Freundschaft zwischen Amerika und Japan war.

Drew bemerkte viele Männer mit harten Gesichtern, deren Jacketts offenstanden und die die Hände am Gürtel hatten und wahrscheinlich Pistolen umfaßt hielten.

Und als der Gottesdienst zu Ende war, nahm der Botschafter die amerikanischen Fahnen – von jedem Sarg eine – faltete sie zusammen und brachte sie Drew, damit er sie berühren konnte.

Er preßte das Gesicht dagegen und durchtränkte sie mit seinen Tränen.

9

»Und deshalb ist es unmöglich, daß ich dieser bezahlte Meuchelmörder war, von dem du mir erzählt hast. Dieser Söldnerterrorist.« Drew stieß die Worte angewidert hervor. »Dieser Janus. Weil ein Mann wie Janus meine Eltern getötet hat. Und er war nicht allein. Der Botschafter sagte mir, daß es viele Söldner wie den gäbe, der sich als Chauffeur verkleidet hatte.« Drew fuhr hoch. »Ohne das Ehrgefühl eines Japaners. Feigling. Hinterhältige Diebe, die nicht mal soviel Würde besaßen, ihren Feinden ins Gesicht zu sehen. Mütter, Väter, Kinder – für sie machte es keinen Unterschied, wem sie weh taten und wieviel Leid und Pein sie erzeugten. Deshalb habe ich mir jede Nacht, während ich mich in den Schlaf weinte, ein Gelübde wiederholt, das ich mir selbst gegenüber abgelegt hatte.« Er biß die Zähne zusammen. »Wenn ich nie die Genugtuung haben sollte, zu sehen, wie der Mann, der meine Eltern ermordet hat, die Strafe erhielt, die er verdient, dann würde ich jene strafen, die wie er waren. Ich würde mit ihnen allen abrechnen.«

»Du warst – wie alt? – zehn, sagtest du?« Arlene blickte erstaunt. »Und da hast du diese Entscheidung getroffen? Und dich daran gehalten?«

»Daran ist nichts Überraschendes.« Drew schluckte bitter. »Siehst du, ich habe meine Eltern *geliebt*. Sie fehlen mir bis zum heutigen Tage. Ich habe ihre Gräber besucht. Oft.« Seine Stimme wurde brüchig. »Als Zehnjähriger dachte ich, ich könnte selbst Rache nehmen. Ich wußte nicht, wie ich das anfangen sollte. Aber später, als Teenager, erfuhr ich, daß andere genauso empfanden wie ich. Und ich fing an für...«

»Scalpel zu arbeiten.« Sie hauchte es.

Das Telefon klingelte schrill, unterbrach sie.

10

Drew fuhr überrascht zum Nachttisch herum. Er sah Arlene scharf an. Ihre Augen waren geweitet, und sie schien ebenso verblüfft wie er. Wieder starrte er den Nachttisch an, wo soeben das Telefon zum zweitenmal klingelte.

»Falsch verbunden?« Arlene glaubte das sichtlich selbst nicht.

Drew machte sich nicht einmal die Mühe, den Kopf zu schütteln. Das Telefon klingelte das drittemal.

»Der Angestellte im Büro?« fragte Arlene. »Etwas, das er vergessen hat uns zu sagen?«

»Was, zum Beispiel?«

Ihr fiel nichts ein. Wieder klingelte das Telefon.

»Vielleicht reden wir zu laut. Vielleicht haben wir jemanden nebenan geweckt«, sagte Drew. »Es gibt nur eine Möglichkeit, das zu erfahren.« Er lehnte sich aus dem Bett und nahm den Hörer ab. Trotz der Spannung, unter der er stand, blieb seine Stimme ruhig. »Hallo?«

»Ja. Ich will Sie nicht erschrecken« – die Stimme am anderen Ende war männlich, tief und hatte einen ausgeprägten Akzent – »aber ich habe keine andere Wahl, als Sie anzurufen.«

Trotz dieses Versuchs, ihn zu beruhigen, war Drew erschreckt, und der schreckliche Verdacht, daß er diese Stimme schon einmal gehört hatte, wenn er sie auch nicht identifizieren konnte, nagte an ihm. Arlene stand aus dem Sessel auf und legte ihren Kopf neben den Drews und lauschte, während er den Hörer etwas zur Seite drehte.

Die Stimme redete weiter. »Es ist bedauerlich, aber ich kann selbst mit den besten Geräten nicht alles hören, was Sie in Ihrem Zimmer sagen. Insbesondere die Dusche war da ein Problem. Und Sie kommen jetzt zu dem Teil, der mich interessiert.«

Drew fröstelte. Es gab da eine Stelle zwischen seinen Schulterblättern, die eisigkalt war. Und jetzt erinnerte er sich, erschreckend deutlich sogar, wo er die Stimme schon einmal gehört hatte. Es war die Stimme des Priesters, der plötzlich aus dem Beichtstuhl aufgetaucht war, als Drew in der Kapelle in dem Haus der Einkehr in den Berkshire-Hügeln angegriffen worden war. Der Priester mit dem leuchtenden, roten Ring, der .45er und dem slawischen Akzent. Der Priester, der die beiden Priester-Angreifer niedergeschossen und Drew durch den Tunnel verfolgt hatte.

»Mir ist klar, daß Sie Zeit brauchen, um mein Eindringen zu verarbeiten«, sagte die Stimme. »Ich habe Sie ohne Zweifel überrascht. Aber, bitte, zögern Sie nicht viel länger. Die Zeit ist, wie man so sagt, knapp.«

Drew griff nach seiner Mauser. »Wo sind Sie?«

»In der Wohneinheit neben der Ihren. Beachten Sie, wie offen ich Ihnen das sage. Ich liefere mich Ihnen aus.«

Drew sah finster zur Wand. »Wie haben Sie uns gefunden?«

»Alles zu seiner Zeit. Ich möchte Ihre Erlaubnis, Ihr Zimmer zu betreten. Ich würde es aber vorziehen, das Gebäude nicht zu verlassen. Unsere Räume sind durch eine versperrte Tür von einander getrennt. Wenn Sie den Riegel auf Ihrer Seite zurückziehen, dann tue ich dasselbe auf der meinen, und dann können wir uns endlich treffen.«

Drew hob fragend die Brauen und sah zu Arlene hinüber. Sie nickte und deutete zuerst auf sich und dann auf das Bett. Ihre nächste Geste wies Drew an, zur Wand neben der Verbindungstür zu gehen.

Drew sprach ins Telefon. »Wenn Sie eine Waffe zeigen...«

»Bitte«, sagte die Stimme, »ich kenne die Regeln. Ich bin ein Risiko eingegangen, indem ich Sie anrief. Sie sollten meine Offenheit respektieren. Schließen Sie die Tür auf.«

Arlene nickte wieder heftig.

»Also gut«, sagte Drew.

Er legte den Hörer auf die Gabel. Arlene stieg ins Bett und stopfte sich Kissen in den Rücken. Er hielt die Mauser zielbereit und trat auf die Verbindungstür zu.

Mit einer ruckartigen Bewegung, darauf bedacht, ein hörbares Geräusch zu erzeugen, drehte er den Riegel im Schloß herum, zog ihn zurück und trat dann zu der Wand zurück, wo man ihn nicht würde sehen können, wenn die Tür sich öffnete. Als zusätzliche Vorsichtsmaßregel schob er sich auf die Ecke zu, für den Fall, daß eine Kugel durch die Wand kommen sollte.

Jetzt konnte man hören, wie der Riegel auf der anderen Seite zurückgezogen wurde. Die Tür ächzte, ging ins Zimmer auf.

Auf dem Bett teilte Arlene – von der offenen Tür aus unbehindert sichtbar – das Laken, das sie an sich gepreßt hatte, und enthüllte damit einladende Brüste, deren Brustwarzen sich von der plötzlichen Abkühlung verhärteten. Ihr Schamhaar...

Drew nutzte die Ablenkung. Er brauchte nur einen Augenblick. Er riß die Tür ganz auf, so daß sie gegen die Wand krachte. Während er dem Mann seine Mauser unsanft in die Nieren stieß, tastete er ihn schnell und fachmännisch ab.

Der Priester stöhnte unter dem harten Stoß mit der Waffe. »Nicht nötig. Ich habe meine Waffe in meinem Zimmer gelassen.« Nachdem er sich vor Schmerz zusammengekrümmt hatte, richtete er sich auf. »Ich habe Ihnen doch gesagt, daß ich mich an die Regeln halte. Ich bin für Sie keine Bedrohung.«

Drew beendete seine Durchsuchung, nachdem er dem Priester zwischen die Beine gegriffen hatte und die Gegend um die Hoden des Mannes betastet hatte.

»Und, bitte«, sagte der Mann zu Arlene, »hüllen Sie sich wieder in Ihre Decke. Ich bin Priester, aber das heißt nicht, daß ich für die Versuchung des Fleisches immun bin.«

Arlene schloß die Decke.

»Danke.« Der Mann trug einen schwarzen Anzug, einen schwarzen Brustlatz und einen weißen Kragen. Er war mittelgroß, kräftig gebaut, kompakt, muskulös, mit grauen Haaren in seinem dichten, dunklen Schnurrbart und silbernen Fäden in dem dichten, schwarzen Haar. Sein Gesicht war kantig, grobknochig und wirkte europäisch. Er schien Anfang Fünfzig zu sein, aber etwas in seinen Augen, die viel schwärzer waren als seine Kleider, sein Schnurrbart und sein Haar und die von ausgeprägten Runzeln betont waren, ließ erkennen, daß das, was er erlebt hatte, ihn unendlich älter gemacht hatte. Drew trat vorsichtig zurück. »Wie haben Sie uns gefunden?«

»In dem Haus der Einkehr hat man Ihnen saubere Kleidung und andere Schuhe gegeben.« Der Priester wartete ab, daß Drew seine eigenen Schlüsse zog.

Drew zuckte zusammen, verstimmt darüber, daß er keinen Verdacht geschöpft hatte. »Ein Peilgerät?«

»Im Absatz eines Schuhs. Nachdem Sie aus dem Seminar geflohen waren, bin ich dem Signal gefolgt. Ich fand die Stelle, wo Sie den Wagen des Bischofs zurückgelassen hatten – erschütternd zugerichtet, wie ich vielleicht hinzufügen darf.« Der Priester gestattete sich ein kurzes, glucksendes Lachen. Drew wollte etwas sagen, aber der Priester hob eine Hand. »Lassen Sie mich fortfahren. Ich stellte fest, daß Sie den zerstörten Cadillac gegen ein Motorrad ausgetauscht hatten. Sehr geschickt. Ich folgte Ihnen nach Concord und Lexington. Sie führten Telefonate. Von dort aus folgte ich Ihnen nach Greenwich Village in New York und beobachtete Ihre Bemühungen, mit dieser jungen Dame Kontakt aufzunehmen. Sorge bereiteten Sie mir, als Sie Ihre Schuhe mit dem Peilgerät am Satanshorn mit Ihren Kletterstiefeln vertauschten. Aber ich hatte vorsichtshalber ein Peilgerät an Ihrem Motorrad befestigt und« – ein Blick zu Arlene hinüber – »an Ihrem Wagen.«

Jetzt sprach sie das erstemal, seit der Priester den Raum betreten hatte. »Und in der Zwischenzeit?« Sie runzelte die Stirn. »Sie haben die Männer getötet, die...«

»Ihnen gefolgt waren? Das war unvermeidlich, fürchte ich. Ich konnte nicht zulassen, daß die dasselbe mit Ihnen taten. Es gab da ältere Verpflichtungen. Sehen Sie, wie offen ich zu Ihnen bin?«

»Sie haben den als Landstreicher verkleideten Mann von der Klippe gestoßen?« fragte sie.

Der Priester nickte leicht.

»Und haben den anderen Mann mit einer Garrotte getötet?«

»Das war notwendig. Sonst wären Sie nicht mehr am Leben, und wir könnten dieses Gespräch nicht führen.«

»Ein Priester, der tötet?« Drew sah ihn erschreckt an.

»Ich könnte Sie dasselbe fragen, obwohl Sie tatsächlich ja kein Priester, sondern nur ein Bruder sind. Trotzdem sind Sie mit dem Töten nicht unvertraut. Oder irre ich mich?«

Sie starrten einander an. Arlene brach das Schweigen. »Was er sagt, klingt einleuchtend. Mit einem Peilgerät hätte er sich weit genug hinter uns halten können, daß du seinen Wagen nicht sehen konntest, als du am Straßenrand wartetest.«

»Ganz richtig«, sagte der Priester. »Ich habe Abstand gehalten. Aber jetzt sind wir ja endlich beisammen.«

Drew schüttelte wieder den Kopf. »Warum?«

»Ist das nicht offenkundig? Der Angriff auf das Kloster.«

»Der Bischof behauptet, daß er gar nicht stattgefunden hat.«

»Man hat ihm gesagt, daß er das vorgeben soll. Nachdem wir die Spuren beseitigt hatten.«

»Wir?«

»Alles zu seiner Zeit.«

»Der Bischof behauptete auch, Hal sei *nicht* bei dem Haus der Einkehr getötet worden. Ich sei nicht angegriffen worden.«

»Weitere Instruktionen, die er befolgt hat. Ich bin kurz in dem Haus der Zuflucht geblieben, um die Säuberung zu arrangieren. Die Seminarteilnehmer wissen nur, daß ein Gast einen Nervenzusammenbruch hatte. Es ist nichts durchgedrungen.«

Drew schlug mit der Faust gegen die Wand. »Und ich kann nicht länger warten! Ich will Antworten hören!«

»Selbstverständlich. Aber, bitte, es sind keine dramatischen Gesten nötig. Ich bin Ihr Behüter.«

Drew erstarrte. »Mein *was*?«

»Man hat in dem Augenblick nach mir geschickt, als Sie mit Father Hafer zum Bischof kamen, um zu berichten. Ich war nie weit entfernt. Zweimal – in der Kapelle und beim Horn – habe ich Ihr Leben gerettet.«

Drews Kopfhaut begann zu prickeln. »Mir das Leben gerettet? *Warum*? Und warum haben Sie mich nicht von Anfang an wissen lassen, was Sie taten?«

»In dem Haus der Einkehr habe ich es Ihnen nicht gesagt, was passieren würde, wenn es so aussah, als wären wir allein, mit Ausnahme Hals. Und Ihre scheinbare Verletzbarkeit hat, wie ich das vermute, zum Angriff eingeladen.«

»Sie haben mich als Köder benutzt?« Drew zitterte vor Wut.

»Mir schien das eine gute Möglichkeit, Ihre Feinde hervorzulocken.«

»Sie hätten mich warnen sollen!«

»Da bin ich anderer Ansicht. Selbst ein Profi wie Sie...«

»Ein *ehemaliger* Profi.«

»Genau das ist es. Ich war nicht sicher, wie gut Sie wieder in die Welt hineinfinden würden. Ausnehmend gut übrigens, wie sich zeigen sollte. Aber in dem Augenblick fragte ich mich, ob die sechs Jahre als Eremit vielleicht Ihre Fähigkeiten abgestumpft hatten. Angenommen, ich hätte Ihnen gesagt, daß ich Sie als Köder gebrauchen wollte, um einen Angriff herauszufordern? Was wäre gewesen, wenn Sie nicht mehr imstande gewesen wären, sich unter Streß natürlich zu verhalten? Wenn Sie auch nur einen Blick in meine Richtung geworfen hätten, hätten Sie die Angreifer vor der möglichen Falle gewarnt. Die beiden Männer, die in die Kapelle platzten, waren übrigens keine Priester. Sie hatten sich nur als Priester verkleidet, um in dem Seminar nicht aufzufallen. Ich möchte betonen, daß sie nicht der Kirche angehörten.«

»Wer waren diese Männer?«

»Das haben wir nicht herausgefunden. Sie trugen natürlich keine Papiere bei sich. Wir haben Fotos gemacht und ihnen Fingerabdrücke abgenommen. Unsere Kontaktleute sind jetzt bemüht, ihre Namen herauszufinden. Aber ich fürchte, wir werden lediglich feststellen, daß sie Söldner waren und daß es keine Möglichkeit gibt, sie mit denen in Verbindung zu bringen, die sie bezahlt haben. Nach dem Angriff versuchte ich zu erklären, wer ich bin und weshalb ich dort war. Aber Sie sind weggerannt. Das ist die erste sichere Gelegenheit, die ich habe. Ich sollte mich vorstellen.« Er streckte ihm die Hand hin. »Ich bin Father Stanislaw.«

Drew sah die Hand verwirrt an. »Stanislaw?«

»Der Name ist polnisch. Ich bin in Polen geboren, und ich hatte Freude daran, den Namen des Schutzheiligen des Landes meiner Vorfahren anzunehmen.«

Drew ergriff widerstrebend die Hand.

Der Händedruck des Priesters war fest. Drew griff nach der anderen Hand des Priesters. Seiner Linken. Der mit dem Ring am Mittelfinger.

Father Stanislaw leistete keinen Widerstand.

Der Ring hatte einen dicken, goldenen Reifen und eine massive Fassung. Sein Stein war groß, auffällig und funkelte rot – ein Rubin mit einem eingeschnittenen Symbol. Ein Schwert in einem Malteserkreuz.

»Ich glaube, ich habe dieses Symbol noch nie gesehen. Zu welchem Orden gehört es?«

»Orden?« Father Stanislaw schüttelte den Kopf. »Eigentlich handelt es sich nicht direkt um einen Orden, obwohl wir schon viel länger existieren als die meisten Orden. Seit der Zeit der Kreuzzüge, um es genau zu sagen. Aber wir nennen uns eine Bruderschaft.«

Drew wartete.

»Die Bruderschaft des Steins. Aber dazu werden wir zu gegebener Zeit kommen«, sagte Father Stanislaw. »Aber zuerst müssen wir ein wenig nachholen. Wenn Sie gestatten...«

Der Priester ging in sein Zimmer zurück, kam gleich darauf mit einer Aktentasche wieder, entnahm ihr einen Umschlag und reichte ihn Drew.

Als der ihn verwirrt aufklappte, fand er eine Akte über sich – Einzelheiten über seine Jugend. »Moment!« Er blickte auf. »Wo haben Sie das alles erfahren?«

»Das ist nicht wichtig. Wichtig ist«, meinte Father Stanislaw, »daß Sie lernen, mir zu vertrauen. Ich zeige Ihnen das Dossier, um zu beweisen, daß ich bereits sehr viel über Sie weiß. Demzufolge hoffe ich, daß Sie mir Dinge sagen werden, die ich *nicht* weiß. Betrachten Sie es als Beichte. Einen Beweis des Vertrauens. Eine Grundlage für besseres Verständnis. Vielleicht rettet das Ihr Leben. Und was noch wichtiger ist, Ihre Seele.«

Arlene beugte sich vor. Während sie mit einer Hand die Decke um sich festhielt, nahm sie ungeduldig Drew den Aktendeckel weg, legte ihn auf ihren Schoß und blätterte darin. »Was *ist* das?«

»Das, was mit mir geschah, nachdem meine Eltern ermordet worden waren.« Drews Stimme klang belegt.

»Aber was hat das mit Jake zu tun? Mein Bruder ist in Gefahr, wer weiß, vielleicht sogar tot!«

»Was es mit Jake zu tun hat?« wiederholte Drew. »Alles. Wenn du nicht alles weißt, kannst du es nicht verstehen.«

11

»Da wären wir, Drew.« Sein Onkel hielt den roten Mercury vor einer Rasenfläche an, die zu einem Ranchhaus anstieg, wie er es nannte. »Wir haben es im letzten Herbst bauen lassen. Es gibt in Boston noch nicht viele davon. Der neueste Entwurf. Ich hoffe, du wirst hier glücklich sein. Es ist dein Zuhause.«

Drew starrte das Haus an, das ihm irgendwie fremdartig und nicht hierhergehörig erschien. Es war lang und flach und aus Ziegeln gebaut. Es hatte einen Kamin, einen überladenen Blumengarten; ein paar niedrige Bäume. Es sah ganz sicher nicht wie eine Ranch aus, und er konnte nicht umhin, es mit dem traditionellen japanischen Haus zu vergleichen, das aus Holz gebaut war und ein hohes, geneigtes Dach hatte und in dem er in Tokio sein halbes Leben verbracht hatte. Ziegel? fragte er sich. Was würde hier wohl passieren, wenn es ein Erdbeben gab?

Und warum war der Garten so überladen?

»Zuhause«, hatte sein Onkel gesagt. Aber Drew machte das wütend. Nein. Dies war nicht sein Zuhause. Sein Zuhause war in Japan, wo er mit seinen Eltern gelebt hatte.

Eine Frau und ein Junge kamen aus dem Haus. Drews Tante und sein Vetter. Drew hatte sie nicht mehr gesehen, seit seine Eltern ihn als Fünfjährigen aus Amerika weggeholt hatten, und so erinnerte er sich nicht an sie. Aber soviel stand fest: Die beiden – und ebenso auch sein Onkel, als er sie vorstellte – waren unsicher, verlegen. Seine Tante machte sich dauernd an ihren Fingern zu schaffen, und sein Vetter runzelte die ganze Zeit die Stirn. Und sein Onkel sagte immer wieder, daß alles gut werden würde, ganz bestimmt, darauf kannst du wetten, ja, alle würden sie gut miteinander auskommen.

»Du wirst hier glücklich sein.«

Doch Drew bezweifelte das. Er hatte das schreckliche Gefühl, daß er nie wieder glücklich sein würde.

Am nächsten Tag ging er zum zweiten Begräbnis seiner Eltern.

12

Er verbrachte den ganzen Sommer allein, hauptsächlich mit Fernsehen. Oder, wenn jemand in den Raum kam, wo das Fernsehgerät stand, indem er hinter der verschlossenen Tür des Raumes, den alle immer noch ›das Gästezimmer‹ nannten, Comic-Hefte las. Immer, wenn seine Tante zu seinem Onkel sagte, daß es für einen Jungen einfach unnatürlich sei, im Sommer im Haus zu bleiben, sagte sein Onkel: »Du mußt ihm Zeit lassen, sich einzugewöhnen. Denk daran, er hat viel durchgemacht. Was ist denn mit Billy? Sag Billy, daß er mit ihm spielen soll.«

»Billy sagt, daß er es versucht hätte.«

In Wirklichkeit hatte Billy das keineswegs, und Drew kannte auch den Grund – Eifersucht auf den neuen Jungen im Hause.

»Billy meint, er sei seltsam: Er redet nie...«

»Würdest du an seiner Stelle nicht auch seltsam auf andere wirken?«

»Du bist den ganzen Tag bei der Arbeit. Du weißt nicht, wie er ist. Er schleicht herum. Ich bügle zum Beispiel und höre ihn gar nicht. Und dann plötzlich steht er neben mir und starrt mich an. Er ist einfach wie...«

»Was? Sag es nur.«

»Ich weiß es nicht. Ein Gespenst. Er macht mich nervös.«

»Das ist für uns alle schwer. Aber wir werden uns daran gewöhnen müssen. Schließlich ist er der Sohn meines Bruders.«

»Und Billy ist dein *eigener* Sohn, und ich weiß nicht, weshalb wir mehr auf...«

»Wo soll der Junge denn hin, wie? Sag mir das. Er hat niemanden darum gebeten, daß seine Eltern in die Luft gesprengt werden sollen. Was, zum Teufel, soll ich denn tun?«

»Hör auf zu schreien, die Nachbarn werden dich hören.«

»Und der Junge auch, wenn du über ihn redest. Aber das scheint dir ja nichts auszumachen!«

»Ich laß nicht so mit mir reden. Ich...«

»Schon gut. Mir ist jetzt nicht nach Abendessen zumute, okay? Stell mir etwas in den Kühlschrank. Ich mache einen Spaziergang.«

Drew, der im Gang gelauscht hatte, wo man ihn nicht sehen konnte, ging ins Gästezimmer zurück, schloß die Tür hinter sich und las ein Comic-Heft.

Diesmal Batman.

13

Der September war noch schlimmer. Am ersten Tag, als Drew von der Schule zurückkam, hatte er Kaugummi im Haar kleben.

»Wie, in aller Welt, hast du denn das fertiggebracht?« fragte seine Tante.

Sie versuchte den Kaugummi herauszuziehen und zerrte an seinem Haar, bis ihm die Tränen in die Augen traten. Schließlich schnitt sie den Kaugummi mit der Schere heraus, daß eine kahle Stelle an seinem Scheitel zurückblieb, daß es aussah, wie der Haarschnitt eines Rekruten oder die Tonsur eines Mönchs.

Am nächsten Tag kam Drew mit schwarzen Einstichen am linken Unterarm zurück.

»Du liebe Güte, was hast du denn da gemacht?« Mit zusammengekniffenen Lippen untersuchte seine Tante die Einstiche, holte eine Pinzette und zog eine Bleistiftspitze aus seiner Haut. »Wie, um Himmels willen, ist das denn passiert?«

Am nächsten Tag war das Knie von Drews neuer Hose zerfetzt und mit Blut durchtränkt und seine Haut aufgeschürft.

»Diese Hose hat gutes Geld gekostet, weißt du?«

Am nächsten Tag rief Drews Tante ihren Mann in seinem Maklerbüro an.

Sie konnte kaum reden. Aber trotz ihres Schluchzens verstand ihr Mann genug von dem, was sie sagte, Schockiert verabredete er sich mit ihr nach dem Unterricht bei Drews Schule.

14

»Ich will ja nicht in Abrede stellen, daß man Ihren Neffen provoziert hat.« Der Schuldirektor hatte ein wabbeliges Doppelkinn. »Der Whetman-Junge ist als Raufbold bekannt. Sie kennen ja wahrscheinlich seine Eltern? Sein Vater hat die Cadillac-Vertretung drüben an der Palmer Road.«

›Whetman‹ kannten Drews Onkel und Tante nicht, aber sehr wohl ›Cadillac‹.

»Die Situation ist also folgende.« Der Direktor fuhr sich mit einem Taschentuch über die Stirn. »Der Whetman-Junge ist zwölf. Er ist groß für sein Alter und oft auf Streit aus. Tatsächlich... Ich will Ihnen das im Vertrauen sagen. Sie werden es ja sicher nicht weitersagen. Der Junge gerät seinem Vater nach – aggressiv. Aber der Vater hat eine Menge Geld für unseren Schulsportclub gestiftet. Jedenfalls, der Junge läßt alle merken, wer der Boß ist. Und Ihr Neffe... nun, er hat sich nicht untergeordnet, darauf läuft es hinaus. Man muß wirklich Respekt für ihn haben. Ein zäher kleiner Bursche. Alle anderen ordnen sich unter. Ich weiß nicht, warum Ihr Neffe das nicht getan hat. Als die Schule anfing, nehme ich an, hat der junge Whetman sich umgesehen, wer neu eingetreten ist, und beschlossen, sich Andrew als Exempel herauszupikken. So, wie ich das gehört habe, hat der Whetman-Junge Andrew Kaugummi ins Haar geklebt, und dann hat er ihn mit Bleistiften gepiekt. Und ihn in der Pause auf den Kies geworfen und ihm dabei die Hose zerfetzt.«

Drews Onkel fragte: »Warum hat man denn nichts dagegen unternommen?«

»Das sind nur Gerüchte, Dinge, die ich von den Kindern höre. Wenn ich alles glauben würde, was die Schüler mir sagen...«

»Fahren Sie fort!«

»Nun, an und für sich...« Der Schuldirektor seufzte. »Heute hat der Whetman-Junge Andrew geschlagen. Er hat ziemlich fest zugehauen. Andrew ist die Lippe aufgeplatzt.«

Drews Onkel kniff verärgert die Augen zusammen. »Und?«

»Andrew hat nicht geweint. Auch dafür muß man ihm Respekt zollen. Er ist wirklich ein zäher kleiner Bursche. Aber worauf ich hinausmöchte – er hätte sich bei dem Lehrer beschweren sollen, der die Aufsicht hatte.«

»Hätte das etwas geändert?«

Der Direktor runzelte die Stirn. »Tut mir leid. Ich verstehe nicht.«

»Schon gut. Fahren Sie fort.«

»Statt dessen ist Andrew wütend geworden.«

»Ich kann mir gar nicht vorstellen, weshalb.«

»Er hat dem Whetman-Jungen einen Baseballschläger über den Mund geschlagen.«

Drews Onkel wurde blaß. »Ach die liebe Zeit!«

»Er hat dem Whetman die Vorderzähne ausgeschlagen, stellen Sie sich das vor! Nun will ich ja gar nicht sagen, daß es schlecht ist, wenn ihm einer einmal die Zähne zeigt. Aber mit einem *Baseballschläger*? Eine Überreaktion, finden Sie nicht auch? Mister Whetman ist vorher schon hier gewesen. Er ist erregt, das brauche ich Ihnen nicht zu sagen. Er will wissen, was das eigentlich für eine Schule sei, die ich hier führe. Er droht damit, zum Schulrat und zur Polizei zu gehen. Gott sei Dank konnte ich ihm das ausreden. Aber worauf ich hinausmöchte – ich meine, bis dieses Problem gelöst ist... Nun, ich habe Sie hierhergebeten, um mit Ihnen darüber zu sprechen, daß Ihr Neffe vom Unterricht suspendiert ist. Ich möchte, daß er zu Hause bleibt.«

15

»Sie haben ja verdammtes Glück«, sagte Mr. Whetman zu Drews Onkel und Tante am Abend dieses Tages in ihrem Wohnzimmer. »Wenn mein Sohn seine Zähne verloren hätte, dann hätte ich Ihnen den Prozeß gemacht, und zwar so schnell...«

»Mister Whetman, bitte! Ich weiß, daß Sie Anlaß haben, ärgerlich zu sein.« Drews Onkel hob beide Hände. »Glauben Sie mir, uns macht das auch Sorgen. Ich bin ja gerne bereit, die Arzt- oder Zahnarztkosten zu bezahlen. Ihr Junge ist doch hoffentlich nicht entstellt?«

Whetman kochte. »Nein. Dafür kann Ihr Neffe aber nichts. Der Arzt sagt, daß die Naht keine Narben hinterlassen wird. Aber im Augenblick hat mein Sohn Lippen so dick wie Würste. Ich will deutlich werden. Der Schuldirektor hat mir einiges über Ihren Neffen erzählt, über das, was seinen Eltern zugestoßen ist. Schrecklich. Das ist wirklich die einzige Entschuldigung, die ich für sein Verhalten gelten lassen kann. Ihr Neffe ist ja offensichtlich gestört. Ich habe beschlossen, nicht zur Polizei zu gehen. Unter der Bedingung: daß der Junge fachmännische Hilfe bekommt.«

»Ich weiß nicht, ob ich Sie verstehe.«

»Ein Psychiater, Mister MacLane. Je früher, desto besser. O ja, und noch etwas.«

Drews Onkel wartete.

»Ich will nicht, daß der Junge meinem Sohn noch mal zu nahe kommt. Sorgen Sie dafür, daß er in eine andere Schule versetzt wird.«

Drew lauschte hinter der halbgeöffneten Tür seines Zimmers. Seine Augen brannten. Aber er hatte sich selbst etwas versprochen, und das Versprechen hielt er: Er weinte nicht.

16

Am dritten Tag nach seiner Versetzung hörte Drews Tante das Telefon klingeln, als sie gerade ihre Einkäufe in die Küche trug.

Sie setzte hastig die Tüten ab und nahm den Hörer ab.
»Mistreß MacLane?«
Die amtlich klingende Stimme beunruhigte sie. »Am Apparat.«
»Es tut mir leid, Sie stören zu müssen. Hier spricht der Schulleiter von Emerson.«
Ihre Muskeln spannten sich.
»Ich bin sicher, daß sich das gleich aufklären wird. Wahrscheinlich haben Sie es einfach, nun, eben vergessen.«
Sie hielt sich an der Anrichte fest.
»Aber nachdem wir heute morgen nichts erfahren haben, dachte ich, es wäre besser, wenn ich anrufe, um mich zu erkundigen, ob Ihr Neffe krank ist.«
Sie spürte Übelkeit in sich aufsteigen. »Nein.« Sie schluckte etwas Säuerliches hinunter. »Nicht, daß ich wüßte. Als er heute morgen in den Bus stieg, kam er mir ganz gesund vor. Warum? Hat er Magenschmerzen oder so etwas?«
»Das ist es ja gerade, Mistreß MacLane. Es hat ihn hier niemand gesehen.«
Sie stöhnte innerlich.
»Ich hatte angenommen, Sie hätten ihn zu Hause behalten und einfach vergessen, uns Bescheid zu sagen. Das passiert ja immer wieder. Aber nachdem ich die Situation Ihres Neffen kenne, dachte ich, es würde nicht schaden, wenn ich mich erkundige. Nur für alle Fälle, verstehen Sie?«
»Für alle Fälle?«

»Nun, ich glaube nicht, daß ihm etwas passiert ist, aber man kann das natürlich nie sagen. Aber gestern war er auch nicht hier.«

17

Drew stand neben dem Polizeibeamten und starrte vor dem Haus seiner Tante und seines Onkels zu Boden.

Die Tür flog auf. Er blickte auf, als sein Onkel herausgestürmt kam. »Wir haben schon zu Abend gegessen, Andrew, und wir haben uns Sorgen um dich gemacht. Wo, in aller Welt, warst du?«

»Auf dem Friedhof«, sagte der Polizeibeamte.

»*Was?*«

»Pleasant View. Das ist zehn Meilen nördlich von hier.«

»Ja, Officer, ich weiß.«

»In letzter Zeit hat es dort hin und wieder Vandalismus gegeben. Teenager, die sich hineinschlichen und Grabsteine umgeworfen haben und so etwas. Ich kann mir wirklich nicht vorstellen, wie jemand so etwas komisch finden kann. Jedenfalls hatte die Friedhofsleitung uns gebeten, etwas aufzupassen, also bin ich auf meinen Runden gelegentlich durchgefahren. Gestern morgen sah ich diesen Jungen hier, wie er ein paar Gräber anstarrte. Ich hab' mir nicht viel dabei gedacht, hauptsächlich weil gerade ein Ruf hereinkam wegen eines Einbruchs und ich schnellstens zu dem Laden mußte, wo der Einbruch stattfand. Aber heute morgen fuhr ich wieder durch den Friedhof, und da war dieser Junge wieder, und ich dachte mir ›Augenblick mal‹ und hielt an. Er redet ja nicht viel, wie?«

»Das stimmt allerdings«, sagte Drews Tante.

»Selbst als ich auf ihn zuging, hat er nicht auf mich geachtet. Er starrte bloß die ganze Zeit die Gräber an. Also ging ich hinten um ihn herum und sah, daß die Namen auf den Grabsteinen beides die gleichen waren.«

»MacLane«, sagte Drews Onkel.

»Das stimmt. Ein Mann und eine Frau.«

»Robert und Susan.«

»Richtig. Also fragte ich ihn, was er dort machte, und das einzige, was er gesagt hat, war, ›Ich hab' mit meiner Mami und mit meinem Papi gesprochen‹.«

»Du lieber Gott!«

»Dann wischte er sich die Augen. Aber das Komische war, daß ich keine Tränen sehen konnte. Ich dachte mir zuerst, daß er jemanden bei sich haben mußte, aber als ich mich umsah, war niemand zu sehen. Und bei den meisten Kindern – nun Sie wissen ja, diese Uniform sorgt dafür, daß sie Respekt vor einem haben. Aber er nicht. Er starrte bloß die ganze Zeit diese Grabsteine an. Er wollte mir seinen Namen nicht sagen und auch nicht, wo er wohnt. Ganz allein. Warum war er nicht in der Schule? Was konnte ich also machen? Ich nahm ihn mit aufs Revier.«

»Da haben Sie richtig gehandelt«, sagte Drews Onkel.

»Ich hab' ihm sogar eine Tafel Schokolade gekauft, aber er wollte immer noch nicht reden und hatte auch keinen Ausweis in der Geldbörse. Und da hab' ich eben angefangen, alle MacLanes im Telefonbuch anzurufen. Sie sagen, Sie sind sein Vormund?«

»Er hat die Wahrheit gesagt«, sagte Drews Onkel. »Seine Eltern sind dort begraben.«

»Er tut mir ja wirklich leid.«

»Yeah«, sagte Drews Onkel, »das ist eine lange, traurige Geschichte. Da, lassen Sie mich die Schokolade bezahlen, die Sie ihm gekauft haben.«

»Das ist schon in Ordnung. Außerdem ist er wirklich ein zäher kleiner Bursche. Er hat sie nicht angerührt.«

»Das stimmt«, sagte Drews Onkel. »Ein zäher kleiner Bursche.«

18

Mrs. Cavendish legte den Zeigestab beiseite, mit dem sie auf die Multiplikationslisten auf der Tafel gezeigt hatte.

»Andrew, ich habe dich etwas gefragt.«

Die Kinder kicherten.

»Andrew?« Mrs. Cavendish ging zwischen den Pulten nach hinten, bis sie zu Drew kam, der mit dem Kopf auf den Armen eingeschlafen auf seinem Pult lag. Sie ragte über ihm auf, und ihre Stimme wurde lauter. »Andrew?«

Er murmelte im Schlaf.

Sie tippte ihn an der Schulter an. Ein zweitesmal. »Andrew!« bellte sie.

Plötzlich saß er bolzengerade da und blinzelte.

»Ich habe dich etwas gefragt.«

»Es tut mir leid, Mistreß Cavendish.« Drew schüttelte den Kopf. »Ich glaube, ich habe nicht zugehört.«

»Natürlich nicht. Wie konntest du auch? *Wo du doch geschlafen hast.*«

Die Kinder hatten sich umgedreht, um die ganze Aufregung mitzubekommen. Als jetzt Mrs. Cavendish ihnen einen wütenden Blick zuwarf, drehten sie sich wieder herum, und ihre roten Hälse waren die einzige Spur von dem Gelächter, das sie mit Mühe zurückhielten.

»Das ist nicht das erstemal. Langweile ich dich so sehr, daß du dabei einschläfst?«

»Nein, Mistreß Cavendish.«

»Dann muß dich wohl die Mathematik schläfrig machen.«

»Nein, Mistreß Cavendish.«

»Was ist es dann?«

Drew gab keine Antwort.

»Nun, junger Mann, du kannst meinetwegen in einem anderen Fach schlafen. Von jetzt an wirst du ganz vorne sitzen, wo ich dich sehen kann. Steh auf.«

Sie führte ihn ganz nach vorne und ließ ihn mit einem anderen Schüler die Plätze tauschen.

»Und jetzt, junger Mann, wenn du wieder in Versuchung bist, einzuschlafen, um mir zu zeigen, wie sehr ich dich langweile, dann brauche ich nicht so weit zu greifen« – sie nahm ihren Zeigestab und schlug damit an sein Pult – »um dich aufzuwecken.«

Von sämtlichen Kindern war Drew das einzige, das nicht zusammenzuckte.

19

Vier Uhr morgens. Ein eisiger Oktoberwind rötete Drews Wangen, als er mit dem Polizisten vor dem Haus stand.

»Es ist mir wirklich unangenehm, Sie so um diese Zeit stören zu müssen«, sagte der Polizist, »aber ich hab' mir vorgestellt, daß Sie vor Sorge halb verrückt sein müssen.«

Licht fiel aus der offenen Haustür. Drews Tante hielt sich ihren Morgenrock zu, und neben ihr sah Drews Onkel nervös auf die verdunkelten Häuser an der Straße, als hoffte er, daß die Nachbarn das Polizeifahrzeug nicht bemerken würden, das vorne parkte. »Sie sollten besser hereinkommen.«

»Ich verstehe.« Der Polizist führte Drew hinein und schloß die Tür. »Ich bin sicher, daß Sie keinen Besuch erwartet haben. Ich werde hier in der Halle stehenbleiben.«

»*Aber wo haben Sie ihn gefunden?*«

Der Polizist zögerte. »Auf dem Friedhof.«

Drews Onkel riß die Augen auf. »Wir wußten nicht einmal, daß er verschwunden war.«

Drews Tante griff sich mit zitternder Hand an ihr Haarnetz. »Ich hab' ihn gleich nach dem Abendessen zu Bett gebracht. Und bevor wir schlafen gingen, hab' ich noch einmal nach ihm gesehen.«

»Anscheinend hat er sich danach weggeschlichen. Ich hab' sein Fahrrad im Kofferraum«, sagte der Polizist.

»Zehn Meilen ist er mit dem Rad gefahren?« Drews Onkel sank gegen die Wand. »In der Nacht, bei der Kälte? Er muß doch...«

»Erschöpft sein«, sagte Drews Tante. Sie sah ihren Mann an.

»Du lieber Gott, glaubst du, daß es so ist?« Sie fröstelte und starrte Drew an. »Das hast du also gemacht? Bist du deshalb in der Schule immer so müde?«

»Diesmal hab' ich es geschafft, ihn zum Reden zu bringen«, sagte der Polizist. »Viel hat er nicht gesagt, aber es reichte aus, um dahinterzukommen. Ich denke, er ist immer mit dem Rad nachts dorthin gefahren, und... vielleicht ist es besser, wenn du es ihnen selbst sagst. Komm nur, Drew. Warum bist du immer dorthin gefahren? Ich meine, nicht nur, um deine Eltern zu besuchen. Das kannst du doch am Tage auch tun. Warum nachts?«

Drew sah zuerst den Polizisten und dann seine Tante und seinen Onkel an. Er senkte den Blick.

»Nur zu, Drew«, drängte der Polizist und beugte ich zu ihm hinunter. »Sag ihnen, was du mir gesagt hast.«

Drews Onkel und Tante warteten streng.

»Vandalen«, sagte Drew.

Sein Onkel und seine Tante blickten schockiert auf. »Vandalen?«

Drew nickte.

»Jetzt kann er wieder reden«, sagte der Polizist. »Also lassen Sie mich das Fehlende nachtragen. Als ich ihn das letztemal nach Hause brachte, hörte er, wie ich von den Teenagern sprach, die ihr Unwesen auf dem Friedhof getrieben haben.«

»Ich erinnere mich«, sagte Drews Onkel.

»Nun, das hat ihn allem Anschein nach nachdenklich gemacht. Zunächst einmal wußte er gar nicht, was ›Vandalen‹ bedeutet, also hat er, wie er sagt, das Wort im Lexikon nachgesehen. Ich weiß nicht, was er gelesen hat, aber es hat ihn jedenfalls beunruhigt.«

»Das erklärt immer noch nicht, weshalb er sich nachts weggeschlichen hat, um zum Friedhof zu radeln«, sagte Drews Tante.

»Denken Sie einmal darüber nach. Was er getan hat, ist...« Drew zog verlegen den Kopf ein; sie starrten ihn an. »... er hat die Gräber seiner Eltern beschützt.«

20

Samstagmorgen, ein kalter, strahlender Tag. Eine Anzahl von Kindern aus der Nachbarschaft spielten in der Ferne Ball, während Drew allein auf einer Schaukel im hinteren Ende des Gartens saß.

Ein Schatten ragte über ihm auf. Von hinten.

Drew drehte sich um. Zuerst konnte er das Gesicht des großen Mannes im Mantel nicht ausmachen, weil ihm die Sonne ins Gesicht schien.

Aber als seine Augen sich dann an das grelle Licht angepaßt hatten, grinste er plötzlich vergnügt und rannte auf den Mann zu.

»Onkel Ray!«

Tatsächlich war der Mann nicht mit Drew verwandt, aber Drew hatte sich in all den Jahren angewöhnt, ihn so zu nennen.

»Onkel Ray!«

Drew schlang dem Mann die Arme um die Hüfte und spürte das weiche, braune Tuch des Mantels.

Der Mann lachte, hob Drew auf, wirbelte ihn durch die Luft. »Schön, dich wiederzusehen, Sportsfreund. Wie war die Welt zu dir?«

Drew war zu entzückt, um auf die Frage zu achten. Und während der Mann fortfuhr zu lachen, lachte Drew auch und genoß das wunderbare Schwindelgefühl, das sich dabei einstellte, als der Mann ihn durch die Luft schwang.

Jetzt setzte er ihn ab, lächelte und beugte sich zu ihm herunter. »Überrascht?«

»Das kann man wohl sagen!«

»Ich war zufällig geschäftlich in Boston und dachte mir, ›Zum Kuckuck, wo ich schon da bin, könnte ich doch meinen alten Freund Drew besuchen‹.« Onkel Ray zerwühlte Drews Haar. »Gut, daß ich das getan habe, he? Als ich dich auf der Schaukel sah, hast du recht mürrisch ausgesehen.«

Drew zuckte die Achseln und erinnerte sich daran, wie er sich gefühlt hatte, fand sich plötzlich wieder in seine bedrückte Stimmung zurückversetzt.

»Hast wohl Ärger, Sportsfreund?«

»Yeah, denke schon.«

»Magst du mir davon erzählen?«

Drew stocherte mit der Fußspitze in dem abgestorbenen braunen Gras herum. »Einfach so.«

»Nun, vielleicht weiß ich schon ein wenig. Ich war zuerst im Haus. Deine Tante hat mir gesagt, wo du bist.« Ray hielt inne. »Sie hat mir auch gesagt, was alles passiert ist. Deine Probleme in der Schule.« Er biß sich auf die Unterlippe. »Und die anderen Sachen. Und wie ich höre, hast du mit deinem Vetter auch Streit gehabt.«

»Er mag mich nicht.«

»Oh? Weißt du das auch ganz genau?«

»Er ärgert sich, weil ich hier wohne. Er spielt mir die ganze Zeit Streiche oder versteckt mir meine Hausaufgaben. Oder gibt mir die Schuld für Sachen, die ich gar nicht gemacht habe.«

»Ich kann mir gut vorstellen, wie so etwas passiert. Und da hast du ihn verdroschen, hm?«

Drew grinste und zeigte seine rechte Hand. »Hab' mir die Knöchel dabei aufgeschürt.«

»Vielleicht gar kein so hoher Preis. Ich hab' sein blaues Auge gesehen.«

Der Mann war so alt, wie Drews Vater gewesen war. Aus irgendeinem Grund kam Drew ›fünfunddreißig‹ in den Sinn. Er hatte kurzgeschnittenes, sandfarbenes Haar, ausdrucksvolle blaue Augen und ein schmales, gutaussehendes Gesicht mit einer kräftig ausgeprägten Kinnpartie. Drew mochte den süßlichen Geruch seines Rasierwassers.

»Yeah, ziemlich viel Wirbel«, sagte Ray. »Die Frage ist ja nur, was wir jetzt machen? Hättest du Lust auf einen kleinen Spaziergang, Kumpel?«

21

Verwirrt und mit wild schlagendem Herzen lauschte Drew, im Korridor versteckt, während die Erwachsenen im Wohnzimmer über ihn redeten.

»Wie Sie wissen, waren Drews Vater und ich recht eng miteinander befreundet«, sagte Ray. Seine Stimme war auch hinten im Korridor noch gut zu hören. »Ich habe ihn jahrelang gut gekannt. Wir haben gemeinsam in Yale studiert und auch zusammen die Ausbildung im State Department durchgemacht. Und dann waren wir beide in Japan stationiert.«

»Dann waren Sie in der Botschaft, als seine Eltern getötet wurden?« fragte Drews Onkel.

»Nein. Als die Demonstrationen anfingen, hatte man mich bereits nach Hongkong versetzt. Als ich hörte, was geschehen war, nun, da konnte ich einfach nicht glauben, daß jemand etwas so Schreckliches tun würde. Ich hatte damals einen wichtigen Auftrag und konnte Hongkong nicht verlassen; nicht einmal, um an der Beerdigung teilzunehmen. Tatsächlich war mein Auftrag so wichtig, daß ich erst letzte Woche weg konnte. Sie werden sicher verstehen, daß ich über meine Arbeit nichts Näheres sagen kann. Aber ich wollte, so bald es ging, hierherkommen nach Boston – um meinen Respekt zu erweisen, um wenigstens ihre Gräber zu besuchen. Es ist schwer, das in Worte zu kleiden. Natürlich war es Ihr Bruder, Mister MacLane, und ich hoffe deshalb, daß Sie es nicht falsch auffassen, wenn ich sage, daß ich ... nun, daß ich ihn auch wie einen Bruder empfand. Wie ich sagte, wir standen einander sehr nahe.«

»Ich verstehe«, sagte Drews Onkel. »Tatsächlich haben Sie ihn wahrscheinlich besser gekannt als ich. Ich hatte ihn die letzten fünf Jahre nicht mehr gesehen, und wir sind auch vorher nicht viel zusammengekommen.«

»Was ist mit dem Jungen?«

»Ich glaube, daß ich ihn keine drei- oder viermal gesehen habe. In der ganzen Zeit. Mein Bruder und ich waren die einzigen Kinder in unserer Familie. Unsere Eltern sind vor mehreren Jahren gestorben. Als daher mein Bruder anrief und sagte, er sei dabei, ein neues Testament aufzusetzen, und ob ich die Vormundschaft für Drew übernehmen würde, wenn Susan und ihm etwas passierte...«

»Ja, Sie haben natürlich eingewilligt.«

»Sehen Sie, es gab ja sonst niemanden, den er darum bitten konnte. Aber ich hätte mir nie träumen lassen, daß ich mein Versprechen würde halten müssen.«

»Worüber ich mit Ihnen sprechen möchte, ist folgendes: Ich habe Andrew immer sehr gerne gemocht. Ich denke, ich fühle wie ein Onkel für ihn. Noch mal: Ich will Ihnen nicht zu nahe treten. Ich möchte nicht anmaßend sein. Aber meine Frau und ich haben keine Kinder. Anscheinend ist das für uns nicht möglich. Jedenfalls, in Anbetracht der Schwierigkeiten, die Sie mit ihm gehabt haben...«

»Schwierigkeiten. Das ist noch gelinde ausgedrückt.«

»Nun, da habe ich mich gefragt, ob Sie einverstanden wären, wenn meine Frau und ich die Vormundschaft für ihn übernehmen würden.«

»Die Vormundschaft? Ist das Ihr Ernst?«

»Das könnte die Lösung für einige Probleme sein. Für die Trauer, die ich über den Tod meines Freundes empfunden habe. Meine Zuneigung zu dem Jungen. Meine Frau und ich hatten bereits in Betracht gezogen, zu einer Agentur zu gehen, die Adoptionen vermittelt. Und jetzt ziehen Sie noch die Probleme in Betracht, die Sie mit Drew hatten.«

Drews Onkel klang plötzlich argwöhnisch. »Was veranlaßt *Sie* zu der Meinung, daß Sie besser zurechtkämen?«

»Ich bin nicht sicher, ob ich das kann. Aber ich würde es gerne versuchen.«

»Und wenn es nicht klappt?«

»Würde ich ihn nicht zu Ihnen zurückbringen, falls Sie das meinen. Ich würde mich an unsere Übereinkunft halten. Aber wenn Sie zögern, wenn Sie glauben, daß Sie ihn zurückhaben möchten, dann könnten wir ja einen Kompromiß treffen. Vielleicht könnte der Junge ein oder zwei Monate bei meiner Frau und mir verbringen, und anschließend könnten wir alle noch einmal darüber sprechen. Auf die Weise hätten Sie eine Chance, Ihr Haus wieder zu dem zu machen, was es einmal war.«

»Ich weiß nicht. Wo würden Sie mit ihm hingehen?«

»Nach Hongkong. Er hat die Hälfte seines Lebens im Orient gelebt. Hongkong ist natürlich nicht Japan. Aber vielleicht würde er sich mehr heimisch fühlen, wenn er wieder in den Fernen Osten zurückginge.«

Drews Onkel seufzte tief. »Es ist schwer, das zu... Ihr Angebot ist sicherlich eine große Versuchung für mich. Ich muß gestehen, ich habe nicht mehr weitergewußt. Aber es könnte ein Problem geben. Angenommen, der Junge will nicht mitkommen?«

»Wir können ihn ja fragen.«

Und Drew, im Korridor versteckt, mit wild schlagendem Herzen, schrie lautlos *ja*!

22

Der beißende Wind trieb ihm die Tränen in die Augen, obwohl er vielleicht aus einem anderen Grund wirklich hätte weinen können, während er die Gräber seiner Eltern anstarrte.

Onkel Ray klappte sich den Mantelkragen hoch und schob die behandschuhten Hände in die Taschen. »Mir werden sie auch fehlen, Sportsfreund.« Der Wind zerzauste sein sandiges Haar.

»Vielleicht hätte ich...«

»Ja? Nur zu!« Ray legte den Arm um ihn.

»... trotzdem die Blumen mitbringen sollen.«

»An einem scheußlichen Tag wie heute? Die hätten nicht lange gehalten. Nein, es ist besser, wir lassen sie noch eine Weile im Blumengeschäft liegen.«

Drew verstand. Es gab wirklich keinen Grund, daß die Blumen auch sterben sollten. Nur die Leute, die seine Eltern getötet hatten, sollten sterben.

»Also, was meinst du?« fragte Ray. »Ich weiß, du möchtest gerne bleiben, aber wir sind jetzt seit fast einer Stunde hier. Wir müssen das Flugzeug um fünf Uhr erwischen. Es ist ja nicht für die Ewigkeit, weißt du? Eines Tages wirst du zurückkommen.«

»Sicher. Es ist nur...«

»Schwer, sie zu verlassen? Sicher ist es das. Aber wir haben Fotos. Du kannst dich auch an sie erinnern, wenn du nicht hier bist. Ich meine, schließlich kann man ja nicht gut hier im Friedhof Lager aufschlagen, oder?«

»Nein.« Drews Augen brannten; sie waren feucht, und diesmal ganz sicher nicht vom Wind. Das Atmen bereitete ihm Schwierigkeiten. »Wahrscheinlich nicht.«

23

Während Drew die objektive Zusammenfassung des Dossiers las, erinnerte er sich an die Empfindungen seiner Jugend – und durchlebte sie noch einmal. So, als wäre er wieder ein Kind, ging er mit Ray zu dem Wagen, der sie zum Flughafen bringen sollte. In seiner schmerzvollen Erinnerung sah er sich um, mit zugeschnürter Kehle, und blickte auf die Gräber seiner Eltern.

Er wußte, daß der Priester ihn über jene Tage zum Reden bringen wollte, und das tat er freimütig, ohne darauf zu achten, daß er damit den Wunsch des Priesters erfüllte. Er brauchte ein Ventil für seine Traurigkeit. »In späteren Jahren bin ich immer, wenn ich in Boston war, zu dem Friedhof zurückgekehrt. Ich ging auch hin, ehe ich Kartäuser wurde. Aber letzte Woche hatte ich keine Gelegenheit, sie zu besuchen.«

»Das war sehr klug von Ihnen«, sagte Father Stanislaw. »Wer auch immer Ihren Tod wollte, hätte ganz bestimmt bei diesen Gräbern ein Überwachungsteam postiert, ebenso wie Arlene beobachtet wurde, für den Fall, daß Sie auftauchten.« Der Priester nahm die Akte zurück. »Nur noch ein paar

Dinge. In Hongkong fingen Sie an, sich mit einer chinesischen Bande von Straßenjungen herumzutreiben. Der Mann, den Sie Onkel Ray nannten, begriff Ihr Motiv – Sie wollten sich die Fähigkeiten aneignen, von denen Sie glaubten, daß Sie sie brauchen würden, um Jagd auf den Mörder Ihrer Eltern zu machen. Um Ihre Sicherheit zu garantieren, sorgte er dafür, daß der Enkel eines Gurkha Ihnen beibrachte, was man für das Leben auf der Straße brauchte. Tommy Limbuk hieß das Kind.«

»Limbu«, sagte Drew. »Bekannt als Tommy Two.«

Father Stanislaw brachte eine Korrektur in der Akte an. »Und danach sorgte Onkel Ray, wo auch immer er stationiert war – Frankreich, Griechenland, Korea – dafür, daß Sie die Kriegskünste der jeweiligen Bevölkerung lernten. Fußboxen, Ringen, Judo, Karate. Als Sie siebzehn waren, hatte sich das Bedürfnis, Rache zu nehmen, immer noch nicht gelegt. Sie hatten während Ihrer Aufenthalte in verschiedenen Ländern eine eindrucksvolle Zahl von Sprachen gelernt – und, wie ich vielleicht hinzufügen darf, sich auch eine erstaunliche Bildung in den schönen Künsten erworben. Und da trat Onkel Ray, dem Ihr Lebensziel wohlbekannt war und der auch wußte, daß man Ihnen das nicht ausreden konnte, mit einem Vorschlag an Sie heran. Die Vereinigten Staaten waren über die wachsende antiamerikanische Stimmung in der ganzen Welt nervös geworden und hatten beschlossen, eine Antiterror-Einheit zu bilden, mit dem Ziel, denselben Feinden entgegenzutreten, die Sie sich ausgewählt hatten. Also akzeptierten Sie seinen Vorschlag und trugen sich in der Rocky Mountain Industrial School in Colorado ein, einem Decknamen für Ausbildung in militärischer Abwehr, eine Ausbildungsstätte, die noch viel geheimer war als die Farm in Virginia, die die CIA für ihre Agenten benutzte.«

»Scalpel«, sagte Arlene.

Father Stanislaw sah sie überrascht an. »Sie wissen davon?«

»Ich habe dazugehört. Ebenso wie Jake. Dort haben wir Drew kennengelernt.«

Der Priester lehnte sich in seinem Sessel zurück. »Dem

Himmel sei Dank. Ich dachte allmählich schon, Sie würden mir immer noch nicht vertrauen. Ich frage mich, ob Sie je von sich aus etwas sagen würden.«

»Sie haben nicht die richtigen Fragen gestellt. Ich werde Ihnen alles sagen, was ich kann«, erklärte sie, »wenn es mir dabei hilft, Jake zu finden.«

»Dann sagen Sie mir etwas über Scalpel«, meinte Father Stanislaw.

24

»1966: das Jahr, in dem der internationale Terrorismus sich organisierte. In dem Bestreben, die Aktivitäten der kommunistischen Gruppen in Afrika, Asien und Lateinamerika zu vereinen, lud Fidel Castro Revolutionäre aus zweiundachtzig Ländern zu einer intensiven Trainingssitzung nach Kuba ein, die als die Trikontinentale Konferenz bekannt wurde. Das Ergebnis war eine Schule für Stadtguerrillas, wo die Angehörigen so ziemlich jeder später berüchtigten Terroristengruppe ihre Ausbildung erhielten: die IRA, die Roten Brigaden, die Bader-Meinhoff-Gruppe. Die Prinzipien des Terrorismus, die in jener Schule erarbeitet wurden, wurden zu einer Teufelsbibel. Gaddafi folgte dem Vorbild Castros und organisierte eigene Trainingscamps in Libyen. Angesichts des enormen Ölreichtums Libyens konnte Gaddafi mehr bewirken als Castro, indem er nicht nur Terroristen ausbildete, sondern ihre Operationen auch finanzierte. Willkürlich angesetzte Meuchelmorde; Botschaftsbesetzungen; das Massaker an den israelischen Sportlern bei den Olympischen Spielen 1972 in München; die Entführung der OPEC-Ölminister in Wien 1975. Passagierflugzeuge, die von Bomben zerstört wurden. In die Luft gejagte Schulbusse. Und so weiter, und so weiter. Die Liste der Schrecken wuchs jedes Jahr, aber sie alle reichten in das Jahr 1966 zu Castro und nach Kuba zurück. Selbst die fanatischen Moslemsekten seit der Zeit der Kreuzzüge waren nicht so barbarisch.«

(Bei der Erwähnung der Kreuzzüge berührte Father Stanislaw den Rubinring an seiner linken Hand und fuhr das Symbol des Schwertes und des Malteserkreuzes nach. Arlene fuhr fort.)

»1968 finanzierte das US State Department, nachdem es von Abwehrquellen über Castros Terroristenschule informiert worden war, ihre eigene Schule für Antiterroristen. Das State Department hätte sich natürlich für diese Dienstleistung an die CIA wenden können. Aber angesichts des schlechten Rufes, den die CIA sich seit der Schweinebucht erworben hatte, zog das State Department es statt dessen vor, eine eigene geheime Einheit zu unterstützen. Eine *wahrhaft* geheime Einheit, der eine Berichterstattung in der *New York Times* und der *Washington Post* erspart blieb. Nur ein paar Insider wußten davon.«

Arlene machte eine Pause, und Father Stanislaw nickte. »Scalpel.«

Er warf Drew einen Blick zu. »Die Einheit, für die Ihr Onkel Ray Sie rekrutiert hat.«

»Nun mal langsam«, sagte Drew. »Er hat mich für gar nichts rekrutiert.«

»Dann wollen wir sagen, daß er einen diskreten Vorschlag gemacht hat«, sagte Father Stanislaw. »Wir können mit Worten spielen, solange Sie wollen. Worauf es ankommt, ist das Endergebnis. Er ist an Sie damit herangetreten, und Sie haben zugestimmt. Warum hat man Scalpel als Codebezeichnung gewählt?«

Drew gab sich Mühe, seinen Zorn zu unterdrücken. »Ein präzises chirurgisches Instrument, um Unerwünschtes zu entfernen.«

»Ah, ja, natürlich. Die Terroristen waren wie ein Krebsgeschwür. Demzufolge war es moralisch zulässig, sie herauszuschneiden. Eine geniale Namenswahl. Ein Symbol der Rechtfertigung.«

»Stört Sie etwas an dem Konzept?« fragte Arlene.

Father Stanislaw ließ Drew nicht aus den Augen. »*Sie* hat offenbar etwas gestört, sonst wären Sie nicht ausgetreten.«

»An dem Konzept war nichts Unrechtes. Das lag an mir.«

»Ah«, sagte Father Stanislaw. »In dem Fall hätten wir uns vielleicht früher begegnen sollen.«

»Warum?«

»Um Ihre Erinnerung an den heiligen Augustinus aufzufrischen. An das Konzept, daß Töten notwendig ist, wenn ein Krieg gerecht ist.«

»Krieg?«

»Nicht die Art von Krieg, in dem eine Nation gegen eine andere kämpft. Nicht ein konventioneller Krieg. Dennoch ein Krieg. Die älteste fundamentalste Art des Krieges, die man sich vorstellen kann: der Krieg des Guten gegen das Böse. Die Terroristen wenden sich ab von den zivilisierten Maßstäben. Ihre Waffe ist der hinterhältige Angriff – um damit das Leben durchschnittlicher Bürger so in Unordnung zu bringen, daß jene Bürger sich gegen ihre Regierung auflehnen. Aber kein Zweck kann solch teuflische Mittel rechtfertigen.«

»Das glauben Sie?« fragte Drew mit blitzenden Augen.

»Sie anscheinend nicht.«

»Es hat eine Zeit gegeben, wo ich das geglaubt hätte.«

»Aber?« fragte Father Stanislaw

Drew gab keine Antwort.

»Endlich«, sagte Father Stanislaw, »jetzt sind wir da. *Das ist der Teil, von dem ich nichts weiß.*« Er seufzte. »Nachdem Sie die Rocky Mountain Industrial School absolviert hatten – eine erstaunliche Institution, wie man mich informiert hat –, arbeiteten Sie für Scalpel. Von neunundsechzig bis Anfang neunundsiebzig führten Sie Vergeltungsschläge gegen jene Terroristen, die den Groll Ihres Direktors auf sich zogen. Manchmal wurden diese Schläge auch nicht nachher, sondern *vorher* geführt. Präventiv. Durch verläßliche Abwehrberichte begründet. Terroristische Aktivitäten wurden sozusagen im Keim erstickt. Ihr Drang, Rache für den Tod Ihrer Eltern zu nehmen, hätte Sie sogar noch eifriger machen sollen. *Was geschah?* Weshalb traten Sie plötzlich ins Kloster ein?«

Drew blickte zu Boden.

»Nein, antworte ihm«, sagte Arlene. »Ich möchte es ebensogern wissen wie er.« Sie wandte sich Drews Gesicht zu und zwang ihn, sie anzusehen. »Was ist mit Jake? *Ist er auch darin verwickelt?*«

Drew sah die Qual in ihren Augen. Er haßte das, was er ihr sagen mußte. »Letztendlich ja.«

TEIL SECHS

Chartreuse

Spiegelbild, Doppelbelichtung

1

»Der Auftrag war kompliziert.«

»Wann?« fragte Father Stanislaw. »Einzelheiten, bitte.«

»Im Januar neunundsiebzig. Ich erinnere mich ganz deutlich daran, daß ich Verwirrung empfand – weil man mich nie zuvor in einen ähnlichen Einsatz geschickt hatte.«

Father Stanislaw ließ nicht locker. »Was hat den Einsatz so ungewöhnlich gemacht? Seine Gefahren?«

»Nein. Das Timing. Sehen Sie, man hatte mir nicht einen Job übertragen, sondern zwei, und sie mußten binnen achtundvierzig Stunden erledigt werden. Beide waren in Frankreich, das stellte also kein Problem dar; ich meine, von einem Einsatzort innerhalb der vorgeschriebenen Zeit an den anderen zu kommen. Die Schwierigkeit lag in der Methode, die man mir vorgeschrieben hatte. In beiden Fällen dieselbe. Und in dem ersten Job gab es Probleme mit der Geografie.«

Drew hielt inne, sichtlich gequält, und schien im Geist Informationen zu sortieren, den Versuch zu machen, sie zu ordnen. Arlene und Father Stanislaw beobachteten ihn eindringlich. Und dann fuhr er fort:

»Das andere, was den Einsatz ungewöhnlich machte, war, daß ich überhaupt keine Information über meine Zielpersonen bekam. Gewöhnlich sagte man mir, wofür der Verbrecher bestraft wurde. Wie viele unschuldige Menschen er getötet hatte. Für welchen Wahnsinnigen er tätig war. Ich erfuhr alles über seine Gewohnheiten, seine Laster. Und das machte es leichter. Es ist nicht schwer, Ungeziefer zu vertilgen.«

Wieder machte Drew eine Pause und fuhr dann fort:

»Manchmal überließ man mir die Exekutionsmethode. Ein Schuß aus weiter Entfernung. Eine Autobombe als Imitation der Bomben, die die Terroristen so gerne einsetzten. Gift. Tödliche Viren. Die Methode war gewöhnlich dem Verbrechen angepaßt. Aber in diesem Falle sollte die Mission auf ganz bestimmte Weise durchgeführt werden. Und wie ich sagte: Tatsächlich handelte es sich um *zwei* Aufträge. Mit einem festgesetzten Endtermin. Ganz ungewöhnlich.«

»Und das störte Sie nicht?«

»Man hatte mich in Colorado dazu ausgebildet, Befehle nicht in Frage zu stellen. Und wenn man so oft getötet hat wie ich, wenn man meint, dafür eine Rechtfertigung zu haben, dann stört einen nichts. Nur...«

Arlene lehnte sich vor. »Sag ihm alles. Sag ihm, wie du deine Aufträge bekamst.«

»Ich brauchte eine Tarnung, die es mir erlaubte, jederzeit zu verschwinden, wenn nötig für eine Woche, ohne damit Aufmerksamkeit zu erregen. Ein normaler Beruf kam nicht in Frage, der hätte mich zu sehr eingeengt, und dabei hätte es zu viele Leute gegeben, denen ich mich verantworten mußte. Aber *etwas* mußte ich tun. Also lebte ich in einer Universitätsstadt und wurde Student. Eine sehr bequeme Tarnung. Ich war auf der Schule immer gut. Das Lernen hat mir immer Spaß gemacht. Die schönen Künste. Hauptsächlich Literatur. Ich bekam von einem Institut einen B. A.*, zog dann an das nächste weiter und bekam einen zweiten B. A. Unterdessen war ich zu alt geworden, um nicht zu promovieren, und so zog ich an die dritte Schule weiter und holte mir dort ein Diplom. Tatsächlich habe ich sogar zwei und arbeitete am dritten, als...«

»Ich begreife immer noch nicht, was diese Tarnung für Vorteile brachte«, sagte Father Stanislaw.

»Ein Student kann anonym bleiben. Aber man muß sich eine Schule aussuchen, die groß genug ist. Ich beschränkte mich auf die zehn großen. Eine Universitätsstadt von der Art, wo es mehr Studenten als Einwohner gibt. Die Studenten leben nur bestimmte Zeit dort. Wenn ich also in die Stadt kam

---

* B. A., Bachelor of Arts: amerikanischer akademischer Titel etwa dem deutschen Vordiplom vergleichbar (Anmerkung des Übersetzers).

und ein oder zwei Jahre blieb und dann an eine andere Schule überwechselte und dann wieder zu einer anderen – nun, eine Menge Studenten taten das –, dann verhielt ich mich nicht ungewöhnlich. Ich trug mich nur in große Vorlesungen ein und wählte nie denselben Platz. Wenn der Dozent also keine Aufzeichnungen über seine Hörer führte – und ich vergewisserte mich immer, keine solchen Typen auszusuchen –, dann fiel ich auch nicht auf, wenn ich für ein paar Tage verschwand. Ich war immer ein Einzelgänger gewesen, also bereitete es mir keine Mühe, mich nicht mit anderen Studenten anzufreunden. Die Freunde, die ich hatte, Profis wie Arlene und Jake« – er lächelte ihr zu – »waren alles, was ich brauchte. Zwischen den Semestern oder in den Ferien besuchte ich sie. In der Schule war ich unsichtbar. Das einzige Risiko für meine Anonymität bestand darin, daß ich jeden Morgen eine Turnhalle aufsuchte um sicherzustellen, daß ich in Form blieb und meinen Einsätzen gewachsen war. Und ich ging jeden Tag um eins in eine überfüllte Imbißstube, um vier in einen Buchladen und um sieben in ein Lebensmittelgeschäft.«

»Warum sind Sie das Risiko eingegangen? Warum festgelegte Zeiten?«

»Das mußte ich. Die Zeit hatte ich unwillkürlich gewählt. Die Orte, die ich aufsuchte, waren unwichtig. Ich hätte statt der Buchhandlung auch ein Kino wählen können und statt des Lebensmittelgeschäfts einen Leseplatz in der Bibliothek. Worauf es ankam, war die Routine. Auf diese Weise hätte ein Kurier mehrere Möglichkeiten, leicht mit mir Kontakt aufzunehmen. Und was noch wichtiger war, unauffällig. So konnte es sein, daß in der Imbißstube jemand neben mir saß und der Bedienung als Trinkgeld einen kanadischen Quarter hinlegte. Oder im Lebensmittelladen fragte eine Frau nach mexikanischem Bier. Das war dann immer für mich das Signal, sobald wie möglich mein Apartment aufzusuchen. Wenn über dem Ausguß ein Geschirrtuch lag, dann war das für mich das Zeichen, unter mein Bett zu sehen, wo ich dann in meinem Koffer alles vorfand, was ich brauchte, um dorthin zu kommen, wo ich eingesetzt wurde. Flugtikkets, einen Paß, Papiere mit einem anderen Namen. Bargeld in verschiedenen Währungen. Eine Adresse in einer fremden Stadt.«

»Waffen?« fragte Father Stanislaw.

»Nein«, sagte Drew betont. »Niemals Waffen. Die wurden mir immer durch meine Kontaktperson an der ausländischen Adresse zur Verfügung gestellt. Während ich weg war, nahm jemand, der mir ähnelte, meine Stelle ein und führte meine Routine weiter. Der Tausch war nicht schwierig. Niemand kannte mich richtig. Sicher, sie sahen mich, aber meistens aus der Ferne. Ich war nur ein Teil der Szene. Die Studenten und die Leute am Ort *kannten* mich nicht. Auf die Weise hatte ich immer ein Alibi, wenn etwas schiefging.«

Father Stanislaw sah ihn mit offenstehendem Mund an.

»Was ist denn?« fragte Drew.

»Hören Sie nicht auf. Sie erzählen mir mehr, als Sie glauben.«

Drew sah zu Arlene hinüber. »Was meint er damit?«

»Die einzelnen Stücke fügen sich zusammen.« Ihre Stimme war leise. »Ich bin der gleichen Ansicht. Sprich weiter. Was war das für ein Einsatz?«

Er atmete tief. »Ich erhielt Anweisung, nach Frankreich zu gehen, aber auf indirektem Wege, über London, wo mein Double meine Stelle einnahm. Er machte eine Tour der wichtigen Orte der Literatur – Stratford, Canterbury und so weiter, was ein Student der englischen Literatur eben interessant finden würde. Ich hatte diese Orte bereits besucht. Wenn ich mich also für meinen Aufenthalt in England irgendwie rechtfertigen mußte, so würde mir das keine Schwierigkeiten bereiten. Aber während so mein Alibi aufgebaut wurde, flog ich unter einem anderen Namen nach Paris und erhielt dort meine Instruktionen. Ich erfuhr, daß es oberhalb von Grenoble in den französischen Alpen ein Kloster gab.«

»Natürlich!« sagte der Priester. »Das Hauptkloster der Kartäuser. La Grande Chartreuse.«

»Ein Mann sollte es besuchen, hatte man mir gesagt. Man

beschrieb mir seinen Wagen. Selbst die Zulassungsnummer. Ich sollte ihn töten.« Drew biß sich auf die Unterlippe. »Waren Sie je in La Grande Chartreuse?«

Father Stanislaw schüttelte den Kopf.

»Es ist äußerst abgelegen. Im Mittelalter haben die Mönche, die es gegründet haben, den Ort sorgfältig ausgewählt. Sie dachten, die Welt wäre im Begriff, zur Hölle zu werden, so wie das ja immer den Anschein hat. Sie wollten der Korruption der Gesellschaft entkommen, also zogen sie aus dem Flachland Frankreichs in die Alpen hinauf, wo sie ein primitives Kloster bauten. Der Papst hatte Einwände. Schließlich, welchen Sinn hatte es denn im Mittelalter, Priester zu sein, wenn man sich absonderte?

Gott schien die Partei des Papstes zu ergreifen, indem er eine Lawine über das Kloster schickte und es zerstörte. Aber das muß man den Mönchen lassen – sie verlegten das Kloster einfach ein Stück nach unten, wo es vor Lawinen geschützt war, aber immer noch von der Welt abgeschieden. Und im Laufe der Jahrhunderte bauten sie ein großartiges Kloster. Mich hat es an ein mittelalterliches Schloß erinnert. Eine mächtige Festung Gottes.

Als der Orden sich nach England ausbreitete, erlitten einige Mönche unter Heinrich dem Achten den Märtyrertod. Weil er eine Scheidung wollte und der Papst dies ablehnte, bildete Heinrich seine eigene Kirche, machte sich zu deren Oberhaupt und entschied, daß die Scheidung, die er begehrte, von Gott sanktioniert sei. Als die Kartäuser-Mönche in England sich dem widersetzten, ließ Heinrich sie auf die grausamste Art, die ihm einfiel, zu Tode bringen. Sie wurden gehenkt, wenn sie dem Tode nahe waren, abgeschnitten, und dann riß man ihnen bei lebendigem Leibe die Eingeweide aus dem Leib, ließ sie aber soweit am Leben, daß sie mitansehen konnten, wie Hunde ihre Gedärme fraßen. Man goß ihnen geschmolzenes Blei in die Körperöffnungen. Ihre Leichen wurden geviertelt, in siedendem Wasser gekocht und dann in Gräben geworfen.«

»Sie schildern das sehr anschaulich«, sagte Father Stanislaw mit ruhiger Stimme. »Was geschah in La Grande Chartreuse?«

Drew fing an zu schwitzen. Er hatte Mühe, seine Emotionen im Griff zu behalten. »Mein Auftrag bestand darin, am Rande einer gewundenen Straße, die zum Kloster hinaufführte, eine Sprengladung zu vergraben. Der Ort war sorgfältig gewählt. An der Innenseite eine Klippe, außen ein Steilhang – mir zugewandt, der Stelle, wo ich auf der gegenüberliegenden Hangseite wartete. Nachdem ich nachts den Sprengstoff vergraben hatte, brauchte ich den halben nächsten Tag, um durch Felskamine bis zum gegenüberliegenden Felsvorsprung zu klettern. Die Berge waren dick mit Schnee bedeckt. Ein paar Meilen weiter hätte man Ski laufen können. Wenn ich es nur getan hätte.« Drew schüttelte den Kopf. »Aber ich kauerte hinter Büschen, die Stiefel im Schnee, mit einem Anorak bekleidet, der für das Wetter viel zu dünn war. Und während ich zusah, wie der Atem vor meinem Gesicht zu Rauhreif gefror, beobachtete ich die gewundene Straße. Wenig später arbeitete sich der Wagen mit meiner Zielperson zum Kloster hinauf. Sein Insasse war auf einer Besichtigungstour, müssen Sie wissen. Er erfreute sich an den Attraktionen der Umgebung. Natürlich hätte er das Kloster selbst nie betreten und die Eremitenmönche nie sehen dürfen. Aber er konnte außen herum und durch den Innenhof gehen und vielleicht eine großzügige Spende tätigen und dafür eine Probe des berühmten Chartreuse-Likörs bekommen.« Drew spürte förmlich die Kälte, während er berichtete; er hörte das Quietschen des Schnees unter seinen Stiefeln und erinnerte sich an die Stille in jenen schrecklichen, abgeschiedenen Bergen.

Er blinzelte und fand sich sofort wieder in dem Motelzimmer bei Arlene und dem Priester. »Ich hatte die Sprengkörper am Innenrand der Straße vergraben, an der Klippe. Die Gewalt der Explosion würde den Wagen auf mich zuschleudern, und dann würde der Wagen, in Flammen gehüllt, abstürzen. Aber dies ist das Raffinierte daran. Jemand bei Scalpel mußte lange und gründlich darüber nachgedacht haben. Man hatte mir eine Kamera gegeben. Ich sollte durch das Teleobjektiv der Kamera die Biegung in der Straße beobachten, die durch die Berge nach oben führte. Und wenn der Wagen, nach dem ich Ausschau hielt, um die Biegung kam, wenn ich mich doppelt vergewissert hatte, daß es der richtige Wagen war, indem ich die Nummer am vorderen Nummernschild überprüft hatte, sollte ich anfangen, Aufnahmen zu machen.«

»Das war alles? Nur Aufnahmen machen?« Father Stanislaw stand auf und begann im Zimmer auf und ab zu gehen.

»Nicht ganz alles. Sie müssen wissen, der Auslöser der Kamera war zugleich der Auslöser für den Sprengstoff. Die Kamera hatte einen Motorantrieb, sie war dafür konstruiert, schnell ein Bild nach dem anderen zu machen, solange ich den Kopf niedergedrückt hielt. Klick, klick, klick. Die Bombe detonierte. Der Wagen schleuderte zur Seite, auf mich zu. Sein Benzintank explodierte, stand sofort in Flammen. Und denken Sie an das, was ich gesagt habe: Der Verschluß klickte weiter. Ich sah ein Telebild von allem. Und in dem Augenblick, in dem der Wagen anfing, über die Klippe zu rutschen, flog hinten eine Tür auf...«

»Und?« Arlene starrte ihn aufgeregt an.

Drews Stimme wurde lauter. »Gott hat mir ein Zeichen gegeben. Er hat mir eine Botschaft geschickt.«

»*Was*?« Father Stanislaw brüllte es hinaus. »Das kann nicht Ihr Ernst sein.«

»Doch, das hat Er.« Drews Stimme klang plötzlich ganz ruhig. »Sie glauben doch an den Blitzstrahl, der Saulus auf der Straße nach Damaskus vom Pferd warf – oder nicht? Saulus, der Sünder, der sofort begriff, daß Gott ihm etwas sagen wollte; der in diesem Augenblick sein Leben änderte, um den Weg des Herrn zu gehen. Nun, dies war mein Blitz. Mein Zeichen Gottes. Ich nenne es ein Wunder, nur daß man sich bei einem Wunder angeblich wohl fühlen soll, und dies... Ein Kind fiel heraus, ein Junge. Ich habe die Fotos oft betrachtet. Der Junge war...«

»Was?« Wieder Arlenes Stimme.

»... mit mir identisch.«

Sie starrte ihn an. »Du meinst, du hast eine Ähnlichkeit bemerkt. Dieselbe Hautfarbe vielleicht. Und dieselbe Größe. Gleichaltrige Jungen ähneln sich gewöhnlich sehr.«

»Nein, es war *mehr* als das. Ich sage dir, die Ähnlichkeit war unheimlich. Wenn er herangewachsen wäre, hätte er mein Double auf der Universität sein können. Während ich hinausging, um zu töten.«

»Während Sie exekutiert haben, bestraft. Während Sie sie daran gehindert haben, es wieder zu tun.« Father Stanislaws Stimme klang schroff. »Sprechen Sie deutlich und präzise. Keine Übertreibungen. Sie standen unter Streß. Sie müssen die Umstände...«

»Die Umstände in Betracht ziehen? Die Umstände für diesen einen Augenblick? Hören Sie, dieser Augenblick ist alles, worüber ich nachdenke. Dieses Kind... *ich*... das aus dem Wagen flog. Mit vor Schrecken geweiteten Augen.«

Drew tastete in seiner Hosentasche und riß die vier zerknitterten Fotos heraus, die er aus dem Kloster mitgenommen hatte. Er schob sie Father Stanislaw hin. Arlene lehnte sich schnell zu dem Priester hinüber, um besser sehen zu können.

Drews Gesicht war von Qual erfüllt. »Diese Fotos sind das einzige, was ich von meinem früheren Leben behalten habe. Ehe ich mich den Kartäusern anschloß, ging ich an jeden Ort, an dem ich Geld, Pässe, Waffen versteckt hatte. Ich habe mich davon befreit. Ich habe alles, was meine frühere Existenz betraf, gelöscht, mich selbst gelöscht, bis zu dem Punkt, wo ich es so hinstellte, als wäre ich tot.«

Schaudernd sah Drew die Fotos an. Er kannte die Bilder auswendig. »Das oben, das bin ich. In Japan, 1960. Das Bild ist im Garten hinter dem Haus meiner Eltern aufgenommen. Drei Tage bevor man sie ermordet hat.«

Father Stanislaw legte es beiseite.

»Das nächste«, fuhr Drew fort, »sind meine Eltern. Wieder derselbe Ort, drei Tage, bevor sie getötet wurden. Die anderen habe ich neunundsiebzig gemacht, unterhalb von La Grande Chartreuse. Nachdem ich den Sprengstoff zur Detonation gebracht hatte und der Junge aus dem Wagen geschleudert worden war. Ich habe einen Ausschnitt aus dem Foto des Jungen vergrößern lassen, damit man sein Gesicht sehen konnte. Der Abzug ist grobkörnig, das räume ich ein, und der Rauch der Explosion hat ihn halb eingehüllt, und es hatte zu schneien angefangen. Aber ich glaube, Sie sehen, worauf ich hinauswill.«

Der Priester blickte mit zusammengekniffenen Augen von den Fotos auf, starrte Drew an. Seine Hände zitterten. »Ich dachte zuerst, dieses dritte Foto sei eine schlechte Reproduktion des ersten. Ich dachte, es ...«

»Sie dachten, es würde mich zeigen. Das tut es nicht. Wenn Sie genau hinsehen, wirklich genau, sehen Sie, daß ich das nicht bin. Ich habe versucht, mir einzureden, die Ähnlichkeit sei zufällig. Wie Arlene schon sagte – Kinder sehen einander häufig ähnlich. Aber dies ist mehr als nur eine vage Ähnlichkeit. Dies ist ...«

»Erschütternd.«

»Dabei fange ich gerade erst an. Sehen Sie sich das letzte Foto an. Ich habe es aufgenommen, nachdem der Wagen von der Klippe gestürzt war. Aber der Wagen ist nicht ganz in den Abgrund gefallen. Er blieb an einem Felsvorsprung hängen, so daß das vordere Ende nach unten hing. Und dann zuckten die Flammen aus dem Benzintank über den Schnee. Und dann flogen die beiden vorderen Türen auf, und zwei Erwachsene sprangen heraus. Meine Instruktionen waren ganz eindeutig gewesen: Machen Sie so viele Fotos, wie Sie können. Also starrte ich trotz des Schocks, den der Anblick des Jungen in mir erzeugt hatte, durch den Sucher, zielte mit dem Teleobjektiv, drückte den Auslöser, und dann begriff ich, daß Gott immer noch Zeichen schickte.« Seine Stimme brach. »Der Mann und die Frau sahen aus wie meine Eltern. *Waren* meine Eltern.«

»Aber sie standen doch in Flammen«, sagte Father Stanislaw.

»Schauen Sie genau hin!« drängte Drew.

»Das tue ich!«

»Es *sind* meine Eltern. Ich weiß, daß sie es nicht sind. Aber sie *sind* es. Ich konnte ihre Gesichter nicht scharfbekommen, als sie aus dem Wagen sprangen. Aber ehe sie von den Flammen eingehüllt wurden, waren ihre Gesichter ganz deutlich. Auf der Klippe war ich ganz sicher, daß es meine Mutter und mein Vater waren.«

In dem Raum wurde es ganz still.

»Es gibt natürlich – ich will Ihnen nicht zu nahetreten – es gibt keine Möglichkeit, den Vergleich zu überprüfen«, sagte Father Stanislaw. »Ich räume ja ein, daß der Junge aus dem Wagen trotz des Rauches und des fallenden Schnees Ihr Gegenstück sein könnte. Im ersten Augenblick dachte ich tatsächlich, daß Sie das wären. Aber wäre es nicht möglich – ich meine angesichts des seltsamen Zusammentreffens –, daß die Fantasie mit Ihnen durchgegangen ist? Könnten Sie den logischen Sprung von dem Jungen gemacht haben, der wie Sie aussah, zu dem Mann und der Frau, die – nun, von denen Sie sich *vorstellten*, daß sie wie Ihre Eltern aussahen?«

»Ich weiß, was ich gesehen habe.« Drews Stimme war heiser. »Zuletzt konnte ich den Auslöseknopf der Kamera einfach nicht mehr festhalten. Ich senkte die Kamera. Auf der anderen Seite der Schlucht erreichten die Flammen ihre Gesichter. Der Benzintank explodierte. Meine Mutter und mein Vater lösten sich auf. Genauso wie 1960. Nur daß dieses Mal ich der Mann war, der sie tötete.«

»Die Umstände waren anders.«

»*Waren sie das?* Was wir auf der Gegenseite einen Söldner nennen, ist auf der unseren ein Agent. Ich war ganz derselbe wie der Mann, auf den ich Jagd gemacht hatte. Ich war mein Feind. Teile ihrer Leichen fielen in die Schlucht, Kleider und Fleisch in Flammen. Ich konnte sie *riechen*. Und über der Klippe sah ich das gequälte Gesicht des Jungen wie eine Silhouette über dem Schnee – ich sah jetzt nicht mehr durch einen Kamerasucher und das Teleobjektiv, sondern mir war, als würde ich seine Tränen in Nahaufnahme sehen. *Meine* Tränen. Nach neunzehn Jahren hatte mich mein Bedürfnis nach Rache eingeholt. Und von diesem Augenblick an hatte nichts mehr Bedeutung für mich. Nur, daß ich Gott um Vergebung bitten wollte, meine Seele retten.«

Arlene berührte ihn an der Schulter. Er zuckte zusammen, nahm aber dann dankbar ihre Tröstung an.

»Ihre Seele retten?« fragte Father Stanislaw erstaunt. »In der ganzen Zeit, in der Sie als Killeragent tätig waren, hatten Sie *religiöse* Gefühle?«

»Ich hatte meine eigene Religion. Die Gerechtigkeit des zornigen Gottes aus dem Alten Testament. Aber Gott hatte eine andere Vorstellung. Mir wurde mehr Ehre zuteil als Saulus auf der Straße nach Damaskus, als ihn ein Blitz vom Pferd schleuderte. Gott hat mir nicht ein, sondern *zwei* Zeichen geschickt. Er ist wirklich großzügig. Alles, was ich beschrieben habe, lief vielleicht in zehn Sekunden ab, obwohl es für mich eine Ewigkeit zu dauern schien. Die Explosion polterte durch die Berge, und als ihr Echo verhallte, hörte ich etwas anderes – das schrille Kreischen des Jungen auf der anderen Seite der Schlucht. Er hob die Hände an sein Gesicht und versuchte, das von sich zu drängen, was er gerade gesehen hatte: seine Eltern, die in Flammen standen. Er schrie durch seine Finger. Und nach dem? Gottes *drittes* Zeichen für mich. Es war noch nicht genug, daß ich mich selbst erkannt habe; daß der Kreis sich für mich geschlossen hatte und ich die Eltern getötet hatte, um die zu rächen ich ausgezogen war. Als die Explosion schließlich verhallte und der Junge an seinen eigenen Schreien erstickte, als sich wieder Schweigen einstellte, hörte ich den Gesang.

Später verstand ich, warum das so war. Es war der sechste Januar, das Fest der Erscheinung des Herrn – des Tages, an dem die Weisen aus dem Morgenlande Christus sahen und sein Leben retteten. Weil diese weisen Männer, nachdem sie den Säugling Jesus gesehen hatten, nachdem sie ihr eigenes Licht gesehen hatten, sich weigerten, zu Herodes zurückzugehen und ihm zu enthüllen, wo man Christus finden konnte, obwohl sie Herodes ebendas versprochen hatten. *Das*, so scheint mir, ist der Grund, weshalb die Kirche zu der Entscheidung gelangte, daß Epiphanie ein wichtiger Festtag sein sollte. Nicht, weil die Weisen Jesus als Säugling gesehen hatten, sondern weil sie auf gewisse Weise Doppelagenten waren, die sich schließlich dafür entschieden, welcher Seite sie glauben sollten. So wie ich an jenem Tag eine Wahl traf.

Die Mönche mußten zu Ehren der Weisen und jenes entscheidenden Tages in der Existenz Christi eine besondere Versammlung einberufen haben. Über mir, aus der Kapelle des Bergklosters, hörte ich ihren Gesang. Ihre Hymne zu Ehren jenes Festes. Sie hallte zu mir herunter durch die Abgründe, an den Gipfeln vorbei, und übertönte das Echo der Explosionen und die Schreie. Die Hymne pries den Willen Gottes, seine unendliche Weisheit und seinen allumfassenden Plan. Aber die Worte waren bei weitem nicht so machtvoll wie der Klang jener gespenstischen Stimmen, jener Eremiten, die sich von jeglicher Falschheit der Welt losgelöst hatten.

Meine Knie beugten sich unter mir, und ich fand mich kniend zu jenem Jungen hinüberstarren, der auf der anderen Seite der Schlucht war. Er versuchte die Klippe hinunterzuklettern, um seine Eltern zu finden. Ich wollte mich hinter den Büschen erheben, die mich verbargen, ihm zurufen, er solle es bleiben lassen, er würde fallen und den Tod finden. Werde erwachsen! wollte ich schreien. Mache Jagd auf den Mann, der deine Eltern ermordet hat! Der die meinen ermordet hat! Setz dich auf meine Spur! Und in dem Augenblick wurde ich religiös. Ich hatte keine andere Wahl. Es kam nur dies in Frage... oder mich selbst töten.« Er hielt erschöpft inne.

Arlene blickte in sein von Qual erfülltes Gesicht. Liebevoll legte sie den Arm um ihn.

»Und dann?« fragte Father Stanislaw.

»Drei Tage lang wanderte ich durch jene Berge. Die Zeitspanne hatte die angemessene religiöse Symbolik, finden Sie nicht? Natürlich war mir nicht bewußt, was ich tat. Später wunderte ich mich darüber, daß ich die Kamera nicht hatte fallen lassen. Ich weiß nicht, wie ich lebte oder wo ich schlief oder was ich aß.

Es schneite, während ich wanderte. Ich bin sicher, daß die Behörden die Gegend absuchten. Aber der Sturm verwischte meine Fußstapfen. War das ein glückliches Zusammentreffen oder ein weiteres Zeichen Gottes? Ich erinnere mich nicht, wohin oder wie ich ging. Das nächste klare Bild, das ich habe, ist ein Dorf weiter unten in den Bergen, Rauch, der aus Kaminen nach oben zog. Kinder, die auf einem eisbedeckten Weiher Schlittschuh liefen, von Pferden gezogene Schlitten, die mit klingenden Glöckchen eine Straße hinunterglitten. Bilder, wie man sie von Postkarten kennt. Und später fand ich heraus, daß ich hundert Kilometer zu Fuß gegangen war, und das ist der Grund, weshalb die lokale Polizei mich nie mit den Morden von La Grande Chartreuse in Verbindung brachte. Ich brach vor einem Chalet zusammen. Eine alte Frau dort nahm mich auf. Sie gab mir Suppe und Brot zu essen und die süßesten Kuchen, die ich je gegessen habe.«

»Drei Tage?« fragte Arlene. »So lange bist du in den Bergen herumgewandert? Aber...«

Father Stanislaw führte ihren Gedanken zu Ende und sprach die Frage aus. »Sie hatten den Auftrag, in achtundvierzig Stunden zwei Missionen zu erfüllen. Der Termin für die zweite Mission war verstrichen.«

»Zu Anfang dachte ich nicht darüber nach. Ich lebte, und diese Tatsache an sich erstaunte mich schon. Ganz zu schweigen von der Vision, die ich gehabt hatte. Der Anblick meiner Eltern – *meiner selbst*. Der Kreis, der sich schloß, Rache, die... Der Junge würde, sobald er erwachsen war, auf mich Jagd machen. Als ich soweit wiederhergestellt war, um reisen zu können, ging ich nach Paris, um mit meiner Kontaktperson Fühlung aufzunehmen. Unterwegs versuchte ich aus älteren Zeitungen herauszufinden, wer meine Opfer gewesen waren. Der Mann, so stellte sich heraus, war ein amerikanischer Geschäftsmann im Ölgeschäft gewesen, der seine Frau und seinen Sohn mit nach Frankreich genommen hatte, um einen schon mehrmals verschobenen Urlaub anzutreten. Die Zeitungen schilderten die Morde als sinnlos. Ich schloß mich der Meinung an. Natürlich ist das, was man in den Zeitungen liest, nicht immer die Wahrheit. Was aber, wenn...? Ich hatte das Gefühl, daß irgend etwas schrecklich falsch war. Was hätten wohl ein Mann aus dem Ölgeschäft und seine Familie mit Terrorismus zu tun? Welches Motiv konnte diese Morde rechtfertigen? Ich brauchte Antworten auf diese Fragen. Ich wollte ausspannen. Mein Ziel war die Sicherheit innerhalb eines Hauses. Ruhe. Ich nehme an, die Botschaften Gottes waren noch nicht ganz durchgekommen. Ich hatte immer noch etwas Weltlichkeit und Ichbezogenheit in mir. Doch das sollte sich bald ändern.«

Father Stanislaw schürzte die Lippen. »Weil Sie Fehler gemacht hatten. Und jetzt waren Sie verdächtig.«

2

In Paris tauchte Drew in der Menge unter, als er den Bahnhof verließ. Er ging ins nächste Arrondissement, vergewisserte sich, daß niemand ihm gefolgt war, und suchte erst dann eine öffentliche Telefonzelle auf. Vielleicht war das eine überflüssige zusätzliche Vorsichtsmaßnahme; ihm erschien sie aber unter den gegebenen Umständen ratsam.

Er rief die Nummer an, die man ihm bei der Ankunft in Frankreich gegeben hatte – das lag eine Woche zurück, ein ganzes Leben. Er ließ es viermal klingeln, unterbrach dann die Verbindung und rief dieselbe Nummer ein zweitesmal an. Die dunkle Männerstimme, die sich in französischer Sprache meldete, nannte den Namen eines bekannten Couturiers.

Drew antwortete auf französisch. »Mein Name ist Johnson. Ich habe vor einer Woche zwei Kleider für meine Frau gekauft; das eine hat gepaßt, das andere nicht. Ich möchte eine Terminvereinbarung treffen.«

Die Stimme am anderen Ende überschlug sich fast. »Aber ja, wir hatten uns auch schon gedacht, daß beim zweiten etwas nicht ganz stimmte. Wir haben versucht, mit Ihnen Verbindung aufzunehmen, aber Sie waren nicht zu erreichen. Wir konnten nur hoffen, daß Sie anrufen würden. Sie sind uns als Kunde wirklich sehr wichtig. Ginge es, daß Sie möglichst bald zu uns kommen? Wir würden uns das Kleid gerne gründlich ansehen und feststellen, was falsch gemacht worden ist.«

»Ich bin heute nachmittag frei.«

»Sie erinnern sich ja wahrscheinlich, daß wir gerade im Umzug sind. Unsere neue Adresse...«

Drew merkte sich die Angaben, die der andere machte. »Ich bin in einer Stunde bei Ihnen.«

Das alte Haus war aus Stein gebaut und über und über mit wildem Wein bewachsen. Es war zwei Stockwerke hoch und hatte einen mächtigen Kamin, aus dem Rauch quoll. Ein brachliegender Gemüsegarten nahm die linke Seite ein, während auf der rechten zwei dürftige Apfelbäume standen. Und dahinter die kalte, eisbedeckte Seine. Trotz der Eisschicht auf dem Wasser hörte Drew das Zischen der Strömung. Er roch tote Fische und schwefeligen Rauch aus den Fabriken stromaufwärts. Er schlenderte zum hinteren Teil des Hauses, als gehörte er dorthin, und dabei stand ihm der Atem wie Rauhreif vor dem Mund. Als er in die enge Halle des Hauses eintrat, ächzte die Tür, und er roch französisches Brot, warm und frisch. Das Wasser lief ihm im Munde zusammen, und er öffnete eine zweite, die in eine düstere Küche führte.

Er sah, wie aus einem Kessel auf einem großen, gußeisernen Ofen Dampf aufstieg, und spürte, wie ihn eine Hand nach vorne stieß, während ihm eine andere Hand eine Pistole in die Nierengegend bohrte. Eine dritte Hand packte von hinten seinen Haarschopf, und ein Messer berührte seinen Adamsapfel.

»*Ich kann dir nur wünschen, daß du eine verdammt gute Erklärung hast. Boyo.*«

Er zuckte zurück und versuchte sich umzudrehen, um sie zu sehen, aber sie hielten ihn fest. Er konnte auch nicht sprechen, weil ihm der Atem aus den Lungen gepreßt wurde, als sie ihn unsanft über den Küchentisch warfen und mit geübten Griffen nach Waffen abtasteten.

Er hatte keine. Der Einsatz hatte keine verlangt, und deshalb war es auch nicht nötig gewesen, sein Versteck in Paris aufzusuchen. Nicht daß es etwas ausgemacht hätte, wenn er es doch getan hätte.

»Warum sind...?«

Er bekam keine Chance, den Satz zu beenden. Sie zerrten ihn vom Tisch, hielten ihn hoch und ließen ihn fallen. Er schlug mit dem Gesicht auf dem Boden auf. Im nächsten Augenblick rissen sie ihn wieder in die Höhe und stießen ihn durch eine offene Tür in ein Wohnzimmer. Er taumelte auf ein staubiges, fadenscheiniges Sofa. Es roch schimmelig.

Der Raum war heller als die Küche. In einem offenen Kamin flammten Holzscheite. Die ziemlich schmutzigen Vorhänge waren zugezogen. Ein abgetretener Teppich lag auf dem Boden. Das einzig weitere Mobiliar bestand aus einem Schaukelstuhl, einer Stehlampe ohne Schirm, einem zerkratzten Kaffeetisch mit kreisförmigen Flecken und einem leeren Bücherregal. Rechteckige helle Stellen an der Wand, die von Staub und Schmutz gesäumt waren, ließen erkennen, wo einmal Bilder gehangen hatten.

Er richtete sich auf dem Sofa auf und sah die Männer an, die ihn so unsanft behandelt hatten. »Sie verstehen das nicht.« Sein Herz schlug wie wild. »Man hat mir gesagt, ich solle hierherkommen. Ich bin kein Einbrecher.«

Der Große zischte. Er trug einen dicken Pullover, wie ihn Waldarbeiter zu tragen pflegen, und Schnürstiefel und gestikulierte jetzt mit seinem Messer. »Nein, Boyo, *du* verstehst nicht. Wir wissen, daß du hierherkommen solltest. Wir wissen bloß nicht, warum, zum Teufel, du deinen Auftrag nicht erledigt hast.«

Der zweite Mann – er hatte einen Schnurrbart, breite Schultern und trug ein braunkariertes Sportjackett, das über seinen Muskelpaketen spannte – hielt eine .22 High Standard Pistole mit aufgestecktem Schalldämpfer in der Hand. Eine Waffe, mit der man Exekutionen durchführt. »Wieviel haben die dir denn dafür bezahlt, den Auftrag zu verpatzen?«

»Wie haben sie mit dir Kontakt aufgenommen?« fragte der dritte Mann. Im Gegensatz zu den anderen klang seine Stimme gepflegt, etwas freundlich. Er war schlank und trug einen Straßenanzug. Seine zarten Hände öffneten eine Tasche, die wie die eines Arztes aussah, und entnahmen ihr eine Spritze und eine Ampulle mit Flüssigkeit, die er vorsichtig auf das Tischchen legte.

Die Fragen kamen so schnell, daß Drew in dem Augenblick, als er den Mund aufmachte, um die erste zu beantworten, bereits von der zweiten und der dritten unterbrochen wurde.

»Hast du das Netz verraten?« fragte der erste Mann.

»Wie viele Agenten sind in Gefahr? Wieviel hast du ihnen gesagt?« herrschte ihn der zweite an.

»*Wem* gesagt?«

»Wenn Sie darauf bestehen.« Der dritte Mann füllte seine Spritze. Er drückte den Kolben nieder, so daß ein paar Luftbläschen austraten. »Ziehen Sie Ihr Jackett aus. Rollen Sie den Ärmel hoch.«

»Das ist doch verrückt.« Drew brannte es in der Magengrube. Er schüttelte den Kopf. »Sie hätten doch nur zu fragen brauchen. Sie brauchen doch all das...«

»Jetzt ist er beleidigt«, sagte der zweite Mann. »Er möchte, daß wir höflich sind. Er meint, wir sind hier zu Kaffee und Kuchen versammelt.« Der Mann knipste den Schalter der Stehlampe an. Das plötzlich aufflammende grelle Licht ließ seinen zornigen Gesichtsausdruck noch stärker hervortreten. »Nur für den Fall, daß du nicht kapierst, was hier gespielt wird, möchte ich, daß du das hier siehst.« Seine geballte Faust war plötzlich riesengroß.

Drews Kopf wurde gegen das Sofa geschleudert. Sein Blut schmeckte kupfern. Benommen griff er sich an den Mund. Er fühlte die klebrige Wärme seines Blutes, fühlte, wie seine Lippen anschwollen.

»Ist dir das höflich genug? Vielleicht nicht.« Der zweite Mann trat Drew gegen das linke Schienbein. Stöhnend ließ Drew die Hände vom Mund fallen, um sich das Bein zu massieren, worauf der Mann ihm einen erneuten Schlag auf die aufgerissenen Lippen verpaßte. Drews Kopf flog nach hinten.

»Man hat Sie etwas gefragt«, sagte der dritte Mann mit immer noch freundlicher Stimme und trat mit der gefüllten Spritze auf ihn zu. »Ich würde es vorziehen, wenn wir keine Zeit damit vergeuden müßten abzuwarten, bis das Amytal wirkt. Bitte, ersparen Sie mir die Mühe. Warum haben Sie den Auftrag nicht zu Ende geführt?«

Die geschwollenen Lippen behinderten Drew beim Reden. »Nachdem ich den Wagen in die Luft gejagt hatte, hat man mich gesehen!«

»Das Kind, das überlebt hat?«

»Er ist heraus gefallen, ehe der Wagen über die Klippe flog. Niemand hätte damit rechnen können, daß das passieren würde. Aber das Kind meine ich nicht!« Drew schluckte Blut.

Er nutzte seine Verletzung und zog einen Hustenanfall etwas in die Länge, weil er Zeit zum Nachdenken brauchte. Wenn er diesen Männern sagte, was wirklich in den Bergen geschehen war, würden sie glauben, er hätte den Verstand verloren, soviel stand für ihn fest. Sie würden zu dem Schluß gelangen, daß er sogar noch weniger verläßlich war, als sie ursprünglich vermutet hatten.

»Es war jemand anderer«, sagte Drew, immer noch hustend. »Als ich den gegenüberliegenden Abhang hinaufrannte, kam ein Wagen um die Straßenbiegung.« Er hustete erneut. »Er kam vom Kloster herunter. Ein Mann stieg aus. Ich drehte mich um, und er sah mich. Der Wagen hatte eine Funkantenne.« Drews Atem ging pfeifend. »Ich wußte, daß man die Polizei alarmieren würde. Ich wagte nicht, zu dem Mietwagen zurückzugehen, den ich in dem Dorf unten an der Straße geparkt hatte, also nahm ich den anderen Weg – nach oben – durch die Berge. Ein Schneesturm setzte ein. Ich verlief mich. Fast wäre ich dabei gestorben. Ich habe so lange gebraucht, um nach Paris zurückzukommen.«

Der erste Mann schüttelte den Kopf. »Du mußt uns für ziemlich dumm halten. Angeblich bist du doch Experte für das Überleben in den Bergen. Deshalb hat man dich ja für den Job ausgewählt. Das Kind hast du gesehen. Hast du uns deshalb verkauft? Weil du keinen Nerv mehr hattest?«

»So ist es nicht! Ich habe die Wahrheit gesagt!«

»Oh, sicher. Wir werden ja sehen, ob deine Story stimmt und die gleiche bleibt, wenn das Amytal wirkt. Zu deiner Information: Der Job war notwendig. Der Einsatz war ungeheuer hoch.«

Drews Mund füllte sich mit Blut. Er spuckte in ein Taschentuch. »Niemand hat mir etwas erklärt.«

»Iran«, sagte der zweite Mann.

»Augenblick!« unterbrach Father Stanislaw. »Sie wollen doch nicht sagen, daß die Ihnen den Zweck der Mission erklärt haben?«

»Alles.«

»Du lieber Gott!«

»Yeah, das habe ich auch gedacht. Ich hörte Dinge, die ich nicht wissen durfte.«

»Also hatten die sowieso nie vor, daß Sie das Haus lebend verließen?«

»So sah es aus. Bis zu dem Augenblick dachte ich, meine Überlebenschance stünde fifty-fifty. Wenn ich sie irgendwie bluffen konnte. Aber als sie anfingen, mir freiwillig Informationen zu geben...«)

»Iran«, sagte der zweite Mann. »Die Leute dort sind im Aufruhr. Der Schah wird bald abgesetzt. Die Frage ist also, wer wird seine Stelle einnehmen? Der Mann, den Sie in den Bergen getötet haben« – und seine Frau und beinahe seinen Sohn, dachte Drew – »tat so, als machte er in Frankreich Urlaub. Tatsächlich war er gekommen, um die amerikanischen Ölinteressen zu vertreten, um mit dem künftigen Herrscher des Iran zu verhandeln und sicherzustellen, daß die Geschäfte unbehindert weitergehen würden. Du weißt, von wem ich rede.«

Drew schüttelte verwirrt den Kopf. »Wie, zum Teufel, sollte ich das?«

»Hör doch auf. Natürlich weißt du es. *Du hast uns ja an ihn verkauft.* Ein verdammter moslemischer Fanatiker. Der Ayatollah Khomeini. Er lebt hier in Paris. Und er ist schlimmer als der Schah. Der Schah ist zumindest proamerikanisch eingestellt. Der Ayatollah nicht. Was sollen wir also tun? Zulassen, daß der Iran – und das ganze Öl – woanders hingeht?«

Der erste Mann unterbrach ihn. »Dein Job war es, diesen Ölindustriellen zu töten und dann den Ayatollah. Mit Sprengstoff solltest du sie erledigen. Und sicherstellen, daß Fotos von der ganzen Aktion existierten. Weil wir wollten, daß es so aussieht, als ob dieselben unangenehmen Typen hinter beiden Taten stünden. Die Fotos sollten an die wichtigsten Zeitungen geschickt werden und dazu ein Bekennerbrief der iranischen Volksbewegung.«

»Davon habe ich nie etwas gehört«, sagte Drew.

»Natürlich nicht. Weil es sie nicht gibt. Wir haben sie erfunden. Welchen Unterschied macht das schon? Aus dem Bekennerbrief wäre hervorgegangen, daß der Ayatollah – und der amerikanische Geschäftsmann – exekutiert worden waren, weil sie einen Handel abgeschlossen hatte, wonach an die Stelle des Schah dieselbe alte, repressive Regierung treten sollte. Und wenn dann die Empörung im Iran den Höhepunkt erreicht hätte, hätte ein Mann hinter dem Ayatollah, eine populäre Gestalt im Land, an seiner Stelle die Macht übernommen. Aber er hätte das getan, was der Ayatollah hätte tun sollen. Er hätte mit den westlichen Ölgesellschaften zusammengearbeitet.«

(Father Stanislaw nickte. »Und weil ein Amerikaner und seine Familie getötet worden waren, hätte niemand geargwöhnt, daß amerikanische Interessen hinter der Tat standen. Es hätte funktioniert.«

»Wenn nicht...«

»Ja, natürlich, wenn Sie nicht gewesen wären.«

»Und meinetwegen kam es zu der iranischen Geiselkrise. Die Sowjets drangen in Afghanistan ein, und Reagan besiegte Carter...«)

»Es hätte klappen können!« schrie der erste Mann mit wutverzerrtem Gesicht Drew an. »Aber, Boyo, mit einer Bedingung. Alles hing vom richtigen Timing ab. Achtundvierzig Stunden von einem Job bis zum nächsten. *Aber du hast den Plan nicht eingehalten*! Wir wußten ganz sicher, daß du an diesen beiden Tagen *beide* erwischen konntest: den Geschäftsmann und den Ayatollah. Wir hatten ihre Route ausfindig gemacht. Die Punkte gefunden, wo man am leichtesten an sie herankonnte!«

Drew versuchte zu erklären, daß er nicht an dem Mißlingen schuld war. »Sie hätten darauf vorbereitet sein müssen, daß nicht alles exakt klappte. Wenn das Timing so wichtig war, warum ist dann nicht noch ein Agent eingeschaltet worden, für den zweiten Einsatz?«

»Weil derselbe Mann beide Jobs erledigen mußte, du blöder Idiot! *Wegen der Kamera!* Beide Aktionen mußten auf derselben Rolle Film aufgezeichnet sein. Wir wollten die Fotos samt der Negative an die Presse schicken, damit die Fotos in numerierter Reihenfolge sichtbar waren – um dem Iran zu beweisen, daß derjenige, der den Geschäftsmann getötet hatte, auch den Ayatollah getötet hatte. Die Iraner mußten davon überzeugt werden, daß eine ihrer eigenen Gruppen verantwortlich war.«

»Und warum gibt man mir die Schuld? Sie haben die Kamera doch. Planen Sie den zweiten Einsatz eben neu.«

Der erste Mann seufzte und sah seine Gefährten an. »Hört ihr, was er sagt? Wie leicht er sich das vorstellt, daß man alles wieder hinbiegen kann! Boyo, wir *können* nicht noch einmal planen! Weil es nämlich zu spät ist, verdammt! Der Ayatollah hat seine Sicherheitsvorkehrungen verstärkt. Wir kommen nicht mehr an ihn heran. Nicht nahe genug, um diese Kamera einzusetzen. Dieser erste Job ist jetzt wertlos! Du hast das umsonst gemacht!«

Drew hörte die Schreie des Jungen.

»Aber der zweite Job – der, den Sie nicht durchgeführt haben«, sagte der aristokratisch wirkende Mann, »Sie haben doch etwas dafür bekommen – oder nicht? Wieviel hat Ihnen denn der Ayatollah dafür bezahlt, daß Sie sich so wunderbar in den Bergen verlaufen haben? Sie sind doch zu ihm gegangen, stimmt's?«

»Das ist nicht wahr!«

»Schluß, hab' ich gesagt!« Der erste Mann trat hinter das Sofa, riß Drews Kopf nach hinten und drückte ihm wieder das Messer gegen die Kehle.

Der dritte Mann fuhr fort: »Seien Sie vernünftig. Wir wollen eine Erklärung, die einen Sinn abgibt. Später, nachdem ich Ihnen das Amytal gegeben habe, werden wir wissen, daß Sie nicht gelogen haben, wenn Ihre Geschichte dann dieselbe ist. Und wenn wir Ihre Gründe verstehen, dann wollen wir das Ganze einen ehrlichen Irrtum nennen. Wir werden Sie einfach freilassen. Sie würden natürlich nie wieder einen Einsatz bekommen. Aber dagegen haben Sie ja wahrscheinlich nichts einzuwenden.«

Drews Hals war so straff gespannt, daß er nicht reden konnte. Der Mann hinter ihm schien das zu verstehen; er nahm das Messer weg.

Drew hustete und schluckte. Er hatte nichts mehr zu erfinden. »Also gut.« Er massierte sich die Kehle. »Ich habe gelogen.«

»Na also, so ist's schon besser. Jetzt kommen wir wenigstens voran«, sagte der dritte.

»Aber ich habe Sie nicht verraten. Es ist nicht so, wie Sie denken. Etwas – ich weiß nicht, wie ich es ausdrücken soll – ist mir in den Bergen passiert.«

»Was?« der erste Mann kam hinter dem Sofa hervor.

Drew sagte es ihnen. Er hatte ihre Reaktion richtig eingeschätzt. Sie sahen ihn an, als hätte er den Verstand verloren.

»Boyo, dir kann man wirklich keinen Einsatz mehr geben. Dir ist tatsächlich was passiert. Du hast die Nerven verloren.«

»Das läßt sich ja überprüfen«, sagte der dritte Mann und gestikulierte mit seiner Spritze. »Bitte, ziehen Sie jetzt Ihr Jakkett aus, wie ich Sie vorher schon gebeten habe. Und rollen Sie den Hemdärmel hoch.«

Drew starrte die Spritze an und spürte, wie es ihm eisig über den Rücken lief. Diese Männer, die ihn hier verhörten, hatten genug Amytal, um ihn zu töten, sobald sie sich davon überzeugt hatten, daß er die Wahrheit gesprochen hatte. Das hier war nichts anderes als eine Einladung, an seiner eigenen Exekution mitzuwirken.

»Ich werde unter Amytal dasselbe sagen«, beharrte er. »Weil es die Wahrheit ist.« Er stand auf und zog sein Jackett aus.

Er warf es nach links, dem Mann mit dem Messer ins Gesicht. Er mußte an die Pistole heran. Er warf sich nach vorne, verdrehte dem zweiten Mann das Handgelenk und drehte den Lauf mit dem Schalldämpfer so herum, daß er auf das Gesicht des Mannes gerichtet war. Er betätigte den Abzug. Die Waffe gab ein Geräusch von sich, wie wenn eine Faust in ein Kissen schlägt. Die Kugel fuhr durch das rechte Auge des Mannes und verspritzte Blut und Gehirn.

Der Mann mit dem Messer riß sich die Jacke vom Gesicht. Drew stieß die zusammensackende Leiche gegen ihn. Als sie zu Boden stürzten, wirbelte er zu dem dritten Mann herum, riß ihm die Spritze aus der schmalen Aristokratenhand und rammte ihm die Nadel in den Hals. Blut spritzte, eine hellrote Fontäne wie aus einem Hochdruckschlauch, als er ihm die Nadel hineinpreßte. Der vornehm wirkende Mann brach zusammen.

Drew drehte sich zu der Stehlampe herum, packte sie wie eine Stange und parierte damit das Messer, mit dem der erste Mann, der sich inzwischen von der Jacke und der Leiche freigemacht hatte, auf ihn einstach. Das Kabel der Lampe riß ab, worauf das Licht ausging. Der flackernde Flammenschein aus dem offenen Kamin ließ ihre Bewegungen silhouettenhaft erscheinen. Drew schmetterte den Lampensockel auf die Schulter seines Feindes, trat einen Schritt zurück und stieß das Ende mit der Glühbirne gegen die Hand, die das Messer hielt. Jetzt setzte er die Fertigkeiten ein, die man ihm in Colorado beigebracht hatte. Er sprang zurück, stieß dem Angreifer den Lampensockel in den Unterleib und schlug ihm mit dem anderen Ende der Lampe das Messer aus der Hand.

Er griff sich das Messer vom Boden und rammte es dem Feind unter dem Kinn in den Hals.

Drew ließ das Messer nicht los, fühlte, wie warmes Blut wie ein Sturzbach über die Messerklinge und über seine Finger am Griff herunterströmte. Er hielt den Mann einen Augenblick lang aufrecht stehend fest, spürte sein Zittern und blickte finster in seine sterbenden Augen.

Dann ließ er los. Der Mann fiel nach hinten, sein Kopf krachte auf die Ziegelplatten vor dem Kamin.

Drew packte ihn an den Stiefeln und zog ihn ein Stück aus der Reichweite der Flammen, weil er den Gestank von brennendem Haar nicht ertragen konnte. Er schauderte, starrte das Blut an, die Leichen, die ihn umgaben. Der Geruch von Urin, von Exkrementen füllte den Raum.

Obwohl er selbst dieses Blutbad angerichtet hatte, hätte er sich beinahe übergeben. Nicht aus Furcht, sondern aus Ekel. Tot. Zuviel. Zu viele Jahre lang.

3

»Und dann?« fragte Arlene. Sie hatte, während er redete, nach seiner Hand gegriffen, wie um zu zeigen, daß sie zu ihm hielt.

»Ich hatte die Pistole in dem Haus gelassen. Es war keine Zeit gewesen, sie mir zu nehmen, obwohl ich mir die Kamera geschnappt hatte. Ein Psychiater würde sicher seine Schlüsse aus dieser Wahl ziehen. Aber ich hatte in meinem Notversteck in Paris eine Waffe und Geld und einen Paß mit einem anderen Namen. Ich mietete mir einen Wagen und fuhr damit nach Spanien. Die Waffe schaffte ich natürlich beiseite, für den Fall, daß man mich am Grenzübergang durchsuchte.«

»Weshalb Spanien?« wollte Father Stanislaw wissen.

»Weshalb nicht? Ich dachte, daß sie überall nach mir suchen würden. Zumindest« – Drew zuckte die Achseln – »war Spanien wärmer. Ich gab den Wagen der Mietfirma zurück und mietete mir ein Privatflugzeug, um mich nach Portugal fliegen zu lassen. Dort, in Lissabon, hatte ich für eine weitere Identität mit dem dazugehörigen Paß vorgesorgt. Und später? Irland. Amerika. Dreimal hätten sie mich beinahe erwischt. Einmal mußte ich an einer Tankstelle einen Wagen in Brand stecken. Aber ich brauchte wenigstens niemanden mehr zu töten. Und dann war ich endlich zu Hause. In Amerika. Ich wußte genau, wohin ich wollte. Ich wollte nichts mehr von Schahs und Ayatollahs und Öl und Terroristen wissen. Nichts davon war für mich wichtig. Ich hatte das Äquivalent meiner Eltern getötet. Ich hatte Schuld daran, daß ein kleiner Junge den Rest seines Lebens so leiden mußte, wie ich gelitten hatte. Die Welt war ein Irrenhaus. Damit verglichen, lebten diese Kartäuser-Mönche im Paradies. Für sie gab es klare Prioritäten. Ihr Blick hatte die richtige Perspektive. Er war auf die Ewigkeit gerichtet. Seit meinem zehnten Lebensjahr bin ich ein Wanderer gewesen. Aber nachdem ich aus jenem Haus an der Seine geflohen war und wußte, daß meine Wanderungen noch nicht am Ende waren, hatte ich ein Ziel. Ich sah es vor mir. Ich wollte Frieden.

Ein Priester, der Father Hafer hieß, half mir dabei. Er ebnete mir den Weg, in jenes Kloster aufgenommen zu werden. Aber ehe ich den Kartäusern beitrat, mußte ich meine ganzen Besitztümer loswerden. Mit Ausnahme dieser Fotografien natürlich. Aber als ich dann dachte, ich sei fertig, als ich mich fragte, ob ich mich wirklich ausgelöscht hatte, wurde mir klar, daß es noch etwas gab, das ich tun müßte. Eine sentimentale Schwäche. Es galt, die letzten Bindungen zu lösen.«

4

Drew kauerte in der Finsternis hinter den Büschen. Jetzt sprang er mit seiner ganzen Kraft in die Höhe, und seine Finger klammerten sich an den Betonrand der Mauer, an der er sich versteckt hatte. Es war März. Seine bloßen Hände schwollen in der beißenden Kälte an, während seine Schuhsohlen an der Mauer entlangscharrten, in dem Versuch, irgendwo einen Halt zu finden.

Dann war er oben, flach an die Mauerkrone gepreßt, und ließ sich auf der anderen Seite hinunterfallen, wobei er sich mit seinen halb tauben Fingerspitzen abstützte.

Er landete auf gefrorener Erde, sackte in die Knie, richtete sich sofort wieder auf; seine Hände waren die einzigen Waffen, die er hatte. Er hätte natürlich eine Pistole mitbringen können; aber er hatte sich geschworen, daß er nie wieder töten würde. Einen Feind mit bloßen Händen gefechtsunfähig machen – soviel konnte er vor sich selbst rechtfertigen. Aber wieder töten? Seine Seele schreckte vor dieser Möglichkeit zurück. Wenn er seinerseits heute nacht getötet werden würde, dann würde das Gottes Wille sein. Aber niemand stellte sich ihm entgegen.

Seine Augen suchten die Dunkelheit ab. Nach dem grellen Licht der Straßenbeleuchtung auf der anderen Seite der Mauer hätten seine Augen normalerweise ein oder zwei Sekunden gebraucht, um sich an die Finsternis anzupassen. Aber er hatte die Augen geschlossen, als er sich von der

Mauer hatte fallen lassen. Und jetzt, wo er sie wieder geöffnet hatte, waren seine Pupillen bereits geweitet.

Er sah schemenhafte Bäume und Büsche im Halbdunkel, ein paar hüfthohe Rohre mit Wasserhähnen und Gießkannen daneben. Und Grabsteine. Reihenweise Grabsteine, in die Tiefe gestaffelt, deren Schatten in die Ferne reichten, bis die Nacht sie verbarg.

Der Friedhof von Pleasant View, Boston.

Er kroch durch die Schatten, vorbei an Bäumen und Büschen, kauerte sich neben Grabsteinen nieder, huschte geduckt über kiesbedeckte Fußwege und atmete jedesmal erleichtert auf, wenn er wieder das Gras erreichte, wo er sich lautlos bewegen konnte. Mit dem Rücken an die Wand eines kalten Grabmals gepreßt, das ihm Deckung bot, blickte er suchend in die Finsternis. Die Dunkelheit war gespenstisch still. Die einzige Unterbrechung war das einsame, weit entfernte Dröhnen eines Wagens.

Und dann sah er sie endlich, als er weitergekrochen war, wenn er auch keinen Augenblick lang Zweifel gehabt hatte, daß er sie finden würde.

Die Grabsteine, die Gräber seiner Eltern.

Er näherte sich ihnen in einem Bogen, überprüfte jedes denkbare Versteck und erinnerte sich an die Vandalen, vor denen er seine Eltern vor so vielen Jahren geschützt hatte.

Schließlich stand er vor ihnen, starrte auf die Stelle, wo die Namen standen, die er jetzt nicht sehen konnte.

Aber selbst in der Nacht wußte er, daß dies ihr Platz war. Seine Finger tasteten liebevoll über ihre Namen, ihre Geburtsdaten und die ihres Todes; und dann trat er zurück, blickte gedankenverloren auf sie hinab, einen Augenblick, der sich zu einer Minute, dann zwei und drei dehnte, und sagte schließlich: »Wenn ihr nur nicht gestorben wärt.«

Eine Stimme ließ ihn erstarren.

»Drew.«

Er fuhr herum.

Es war eine Männerstimme. Sie war weit entfernt und klang gedämpft.

»Warum mußtest du es tun?« Die Stimme klang gespenstisch.

Drew kniff die Augen zusammen, aber er konnte die Schwärze nicht durchdringen. Dort drüben, zu seiner Rechten.

Er fühlte sich nicht bedroht. Für den Augenblick jedenfalls noch nicht. Weil er wußte, daß der Mann ihn leicht hätte erschießen können, während er vor den Gräbern seiner Eltern stand.

Und das bedeutete, daß der Mann das Bedürfnis hatte, mit ihm zu reden.

Er erkannte die Stimme.

Es war Jake.

»Weißt du, was du für Scheiße gebaut hast?« fragte Jake aus der Dunkelheit heraus.

Fast hätte Drew gelächelt. Eine Aufwallung von Freundschaft überkam ihn.

»Und weißt du, wie viele Männer die hinter dir hergeschickt haben?« Jakes Stimme war leise.

»Und was ist mit dir?« fragte Drew. »Hat man dir auch gesagt, daß du auf mich Jagd machen sollst? New York ist weit. Du bist nicht hier, weil du gern um drei Uhr morgens Friedhöfe besuchst. Wirst du mich töten?«

»Das erwartet man von mir.« Jakes Stimme klang betrübt.

»Dann tu's doch.« Drew machte das in seiner Erschöpfung plötzlich nichts mehr aus. Er kam sich leer vor. »Ich bin bereits tot. Ich könnte ebensogut umfallen und mich nicht mehr bewegen.«

»*Aber warum?*«

»Weil du deine Anweisungen hast«, sagte Drew.

»Nein, das meine ich nicht. Ich möchte wissen, warum du das Netz verraten hast.«

»Das habe ich nicht.«

»Die sagen aber, daß du es getan hast.«

»Und ich kann sagen, daß ich der Papst bin. Deshalb ist es auch nicht die Wahrheit. Außerdem hast du ihnen ja nicht geglaubt. Sonst hättest du mir ganz bestimmt nicht die Chance zum Reden gegeben. Du hättest mich einfach niedergeschossen. Wie hast du mich gefunden?«

»Verzweiflung.«

»Das hat mir immer schon an dir gefallen. Deine ausführlichen Erklärungen.«

»Die haben ein Team dorthingeschickt, wo du einmal gelebt hast, für alle Fälle. Aber ich wußte, daß du nicht dorthin zurückkehren würdest. Je mehr ich darüber nachdachte, desto klarer wurde mir, daß du an *keinen* Ort zurückkehren würdest, den das Netz mit dir in Verbindung bringt. Meine Vermutung war, du würdest dich irgendwo in den Bergen versteckt halten. Dort würdest du Monate, ja sogar Jahre überleben können, das wußte ich, selbst im Winter. Und das war's dann, dachte ich mir. Das Rennen war gelaufen, und du hattest gewonnen.«

»Das erklärt aber nicht...«

»Darauf komme ich noch. Sieh mal, etwas nagte die ganze Zeit an mir. Eine Winzigkeit, an die ich mich erinnerte. Es mußte *irgendeinen* Ort geben, der dich unwiderstehlich anzog. Selbst Leute wie wir sind Menschen. Aber wo war dieser Ort? Was hat dich zu dem gemacht, was du bist? Und dann erinnerte ich mich an etwas, was du mir einmal erzählt hast – als ein Schneesturm uns zwang, eine Nacht auf einem Berggipfel zu kampieren, und der Wind so eisig war, daß wir die ganze Zeit miteinander reden mußten, um ja nicht einzuschlafen und zu erfrieren. Erinnerst du dich?«

Und ob sich Drew erinnerte. Und die Erinnerung löste ein Gefühl der Zuneigung in ihm aus. »In den Anden.«

»Richtig«, hallte Jakes Stimme aus der Dunkelheit. »Und als dir nichts anderes mehr einfiel, hast du mir erzählt, was deinen Eltern passiert war und wie du dann mit deinem Onkel und deiner Tante in Boston gelebt hast.«

»Mein Onkel ist jetzt tot.«

»Ja, aber deine Tante lebt noch, obwohl ich, so wie du sie mir beschrieben hast, wußte, daß du nie zu ihr gehen und sie um Hilfe bitten würdest. Aber Boston erinnerte mich an deine Geschichte und daran, wie du die Gräber deiner Eltern beschützt hast. Wie du dich jede Nacht in den Friedhof geschlichen hast. Wie du sie selbst als Erwachsener immer wieder besucht hast, wenn du Gelegenheit dazu hattest. Es fiel mir nicht schwer, herauszubekommen, in welchem Friedhof deine Eltern begraben waren und ihre Gräber zu finden. Ich fragte mich nur die ganze Zeit, ob du, bevor du dich von der Welt abkapseln würdest, ihnen ein letztes Lebewohl sagen, dem alten Drang nachgeben würdest. Oder ob du es bereits getan hattest und ich dich verpaßt hatte.«

Drew nickte. Der andere konnte das nicht sehen. Jake war gut.

Jetzt blickte Drew mit zusammengekniffenen Augen in die Finsternis. »Ich bin seit Januar auf der Flucht. Dann hast du diese Gräber seitdem jede Nacht beobachtet?«

»Ich hab' es dir doch gesagt. Verzweiflung. Bis zum Ende dieses Monats, hatte ich mir vorgenommen.« Jake lachte. »Du kannst dir ja vorstellen, wie überrascht ich war, als du plötzlich aus den Schatten auftauchtest. Eine Sekunde lang dachte ich, ein Gespenst erschien.«

»Dafür ist das hier ja der richtige Ort. Und für ein Wiedersehen. Und für Exekutionen. Man könnte sich sogar das Begräbnis sparen und mich einfach da verscharren, wo ich hinfalle. Aber du hast mich immer noch nicht erschossen. Warum?«

Jake seufzte in der Finsternis. »Weil ich wissen will, was wirklich geschehen ist.«

Drew sagte es ihm.

Einen Augenblick lang reagierte Jake nicht. »Eine gute Story.«

»Das ist mehr als eine Story!«

»Aber begreifst du denn nicht: Das ist doch völlig gleichgültig. *Worauf es ankommt, ist, was die glauben*. Sie sind zu mir gekommen. ›Sie sind sein Freund‹, haben sie gesagt. ›Sie kennen seine Gewohnheiten. Sie wissen, was er tun wird. Er ist gefährlich. Man kann nie sagen, an wen er uns als nächstes verkauft.‹«

»Ich hab' es dir doch gesagt. Ich hab' sie nicht verkauft!«

»Und außerdem haben sie gesagt: ›Wir geben Ihnen hunderttausend Dollar, wenn Sie ihn finden... und ihn töten.‹«

Jetzt verlor Drew die Geduld. Er trat vor, breitete die Arme aus. »Dann tu's doch! Worauf wartest du denn? Verdien dir doch dein Geld.«

»Du solltest dich nicht auf unsere Freundschaft verlassen«, warnte Jake aus der Finsternis. »Komm mir keinen Schritt näher, und versuch nicht wegzulaufen.«

»Weglaufen? Ich bin das Weglaufen *leid*. Töte mich, oder laß mich gehen.«

»Wenn ich dich gehen ließe, würdest du immer noch weglaufen.«

»Nein. Morgen soll ich in ein Kloster eintreten.«

Was?«

»Du hast schon richtig gehört. Ich werde Kartäuser.«

»Du meinst, du bist wirklich religiös geworden? Kartäuser? Augenblick mal. Sind das nicht die, die alleine in einer Zelle leben und den ganzen Tag beten? Das ist doch unheimlich. Das ist, wie wenn man in ein Grab kriecht.«

»Genau das Gegenteil davon: Wie wenn man wiedererweckt wird. Ich bin bereits in einem Grab. Und zwar nicht wegen der Kanone, mit der du auf mich zielst. Du kannst denken, was du willst. Von deinem Standpunkt aus wäre ich doch bereits tot, indem ich zu den Kartäusern gehe, nicht wahr? Du würdest mich nicht zu töten brauchen.«

»Du konntest schon immer gut reden«, sagte Jake.

»Ich werde unsere Freundschaft nicht dadurch in den Schmutz ziehen, daß ich denke, die hunderttausend Dollar, die man dir angeboten hat, um mich zu töten, bringen dich in Versuchung. Ich werde dich auch nicht beleidigen, indem ich dich mit einer größeren Summe in Versuchung führe, wenn du mich gehen läßt. Tatsächlich hätte ich das Geld gar nicht mehr. Ich habe alles weggegeben.«

»Es wird immer unheimlicher.«

»Was ich tue, ist, daß ich auf unsere Freundschaft zähle. Ich habe dir einmal das Leben gerettet. Das war damals in den Anden, erinnerst du dich?«

»Oh, ich erinnere mich sehr wohl.«

»Niemand weiß, daß du mich gefunden hast. Revanchiere du dich jetzt. Rette mein Leben. Laß mich laufen.«

»Wenn es nur so einfach wäre. Sieh mal, da ist noch etwas, was ich dir nicht erzählt habe. Und es steht auch mehr auf dem Spiel als die Hunderttausend. Das ist nur die Karotte am Ende des Stiels. Aber der Stiel hat noch ein anderes Ende, ein scharfes, und das stößt man mir in den Rücken. Du hast die wirklich zornig gemacht, Drew. Ein gescheiterter Einsatz. Ein *wichtiger*. Und die drei Agenten, die du getötet hast. Das Netz ist davon überzeugt, daß du zum Einzelgänger geworden bist. Und gefährlich.«

»Da haben sie unrecht!«

»Aber sie *glauben* das. Sie sind überzeugt, daß du sie verraten hast. Bei alldem, was du weißt, könntest du dem Netz viel Schaden zufügen. Also haben sie es auf dich abgesehen. Sie werden nie aufhören, nach dir zu suchen. Und je zorniger sie werden, desto mehr Druck üben sie auch auf andere Leute aus. Solche wie mich. Weil ich dich kenne, weil wir Freunde sind, meinen die, sollte es mir leichter fallen, dich zu finden. Und wenn ich dich nicht finde, dann muß ich auch zum Einzelgänger geworden sein. Ab nächstem Monat werden sie mich härter anpacken. Verstehst du, worauf ich hinauswill? Ich kann dich nicht laufen lassen.«

Drew hörte die Pein in Jakes Stimme. »Aber *willst* du mich denn töten?«

»Herrgott, nein! Warum, meinst du wohl, zögere ich?«

»Dann gibt es vielleicht eine bessere Methode.«

»Wenn es die gibt, dann kenn' ich sie nicht.«

»Geh doch zu ihnen, und sag ihnen, du hättest mich gefunden und mich getötet.«

»Was, zum Teufel, würde das denn bewirken? Die würden mir nicht einfach glauben. Ich müßte ihnen einen Beweis liefern!«

»Na schön, worin liegt dann das Problem? *Gib ihnen* den Beweis!«

»Rede gefälligst so, daß ich dich verstehen kann.«

»Sag ihnen, du hättest eine Autobombe in einem Wagen versteckt und mich in die Luft gejagt.« Drew erinnerte sich an die Exekutionsmethode, die man ihm in den Alpen aufgetragen hatte. »Du mußt Fotos machen. Fotos mögen sie.«

»Wovon denn? Ein explodierter Wagen wird nicht...«

»Nein, von mir, wie ich in den Wagen steige und wegfahre. Von dem Wagen, wie er explodiert und in einen Fluß stürzt. So, wie die Dinge liegen – wenn du ihnen sagst, daß du mich nur mit einer Bombe erwischen konntest – was für weitere Beweise könnten die denn haben wollen? Aber ich werde nicht in dem Wagen sein.«

»Du hältst an und steigst aus, ehe er explodiert?«

»Richtig. Morgen soll ich mich in dem Kloster melden. Es ist oben in Vermont. Aber ich kann bis zum Morgen warten und dir bei den Bildern helfen.«

Drew setzte sich wieder in Bewegung, auf Jakes Stimme zu.

»*Bleib, wo du bist, Drew!*«

»Ich kann nicht länger warten. Ich muß es jetzt wissen. Es ist Zeit, unsere Freundschaft auf die Probe zu stellen. Erschieß mich, oder hilf mir – eine andere Wahl hast du nicht.« Wieder breitete er die Arme aus. Es war eine Geste der Offenheit.

»Ich warne dich, Drew.« Jakes Stimme klang panikerfüllt. »Zwing mich doch nicht, es zu tun. Komm mir ja nicht näher.«

»Tut mir leid. Ich bin schon zu lange auf der Flucht. Ich bin müde. Und ich will dein Gesicht sehen.«

»Um Christi willen!«

»Ja, das stimmt!« Drew war nur noch zehn Fuß von dem Gebüsch entfernt, in dem Jake sich versteckt hatte. Fünf. Er blieb stehen und starrte in die Dunkelheit. »Also, was wird es sein? Willst du mir helfen, denen zu beweisen, daß du mich getötet hast? Damit du mich aus der Schußlinie bringst und ich den Rest meines Lebens in Frieden verbringen kann? Oder willst du mich wirklich töten?«

Er wartete. Stille senkte sich herab.

Es raschelte in den Büschen.

Drews Muskeln spannten sich. Plötzlich überkam ihn Furcht, daß er sich verkalkuliert hatte, und er stellte sich vor, wie Jake die Waffe hob.

Eine Gestalt trat aus der Finsternis hervor.

Jake kam auf ihn zu, mit ausgestreckten Armen, so wie die Arme Drews. »Möge Gott dich schützen, Freund.«

Sie umarmten sich.

5

»Und das war neunundsiebzig?« Arlene starrte gebannt in Drews Gesicht, und ihre Stimme war ebenso angespannt wie die Drews.

»Ja, im März. In Boston. Am Tag, bevor ich in das Kloster eintrat.«

Sie sank in ihren Stuhl zurück. »Du hast recht. Ich mußte das alles hören, ehe ich es begreifen konnte. Es ist wie...«

Drew sah ihr zu, wie sie nach Worten suchte. »Ich habe es mit der Zeit wie ein Spinnennetz gesehen«, sagte er. »Alles ineinander verwoben, verschlungen, ein Kreis ohne Ende. Mit einem schrecklichen Ziel. Weil am Ende die Spinne wartet.«

Sie studierte ihn. »Und Jake hat das getan, worum du ihn gebeten hast? Er hat dir geholfen?«

»Wir haben die Fotos gestellt. Ich weiß nicht, was er Scalpel gesagt hat. Aber er muß sie überzeugt haben. Nach dem, was du mir gesagt hast, schlug die Sache keine Wellen. Tatsächlich ist dir doch bis vor zwei Wochen nichts Ungewöhnliches aufgefallen?«

»Das stimmt.« Ihr Ausdruck wurde nachdenklich. »Aber dann wurde er nervös.«

»Und kurz nachdem Jake verschwunden ist, wurde das Kloster angegriffen«, sagte Father Stanislaw.

Der Raum, in dem sie sich befanden, schien kleiner zu werden, so sehr lastete die Spannung auf ihnen.

»Gibt es eine Verbindung zwischen den beiden Ereignissen?« Der Priester wandte sich zu Drew. »Hat jemand den Schluß gezogen, daß Jake mehr wußte, als er gesagt hatte? Hat man ihn gezwungen, zuzugeben, daß Sie noch am Leben waren, zu sagen, wo Sie sich aufhielten?«

»Aber warum erst nach sechs Jahren?« fragte Drew. »Wenn Scalpel seine Darstellung nicht glaubte, wenn sie argwöhnisch waren – warum haben sie so lange gewartet, ihn zu verhören?«

»Scalpel?« Arlene musterte ihn ungläubig. »Meinst du, daß *die* verantwortlich sind? Daß sie an Jakes Verschwinden schuld sind und das Kloster angegriffen haben?«

»Das muß ich doch. Alles deutet darauf hin.«

»Aber...« Sie war jetzt noch erregter.

»Was ist denn? Ich hatte angenommen, das wäre für dich ebenso selbstverständlich wie für mich.«

»Nein, du verstehst nicht. Das ist unmöglich.«

»Aber es paßt doch alles zusammen.«

»Das kann es gar nicht! Scalpel existiert nicht mehr!«

Drew erschrak. »*Was?*«

»Das Netz ist aufgelöst worden, schon 1980. Als du im Kloster warst.«

Drew zuckte zusammen.

»Sie hat recht«, sagte Father Stanislaw. »Meine Gewährsleute bestätigten das. Sie hatten ja selbst schon festgestellt, daß das Programm außer Kontrolle geraten war. Scalpel hatte seine Vollmachten und sein Mandat weit überschritten und führte nicht mehr nur Gegenangriffe auf Terroristen durch, sondern hatte sich zu dem Wahnsinnsschritt entschlossen, sich in fremde Regierungsgeschäfte einzumischen und Attentate auf Staatsoberhäupter zu planen. Wenn der Ayatollah erfahren hätte, daß die Amerikaner versuchten, ihn zu töten, dann hätte er die Geiseln exekutieren lassen, anstatt sie nur festzuhalten und Lösegeld zu fordern. Ganz sicher hätte er den Attentatsversuch als Beweis dafür benutzt, daß alles, was er gegen Amerika und seine Degeneriertheit gesagt hatte, der Wahrheit entsprach. Es gibt keinen Zweifel, daß Scalpel Ihren Tod wollte. Die Tatsache, daß Ihre Mission gescheitert war, und – was noch schlimmer war – der Verdacht, Sie seien so instabil geworden, daß Sie ihre Geheimnisse verraten würden, müssen sie erschreckt haben.«

»Aber dann glaubten sie, ich wäre tot.«

»Worauf sie zum ersten Mal seit Ihrem gescheiterten Einsatz wieder schlafen konnten«, sagte Father Stanislaw. »Meine Gewährsleute sind der Ansicht, daß Scalpel damals zu der Einsicht gelangte, sie seien einer Katastrophe nur knapp entronnen. Einige sind sogar der Meinung, jemand bei Scalpel hätte die Nerven verloren und das State Department wissen lassen, wie politisch gefährlich das Programm geworden sei. Erinnern Sie sich, was der CIA passierte, als das Kirchenkomitee des Senats die Attentatspläne der Agency aufdeckte? Gegen Castro, Lumumba, Sukarno, die Brüder Diem?«

»Die CIA wurde fast aufgelöst«, sagte Drew. »Als Kompromiß schränkte man ihre Machtbefugnisse erheblich ein. Und siebenhundert Mitglieder der Abteilung für Geheimoperationen wurden gefeuert.«

»Scalpel wollte offenbar vermeiden, daß es zu einem ähnlichen Skandal kam. Um ihre eigene Karriere zu schützen, lösten die leitenden Persönlichkeiten das Antiterroristennetz vorsichtig und in aller Stille auf. Die Auflösung nahm, von Ihrem gescheiterten Attentat gegen den Ayatollah aus gerechnet, ein Jahr in Anspruch.«

»Wer, zum Teufel, hat dann versucht, mich zu töten? Und warum?« fragte Drew.

»*Und was hat Jake so nervös gemacht?*« Arlene starrte sie an.

»Vielleicht verschafft uns das Gift einen Hinweis«, sagte Drew. »Wenn wir den Typ kennen werden, den man gegen das Kloster eingesetzt hat.«

Father Stanislaw sah ihn nachdenklich an. »Ja. Der Bischof hat mir gesagt, daß Sie den Kadaver der Maus bei sich behalten hatten, die Ihnen das Leben gerettet hat.«

»Stuart Little.« Drew fiel das Atmen schwer. »Ich dachte, das letzte, was er für mich tun könnte, wäre, mir dabei zu helfen, die Antwort zu finden. Wenn es sich um ein besonders ausgeprägtes Gift handelte, würde mir eine Autopsie vielleicht die Information liefern, die mich zu dem führt, der den Überfall befohlen hat.«

»Da bin ich neugierig. Macht es Ihnen etwas aus? Kann ich den Mäusekadaver sehen?«

»Er ist nicht hübsch anzusehen.«

»Nun, inzwischen wissen Sie ja wahrscheinlich, daß ich nicht gerade zimperlich bin.«

Drew sah auf den unheimlich wirkenden roten Ring mit dem Schwert und dem Malteserkreuz. »Den Eindruck habe ich bekommen. Die Brüderschaft des Steins?«

»Das stimmt.«

»Davon werden Sie mir erzählen müssen.«

»Alles zu seiner Zeit. Und inzwischen?«

Drew ging zu seinem Jackett. Erstaunlicherweise schien der winzige Kadaver, als er die Plastiktüte hervorzog, ungewöhnlich gut erhalten. Er war trocken und eingeschrumpft, wie eine Mumie.

Father Stanislaw nahm ihn mit einer Art Ehrerbietung entgegen. »Von winzigen Geschöpfen...« Er blickte von der Maus zu Drew. »Ich hatte Ihnen schon erklärt, daß ich die Leichen aus dem Kloster habe entfernen lassen. Ihre Besorgnis war begründet: die Sorge, daß es zu einem Skandal kommen könnte, wie Sie dem Bischof gegenüber zum Ausdruck gebracht hatten. Wenn die Behörden von dem Überfall erfahren hätten, dann hätten ihre Ermittlungen auch zu der Entdeckung geführt, daß *ein* Mönch überlebt hatte. Und bei weiterem Suchen hätten sie mehr über Sie in Erfahrung gebracht. Die Kirche beschützt einen internationalen Agenten, der an Mordeinsätzen beteiligt war? Das durfte nicht sein. Also haben wir nach unseren eigenen Ermittlungen alle Beweise gelöscht. Die Leichen wurden gemäß der Kartäusersitte beerdigt. Respektvoll, aber demutig. Ohne einen Grabstein. So hätten die Mönche selbst es gewollt. Aber man *hat* Autopsien durchgeführt. Das Gift *ist* deutlich erkennbar. Und den Umständen nach passend.« Drew wartete.

»Eisenhut, auch als Mönchskapuze bekannt.«

Das Wortspiel grenzte an Blasphemie. »Wenn ich die je in die Hände...«

»Geduld«, sagte Father Stanislaw. Er legte den Plastikbeutel auf die Kommode und griff sich an den weißen Priesterkragen. »Ich hätte meine Stola anlegen sollen.«

»Wozu?«

»Für Ihre Beichte. Denn das war eine Beichte. Ein schwieriges Problem im kanonischen Recht. Ich frage mich, ob mein Versäumnis Ihre Beichte ungültig macht.«

Drews Stimme brach. »Ich glaube nicht.«

»Ich auch nicht. Gott hat Verständnis. Ist das das Ende? Haben Sie mir alles gesagt, von dem Sie glauben, daß es dazugehört? Alles, was zu dem Angriff auf das Kloster führt?«

»Alles, was mir eingefallen ist.«

»Dann senken Sie das Haupt und beenden das Ritual.«

»Father, ich bedaure diese Sünden und die Sünden meines ganzen Lebens.«

Father Stanislaw hob die rechte Hand und machte das Kreuzzeichen. Dann sprach er ein Gebet in lateinischer Sprache. Drew erkannte die Bitte an Gott, ihm Verzeihung zu gewähren.

Father Stanislaw hielt inne. »Einen anderen Menschen zu töten ist eines der schwersten Verbrechen. Nur der Selbstmord ist ein noch größeres. Aber die Umstände mindern Ihre Schuld. Ebenso die lebenslangen Qualen, unter denen Sie gelitten haben. Gehen Sie in Frieden.« Und dann, mit plötzlich schroffer werdender Stimme: »Aber bleiben Sie, wo Sie sind.«

Drew blickte verblüfft auf.

»Jetzt ist Zeit, über Yanus zu sprechen.«

Drew runzelte die Stirn. »Das sagten Sie auch in der Kapelle in dem Haus der Zuflucht. Ich habe eine Weile gebraucht, um es zu begreifen. Ihr Akzent. Sie meinen *Janus?*«

»Den Killer«, unterbrach Arlene.

Father Stanislaw nickte. »Der zweiköpfige Kopf. Der angeblich Drew ist.«

TEIL SIEBEN

Janus

Die Sünden der Gegenwart

1

Wenn im alten Rom eine kaiserliche Armee in den Krieg zog, mußten komplizierte Rituale erfüllt werden, auf daß dem Vorhaben Glück beschieden sei. Eines der wichtigsten dieser Rituale erforderte es, daß die Armee in einer feierlichen Zeremonie durch einen Bogen zog, während man die Gunst der Götter – und insbesondere die eines ganz bestimmten Gottes, des Gottes des guten Anfangs – anflehte. Es gab viele solche Bögen in der Stadt, und die meisten waren nicht mit Mauern oder Gebäuden verbunden, sondern standen frei da, so als würde das Fehlen jeglichen praktischen Zweckes ihre symbolische Funktion hervorheben. Ebenso wurden manchmal kleine Gebäude aus keinem anderen Zweck gebaut als dem, einem Priester oder Politiker einen geeigneten Ort zu bieten, den er betreten oder verlassen konnte.

Von all diesen Gebäuden wurde ein Schrein nördlich des Forums in den höchsten Ehren gehalten. Er war schlicht und rechteckig angelegt und hatte an der Ost- und der Westseite doppelte Bronzetore mit Blick auf die auf- und untergehende Sonne, wie um damit zu symbolisieren, daß man ebenso auf den Anfang wie das erfolgreiche Ende eines Vorhabens sehen mußte. Ebenso wie der Bogen, durch den die mächtigen Armeen Roms in die Schlacht zogen, stand auch dieser Tempel mit dem Krieg in Verbindung. Die Generale des Imperiums traten in der Tat so häufig durch die doppelten Tore nach Osten und Westen, daß es Sitte war, sie offen zu lassen. Nur wenn in Rom Frieden herrschte, wurden die Tore geschlossen, und das war selten der Fall – in den ersten siebenhundert Jahren seiner Blütezeit, von der Herrschaft Numas bis zu der des Augustus, nur dreimal.

Der Gott, dem dieser Schrein geweiht war, war nicht etwa,

wie man hätte erwarten können, Mars; vielmehr war die Statue, vor der Priester, Politiker und Generale meditierten, als sie von einem Torepaar zum nächsten gingen, die einer größeren Gottheit, Janus, dessen Abbild man leicht von jenen aller anderen Götter unterscheiden konnte, weil er zwei Gesichter hatte: eines vorne und eines hinten. Gesichter, die zu beiden Torepaaren blickten, im Osten und im Westen, dem Anfang und dem Ende.

Wenn man ihn am Anfang eines Tages um Erfolg bat, so kannte man ihn als Matutinus, woher die Matutin kommt, das Wort der römisch-katholischen Kirche für den ersten kanonischen Dienst des Tages, gleich nach Mitternacht. Aber man flehte Janus auch zu Anfang einer jeden Woche oder eines jeden Monats und ganz besonders zum Anfang eines jeden Jahres um seine Unterstützung an. Und demzufolge war es nur passend, daß der erste Monat des römischen Kalenders zu seinen Ehren benannt wurde: Januar.

Janus, der Gott mit den zwei Gesichtern, der in Ewigkeit nach vorne und nach hinten starrte. Zum Anfang. Und zum Ende.

2

»Am Anfang«, sagte Father Stanislaw, »hatten wir vorwiegend Gerüchte gehört. Das ist jetzt beinahe ein Jahr her.«

»Wir?« Drew kniff die Augen zusammen. »Wer ist wir?« Er wies mit einer Handbewegung auf Father Stanislaws Ring, den großen Rubin, in dem das Malteserkreuz und das Schwert eingeschliffen waren. »Die Bruderschaft?«

»Müssen wir so deutlich sein? Ein Mann mit Ihrer Erfahrung...« Father Stanislaw sah ihn an. »Es sollte Sie nicht überraschen. Die Kirche mit ihren siebenhundert Millionen Gläubigen ist praktisch eine Nation für sich. Im Mittelalter war sie das ja tatsächlich; sie umfaßte damals, in der Zeit des Heiligen Römischen Reiches, ganz Europa. Sie muß über ihre Interessen wachen. So wie das alle großen Nationen haben, braucht auch sie ein Abwehrnetz.«

»Abwehrnetz?« Drews Stimme klang jetzt schärfer. »Ich fange an zu begreifen.«

»Zumindest glauben Sie zu begreifen. Aber jede Erklärung zu ihrer Zeit. Die wichtigsten Stützen unserer Abwehr sind verschiedene Mitglieder eines etwas vielschichtigen religiösen Ordens, der, seit Sie in das Kloster eintraten, eine gewisse Popularität erlangt hat. Man kennt den Orden unter dem Namen Opus Dei, das große Werk Gottes. Ich habe gesagt vielschichtig, weil die Mitglieder des Ordens – hauptsächlich beruflich erfolgreiche Selbständige der Mittelklasse, Ärzte, Rechtsanwälte, Geschäftsleute – weiterhin ihrem Laienberuf nachgehen, obwohl sie Armuts-, Keuschheits- und Gehorsamsgelübde abgelegt haben. Sie kleiden sich nach der Mode der Gesellschaft, obwohl viele sich nachts in Klöster begeben und ihre gesamten Besitztümer der Kirche vermachen. Ihre Einstellung zum Leben ist konservativ. Dem Papst sind sie mit glühender Loyalität ergeben. Ihre Mitgliedschaft im Opus Dei wird streng geheimgehalten.«

»Mit anderen Worten, ein unsichtbarer Orden.«

»Richtig. Die Theorie besteht darin, daß sie den Einfluß der Kirche dadurch verbreiten können, daß sie ihre Doktrine in ihren täglichen Geschäftspraktiken einsetzen. Eine Art fünfte Kolonne des Katholizismus, wenn Sie so wollen. Stellen Sie sich die Auswirkungen vor, wenn Mitglieder des Opus Dei in den Kongreß gewählt würden oder wenn ein Mitglied in den Obersten Gerichtshof der Vereinigten Staaten berufen würde. Aber es gibt sie nicht nur in Amerika. Opus Dei existiert in über achtzig Ländern und besitzt dort auch Macht. Hunderttausend loyale Anhänger, Menschen, die es in ihrem Beruf zu etwas gebracht haben und jetzt ihren Ehrgeiz einsetzen und sich bemühen, für die Sache der katholischen Kirche möglichst viel weltliche Macht zu gewinnen. *Sie* sind die Basis des Abwehrnetzes der Kirche. Gerüchte, die ihnen zu Ohren kamen, waren es, die mein Interesse erweckten...«

3

Ein selbständig arbeitender Söldner, der wie aus dem Nichts plötzlich auf der europäischen Szene erschien und dem der Ruf voranging, er sei für fünf schnell hintereinander erfolgte Morde verantwortlich, alles Morde an katholischen Priestern. In jedem Fall waren die Priester – politisch aktiv, einflußreich und gegen kommunistische Gruppierungen in der Regierung ihrer Länder in Opposition – wie es zunächst schien, durch Unfälle ums Leben gekommen. Ein Autounfall beispielsweise, ein Herzanfall, ein Feuer.

Normalerweise hätten diese Todesfälle keine Aufmerksamkeit erregt, aber so viele schnell hintereinander und meistenteils in Italien, führten dazu, daß man bei Opus Dei anfing, sich Gedanken zu machen. Mächtige Mitglieder des Ordens setzten ihren Einfluß ein, um sicherzustellen, daß die Ermittlungen gründlicher geführt wurden. Kurz darauf erschienen verschiedene Begleitumstände jedes einzelnen Todesfalles verdächtig, wenn sich Verbrechen auch nicht in schlüssiger Weise nachweisen ließen. Bei dem Autounfall hatten die Bremsen versagt, obwohl sie erst kürzlich überholt worden waren. Im Falle der Herzattacke ließ eine an dem Opfer durchgeführte Autopsie keinerlei Schwäche des kardiovaskularen Systems erkennen. Bei dem Brandunfall konnte niemand sich erinnern, daß der Priester, der stets geradezu zwanghaft ordentlich gewesen war, je zugelassen hätte, daß sich öldurchtränkte Lumpen im Keller der Pfarrei ansammelten.

Gleichzeitig stellte in Genf eine junge, verliebte Frau etwas Erschreckendes fest. Der Mann, mit dem sie die Affäre gehabt hatte, ein äußerst sympathischer Amerikaner, hatte in letzter Zeit in ihrem Apartment ein Bücherregal angebracht. Einer der Dübel, mit denen die Halterung der Regalbretter an der Wand befestigt gewesen war, hatte sich aus dem Verputz gelöst, so daß die Regale sich in beunruhigender Weise von der Wand gelöst hatten. Weil ihr Freund, Thomas McIntyre, geschäftlich unterwegs war (sie wußte nicht, in welcher Art Geschäften er tätig war; es hatte irgend etwas mit Export und

Import zu tun), rief sie ihren Bruder an und bat ihn, zu ihrem Apartment zu kommen und ihr bei der Befestigung des Regals behilflich zu sein.

Als die beiden zufällig hinter die Regalbretter sahen, entdeckten sie in der Wand ein Loch, das vorher nicht dagewesen war. Bei weiterer Untersuchung fanden sie eine Höhlung, die Plastikexplosivstoffe, Zünder, automatische Waffen, Munition und einen Metallbehälter enthielt, dem sie den Gegenwert von hunderttausend Dollar in verschiedenen europäischen Währungen und drei Pässe für Michael McQuane, Robert Malone und Terence Mulligan entnahmen. Trotz der unterschiedlichen Namen trug jeder der drei Pässe ein identisches Foto. Und das Foto war das des Freundes der Frau, Thomas McIntyre.

Nach einer langen und heftigen Auseinandersetzung, in der die Frau ihren Liebhaber verteidigte und ihrem Bruder drohte, nie wieder mit ihm zu sprechen, wenn man ihrem Liebhaber nicht die Chance für eine Erklärung gab, rief ihr Bruder die Behörden an. Eine Stunde später erschienen drei Polizisten. Sie untersuchten den Inhalt des Verstecks und begaben sich sofort zur Wohnung des Amerikaners, der – wie sich herausstellte – früher als geplant von seiner Geschäftsreise zurückgekehrt war und, ohne seine Freundin zu informieren, eine Party gab. Nachdem die Polizisten an die Tür geklopft und nach einigem Widerstreben von einem der Gäste eingelassen worden waren, sahen sie sich einer Gruppe von Betrunkenen gegenüber, darunter auch einem Mann, der dem Foto in den verschiedenen Pässen glich und sich bereit erklärte, im Schlafzimmer Fragen zu beantworten. Dort angekommen freilich, zog der Amerikaner einen Revolver heraus, erschoß die drei Polizisten und entkam über eine Feuerleiter.

Einer der Polizisten überlebte und konnte den Hergang der Ereignisse berichten. Weitere Nachforschungen ergaben, daß der Metallbehälter hinter dem Bücherregal auch ein Notizbuch mit Adressen in verschiedenen Städten und Ländern enthielt, die sich als die der fünf getöteten Priester erwiesen.

4

»Was sagen Sie dazu?« fragte Father Stanislaw.

Drew dachte nach. »Wenn dieser McIntyre ein Profi sein will, dann fehlen ihm noch ein paar Lektionen in seinem Handwerk. Dieses zerbrechliche Bücherregal – und dann vor der Polizei in Panik zu geraten.« Er schüttelte den Kopf. »Ein Amateur.«

»So schien es mir auch. Es sei denn...«

»Ich verstehe nicht.«

»Es sei denn, das Ganze war gespielt.«

»Sie meinen, er *wollte*, daß seine falsche Identität aufflog?« fragte Arlene überrascht.

»Aber warum?« fügte Drew hinzu.

»Um auf sich aufmerksam zu machen. Um sich schnell eine Reputation zu erwerben«, sagte Father Stanislaw. »Und nachdem das geschehen war, ohne Zweifel mit Absicht, wurde er plötzlich sehr professionell. Die Behörden taten alles in ihrer Macht Stehende, konnten ihn aber nicht finden, und kurz darauf wurden schnell hintereinander drei weitere politisch aktive Priester getötet. Und dann Mitglieder des Opus Dei selbst. Leitende Männer der Wirtschaft, Verleger, aber in erster Linie Politiker. Und jetzt war es klar, daß dieser Thomas McIntyre alias Soundso gemäß seinen verschiedenen anderen Namen in den gefälschten Pässen aktiv terroristisch gegen...«

»...die katholische Kirche tätig war.« Drew wandte sich bestürzt zu Arlene herum. »Du hast mir gesagt, daß er damit beschäftigt war, Politiker zu töten, aber du hast mir nicht gesagt...«

»...daß sie dem Opus Dei angehörten? Wie hätte ich das wissen sollen?«

»Das konnten Sie nicht«, sagte Father Stanislaw. »Wie hätte das jemand außerhalb des Abwehrnetzes der Kirche auch wissen können? Das ist es ja. Die Mitgliedschaft in Opus Dei ist ein Geheimnis.«

»Jetzt aber nicht mehr«, sagte Drew.

»Und damit kommen wir zu Ihnen.« Father Stanislaw

setzte sich neben Drew. »Im Laufe der Ermittlungen der Behörden, wozu sie von einflußreichen Mitgliedern von Opus Dei angeregt wurden, denen natürlich viel daran lag, den Mann zu finden, der auf sie Jagd machte, drangen andere Gerüchte an die Oberfläche. Ein Mann mit dem Decknamen Janus war damit beschäftigt, auf dem europäischen Schwarzmarkt Waffen und Explosivstoffe zu kaufen und gleichzeitig freiberuflich tätige Ermittler damit zu beauftragen, Skandale zu enthüllen, die die katholische Kirche betrafen. Diese Skandale betrafen alles mögliche, von den Geliebten verschiedener kirchlicher Würdenträger über homosexuelle Neigungen zu aufwendigen Villenanwesen, wie sie angesichts des Armutsgelübdes kein Priester hätte besitzen dürfen. Alkoholismus. Drogenabhängigkeit. Todsünden. Wenn ein Priester oder ein Mitglied von Opus Dei ein Laster hatte, so wollte Janus das wissen. Und Beweise dafür erhalten. Manchmal schickte er die entsprechenden Dokumente mit Fotografien lediglich an die Zeitungen. Gelegentlich tötete er auch den Priester oder das Opus Dei-Mitglied und schickte die Dokumente *dann* an die Presse, allem Anschein nach, um seine Tat zu rechtfertigen.«

»Janus«, sagte Drew.

»Die Verbindung lag auf der Hand. Thomas McIntyre, der Meuchelmörder, mit demselben Ziel? War es möglich, daß *er* Janus war? Und als die Behörden einen der Kontaktleute von Janus aufspürten und ihn zum Reden brachten, identifizierte der Mann tatsächlich das Paßfoto von Thomas McIntyre als das seines Auftraggebers.«

»Identifizierte?« Drew richtete sich auf. »Sie wollen sagen, dieser Janus – dieser McIntyre – hätte tatsächlich zugelassen, daß seine Kontaktleute ihn zu Gesicht bekamen? Er ist nicht einmal so schlau gewesen, ein steriles Telefon zu benutzen? Irgend etwas stimmt da nicht. Das alles ist so unprofessionell, daß es mir fast...«

»Wie Absicht vorkommt?« fragte Father Stanislaw.

»Fast als ob er *wollte*, daß man ihn faßt? Ja, tatsächlich. Dasselbe Schema. Und doch ist bis jetzt trotz aller Bemühungen der einflußreichsten Mitglieder von Opus Dei und ihrem beträchtlichen Einfluß auf Interpol und MI-6 niemand in der Lage gewesen, ihn zu finden.«

»Aber *du* hast gedacht, ich wäre Janus«, meinte Drew, zu Arlene gewandt. »Zumindest hast du das geglaubt, bis ich es geschafft habe, deine Überzeugung etwas ins Wanken zu bringen. Was hat dich ursprünglich zu dieser Ansicht gebracht?«

»Das Foto in all diesen Pässen«, beantwortete Father Stanislaw an ihrer Stelle die Frage. »Es hat eine Weile gedauert, aber zu guter Letzt haben es die amerikanischen Behörden in Ihren Akten gefunden. Ein Teil der Schwierigkeiten bestand darin, daß Ihr eigener legaler Paß inzwischen abgelaufen war. Aber bei der Durchsuchung der früheren Akten... jünger. Dünner, wenn auch nicht so dünn, wie Sie das jetzt sind. Dennoch eine unverkennbare Ähnlichkeit. Andrew Mac-Lane. Die Ähnlichkeit Ihres Familiennamens mit den vielen Namen, die Janus gebrauchte, fiel auch sofort auf. McIntyre, McQuane, Malone, Mulligan. Zugegeben, eine seltsame Mischung irischer und schottischer Namen. Aber die Parallele war nicht zu übersehen. Janus – zu dem Schluß gelangten die Behörden – mußten Sie sein.

Die Wahl des Codenamens erschien eine Weile verblüffend. Aber bald begriffen die Abwehrbeamten. Sie waren für ein inzwischen aufgelöstes amerikanisches Antiterroristennetz tätig, obwohl das, was Sie für dieses Netz taten, natürlich nie an die Öffentlichkeit gelangte. Im Jahre neunundsiebzig hatten Sie Ihre Organisation an den Iran verraten. Sie waren auf einige Jahre untergetaucht, aber jetzt waren Sie zurückgekehrt, ignorierten Ihre ehemaligen Loyalitäten und arbeiteten für denjenigen, der Ihnen am meisten für Ihre Dienste bezahlte. Janus. Und von diesem Augenblick an schien der Codename völlig passend. Der römische Gott, der nach vorne und nach hinten starrte.«

»Janus, der Doppelgesichtige«, sagte Drew bitter.

»Als die Sache publik wurde«, sagte Arlene, »waren Jake und ich wie benommen. Wie konntest du zum Meuchelmörder geworden sein und die katholische Kirche angreifen? Es gab einfach keinen Sinn. Aber das Beweismaterial war überwältigend. Jake wurde immer ungehaltener und fing schließlich an, höchst seltsame Dinge zu tun. Und dann verschwand er.« Sie ballte die Fäuste. »*Warum hat er mir nicht gesagt, was da im Gange war?*«

»Das konnte er nicht«, sagte Drew. »Wenigstens solange nicht, bis er sicher war, daß das wirklich ich war. Schließlich wußte Jake, daß man mich für tot hielt. Er war der Mann, der behauptet hatte, mich getötet zu haben, und Scalpel hatte seinen Beweis akzeptiert. Aber soweit Jake wußte, befand ich mich in einem Kartäuserkloster in Vermont. Wie konnte ich also Priester und Politiker in Europa töten?«

»Außer, Sie hätten das Kloster verlassen«, sagte Father Stanislaw. »Außer, Sie hätten ihn hereingelegt. Und deshalb glauben Sie, daß er das Kloster aufgesucht hat, um sich zu vergewissern?«

»Ich habe ihn nie dort gesehen. Aber meiner Vermutung nach hat er das nicht getan.«

»Was dann?«

»Ich will es einmal so ausdrücken. Wer auch immer Janus ist, er hat jedenfalls keine Mühe gescheut, die Behörden davon zu überzeugen, daß...«

»... er und du ein und dieselbe Person sind«, führte Arlene seine Gedanken zu Ende.

Drew dachte angestrengt nach. »Aber *warum* sollte er das tun? Warum sollte er so daran interessiert sein, mir die Schuld für seine Morde zuzuschieben? Falls die Behörden mich gefunden hätten, hätte ich beweisen können, daß ich die Taten nicht verübt hatte.«

»Richtig«, sagte Father Stanislaw. »Wenn Sie sich in einem Kloster befanden, wäre Ihr Alibi perfekt.«

Drews Kopfhaut prickelte. »Aber Janus kann nicht gewußt haben, daß ich mich in diesem Kloster befand. Und doch war er sicher, daß ich nie würde beweisen können, daß ich nicht Janus war. Warum?«

»Er dachte, du wärst tot«, sagte Arlene mit bedrückter Stimme.

Die drei Menschen starrten einander an.

»Wenn die Behörden Jagd auf einen Toten machten,

würde Janus sich keine Sorgen zu machen brauchen. Für sie wäre das das perfekte Ablenkungsmanöver. Während sie Jagd auf einen Geist machten, konnte er...«

»Unsichtbar sein und tun, was er wollte.« Arlene stand auf. Man sah ihr die Qualen an, die sie litt. »Hat Jake dann Nachforschungen in bezug auf seine ehemaligen Vorgesetzten bei Scalpel angestellt?« Ihre Stimme zitterte. »Weil er glaubte, daß einer von ihnen die Tatsache benutzte, daß du tot warst – oder *angeblich* tot warst –, um damit für Janus eine Deckidentität zu haben?«

Drew nickte.

»Und der Erfinder von Janus fand heraus, was Jake tat?« Sie schauderte. »Es quält mich, das zu denken, geschweige denn, es auszusprechen. Hat jemand Jake getötet, um zu verhindern, daß er herausfand, wer sich unter deiner Maske versteckte?«

»Arlene, das wissen wir nicht.«

»Was meinst du denn?«

Drew sah sie gequält an. »Es tut mir leid.«

Ihr Gesicht wurde bleich, und ihre Augen funkelten bedrohlich. »Wer auch immer das getan hat, er wird es bereuen.«

»Aber damit ist das Ganze noch nicht am Ende. Der Erfinder von Janus muß Jake gezwungen haben, ihm zu sagen, warum er diese Ermittlungen anstellte«, sagte Drew. »Wenn sie dabei herausfanden, daß ich noch lebte und mich in dem Kloster befand, dann mußten sie mich ebenfalls töten. Um ihre Tarnung für Janus zu schützen. Und das erwies sich als Problem. Weil die Kartäuser-Mönche anonym sind, mußten sämtliche Insassen des Klosters getötet werden, um sicherzustellen, daß ich diesmal wirklich tot war. Und dann, so nehme ich an, wäre meine Leiche verschwunden.«

Father Stanislaws Mund preßte sich zu einem schmalen Strich zusammen. »Und wenn die Kirche dann nachgeforscht hätte, so hätte sie sich gefragt, weshalb das alles geschehen war. Was uns wieder zu der Besorgnis zurückführt, die Sie dem Bischof gegenüber zum Ausdruck gebracht hatten. Niemand durfte erfahren, daß die Kirche, ohne das zu wollen, einem Meuchelmörder Obdach gegeben hatte, wenn auch einem, dessen Motive man rechtfertigen konnte. Die Kontroverse wäre unerträglich gewesen und hätte die ganze Autorität der Kirche untergraben.«

Drew hatte Mühe, seine Wut zu beherrschen, und das ließ seine Stimme kehlig klingen. »Wie ein Spinnennetz. Alles ineinander verwoben. Janus muß sich darüber amüsiert haben. In der Annahme, ich sei tot, benutzte er mich als Deckmantel, um die Kirche anzugreifen. Als ihm dann klar wurde, daß ich lebte, entschied er, daß er mich töten konnte, ohne daß die Behörden das je erfahren würden. Weil die Kirche den Massenmord würde decken müssen, um sich selbst zu schützen. Die Kirche würde ihm also tatsächlich sogar helfen. Raffiniert, um nicht zu sagen genial. Und wenn es nach mir geht, dann werde ich dafür sorgen, daß er für seine Sünden in einem besonders raffinierten Teil der Hölle büßt.

Mein Double«, fügte Drew plötzlich hinzu. Die Erkenntnis, die ihn plötzlich überkam, ließ ihn schaudern.

Father Stanislaw kniff die Augen zusammen und rieb das Malteserkreuz mit dem Schwert auf seinem funkelnden Ring. »Also ist das Ihnen auch in den Sinn gekommen?«

Arlene nickte heftig. »Als Sie ihn vorhin erwähnten, fing ich an, darüber nachzudenken.«

Wieder schauderte Drew.

Ein Mörder, der die Seiten gewechselt hatte... Der Drews Identität angenommen hatte, Drews Paßfoto glich und ihm hinreichend ähnlich war, um seine Umgebung glauben zu machen, er wäre Drew.

»Du lieber Gott!« sagte Drew. »Das klingt wie das Double, das ich benutzte, als ich noch bei Scalpel war. Mein Alibi, wenn ich einen Einsatz unternahm. Scalpel hat man aufgelöst. Aber ohne Zweifel hat man mit einigen seiner ehemaligen Angehörigen Verbindung aufgenommen und ein anderes ähnliches Netz geschaffen. Unter einem anderen Namen existiert Scalpel immer noch!«

»Aber was für ein Netz?« Father Stanislaw sah Arlene prüfend an. »Hat man Sie und Ihren Bruder aufgefordert, sich einer anderen Abwehreinheit anzuschließen?«

Arlene schüttelte den Kopf. »Ich bin heute Zivilistin. Ich halte Vorträge über Überlebenstechnik und Bergsteigen.«

»Und Ihr Bruder?«

»Der war für ein anderes Netz tätig, soviel weiß ich. Aber er hat mir nie Näheres gesagt, und ich habe ihm natürlich nie Fragen gestellt. Schließlich war ich selbst einmal ein Profi. Außerdem hätte er mir diese Fragen nicht beantwortet. Das hätte ich auch gar nicht erwartet.«

»Janus«, sagte Drew voller Abscheu. »Wie Mönchshut, das in dem Kloster eingesetzt wurde, ist auch Janus ein gottverdammtes Wortspiel. Der Zweigesichtige. Der Heuchler. Sicherlich. Aber im *buchstäblichen* Sinne ist Janus ein Mann mit zwei einander täuschend ähnlichen Gesichtern. Und die einzige Person, die mir in den Sinn kommt und die uns sagen kann, wer hinter alledem steckt, ist mein Double.«

»Wissen Sie, wo Sie ihn finden können?« fragte Father Stanislaw.

5

Die Bindungen, die zwischen seinen Klassenkollegen in der Ausbildungsstätte von Scalpel in Colorado entstanden waren, waren so stark gewesen, daß sie auch erhalten geblieben waren, als der Kurs nach dem Abschluß auseinandergegangen war. Er, Arlene und Jake beispielsweise waren miteinander in Verbindung geblieben und hatten ihre Freundschaft aufrechterhalten; schließlich war aus Drew und Arlene ein Liebespaar geworden.

Aber Scalpel hatte es Drew verboten, sich je mit Mike, seinem Double, zusammenzutun, um damit zu vermeiden, daß ihre erstaunliche Ähnlichkeit Aufmerksamkeit erregte und damit ihre Einsätze in Gefahr brachte. Für Drew war es keine Belastung gewesen, diese Trennung zu akzeptieren, denn Mike war der einzige seiner Klassenkollegen gewesen, mit dem er nie gut ausgekommen war. Ihre Ähnlichkeit hatte eine Rivalität, insbesondere seitens Mikes, hervorgerufen, die es stets verhindert hatte, daß zwischen den beiden so etwas wie Zuneigung entstanden wäre. Drew freilich hatte sich stets ein gewisses Interesse an dem Mann bewahrt, von dem sein Leben abhing, und hatte daher immer, wenn sich ihm Gelegenheit dazu bot, ehemalige Klassenkollegen befragt, was sein Doppelgänger machte. Achtundsiebzig hatte Drew erfahren, daß Mike an der Universität von Minnesota Vorlesungen in amerikanischer Literatur belegt hatte. Das war dieselbe Studienrichtung, die Drew in Iowa eingeschlagen hatte. Das paßte. Er und sein Double sahen sich nicht nur ähnlich, sie dachten auch ähnlich. Sie zogen dieselbe Tarnung als Studenten der Literatur in Universitätsstädten vor.

»Einer der wenigen Unterschiede zwischen uns bestand darin, daß ich die klassischen amerikanischen Autoren mochte, während er die modernen vorzog«, sagte Drew. »Ich hörte, daß er nach seinem Abschluß in Minnesota beabsichtigte, auf die Universität von Virginia zu gehen, um dort an Faulkner zu arbeiten. Nach Faulkner wollte er sich wissenschaftlich mit Fitzgerald und anschließend mit Hemingway beschäftigen. Rechnen Sie pro Diplom zwei Jahre. Wenn das Timing stimmt, müßte er jetzt an Hemingway arbeiten.«

»Vorausgesetzt, er hat seinen Zeitplan eingehalten. Aber selbst wenn er das getan hat, hilft uns das nicht, ihn zu finden«, sagte Father Stanislaw. »Jede Universität im ganzen Land hat Hemingway im Lehrplan.«

»Nein, die beiden führenden Spezialisten für Hemingway sind Carlos Baker und Philip Young. Baker liest in Princeton und Young am Penn State. Und ihre Einstellung ist so unterschiedlich, daß jemand, der sich vorgenommen hat, Experte für Hemingway zu werden, mit einem von beiden, vielleicht sogar mit beiden arbeiten müßte. Glauben Sie mir, ich habe mich mit dem Thema genügend befaßt, um zu wissen, wovon ich rede.«

Princeton oder Penn State? Wie konnte man da sicher sein? Wie sollte man unter Zehntausenden von Studenten den richtigen finden? Natürlich würde sich die Suche auf die Literaturabteilung konzentrieren; auf die und die entsprechenden Ausbildungsstätten für Sport. Weil Drews Doppelgänger sich für seine Einsätze in Form halten mußte, war es für ihn nötig, jeden Tag zu trainieren. Aber er würde unauffällig sein wollen und daher so früh wie möglich in die Turnhalle gehen, zu einer Zeit, wenn niemand da sein würde. Drew wußte das – war dessen sogar sicher –, weil er selbst sich genauso verhalten hatte.

Father Stanislaw führte einige Telefonate mit Kontaktpersonen bei Opus Dei. Sieben Stunden später erhielt der Priester einen Anruf vom Universitätsgelände Penn State bezüglich eines Mannes, auf den Drews Beschreibung paßte und der augenblicklich amerikanische Literatur studierte, die Vorlesungen von Philip Young über Hemingway hörte und jeden Morgen um sechs ein Trainingszentrum aufsuchte.

Der Mann war ein Einzelgänger.

Eine halbe Stunde später waren Drew, Arlene und Father Stanislaw unterwegs.

6

Der kalte Wind ließ Drews Wangen brennen, während er voller Ehrfurcht an einem kleinen Abhang im Schutze dikker, entblätterter Bäume kauerte. Er, Arlene und Father Stanislaw waren gemeinsam in dem schwarzen Oldsmobile des Priesters gefahren und hatten Arlenes Firebird in einer Parkgarage abgestellt, die besondere Preise für längerfristige Einstellung anbot, und hatten dort die Miete auf ein paar Wochen im voraus bezahlt. Drew hatte das Motorrad zu der schmierigsten Bar gefahren, die er finden konnte, und sich vergewissert, daß niemand ihn dabei beobachtete, wie er die Zulassungsschilder abmontierte, als er die Maschine neben den Mülltonnen hinter der Bar abstellte. Am Ende würde die Polizei das Motorrad finden, würde aber ohne die Zulassungsschilder eine Weile brauchen, um in der Harley diejenige zu erkennen, die in Massachusetts gestohlen worden war. Und weil er seine Fingerabdrücke abgewischt hatte, konnte niemand die Maschine mit ihm in Verbindung bringen.

Während Arlene schlief, saß Drew neben Father Stanislaw und roch immer noch den beißenden Rauch von den Stahlwerken Bethlehems. Er blickte zu den Appalachen-Hängen hinaus. »Ich denke, die Stelle wäre richtig.« Er wies auf eine mit Bäumen bestandene Hügelformation, die zu ihrer Rechten aufragte. »Das paßt.«

»Glauben Sie, daß Sie lange brauchen werden?« fragte Father Stanislaw.

»Wir müssen unseren Zeitplan einhalten. Nicht lange. Lassen Sie den Motor laufen.«

Father Stanislaw parkte auf dem Kiesstreifen. Obwohl der Himmel klar und blau war, spürte Drew den beißenden Wind, als er ausstieg. Er kniff die Augen zusammen und kletterte den mit abgestorbenem Gras bedeckten Hügel hinauf. Jeder Vorüberfahrende würde annehmen, daß er den Schutz der Bäume suchte, um seine Notdurft zu verrichten.

Als er freilich die Bäume erreicht hatte, setzte er seinen Weg fort und blieb erst stehen, als er den Rand der Wiese oben am Hang erreicht hatte. Er sah sich um, sah Wildspuren im Gras und roch den salbeiähnlichen Herbstduft. Ja, das würde gehen.

Mit einem kräftigen Ast grub er ein kleines Loch in den Rasen, zwei Zoll breit und zehn Zoll tief. Die halbgefrorene Erde machte ihm das Graben schwer. Die Spitze des Astes brach ab. Doch dann hatte er es geschafft. Er kauerte sich nieder, griff in sein Jackett und holte den Plastikbeutel mit der Leiche Stuart Littles heraus. Seltsam, daß die Maus nicht verwest war. War das ein Zeichen? fragte er sich. Eine Botschaft der Billigung Gottes? Er schob den Gedanken von sich; er durfte nicht zulassen, so zu tun, als würde er Gottes Stimmung kennen.

Er knüpfte den Plastikbeutel auf, ließ Stuarts Leiche sachte in die kleine Höhlung fallen und füllte dann mit den Händen Erde darüber. Dann deckte er das Ganze mit Gras zu. Um das Ritual zu vervollständigen, trat er vorsichtig auf das Gras, drückte die Erde nieder und machte alles glatt. Jetzt sah die

Wiese wieder so aus, als hätte niemand sich am Boden zu schaffen gemacht.

Er starrte zu Boden und fühlte sich einen qualvollen Augenblick lang an die Gräber seiner Eltern erinnert.

»Nun«, sagte er dann, »du hast mir das Leben gerettet. Genauer gesagt, du hast mich ins Leben *zurück*geholt. Ich bin dankbar.« Damit drehte er sich halb um, hielt dann aber inne, als ihm noch etwas einfiel. »Und die werden mir das büßen, Kumpel.«

Dann verließ er die Bäume und stieg grimmig wieder den grasbedeckten Hügel hinunter und setzte sich in den Wagen.

»Drew?« Arlene war jetzt wach und runzelte beunruhigt die Stirn.

Er zuckte die Achseln.

»Bist du okay?«

»Prima.«

»Auch ganz bestimmt?«

»Sie waren zwanzig Minuten dort oben«, sagte Father Stanislaw. »Wir hatten schon daran gedacht, nach Ihnen zu sehen.«

»Nun, jetzt bin ich wieder da«, erklärte Drew. »Ich habe dort oben ein Versprechen abgegeben. Sehen wir also zu, daß wir weiterkommen. Ich möchte diese verdammte Geschichte hinter uns bringen. Und mein Versprechen erfüllen.«

»Wenn man Ihre Augen sieht«, sagte Father Stanislaw, »kann ich nur wünschen, daß Gott den Menschen helfen möge, hinter denen wir her sind.«

»Nein, das ist falsch.«

»Ich weiß nicht, ob ich das richtig verstehe.«

»Möge Gott uns allen helfen.«

7

Eine Hügelkette ging in die nächste über und diese wieder in die nächste. Um die Mitte des Nachmittags erreichten sie die Allegheny-Berge und folgten den Biegungen und Windungen von Straßen, die an kahlgeschürften Bergwerkshängen und Städten entlangführten. Gelegentlich waren zwischen skelettartigen Bäumen mächtige Ölpumpen zu sehen, deren metallische Schnäbel sich hoben und senkten, hoben und senkten und deren unbarmherziges Pochen selbst durch die geschlossenen Fenster des Wagens bedrückend wirkte.

Im Gegensatz zu ihren langen, eindringlichen Diskussionen in dem Motelzimmer sprachen jetzt weder Drew noch Arlene noch Father Stanislaw viel. Ein jeder grübelte vor sich hin.

Schließlich erreichten sie ihr Ziel, folgten dem Zickzack einer Straße hinunter in ein kreisförmiges Tal, fast genau im Mittelpunkt von Pennsylvania. Und dort, in der Mitte des Tales, lag das State College.

Es war eine jener Städte, von denen Drew gesagt hatte, daß sie sich am besten zur Tarnung eigneten. Das weitflächige Universitätsgelände war schier endlos, mit majestätischen, von wildem Wein bedeckten Gebäuden und Reihen hochaufragender Bäume. Da die Stadt sonst über keinerlei wirtschaftliche Aktivitäten verfügte, war die ortsansässige Bevölkerung gezwungen gewesen, sich den Unstetigkeiten der mehr als zwanzigtausend Studenten anzupassen, von denen ihr Lebensunterhalt abhing. Wie es für jede große Universitätsstadt typisch war, befand sich die Hälfte der Bevölkerung dauernd im Fluß; Studenten, die kamen und gingen, sich zu Vorlesungen eintrugen und ihre Studien absolvierten. Ein Agent, der seine Zeit zwischen den Einsätzen damit ausfüllen konnte, daß er las und Vorlesungen besuchte, konnte hier ein befriedigendes Leben führen und, was noch wichtiger war, fand hier Tarnmöglichkeiten, bei denen niemand Verdacht schöpfte. Solange er kein gesellschaftliches Leben brauchte, würde er niemandem auffallen. Und er würde untertauchen können.

8

Father Stanislaw benützte einen Telefonautomaten in einem Supermarkt am Stadtrand, ließ sich den Weg zur Katholischen Kirche beschreiben. Die Kirche war im modernen Stil errichtet: ein flacher, langer Betonbau mit einer eisernen Christusstatue am Kreuz vorne. Sie parkten den Wagen und traten durch die Vordertür ein.

Ein großer Mann mit schütterem Haar in einem Straßenanzug saß im Vestibül neben dem Weihwasserbrunnen auf einem Stuhl und las in einem Gebetbuch. Er blickte auf, als sie eintraten.

»Gott sei mit Ihnen«, sagte er.

»Und mit Ihrem Geiste«, fügte Father Stanislaw hinzu.

»*Deo gratias.*«

»Amen«, antwortete der Priester. »Ich muß sagen, daß es guttut, in einer Kirche Latein zu hören.«

Drew stand mit Arlene im Hintergrund und sah interessiert zu.

»Wird der Verdächtige immer noch verfolgt?« fragte Father Stanislaw.

Der Mann im Straßenanzug nickte, legte das Gebetbuch beiseite und stand auf. »Er scheint nichts zu bemerken. Wie Sie empfohlen haben, achten wir auf einen vorsichtigen Abstand zu ihm und beschatten ihn – ist das der richtige Ausdruck? – in Schichten.« Er lächelte.

»Wissen Sie, wo er wohnt?«

Der Mann im Straßenanzug nickte wieder. »Es war schwierig, das herauszufinden. Die Universität schickt ihm seine Post, Rundschreiben, korrigierte Arbeiten und dergleichen an ein Postfach. Er ist im Telefonbuch nicht aufgeführt. Aber unser Gewährsmann bei der Telefongesellschaft brachte in Erfahrung, daß er ein nicht eingetragenes Telefon hat. Die Rechnungen werden vom Computer ausgestellt, und die Rechnungsabteilung hatte auch seine Adresse.« Der Mann im Straßenanzug griff in seine Westentasche und entnahm ihr ein zusammengefaltetes Stück Papier, das er Father Stanislaw gab.

»Das ist ein Stadtviertel, in dem viele Studenten wohnen«, fuhr er fort. »Ich habe es auf diesem Plan markiert. Das war früher einmal eine etwas heruntergekommene Villa, die der Vermieter in möglichst viele Einzimmerapartments aufgeteilt hatte. Damit hat er so viel Geld verdient, daß er der Versuchung nicht widerstehen konnte, an die Villa anzubauen. Seitenflügel, einer hinten, einer vorne, und alle mit winzigen Zimmern. Nach einer Weile konnte man vor lauter nachträglich angebauten Flügeln die ursprüngliche Villa nicht mehr erkennen. Und weil er damit immer noch nicht zufrieden war, fing er an, weitere Häuser in der Straße zu kaufen. Und an diese Häuser hat er dann auch wieder angebaut, bis die Anbauten zusammenwuchsen und man ein Haus nicht mehr vom nächsten unterscheiden konnte. Es ist gerade, als wäre die ganze Straße nach innen explodiert. Nur Gott allein weiß, wie viele Apartments er dort besitzt. Der ganze Bau ist von Gängen und Gassen durchzogen, damit die Studenten zu den inneren Apartments gelangen können. Das reinste Labyrinth. Man kann sich dort verlaufen.«

Father Stanislaw warf einen Blick auf das Papier. »Nummer fünfundachtzig?«

»Die Reihenfolge ist nicht immer logisch. Sie werden wohl fragen müssen.«

»Aber im Augenblick ist er nicht zu Hause?«

»Nicht, daß ich wüßte. Hier im Untergeschoß ist ein Telefonautomat. Ich habe stündlich Berichte entgegengenommen. Das letzte, was ich gehört habe, ist, daß er gerade eine Vorlesung über Romanschriftsteller aus der Depression abgeschlossen hat und in die Bibliothek gegangen ist.«

»Sollte ich sonst noch etwas über seine Wohnung wissen?«

»Nur, daß die Studenten nicht viel von Fremden halten. Es ist ihnen bewußt, wie unkonventionell ihre Behausungen aussehen, und sie mögen keine Neugierigen.«

»Gegen einen Priester werden sie vielleicht nichts einzuwenden haben. Sie haben gute Arbeit geleistet. Sie alle. Ihre Kirche ist dankbar. Sagen Sie es den anderen.«

»Wir haben zu danken. Wenn es notwendig war, um den Glauben zu bewahren, haben wir es gern getan.«

»Glauben Sie mir, das war es.«
»Für die Ehre und den Ruhm Gottes.«
»Und den Schutz seiner Kirche.«
Father Stanislaw hob segnend die rechte Hand. »Bitte, nehmen Sie weiterhin Ihre Berichte entgegen. Ich werde in periodischen Abständen anrufen, falls sich bei der Zielperson irgendeine Veränderung ergeben sollte.«
Der Mann im Straßenanzug senkte den Kopf. »Gottes Wille wird geschehen, Father.«
»Ja, in der Tat. Und nochmals vielen Dank.«
Father Stanislaw wandte sich um und winkte Drew und Arlene, mit ihm die Kirche zu verlassen.
Das schwere Portal fiel dröhnend hinter ihnen ins Schloß.
Draußen war es kühl, und am dunklen Himmel blitzten die Sterne. Ein Wagen fuhr vorbei und hinterließ eine frostige Auspuffwolke.
»Opus Dei?« fragte Drew.
Father Stanislaw gab keine Antwort.

9

Drew stand auf der dem Baukomplex gegenüberliegenden Straßenseite in der Finsternis. Der Komplex erstreckte sich über einen ganzen Häuserblock auf einem flachen, von Sträuchern gesäumten Hügel. Diese Sträucher und die Nacht machten es fast unmöglich festzustellen, wo ein Haus aufhörte und das nächste anfing.
Aber soviel stand fest: Es waren viele Häuser. Zwanzig? fragte sich Drew. Dreißig? Die Häuser waren ohne Rücksicht auf Gleichmäßigkeit des Stils oder der verwendeten Materialien umgebaut und vergrößert worden. Ein einfacher Ziegelbau grenzte an ein vorwiegend aus Holz errichtetes Chalet an, das sich wiederum an einen modernistischen Turmbau aus Glas und Ziegel anschloß. Und aus all diesen stach eine viktorianische Villa mit Giebeln und Gaubenfenstern hervor. Die Villa wiederum grenzte an ein zweistöcki-

ges Blockhaus und dann an etwas, das am ehesten einem Schloß glich.

In diesem zusammengewürfelten Zustand erschien das ganze Durcheinander wie das Werk eines Architekten, den die Qual der Wahl in den Wahnsinn getrieben hatte, obwohl die prosaische Wahrheit vermutlich die war, daß der Besitzer jeden neu hinzugefügten Flügel einfach in dem Stil hatte bauen lassen, den die jeweilige Preislage auf dem Baumarkt von Jahr zu Jahr ermöglicht hatte.

Drews Blick wanderte über die beleuchteten Fenster in den wirr verlaufenden Etagen auf der anderen Straßenseite. Er trat einen Schritt tiefer in den Schatten und sah zu, wie Silhouetten zwischen den verrückt zueinander kontrastierenden Gebäuden verschwanden.

Nervös wandte er sich von dem gespenstischen Licht der Gaslaternen dort oben ab und sah Arlene mit gerunzelter Stirn an. »Father Stanislaw sollte inzwischen zurück sein.«

Sie zuckte die Achseln. »Vielleicht hat er Probleme, sich zurechtzufinden.«

»Oder andere Probleme... Noch fünf Minuten, dann sollten wir herausfinden, was mit ihm passiert ist.«

»Wir?«

»Okay« – er gestattete sich ein Grinsen – »ich meine du.«

Sie grinste zurück.

Das hatten sie beide verstanden. Wegen Drews Ähnlichkeit mit dem Mann, den sie suchten, konnte er es nicht riskieren, Aufmerksamkeit zu erwecken, indem er durch den Häuserkomplex wanderte.

Die fünf Minuten dehnten sich zu zehn.

»So. Jetzt mache ich mir auch Sorgen«, sagte sie. »Ich gehe jetzt hinein. Ich...«

Ein Schatten löste sich von dem mit Büschen bestandenen Hügel auf der anderen Straßenseite. Die Spannung lockerte sich, als sie Father Stanislaw erkannten.

Der Priester kam auf sie zu, Rauhreif stand ihm in einer Wolke vor dem Mund. »Ich hab' es gefunden. *Endlich!* Diese Anlage ist wie ein Kaninchenbau. Es ist wirklich erstaunlich, wie leicht man sich dort droben verläuft.«

»Das Apartment?«

»In einer schmalen Gasse. Es hat einen Eingang von außen und keine Türen links und rechts neben sich, und es liegt gegenüber einer Ziegelmauer.«

»Damit die Nachbarn ihn nicht beim Kommen und Gehen sehen können. Und wenn er für ein paar Tage verschwindet, dann bemerkt das niemand.«

»Und es macht wahrscheinlich auch niemandem etwas aus. Diese Leute sind nicht gerade das, was man als freundlich bezeichnen würde. Ich mußte mich zweimal nach der Richtung erkundigen; nicht zu seinem Apartment natürlich, nur zu einem in der Nähe. Die haben mich behandelt, als hätte ich ihr jüngstes Kind von ihnen verlangt. Sein Apartment hat übrigens ein Fenster aus undurchsichtigem Glas, und der Vorhang dahinter war zugezogen. Aber ich konnte feststellen, daß das Licht brannte.«

»Wahrscheinlich Schaltuhren«, sagte Arlene. »Nach dem, was wir zuletzt gehört haben, ist er noch in der Stadt.«

»Das war vor einer Stunde«, warnte Father Stanislaw. »Seien Sie vorsichtig.«

»Wie komme ich hin?« wollte Drew wissen.

»Wenn Sie oben auf dem Hügel sind, werden Sie drei schmale Gassen sehen. Nehmen Sie die in der Mitte. Sie kommen dann zu einem Baum, der wie ein Totempfahl geschnitzt ist.«

»Ein Totempfahl?«

»Dort biegen Sie nach links, bis Sie zu einer Statue kommen, die wie ein verbogener Flugzeugpropeller aussieht. Dann biegen Sie nach rechts ab.« Father Stanislaw seufzte. »Am besten zeichne ich Ihnen eine Skizze.«

10

Eine Gaslaterne zischte, vermochte es aber kaum, die Dunkelheit zu durchdringen. Als Drew an der Standuhr vorbeikam, mußte er sich unter einem Bogen hindurchbücken und fand sich in einem der Gebäude. Zu seiner Rechten sah er in einem düster wirkenden Korridor mit nackten Glühbirnen, die von der Decke baumelten, Türen. Zu seiner Linken führte eine morsch wirkende Holztreppe in die Tiefe, wo undeutlich ein Boden aus festgestampfter Erde zu erkennen war. Und dort unten, halb von Schatten verhüllt, sah er andere Türen. Father Stanislaw hatte das Ganze als einen Kaninchenbau bezeichnet. Drew hatte eher den Eindruck eines Ameisenhaufens; nur daß Ameisen weder Rockmusik spielten noch Zwiebeln kochten.

Er verließ das Gebäude und betrat einen Hof, in dem eine weitere Gaslaterne ein Einbahnstraßenzeichen erkennen ließ, das vor drei Tunnels stand. Nach der Skizze, die Father Stanislaw gezeichnet hatte, mußte Drew hier nach links abbiegen. Der Tunnel führte ihn durch ein weiteres Bauwerk zu einem Hof, der einen Hühnerverschlag enthielt, aus dem er die Hühner gackern hörte. Und etwas später, in einem weiteren Hof, sah er einen Ziegenbock in einem Pferch. Als er zu Boden blickte, stellte er fest, daß die langen Steinplatten, auf denen er ging, Grabsteine waren. Wahnsinn. Je tiefer er den im Zickzack verlaufenden Korridoren in das Chaos folgte, desto mehr gewöhnte er sich an das Bizarre seiner Umgebung.

Sein Double hatte seine Behausung gut gewählt. In dieser Umgebung würde ein Mann, der für sich blieb, wohl kaum auffallen. Tatsächlich schien jeder hier den Wunsch zu haben, in Ruhe gelassen zu werden, so als wäre er davon überzeugt, daß der Rest der Bewohner verrückt war. Drew begriff jetzt, weshalb Father Stanislaw auf Argwohn gestoßen war, als er an die Türen geklopft und um Auskünfte gebeten hatte. Ein Priester paßte hier überhaupt nicht her.

Einige Male starrten Bewohner aus Türen oder Fenstern Drew argwöhnisch an. Aber er gab ihnen keine Gelegenheit, sein Gesicht zu sehen. Und als er zielstrebig weiterging und damit den Anschein erweckte, hierher zu gehören, beruhigten sie sich sichtlich.

Als er außer Sichtweite war, sah er wieder auf seine Skizze, und dann erreichte er endlich sein Ziel. Die schmale Gasse.

Die Ziegelmauer zur Rechten. Die einzelne Tür zur Linken und das undurchsichtige Fenster mit dem Vorhang dahinter und das schwache Licht von drinnen.

Er blieb stehen. Seine Wangen waren kalt. Aus einem Apartment irgendwo hinter sich hörte er, wie gedämpfte Stimmen über Plato und Aristoteles diskutierten.

Lest Augustinus, dachte Drew, als er sich dem Ende der schmalen Gasse zuwandte. Er stand in der Finsternis an der am weitesten entfernten Ecke, zwängte sich hinter einen in Kopfhöhe errichteten Bretterstapel, lehnte sich in die Wandnische und war froh, daß er einen Thermomantel trug, der seinen Rücken vor der Kälte schützte, die von der Ziegelmauer ausging.

Er wartete.

11

Kurz vor Mitternacht kam ein Schatten um das andere Ende der Gasse herum. Die Zeit stimmte. Drew hatte selbst oft nach diesem Zeitplan gelebt. Komm erst dann nach Hause, wenn die Nachbarn sich bereits schlafen gelegt haben. Geh inzwischen in ein Kino; vielleicht eine dieser Truffaut-Reprisen im Studentencenter oder, um einmal etwas zum Lachen zu haben, in den neuesten James-Bond-Film in der Innenstadt. In einer Universitätsstadt gab es noch viele andere Möglichkeiten, sich abzulenken: eine Lesung des gerade in Mode befindlichen Literaturkritikers, das Mozart-Konzert des Musikkreises oder die Aufführung einer Reisebühne. Wenn man beruhigende Ablenkung wollte, insbesondere in Drews ehemaligem Beruf, dann war eine Universität ideal. Nur das Priesterleben war da noch besser.

Dieser sich nähernde Schatten konnte ebensogut ein Student sei, der einem etwas weiter entfernten Apartment zustrebte. Aber als die Gestalt sich der Tür weiter näherte, wuchs Drews Überzeugung, daß dieser Mann er selbst war.

Drew hielt den Atem an; die Gestalt blieb stehen. Er hatte

Drews Proportionen – denselben Körperbau, dieselbe Größe. Die Ähnlichkeit des Gesichts war unheimlich und ließ Drew frösteln. Ich möchte nur wissen, ob man ihm gesagt hat, daß ich nicht tot bin, dachte Drew. Oder ob er über das Kloster Bescheid weiß. Aber hätte er sich dann nicht irgendein Versteck gesucht?

Der Schatten griff in die Jackentasche und holte einen Schlüssel heraus. Drew hatte nicht recht gewußt, wie er handeln sollte, folgte aber jetzt seinem Instinkt und entschied sich dafür, es betont lässig anzugehen. Kumpelhaft.

»He, Mike!« Seine Stimme hallte durch den Korridor.

Der Schatten drehte sich um, war sofort wachsam, blickte in die dunkle Ecke, in der Drew sich verborgen hielt.

»Was?«

»He, keine Panik!« sagte Drew locker. »Ich bin's, dein alter Klassenkumpel, Drew. Ich hab' hier gewartet, um mit dir zu reden. Mann, ich hab' Schwierigkeiten. Bitte, du mußt mir zuhören. Ich brauche deine Hilfe.«

Er konnte förmlich sehen, wie Mikes Muskeln sich spannten. Er starrte in die Finsternis. »Drew?«

»Erinnerst du dich an die Colorado-Feldhasen, auf die uns Hank Dalton immer schießen ließ, als Zielübung? Und wie Hanks Hund sie dann gefressen hat?«

»Nein. Das kannst du nicht sein.« In Mikes Stimme war die Angst zu hören.

»Und was ist mit dem Sarg, in dem Hank immer unsere Schußwaffen aufbewahrte?«

»Herrgott, er *ist es!*«

»Gut, dich wiederzusehen, alter Junge.«

»Aber wie hast du mich gefunden?«

»Das sag' ich dir später. Im Augenblick mußt du mir helfen. Du mußt einen sicheren Unterschlupf für mich finden. Mann, ich sitze in der Scheiße.«

»Oh, sicher, ich werd' dir schon helfen. Es ist nur so – wer ist mit dir zusammen?«

»Mit mir zusammen? Warum sollte... Ich hab' dir's doch gerade gesagt. Wer würde schon mit mir zusammensein, wenn ich Schwierigkeiten habe?«

»Yeah?« Der Schatten sah sich nervös um.

»Wie viele Jahre ist das jetzt her?« fragte Drew. »Genug, um sich zu fragen, wohin unsere Jugend entschwunden ist, hm?« Er ging ein Risiko ein und trat aus der Finsternis, streckte grüßend die Hand aus. »Herrgott, wirst du mir helfen?«

»Und ist auch ganz sicher niemand bei dir?«

Als Drew näher herantrat, wurde die Ähnlichkeit Mikes mit ihm noch beunruhigender. »Mit mir? Wieso fragst du das dauernd?«

»Nun, Kumpel« – Mike streckte die Hand aus und grinste – »weil es so lange her ist, daß...«

»Yeah?«

»...ich gehört habe, daß du tot bist.«

Mike warf sich in Richtung auf Drew. Mit wild pochendem Herzen duckte sich Drew schutzsuchend. Plötzlich klapperten Bretter hinter ihm, vom Ende der Gasse her, wo sich offenbar jemand versteckt gehalten hatte. Verblüfft, eine Falle ahnend, wirbelte Drew zur Seite, bereit, sich nicht nur gegen Mike zu verteidigen, sondern auch gegen die Männer, die Mike für den Fall bewacht hatten, daß Drew auftauchte. Ich bin mitten hineingeraten! dachte Drew erschreckt.

Aber niemand warf sich vom anderen Ende der Gasse auf ihn.

Statt dessen schien Mike ebenso verblüfft wie Drew. Er erstarrte mitten in seinem Angriff wie eine Statue, blickte wie gebannt auf die klappernden Bretter und schien überzeugt, daß Drew ihn belogen hatte, daß er nicht allein war. Er zuckte zurück, als wolle er sich gegen unsichtbare Angreifer verteidigen, fluchte, machte auf dem Absatz kehrt und rannte auf das entgegengesetzte Ende der Gasse zu, ohne den Irish Setter zu sehen, der aus der Dunkelheit aufgetaucht war, um etwas unter den Brettern zu beschnüffeln, die er umgeworfen hatte.

12

Drew hetzte hinter ihm her. Er durfte Mike nicht aus den Augen verlieren. Seine Lungen brannten, aber er wußte, daß Mike in diesem Labyrinth von Gassen, Gängen, Höfen und Tunnels nur Sekunden brauchte, um Drew abzuschütteln. Mike kannte hier jeden Winkel, jede Ecke. Ohne Zweifel hatte er sich in dem ganzen Bau Dutzende von Plätzen ausgesucht, wo er sich in einem Notfall verstecken konnte.

Mike rannte geduckt um die Ecke der Gasse. Drew zog vorsichtig seine Mauser. Es war gut möglich, daß Mike weiterhin davonrannte – aber ebensogut konnte er auch abrupt stehenbleiben und Drew überraschen, während er hinter ihm her um die Ecke schoß. Drew mußte sein Tempo reduzieren. Er bog vorsichtig um die Ecke und verschenkte damit wertvolle Sekunden. Daß Mike eine Waffe bei sich hatte, glaubte er nicht. Warum sollte auch Mike das Risiko eingehen, daß seine Tarnung aufflog, wenn jemand zufällig beim Verlassen eines Vortragssaales gegen ihn stieß und dabei die Waffe spürte?

Aber ein Messer? Es war leicht möglich, daß Mike eines trug. Ein Stilett im Stiefel oder ein Taschenmesser. Niemand würde sich darüber Gedanken machen. Was das betraf, so brauchte Mike außer seinen Händen gar keine Waffen. Ebenso wie Drew hatte er gelernt, mit einem scharfen Schlag gegen die Brust oder den Kehlkopf zu töten.

Aber Mike griff nicht an, als Drew um die Ecke kroch. Statt dessen sah Drew ihn die Gasse hinunterrennen. Mit fliegender Brust hetzte Drew hinter ihm her. Selbst in dem schwachen Licht reichte das Ziel aus, um darauf zu schießen. Aber das wagte er nicht; nicht nur wegen des Lärms und des Aufruhrs, den ein Schuß erzeugen würde, wegen der Menschenmengen, der Polizei, sondern weil er Mike dabei möglicherweise töten würde, anstatt ihn zu verwunden. Und Mike mußte am Leben bleiben, um Drews Fragen beantworten zu können.

Mike hetzte um eine Ecke; Drew hinterher. Sie hatten jetzt einen Hof erreicht, in dem eine Gaslaterne zischte; er sah

Mike an einem Gewächshaus vorbeirennen, das aus Winterfenstern zusammengestückelt war, und jetzt hastete er in ein imitiertes englisches Landhaus. Jetzt konnte Drew wieder weiterrennen. Als er das Gebäude erreichte, rempelte er einen Mann an, der gerade links zur Tür herauskam. Der Mann taumelte in sein Apartment zurück, rutschte auf dem glatten Linoleum aus und stürzte. »Verdammter...!«

Den Rest hörte Drew nicht. Er hatte bereits den zentralen inneren Gang des Gebäudes hinter sich gelassen und rannte jetzt zum hinteren Ausgang hinaus, ohne die Sorge, daß Mike vielleicht hinter der Tür lauern könnte. Er hatte nämlich gesehen, ehe die Tür zugefallen war, wie sein Double über einen weiteren, von Gaslaternen erhellten Hof hetzte. Auf diesem Hof befanden sich ein Sandkasten und eine Schaukel.

Das Gebäude dahinter war eine Scheune. Anstatt aber in diese Scheune hineinzulaufen, bog Mike scharf nach rechts ab, hetzte eine weitere Gasse hinunter, sprang über ein Fahrrad, dann links an einem Brunnenschacht vorbei und mit einem raschen, verstohlenen Blick nach hinten die Holztreppe in das Kellergeschoß eines hochaufragenden viktorianischen Hauses hinein.

Die Tür ächzte, als Drew sich vorsichtig in das Kellergeschoß hineintastete. Es überraschte ihn gar nicht, sich einem weiteren Korridor gegenüberzusehen. Der Boden bestand aus festgestampftem Lehm, so wie der, den er vorher gesehen hatte. Der Gang war von Türen gesäumt, und nur die Hälfte der herunterhängenden nackten Glühbirnen brannten.

Am anderen Ende stürzte Mike sich gerade durch eine weitere Tür. Drew rannte hinter ihm her und hörte das Knirschen von zerbrochenem Glas unter seinen Schuhen. Er runzelte die Stirn. Der Lehmboden hätte sein Gewicht abfedern müssen. Die Glassplitter hätten eigentlich in die Erde gedrückt werden müssen, anstatt jetzt zu zerbrechen.

Das Detail beunruhigte ihn, aber er durfte sich jetzt nicht ablenken lassen. Es gab zuviel anderes, worüber er nachdenken mußte. Er holte Mike gegenüber auf; und in der Gasse vor diesem Haus oder im nächsten Hof hatte er eine gute

Chance, ihn zu erwischen. Drew näherte sich der Tür, durch die Mike verschwunden war.

Er zielte mit seiner Mauser, stieß die Tür auf und sah unmittelbar vor sich eine Ziegelwand. Ein hastiger Blick zeigte ihm zu seiner Linken hinter der Tür eine weitere Mauer. Er hetzte nach rechts. Die Tür flog zu. Seine Eingeweide verkrampften sich, als völlige Dunkelheit ihn einhüllte. O Jesus! betete er. Ihm war, als würden Spinnen in seinem Magen herumhuschen. Totale Dunkelheit.

Beunruhigt preßte er sich mit dem Rücken gegen die Mauer. Und obwohl seine Lungen nach der hastigen Jagd nach Luft lechzten, bemühte er sich, nicht zu atmen. Denn jetzt könnte ihm das Rasseln seines Atems den Tod einbringen. O Jesus, Maria! Er war in einem total schwarzen Raum in der Falle.

Jetzt gab das zerbrochene Glas in dem Korridor draußen einen Sinn. Die meisten nackten Glühbirnen an der Decke draußen waren unbeleuchtet gewesen. Mike hatte sie, als er durch den Korridor rannte, zerschlagen; das erklärte die Glassplitter, die Drew unter seinen Schuhen gehört hatte. Die zerschlagenen Glühbirnen waren an diesem Ende des Korridors gewesen – dem Zugang zu der Tür, durch die Drew diesen schwarzen Raum betreten hatte. Wenn der ganze Korridor beleuchtet gewesen wäre, dann hätte Drew vielleicht in diesen Raum sehen und feststellen können, wo der Lichtschalter war, hätte das Licht anknipsen können, um Mikes Versteck ausfindig zu machen. Oder Mike war vielleicht nicht einmal hier. Möglicherweise hatte er sich durch eine nicht erkennbare Tür nach draußen gezwängt und Drew mit dem Gedanken zurückgelassen, er befände sich mit einem ebenfalls unsichtbaren Widersacher in der Falle. Vielleicht rannte Mike inzwischen bereits aus dem Gebäudekomplex nach draußen, während Drew zu erraten versuchte, ob er sich in Gefahr befand.

Aber Drew mußte annehmen, daß Mike hier war. Und der Gedanke daran preßte ihm das Herz zusammen. Ein völlig schwarzer Raum. Er kannte die Situation gut – er erinnerte sich an den schwarzen Raum in dem Flugzeughangar in der

Rocky Mountain Industrial School. Der Kampf im Dunkeln war die Spezialität ihres Chefinstrukteurs gewesen. Und Hank Dalton hatte seine Zöglinge in den Praktiken jener Form des Kampfes, die Nerven wie Drahtseile erforderte, gnadenlos gedrillt. Aber Mike war ebenso gründlich ausgebildet worden. Drew kämpfte gegen jemanden, der ebenso gut wie er war. Er kämpfte gegen sich selbst.

13

In Colorado waren Drew und die anderen Studenten – darunter auch Mike und Jake – wie gewöhnlich um acht Uhr morgens in die Turnhalle gegangen, wo die erste Lektion stattfinden sollte. Sie hatten die Doppeltüren untersucht, durch die Hank Dalton gewöhnlich den blitzenden Kupfersarg schob. Obwohl sie als Achtzehnjährige auf ihre ungeheure Reife stolz waren, verspürten sie doch zugleich auch die Vorfreude von Kindern, die gleich ihr Spielzeug bekommen würden. Bald würde Hank den Sarg öffnen und ihnen ihre Waffen geben, würde sie anfeuern bei dem Wettkampf, wer sie am schnellsten zerlegen und wieder zusammensetzen konnte. Jake war immer schnell. Aber Drew und Mike waren schneller, Rivalen in dieser Fertigkeit wie in so vielen anderen. Es schien, daß ihre physische Ähnlichkeit sie dazu drängte, sich auch auf andere Art zu messen.

An jenem Morgen warteten sie darauf, daß der Unterricht begänne. Fünfzehn Minuten später als gewöhnlich kam Hank Dalton durch die Doppeltür. Aber ohne den Sarg.

»Schleunigst hinaus!«

Der scharfe Klang seiner Stimme ließ die Studenten glauben, Hank wäre böse auf sie. Besorgt, ihn nicht noch ärgerlicher zu machen, und darauf abgerichtet, gehorsam zu sein, zuckten sie zusammen und rannten durch die Doppeltür, einen Korridor hinunter und nach draußen, wo sie im grellen Licht der Morgensonne die Augen zusammenkniffen und einen neutral lackierten Bus vor der Hindernisbahn stehen sahen. Der Motor lief polternd.

»Was starrt ihr so dumm?« bellte Hank. »Habt ihr noch nie einen Bus gesehen?« Und im nächsten Augenblick grinste er und kratzte sich die lederne Wange. »Zeit für einen kleinen Ausflug. Hinein mit euch!«

Erleichtert, daß Hank nicht ärgerlich war, drängten sie sich hinein. Hank setzte sich ans Steuer, und sie ließen den Drahtzaun des Schulgeländes hinter sich und folgten einem Feldweg in die Berge hinein.

Zwei Stunden später, nach scheinbar zielloser Fahrt, auf der sie außer Fichten und Salbeibüschen nichts zu sehen bekommen hatten, fuhr Hank durch das offene Tor in einem weiteren Drahtzaun und parkte vor einem Flugzeughangar aus Wellblech. Andere Gebäude waren nicht zu sehen. In der Ferne war eine schmale, staubige Landebahn zu erkennen, die durch das spärliche Gras dieses kleinen Tales führte.

Die Studenten hatten keine Gelegenheit, das Areal zu erforschen. Hank drängte sie in den Hangar, und von dem Augenblick an bekamen sie die Sonne – wie sie später erfuhren – fünfundzwanzig Tage lang nicht mehr zu sehen.

Er schloß die Tür und ließ die Studenten nach vorne gehen. Sie stießen in der Dunkelheit gegeneinander.

»Habt ihr Probleme mit den Augen?« fragte Hank. »«Nun, das werden wir schon hinkriegen. Ihr werdet bald glauben, im Dunkeln zu Hause zu sein.« Er lachte vergnügt.

Und als sich ihre Augen an die Dunkelheit anpaßten, sahen sich die Studenten tatsächlich interessiert um. Das wenige Licht, das durch die Ritzen in den Blechwänden fiel, ließ sie in der Mitte des Gebäudes etwas Großes erkennen – so groß, daß es leicht ein einstöckiges Haus ohne Fenster hätte sein können.

»Was *das* wohl sein mag?« murmelte jemand.

»Alles zu seiner Zeit«, antwortete Hank und dirigierte sie zu einer im Schatten liegenden Stelle rechts von dem Gebäude. Hier fanden sie eine Reihe von Pritschen, jede mit zwei dunklen Laken und einer dunklen Decke, und auf jeder

Decke Ober- und Unterteil eines einfachen, schwarzen Kleidungsstücks.

»Pyjamas?«

»Mehr oder weniger«, hallte Hanks Stimme aus dem Schatten. »Zieht euch aus und schlüpft hinein. Das wird jetzt eure Uniform sein.«

Noch verblüffter gehorchten die Studenten. Ihre Augen paßte sich noch mehr an die Finsternis an, so daß sie jetzt erkennen konnten, daß Hank sich umgezogen hatte und anstelle seiner üblichen Cowboystiefel, der ausgewaschenen Jeans und dem Denimhemd und dem zerbeulten Stetson ebenfalls diesen weiten, pyjamaähnlichen Anzug trug.

»Ihr solltet euch jetzt besser etwas ausruhen. Von nun an werden wir nämlich nachts trainieren.«

Ausruhen? Mitten am Tag? Drew fühlte sich nicht müde, und doch gähnte er, kaum daß er sich auf seiner Pritsche ausgestreckt hatte.

Und dann fuhr er abrupt aus dem Schlaf hoch, als Hanks Stimme aus einem Lautsprecher irgendwo im Hangar hallte.

»AUFSTEHEN!«

In der Nacht?

»Er klingt wie Gott«, sagte jemand.

Das Abendessen – oder war es das Frühstück? – bestand aus Reis und Fisch in etwas, das wie Austernsoße schmeckte. Anschließend gab es Tee.

Die Ausbildung begann sofort. Hank führte sie in den hinteren Teil des Hangars, wo sie – durch Tasten – lernten, daß an der Wand Sandsäcke aufgestapelt waren. Drew hörte, wie Hank sich bewegte und sich gegen etwas neben den Sandsäcken lehnte, und im gleichen Augenblick war von der entgegengesetzten Seite des Hangars her ein fahles, gelbes Licht zu erkennen. Es quälte sich durch die ansonsten völlige Finsternis zu den Sandsäcken durch.

Hank zuckte die Achseln; in seinem schwarzen Pyjama sah er orientalisch aus. »Selbst die Nacht hat Sterne. Und einen Mond, wenn auch von unterschiedlicher Helligkeit. Außer wenn Wolken am Himmel stehen. Und dann fängt man an, an Dämonen zu glauben.«

Drews Augen strengten sich an, soviel wie möglich von dem fahlen, gelben Licht auf der anderen Seite des Hangars hereinzulassen. Er staunte, um wieviel besser er jetzt die Sandsäcke an der Wand sehen konnte; seine Fantasie lernte die Dimensionen hinzuzufügen, die vom Schatten verborgen waren.

Hank brachte ihnen bei, wie man ein Wurfmesser richtig hielt. Stundenlang ließ er sie mit den Messern nach den Sandsäcken werfen. Und dann ließ er sie Rasiermesser werfen und japanische Wurfsterne und selbst Stöcke, Aschenbecher und Steine.

Die Übung wirkte nicht wie ein Training zum Töten, obwohl Drew mehrmals sicher war, daß sein Gegner von seinem Messer gefällt worden wäre. Vielmehr schien sie den Zweck zu haben, das Tempo zu beschleunigen, mit dem sie den Gegenstand auf Kommando – Hank klatschte dazu in die Hände – schleuderten, und die Genauigkeit, mit der der Gegenstand traf.

»Ihr könnt in der Dunkelheit nicht erkennen, ob ihr richtig zielt«, bellte Hank. »Also müßt ihr in dem Augenblick, in dem ihr hört, wie eure Waffe auftrifft, annehmen, daß euer Feind abgelenkt worden ist und...«

Aber das weitere war für den nächsten Tag vorgesehen – oder die Nacht, wenn man bedachte, daß ihr normaler Rhythmus umgekehrt worden war –, weil Hank sich selbst unterbrach, um die Wurfhaltung eines Studenten zu korrigieren.

Er wies sie an, den Sandsäcken den Rücken zuzuwenden. Jetzt mußte die Gruppe jedesmal, wenn er in die Hände schlug, auf dem Absatz kehrtmachen, um zu werfen.

Er schrie Befehle, um ihre Balance zu korrigieren und die Art, wie sie die Beine gespreizt halten sollten – nicht zu sehr, nur auf Hüftbreite. Und dann mußten sie etwas in die Hocke gehen, damit ihre Knie – in dieser flexiblen Position – sich besser als Drehmechanismus eigneten. Sie lernten auch, sich etwas nach vorne zu beugen, damit ihre Hüften dem Körper mithelfen konnten, sich besser zu verdrehen.

Oft fielen die scharfen Gegenstände, die sie nach den

Sandsäcken warfen, klappernd auf den Betonboden. Auch das hatte seinen Wert, beharrte Hank. »Weil ihr es euch nicht immer leisten könnt, auf Geräusche zu achten, die ihr vorherahnen könnt. Wenn ihr hier fertig seid, sollt ihr mit dem Geräusch jeder Waffe vertraut sein, die man sich vorstellen kann, und zwar auf jeder Oberfläche, die man sich vorstellen kann. Nicht nur auf diesem Betonboden, sondern auch auf Sand und Teppich und Gras und Schiefer.«

Am Morgen kroch Drew erschöpft auf seine Pritsche und sah das Leuchten der aufgehenden Sonne, die durch die Ritzen in den Metallwänden des Hangars hereinkroch.

Der verschobene Zeitrhythmus macht nichts aus, dachte er, als Hank das fahle gelbe Licht abschaltete und Drew sich nackt in die dunklen Laken unter der dunklen Decke kuschelte. Das einzige, worauf es für ihn jetzt ankam, war Schlaf. In seinen Träumen warf er mit Coca-Cola-Dosen nach Sandsäcken.

In der nächsten Nacht setzte Hank die Wurfübungen fort. Sie wurden so monoton, daß Drew längst nicht mehr zusammenzuckte, wenn die verschiedenen Gegenstände in der Finsternis auf den Boden fielen.

In den darauffolgenden Nächten verfeinerte Hank die Übungen. Die Studenten mußten sich jetzt auf ihr Ziel stürzen und dabei einen Filzschreiber wie ein Messer in der Hand halten und den Sandsack in der Dunkelheit angreifen und das ›Messer‹ nach oben reißen.

Nach jeder Attacke pflegte Hank den Sandsack zu untersuchen, wobei er eine abgeschirmte Taschenlampe benutzte und Bemerkungen über die Genauigkeit des Stiches machte. Sein Kommando war immer dasselbe: Gebraucht das wenige Licht, das ihr habt, und lernt es, die Gesamtform eures Zieles nach dem Teil abzuschätzen, den ihr sehen könnt.

Als nächstes ließ Hank die Studenten in der fast völligen Dunkelheit mit zerbrechlichen Gegenständen aufeinander werfen und dann mit Filzschreibern zustoßen und dem Gegner Stiche in die mit einem Kissen geschützte Brust versetzen.

Und jedesmal benutzte Hank seine abgeschirmte Taschenlampe dazu, um den theoretisch angerichteten Schaden abzuschätzen.

Nach einer Weile nahm er ihnen die Kissen weg. Wenn man von einem Filzschreiber einen blauen Flecken abbekam, nun, dann hätte man eben vorsichtiger sein sollen. Man brauchte sich bloß vorzustellen, daß der Stoß mit einem Messer geführt worden wäre.

Auf diese und ähnliche Art bildete Hank seine Studenten dazu aus, ihre Sinne für den Kampf in der Finsternis zu schärfen.

Man brachte ihnen bei, sich mit einem Messer so zu bewegen, als wäre es eine Verlängerung der Hand. Und als wäre die Hand eine Verlängerung des Arms. Er zeigte ihnen, wie man mit dem Arm einen Bogen beschreibt, dem die Hand folgt. Und damit das Messer der Hand. Fließend.

Wie man sich niederduckte und dabei seitlich auswich und die Füße niemals über die Hüftbreite hinausbewegte. Wie man immer langsam, *stufenweise* das Gewicht verlagerte. Nie nach hinten, und nie nach vorne. Lautlos.

Sie lernten die einzelnen Körperteile kennen: Milz, Kehldeckel, Hoden, Keilbein, Kinnlade, Schilddrüse, Scheidewand, Schlagader, Augenhöhlen. Und dann stürzten sie sich wieder mit Filzschreibern durch die Dunkelheit auf die Sandsäcke oder aufeinander und später mit den Handflächen oder den Ellbogen.

Als dann ihre Ausbildung intensiver wurde, hatten sie das Gefühl, daß Hank sie für einen letzten Test vorbereitete. Eine Nacht folgte der anderen – wie viele, war für sie unmöglich festzustellen. Sie konnten nicht umhin, immer häufiger zu dem einstöckigen Gebäude zu blicken, das in der Mitte der Finsternis des Hangars auf sie wartete.

Und endlich, nachdem sie mit Erfolg ihre Fähigkeit demonstriert hatten, sich an einen Gegner durch die Dunkelheit heranzuschleichen, über unterschiedliche Flächen, die einem sandigen Ufer, einem dicken Teppich oder einem spiegelglatt gewachsten Fußboden glichen, nachdem sie gelernt hatten, lautlos um und über schattenhafte Hindernisse zu gehen und dies mit der gleichen Eleganz, die sie sich im Tanzunterricht auf der Schule angeeignet hatten, sagte Hank: »Okay, jetzt ist die Zeit da. Ihr seid soweit, um herauszufinden, was in dem Raum ist.«

Eifrig folgten sie ihm durch die Schatten zu der Tür. Hank öffnete sie, aber weder Drew noch sonst jemand konnte hineinsehen.

Hank wies auf Jake. »Nachdem ich hineingegangen bin und die Tür geschlossen habe, gibst du mir fünfzehn Sekunden. Dann kommst du nach und schließt die Tür hinter dir.«

Jake zögerte. »Und?«

»Hast du nie Verstecken gespielt? Versuche mich zu finden. Nur eines – ich spiele deinen Feind. Wenn du mir die Chance gibst, wenn du nicht vorsichtig bist und dich von mir hören oder fühlen läßt, nun, dann wäre ich im wirklichen Leben imstande, dich zu töten. Wir spielen das Spiel jetzt so: Wer den anderen zuerst überrascht, ihn berührt, ist der Sieger. Ist das einfach genug?«

»Na klar.«

Hank ging hinein. Fünfzehn Sekunden später folgte ihm Jake und schloß die Tür hinter sich. Nach dreißig Sekunden öffnete die Tür sich wieder, und Jake trat heraus. Drew sah die Enttäuschung in seinem Gesicht.

»Was ist dort drinnen passiert?« wollte einer wissen.

»Ich darf nicht darüber reden. Er möchte, daß ihr euch in einer Reihe aufstellt und einer nach dem anderen hineingeht.«

Drew empfand ein Gefühl der Unruhe. Er stand ziemlich weit hinten in der Reihe und sah zu, wie einer nach dem anderen hineinging. Keiner schaffte es länger als Jake.

Jetzt war Mike dran, und auch er kam fast sofort wieder heraus. Drew spürte die Erniedrigung, die der andere empfand. Stets auf Wettbewerb aus, schien Mike Drew herauszufordern, es besser als er zu machen.

Dann war Drew an der Reihe.

Er öffnete die Tür, konzentrierte sich ganz auf seine Reflexe, trat ein und schloß nervös die Tür hinter sich. Im gleichen Augenblick war ihm zumute, als müßte er ersticken, so als lastete die Luft dort drin zentnerschwer auf ihm.

Und die Dunkelheit. Er hatte gedacht, daß der Hangar finster wäre. Aber jetzt begriff er, was Dunkelheit wirklich war.

Hier drinnen war sie absolut, beklemmend. Die Stille ließ seine Trommelfelle rauschen; er überlegte, was er tun sollte. Er trat vor, um nach Hank zu suchen, und stieß gegen einen Tisch. Seine Beine erzeugten ein scharrendes Geräusch auf dem Betonboden, und im gleichen Augenblick packte Hank ihn am rechten Ellbogen.

»Jetzt hast du gerade dein Leben verloren«, flüsterte Hank so dicht bei ihm, daß es ihn am Ohr kitzelte.

Als Drew den schwarzen Raum verließ, bemüht, sich seine Verlegenheit nicht anmerken zu lassen, bemerkte er Mikes zufriedene Miene, seine Freude darüber, daß Drew nicht erfolgreicher als er selbst gewesen war. Hank rief die Gruppe zusammen und forderte sie auf, das, was geschehen war, zu bewerten. Er ließ sie die Übung wiederholen, befragte sie erneut und machte sie Schritt für Schritt mit den Prinzipien dieser Art von feindlicher Auseinandersetzung vertraut.

»Ihr alle habt viel zu früh versucht, mich zu finden. Ihr habt euch selbst keine Chance gegeben, die Stille zu *fühlen*. Euer Eifer hat euch verraten. Laßt euch Zeit. Schließlich könnte es die letzte Zeit sein, die ihr im Leben habt. Warum sie also nicht ein wenig in die Länge ziehen? Nehmt sie in ihrer ganzen Fülle wahr.«

Hank brachte ihnen bei, nach welchem Schema man den Raum absuchen konnte, statt einfach blindlings vorzudringen. Er ermunterte sie dazu, die Fertigkeiten zu nutzen, die sie bereits bei den Angriffen auf die Sandsäcke und beim Vermeiden von Hindernissen im Hangar erworben hatten.

»Aber dies hier ist ganz anders«, sagte jemand.

»Wieso?«

»Im Hangar hatten wir eine Menge Platz. Und die Finsternis war nicht so total. Außerdem waren Sie zuerst drin. Sie hatten den Vorteil, daß Sie sich verstecken konnten.«

»Sieh mal an. Und wenn du es mit einem Feind zu tun hast, dann wirst du dich wahrscheinlich bei ihm darüber beklagen, daß er nicht fair spielt, wenn er auch einen Vorteil hat. In diesem Spiel müßt ihr euch euren eigenen Vorteil schaffen«, sagte Hank. »Indem ihr besser seid als euer Gegner. Das Wichtigste, was ihr euch merken müßt – abgesehen von dem Schema, das ich euch beigebracht habe, wenn ihr einmal in dem Raum seid – das Allerwichtigste ist, sich so langsam zu bewegen, daß ihr euch fast überhaupt nicht von der Stelle rührt.«

Sie versuchten die Übung noch einmal und noch einmal. Und jedesmal dauerte es ein wenig länger, bis Hank sie berührte. Fünf Sekunden länger vielleicht. Dann zehn. Aber diese kleine Verlängerung war vergleichsweise eine große Leistung. Und als Drew das erste Mal *eine Minute* lang überlebte, hatte er nachher das erschöpfende und doch irgendwie schwindelerregende Gefühl, viel länger in dem Raum gewesen zu sein.

»Ihr bewegt euch immer noch nicht langsam genug«, beharrte Hank. »Ihr fühlt die Dunkelheit nicht. Habt ihr je beobachtet, wie ein Blinder einem Hindernis vor sich ausweicht, selbst wenn er seinen Stock nicht hat? Das kommt daher, daß er so daran gewöhnt ist, im Dunkeln zu leben, daß er spürt, wie die Luft von seiner Umgebung abprallt. Er kann die Dinge rings um sich fühlen, fast als ob Schwingungen von ihnen ausgingen. Und das ist es, was *ihr* lernen müßt. Ihr müßt das Fehlen des Gesichtssinns dadurch ausgleichen, daß ihr das Wahrnehmungsvermögen aller anderen Sinne erhöht. Jake, du hast dich leise bewegt, das muß ich loben. Aber du bist Raucher. Ich habe abgestandenen Zigarettenrauch an dir gerochen und genau gewußt, wo du bist, obwohl ich dich weder sehen noch hören konnte. Von nun an darf niemand in diesem Team mehr rauchen. Und ich meine nicht nur, solange wir hier sind. *Niemals.* Mike, du benützt Deodorant. Ich hab' dich auch gerochen. Sieh zu, daß du es loswirst.«

»Aber nach irgendwas werden wir doch immer riechen«, sagte Mike. »Nach Schweiß beispielsweise. Das ist doch im Streßzustand ganz natürlich.«

»Nein. Bei der Art von Streß, mit der wir es hier zu tun haben, trocknen die Schweißdrüsen ein. Sie hören auf, Schweiß zu produzieren. Oh, es kann schon sein, daß ein oder zwei von euch in der Beziehung nicht typisch sind und weiterhin Schweiß produzieren. Das werden wir bald herausfinden. Und dann verschwindet ihr von der Schule.«

Bald überlebten die Studenten die Übung über einen längeren Zeitraum. Zwei Minuten wurden zu fünf. Und dann zu zehn.

Mit der Zeit lernte Drew, welche Gegenstände sich in dem Raum befanden. Indem er langsam, methodisch vorging, entdeckte er, daß die Anordnung etwa der eines Wohnzimmers glich: Sessel, ein Sofa, ein Beistelltisch, ein Fernseher, eine Lampe, ein Bücherregal. Aber eines nachts waren die Möbel dann neu angeordnet, und anstelle eines Betonbodens gab es jetzt einen Teppich. Und an wieder einem anderen Tag war aus dem Wohnzimmer ein Schlafzimmer geworden. Und dann hatte man den Raum einmal mit Kissen in willkürlicher Anordnung gefüllt, so als wäre er ein Lagerraum.

»Ihr könnt euch auf gar nichts verlassen«, warnte Hank.

Am Ende konnte jeder Teilnehmer sich eine Stunde lang an Hank heranschleichen, ohne von ihm berührt zu werden. Jetzt änderte Hank die Taktik. »Von nun an beschleicht ihr euch gegenseitig. Einer von euch geht hinein, und dann folgt ihm ein anderer. Anschließend macht ihr es in umgekehrter Reihenfolge – der zweite Mann geht zuerst hinein, so daß aus dem Jäger der Gejagte wird. Und dann werdet ihr dauernd die Partner wechseln. Jeder bekommt eine Chance, gegen jeden anderen anzutreten.«

Drew sah zu Mike hinüber, der seinen Blick erwiderte und sichtlich auf die Chance lauerte, seine Fähigkeiten an Drew zu erproben. Sie kamen nicht sofort zusammen. Erst nach vier anderen Partnern fanden sie sich gemeinsam in dem Raum. Drew, der Gejagte, gewann beim ersten Mal. Aber als dann Mike der Gejagte wurde, gewann er. Und später, als sie es wieder miteinander zu tun hatten, blieb das Ergebnis unentschieden. Als sie beim letztenmal drei Stunden in dem Raum blieben, ohne daß einer von beiden den Sieg davontrug, beendete Hank das Spiel.

14

Jetzt, sechzehn Jahre später, fanden sie sich wieder in der gleichen Situation zusammen. Aber diesmal waren ihre Waffen keine Filzstifte, und Hank war auch nicht da, um die Übung zu beenden. Ihre Rivalität hatte den absoluten Höhepunkt erreicht. Diesmal entschied die Frage, wer der Bessere war, über Leben und Tod. Und es würde keinen zweiten Versuch geben.

Drew *wollte* nicht töten. Er mußte Mike leben lassen, mußte ihn dazu bringen, über Janus zu sprechen. Aber dieses Widerstreben, ihn zu töten, war eine Belastung. Weil Mike ganz sicher nicht zögern würde.

In dem Augenblick, in dem Drew die ganze erschreckende Bedeutung des pechschwarzen Kellerraumes klarwurde, in den Mike ihn gelockt hatte, nahm er unwillkürlich eine etwas kauernde Haltung ein, so wie Hank es ihm zur zweiten Natur gemacht hatte. Er spreizte die Füße, bis sie etwa Hüftbreite einnahmen, und streckte die Arme vor sich aus, ebenfalls gespreizt, auf Schulterbreite, und erkundete mit den Händen die Dunkelheit vor sich. Er spreizte die Arme etwas weiter, fühlte die Leere zu seiner Rechten und zu seiner Linken. Dann veränderte er seine Stellung, bewegte sich nach links, nicht weit, nur um eine Körperbreite, und hielt inne.

Damit bezweckte er nur eines – er entfernte sich von dem Punkt, an dem er beim Betreten des Raumes gewesen war, damit Mike nicht die Geräusche nutzte, die Drew erzeugte, und ihn angriff, solange er noch nicht vorbereitet war. Aber jetzt war Drew mit der Dunkelheit eins geworden, ebenso wie Mike das war. Das Duell konnte beginnen.

Drew war sicher, daß Mike keine Waffe bei sich trug; er hätte zu oft Gelegenheit gehabt, sie einzusetzen. In dem Augenblick, in dem Drew den Raum betrat, den Bruchteil einer Sekunde, bevor die Tür zuschlug und ihn in völlige Finsternis hüllte, hätte Mike ein sicheres Ziel gehabt.

Aber ein Messer konnte Mike haben. Drew überlegte und gelangte zu dem Schluß, daß Mike es geworfen hätte, als er, Drew, den Raum betrat. Und in dem Augenblick, in dem er gehört hätte, wie das Messer Drew traf, hätte er angegriffen, hätte den Vorteil der Überraschung genutzt, um Drew mit den Händen zu töten, falls das Messer das nicht schon erledigt hätte. Hank Dalton hatte ihnen diese Taktik eingebläut, sie ihnen zur zweiten Natur gemacht.

Es mußte also einen Grund geben, daß Mike sich zurückhielt. Und die einzige Erklärung, die Drew in den Sinn kam, war, daß Mike keine Waffe hatte, daß er sich im Nahkampf ganz auf seine bloßen Hände verließ. Und das bedeutete wieder, daß Mike abwarten würde, bis Drew in seine Nähe kam, und ihn dann plötzlich überraschend angreifen würde.

Drew hatte eine Waffe – die Mauser, die er in der rechten Hand hielt; aber in der Finsternis war sie nutzlos, ja sogar eine Last, weil sie ihn beim Einsatz seiner rechten Hand behinderte. So wie die Dinge lagen, hätte Drew es vorgezogen, die rechte Hand frei zu haben, um das Gefühl der Stille besser wahrnehmen zu können, die feinen Schwingungen der Finsternis. Aber er wagte nicht, die Pistole in die Tasche zu stecken, weil das ein Geräusch erzeugen würde.

So wartete er halbgeduckt fünf Minuten lang, wachsam und intensiv lauschend. Dieser Raum lag allem Anschein nach so tief unter der Erde, seine Wände waren so dick, daß von draußen kein Laut hereinkam. Er bemühte sich, den Atem des anderen zu hören oder vielleicht einen verstohlenen Schritt. Aber er hörte nichts, nur das Pochen des Blutes hinter seinen Ohren.

Während er langsam einatmete, prüfte er die Gerüche in dem Raum, trennte sie voneinander und identifizierte sie. Terpentin. Farbe. Und ein vager Geruch von Benzin.

Ein Lagerraum? fragte er sich. Je mehr er die Gerüche klassifizierte, desto richtiger schien ihm sein Schluß. Gegenstände, wie man sie zur Pflege und Wartung benötigte. Vielleicht sogar ein Rasenmäher. Vielleicht Werkzeuge.

Er würde das bald herausfinden. Weil er mit der Jagd beginnen mußte, so wie er annahm, daß Mike seinerseits angefangen hatte, Jagd auf ihn zu machen.

»Geht nie direkt in einen Raum hinein«, hatte Hank Dalton ihnen eingeschärft. »Meidet die Mitte. Sucht zuerst den Rand ab. Und das bedeutet, daß ihr die Wahl zwischen zwei Alternativen habt. Rechts oder links. Haltet euch mit dem Rücken zur Wand. Die Anordnung des Raumes – die Hindernisse, die er enthält – werden entscheiden, welche Richtung besser für euch ist.«

Im vorliegenden Falle schien weder rechts noch links irgendeinen Vorteil zu bieten. Aber als er den Raum betreten und die Falle als solche erkannt hatte, hatte er sich nach links bewegt. Mike könnte annehmen, daß Drew in dieser Richtung weitergehen würde; er würde ihn also täuschen können, indem er die Richtung wechselte und sich nach rechts bewegte, weil Mike ihn dort nicht erwartete.

Aber solche Annahmen und weitere Annahmen, die darauf aufbauten, und entgegengesetzte Vermutungen, die man dem Gegner unterstellte, waren Teil der Jagd. Mike konnte ebensogut Drews Logik voraussahen. Er könnte annehmen, daß Drew, nachdem er nach links begonnen hatte, als eine Finte die Richtung wechseln würde. Am Ende gab es, ganz gleich, nach welcher Logik die beiden Gegner vorgingen, einfach keine Möglichkeit für den einen oder den anderen, um vorherzusehen, in welcher Richtung die Jagd beginnen würde. Zu lange darüber nachzudenken würde zu völliger Lähmung führen.

So beschloß Drew willkürlich, den Weg nach links fortzusetzen. In qualvoller Langsamkeit. Indem er die Arme und die Hände bewegte und die Finsternis ertastete. Indem er sachte die Füße bewegte.

Der Boden bestand ebenso wie im Korridor draußen aus festgestampftem Lehm. Aber zumindest war er hart und gab seinem Gewicht nicht nach, als er langsam den Fuß senkte. Da gab es kein Knirschen, das seine Position verriet.

Wieder hielt er inne, lauschte, roch, fühlte. Und dann erforschte er aufs neue die Finsternis mit den Händen und bewegte sich ganz langsam ein paar Zoll weiter nach links.

Nach einer winzigen Fußbewegung erstarrte er, als der Rand seines linken Schuhs einen Gegenstand berührte. Ein fast nicht wahrnehmbarer Druck an seinem linken Bein und der Hüfte warnte ihn, daß der Gegenstand groß war. Aber als seine linke Hand danach tastete, spürte er nichts. Was auch immer dieser Gegenstand war, er reichte nur bis zu seiner Hüfte. Und als er die Hand so weit senkte, spürte er Holz, etwas ölig, uneben, mit vielen Vertiefungen.

Eine Werkbank. Während er lautlos die Oberfläche der Werkbank erforschte, spürte er einen Schraubstock aus Metall, der an der Seite der Werkbank befestigt war. Eine pokkennarbige Zange. Eine klebrige Ölkanne mit langer Tülle.

Nun wurde die Sache immer komplizierter. Es war gut möglich, daß Mike auf der anderen Seite der Werkbank wartete, bereit, ihn in dem Augenblick anzugreifen, in dem er sich um die Bank herumschob, um wieder die Wand zu erreichen. Aber ebensogut war es möglich, daß Mike sich genau ihm gegenüber aufgebaut hatte, an der *gegenüberliegenden* Wand, und daß er in dem Augenblick, in dem er fühlte, daß Drews ganze Aufmerksamkeit sich jetzt darauf konzentrierte, um die Bank herumzukommen...

Da war er wieder, der Versuch, die Gedanken des anderen zu lesen, ihm zuvorzukommen... Während Drew anfing, sich um die Bank herumzuschieben, stellte er sich Mikes Gedanken vor.

He, Drew, das ist genauso wie damals in Colorado, als wir Rivalen waren. Sicher, wir sahen uns so ähnlich, daß jeder sich fragte, welcher von uns der bessere wäre, nicht wahr? Aber wir haben das eigentlich nie geklärt. Nicht so, daß es mich befriedigt hätte. Natürlich, die Oberen hatten die blöde Idee, daß du besser wärst als ich, sonst hätten sie ja nicht mich als Double für dich ausgewählt, sondern es genau andersherum gemacht. Du warst der Star; ich war der Ersatzmann. Scheiße. Aber ich habe länger ausgehalten als du. Du giltst ja als tot. Ich bekam die Chance, deine Stelle einzunehmen. Ich *wurde* du, und das gefällt mir so recht gut. Ich hab' keine Lust, noch einmal die Plätze zu tauschen. Ich mach' nicht mehr den Zweitbesten. Diesmal will ich verdammt sichergehen, daß du tot *bleibst*.

Mit vor Anspannung schmerzenden Muskeln schob sich Drew durch die Finsternis um die Bank herum. Er mußte die Ecke zwischen der Werkbank und der Mauer überprüfen, und das bedeutete, daß er gegenüber einem Angriff quer durch den pechschwarzen Raum nur teilweise geschützt war. Er spannte alle Sinne an, darauf bedacht, auch das leiseste Geräusch oder die geringste Veränderung in der dichten, unbewegten Luft wahrzunehmen.

Lautlos, vorsichtig bewegte er die linke Hand vor sich, auf die Fortführung der Wand zu. Er wollte einen leisen Lufthauch erzeugen, damit Mike glauben sollte, Drew wäre ihm näher, als er es in Wirklichkeit war. Und das könnte Mike vielleicht dazu veranlassen, vorzeitig aus der Ecke zwischen Mauer und Bank heraus anzugreifen.

Aber es kam kein Angriff. Und während Drew sich um die andere Seite der Werkbank herumschob, sich der Wand näherte, zielte er mit seiner Mauser darauf. Wenn Mike sich tatsächlich dort verstecken sollte und ihn angriff, dann würde Drew in dem Augenblick schießen, in dem er Mikes Körper spürte.

Aber nichts geschah. Und dann hatte Drew mit einem Gefühl ungeheurer Erleichterung schließlich die Wand erreicht und preßte sich wieder mit dem Rücken dagegen. Er wartete in der Finsternis, konzentrierte seine ganze Energie auf den nächsten Schritt.

»Disziplin«, hatte Hank ihnen gesagt. »Geduld. Das sind die Geheimnisse, um in diesem Spiel zu gewinnen. Eine einzige unvorsichtige Geste. Mehr braucht es nicht, und ihr seid tot. Ihr müßt die Zukunft ignorieren. Ihr könnt euch nicht leisten, euch vorzustellen, wie gut es sein wird, zu gewinnen, den Raum zu verlassen und sich zu entspannen. Das einzige, was zählt, ist das *Jetzt*. Und falls euer Feind sich auf das Jetzt konzentriert, während ihr in der Zukunft seid – nun, Kumpels, dann werdet ihr die Zukunft nie erleben. Dann werdet ihr ein Teil der Geschichte.«

Drew bewegte sich weiterhin an der Wand zu seiner Linken entlang. Wieder benutzte er, so wie er das vorher getan hatte, seine Füße, die Außenseite seines Beins und seine Hüfte, um die Wand nach Hindernissen zu erforschen. Indem er mit der rechten Hand die Mauser vor sich hielt, bewegte er die linke Hand so, als würde er die Finsternis liebkosen. Sein lautloser Fuß berührte einen Gegenstand zu seiner Linken; tatsächlich spürte er, daß der Gegenstand da war, sogar ehe sein Schuh ihn berührte. Der Gegenstand war aus Holz und ragte einen halben Meter in den Raum hinein. Er spürte ihn mit der linken Hand. Der Gegenstand reichte bis zur Decke. Und als er vorsichtig mit den Fingern an ihm entlangfuhr, berührte er kaltes, kreisförmiges Metall. Papier, das um den Gegenstand gewickelt war, hatte sich teilweise abgeschält. Hier war der Geruch von Terpentin ausgeprägter. Ein Farbkanister? Ja, entschied er. Zur Decke reichende Regale mit Farbdosen. Während er den Regalen den Rücken zuwandte, als wären sie die Mauer, setzte er den Weg nach links fort.

Er hatte inzwischen höchstens zehn oder zwölf Fuß zurückgelegt und befand sich jetzt schon vielleicht vierzig Minuten, möglicherweise sogar länger, in dem Raum. Es war schwer, das festzustellen. In einem schwarzen Raum wurde die Zeit von der qualvollen Trägheit jeder Bewegung verzerrt, jede Sekunde schien eine Ewigkeit.

Mit angehaltenem Atem erreichte er das Ende der Regale, tastete an ihnen entlang nach der Wand, berührte aber statt dessen eine andere Mauer. Sie erstreckte sich zu seiner Linken. Er betastete die Ecke.

Und in dem Augenblick traf etwas erschreckend plötzlich das Regal zu seiner Rechten. Der Gegenstand fiel klappernd herunter und krachte auf den Boden.

Drew zuckte zusammen; das konnte er nicht verhindern. Während sein Herz sich weitete, als wollte es zerplatzen, kämpfte er dagegen an, aufzustöhnen. Tatsächlich erzeugte er keinen Laut; vielmehr kauerte er sich reflexartig, ganz wie er es im Training geprobt hatte, zu Boden, so tief, daß seine Hüften die Hinterseite seiner Beine berührten. Den Rücken in die Ecke gepreßt, hob er beide Hände und hielt die Mauser zielbereit.

Die Reaktion kam so blitzartig, daß er, noch bevor der Gegenstand auf den Boden geprallt war, bereit war.

Vielleicht würde Mike angreifen. Das war eine der Taktiken gewesen, die Hank Dalton ihnen beigebracht hatte. Erschrecke deinen Gegner. Wirf etwas. Und in dem Augenblick, in dem es klappert, nütze deinen Vorteil. Geh ihn an.

Aber als wieder Schweigen den Raum füllte und die stickige Luft sich wie eine Decke auf ihn legte, verspürte Drew keinen Aufprall, keinen Körper, der sich auf ihn warf. Er wartete, während sein Magen sich zusammenzog, wartete mit zum Zerreißen gespannten Nerven.

Nichts geschah.

Er versuchte die Richtung zu berechnen, aus der der Gegenstand geworfen worden war. Aber das konnte er nicht. Doch zumindest wußte er, daß Mike hier drinnen war, daß sein Double sich nicht durch einen unsichtbaren Ausgang hinausgeschlichen hatte, ehe Drew diesen Raum betreten hatte.

Jetzt stand es unwiderruflich fest: Dieses Duell würde bis zum Tode geführt werden.

Aber da war etwas anderes, was ihn beunruhigte: Warum hatte Mike nicht angegriffen? Drew versuchte sich selbst eine Antwort zu geben, wartete angespannt, versuchte sich zu entscheiden.

Weil Mike sich nicht zusammengereimt hat, wo ich bin. Wenn er mich in der Finsternis anspringt und meine Position falsch einschätzt, dann weiß er, daß ich ihn töten kann. Er hat etwas dahin geworfen, wo er dachte, daß ich sein könnte, und hat gehofft, ich würde die Kontrolle über mich verlieren und mich durch ein Geräusch verraten. Da er mich verfehlt hat, wird er noch etwas anderes werfen. Wenn er mich trifft, wird er in dem Augenblick, in dem er den Aufprall auf meinen Körper hört, annehmen, ich sei abgelenkt, und wird angreifen.

Eine weitere Hank-Dalton-Strategie.

Und während Drew noch mit dem Rücken zur Ecke kauerte und in die Finsternis des Raumes starrte, traf ein zweiter Gegenstand die Regale zu seiner Rechten. Diesmal war das Klappern näher, so nahe, daß er das Vibrieren an der Schulter spürte.

Aber diesmal hatte Drew das Geräusch erwartet. Er

nutzte das Fallen des Gegenstandes, um sich an dieser neuen Wand entlang ein Stück nach links zu bewegen.

Sicher, Mike hat entschieden, daß ich mich in dieser Richtung bewegt habe. Er versucht, mich in die Enge zu treiben. Und in dem Augenblick, in dem er mich trifft, wird er mich angreifen.

Ein dritter Gegenstand krachte gegen die Ecke, wo Drew noch vor einem Augenblick gekauert hatte. Wieder nutzte er das Geräusch, um sich ein Stück weiter an dieser neuen Wand entlangzuschieben.

Und jetzt wußte er mehr. Der Ablenkwinkel der verschiedenen Gegenstände, die Richtung ihres Geräusches, als sie auf den Boden trafen, verrieten ihm, daß Mike sich auf der anderen Seite des Raumes befand, wahrscheinlich in der Ecke, die der gegenüber lag, in der er selbst sich gerade noch aufgehalten hatte.

Zumindest war Mike noch vor einem Augenblick dort gewesen. Schließlich war ja durchaus möglich, daß sein Double die Geräusche ebenso wie Drew dafür genutzt hatte, um die Position zu wechseln.

Aber in welche Richtung hätte Mike sich wohl bewegt? Auf die Wand zu, der Drew jetzt folgte – um Drew von vorne anzugehen? Oder auf die Wand zu, an der sich Drew zuerst entlanggeschoben hatte – um ihn von hinten anzugreifen?

Drew fragte sich, ob er die Richtung wechseln sollte. Er hätte dazu ebensogut eine Münze werfen können – Kopf oder Zahl. Eine Fifty-fifty-Chance. Auf diese Weise konnten sie ihr Duell die ganze Nacht fortsetzen. Er malte sich aus, wie sie endlos den Raum umkreisten.

Ein vierter Gegenstand klapperte. Aber diesmal prallte er von der Wand ab, an der sich Drew vorher entlanggeschoben hatte, und fiel krachend zu Boden.

Meint Mike, ich sei umgekehrt? Oder versucht er mich auszutricksen, damit ich meinen soll, *er* würde das glauben?

Hank Dalton hatte ihnen immer wieder eingeschärft, daß genau das das Ziel der Übung war. Es galt, den Gegner so lange zu verwirren, bis sein Geist ermüdete, aus dem Gleichgewicht geriet.

Und dann galt es, ihn zu töten.

»Die Regeln. Vertraut ihnen. Verlaßt euch auf sie«, hatte Hank verlangt. »Ich habe fast fünfundzwanzig Jahre gebraucht, um sie zu entdecken. Und diese Regeln sind der einzige Grund, daß ich noch am Leben bin.«

Aber Hank hatte sie auch darauf hingewiesen, daß wenige andere Krieger die Regeln kannten. Im echten Kampf sollte keiner von Hanks Schülern sich darin erschöpfen, daß er sich an einen Gegner heranschlich. Hanks System des Kämpfens in der Dunkelheit wurde nirgendwo sonst gelehrt. »Denkt immer daran«, hatte er gesagt, »ihr habt den Vorteil auf eurer Seite. Seid nicht zu zuversichtlich, aber ihr dürft auch nicht das Gefühl haben, im Nachteil zu sein. Weil ihr, wenn ihr den Regeln folgt, eine überdurchschnittliche Chance habt, zu gewinnen.«

Sicher, dachte Drew, du brauchst einfach nur den Regeln zu folgen. Aber hör zu, Hank, eines solltest du mir sagen: Was macht man, wenn der Gegner die Regeln auch kennt? Damals in Colorado kam es verdammt oft zum Patt zwischen uns. Er sieht nicht nur aus wie ich – er ist auch *ausgebildet* wie ich. Womit also das nächste Patt vermeiden? Nur daß es diesmal kein Patt geben darf. Und das wird wahrscheinlich die Erschöpfung bewirken. Seit dem Kloster bin ich die ganze Zeit auf der Flucht. Und wenn das Standvermögen der entscheidende Faktor ist, dann werde ich wahrscheinlich verlieren.

Aber er geriet nicht in Panik. Statt dessen hatte er eine plötzliche Eingebung. Was macht man, wenn man jemandem gegenübersteht, der die Regeln auch kennt?

Tu das völlig Unerwartete. *Brich* die Regeln. Verhalte dich so, wie du dich verhalten hast, als du das erste Mal jenen schwarzen Raum in dem Hangar in Colorado betreten hast. Heißt das, den Raum umkreisen und den Wänden folgen, so wie es Hank verlangt hat? Nein. Geh einfach quer durch den Raum. Kauere dich in der Mitte nieder und warte darauf, daß Mike wieder wirft. *Und dann, wenn du genau fühlst, wo er ist, geh auf ihn los.*

Seine Schuhe schienen den Boden überhaupt nicht zu berühren, als er lautlos auf die Mitte des Raumes zukroch. Er behielt seine langsamen, vorsichtigen Bewegungen bei, tastete mit der linken Hand vor sich ins Leere, während die rechte die Mauser hielt und zugleich die Dunkelheit erforschte.

Und als er der Ansicht war, die Mitte des Raumes erreicht zu haben, kauerte er sich nieder, stützte sich, so gut das ging, auf die Schenkel und wartete auf Mikes nächste Bewegung.

Er spürte den Luftzug des Gegenstandes, der an ihm vorbeischoß, nur wenige Zoll über seinem Kopf, und dann gegen die Wand krachte, der er gefolgt war. Da! In der gegenüberliegenden Ecke. Drew schob sich näher heran.

Ein weiterer Gegenstand ließ die Luft an seinem Kopf vorbeipfeifen und krachte gegen die Wand hinter ihm.

Drew schob sich noch näher heran.

Und dann geschah alles verblüffend schnell. Drew fühlte plötzlich ein Hindernis vor sich. Er berührte es nicht. Nein, Hank Dalton hatte ihnen das immer wieder eingeschärft. Er brauchte es nicht zu berühren. Wenn er wach genug war, würde er die Schwingungen spüren, die davon ausgingen.

Das Hindernis war ein Mann.

Mike, der wie Drew aussah, der genau wie Drew ausgebildet worden war, *dachte* auch wie Drew. Mike hatte ebenso überlegt, wie man sich an einen Gegner heranschlich, der genau wie er selbst den Vorteil der Ausbildung durch Hank Dalton besaß; der die Bewegungen des anderen vorausahnen konnte.

Wegen der Regeln. Also brich die Regeln.

Und unerwartet plötzlich fand Drew sich Brust an Brust, Angesicht zu Angesicht im Handgemenge mit seinem Double.

Der Schock war erschütternd. Während sie zuerst in die eine und dann in die andere Richtung taumelten, hatte Drew keine Angst mehr, ein Geräusch zu machen. Statt dessen atmete er heftig, lechzte verzweifelt nach Sauerstoff, setzte seine ganze Kraft gegen den Mann ein, den er festhielt und der ihn festhielt.

Er stöhnte, als er gegen die scharfe Kante der Werkbank taumelte, die ihn an der Nierengegend traf.

»Mike...«

Er schmetterte dem Gegner die linke Handkante gegen den Solarplexus.

Mike stöhnte.

»Um Gottes willen, hör mir zu!«

Drew stöhnte auf, als ihn ein mörderischer Schlag seitlich am Hals traf.

»Wir müssen reden!«

Aber als sich die Spitze eines Schraubenziehers – du lieber Jesus, wie grauenvoll! – in Drews linke Schulter bohrte, wobei seine Jacke einen Teil davon abfing, begriff er, daß Mike fest entschlossen war, zu siegen.

Welche Wahl hatte Drew also?

Er stieß Mike von sich, und sein Finger krümmte sich um den Abzug der Mauser.

Und er schoß.

Und schoß.

Er leerte das Magazin, und die schnell hintereinander erfolgenden Detonationen drohten ihm die Trommelfelle zu sprengen, und die Mündungsblitze quälten seine Augen.

Aber trotz der verschiedenen Verletzungen, die er erlitten hatte, placierte er seine Kugeln sorgfältig. Und als er hörte, wie eine Kugel ihr Ziel traf, grenzte er sein Ziel ein. Seine Nasenflügel weiteten sich bei dem beißenden Gestank von Pulverdampf und Kordit, verbranntem Stoff und Fleisch.

Und er schoß sein Double in die Hölle.

Während Blut auf den gestampften Boden troff und warm und salzig über seine Lippen spritzte, spürte er, wie Mike sich noch einmal auf ihn warf, immer noch entschlossen, den Kampf fortzuführen. Doch dann zitterte Mike im Todeskampf. Die zwei Männer umarmten einander, fast wie Liebende.

Mike sank zu Boden, und seine Kinnlade rutschte an Mikes Brust entlang, er glitt über seine Knie und fiel zu Boden.

»Warum hast du nicht zugehört?« flüsterte Drew, obwohl ihm nach Schreien zumute war. Doch die verdammte Disziplin hielt ihn weiter unter Kontrolle. »*Du hättest zuhören sollen.* Du hättest mir bloß zu sagen brauchen, für wen du gearbeitet hast, du blöder... dann würdest du immer noch leben. Vielleicht hätten wir am Ende doch Freunde sein können und nicht...«

Rivalen? Doppelgänger?

Janus. Er hatte Janus getötet. Aber der Mann hinter Janus war immer noch am Leben!

Voll Zorn über die Sinnlosigkeit des Todes hätte Drew am liebsten nach Mikes Leiche getreten, ihr die Zähne zerschmettert, die Nase...

Du blöder...

Statt dessen sank er in der Dunkelheit auf die Knie.

Und während die Tränen ihm über die Wangen rannen, betete er für Mikes Seele. Und für die seine.

15

Die Zeit war in dem schwarzen Raum so verzerrt gewesen, daß Drew überrascht die Augen aufriß, als er das Gebäude verließ. Die Nacht war vorbei, und eine kalte Oktobersonne ging gerade auf. Jetzt waren sämtliche Gaslaternen ausgelöscht, und in den Apartments herrschte Stille, wenn auch irgendwo das gespenstische Gackern von Hühnern zu hören war. Offenbar hatten die Leute, die hier wohnten, die Schüsse nicht gehört oder sie absichtlich ignoriert, um nicht in irgend etwas hineingezogen zu werden. Er folgte den im Zickzack verlaufenden Gängen, Korridoren und Tunnels, zurück zu der schmalen Gasse mit der Ziegelmauer zur Rechten, wo er vor einer Ewigkeit aus dem Schutz des Bretterstapels hervorgetreten war und seinem Double gegenübergestanden hatte.

Er nahm ein Taschentuch heraus und wischte sich Mikes Blut von Gesicht und Händen. Dasselbe Taschentuch hatte er dazu benutzt, um den Blutstrom aus seiner Schulterwunde zu stillen, wo Mike ihn mit dem Schraubenzieher getroffen hatte. Dann hatte er das Jackett ausgezogen und es sich über die Schulter gelegt, um sowohl die Wunde als auch die Blutflecken an der Jacke zu verbergen. Doch die Vorsichtsmaßregel war überflüssig. So früh am Morgen begegnete ihm niemand.

Frierend und mit schmerzender Schulter, krank im Herzen, benutzte er einen Schlüssel, den er Mike weggenommen hatte, und schloß die Tür zu Mikes Zimmer auf. Er hatte keine Angst, daß dort irgendeine Falle oder ein Alarm auf ihn warten würde. Mike hatte auch keinerlei Vorsichtsmaßregeln ergriffen, als er – vor einer Ewigkeit – diesen selben Schlüssel herauszog und sich angeschickt hatte, ihn ins Schloß zu stecken. Also nahm Drew an, daß das Apartment ungeschützt war. Und wenn es das nicht war?

Er war so ausgepumpt, daß ihm das egal war. Er hatte wieder getötet, und nichts anderes war von Bedeutung. Nichts. Nur die Fortführung seiner Suche. Und das Bedürfnis, die Mönche in dem Kloster zu rächen. Herauszufinden, für wen Mike gearbeitet hatte.

Er drehte den Türknopf und öffnete die Tür, runzelte die Stirn, als er kein Licht im Raum sah. Seine Instinkte schlugen Alarm. Letzte Nacht war hinter den vorgezogenen Vorhängen und dem undurchsichtigen Fenster ein Lichtschein zu erkennen gewesen. Wer war hier drinnen gewesen, um das Licht auszuschalten? Während seine Brust sich spannte, suchte er den Raum ab. Selbst bei ausgeschaltetem Licht war es nicht stockdunkel. Die aufgehende Sonne beleuchtete die offene Tür und verdrängte die Schatten.

Trotz der Unruhe, die er empfand, stellte er zwei Hypothesen auf. Die erste war die, daß der Raum verlassen war. Hätte sich jemand hier versteckt, so hätte er bereits genügend Gelegenheit gehabt, ihn anzugreifen.

Und die zweite Hypothese folgerte aus der ersten. Die Lichter waren ausgeschaltet, weil sie, wie Arlene schon letzte Nacht vermutet hatte, von einer Schaltuhr gesteuert wurden.

Er ging ein paar Schritte weiter in den Raum hinein und sah Bücherregale aus Ziegelsteinen und Brettern, einen

Schreibtisch mit einer Schreibmaschine, eine Schlafcouch, einen kleinen Eßtisch, ein Fernsehgerät und eine Stereoanlage.

Nichts Besonderes. Eben die Möbel, wie sie ein Student hat. Dieselbe Art von Möbeln, die Drew einmal besessen hatte, obwohl er – ebenso wie Mike – sich viel bessere hätte leisten können.

Das Apartment bestand nur aus einem einzigen Raum; Herd und Kühlschrank waren durch eine Art Theke abgetrennt.

Etwas bewegte sich vor dem Sofa. Drew ging in die Knie, hob die Hände, bereitete sich darauf vor, sich zu verteidigen. Und dann ging sein finsterer Blick in ein Grinsen über, das bei dem Gedanken an Stuart Little noch breiter wurde. Denn im Augenblick hatte er Kampfhaltung gegen eine Katze eingenommen.

Sie miaute, kam näher. Keine junge Katze, aber auch noch nicht ganz ausgewachsen. Rot mit weißen Flecken. Eine weitere Katze tauchte unter dem Schreibtisch auf und dann eine dritte hinter der Theke; die eine pechschwarz, die andere eine Siamkatze mit blauen Augen, die selbst in der Dunkelheit strahlten.

Fast hätte er gelacht, aber er unterdrückte diesen Gefühlsausbruch und mußte wieder an die Parallele zwischen Mike und sich selbst denken.

Damals, vor dem Kloster, hatte Drew sich auch gern Katzen gehalten. Sie waren sein Luxus gewesen, sozusagen sein gesellschaftliches Leben. Und später, als diesmal nicht eine Katze, sondern eine Maus ihn in seiner Zelle im Kloster besuchte, hatte er sich wieder wie ein Lebender gefühlt; denn trotz der Kartäuser-Regel, die einen zwang, sich von der Welt abzugrenzen, war das, was er am meisten vermißt hatte, die Gelegenheit, seine Existenz mit einem anderen Geschöpf zu teilen.

»Katzen, ich wette, ihr fragt euch, warum letzte Nacht niemand nach Hause gekommen ist«, sagte er und sah plötzlich wieder das Bild Mikes vor sich, der tot in dem schwarzen Raum lag. Schaudernd versuchte er seine schrecklichen Empfindungen zu unterdrücken. Seine Stimme klang heiser. »Ich wette, ihr seid schrecklich hungrig.«

Er schloß die Tür hinter sich, versperrte sie, entdeckte einen Lichtschalter an der Wand und knipste ihn an.

Zwei Lampen leuchteten auf: eine neben dem Sofa, die andere auf dem Schreibtisch. Er zuckte zusammen, taumelte zurück. Eine Tür zu seiner Linken öffnete sich. Und ihm gegenüber erhob sich hinter der Theke eine Gestalt. Seine Muskeln spannten sich.

Father Stanislaw erschien unter der Tür. Dahinter sah Drew einen Abstellraum. Er wirbelte zu der Theke herum, wo Arlene jetzt aufgestanden war.

Sie kam zu ihm. Er wünschte sich nichts so sehr, wie sie in die Arme zu nehmen.

»Gott sei Dank, du lebst.« Sie preßte sich an ihn. »Als du nicht zum Wagen zurückkamst...«

Er spürte ihre Arme, die ihn umfangen hielten, ihre Brüste, die sich gegen ihn preßten. Er konnte nicht anders als sich vorzubeugen, um sie zu küssen.

Father Stanislaw räusperte sich. »Wenn ich unterbrechen darf.«

Drew sah ihn verwirrt an.

»Wir haben bis kurz vor Sonnenaufgang gewartet«, sagte Father Stanislaw.

Arlene trat ein Stückchen zurück, ohne die Arme von ihm zu lösen. Drews Brust spürte immer noch ihre Brüste, als ob sie noch an sie gepreßt wären. Er erinnerte sich daran, wie er sie in den alten Tagen so oft liebend festgehalten hatte, im Zelt irgendwo in einem Berglager. Und wie er sie festgehalten hatte und sie ihn, in dem Schlafsack, den sie sich geteilt hatten.

»Aber dann wußten wir nicht mehr, was wir tun sollten«, fügte sie hinzu. »Wir *mußten* hereinkommen und dich finden.«

»Von draußen war das Apartment ganz ruhig.« Father Stanislaw trat näher. »Alles schien ganz friedlich. Aber wir dachten uns, wenn es Schwierigkeiten gegeben hatte, dann wäre Ihr anderes Ich ja geflohen, anstatt hierzubleiben. Das Risiko schien uns vertretbar. Aber wir haben sogar angeklopft, ehe wir...«

»Das Schloß aufbrachen?«

Arlene hielt ihn noch immer mit den Armen umfangen, während er den Priester ansah. Als der nickte, schüttelte Drew den Kopf. »Sie hören nicht auf, mich zu überraschen.«

»Nun« – Father Stanislaw zuckte die Achseln – »der Herr ist mit mir.«

»Und mit Ihrem Nachschlüssel.«

Der Priester grinste.

»Als du durch die Tür kamst«, sagte Arlene, »dachte ich fast, du wärst...«

»Mein Double?«

»Du trugst deine Jacke über der Schulter und hattest sie nicht an. Einen Augenblick dachte ich, er hätte sie dir weggenommen.«

»Nein.« Drew schluckte. »Er ist tot.« Er ließ das Jackett von der Schulter gleiten, so daß man jetzt sein blutiges Hemd und die Ausbuchtung darunter erkennen konnte, wo er das Taschentuch hineingestopft hatte.

»Drew!«

»Er hat mich mit einem Schraubenzieher gestochen. Zum Glück hat das Jackett einen Teil davon abgehalten.«

Ehe er Einspruch erheben konnte, hatte Arlene sein Hemd aufgeknöpft. Die Intimität ihres Tuns erzeugte in ihm ein Gefühl der Schwäche. Vorsichtig nahm sie das blutige Taschentuch weg und sah unter den zerfetzten Stoff.

»Es hätte schlimmer sein können«, sagte Drew. »Wenigstens hat es aufgehört zu bluten. Ich glaube nicht, daß die Wunde genäht werden muß.«

»Aber ganz sicher muß man sie desinfizieren. Zieh dein Hemd aus, ich hole einen Waschlappen und Seifenwasser.«

»Das hat Zeit.«

»Nein, das hat es nicht.« Wieder hatte er keine Gelegenheit, Einwände vorzubringen. »*Halt still!*«

Es war für ihn ein eigenartig angenehmes Gefühl, ihre Anweisungen zu befolgen. Während sie die Wunde säuberte und sie anschließend mit Utensilien aus einem Medizinkästchen im Badezimmer versorgte, berichtete er ihnen, was geschehen war.

Father Stanislaw hob die rechte Hand und erteilte Drew die Absolution. »Ich bin sicher, daß Sie Vergebung finden werden. Sie mußten sich verteidigen.«

»Aber sein Tod war so sinnlos.« Drews Kehle zog sich zusammen, und das war nur teilweise eine Folge des Fausthiebes, den Mike ihm versetzt hatte. »Was hat sein Tod bewirkt?«

»Dein Leben«, meinte Arlene.

»Belanglos. Die Antworten. *Die* wären wichtig gewesen.«

»Danach haben wir gesucht«, meinte sie.

Er sah sie erwartungsvoll an.

»Wir haben seine Papiere durchsucht. Rezepte. Scheckeinlösungen. Rechnungen.«

»Und was habt ihr gefunden?«

»Genau das, was zu erwarten war«, sagte Father Stanislaw. »Der Mann war ein Profi. Nichts.«

»Nichts?« Drew dachte nach. »Vielleicht. Zumindest scheint es so.«

»Ich verstehe nicht.«

»Nach dem, was Sie gerade gesagt haben, haben Sie es auch gesehen. Aber Sie wußten nicht, was Sie sahen. Wonach Sie suchen mußten.«

»Ich weiß immer noch nicht, was Sie meinen.«

»Rezepte, haben Sie gesagt? Scheckeinlösungen, Rechnungen?«

»Ja, richtig.«

Drew warf Arlene einen zärtlichen Blick zu. »Du hättest das nicht begriffen. Weil Sie« – er wandte sich Father Stanislaw zu – »und *du* nicht meine Deckung gekannt haben. So, wie das System funktioniert hat, habe ich ein Schließfach auf der Post benutzt. Anonym. Dort holte ich mir meine Zeitschriften, meine Rechnungen und all das ab. Aber dann hatte ich noch ein Postfach in der nächsten Stadt. Und *dort* habe ich die Dinge abgeholt, die wichtig waren... meine Honorare beispielsweise.«

Er wartete einen Augenblick.

»Natürlich.« Arlene begriff als erste. »Scalpel war Teil der Regierung.«

»Eine gut getarnte Zweigstelle davon. Die Regierung selber hat nie genau gewußt, was eigentlich gespielt wurde.«

»Aber trotzdem mußten Akten geführt werden«, sagte sie. »Und Gehaltslisten. Weil das Netz ein Budget hatte, und wenn auch noch so gut getarnt. Die Konten mußten ausgeglichen werden.«

Jetzt begriff Father Stanislaw. »Genauso wie die CIA oder jede andere Abwehrbehörde Konten führen muß. Aber nicht direkt. Möglicherweise lief das Budget über das Landwirtschaftsministerium oder das Innenministerium.«

»Wie auch immer, von irgendwo mußte das Geld kommen«, sagte Drew. »Wenn die Mittel aus dem System kommen, dann gibt es auch eine Spur auf Papier. Die muß es geben.«

»Aber wenn Scalpel aufgelöst ist« – Arlenes Blick wanderte verwirrt zwischen Drew und dem Priester hin und her – »wenn das Netz nicht mehr existiert und jemand anderer es neu aktiviert hat, jemand, der nicht in der Regierung ist, dann kommt das Geld aus dem privaten Sektor.«

»Um so mehr braucht es Bücher, Konten und Erklärungen, wo das Geld hingelangt ist«, sagte Drew. »Die Steuerbehörde kennt da keinen Pardon. Sie verlangt Klarheit.«

»Und?«

»Also folgen wir der Papierspur«, sagte Drew. »Scheckeinlösungen. Sie sagten, Sie hätten welche gefunden. Wie heißt die hiesige Bank? Und« – Drew wandte sich Father Stanislaw zu – »wer ist die einflußreichste Opus-Dei-Kontaktperson hier? Eine, die Zugang zu Banken und Geschäftskreisen hat?«

»Ah«, sagte der Priester und verstand.

»Ja«, nickte Drew.

Father Stanislaw sah auf die Uhr. »Es ist erst sieben Uhr früh. Wir müssen warten, bis...«

»Fein«, sagte Drew. »Ich habe noch etwas anderes, das fast genauso wichtig ist.«

16

In einer Schublade neben dem Ausguß fand er einen Dosenöffner und öffnete sämtliche Dosen mit Katzenfutter, die er in dem Apartment finden konnte; insgesamt zehn. Ein paar enthielten Huhn, andere Leber und Fisch, und eine, wie es schien, eine Kombination von allem.

Unter dem Ausguß fand er zwei Tüten mit Trockenfutter, öffnete sie ebenfalls und trug dann alles in den Gang nach draußen, wo er in der kalten Morgenluft die ganze Herrlichkeit entlang der Mauer ausbreitete.

Die Katzen fraßen gierig.

»Laßt es euch schmecken«, sagte er. »Mehr gibt es nicht. Es kommt auch nichts mehr nach.«

Er fühlte einen stechenden Schmerz in der Brust.

Weil euer Herrchen tot ist. Ich habe ihn umgebracht.

17

Fünf Minuten nach neun telefonierte Father Stanislaw von dem Apartment aus, um Verbindung mit seiner Kontaktperson aufzunehmen. Drew und Arlene sahen ihm dabei zu. Er erklärte, was er brauchte, legte auf und erhielt zehn Minuten später einen Anruf von jemand anderem.

Wieder hörte er zu. Er nickte und bedankte sich bei dem Anrufer. Dann führte er ein weiteres Gespräch, erhielt weitere Informationen und rief wiederum eine andere Nummer an.

Das Ganze nahm fünfzig Minuten in Anspruch. Als er nach dem letzten Gespräch den Hörer auflegte, lehnte er sich erschöpft im Sofa zurück.

»Nun?« wollte Drew wissen.

»Wenn man einen Scheck einlöst, behält die Bank eine Mikrofilmaufnahme der Transaktion. Mikes Erbschaft – manchmal wird sie als Stipendium bezeichnet; aber das ist unwichtig, sagen wir einfach seine Schecks – kamen vom Fairgate-

Institut. Was ist also das Fairgate-Institut? Ich mußte ein Ferngespräch führen, weil ich mir vorstellen kann, daß es dem Bewohner dieser Wohnung nichts mehr ausmacht. Meine Kontaktleute in New York und Washington sagen, das Fairgate-Institut gehörte zur Golden-Ring-Stiftung. Eine nicht auf Gewinn ausgerichtete Stiftung, die den Bedürftigen hilft etc., etc. Und die Golden-Ring-Stiftung... Vergessen Sie nicht, die Steuerbehörde besteht darauf, daß in den Akten Klarheit herrscht... Gott segne die Bürokratie... Die Golden-Ring-Stiftung gehört zur... nun, jedenfalls ganz unten, unter dem Strich, wenn man eine Schicht nach der anderen löst, dann steckt dahinter die Risk Analysis Corporation. In Boston.«

Drew schüttelte den Kopf. »Sollte mir das etwas sagen?«

»Nein. Zumindest nicht gleich. Aber es wird Ihnen nicht gefallen«, meinte Father Stanislaw. »Meine Kontaktperson in Boston hat den Namen des Mannes herausgefunden, der diese Risk Analysis Corporation leitet.«

»Und ich kenne ihn?«

»Oh, ja«, sagte Father Stanislaw. »Das Zusammentreffen ist zu erschütternd, als daß man es einfach als Zufall abtun könnte. Ich glaube, was ich erfahren habe, beweist, daß Risk Analysis Scalpel ist und daß dieser Mann hinter beiden stand.«

»Wer?«

Als Father Stanislaw es ihm sagte, vergaß Drew alles andere – Arlenes Hand auf seiner Schulter, das Miauen der Katzen draußen, die Erinnerung an Mikes Blut, das salzig über seine Lippen geronnen war.

Der Name.

Oh, ja, der Name.

Dieser Name und sonst nichts war jetzt wichtig.

Die Welt war plötzlich wieder ganz.

Der Name war das Geheimnis seines Lebens.

TEIL ACHT

Gericht

Die Bruderschaft des Steins

1

Die Stimme der Frau klang ein wenig affektiert, aber professionell und kühl. »Guten Morgen. Risk Analysis Corporation.«

Drew stand in einer Telefonzelle an der Boylston Street, ein Stück von der öffentlichen Bibliothek Bostons entfernt, und brachte es fertig, seinen Ärger zu unterdrücken und sich dazu zu zwingen, gleichermaßen geschäftsmäßig zu klingen.

»Mister Rutherford, bitte.«

»Tut mir leid. Er hat gerade eine Besprechung. Wenn Sie vielleicht mit seinem Assistenten sprechen möchten.«

»Nein, es muß Mister Rutherford selbst sein. Ich kann mit niemand anderem sprechen.« Drew ließ sie darüber nachdenken. Die Telefonzelle dämpfte das Tosen des vormittäglichen Verkehrs. Es war zehn Uhr.

»Natürlich«, sagte die Sekretärin. »Ich verstehe. Würden Sie mir dann bitte Ihren Namen und Ihre Telefonnummer geben? Mister Rutherford wird...«

»Das wird leider nicht möglich sein. Mein Terminplan ist im Augenblick ziemlich unsicher, und ich kann nicht genau sagen, wo ich sein werde. Es ist besser, wenn ich ihn wieder anrufe.«

Die Frau am anderen Ende hielt das, wie er es erwartet hatte, nicht für ungewöhnlich. Ihre Stimme klang jetzt wacher, interessiert. »Aber selbstverständlich. Rufen Sie doch gegen elf Uhr fünfzehn wieder an, wenn das geht. Bis dahin sollte er frei sein.«

»Das hoffe ich.«

»Und Ihr Name?« Daß sie es noch einmal versuchte, sprach für sie. »Sagen Sie ihm einfach, es sei sehr dringend.«

Er legte auf. Er verließ die Telefonzelle, starrte in den klaren, kalten Oktoberhimmel und ließ dann seinen Blick auf den Verkehr auf der Boylston Street sinken.

Seine Augen verengten sich. Bald, dachte er. Er schob die Hände in die Taschen seines neuen Jacketts und ging die Straße hinunter. Ja, alles fügte sich zusammen. Er fühlte es. In seiner Seele. Selbst seine Rückkehr in diese Stadt schien irgendwie passend. Boston. Die Gräber seiner Eltern, wo alles angefangen hatte. Und jetzt das Ende. Bald. Sehr bald.

Gestern waren er, Arlene und Father Stanislaw aus Pennsylvania hierhergefahren; sie hatten sich am Steuer abgewechselt, damit die anderen unterdessen Gelegenheit zum Schlafen bekamen. Oder, im Falle Drews, zu schlafen *versuchten*. Das Toben in seiner Schulter, seine beunruhigenden Gedanken, sie hatten ihn wach gehalten. Als die anderen wach waren, hatte er ihnen erklärt, was er zu tun beabsichtigte. Sein Plan hatte ihnen Sorgen gemacht.

Vor einer Minute hatte er der Sekretärin gesagt: »Mein Terminplan ist im Augenblick ziemlich unsicher, und ich kann nicht genau sagen, wo ich sein werde.« Er hatte gelogen. Sein Terminplan war ganz präzise. Und auch die Terminpläne von Arlene und Father Stanislaw waren das. Arlene würde, so wie er sie instruiert hatte, in diesem Augenblick auf ein Bürogebäude auf der anderen Seite des Charles River in Cambridge zugehen. Father Stanislaw würde die nördliche Stadtgrenze verlassen und eine Villa an der Bucht erforschen. Ja, bald. Drews Zorn wuchs. Mit langen Schritten ging er die Boylston Street hinunter. Alles würde sich bald zusammenfügen.

2

Abwehrbeamte geben ihren Beruf nur selten aus freien Stücken auf. Es gibt zwar einige, die ihre Tätigkeit so enttäuscht, daß sie aufgeben; aber die meisten muß man dazu zwingen, in den Ruhestand zu gehen, oder auffordern zu kündigen. Außerhalb ihres Netzes fühlen sie sich verloren. Wie Süchtige der Droge Geheimnis, suchen sie Mittel und Wege, ihre Sucht zu befriedigen. Gewöhnlich gibt es für sie nur drei Möglichkeiten.

Die erste besteht darin, das Angebot irgendeiner internationalen Gesellschaft anzunehmen, die daran interessiert ist, einen Abwehrexperten in ihr Direktorium aufzunehmen. Viele Firmen sind der Ansicht, ein solcher Experte könnte von großem Wert sein, wenn geschäftliche Krisen gelöst werden müssen, die in schwierigen, aber gewinnbringenden Ländern auftreten. Diese Taktik war beispielsweise besonders gefragt, als Anfang der siebziger Jahre Salvador Allende, der Präsident Chiles, versuchte, die amerikanischen Firmen dort zu verstaatlichen. Dissidenten, von denen das Gerücht behauptete, ihre finanziellen Mittel stammten von amerikanischen Firmen, die von ehemaligen CIA-Beamten beraten würden, lösten einen Putsch aus. Am Ende beging Allende Selbstmord!

Die zweite Möglichkeit besteht darin, das Angebot einer Denkfabrik für Kriegsspiele anzunehmen, wo die Kenntnisse eines Spitzenabwehrmannes zum Thema globale Intrigen den Computerberechnungen weitere Daten hinzufügt, so daß man mit größerer Authentizität errechnen kann, welche Großmacht unter welchen Umständen welche Taktik einsetzen wird, um die anderen zur Hölle zu jagen.

Die dritte Möglichkeit ist, solche Angebote abzulehnen und sich selbständig zu machen. Genauer gesagt, eine Firma aufzubauen, in der der ehemalige Abwehrbeamte sein eigenes Netz schafft. Nur daß dieses Mal das Netz nicht mit seiner Regierung in Verbindung steht; es gehört in den privaten Sektor, und sein Ziel ist es – ähnlich den ehemaligen Abwehrbeamten im Direktorium der internationalen Firma –, große Firmen zu beraten, sie in bezug auf die im steten Wandel befindliche globale Situation zu ermutigen oder zu warnen. Sollte eine Firma in X. Öltestbohrungen durchführen? Oder in Y. eine Kupferraffinerie bauen? Eine Pottaschefabrik in Z.? Ist anzunehmen, daß antiamerikanische Gruppierungen diese Anlagen sabotieren würden? Und wie steht es mit den Bananenpflückern hier und den Dockarbeitern dort? Beabsichtigen sie, in den Streik zu treten? Haben diese oder jene Putschgerüchte irgendeine Grundlage? Und wie steht es um den angegriffenen Gesundheitszustand dieses gekauften Diktators? Wie lange wird er noch überleben? Und wer wird mutmaßlich seine Stelle einnehmen?

Und ein typisches Beispiel für das private, äußerst lukrative und von Weltfirmen, ja sogar von ausländischen Nationen finanzierte Abwehrnetz war die Risk Analysis Corporation.

Hier in Boston. Im Eigentum von Mr. Rutherford, obwohl Drew ihn mit einem anderen Namen angesprochen hatte.

Wieder dachte er an Janus.

3

»Mister Rutherford, bitte.«

Wie man ihm geraten hatte, hielt Drew um elf Uhr fünfzehn den Telefonhörer in einer anderen Zelle in der Hand, diesmal an der Falmouth Street, ein Stück vom Prudential Center entfernt. Er malte sich aus, was Arlene und Father Stanislaw in diesem Augenblick taten – in dem Bürogebäude in Cambridge und auf dem Villenanwesen an der Massachusetts Bay.

Ja, bald schon, dachte er und wartete.

Jetzt war die Stimme der Sekretärin wieder zu hören: »Sir, sind Sie derselbe Herr, der um zehn angerufen hat?«

»Richtig. Um eine dringende Angelegenheit zu besprechen.«

»Einen Augenblick, bitte. Mister Rutherford hat Ihren Anruf schon erwartet. Ich verbinde Sie.«

Drew hörte ein Klicken.

»Ja? Hallo?«

Die wohltönende Stimme war so vertraut, so freundlich, so beruhigend, daß Drew ein Gefühl der Übelkeit dabei empfand.

»Hier spricht Mister Rutherford.«

Drew mußte seine ganze Disziplinertheit aufbieten, um sich dazu zu zwingen, ähnlich freundlich zu klingen. »Lange nicht gesehen. Wie geht's denn?«

»Was? Entschuldigen Sie bitte – ich weiß nicht, mit wem ich spreche.«

»Jetzt komm schon! Du willst mir doch nicht weismachen, daß du meine Stimme nicht erkennst.«

»Doch. Ich meine, wenigstens nicht genau.«

»Jetzt bin ich aber wirklich enttäuscht. Ein lang verschwundener Verwandter und...«

»Lang verschwundener...?«

»Wie geht's dir denn, Onkel? Es ist wirklich schön, wieder mit dir zu sprechen.«

»Onkel?« Die Stimme klang jetzt noch verwirrter. »Ich habe keinen Neffen.«

»Nun, das stimmt. Ich bin auch nicht direkt dein Neffe. Ich meine, wir sind nicht blutsverwandt. Aber für mich bist du ein Verwandter. Und so habe ich dich auch genannt: Onkel Ray.«

Der Mann am anderen Ende atmete scharf ein. »Mein Gott, das ist... nein, das kann nicht sein. Drew? Ist das *Drew?*«

»Yep, ich bin's. Kein anderer. Der eine und einzige.«

Ray lachte dröhnend. »Ich kann es einfach nicht glauben! Drew! Warum hast du mir das nicht gleich gesagt?«

»Weil ich meinen Spaß haben wollte«, gluckste Drew. »Mir war einfach danach, dich ein wenig auf den Arm zu nehmen. Erinnerst du dich, wie du mich vor meinem echten Onkel und seiner Familie gerettet hast? Wie du mich nach Hongkong mitgenommen hast?«

»Ob ich mich erinnere? Herrgott, Junge, als ob ich das je vergessen könnte!« Wieder lachte Ray dröhnend. »Aber es ist ja *Jahre* her, seit wir zuletzt miteinander geredet haben. Was hast du denn so gemacht? Wo hast du dich denn versteckt?«

»Nun, das ist eben mein Problem.«

»Was?«

»Das ist der Grund, weshalb ich anrufe.« Drew schluckte hörbar.

»Weiter! Sag es mir, Drew. Was ist los? Stimmt etwas nicht?«

»Es ist mir wirklich scheußlich unangenehm, dich da hineinzuziehen, aber ich weiß nicht, wen ich sonst fragen soll. Onkel Ray, ich habe große Schwierigkeiten. Ich brauche deine Hilfe.«

»Schwierigkeiten?«

»Die schlimmsten, die man sich vorstellen kann. Ein paar Leute versuchen mich zu töten.«

»Warte mal einen Augenblick. Du solltest am besten nichts mehr sagen. Ich spreche hier an einem offenen Telefon. Man zapft uns häufig an. Und wenn das wirklich so ernst ist, wie du glaubst, dann sollten wir kein Risiko eingehen. Ich schalte auf ein sicheres Telefon um.«

»Gute Idee. Ich rufe dich sofort zurück. Augenblick. Ich hol' mir meinen Stift. Welche Nummer?«

»Die...« Ray setzte dazu an, ihm die Numer zu diktieren, hielt dann aber inne. »Nein, das geht nicht. Es ist besser, wenn ich dich anrufe. Ich bekomme um halb zwölf Kundenbesuch. Ich kann ihn nicht verschieben. Aber ich werde schnell mit ihm fertig sein. Eine halbe Stunde, dann melde ich mich bei dir.«

»Mittag?«

»Auch früher, wenn ich kann. Bleib in der Nähe deines Telefons. Wie ist die Nummer?«

Drew nannte sie.

»Schön. Und jetzt sei ganz ruhig. Ich rufe dich an, sobald ich kann. Aber, Sportsfreund, du hättest dir wirklich keine Sorgen darüber zu machen brauchen, mich da hineinzuziehen. Glaub mir, ich helfe gerne.«

Drew schluckte wieder. »Ich wußte, daß ich auf dich würde zählen können.«

»Nun, schließlich bin ich dein Onkel, oder nicht?«

»He, und ob du das bist.«

»Mach dir keine Sorgen.«

»Onkel Ray, ich bin dir wirklich sehr dankbar.«

»Komm schon, schließlich kennen wir uns lange genug. Du brauchst mir nicht zu danken.«

4

Drew studierte von einem Versteck in der Nähe des Prudential Center aus einen Pizzaladen etwas weiter unten an der Straße und die Telefonzelle davor, in dem sich der Apparat befand, dessen Nummer er Onkel Ray gegeben hatte.

Um zehn vor zwölf entdeckte er inmitten des chaotischen Verkehrs und der Fußgängerschwärme das Überwacherteam. Er hatte auch nicht angenommen, daß ihm das irgendwelche Schwierigkeiten bereiten würde. Kurz vor Mittag, wo alle es eilig hatten, würden Menschen, die sich nicht beeilten, ganz automatisch Aufmerksamkeit erregen. Das war nicht ihre Schuld. Wenn sie die Telefonzelle beobachten wollten, hatten sie gar keine andere Wahl als die, eine stationäre Position zu beziehen. Schließlich hatte man ihnen nur ganz wenig Zeit gelassen. Für irgend etwas Raffiniertes, Kompliziertes reichte die nicht. Eine Frau an einer Ecke sah zu oft die Straße hinunter, in Richtung Zelle. Ein Mann auf der gegenüberliegenden Ecke sah zwar immer wieder auf die Uhr, als hätte sich jemand verspätet, mit dem er sich treffen wollte, aber die Telefonzelle war ihm ganz offensichtlich wichtiger als sein Freund oder seine Uhr. Ein Taxi, das in zweiter Reihe parkte, wartete auf einen nie eintreffenden Fahrgast. Ein Lieferwagen mit mehreren Antennen umkreiste den Block. Und ein Junge, der einen Stapel Pizzas austragen sollte, schien sich überhaupt nicht daran zu stören, daß sein Schachtelinhalt kalt wurde.

Ohne Zweifel waren da noch mehr. Drew mußte anerkennen, daß sie in solcher Eile ganz kräftig mobil gemacht hatten. Aber nicht genug.

Die Absicht war offensichtlich. Das Überwachungsteam wartete darauf, daß Drew um Mittag aus seinem Versteck auftauchte, um den Anruf seines ›Onkels‹ entgegenzunehmen. Und anschließend, dachte Drew, würde das Team sich um mich scharen, während Onkel Ray mich am Telefon ablenkte. Man würde mich auf der Straße töten.

Oder – noch besser, vom professionellen Standpunkt aus betrachtet – man würde mich in den Lieferwagen zerren, und dort würde der Junge mit den Pizzas mich töten, wo keiner es sehen konnte. Und nachts würde mich dann ein Fischerboot weit hinaus in die Bucht bringen.

Drew ballte die Fäuste und verließ sein Versteck neben dem Prudential Center. Er entfernte sich in westlicher Richtung auf der Belvedere Street, ließ den Pizzaladen hinter sich.

5

»Mister Rutherford, bitte.« Der disziplinierte, ruhige Ton, den er anschlug, ließ nicht erkennen, daß Drew innerlich vor Wut zitterte.

»Es tut mir schrecklich leid«, sagte die Sekretärin. »Mister Rutherford ist nicht...«

»Nein, hören Sie gut zu. Ich habe um zehn angerufen. Und dann noch einmal um Viertel nach elf. Glauben Sie mir, Mister Rutherford will mich noch einmal sprechen. Sagen Sie ihm nur, ich hätte nach Onkel Ray gefragt.«

Es dauerte einen Augenblick, bis die Sekretärin antwortete. »Ich muß mich geirrt haben. Mister Rutherford *ist* zu sprechen.«

Und fast im gleichen Augenblick drang die vertraute Stimme, von der soviel Ruhe ausging, wieder durch die Leitung. »Drew, wo, zum Teufel, *bist* du? Ich habe die Nummer angerufen, die du mir gegeben hast, aber es hat sich niemand gemeldet. Ich habe mir Sorgen gemacht! Ist etwas passiert?«

»Das könnte man wohl sagen. Stell dir meine Überraschung vor, als ein Killerteam auftauchte.«

»Ein *Killer*team? Wie...?«

»Weil du die Nummer angepeilt hast, die ich dir gegeben habe. Hör zu, Ray, ich werde uns beiden eine Menge Zeit ersparen. Als alles anfing, in deine Richtung zu deuten, sagte ich mir, es kann nicht Ray sein. Er ist mein Freund. Ich habe von meinem zehnten bis zu meinem siebzehnten Lebensjahr mit ihm zusammengelebt. Er hat mich aufgenommen, als sonst niemand mich haben wollte. Ja, und wie du mich aufgenommen hast.«

»Ich weiß nicht, wovon du redest. Du bist mir immer sehr nahegestanden.«

»Spar dir das. Mich beeindruckt das nicht. Also dachte ich mir, es wäre wohl besser, wenn ich keine vorschnellen Schlüsse ziehe. Aber dumm wollte ich auch nicht sein. Ich beschloß, dich auf die Probe zu stellen. Ein Telefonanruf; eine Bitte um Hilfe an jemanden, auf den ich mich einmal verlassen hatte. Eine Chance für dich, deine Loyalität zu beweisen. Und, Onkel Ray, jetzt darfst du raten – du bist durchgefallen.«

»Jetzt warte mal!«

»Nein. *Du* wartest jetzt. Du hast deine Chance gehabt. Ich will eine Erklärung haben. Herrgott, *warum?* Ich weiß, daß du das, was meinen Eltern passiert ist, dazu benutzt hast, mich für Scalpel zu rekrutieren.«

»Drew, hör auf! Sag nichts mehr!«

Aber Drew war so wütend, daß er einfach weiterreden mußte. »Aber damals war das auch das, was ich wollte. Eine Chance, mich für das zu rächen, was meinen Eltern passiert war. Ich kann dir fast verzeihen. Aber warum der Überfall auf das Kloster?«

»Ich hab' dir gesagt, daß du aufhören sollst! Dieses Telefon ist nicht sicher! Ich kann darüber nicht...«

»Okay. Dann ruf' ich zurück, und dann solltest du, bei Gott, ein Telefon haben, das sicher ist. Gib mir die Nummer.«

Das tat Ray. Drew ließ sie sich wiederholen und schrieb sie auf.

»Nur eines noch«, sagte Drew. »Nachdem du aufgelegt hast, möchte ich, daß du dein Büro verläßt, an der Sekretärin vorbeigehst und dich in der Halle umsiehst.«

»Und was soll *das* bringen?«

»Das wirst du dann schon begreifen. Nachdem du dich in der Halle umgesehen hast, denke ich, solltest du zu Hause anrufen. Die Villa im Norden der Stadt? Das Anwesen an der Bucht?«

»Wie hast du davon erfahren?«

»Ich habe auch meine Kontakte. Tu jetzt, was ich dir gesagt habe. Ich weiß, daß du versuchst, diesen Anruf anzupeilen, also werd' ich jetzt auflegen. Ich rufe in fünfzehn Minuten wieder an. Auf einer anderen Leitung.«

»Nein, warte!«

Drew legte auf. Dann führte er ein weiteres Gespräch, diesmal mit Arlene, die in einer Telefonzelle auf der anderen Seite des Charles River in Cambridge wartete. Die Zelle befand sich in der Nähe eines Bürogebäudes, dessen fünftes Stockwerk zum Teil von der Risk Analysis Corporation gemietet war.

Father Stanislaw hatte am frühen Morgen Drew und Arlene an dem Gebäude vorbeigefahren. Sie hatten die Telefonzelle ausgewählt und sich ihre Nummer aufgeschrieben. Arlene hatte seit zehn Uhr morgens dort gewartet, daß Drew sich bei ihr melde. Er hatte das in periodischen Abständen getan, und auch dieses Mal meldete sie sich, wie bei den letzten Anrufen, sofort.

»Ist alles bereit?«

»Kein Problem«, sagte sie.

»Dann drück den Knopf.«

Er verließ die Telefonzelle. Als er in nördlicher Richtung davonging, auf die Commonwealth Avenue zu, lächelte er zornig und zufrieden zugleich und malte sich aus, was jetzt geschah. Der Knopf, den zu drücken er Arlene aufgefordert hatte, befand sich an einem kleinen Funksender, der ein Signal an einen Zünder in einer Einkaufstasche aussandte, die sie in der Halle im vierten Stock des Bürogebäudes abgestellt hatte, unmittelbar vor der Büroflucht der Risk Analysis Corporation.

Onkel Ray – neugierig, warum Drew ihn aufgefordert hatte, in die Halle zu sehen – sollte die Einkaufstüte inzwischen entdeckt haben. Mit etwas Glück würde er sie sogar explodieren sehen.

Aber es wäre nur eine kleine Explosion. Drew wollte nicht, daß Menschen zu Schaden kamen, aber beunruhigt wären sie sicher und würden sich auch belästigt fühlen. Die winzige

Explosion würde den Korridor mit Rauch füllen, und der Rauch würde so schrecklich stinken, daß das ganze Stockwerk, vielleicht sogar das ganze Gebäude, evakuiert werden müßte.

Und um die ganze Konfusion noch zu steigern, hätte Arlene unterdessen die Feuerwehr, die Polizei und die Notzentrale angerufen. In wenigen Augenblicken würde auf der Straße vor dem Gebäude Chaos herrschen, und Polizeiwagen und Feuerwehrfahrzeuge würden mit blitzenden Lichtern und heulenden Sirenen auftauchen; das würde den Verkehr in der Hauptverkehrszeit völlig zum Erliegen bringen. Die Befriedigung, die Drew empfand, wuchs. Ein heilloses Durcheinander würde das geben. Ein herrliches Durcheinander.

Aber da war noch mehr. Nachdem Arlene die Anrufe bei den Behörden erledigt hatte, würde sie ein weiteres Gespräch führen – würde Father Stanislaw anrufen, der sich vorher telefonisch bei ihr gemeldet hätte, so wie Drew das getan hatte, und der ihr die Nummer gesagt hatte, wo man ihn erreichen konnte. In dem Dorf in der Nähe von Onkel Rays Landsitz.

6

Ray schnappte sich den Hörer, als der Apparat noch nicht zu Ende geklingelt hatte. »Du Hundesohn! Was, zum Teufel, bildest du dir eigentlich ein?«

»Du solltest dein Temperament zügeln.«

»Mein Temperament? Ich komme gerade erst in Fahrt! Herrgott, dieser Gestank! Der sitzt jetzt in den Wänden – in den Teppichen, in den *Möbeln!* Das werden wir nie mehr los. Vielleicht muß ich das ganze Scheißbüro verlegen!«

»Eine Ausdrucksweise hast du! Hast du zu Hause angerufen?«

»Das kommt noch dazu, du Schwein! Jemand hat in meinem Garten eine Bombe gezündet! Und zwar keine Stinkbombe, wie die in der Halle – eine richtige *Bombe!*«

»Das müssen Jugendliche aus der Gegend gewesen sein, Vandalen«, sagte Drew eisig.

»Aus der Gegend – daß ich nicht lache! Was bildest du dir eigentlich...?«

»Onkel Ray, du solltest mich jetzt nicht enttäuschen. Ich dachte, die Botschaft sei völlig klar. Ich bin zornig. Du hast mich verraten. Nicht nur mit diesem Killerteam, das du geschickt hast – damit hatte ich irgendwie gerechnet. Aber du hast mich von Anfang an benutzt. Du hast das ausgenutzt, was meinen Eltern passiert war, um mich für Scalpel zu rekrutieren. Die Sache ist nur die – aber das war dir damals wahrscheinlich entfallen, wie? –, du hast vergessen, mir zu sagen, daß du Scalpel organisiert hattest, daß du der Chef warst.«

»Ich werde mich nicht entschuldigen. Ich habe deine Eltern *geliebt*. Dein Vater war der beste Freund, den ich hatte! Du und ich – wir beide wollten doch Rache.«

»Aber du hast es zu weit getrieben. Du warst nicht damit zufrieden, nach Söldnern und Terroristen zurückzuschlagen.«

»Das war der Abschaum, der deine Eltern umgebracht hat. Vergiß das nicht!«

»Ich habe da auch nie widersprochen. Ich habe selbst genügend getötet. Um meiner Eltern willen. Aber du warst nicht damit zufrieden, tollwütige Hunde zu beseitigen. Du mußtest anfangen, die Zukunft vorherzusagen, mußtest dein Urteil darüber sprechen, welche Führer deinen Maßstäben entsprachen. Der Schah im Iran hatte seine Folterkammern und seine Terrorteams. Aber ihn hast du nicht angegriffen. Statt dessen mußtest du versuchen, den Mann zu ermorden, der an seine Stelle trat.«

»Der Ayatollah ist wahnsinnig.«

»Heute weiß man das. Aber du hast das damals nicht gewußt. Du hast Gott gespielt. Das Problem ist, daß ich den Einsatz verpaßt habe. *Und du auch.* Weil du den Fehler gemacht hast, mich vorher auszuschicken, um diese amerikanische Familie zu töten, den Mann aus dem Ölgeschäft, der versuchte, das Getriebe beim Ayatollah etwas zu ölen. Ich muß das anerkennen. Das Alibi für Scalpel wäre perfekt gewesen. Wäre der Ayatollah auf dieselbe Weise getötet worden wie diese amerikanische Familie – nachdem eine nichtexistierende radikale Sekte von Iranern die Verantwortung für beide Morde übernommen hätte –, hätte wirklich niemand geahnt, daß in Wirklichkeit ein amerikanisches Netz verantwortlich war. Auf seine eigene verdrehte Art wirklich ein brillanter Plan. Aber du hast ihn verpatzt. Du hättest jemand anderen für den Einsatz auswählen sollen. Als ich die Eltern sah, die ich getötet hatte, und den Jungen, der wie ich überlebte und der jetzt unter denselben Alpträumen leiden muß wie ich damals..."

»Du redest Unsinn!«

»Ganz im Gegenteil! Ich selbst war zu einem der Wahnsinnigen geworden, auf die ich Jagd machte. Und, was noch schlimmer war, ich hatte mich der Religion zugewandt. Ich war nicht mehr zuverlässig. Vielleicht hätte ich sogar über Scalpel reden können. Also mußte man mich beseitigen. Um deinen glorreichen Plan zu schützen.«

»Drew, hör mir zu, du siehst das alles völlig falsch. Das alles ist ein Mißverständnis.«

»Das ist es wohl. Aber du bist derjenige, der nicht versteht!« Drew kämpfte darum, sich zu beherrschen.

»Glaube mir, Drew, du begreifst gar nicht, wie wichtig...«

»Du hast recht. Ich begreife *nicht*. Nachdem du dachtest, ich wäre tot – warum mußtest du da mein Double einsetzen, und warum mußte er vorgeben, er wäre ich? Warum hast du Janus geschaffen, um die Kirche anzugreifen?«

Onkel Ray gab keine Antwort.

»Ich habe dir eine Frage gestellt!« schrie Drew.

»Nein.« Ray schluckte. »Die Frage beantworte ich nicht einmal über ein sicheres Telefon.«

»Oh, das wirst du«, wütete Drew. »Glaube mir. Diese Stinkbombe in deinem Büro... Die Explosion vor deinem Haus. Hast du dich gefragt, warum ich das getan habe? *Um deine Aufmerksamkeit zu erwecken*. Weil die Einkaufstüte in der Halle vor deinem Büro auch eine *echte* Bombe hätte enthalten können. Damit wärst du mitsamt deinen Angestellten in die

Hölle geblasen worden. Und die Explosion vor deinem Haus? Auch die hätte größer sein können. Deine ganze verdammte Villa wäre dann in die Luft geflogen – vorzugsweise zu einem Zeitpunkt, während *du* in ihr warst! Das nächstemal wird das vielleicht geschehen. Genieße die Zeit, die du noch hast. Zähle die Sekunden. Ich werde dir einen Vorgeschmack von deinem Feind liefern, Onkel Ray. Du machst jetzt einen Blitzkurs in Terrorismus durch. Aus dem Blickwinkel des Opfers.«

»Nein, hör mir zu!«

»Ich melde mich wieder.«

7

Arlene war sichtlich verwirrt. »Aber...«

»Was ist denn?« fragte Drew. »Was ist los?«

Father Stanislaw wartete und hielt seine Neugierde im Zaum.

Sie hatten sich an der Park-Street-Kirche getroffen, gegenüber dem Boston Common; von dort aus waren sie nach Beacon Hill gefahren und saßen jetzt an einem auf Hochglanz polierten Küchentisch aus Glas und Chromstahl in einem mit Eichenholz getäfelten Stadthaus. Einer von Father Stanislaws Kontaktleuten aus dem Opus Dei hatte veranlaßt, daß ihnen das Haus für die nächsten paar Tage zur Verfügung gestellt wurde.

»Ich verstehe das nicht«, sagte Arlene. »Wenn du Ray gesagt hast, du hättest vor, sein Haus und sein Büro in die Luft zu jagen, dann wird er beides jetzt bewachen lassen. Er wird sich an einem anderen Ort aufhalten.«

Drew nickte. »Das würde ich auch vermuten.«

»Aber macht uns das die Sache nicht schwerer?«

»Vielleicht leichter.« Drew zuckte die Achseln. »Das hoffe ich wenigstens. Ich habe vor, ein paar Schritte zu überspringen. Wir wußten von Anfang an, daß wir es nicht schaffen würden, ihn einfach zu schnappen. Seit der Sache mit dem

Kloster ist er auf der Jagd nach mir. Er wäre ein Narr, wenn er nicht für zusätzlichen Schutz für seine Person gesorgt hätte, für den Fall, daß ich durchschaut hatte, wer hinter mir her war, und beschlossen hätte, auf *ihn* Jagd zu machen. Glaube mir, ich kenne ihn gut. Er ist nicht dumm.«

»Also gut.« Arlene hob die Hände. »Das verstehe ich. Ich schließe mich deiner Meinung an. In dem Augenblick, wo wir versucht hätten, ihn zu schnappen, wäre das unser Tod gewesen. Aber warum hast du ihn gewarnt, daß weitere Bomben kommen würden?«

»Ich möchte seine Verteidigung schwächen, möchte, daß er abgelenkt wird. Die Wachen, die er auf sein Haus und sein Büro ansetzt, bedeuten, daß er weniger Wachen zu seinem eigenen Schutz hat. Du hast recht. Er wird so nervös sein, daß er sich beiden Orten fernhalten wird. Aber das ist nur gut so. Auf die Weise haben wir seine Bewegungsfreiheit eingeengt. Wir haben dieselbe Wirkung erzielt, als wenn wir beide Stellen in die Luft gejagt hätten. Und jetzt plane ich, daß unsere Angriffe stetig eskalieren. Jeder wird schwerer als der letzte sein. Wir werden zuschlagen, wo man uns am wenigsten erwartet, es öfter tun, die Grundprinzipien des Terrorismus benutzen.«

»Aber *warum*?« Die offenkundige Freude, die er dabei empfand, Ray zu terrorisieren, schien sie zu befremden.

Er wich ihrem suchenden Blick aus. »Ich weiß nicht genau, ob ich verstehe, was du meinst.«

»Aber ich«, sagte Father Stanislaw. »Ich glaube, sie möchte wissen, wozu all das führen soll. Ist es Ihre Absicht, ihn am Ende zu töten?«

Drews Züge spannten sich. Er wich der Frage aus. »Wir müssen ihn in unsere Gewalt bringen. Wir brauchen Antworten von ihm.«

»Um etwas über Jake zu erfahren. Um herauszufinden, was mit ihm geschehen ist«, sagte Arlene schnell.

»Aber am Ende?« fragte Father Stanislaw.

Sie starrten Drew an.

»Ehrlich?« fragte der Priester.

Sie warteten.

Drew seufzte. »Ich wünschte, ich wüßte das.« Mit gerunzelter Stirn betrachtete er sein grimmiges Abbild in der glänzenden Tischplatte. »Ich habe so viele Jahre gegen ein Surrogat, gegen einen Ersatz für die Bastarde gekämpft, die meine Eltern getötet haben. Ich habe ihnen gezeigt, was es für ein Gefühl ist, wenn man dem Terror ausgesetzt ist. Aber dann habe ich mich angeekelt abgewandt. Ich habe einen heiligen Eid geleistet, daß damit Schluß sei. Und jetzt stehe ich hier und tue es wieder. Die Wahrheit? Ich hasse mich selbst dafür, es zugeben zu müssen. Heute hat mir das ebenso gutgetan wie früher.« Drew starrte Father Stanislaw an. Seine Augen brannten und waren zugleich feucht.

»Selbst Gott wird manchmal zornig«, sagte der Priester. »Wenn es um eine gerechte Sache geht. Und damit es da ja keine Mißverständnisse gibt: *Diese* Sache – die Kirche schützen, dafür sorgen, daß die Angriffe gegen sie aufhören, und herausfinden, was mit Jake geschehen ist – das ist eine gerechte Sache. Gott wird Ihnen Ihren rechtschaffenen Zorn verzeihen.«

»Aber werde ich mir selbst verzeihen?«

Das Telefon klingelte und erschreckte sie. Während Drew und Arlene einander besorgt ansahen, ging Father Stanislaw durch die Küche auf das Telefon an der mit Eichenholz vertäfelten Wand zu. »Hallo?« Er lauschte. »Und mit deinem Geiste. *Deo Gratias.*« Er griff nach Block und Bleistift. »Gut.« Er schrieb etwas auf. »Deine Kirche ist zufrieden.«

Er legte auf und wandte sich Drew und Arlene zu. »Meine Kontaktleute sind offenbar nicht so gut ausgerüstet wie die von Onkel Ray. Er hat nur zwanzig Minuten dazu gebraucht, um die Nummer herauszufinden, die Sie ihm gegeben haben. Die Telefonzelle an der Falmouth Street. Wir hingegen brauchten einige Stunden, um die Nummer des sicheren Telefons ausfindig zu machen, die er Ihnen gegeben hat.«

»Haben Sie den Ort?« fragte Drew.

Father Stanislaw nickte. »Es ist so, wie Sie angenommen haben: Das Telefon befindet sich nicht in dem Büro von Risk Analysis. Es ist in einem Blumenladen, zwei Straßenblocks weiter. Aber nicht die Geschäftsnummer; eine private, nicht eingetragene Nummer.«

»Ist er jetzt dort?«

Der Priester schüttelte den Kopf. »Aber er hat dort angerufen und mit seinem Überwachungsteam gesprochen. Anscheinend überwachen sie die Gegend immer noch, für den Fall, daß Sie in der Nähe sein sollten. Einen Anruf konnten wir anpeilen.« Father Stanislaw legte den Zettel auf den Glastisch. »Soweit wir das feststellen können, hält Onkel Ray sich im Augenblick dort auf.«

Drew studierte die Adresse.

8

In der Nacht ging Drew noch einmal durch die Straßen des noblen Wohnviertels von Cambridge in der Nähe der Zielzone, wenn auch weit genug von ihr entfernt, um dort nicht von Onkel Rays Wachen bemerkt zu werden. Aus demselben Grund – nämlich um keine Aufmerksamkeit auf sich zu ziehen – hatte er beschlossen, nicht an einem Platz stehenzubleiben und zu warten, sondern vielmehr den Anschein zu erwecken, er mache einen nächtlichen Spaziergang.

Die Bewegung half ihm dabei, die Kälte nicht zu spüren. Jedesmal, wenn er eine Straßenlampe passierte, bemerkte er, daß sein Atem Rauhreifwolken in der Nachtluft erzeugte. Fröstelnd zog er sich die Kapuze seines Mantels über den Kopf und behielt die behandschuhten Hände in den Taschen.

Es war nach Mitternacht. Er hatte wenige Fahrzeuge oder Fußgänger gesehen, wenn er auch gelegentlich hinter beleuchteten Fenstern in den eleganten Häusern Bewegung wahrnahm. Die Bäume hatten ihre Blätter bereits abgeworfen, und der Wind hatte die Äste glattgescheuert.

Er hörte einen Wagen, sah sich um und entdeckte ein Scheinwerferpaar, das um eine Ecke bog und auf ihn zukam. Im Schein einer Straßenlampe sah er, daß der Wagen schwarz war, ein Oldsmobile. Er erkannte Father Stanislaws Profil hinter dem Steuerrad und stieg schnell ein, als der Wagen neben ihm anhielt.

Die Heizung war eingeschaltet. Drew zog die Handschuhe aus und wärmte sich die Hände.

»Das Haus, um das es uns geht, steht an einer Ecke«, sagte Father Stanislaw. »Es ist von Mauern umgeben. Es gehört einem Freund von ihm.«

»Beleuchtete Einfahrt?«

»Nein. Aber in dem Haus sind alle Lichter eingeschaltet.«

»Sicher. Eine Flamme für die Motte. Für den Fall, daß ich herausgefunden habe, wo er ist. Wachen?«

»Ich habe keine gesehen. Aber ich hatte auch nicht viel Gelegenheit. Ich mußte ja weiterfahren, um nicht aufzufallen. Aber an der Einfahrt ist ein kräftiges Stahltor. Geschlossen. Hinter dem Tor habe ich mehrere Wagen gesehen.«

»Also halten sie an einem Ort Wache, wo man sie nicht sehen kann, für den Fall, daß die Schatten für jemanden eine Versuchung sind und er über die Mauer kommt. Dann wird es im Garten hell.«

»Das nehme ich auch an«, sagte Father Stanislaw. Er fuhr um die Ecke und hielt an der dunkelsten Stelle der Straße an.

Ein Sportwagen – Drew erkannte das Modell nicht – bremste hinter ihnen. Eine Gestalt stieg aus, ging auf den Oldsmobile zu und öffnete die Tür.

Arlene stieg hinten ein. »Ich habe mir das Haus auch angesehen«, sagte sie zu dem Priester. »Ich habe keine Wachen entdeckt.«

»Also, was meint ihr? Sollten wir es riskieren?« fragte Drew.

Keiner von beiden gab Antwort, aber ihre Blicke sprachen deutlich.

»Es ist Zeit.« Drew drehte sich zu einem hölzernen Träger für Limonadeflaschen um, der auf dem Rücksitz stand. Aber die Flaschen enthielten etwas Kräftigeres als Limonade.

9

Benzin, mit flüssigem Reinigungsmittel gemischt, und in jedem Flaschenhals ein Tampon. Selbstgemachtes Napalm. Das brennende Benzin würde an jeder Oberfläche haftenbleiben, die es traf.

Sie teilten die Flaschen gleichmäßig, acht pro Person in einem Beutel. Dann stiegen sie aus dem Oldsmobile und gingen zur Ecke. Father Stanislaw überquerte die Straße und setzte den Weg auf der anderen Straßenseite fort, während Drew und Arlene nach rechts bogen und die nächste Straße hinuntergingen. Als sie die nächste Ecke erreichten, sahen sie einander an.

»Sei vorsichtig«, sagte Drew, und eine Welle von Traurigkeit überflutete ihn. Was war das, wozu er sie zwang? »Wenn das hier vorbei ist...«

Er wartete, wußte nicht, ob er wollte, daß sie weitersprach.

»Wir beide haben eine ganze Menge miteinander zu reden«, sagte sie. Das Licht einer Straßenlaterne spiegelte sich in ihren Augen. Sie blickten suchend, eindringlich.

Er wußte, was sie meinte, aber nicht, was er ihr sagen sollte; nur daß seine Traurigkeit noch zunahm. Er hatte sich nicht die Zeit genommen, eine Entscheidung zu treffen.

»Ich habe dich all die Jahre über sehr vermißt«, sagte sie.

Er wußte immer noch nicht, was er sagen sollte. Aber als sie ihn küßte, leistete er keinen Widerstand. Er preßte sie an sich und erwiderte den Kuß, erlaubte sich aber nicht zu denken.

»Schön. Wenn das vorbei ist« – er atmete tief und schmerzerfüllt – »dann reden wir.«

10

Vorsichtig, den Beutel mit den Flaschen in der Hand, ging er die schwachbeleuchtete Straße hinter der Zielzone entlang. Er kam an zwei verdunkelten Häusern vorbei und verließ den Gehsteig, um zwischen ihnen durchzukriechen, wobei er Hecken und Büsche als Deckung benutzte. Seine Augen paßten sich schnell der größeren Schwärze an, und dann sah er die Fahrspur, die parallel zur Straße verlief, die er gerade verlassen hatte. Und hinter der Fahrspur sah er die zehn Fuß hohe Ziegelmauer, die ihm die Sicht auf den hinteren Teil des Hauses teilweise versperrte.

Von seinem Standpunkt aus sah er nur die oberen Etagen; drinnen brannte Licht, wie Father Stanislaw es gesagt hatte. Um seine Nachtsicht nicht zu beeinträchtigen, sah Drew nicht hin; vielmehr ließ er seine Augen an der Fahrspur entlangschweifen – er sah jetzt, daß sie kiesbedeckt war –, und dann studierte er die geschützten Stellen, wo sich jemand verstecken konnte. Natürlich bestand das Risiko, daß Ray außerhalb der Mauer Posten aufgestellt hatte; aber Drew zweifelte daran. Zum einen könnten einem Nachbarn die Posten auffallen, und der würde dann die Polizei anrufen. Zum anderen würde Ray wahrscheinlich – jetzt, wo seine Leute alle im Einsatz waren, einige im Büro, einige bei seinem Anwesen draußen an der Bucht – die ihm verbliebenen Männer auf das Innere seines Anwesens konzentrieren, gut verteilt, damit sie sicherstellen konnten, daß niemand über die Mauer kam.

Trotzdem, Vorsicht hat noch nie geschadet, dachte Drew. Und außerdem hatte er ohnehin noch eine Minute zu warten, bis Arlene und Father Stanislaw ihre Posten bezogen, erkannte er, als er die Hand über das Leuchtzifferblatt seiner Uhr hielt. Also konnte er diese Minute ja dazu benutzen, um sich umzusehen.

In dem Haus hinter ihm leuchtete ein Licht auf.

Er duckte sich unter die breiten Äste einer Föhre. Harzgeruch drang an seine Nase, und er kniff die Augen zusammen, um durch die Nadeln zu dem Licht hinüberzusehen. Es war im Obergeschoß des Hauses. Der Vorhang war vorgezogen. Er sah, wie eine Silhouette im Profil ein paar Sekunden hinter dem Fenster stand. Dann beugte sich die Silhouette vor, drückte etwas und verschwand. Das Licht ging aus.

Ein Badezimmer? überlegte Drew. Ein Mann, der seine

Notdurft verrichtete? Was auch immer es war, die Silhouette hatte nicht nach draußen gesehen. Es schien keinen Anlaß zur Besorgnis zu geben.

Aber als er sich wieder der Mauer zuwandte, brach plötzlich auf der anderen Seite mit einem – wusch! – eine Flamme aus. Und dann noch ein feuriges Brüllen. Noch eines.

Während er das Licht im Fenster beobachtet hatte, besorgt, man könnte ihn entdeckt haben, hatten die anderen ihre Positionen zu beiden Seiten der Vorderfassade des Hauses erreicht. Die Minute war vergangen. Sie hatten angefangen, ihre mit Napalm gefüllten Flaschen zu entzünden und zu werfen. Das Gelände vor dem Haus – und zu seiner Rechten und Linken – schien plötzlich in Flammen zu stehen, so als wären sie aus dem Boden herausexplodiert.

Sie hatten ausgerechnet, daß es dreißig Sekunden dauern würde, um acht Flaschen anzuzünden und zu werfen. Vielleicht weniger; ein Adrenalinstoß konnte einen sehr schnell machen. Und dann mußten sie schleunigst die Flucht ergreifen. Nach dreißig Sekunden wäre der Überraschungseffekt dahin. Rays Wachen würden mit schußbereiten Waffen herausgerannt kommen und nach ihnen suchen.

Jetzt war Drew dran. Aber während er gerade ansetzte, um unter den Zweigen hervorzustürzen, erstarrte er.

Hier draußen war noch jemand. Ein Schatten löste sich von der schwärzesten Stelle der Mauer. Ein Mann mit einer Pistole, die deutlich sichtbar mit einem Schalldämpfer versehen war. Er drehte sich um und starrte die Mauer an, sah den Widerschein der Flammen, die von der Hauswand reflektiert wurden.

Das Tosen des Feuers wurde lauter, heftiger. Sechzehn Flaschen, in gleichmäßigem Abstand seitlich und vor dem Haus verteilt. Und die Flaschen brauchten beim Aufprall nicht zu zerspringen. Die Hitze des brennenden Tampons würde das Napalm in ihrem Inneren entzünden, so daß das Glas explodierte und die feurige Mischung aus Benzin und Reinigungsmittel verspritzte. Das Haus würde von Flammen umgeben sein.

Zumindest *sollte* das Haus von Flammen umgeben sein,

wenn Drew seinen Teil des Einsatzes schaffte. Er starrte den Mann mit der Pistole an, der sich von der Mauer her näherte.

Drew hatte sich im Schutz der Büsche herangeschlichen – aber wenn nicht in dem Haus hinter ihm plötzlich das Licht angegangen wäre, dann wäre er noch ein wenig näher herangekommen, und dann hätte man ihn gesehen und auf ihn geschossen.

Von irgend etwas abgelenkt, rannte der Mann plötzlich die Fahrspur herunter, um die Ecke, auf die Vorderseite des Hauses zu.

Drews Instinkte drängten ihn, diese Chance zu nutzen und wegzulaufen. Aber das ging nicht. Voraussetzung für ihren Plan war die volle Wirkung sämtlicher Explosionen. Wenn Onkel Ray im Haus war, dann mußte er das Gefühl haben, völlig in der Falle zu sitzen, absolut verwundbar zu sein. Er atmete ein paarmal tief durch, ein Athlet, der sich auf einen wichtigen Einsatz vorbereitete, und dann stürzte er unter der Föhre hervor, zog die Flaschen aus dem Beutel und zündete sie hastig an und warf eine, zwei, verzweifelt darauf bedacht, daß die Flaschen so weit wie möglich innerhalb des Gartens landeten.

Drei, vier.

Während er so weit warf, wie es ging, huschten seine Augen immer wieder zur Ecke.

Die Flaschen explodierten.

Fünf, sechs.

Flammen tosten, schlugen über die Mauerkrone. Auf der anderen Seite schrien Männer.

Sieben.

Mit wild schlagendem Herzen zündete er die achte an. In einigen Häusern hinter ihm gingen Lichter an. Ihr Schein zusammen mit dem grellen Licht der Flammen vermittelte ihm das Gefühl, von allen Seiten sichtbar zu sein, als wäre heller Tag.

Von den Explosionen am hinteren Hausende angelockt, kam der Mann mit der Pistole wieder gerannt. Er hetzte die Fahrspur entlang und blieb stehen, als er Drew sah, hob seine Waffe.

Drew hatte keine Chance, nach der eigenen Waffe zu greifen. Er erkannte sofort, daß die einzige Waffe, die ihm zur Verfügung stand, die Flasche war, deren Tampon bereits dicht an dem Napalm brannte.

Der Mann zielte. Drew warf die Flasche nach ihm und warf sich im gleichen Augenblick hinter der Föhre in Deckung. Der Mann schoß auf Drew, wurde aber von der auf ihn zufliegenden Flamme abgelenkt und verfehlte sein Ziel.

Die Flasche krachte vor dem Mann auf den Kiesboden. Drew hatte mit solcher Wucht geworfen, daß das Glas beim Aufprall zersplitterte und eine Flammenwand hochschoß und den Weg versperrte.

Der Mann taumelte zurück, riß die Hände hoch, um sein Gesicht zu schützen. Aber er verlor das Gleichgewicht und stürzte, als die Flammen ihm entgegenschossen. Er wälzte sich zur Seite, um dem Feuer zu entgehen. Während er auf kleine Flammenherde einschlug, die hier und da auf seinem Mantel hochzüngelten, schrie er.

Drew machte einen Satz und rannte los. Als er zwischen den Häusern durchrannte, kam ein Mann im Pyjama aus einer Tür geschossen.

»Was, zum Teufel, ist denn hier los?«

Drew prallte mit dem Mann zusammen, stieß ihn dabei gegen das Haus und rannte weiter, auf die Straße zu. Hinter sich hörte er das immer lauter werdende Brausen der Flammen in dem Garten und Schreie und Schüsse, obwohl er nicht wußte, ob sie ihm galten. Er sah den Widerschein des Flammenmeeres an den Wolken, die am Himmel hingen.

Mit vor Anstrengung brennenden Lungen rannte er über die Straße, zwischen weiteren Häusern durch, über die nächste Straße. Sein Hemd unter dem Thermomantel war schweißgetränkt. Er setzte mit einem seitlichen Sprung über einen Zaun, bog an der nächsten Straße nach rechts und hetzte den Bürgersteig entlang. Jetzt bog er nach links in eine schmale Fahrspur, sah sich um, stieß mit der Hüfte an ein Faß, das er nicht gesehen hatte, ignorierte den Schmerz und rannte weiter.

In der Ferne heulten Sirenen.

11

Vor Erschöpfung hinkend, erreichte er endlich den verabredeten Treffpunkt. Er war gezwungen gewesen, sich ihm auf Umwegen zu nähern, und hatte wertvolle Zeit damit verbraucht, sich jedesmal zu verstecken, wenn er ein Scheinwerferbündel sah oder glaubte, jemanden wahrzunehmen, der die Straße absuchte. Aber schließlich erreichte er ihn doch, einen Parkplatz in der Nähe des Massachussetts Institute of Technology. Ihre Etappenposition. Mit Arlene und Father Stanislaw war vereinbart gewesen, daß sie nach dem Angriff auf das Haus zu ihren Wagen rannten und sich vergewisserten, daß sie nicht verfolgt wurden. Drew, der kein Fahrzeug hatte, hätte sich mit ihnen vor einer Stunde an diesem Parkplatz treffen sollen.

Aber die zwei einzigen Fahrzeuge auf dem düsteren Parkplatz waren weder ein Oldsmobile noch ein Sportwagen.

Erschöpft wartete er. Hatte man Arlene und Father Stanislaw gefangen? Oder waren sie genau wie er gezwungen gewesen, einfach die Flucht zu ergreifen, war es ihnen unmöglich gewesen, den Treffpunkt rechtzeitig zu erreichen?

Aber ebensogut war möglich, daß sie rechtzeitig zu diesem Parkplatz gekommen waren, gewartet hatten und schließlich zu dem Schluß gelangt waren, daß es besser war, wegzugehen, ehe die Polizei ihre Suchaktion ausdehnte.

In diesem Fall mußte er eine der beiden nahe liegenden Brücken überqueren, um das Stadthaus in Beacon Hill auf der anderen Flußseite zu erreichen. Falls dieses Haus noch sicher war. Was, wenn man Arlene und Father Stanislaw gefangen hatte? Was, wenn...?

Nein, dachte er, über sich selbst wütend. Weder Arlene noch Father Stanislaw würden sprechen, wenn man sie faßte. Es sei denn, man setzte Chemikalien ein.

Über und über schweißbedeckt, fröstelte er. Ein Scheinwerferpaar erfaßte ihn mit seinem grellen Licht. Es kam von einem Gebäude zu seiner Linken. Er erstarrte, überlegte, ob er sich wohl darauf verlassen sollte, daß dies Arlene war, oder ob er wegrennen sollte.

Die Scheinwerfer kamen auf ihn zu.

Für den Fall, daß es ein Bulle war, entschied er, wäre es besser, wenn er seinen Weg fortsetzte – geradeaus, weg von den sich nähernden Scheinwerfern. Er versuchte, ganz natürlich zu wirken, so als gehörte ihm eines der beiden Fahrzeuge auf dem Parkplatz.

Die Scheinwerfer folgten ihm. Seine Reflexe wurden schneller. Er drehte sich um.

Und seufzte erleichtert auf, als er Arlene in dem Sportwagen erkannte.

Sie hielt an, und er stieg ein, genoß die Wärme im Wageninneren und die Chance, sich endlich zu entspannen.

»Du bist mir vielleicht ein Kavalier.« Sie schaltete in den Leerlauf. »Ich dachte schon, du hättest mich sitzenlassen.« Aber ihre Stimme konnte ihre Besorgnis nicht verbergen, und sie beugte sich zu ihm herüber und berührte ihn.

»Tut mir leid. Ich mußte zuerst diesen Marathonlauf hinter mich bringen«, sagte er.

»Ausreden, nichts als Ausreden.«

Er konnte einfach nicht anders – er erwiderte ihre Umarmung. »Aber jetzt bin ich hier. Bei dir alles in Ordnung?«

»Gut, daß ich lange Beine habe. Die haben mir heute nacht beim Laufen geholfen«, sagte sie. »Aber ich bin auch zu spät zum Rendezvous gekommen. Um es genau zu sagen, erst vor zwanzig Minuten. Ich dachte, dir wäre vielleicht etwas passiert. Oder daß du vielleicht schon hier gewesen warst, Angst hattest zu warten, und wieder weggegangen warst. Ich wartete die ganze Zeit darauf, daß ein Polizeiwagen auftauchte.«

»Für einen solchen hab' ich dich gehalten.« Er sah ihr forschend ins Gesicht. »Danke. Dafür, daß du das Risiko eingegangen bist. Daß du auf mich gewartet hast.«

»Halt den Mund! Danken willst du mir? Mönch oder nicht – das mußt du dir jetzt gefallen lassen.«

Sie küßte ihn auf die Lippen, ein sanfter Kuß, weich und voll Liebe.

In dieser Nacht der Überraschungen reagierte sein Körper. Sofort lehnte er sich verlegen zurück. »Das ist lange her.« Er schüttelte gequält den Kopf. »Zu viel ist passiert. Ich habe das Zölibatsgelübde abgelegt.«

»Das heißt, daß du nicht heiraten darfst. Ich mach' dir ja gar keinen Antrag. Ich lass' dir so viel Zeit, wie du willst.«

Er starrte sie an. »Ich kann dir gar nichts versprechen.«

»Ich weiß.«

»Einverstanden«, sagte er.

Sie legte den Gang ein und fuhr vom Parkplatz.

»Wo ist Father Stanislaw? Ist er schon zu dem Stadthaus vorausgefahren?«

»Er hat eine Kugel abbekommen.« Ihre Stimme wurde jetzt sachlich.

»Du lieber Gott!«

»Er lebt, blutet aber ziemlich heftig. Für mich hat es so ausgesehen, als wäre die Kugel durch die Schulter gegangen. Ich glaube nicht, daß irgendein lebenswichtiges Organ getroffen ist. Das ist einer der Gründe, weshalb ich mich verspätet hatte. Ich mußte Hilfe für ihn besorgen.«

»Ein Krankenhaus? Die Polizei wird...«

»Nein, er hat jemanden von seinen Kontaktleuten angerufen. Die haben ihm die Adresse eines Arztes gegeben, dem wir vertrauen können. Und einen Mann geschickt, um das Oldsmobile abzuholen.«

»Father Stanislaw und seine Kontaktleute.« Drews Stimme war voll Bewunderung.

»Die haben eine sehr gute Motivation.«

»Ja, sie wollen ihre Seelen retten.«

Sie bog um eine Ecke. Vor sich sah Drew die Brücke, die nach Beacon Hill führte.

»Und was ist, wenn die Polizei Straßensperren errichtet hat?«

»Dann sagen wir ihnen einfach die Wahrheit«, meinte sie.

Er verstand nicht.

»Wir waren auf diesem Parkplatz, schmusen«, sagte sie. Plötzlich hatte sie winzige Lachfältchen um die Augen. »Nun, eine Art von Schmusen jedenfalls.«

12

Die Frauenstimme klang wie beim erstenmal – geziert, präzise, professionell. »Guten Morgen. Risk Analysis Corporation.«

»Mister Rutherford, bitte«, sagte Drew in einer Telefonzelle in Charleston, ein Stück vom Bunker-Hill-Denkmal entfernt.

»Es tut mir leid, Mister Rutherford kommt heute nicht ins Büro.«

»So etwas Ähnliches hatte ich mir schon gedacht. Könnten Sie ihm eine Nachricht übermitteln?«

»Ich bin nicht sicher, ob...«

»Für Onkel Ray? Könnten Sie ihm sagen, sein Neffe würde gern mit ihm sprechen?«

Die Stimme der Frau klang plötzlich aufmerksam und interessiert. »Er erwähnte, er hoffte, Sie würden anrufen. Er hat eine Telefonnummer dagelassen, wo Sie ihn erreichen können.«

»Gut. Ich freue mich darauf, mit ihm zu sprechen.«

Sie las ihm die Nummer vor; er schrieb sie sich auf.

»Wenn Sie in den nächsten paar Minuten mit ihm sprechen, dann sagen Sie ihm, ich würde so bald wie möglich...«

Die Sekretärin unterbrach ihn. »Mister Rutherford hat mich gebeten, Ihnen zu sagen, daß er heute sehr beschäftigt sei. Er wird nur heute nachmittag um vier unter dieser Nummer erreichbar sein. Er sagte, wenn Sie früher oder später anrufen, würden Sie ihn nicht erreichen.«

Als Drew auflegte, schmerzte sein Kopf.

Arlene stand neben ihm. Im Hintergrund bestaunten Touristen das Bunker-Hill-Denkmal.

»Und?« fragte sie.

Drew erklärte ihr, was man ihm gesagt hatte, und zeigte ihr dann die Nummer, die er sich aufgeschrieben hatte.

»Vier Uhr. Okay, was ist denn? Warum runzelst du die Stirn?«

»Ich bin noch nicht ganz sicher. Irgend etwas. Ich weiß

nicht – nenne es meinetwegen eine Vorahnung. Ich habe das Gefühl, daß ich hereingelegt werde.«

»Nun, wir müssen doch damit rechnen, daß er irgend etwas gegen dich unternimmt.«

»Das ist es ja gerade«, sagte Drew. »Warum sollte er mir den ganzen Tag Zeit lassen, um die Adresse dieser neuen Nummer herauszufinden?« Er betrachtete die Touristen am Bunker-Hill-Denkmal. »Vielleicht bin ich übervorsichtig – aber wir sollten uns nicht zu lange bei dieser Telefonzelle aufhalten.«

Sie gingen die Monument Avenue hinunter.

»Wenn es dich nervös macht, dann ruf ihn doch einfach nicht an«, sagte sie.

»Ich muß aber.«

»Warum?«

»Um ihm zu sagen, daß ich mich mit ihm treffen möchte.«

Sie drehte sich überrascht zu ihm herum. »Mit ihm *treffen*? Er wird eine Falle vorbereiten.«

»Natürlich wird er das. Aber ich werde nicht erscheinen. Ich werde mir irgendeine Ausrede einfallen lassen und einen anderen Treffpunkt vorschlagen. Aber dort werde ich auch nicht auftauchen. Unterdessen können wir uns andere Mittel und Wege überlegen, um ihn unter Druck zu setzen. Ich möchte ihn weiterhin ärgern, nervös machen. Oder, noch besser, vielleicht könnten wir das Zusammentreffen so planen, daß er selbst in seine Falle tappt.« Drew konnte seine Unruhe einfach nicht unterdrücken. »Diese neue Nummer, die er mir gegeben hat, die ich um vier anrufen soll. Was hat er vor?«

»Du hast recht – er muß annehmen, daß du den Ort herausfinden wirst.«

Drew blieb ruckartig stehen und sah ihr ins Gesicht. »Ist es *das*? Will er, daß ich dorthin gehe? Will er, daß ich versuche, ihn zu schnappen, während er das Gespräch führt?«

»Dann würden dich seine Männer töten.«

Er schüttelte den Kopf. »Nein. Er hat uns zu viel Zeit gelassen, Zeit genug, um eine Falle zu entdecken. Was auch immer er im Sinn hat, das ist es nicht. Aber seine Taktik funktioniert. Er hat uns verwirrt. Er hat uns in die Defensive gedrängt. Ich hab' es dir doch gesagt: Dumm ist er nicht.«

13

Mittags traf ein geschlossener Lieferwagen vor dem Haus in Beacon Hill ein. Zwei Männer waren Father Stanislaw beim Aussteigen behilflich. Der Priester war bleich; er trug einen Arm in der Schlinge. Von seinen Begleitern gestützt und hin und wieder vor Schmerz zusammenzuckend, stieg er die Treppe zum Stadthaus hinauf; drinnen sackte er, nachdem sich die Tür hinter ihm geschlossen hatte, in ihren Armen zusammen. Sie ließen ihn vorsichtig auf ein Sofa sinken.

Eine Frau in mittleren Jahren kam hinter ihnen herein. Man mußte sie wohl eher als gutaussehend, jedenfalls nicht als hübsch bezeichnen; sie hatte einen konservativen Haarschnitt und keinerlei Make-up und trug einen blauen Mantel, der einen unwillkürlich an Londoner Nebel denken ließ, und darunter ein graues Wollkostüm. Als die beiden Männer, ohne ein Wort zu sagen, wieder hinausgingen und die Tür hinter sich schlossen, erklärte sie, sie sei mitgekommen, um für den Priester zu sorgen. Seine Wunde sei nicht kritisch, aber er würde bald ein Beruhigungsmittel brauchen, verkündete sie. Und außerdem bestünde immer die Gefahr einer Infektion. Sie hatte eine Arzttasche bei sich. Drew bemerkte, daß sie ihren Namen nicht nannte, und weder er noch Arlene erkundigten sich danach.

Sie halfen Father Stanislaw die Treppe hinauf zu einem Schlafzimmer, machten es ihm dort so behaglich, wie sie das konnten, und verließen ihn dann, damit er schlafen konnte.

»Er hat eine ganz erstaunliche Konstitution«, sagte die Frau, als sie ins Wohnzimmer zurückkehrten. »Pole, glaube ich. Die kernige slawische Rasse. Er hat kaum Fieber.«

»Wir müssen ihn bald wecken.«

Die Frau widersprach mit scharfer Stimme. »Das kann ich leider nicht zulassen.«

»Wir würden es auch nicht tun, wenn wir eine Wahl hätten.«

»Das müssen Sie mir überlassen.« Sie stand mit dem Rücken zur Treppe da, als wollte sie Drew daran hindern, wieder hinaufzugehen. »Worüber wollten Sie mit ihm sprechen?«

Plötzlich hatte er eine Eingebung. Als er sich daran erinnerte, wie Father Stanislaw den wie einen Geschäftsmann aussehenden Mann in der Kirche in Pennsylvania angesprochen hatte, hatte er gesagt: »Der Herr sei mit Ihnen.«

»Und mit Ihrem Geiste.«

»*Deo gratias.*«

Die Haltung der Frau lockerte sich. »Dann sind Sie einer von uns.«

»Nun, nicht genau. Aber einigermaßen. Ich war sechs Jahre lang Kartäuser.«

»In New Hampshire.«

Drew spürte, daß er auf die Probe gestellt wurde. »Nein, in Vermont.«

Sie lächelte. »Die Kartäuser sind Heilige auf Erden.«

»Das kann man von mir nicht sagen. Ich fürchte, ich bin ein Sünder.«

»Sind wir das nicht alle? Aber Gott versteht die menschliche Schwäche.«

»Das hoffe ich. Wir müssen mit Father Stanislaw sprechen, damit wir mit seiner Kontaktperson bei der Telefongesellschaft Verbindung aufnehmen können. Wir brauchen die Adresse zu einer Nummer, die man uns gegeben hat.«

Die Frau streckte die Hand aus. »Geben Sie mir die Nummer.«

»Aber...«

»Wenn das die einzige Information ist, die Sie brauchen, dann ist es nicht nötig, Father Stanislaw zu wecken. Das kann ich erledigen.«

Drew riß die Augen auf.

»Sie glauben doch sicher nicht, daß man mir erlaubt hätte, ihn zu versorgen, wenn man mir nicht vertrauen würde«, sagte die Frau. »Bitte geben Sie mir die Nummer.«

Drew tat es.

Sie ging an ein Telefon, wählte und erteilte mit weicher Stimme Anleitungen. Dann legte sie auf und wartete.

Um zwei Uhr klingelte das Telefon. Die Frau meldete sich, lauschte, sagte »*Deo gratias*«, legte auf und wandte sich zu Drew. »Eine Telefonzelle in der Nähe des Paul-Revere-Standbildes und der Old-North-Kirche.«

»Eine Telefonzelle?«

»Im North End«, sagte die Frau.

»Aber...«

Arlene, die auf einem mit Segeltuch bespannten Regiestuhl Platz genommen hatte, lehnte sich vor. »Was stimmt denn nicht?«

»Eine Telefonzelle? In der Nähe des Paul-Revere-Standbildes – in einer Touristengegend?« Drews Magen fühlte sich an, als hätte man ihn mit Eis vollgepackt. »Und Onkel Ray hat uns den ganzen Tag Zeit gelassen, das herauszufinden? Das gibt keinen Sinn. Er würde es nicht *wagen*, dieses Telefon zu benutzen. Es ist viel zu exponiert. Wenn wir dort Leute aufstellten, könnten wir sofort sagen, ob Ray uns eine Falle stellt. Er wird *niemals* dorthin gehen. Aber er wird Männer in der Umgebung aufstellen, für den Fall, daß *wir* das tun.«

»Woraus folgt, daß wir das nicht tun werden«, sagte Arlene.

»Richtig. Aber Ray rechnet auch damit. Er möchte dieses Telefon aus einem anderen Grund benutzen. Irgend jemand anderer, nicht Ray, wird meinen Anruf entgegennehmen. Und mir eine andere Nummer durchgeben. Die Telefonzelle ist nur eine Zwischenstation. Wir setzen uns am besten in Bewegung.«

»Nein«, widersprach Arlene. »Ich bleibe so lange hier, bis du mir gesagt hast, was eigentlich gespielt wird.«

»Es ist natürlich eine Falle. Aber nicht die, die wir erwartet haben. Jetzt wird aus der Algebra Trigonometrie. Er hat ein Dutzend Schritte übersprungen. Aber ich weiß, was er macht. Ich habe dieselben Regeln gelernt. Und denselben Trick angewandt, in...« Er schauderte bei der Erinnerung.

»Wenn du jetzt nicht erklärst, was da gespielt wird...«

»Wenn wir im Wagen sind. Schnell!« Er drehte sich zu der

Frau mit der Arzttasche um. »Wir brauchen ein Zimmer mit einer Tür und einem Fenster. Ich muß von draußen durch das Fenster in das Zimmer sehen können. Eine isolierte Lage. Und das Zimmer muß ein Telefon haben.«

Die Frau dachte nach. »Ich kann nicht... Nein, warten Sie. Da ist ein Gemeindesaal in einer Pfarrei, ganz in der Nähe, mit einer Küche im Keller. Die Küche hat eine Pendeltür mit einem Fenster, so daß die Leute beim Rein- und Rausgehen auf die andere Seite sehen und sich nicht gegenseitig die Tür an den Kopf knallen. Die Küche hat ein Telefon.«

»Die Adresse?«

Die Frau sagte sie ihm.

Drew schrieb sie auf. »Rufen Sie an, und vergewissern Sie sich, daß niemand dort ist.« Er sah auf die Uhr. »Wir haben bis vier Uhr nicht mehr viel Zeit.«

»Wofür?« fragte Arlene.

»Um ein Tonbandgerät zu kaufen. Und – möge Gott mir beistehen! – eine Maus.«

14

Sie war weiß – im Gegensatz zu Stuart Little, der grau gewesen war. Drew kaufte sie mit einem Käfig. Er zahlte dem Besitzer der Tierhandlung. »Haben Sie irgendwelche Leckerbissen für Mäuse?«

»Leckerbissen?« Der übergewichtige Mann mit dem schütteren Haar und der von Vogelkot besudelten Schürze hob die Brauen.

Im Hintergrund krächzte ein Papagei.

»Sicher. Was Mäuse eben am liebsten mögen, etwas, was ihnen wirklich schmeckt. Feinschmeckerkost.«

»Feinschmeckerkost?« Der Mann sah Drew an, als wäre der nicht ganz richtig im Kopf. »He, hören Sie, ich könnte Sie beschummeln, aber ich will ja, daß meine Kunden glücklich sind. Hat doch keinen Sinn, eine Menge Geld für Mäusefutter auszugeben. Dieses Zeug dort, das ist billig und macht satt, und die kennen ja den Unterschied nicht. Ich meine, eine Maus – was, zum Teufel, weiß denn eine Maus schon?«

»Außer ihm würde kein Wesen so was fressen, stimmt's?«

»Ja, das schon. Bloß daß diese Maus hier weiblich ist.«

»Dann eben außer *ihr*. Ich will das beste für sie. Ich möchte, daß sie sich mit dem besten Fressen vollstopft, das sie je bekommen hat. Und es ist mir egal, was es kostet.«

Der Mann seufzte. »Wie Sie meinen. Ist ja Ihr Geld. Kommen Sie. Das, was ich hier auf dem Regal stehen habe, könnte man Mäusefutter à la Bocuse nennen.«

Drew bezahlte weitere zehn Dollar und verließ die Tierhandlung, einen fünf Pfund schweren Beutel mit Futter in der einen und die Maus in dem Käfig in der anderen Hand.

Am Randstein wartete Arlene in dem Sportwagen; der Motor blubberte leise vor sich hin. »Nett«, sagte sie. »Mich persönlich haben Mäuse nie gestört. Hast du ihr einen Namen gegeben?«

Seine Stimme klang grimmig. »Stuart Little der Zweite.«

Plötzlich begriff sie. »Oh, Scheiße!« Sie sah ihn tröstend an. »Tut mir leid, daß ich komisch sein wollte.«

Drew zog die Tür hinter sich zu und hielt den Käfig an sich gepreßt. »Kein Problem. Ray ist derjenige, dem es leid tun muß.«

15

Selbst um halb vier war der Keller des Gemeindesaales bereits düster. Die Herbstsonne stand tief am Himmel, und die Kirche, die auf dieser Seite des Gemeindebaus stand, versperrte ihren schwachen Strahlen den Weg. Die Fenster oben an der Westwand des Kellergeschosses bekamen kaum Licht.

Und drinnen war es feucht und muffig. Drew spürte die Kälte, als er über die Betonstufen nach unten ging und innehielt, während das Echo seiner Schritte verhallte.

Stille.

Aus zusammengekniffenen Augen musterte er die Reihen langer, mit Plastiktischtüchern bedeckter Tische, die nach Jahren von Kirchenveranstaltungen rochen, nach Bohnen und Würstchen, nach Kartoffelsalat und Weißkohl.

Arlene kam eilig hinter ihm die Treppe herunter; sie trug eine Schachtel, die ein Tonbandgerät enthielt.

»Ist jemand da?« rief Drew. Seine Stimme hallte. Stille. »Gut.«

Die Maus huschte unruhig in ihrem Käfig herum.

Drew sah sich in dem schwachen Licht um und deutete auf eine Tür mit einem Fenster, die auf halbem Wege nach hinten an der rechten Wand zu sehen war. »Das muß die Küche sein. Jetzt hoffe ich nur, daß unsere Freundin sich richtig erinnert hat und es ein Telefon gibt.«

Es gab eines. Als Drew die Pendeltür aufstieß und das Licht anknipste, sah er auf einer Theke zwischen einem Herd und einem leise vor sich hinsummenden Kühlschrank ein Telefon. »Ich möchte mich vergewissern.« Er nahm den Hörer ab und atmete erleichtert auf, als er den Wählton hörte.

Er stellte die aufgeregte Maus in ihrem Käfig ab und sah wieder auf die Uhr. »Weniger als fünfundzwanzig Minuten. In dem Geschäft hat das Tonband funktioniert. Hoffentlich tut es das jetzt auch.«

Und tatsächlich funktionierte es einwandfrei, als er Arlene die Schachtel wegnahm und das Gerät auspackte und den Stecker einsteckte. Er diktierte ins Mikrofon und ließ das Band dann zurücklaufen.

»Klingt das wie ich?« fragte er besorgt. Die Aufnahme seiner Stimme klang für ihn völlig anders als der Klang, den er im Kopf hatte.

»Dreh den Baß etwas herunter«, sagte Arlene.

Das tat er und ließ das Band noch einmal ablaufen.

»Das bist du«, sagte sie. »Ganz sicher. Der Apparat hat ja auch ein Vermögen gekostet.«

Drew ließ das Band zurücklaufen. »Fünfzehn Minuten. Zeit, die Kleine hier zu füttern.«

Er öffnete den Beutel mit Mäuseleckerbissen und warf die

kleinen Bröckchen durch das Käfiggitter. Die Maus geriet vor Freude in Ekstase.

»Gut«, sagte Drew. »Laß dir's schmecken.« Er rieb sich die Stirn. »Was jetzt noch? Ich sollte die Fernsteuerung herrichten.« Er holte ein Elektrokabel aus der Schachtel, stöpselte es in den Rekorder ein und zog es über den Küchenboden durch die Pendeltür nach draußen in die düstere Halle. Der Spalt unter der Küchentür war breit genug, daß Drew die Tür über dem Kabel schließen konnte. Zu guter Letzt befestigte er an seinem Ende des Kabels einen Handfernschalter.

In dem Licht, das durch das Türfenster aus der Küche fiel, studierte er die Knöpfe auf dem Handschalter. »On. Off. Pause. Play. Record.« Er nickte. »Zehn Minuten. Haben wir etwas vergessen?«

Arlene dachte nach. »Nun, du könntest ja für alle Fälle den Fernschalter überprüfen.«

Das tat er. Er funktionierte. »Dann bleibt wohl nur noch eines zu tun.«

Sie brauchte nicht zu fragen, was er meinte.

»Beten.«

16

Um vier Uhr nahm Drew in der Küche den Telefonhörer ab. Eine eiserne Faust schien sich um sein Herz geschlossen zu haben und zuzudrücken. Bald würde er wissen, ob er die Situation falsch eingeschätzt hatte. Alles hing jetzt von den logischen Folgerungen und Vermutungen ab, die er angestellt hatte.

Was aber war, wenn Ray diese Vermutungen vorhergeahnt hatte?

Drew starrte das Telefon an. Es war schwarz mit einer altmodischen Wählscheibe. Während seine Unruhe wuchs, wählte er die Nummer, die die Sekretärin bei Risk Analysis ihm gegeben hatte. Er hörte das metallische Klicken der Relais; irgendwie klang das Geräusch unheilverheißend. Er sah zu Arlene hinüber, streckte die Hand aus und griff nach der ihren.

Jetzt hörte Drew ein Summen, als das Telefon am anderen Ende – in der Nähe des Paul-Reserve-Standbildes im North End – zu klingeln begann.

Jemand meldete sich fast im gleichen Augenblick. Im Hintergrund hörte Drew Verkehrsgeräusche. Eine barsche Stimme sagte: »Hallo?«

»Mister Rutherford, bitte.«

»Wen?«

»Onkel Ray. Hier spricht sein Neffe.«

»Warum haben Sie das denn nicht gleich gesagt? Er ist nicht hier.«

»Aber« – Drew gab sich Mühe, verblüfft zu klingen – »man hat mir gesagt, ich solle um vier Uhr anrufen.«

»Er hatte eine unerwartete Verabredung. Sie können ihn unter...« Die finstere Stimme diktierte ihm eine Nummer... »erreichen. Haben Sie's?«

Drew wiederholte die Nummer.

»Genau«, sagte die Stimme. »Das kleine Feuerwerk, das Sie uns gestern nacht bereitet haben? Wirklich nett, Kumpel.«

Der Mann legte auf.

Drew ließ sich gegen die Theke sinken.

»Haben wir recht gehabt?« fragte Arlene.

Er nickte. »Ray hat nie die Absicht gehabt, diesen Anruf persönlich entgegenzunehmen. Das war nur eine Schaltstation. Ich soll eine andere Nummer anrufen.«

»So wie du es erwartet hast. Aber du könntest in bezug auf den nächsten Anruf unrecht haben. Vielleicht bedeutet das nicht das, was du denkst. Angenommen, Ray war nur vorsichtig. Angenommen, er hat geahnt, daß wir herausfinden würden, wo diese Nummer ist, die man dir heute morgen gegeben hat. Auf diese Weise, indem er diese Telefonzelle als Zwischenstation benutzte, schützt er sich einfach nur. Er weiß, daß du unmöglich herausfinden kannst, wo diese neue Nummer ist, ehe er das Gespräch beendet hat und weggegangen ist.«

Drews Schultern schmerzten vor Nervosität. »Mag sein. Aber ich glaube nicht, daß es so läuft. Achtundsechzig hat mir ein Mann namens Hank Dalton etwas beigebracht. Ich habe diese Prozedur einmal bei einem Einsatz gebraucht. Gegen einen Killer der Roten Brigaden. Und Onkel Ray war Hank Daltons Boß. Ich muß einfach davon ausgehen, daß Ray das bei mir versuchen wird.« Er machte eine kurze Pause. »Laß es mich so sagen: Wenn ich unrecht habe, haben wir nichts verloren.«

»Aber wenn du recht hast...« Sie nickte ernst.

»Jetzt ist keine Zeit mehr«, sagte Drew. »Ray erwartet meinen Anruf. Ich wage es nicht, ihn warten zu lassen.«

Drew stellte das Tonbandgerät neben das Telefon. Seine Hand zitterte, als er den Käfig neben das Tonband stellte. In dem Käfig fraß die weiße Maus gierig, mit aufgeblähten Flanken, vollem Maul, kaute ekstatisch.

»Hoffentlich bist du ebenso glücklich, wie du aussiehst«, sagte Drew. Er wandte sich zu Arlene. »Du gehst jetzt besser hinaus.«

Sie ging durch die Pendeltür nach draußen.

Er starrte den Fetzen Papier an, legte den Zeigefinger in das Loch der Wählscheibe und wählte die erste Zahl und dann die weiteren.

Er wartete, hörte das Telefon am anderen Ende klingeln. Ray gab sich cool, meldete sich nicht gleich. Aber nach dem vierten Klingeln fragte sich Drew, ob überhaupt jemand sich melden würde.

Beim fünften Klingeln wurde der Hörer abgenommen.

»Hallo?« sagte eine Stimme.

Drew gab keine Antwort.

»Hallo? Drew? Komm schon, Sportsfreund, sprich! Ich habe auf deinen Anruf gewartet.«

Kein Zweifel. Diesmal war es Onkel Rays Stimme.

So sachte wie möglich legte er den Hörer auf die Theke, ohne dabei ein Geräusch zu machen. Die Sprechmuschel war dem Tonbandgerät zugewandt, die andere Seite der Maus.

Aus dem Hörer war ganz schwach Rays Stimme zu hören.

»Ich bin wirklich sehr daran interessiert, mit dir zu sprechen, Drew. Um das in Ordnung zu bringen.«

Aber Drew verließ die Küche. Draußen, im düsteren Saal, wo Arlene auf ihn wartete, nahm er die Fernsteuerung des Tonbandgerätes und drückte den ›Play‹-Knopf.

Die Tür war so massiv, daß er seine eigene aufgezeichnete Stimme kaum hören konnte. Doch das war unwichtig. Am Telefon würde sie laut genug sein.

»Onkel Ray, ich möchte ein Zusammentreffen mit dir arrangieren«, sagte der Rekorder. *»Ich könnte alles in die Luft jagen, was du besitzt. Aber das verschafft mir nicht die Antworten, die ich brauche. Ich muß...«*

Drew starrte durch das Fenster in der Küchentür, konzentrierte sich aber nicht auf das Tonbandgerät. Und auch nicht auf das Telefon.

Seine ganze Aufmerksamkeit war auf die Maus gerichtet.

»...dein Gesicht sehen, du Bastard«, sagte Drews aufgezeichnete Stimme, *»will deine verdammten Lügneraugen sehen, wenn du versuchst...«*

Drew drückte blitzschnell den ›Stop‹-Knopf und schnitt damit seine aufgezeichnete Stimme mitten im Wort ab. Weil in dem Augenblick ein Blutstrahl aus den Ohren der Maus geschossen war. Die Maus brach zusammen, zitterte, und das weiße Fell an ihrem Hals färbte sich rot.

Drew bückte sich und zerrte an dem Kabel, das von seiner Fernbedienung zu dem Tonbandgerät führte. Er zog an der Schnur, spürte jetzt einen Gegendruck. »Komm schon!« flüsterte er eindringlich. »Komm!«

Und dann atmete er befriedigt die angehaltene Luft aus, als er aus der Küche ein Klappern hörte.

»Ist es heruntergefallen?« fragte er Arlene.

Sie spähte durch das Fenster in der Küchentür und nickte.

Seine Knie fühlten sich weich an, als er sich aufrichtete. Durch das Fenster sah er das Tonbandgerät, das auf den Boden gefallen war.

»Das wär's dann«, murmelte er. »Wir haben es geschafft. Ray muß gehört haben, wie das Gerät herunterfiel.«

»Und jetzt hört er nichts mehr«, sagte sie mit leiser Stimme.

»Er denkt, ich wäre tot.« Er sprach genauso leise wie sie. »Das Klappern des herunterfallenden Rekorders – er muß glauben, daß das ich war, als ich stürzte, immer noch mit dem Telefonhörer in der Hand.«

Die Taktik, die Hank Dalton Drew 1968 in Colorado beigebracht hatte, war eine Methode, um einen Menschen unter Benutzung des Telefons aus der Ferne zu töten. Wenn die Zielperson hinreichend beunruhigt war, wenn die Vorkehrungen richtig getroffen wurden, würde der Mann nie ahnen, was ihn getötet hatte.

Dalton hatte es eine Überschallkugel genannt. Es gab hochkomplizierte Elektronikgeräte, die es ermöglichten, einen Superhochfrequenz-Ton über die Telefonleitung zu übertragen, damit das Trommelfell des Opfers zum Platzen zu bringen, sein Gehirn zu durchdringen und ihn sofort zu töten.

So wie die Maus getötet worden war, in ihrem Käfig an der Empfängerseite des Telefons.

Üblicherweise würde der Killer anschließend auflegen. Aber Drew argwöhnte, daß Onkel Ray diese Taktik etwas abgewandelt hatte. Er stellte sich vor, wie Ray das plötzliche Abbrechen von Drews Stimme hörte, das polternde Geräusch, als Drew seiner Theorie nach zusammenbrach, immer noch den Hörer in der Hand haltend.

Aber was würde Ray anschließend tun?

Weiterlauschen, vermutete Drew. Falls ich jemanden bei mir hatte, dann weiß Ray, daß er Schreie hören müßte, Hilferufe.

Aber wenn da keine Rufe waren? Wenn Ray an diesem Ende der Leitung nur Schweigen hörte?

Drew konzentrierte sich. Er wird annehmen müssen, daß ich allein war, als ich das Telefonat führte.

Und an seiner Stelle würde ich ganz sicher sein wollen, daß mein Jäger, mein Feind wirklich tot ist.

Drew brütete über den letzten Schritt nach. Die letzten zwei Stunden hatte er die Schlüsse analysiert, zu denen er gelangt war, sie nach Fehlern abgesucht; aber das Ganze war immer noch logisch. Erregung erfaßte ihn.

Wenn die Leitung auf meiner Seite offenbleibt, kann Ray das Gespräch anpeilen. Er kann herausfinden, von wo aus ich angerufen habe. Und wenn er von dieser Seite keine Geräusche hört, dann wird er glauben, es sei ungefährlich, ein Team hierherzuschicken, um sich zu vergewissern, daß ich tot bin.

Und was ebenso wichtig ist, um meine Leiche zu holen.

Die Behörden meinen, ich sei Janus. Wenn er weiterhin Janus als Deckung für seine anderen Morde verwenden will, dann darf er nicht zulassen, daß meine Leiche gefunden wird.

Mit größter Vorsicht öffnete Drew die Pendeltür und vergewisserte sich dabei, daß sie nicht quietschte. Vorsichtig, sachte ging er auf das Telefon zu.

»Jetzt sind schon fünf Minuten vergangen. Irgendwelche Geräusche?« Drew erkannte Rays Stimme.

»Nichts.«

»Okay. Lauscht weiter, nur für alle Fälle. Aber ich glaube, es ist den Versuch wert. Fangt mit der Peilung an.«

Drew schlich sich lautlos aus der Küche. In dem düsteren Saal bedeutete er Arlene mit einer Handbewegung, ihm zu folgen. Auf Zehenspitzen entfernten sie sich und blieben schließlich an der Treppe stehen.

»Hier ist der Zettel mit der zweiten Nummer, die ich angerufen habe. Such dir draußen eine Telefonzelle und rufe das Stadthaus an. Father Stanislaws Kontaktleute sollen herausfinden, wo diese Nummer ist.«

Sie nahm den Zettel. »Und du?«

»Ich denke, ich sollte besser hier bleiben. Für den Fall, daß Rays Leute früher eintreffen, als wir erwarten.«

»Und wenn sie das tun?«

»Ich bin noch nicht ganz sicher, wie das Spiel laufen soll. Zunächst einmal möchte ich mich in diesem Saal umsehen und ein gutes Versteck finden. Sobald du die Adresse hast, kommst du zurück. Aber sei vorsichtig. Und vergewissere dich, daß Father Stanislaws Leute zu dieser Adresse gehen.«

Ihre Augen blickten ängstlich. »Drew!«

»Ich weiß«, sagte er. »Von jetzt an wird es kitzelig.«

Er dachte nicht über die Regung nach, die ihn erfaßte, sondern folgte ihr einfach. Er küßte sie.

In der Dunkelheit hielten sie einander einen Augenblick lang umschlungen.

Ihre Stimme klang belegt. »Ich sollte jetzt besser gehen.«

Ihn überkam ein Gefühl der Leere. »Bis später.«

»Herrgott, das hoffe ich.«

Auf halbem Wege die Betontreppe hinauf blieb sie einmal stehen und sah sich nach ihm um. Dann setzte sie ihren Weg fort und ging zur Tür hinaus. Im nächsten Augenblick herrschte wieder Stille in dem Saal.

Zu seiner großen Verblüffung war das, was er jetzt erlebte, beunruhigend fremd. Einsamkeit. Unerklärlicherweise fühlten sich seine Augen feucht an. *Was, wenn er sie nie wiedersah?*

17

Kurz vor sechs – die Herbstsonne war jetzt fast ganz verschwunden, und der Kellersaal lag im düsteren Licht – hörte Drew, wie sich die Tür oben an der Treppe ächzend öffnete. Von seinem Versteck aus, zwischen Reihen von aufgestapelten Stühlen an der Mitte der linken Wand, ganz unten am Treppensockel, war sein erster Gedanke, Arlene sei zurückgekehrt, und er spürte eine Welle von Freude, die über ihm zusammenschlug. Aber als die Tür sich wieder schloß, kam derjenige, wer auch immer das Gebäude betreten hatte, nicht herunter.

Drew wartete. Es kam immer noch niemand.

Arlene würde vorsichtig sein, wenn sie zurückkam, das wußte er. Vielleicht ließ sie sich Zeit, um zu spüren, ob etwas nicht stimmte. Oder sie wartete, daß Drew nach ihr rief. Aber das konnte er sich nicht erlauben.

Als so viel Zeit verstrichen war, daß ihm die Erinnerung an das Türgeräusch wie eine Ausgeburt seiner Fantasie erschien, hörte Drew ein anderes Geräusch. Leise – so leise, daß es ebensogut Einbildung sein konnte – berührte ein Schuh eine Betonstufe.

Und hielt inne.

Drews Versteck zwischen den aufgestapelten Metallstühlen war für ihn durchaus behaglich. Hank Dalton hatte immer darauf bestanden, daß seine Studenten in der Beziehung vorsichtig waren. »Ihr wißt nicht, wie lange ihr vielleicht warten müßt. Sorgt also dafür, daß euch euer Versteck gefällt. Sonst könnte jemand hören, wie ihr ein Bein streckt, um einen Krampf loszuwerden.«

Aber trotz Drews bequemer Position hatte die Anspannung seinen Körper steif gemacht. Er gab sich Mühe, keinen Laut von sich zu geben, während er auf einen weiteren weichen Schritt auf der Treppe zu seiner Linken wartete. Er atmete lautlos.

Ja! Ein Geräusch. Aber nicht von der Treppe, wie er das erwartet hatte. Statt dessen kam das Geräusch von der gegenüberliegenden Seite des Flurs, aus der Dunkelheit zu seiner Linken. Es hätte alles mögliche sein können – vielleicht der Wind an einem Fenster, oben an der Wand dort drüben. Oder ein Deckensparren, der infolge des Temperaturwechsels knackte.

Aber er hörte es wieder, und jetzt konnte er es identifizieren – jemand setzte vorsichtig die Schuhsohle auf den Betonboden.

Hier unten waren nicht ein, sondern zwei Eindringlinge. Vor einiger Zeit, nachdem Arlene weggegangen war und er den Raum erforscht hatte, hatte er in jener anderen Ecke auch eine Treppe gefunden. Im Gegensatz zu der Treppe, die er und Arlene benutzt hatten, der rechts von ihm, gab es für jene andere Treppe oben keine Tür, so daß er sich sicher fühlte. Jetzt begriff er mit hämmerndem Puls, daß er der Treppe nach oben hätte folgen und oben das Erdgeschoß überprüfen sollen. Für ihn war es jetzt jedenfalls klar, daß der zweite Eindringling durch eine Tür im Erdgeschoß hereingekommen war, die Drew nicht entdeckt hatte. Während Drew von der Tür oben an der Treppe zu seiner Rechten abgelenkt worden war, war der andere Eindringling auf der anderen Seite des Raumes über die Treppe heruntergeschlichen.

Zwei sind es, dachte Drew. Nun gut. Solange ich weiß, wo sie sind, werde ich auch mit ihnen klarkommen. Seine Aufmerksamkeit wandte sich wieder der Treppe zu seiner Rechten zu, und er sah einen Schatten, der soeben unten angelangt war.

Er begriff. Dieser erste Eindringling ist ein Ablenkungsmanöver. Er soll Aufmerksamkeit auf sich ziehen. Wenn jemand etwas gegen ihn unternimmt, dann tritt sein Partner auf der anderen Seite des Raumes in Aktion, bereit, ihn zu schützen.

Das Licht, das durch das Fenster in der Küchentür fiel, lockte den Schatten. Auf der anderen Seite des Flurs verstummten die leisen Geräusche des zweiten Eindringlings. Drew beobachtete aus seinem Versteck hinter den Stuhlstapeln, wie der Schatten zu seiner Rechten auf das Fenster zukroch. Ein Mann, wie er jetzt erkannte. Eine Pistole mit Schalldämpfer in der Hand, hielt der Schatten neben der Pendeltür inne, blieb stehen.

Ehe Drew sein Versteck gewählt hatte, war er in die Küche zurückgekehrt und hatte, während er sich die ganze Zeit des Telefonhörers auf der Theke bewußt war, die tote Maus in ihrem Käfig aufgehoben und sie draußen im Flur versteckt. Anschließend hatte er dasselbe mit dem Tonbandgerät gemacht und hatte dann schließlich als letzte Vorsichtsmaßregel die offene, neutrale Schachtel des Tonbandgeräts über das Telefon gestellt.

Wenn der Eindringling jetzt in die Küche ging, würde er nichts sehen, was ihn beunruhigen könnte. Er würde zu dem Schluß gelangen, daß das Telefon – und die Leiche – irgendwoanders hier unten sein mußten. Er und sein Partner würden die Suche fortsetzen.

Aber ich wage es nicht, irgend etwas zu versuchen, dachte Drew, und seine Hand krampfte sich um die Mauser. Erst wenn ich sie beide beisammen habe.

Der Schatten neben der Küchentür riskierte einen verstohlenen Blick durch den beleuchteten Fensterausschnitt. Dann duckte er sich wieder und wartete zehn Sekunden, bis er den nächsten Blick riskierte.

Auf der anderen Seite des Flurs bewegte sich jetzt der andere Schatten, kroch nach vorn zu seinem Partner neben der Küchentür. Auch dieser zweite Schatten hatte eine Pistole mit einem Schalldämpfer. Sie bauten sich jetzt zu beiden Seiten der Tür auf. Einer der Männer stürzte hinein, und der zweite gleich hinterher. Ehe die Tür wieder zuflog, sah Drew, daß sie jetzt Rücken an Rücken standen und mit ihren Pistolen auf zwei einander gegenüberliegende Teile der Küche zielten.

Jetzt!

Er schob sich aus seinem Versteck zwischen den Stühlestapeln hervor. Die Mauser schußbereit in der Hand, bezog er, geduckt in der Finsternis, Position. Wie er es erwartet hatte, redeten die Männer nicht miteinander. Solange sie nicht hundertprozentig darauf vertrauten, in Sicherheit zu sein, würden sie so still wie möglich bleiben.

Ich werde sie beide erschießen müssen, dachte Drew. Solange ich sie beisammen habe.

Aber nicht um sie zu töten; ich brauche sie lebend. Ich brauche sie, damit sie mir sagen, wo Ray ist. Wenn ich mit ihnen fertig bin, werden sie reden. Sie werden mich *anflehen*, ihnen weitere Fragen zu stellen.

Die Küchentür flog auf; die zwei Männer schlichen sich heraus, und der schwache Lichtschein hinter dem Fenster zeichnete sie silhouettenhaft ab. Mit dem Gesicht zum Flur, winkte einer dem anderen zu, die linke Seite zu überprüfen, während er die rechte übernahm.

»Keine Bewegung!« schrie Drew. Er war darauf vorbereitet zu schießen, und wollte ihnen befehlen, die Waffen fallen zu lassen; doch dazu bekam er keine Gelegenheit.

Ein Schuß hallte durch die Finsternis; aber er kam nicht von einem der Männer. Ohrenbetäubend laut hallte er vom gegenüberliegenden Ende des Flurs herüber. Drew warf sich zu Boden, spürte den harten Aufprall auf die Betonfläche. Ein zweiter Schuß peitschte. Er feuerte, aber nicht auf den Schützen auf der anderen Seite des Raumes, sondern auf die Ziele, die er sehen konnte – die zwei Männer vor der Küchentür. Als sie Deckung suchten, immer noch von dem Licht angestrahlt, das durch das Fenster fiel, schoß er noch einmal, und dann ein drittesmal. Schreiend gingen beide Männer zu Boden.

Er rollte sich zur Seite, besorgt, das Mündungsfeuer seiner Mauser würde ein Ziel für den Schützen aus dem Hinterhalt bieten. Er lag jetzt auf dem Bauch, sein Blick wanderte von den Schatten der beiden Männer, die er erschossen hatte, zu dem unsichtbaren Schützen auf der anderen Seite des Flurs.

Er blinzelte, seine Augen schmerzten, als plötzlich die Deckenbeleuchtung aufflammte. Geblendet preßte er die Lider zusammen, wie man es ihm beigebracht hatte, und öffnete sie dann nur einen Spalt, damit seine Netzhaut sich an die plötzliche Beleuchtung anpassen konnte, dann öffnete er die Lider eine Spur weiter, zielte.

Er stellte fest, daß er zwischen Tischreihen auf den Körper eines Mannes blickte, der in der Nähe der gegenüberliegenden Treppe am Boden lag. Der Mann bewegte sich nicht. Blut strömte aus seiner Brust. Eine Pistole lag neben seiner Hand.

Aber wie, zum Teufel –?

Während es ihm eisig über den Rücken lief, sah Drew zu den zwei Männern, die vor der Küche am Boden lagen. Der eine lag völlig reglos da, während sich der andere stöhnend an den Leib griff.

Drew starrte wieder zu dem Mann auf der anderen Seite des Raumes hinüber. Aus jener Richtung waren zwei Schüsse gekommen. Aber wer hatte den Schützen im Hinterhalt getötet?

Er hörte Schritte, die dort drüben über den Betonboden scharrten. Die Geräusche waren unregelmäßig, langsam. Er schnitt eine Grimasse, zielte, konnte nicht sehen, wer da herunterkam.

Ein Schuh wurde sichtbar. Dann ein zweiter. Er hob die Mauser. Jetzt waren dunkle Hosenbeine zu sehen. Drew hielt seine Mauser zielbereit. Die Schritte kamen zum Stillstand.

Ein Mann sprach. Seine tiefe Stimme klang geschwächt. »Drew? Bei Ihnen alles in Ordnung?«

Der slawische Akzent war unverkennbar. Father Stanislaw.

»In Ordnung?« Drew atmete erleichtert auf. »Ich denke schon.«

Der Priester hustete. Langsam, qualvoll langsam kam er den Rest der Treppe herunter. Den linken Arm trug er in einer Schlinge, während die rechte Hand eine Pistole umfaßt hielt. Taumelnd lehnte sich der Priester gegen eine Wand und atmete ein paarmal tief durch.

»Aber *Sie* sehen gar nicht aus, als wären Sie in Ordnung.« Drew stand auf.

»Wie sagen die immer im Fernsehen? Es ist nur eine oberflächliche Verletzung? Glauben Sie bloß das mit dem ›Nur‹ nicht.« Father Stanislaw zuckte zusammen. »Es tut trotz der Schmerzmittel weh.«

Drew mußte grinsen. »Und ich dachte immer, Polen wären so zähe Burschen.«

Father Stanislaw zwang sich, aufrecht zu stehen. »Glauben Sie mir, das sind wir. Wenn Sie je Piroggen gegessen haben, dann wissen Sie, was ich mit zäh meine.«

Drews Grinsen wurde breiter.

Trotzdem ließ er nicht zu, daß seine wachsende Zuneigung für diesen Mann ihn von praktischen Überlegungen ablenkte. Er sah zu den Männern hinüber, die er niedergeschossen hatte. Der eine lag so reglos da wie zuvor. Der andere preßte sich immer noch beide Hände an den Leib und stöhnte. Er durchsuchte sie und nahm ihnen die Waffen weg. Dann endlich wagte er zu dem Priester zu gehen und ihm zu helfen.

Aber Father Stanislaw nahm seine ganze Kraft zusammen und ging seinerseits auf Drews Seite des Flurs zu und bedeutete Drew mit einer Handbewegung, er solle bleiben, wo er war. »Ich bin schließlich auch aus eigener Kraft hierhergekommen. Ich brauche keine Hilfe.«

»Wie sind Sie hierhergekommen?«

»Arlene hat das Stammhaus angerufen. Sie hat eine weitere Telefonnummer durchgegeben und Instruktionen, wie man die dazugehörige Adresse findet.«

»Ich weiß. Darum hatte ich sie gebeten.«

»Ich war wach, als sie anrief. Ich bestand darauf, mit ihr zu reden. Sie erzählte mir, was geschehen war, während ich schlief. Dann bestand ich darauf, mit ihr hierher zurückzukommen. Mein Freund, Sie haben sich zu viel für sich allein vorgenommen.«

»Ich hatte keine Wahl.«

»Mag sein. Aber die Ereignisse der letzten Zeit« – Father Stanislaw deutete auf die Männer auf dem Boden – »beweisen, daß ich recht hatte.«

»Arlene.« Drew flüsterte ihren Namen. »Wo ist sie?«

»Draußen. Sie paßt auf, für den Fall, daß diese drei nicht allein waren. Als wir hierherkamen, war uns klar, daß wir das Gebäude nicht betreten konnten, ohne Sie zu beunruhigen. Also beschlossen wir, als Ihr Überwachungsteam aufzutreten. Wir sahen, wie drei Männer das Gebäude betraten; einer an der Seite und zwei oben, durch zwei verschiedene Türen. Uns schien es offenkundig, daß sie planten, den ersten Mann als Finte einzusetzen und die zwei anderen nachzuschikken.«

»Also folgten Sie den beiden Männern, die oben das Gebäude betreten hatten.«

»Mein Instinkt hat mich nicht getrogen.« Father Stanislaw griff nach einem Tisch, um sich daran zu stützen. »Von den beiden Männern, denen ich folgte, hat sich ein weiterer zum Köder gemacht und sich schließlich seinem Kollegen in der Küche angeschlossen. Aber der dritte Mann blieb zurück, um seine Freunde zu schützen, falls jemand sie überraschte. Was ja der Fall war. Er hat auf Sie geschossen. Aber ich habe ihn erschossen.« Der Priester schloß die Augen und schluckte.

»Und Sie sind ganz sicher, daß Sie okay sind?«

»Ganz im Gegenteil – ich bin *nicht* okay.« Father Stanislaws Gesicht war kreidebleich. »Mir wird gerade klar, daß das jetzt das drittemal ist, daß ich Ihnen das Leben gerettet habe. In dem Haus der Zuflucht, als ich mich in dem Beichtstuhl der Kapelle versteckt hatte. Am Satanshorn. Und jetzt hier.«

»Ich stehe in Ihrer Schuld«, sagte Drew.

»Dreimal«, erinnerte ihn der Priester.

»Ja.« Drew sah seinen Freund an. »Ganz gleich, wieviel es kostet, selbst wenn es mein Leben sein sollte: Ich verspreche Ihnen, daß ich mich revanchieren werde.«

»Auf dieselbe Art.«

»Ich verstehe nicht.«

»Auf dieselbe Art«, beharrte der Priester.

»Also gut, was auch immer das bedeutet – auf dieselbe Art.«

»Vergessen Sie das Versprechen ja nicht. Ich habe nämlich vor« – Father Stanislaw atmete wieder schwer, und man konnte seinem blassen Gesicht ansehen, wie ihm jeder Atemzug weh tat – »ich habe vor, wenn wir das hinter uns gebracht haben, von Ihnen zu verlangen… bei Ihrer Ehre… daß Sie Ihr Versprechen erfüllen.« Er hustete. »Im Augenblick haben wir noch etwas zu erledigen.«

Drew begriff. Er ging vorsichtig auf die Männer zu, die er niedergeschossen hatte. Er packte den, der noch am Leben war, und schüttelte ihn unsanft. »Wo ist Ihr Boß?«

Der Mann stöhnte nur.

»Sie meinen wohl, daß das jetzt weh tut?« sagte Drew. »Sie wissen nicht, was ›weh tun‹ bedeuten kann.« Er holte aus, wie um ihn zu schlagen.

»Nein!« sagte Father Stanislaw.

Drew hörte ihn kaum. *»Wo Ihr Boß ist, möchte ich wissen, Sie Dreckskerl! Sie werden mir das jetzt sagen, oder…«*

»Nein!« Der Priester packte Drews Hand.

Drew funkelte ihn an. »Jetzt verstehe ich langsam. Das Töten macht Ihnen nichts aus. Aber Sie mögen es nicht, wenn Ihre Opfer leiden müssen. Was ist denn los? Sie sind wohl nicht bereit, für Ihren Glauben bis zum Letzten zu gehen? Sie sollten besser aufpassen. Sie haben da eine Schwäche, Father.«

»Nein.« Trotz seiner Schmerzen richtete sich der Priester kerzengerade auf. »Für meinen Glauben bin ich bis an das gegangen, was Sie ›das letzte‹ nennen. Sehr oft. Öfter als Sie sich vorstellen können.« Sein Rubinring – das Schwert und das Kreuz – blitzte. »Aber niemals, wenn es nicht notwendig war. Folter? Sicherlich. Es sei denn, es standen Chemikalien zur Verfügung. Aber *nur*, wenn es nötig war, jemanden zum Reden zu bringen... Ich weiß, wo Ray ist. Die Adresse zu der letzten Telefonnummer, die man Ihnen gegeben hat. Und jetzt lassen Sie den Mann los!«

Drew starrte den Mann an, den er immer noch festhielt, und fühlte, wie sein Herz sich zusammenzog, voll Ekel über das, was er beinahe getan hätte, und sah sich erneut daran erinnert, wie weit es seit dem Kloster bereits mit ihm gekommen war. Sachte, fast ehrfürchtig ließ er den Mann zu Boden sinken. »Also gut, wir werden Ihre Leute anrufen und ihm ärztliche Hilfe besorgen. Er ist ja bloß ein Handlanger. Er verdient die Chance, zu überleben. Aber ich muß sagen, das ist eine Chance, die der Kerl *mir* nicht lassen würde.«

»Natürlich«, sagte Father Stanislaw. »Und das unterscheidet uns eben von ihnen. Unser Motiv ist nicht die Gier nach Geld. Und auch nicht das Bedürfnis nach Macht. Oder politische Theorien, die sich bei genauerer Prüfung als flüchtig und oberflächlich erweisen. Nein, unsere Motive reichen viel weiter. Und unsere Barmherzigkeit, falls sie gefragt ist, ist die des Herrn.«

Drew verspürte eine plötzliche Aufwallung von Sorge. »Zu viel, zu lang«, sagte er. »Ich bin des Weglaufens müde. Ich möchte, daß das ein Ende hat.«

»Und das wird es auch. Heute nacht noch, wenn Gott so will.« Father Stanislaw griff in seine Jackentasche und zuckte dabei zusammen. »Ich habe die Adresse. Ich kann Sie zu Onkel Ray bringen.«

18

Doch so sehr es ihn auch drängte, ein Ende zu machen, mußte Drew doch vorher noch etwas erledigen. Wie in dem alten griechischen Paradoxon, nachdem man, um eine Meile zurückzulegen, zuerst eine halbe Meile reisen mußte, und dann eine Viertelmeile, und dann eine Achtelmeile. Und wie man, indem man seine Reise in immer mehr Teile teilte, ihr

Ende nie erreichen konnte, so hatte Drew das Gefühl, daß es da immer noch etwas zu tun gab: eine weitere Unterbrechung, ein weiteres Risiko. Vielleicht würde diese Qual, der er ausgesetzt war, nie enden. Vielleicht war er tot und dies die Hölle. Er wandte sich dem Verwundeten zu. »Können Sie mich hören?«

Der Mann nickte.

»Wenn Sie einen Arzt wollen, werden Sie tun müssen, was ich Ihnen sage.«

Der Mann blickte hilflos zu ihm auf.

»Aber ich sagte Ihnen doch, daß wir die Adresse haben«, sagte Father Stanislaw. »Sie brauchen nicht...«

»Wirklich nicht?« Drews Stimme klang eindringlich. »Wir haben etwas vergessen.« Er erklärte dem Priester, was noch getan werden müßte.

Father Stanislaw sah ihn erschreckt an. »Sie haben recht. Und man muß ihn dazu bringen, es bald zu tun.«

Drew kniete neben dem Verwundeten nieder und erteilte ihm Anweisungen. »Verstehen Sie?«

Der Mann nickte. Wegen der Schmerzen, die er litt, war er schweißgebadet.

»Und anschließend besorgen wir Ihnen einen Arzt. Sie brauchen uns bloß zu zeigen, was für ein harter Bursche Sie sind. Da ist gar nichts dabei.« Drew zerrte ihn auf die Küche zu. »Um am Leben zu bleiben, brauchen Sie bloß zu reden, ohne zu stöhnen.«

In der Küche ließ Drew ihn neben einem Schrank auf den Boden setzen und nahm die Schachtel von dem Telefon. Er kauerte sich nieder und hielt dem Verwundeten den Hörer ans Gesicht, lehnte sich ganz dicht heran, um selbst hören zu können, was am anderen Ende der immer noch offenen Leitung gesagt wurde.

Er richtete seine Mauser auf die Schläfe des Verwundeten und befahl ihm damit lautlos, daß er reden solle. Die Augen des Mannes wurden glasig, und einen Moment hatte Drew Angst, er würde ohnmächtig werden.

»Wir haben ihn.« Die Stimme des Mannes klang heiser, als er in die Sprechmuschel sprach.

»Moment mal«, erwiderte eine barsche Stimme.

Fünfzehn Sekunden später war Onkel Rays Stimme zu hören. »Ist er tot?«

»Richtig.«

»Warum haben Sie so lange gebraucht?« Ich habe mir schon Sorgen gemacht.«

»Wir konnten ihn zuerst nicht finden.«

»Ist er allein?«

»Ja.«

»Dann bringen Sie die Leiche hierher. Ich will ganz sicher sein, daß er erledigt ist.«

»Wir sind schon unterwegs.« Die Augen des Verwundeten flackerten plötzlich. Er sackte zu Boden.

Drew legte den Hörer auf die Gabel, unterbrach damit die Verbindung und ließ den Mann dann flach auf den Boden sinken. »Sie haben sich den falschen Beruf ausgesucht, mein Freund. Sie hätten Schauspieler werden sollen.«

»Sie haben es mir versprochen.« Der Mann stöhnte wieder.

»Ich werde mein Versprechen auch halten. Wie sind Sie hierhergekommen? Mit was für einem Wagen?«

»Einem dunkelblauen Lieferwagen. Einem Ford.« Die Lippen des Mannes waren ausgetrocknet, rissig. »Er steht auf dem Parkplatz hinten.«

Drew drehte sich um und sah, wie Father Stanislaw ihn von der offenen Küchentür aus beobachtete. »Sie können jetzt dieses Telefon benutzen, um ihm einen Arzt zu besorgen. Und Ihren Leuten sollten Sie am besten sagen, sie sollen die Leichen wegschaffen.« Er durchsuchte die Taschen des Verwundeten und fand, was er wollte: die Schlüssel für den Lieferwagen. »Übrigens«, meinte er dann, zu dem Priester gewandt, »ich werde Hilfe brauchen, wenn wir dorthin kommen. Hat Arlene es Ihnen erklärt?«

»Ich werde es veranlassen.«

»Und während Sie damit beschäftigt sind, sollte ich wohl Arlene wissen lassen, daß hier alles in Ordnung ist. Sie hat sicher die Schüsse gehört und wird sich Sorgen machen.«

»Sie ist draußen neben der Kirche.« Der Priester nahm den Hörer ab. »Ich werde mich beeilen.«

»Bitte. Es gibt eine ganze Menge zu tun.«

Drew eilte hinaus. Während er die Treppe hinaufhetzte, erinnerte er sich an das starke, so fremdartige Gefühl, das er empfunden hatte, als Arlene vor zwei Stunden dieselbe Treppe hinaufgegangen war. Seine unerwartete Einsamkeit, als sie die Tür hinter sich geschlossen hatte. Wieder empfand er ein quälendes Sehnen. Daß es ihn so danach drängte, sie wiederzusehen, sie an sich zu drücken, schien ihm wie ein Verrat an all den Jahren im Kloster. Und doch, wenn es wirklich ein Verrat war, dann machte ihm das nichts mehr aus. Er trat nach draußen, sah sie neben der Kirche warten und eilte auf sie zu. Trotz der Finsternis sah er das Glänzen in ihren Augen, die Erleichterung, daß er in Sicherheit war, die Freude, ihn zu sehen. Im nächsten Augenblick lag sie in seinen Armen.

19

Während er die ganze Zeit gegen den Drang ankämpfte, das Gaspedal des Lieferwagens durchzutreten, weil er wußte, wie unsinnig es wäre, das Risiko einzugehen, daß man ihn wegen einer Geschwindigkeitsübertretung anhielt, fuhr er in gleichmäßigem Tempo in nördlicher Richtung aus Boston heraus. Der Lichterschein der Stadt füllte seinen Rückspiegel; seine Scheinwerfer erhellten von der Nacht verhangene Bäume und Felder.

Er hielt das Steuerrad mit beiden Händen so fest umkrampft, daß die Knöchel weiß hervortraten und folgte Father Stanislaws Anweisungen. Zuerst hatte ihm die Adresse auf dem Zettel, den der Priester ihm gegeben hatte, nichts gesagt. Und dann plötzlich doch, seine Erregung wuchs, und er hatte sich nicht länger darüber gewundert, daß der Priester den Weg dorthin kannte. Der Priester war schon einmal an jener Adresse gewesen – vor zwei Tagen. Es war Onkel Rays Landsitz, nördlich von Boston, an der Bucht.

Drew mußte die Raffinesse seines Feindes bewundern.

Ray hatte sich zuerst den Anschein gegeben, Drews Drohung hätte ihn dazu veranlaßt, aus seinem Anwesen an der Bucht zu fliehen – und dann hatte er seine Taktik geändert und war zurückgekehrt, offenbar in der Annahme, das Anwesen wäre der letzte Ort, wo Drew nach ihm suchen würde. Aber indem er damit den Vorteil des Unerwarteten gewonnen hatte, hatte Ray auch einen Platz gewählt, der schwierig zu verteidigen war. Father Stanislaw hatte das Anwesen als weitläufig und ausgedehnt geschildert, zu groß mit zu viel Deckung, als daß man es gut schützen konnte. »Es wird keine Mühe bereiten, das Gelände zu betreten«, hatte der Priester gesagt. »Mit dem Haus freilich ist das eine andere Sache. Dort wird er seine Männer konzentrieren. Um da einzudringen und ihn zu schnappen, brauchte man eine kleine Armee.«

Das wird nicht notwendig sein, dachte Drew, während er seinen Weg zur Bucht fortsetzte. Wir brauchen bloß die drei Männer, die ich angefordert habe.

Und drei neutrale Wagen.

Kurz nach sieben erreichte er die Bucht und sah die weißgekrönten Wellenkämme in der Finsternis. Er kurbelte sein Fenster herunter und roch die kalte Salzbrise. Er hielt am Straßenrand an. Im Licht seiner Scheinwerfer konnte er eine Tafel erkennen, die auf irgendein wichtiges historisches Ereignis im Bürgerkrieg hinwies.

Er wartete. Fünf Minuten später tauchten in seinem Rückspiegel Scheinwerfer auf und hielten neben ihm an. Im gleichen Augenblick verloschen sie. Er stieg aus dem Wagen und erkannte freudig Arlenes Silhouette hinter dem Steuer des Oldsmobile. Der Priester lehnte zusammengesunken neben ihr, als schliefe er.

Er sah drei weitere Scheinwerferpaare auf sich zukommen. sie verlangsamten ihre Fahrt und hielten in einer Reihe hinter dem Oldsmobile. Dann verloschen auch sie. Drei Männer stiegen aus den Wagen. Während Arlene aus dem Oldsmobile kam, trat Drew auf der kiesbedeckten Straße neben sie.

»Der Herr sei mit Ihnen«, sagte er zu den Männern.

»Und mit Ihrem Geiste«, antworteten sie wie aus einem Munde.

»*Deo gratias.*« Er musterte die Männer. Sie waren Mitte dreißig und trugen Kleidung, wie man sie in der freien Natur trägt. Ihr Haarschnitt war konservativ, fast militärisch, und ihre Augen blickten direkt, fast beunruhigend gelassen. »Ich weiß Ihre Hilfe zu schätzen. Father Stanislaw sagt, Sie hätten Erfahrung.«

Sie nickten.

»Falls Ihnen das etwas bedeutet – wenn alles planmäßig verläuft und es keine Zwischenfälle gibt, dann glaube ich nicht, daß Ihr Leben in Gefahr ist.«

»Das hat nichts zu bedeuten«, sagte einer. »Unser Leben ist unwichtig. Nur die Kirche zählt.«

Die Beifahrertür des Oldsmobiles öffnete sich. Father Stanislaw stieg aus. »Die Geräte sind im Kofferraum.«

Arlene hatte den Schlüssel. Als sie den Kofferraumdeckel aufklappte, ging die Beleuchtung an. Drew riß überrascht die Augen auf, als er die automatischen Waffen, die Magazine voll Munition, ein paar Handgranaten und sogar einen kleinen Raketenwerfer sah.

»Und dieses Zeug hatten Sie die ganze Zeit im Kofferraum?« fragte Drew erstaunt. »Damit könnten Sie einen Krieg anfangen!«

»Wir *befinden* uns im Krieg.« Father Stanislaws Gesicht war so weiß wie die Schlinge, in der er den Arm trug.

Sie griffen in den Kofferraum, holten Sturmgewehre heraus, inspizierten und luden sie. Die Kofferraumbeleuchtung ließ erkennen, daß jeder der Männer am Mittelfinger der linken Hand einen großen, roten Ring trug. Die Ringe hatten alle dasselbe Emblem – ein Schwert mit einem Kreuz.

Die Bruderschaft des Steins.

Drew verspürte einen eisigen Hauch.

»Was sollen wir tun?« fragte der erste Mann und hob den Lauf seiner Waffe gegen den dunklen Himmel.

Drew verbarg sein wachsendes Staunen und gab sich Mühe, ebenso professionell wie sie zu klingen. »Die Vergaser der Wagen umstellen.« Er wandte sich zu Father Stanislaw um. »Wie weit ist es bis zu dem Anwesen?«

»Eine Meile die Straße hinunter.«

»Das ist gut. Dann sollte es kein Problem geben.«

Er setzte seine Erklärung fort. Sie dachten darüber nach.

»Könnte sein. Solange er das tut, was Sie erwarten.«

»Ich kenne ihn. Außerdem – hat er denn eine Wahl?« fragte Drew.

»Wenn Sie sich irren...«

»Ja?«

»Nichts. Was wir zu tun haben, ist einfach. Sie sind derjenige, der das Risiko eingeht.«

20

Der Lieferwagen rollte auf das geschlossene Eisentor des Anwesens zu. Dahinter standen zwei bewaffnete Posten, auf jeder Seite einer. Aber als die Scheinwerfer nahe genug waren, daß die Wachen den Lieferwagen erkannten, beeilten sie sich, das Tor zu öffnen. »*Bringen Sie die Leiche her. Ich will mich vergewissern, daß er erledigt ist*«, hatte Onkel Ray am Telefon zu seinem Beauftragten gesagt. Wie Drew erwartet hatte, hatten diese Wachen Befehl, den Lieferwagen sofort durchzulassen. Der Fahrer winkte ihnen dankend zu, ohne anzuhalten, und fuhr schnell durch die Öffnung in der Mauer, eine asphaltierte Zufahrt hinunter, vorbei an schattenverhangenen Bäumen und Büschen, auf das dreistöckige Tudor-Haus in der Ferne zu.

Der Vergaser des Lieferwagens war verstellt worden und hatte jetzt eine so hohe Leerlaufdrehzahl, daß der Motor selbst bei nicht durchgetretenem Gaspedal hochtourig lief. Da der Lieferwagen ein Automatikgetriebe hatte, konnte der Fahrer die Fahrstufe eingelegt lassen, aus dem Wagen springen und wissen, daß der Wagen in der Richtung weiterfahren würde, in die das Steuer gestellt war: in diesem Fall die Fahrspur hinunter, auf die Villa zu.

Während sich der Fahrer, einen Karabiner in der Hand, auf den Rasen fallen ließ und gleich darauf in der Finsternis verschwand, setzte der Lieferwagen seine Fahrt fort. Mit einem leichten Ruck rollte er über einen Randstein und kam an der Eingangstreppe zur Villa zum Stehen. Der Fahrer hatte, ehe er herausgesprungen war, eine Zündschnur entzündet, die zum offenen Benzintank des Lieferwagens nach hinten führte. Und jetzt explodierte das Fahrzeug. Ein tosender Feuerball, in dem Metallfetzen flogen, riß den Eingang der Villa auf.

Die Wachen am Tor hatten dieses noch nicht ganz geschlossen. Sie wirbelten verblüfft herum, wandten sich dem betäubenden Knall der Explosion zu, hoben die Waffen, rannten auf das Flammenmeer vor dem Haus zu. Im gleichen Augenblick krachten drei weitere Fahrzeuge ohne Licht durch das nur teilweise geschlossene Tor. Auch diese drei Fahrzeuge hatten Automatikgetriebe, und auch bei ihnen waren die Vergaser auf höchstmögliche Leerlaufdrehzahl eingestellt, so daß auch diese Wagen, als die Fahrer ebenfalls Zündschnüre anzündeten und aus den Wagen sprangen, ihren Kurs fortsetzten, einer zur Linken und zwei zur Rechten des jetzt in Flammen stehenden Lieferwagens auf der Treppe.

In schneller Folge krachten die Wagen gegen die Fassade des Gebäudes und standen sofort in Flammen. Fenster platzten. Flammen hüllten brüllend die Gebäudefront ein.

Während die Fahrer hastig Deckung suchten, feuerten sie mit ihren Automatikwaffen in das Flammenmeer, das das Haus verhüllte. Sie übersäten geparkte Wagen mit einem Kugelhagel, zerfetzten Reifen und demolierten die Kühlergitter eines Rolls-Royce und eines Mercedes. Leuchtspurmunition ließ Benzintanks explodieren. Brennender Treibstoff spritzte über das Pflaster. Dann warfen die Angreifer Handgranaten auf die Wachen, die jetzt vom Tor hergerannt kamen. Die Wachen wurden zurückgeschleudert und blieben reglos auf der Straße liegen. Weitere Handgranaten flogen auf die Villa.

Arlene, die aus einem der Wagen gesprungen war, setzte einen tragbaren Raketenwerfer ein. Es handelte sich um eine

PRG-7, ein von Terroristen bevorzugtes Modell, weil es nur ein wenig länger als ein Meterstab war und nur fünfzehn Pfund wog und sie daher keine Mühe gehabt hatte, es mitzunehmen, als sie aus dem fahrenden Wagen sprang. Die Geschosse, die der Werfer verfeuerte, waren 3,3 Zoll dick und in der Lage, eine zwölf Zoll starke Panzerung zu durchschlagen. Ein Projektil nach dem anderen riß die Wand der Villa auf und ließ einen ganzen Flügel davon in die Luft fliegen.

Jetzt kamen Wachen aus dem Gebäude gerannt, von denen einige erschreckt schreiend auf ihre brennenden Kleider schlugen. Später hieß es, man hätte den Widerschein des Infernos noch aus fünfzehn Meilen Entfernung in den Wolken sehen können. Die Explosionen ließen die Fensterscheiben in der nahe liegenden Ortschaft klirren. Jetzt sank die ganze vordere Fassade der Villa in sich zusammen. Aus den nahe liegenden Gebäuden, zu denen die Wachen gerannt waren, knatterten Automatikwaffen. Die Angreifer änderten ständig ihre Position, feuerten, luden, schossen, warfen Handgranaten und erweckten damit den Anschein einer riesigen Truppe, die sich langsam zurückzog.

Zwei Minuten waren verstrichen.

21

Drew war nicht bei ihnen. Zu Fuß arbeitete er sich am felsigen Ufer der Bucht durch die Dunkelheit auf das Anwesen zu. Vor zwei Tagen hatte Father Stanislaw das Terrain erforscht und dabei auch die an einem Anlegesteg vertäute Jacht bemerkt. Als an dem Haus oben auf dem Hügel das Feuerwerk angefangen hatte, waren die drei Wachen, die den Strand patrouillierten, auf den Feuerschein zu, die hölzerne Treppe hinaufgerannt, auf den Kampflärm zu. Drew, dessen dunkle Kleidung ihn vor dem schwarzen Wasser fast unsichtbar machte, rannte jetzt an den Felsbrocken des Ufers entlang. Er hetzte am Anlegesteg hinunter und sprang auf die Jacht.

Dort kauerte er sich unter Deck nieder. Dreißig Sekunden später sah er Gestalten die Holztreppe vom Haus herunterhasten. Wellen schlugen gegen den Rumpf der Jacht, die sich zuerst leicht nach Steuerbord und dann nach Backbord senkte.

Obwohl er Onkel Ray sechs Jahre lang nicht gesehen hatte, erkannte er die elegante, gutgekleidete Silhouette sofort, die jetzt die Stufen heruntergerannt kam. Er erkannte auch die Silhouette eines zweiten Mannes, die dadurch auffiel, daß der Mann einen Cowboyhut trug. Und *den* Mann hatte Drew seit 1968 nicht mehr gesehen. Du liebe Güte! dachte Drew. Du bist bestimmt schon gut sechzig, Hank Dalton. Alle Achtung. Eigentlich solltest du schon lange im Ruhestand sein; aber wahrscheinlich liegt dir das im Blut. Du kannst das Spiel einfach nicht aufgeben.

Ray und Hank erreichten das Ufer vor den anderen. Sie blieben auf dem Bootssteg stehen. »Also«, sagte Ray zu den Wachen, die mitgekommen waren, und seine Stimme klang so glatt wie immer. »Ihr wißt, wo ihr hin müßt. Nutzt die Dunkelheit, um unterzutauchen. Versucht nicht, gegen sie zu kämpfen. Die haben gewonnen. Aber wir kommen auch wieder an die Reihe. Vergeßt nie, daß ich eure Loyalität und Treue zu schätzen weiß. Viel Glück euch allen.«

Die Wachen machten kehrt und wandten sich der brennenden Villa auf dem Hügel zu. Sie zögerten nur einen Augenblick, ehe sie sich trennten, und tauchten dann in der Dunkelheit unter. Ray und Hank rannten mit hallenden Schritten den Bootssteg entlang, lösten die Taue, legten ab und kletterten ins Innere der Jacht. Hinter ihnen erschütterte eine weitere Explosion die Nacht. Ray rannte nach vorne, um die Motoren anzulassen. Das Heck der Jacht senkte sich etwas, als die Schrauben zu arbeiten begannen. Dann richtete das Boot sich wieder auf, nahm Geschwindigkeit auf, schnitt durch die Wellen und brauste in die Bucht hinaus.

Hank stand am Heck und blickte auf das Schlachtfeld. Jetzt stemmte er die Hände in die Hüften; sein Cowboyhut zeichnete sich deutlich vor den Flammen am Hügel ab.

»Scheiße! Wer hätte das gedacht!« murmelte er. »Ich hab' ihm zu viel beigebracht.«

In all den Jahren seit '68 war Hank für Drew jemand gewesen, der irgendwie der Legende angehörte. Diese plötzliche Erkenntnis, daß der Schüler eines Tages den Lehrer übertreffen konnte, traf ihn wie ein Schock. Ist es das, was man unter Altwerden versteht? Es kommt immer irgendein Besserer, weil der Betreffende jünger ist?

Und dabei ging es so leicht. Drew kroch nur aus der Luke ein Stück nach vorne und gab Hank einen kleinen Schubs. Sonst nichts. Nur einen kleinen Schubs. Er tippte Hank leicht an die Schulter an und entdeckte, daß sein ehemaliger Lehrmeister...

(Damals dachte ich, du wärest Gott. Beim Einschlafen hatte ich immer Angst vor dir. Und wenn du gesprochen hast, dann zitterte ich.)

...auch nur ein Mensch war. Hank plumpste in das schwarze Wasser der Bucht. Sein Cowboyhut trieb auf den Wellen. Prustend und um sich schlagend, tauchte Hank wieder auf.

»Ich hab' Sie nie gefragt, Hank! Können Sie schwimmen?«
»Du Hundesohn!« prustete Hank.

Am Steuer fuhr Ray erschreckt herum. Drew richtete die Mauser auf ihn. »Du solltest sehr vorsichtig sein, Onkel. Laß die Hände am Steuer. Ich möchte dich wirklich nicht töten. Wir müssen noch miteinander reden.«

In dem aufgewühlten Wasser prustete Hank immer noch und schrie Drew Flüche zu.

»So ist's recht, Hank. Nie aufgeben. Sie sind dicht genug beim Ufer – Sie schaffen es. Erinnern Sie sich noch, was Sie uns beigebracht haben? Sie müssen Feuer machen – trockene Kleider suchen. Sie wollen doch nicht an Unterkühlung sterben!«

Während Hanks von den Wellen hin und her geworfener Kopf in der Ferne zurückfiel, wandte Drew kein Auge von Ray und hielt ihn die ganze Zeit mit seiner Mauser in Schach.

»So ist's richtig, Onkel. Laß deine Hände, wo sie sind. Am Steuer. Meine Geduld ist nämlich am Ende, das solltest du mir glauben. Einen Augenblick lang hatte ich fast gehofft, du würdest mir eine Ausrede liefern, um schießen zu können. Aber das hast du nicht getan. Also. Und deshalb« – Drew setzte sich langsam auf die Vorderseite des Bootes zu in Bewegung – »*werden wir jetzt reden.*«

In dem Haus auf der Anhöhe ließ soeben eine letzte Explosion die Nacht zittern, und ihre Flammen spiegelten sich gespenstisch in den Wolken. Das Knattern von automatischen Waffen verhallte, während die Jacht immer tiefer in die unergründliche Finsternis der Bucht eindrang. Ein paar Sekunden später überdeckte das Dröhnen der Maschine die Schüsse völlig. Aber die Schüsse würden ohnehin bald aufhören, dachte Drew. Arlene und die drei Männer würden sich zurückziehen. Sie hatten Ray aus dem Haus gedrängt und müßten jetzt verschwinden, ehe die Polizei erschien.

Rays Blick wanderte an Drew vorbei zu dem brennenden Haus auf der Anhöhe, dessen Feuerschein langsam in der Ferne versank. Nacht hüllte die Jacht ein.

Drew griff unter sein Jackett, holte ein Päckchen C-4-Explosivstoff heraus und hielt das an Knetmasse erinnernde Zeug ins Licht des Armaturenbretts, so daß Ray es sehen konnte. »Ich nehme an, du siehst, womit ich dich zum Reden animieren möchte.«

Rays Pupillen weiteten sich.

Drew legte die Masse auf das Armaturenbrett, holte einen Zeitschalter und eine Zündkapsel aus der Tasche und befestigte beides an dem Explosivstoff. Dann drehte er den Knebel des Zündschalters. Acht Minuten. Das Uhrwerk begann zu ticken.

»So«, sagte Drew, »das sollte uns hinreichend Zeit für ein kleines Gespräch gegben. Wenn nicht...« Er zuckte die Achseln.

»Du würdest dich selbst mit in die Luft jagen.«

»Im Augenblick bin ich das ewige Rennen so müde« – Drew atmete tief – »daß es mir eigentlich nichts ausmachen würde.«

»Das glaube ich dir nicht.«

Drew studierte Ray, hochgewachsen und schlank, mit einem schmalen, gutaussehenden Gesicht und tiefblauen Augen, die im Widerschein des Armaturenbretts glänzten. Er müßte jetzt Ende Fünfzig sein, aber er wirkte fit und jugendlich. Sein kurzes, sandfarbenes Haar zeigte silberne Fäden, aber die ließen ihn nur noch distinguierter erscheinen. Unter dem offenen Mantel trug er einen eleganten grauen Anzug, ein makellos weißes Hemd und eine gestreifte Clubkrawatte. Seine Schuhe waren maßgefertigt, italienisch. Sein Mantel, das stellte Drew jetzt zornig fest, war aus braunem Kamelhaar, dieselbe Art Mantel, wie ihn Ray an dem Sonntagmorgen im Oktober 1960 getragen hatte, als er zu dem Spielplatz in Boston gekommen war, wo Drew um seine Eltern getrauert hatte, um sein ruiniertes Leben.

Jetzt war es wieder Oktober. Wieder Boston.

Drews Kinnmuskeln spannten sich.

»Oh, ich glaube schon, daß du mich töten würdest«, sagte Ray. »Was du mit meinem Haus gemacht hast – oder was deine *Freunde* mit meinem Haus gemacht haben – ist höchst überzeugend. Du würdest mich schon erschießen, ja, sicher. Aber uns beide in die Luft jagen? Dein Leben mit drangeben?«

Drews Stimme klang belegt. »Du verstehst immer noch nicht.« Das Uhrwerk tickte. Drew warf einen Blick darauf. Weniger als sieben Minuten noch. »Du mußt dich selbst fragen, *warum* ich eigentlich den Wunsch haben sollte, weiterzuleben. Sag mir doch einen Grund.«

Ray runzelte verwirrt die Stirn. »Nun, das ist doch wohl klar: Jeder will leben.«

»Wofür? Warum meinst du eigentlich, daß ich in das Kloster eingetreten bin? Von meinem zehnten Lebensjahr an hab' ich mein Leben gehaßt. Der letzte glückliche Augenblick, den ich kannte, war die Sekunde, in der ich mitansehen mußte, wie meine Eltern in Stücke gerissen wurden. Alles, was nachher kam, war nur noch Verzweiflung.«

»Aber du hast doch Rache genommen für das, was ihnen passiert ist. Ich habe dir *geholfen*, dich zu rächen!«

»Aber den Frieden hat mir das ganz bestimmt nicht gebracht. Es hat immer einen anderen Terroristen gegeben, den ich töten sollte, einen Fanatiker, der bestraft werden mußte. Und dann traten andere an ihre Stelle – ein Ende hätte es nie gegeben. Und was habe ich erreicht?«

Ray wirkte verblüfft. Das Uhrwerk tickte. Er schluckte.

»Ich dachte, es wäre mein Recht, Rache für meine Eltern zu nehmen. Die Terroristen glauben, *sie* hätten recht, Regierungen anzugreifen, die sie für korrupt halten. Wieviel Arten von Recht kann es denn geben, Ray? Im Namen dessen, was ich für Recht hielt, habe ich dasselbe getan, wofür ich sie verurteilte. Ich habe unschuldige Leute gemordet. Ich selbst wurde zu dem Feind, auf den ich Jagd machte.«

»Das Uhrwerk«, sagte Ray.

»Darauf kommen wir. Sei ganz ruhig. Weil ich dir jetzt nämlich das mit dem Kloster erklären möchte. Ich bin sicher, du bist gespannt darauf, es zu erfahren. In dem Augenblick, als mir klar wurde, was ich geworden war, wollte ich die Welt und ihre Schrecken verlassen, wollte den Wahnsinn ohne mich seinen Weg gehen lassen. Sollte die Welt sich doch selbst zur Hölle jagen – was interessierte das mich schon. Das Kloster gab mir Zuflucht. Aber du hast es zerstört. Du hast mich in all das Schreckliche zurückgetrieben. Und das kann ich dir nicht verzeihen.«

Sechs Minuten.

»Ich bin ein Sünder, Ray, das weiß ich. Aber du bist auch ein Sünder. Du hast mich zu dem gemacht, was ich bin.«

»Augenblick! Niemand hat dich gezwungen. Du *wolltest* meine Hilfe!«

»Du hast mich durch Manipulationen dazu gebracht, mich Scalpel anzuschließen. Weißt du, was ich glaube? Manchmal denke ich in den schwärzesten Tiefen meines Verstandes, daß *du* es warst, der den Tod meiner Eltern befohlen hat.«

»Ich habe deine Eltern geliebt!«

»Sagst du. Aber ist es nicht interessant, wie viele verschiedene Motive es dafür gegeben haben könnte, sie zu töten? Ein fanatischer Japaner könnte beschlossen haben, meine Eltern als Rache für die Atombomben, die wir auf Japan geworfen haben, in die Luft zu jagen. Einfach um uns zu zeigen, wie wenig man uns dort haben wollte. Oder es könnte sein, daß die Sowjets meine Eltern getötet haben, um die Spannungen zwischen Japan und Amerika zu schüren, um das neue Verteidigungsbündnis in Frage zu stellen und dafür zu sorgen, daß Amerika aus Südostasien ferngehalten wurde. Oder vielleicht hatte jemand wie du die schlaue Idee, meine Eltern in die Luft zu jagen und die Schuld dafür den Japanern in die Schuhe zu schieben, um sie aus Scham dazu zu bringen, mit ihren Demonstrationen aufzuhören.«

»Das ist nicht wahr! Ich habe nie...!«

»Irgend jemand hat es aus einem dieser verqueren Motive getan! Vielleicht warst es nicht du. Aber du warst jedenfalls bereit, mich dazu zu bringen, diesen Jungen und seine Eltern in Frankreich zu töten. Für mich bist du auch nicht anders als der selbstgerechte Mistkerl, der meine Eltern getötet hat. Wenn ich ein Sünder bin, bist *du* ein Sünder. Und ich denke, es ist Zeit, daß wir für unsere Sünden Buße tun – du nicht auch?«

Wieder starrte Ray auf das Uhrwerk. Weniger als fünf Minuten jetzt.

»Drew! Um Christi willen...«

»Ja, das ist richtig. Und jetzt bekommst du es. Um Christi willen.«

Plötzlich verspürte er ein Gefühl der Erschöpfung, fing zu zittern an. Die Jacht tauchte dröhnend immer tiefer in die Schwärze der Bucht hinein. Hinter ihnen war der Flammenschein des Hauses zu einem schwachen Glühen zusammengeschrumpft.

»Du glaubst nicht, daß ich mich mit dir in die Luft sprengen würde?« fragte Drew. »So, wie mir im Augenblick zumute ist, kann ich mir nicht vorstellen, warum ich das nicht tun sollte.«

»Nein.« In Rays Augen flackerte plötzlich Hoffnung auf. »Das darfst du nicht. Das wagst du nicht. Das ist Selbstmord. Du würdest damit automatisch deine Seele verdammen.«

»Natürlich. Aber ich verdiene es, zur Hölle zu fahren. Und *du* tust das ganz sicherlich. Wegen des Angriffs auf das Kloster. Wegen Janus und der Angriffe auf die Kirche.«

»Aber jetzt warte doch, Drew. *In Wirklichkeit* gibt es doch keine Hölle. Wovon redest du?«

Drews Erschöpfung hatte jetzt einen fast unerträglichen Grad erreicht. Er konnte kaum noch zuhören.

»Es gibt keinen Gott, Drew. Der Aberglaube hat deinen Verstand verwirrt. Schalte diesen Zünder ab. Bitte! Laß uns reden!«

»Das tun wir doch. Keinen Gott? Keine Hölle? Ist dir nach einem kleinen Spielchen zumute, Ray? Was meinst du – wollen wir's herausfinden?«

»Nein!«

»Das ist aber schade. Mir ist nämlich nach einem Spielchen zumute. Aber ich muß ehrlich sein. Du hast recht. Ich habe nicht die Absicht, Selbstmord zu begehen.«

»Dann wirst du den Zünder abschalten?«

»Nein. Ich habe etwas anderes im Sinn. Einen kleinen Test. Unmittelbar bevor die Jacht explodiert, werden wir beide, du und ich, über Bord gehen.«

»Wir sind doch meilenweit vom Ufer entfernt! Das Wasser ist eiskalt! Wir würden nie den Strand...«

»Mag sein. Das meine ich ja, wenn ich sage, daß mir nach einem Spiel zumute ist. Es hat einmal eine Zeit gegeben, das war im Mittelalter, als man dadurch erprobte, ob jemand ein Sünder war, daß man den Betreffenden in eiskaltes Wasser warf und ihn zwang, stundenlang dort zu bleiben. Er hat die Probe bestanden, wenn Gott ihm erlaubte, weiterzuleben. Woran ich denke, ist, daß Gott, wenn wir in dem Wasser sterben, mit uns nicht glücklich war. Aber es wäre kein Selbstmord. Weil Gott nämlich jetzt die Kontrolle übernommen hat. Wenn er uns erlaubt, zu überleben, wenn er es uns gestattet, zum Ufer zu gelangen, dann wird das ein Zeichen sein, daß er nicht zornig ist. Er wird uns die Chance geben, unsere Seele zu retten.«

Ray zitterte. »Du bist verrückt geworden.« Er starrte in das kalte, finstere Wasser. Auf den Zünder. Beinahe drei Minuten. »Was willst du wissen? Aber schalte den Zünder...«

Drew richtete die Mauser auf ihn und schüttelte den Kopf. »Es hängt davon ab, was du zu sagen hast. Ich werde sogar großzügig sein und dir beim Anfangen helfen. Scalpel, Ray. 1980 hat man dich, weil du deine Vollmachten überschritten hattest, weil das Programm gefährlich außer Kontrolle geraten war, gezwungen, den Dienst zu quittieren. Scalpel wurde aufgelöst. Also hast du die Risk Analysis Corporation gegründet.«

»Wie hast du erfahren...?« Ray starrte das Uhrwerk an. »Also gut, ja. Ein privater Abwehrdienst.«

Drews Augen loderten. »Ein privater *Meuchelmörderdienst*.«

»Wir arbeiten für große Firmen. Manchmal für andere Abwehrnetze. Wir haben beispielsweise mitgeholfen, die Rebellen in Nicaragua zu organisieren. Auf diese Weise gibt es weniger Kritik darüber, daß die USA sich in fremden Ländern einmischen. Weil der CIA nicht offiziell eingeschaltet ist, vermeidet das Klagen seitens des Kongresses, stellt aber immer noch sicher, daß die Kommunisten in...«

»Reden wir nicht über *Nicaragua*! Janus interessiert mich, ich will etwas über Janus hören!«

Ray nahm die Hand vom Steuer und gestikulierte ungeduldig. »Laß mir Zeit! Ich...!« Drews Finger spannten sich um den Abzug der Mauser. »Die Hand zurück an das Steuer, oder du lebst nicht mehr, wenn diese Bombe explodiert.«

Ray umfaßte das Steuer wieder. Seine Augen huschten zu dem tickenden Uhrwerk hinüber. Zwei Minuten und fünfundvierzig Sekunden.

»Janus!« sagte Drew wieder. »*Warum?*«

Rays Brustkasten hob und senkte sich. »Wir haben da einen Auftrag im Iran. Um den Ayatollah zu beseitigen.«

»Ja.« Drew lächelte bitter. »Unser alter Freund, der Ayatollah. Ist es nicht erstaunlich, wie der Weg immer wieder zu ihm zurückführt? Von wem hast du den Auftrag gegen ihn?«

»Das hat man mir nie gesagt. Ein allein arbeitender Unterhändler ist mit dem Angebot zu uns gekommen. Aber ich habe immer angenommen, daß es der Irak wäre.« Rays Erregung stieg, während das Uhrwerk unerbittlich weitertickte.

»Welchen Unterschied macht es eigentlich, wer uns bezahlt? Ich habe den Auftrag mit Freuden angenommen. Der Ayatollah ist ein Wahnsinniger. Man muß etwas gegen ihn tun.«

Zwei Minuten und zwanzig Sekunden.

»Du solltest dich jetzt besser beeilen, Ray!«

»Wir sind nicht an ihn herangekommen. Bis jetzt haben wir es fünfmal versucht. Was auch immer wir tun, er scheint es jedesmal zu ahnen. Also haben wir eine andere Taktik versucht. Oh, bitte, schalte ab... Wir wollen den Westen zu der Entscheidung bringen, daß er so wahnsinnig ist, daß etwas gegen ihn unternommen werden muß, um ihn aufzuhalten. Etwas so Unerhörtes, daß die USA und Europa gegen ihn Partei für den Irak ergreifen.«

»Janus. Was ist mit Janus?«

Das Uhrwerk tickte unablässig.

»Du hattest einen Schlag gegen den Ayatollah verpatzt. Es sah so aus, als ob du zum Verräter geworden wärst – dich an ihn verkauft hättest. Aber selbst wenn das nicht der Fall war, warst du instabil geworden, konnte man dir nicht mehr trauen – in Anbetracht all dessen, was du wußtest. Es hat mir unsagbar weh getan, es tun zu müssen.«

»Aber du hast versucht, mich töten zu lassen.«

»*Versucht?* Ich war *sicher*, daß du tot warst. Später, nachdem Risk Analysis gegründet worden war, nachdem wir den Auftrag gegen den Ayatollah hatten, fiel mir eine Möglichkeit ein, dich sogar im Tode zu benutzen.«

Eine Minute und vierzig Sekunden.

Ray schauderte. »Ich erfand Janus. Den Zweigesichtigen. Dich. Den Verräter, der die Seiten gewechselt hatte und für den Ayatollah arbeitete. Da du nicht mehr existiertest, würden die Behörden ein Gespenst jagen. Um sie auf der Spur zu halten, benutzte ich Mike dazu, gelegentlich in Erscheinung zu treten. Nicht für irgendwelche gefährlichen Dinge. Ein unscharfes Foto, das in der Nähe eines Einsatzortes aufgenommen wurde. Ein Gespräch mit einem Hotelangestellten, der sich später an ihn erinnern würde, wenn die Behörden sich nach Fremden erkundigten. Sobald wir Janus etabliert hatten, zog Mike sich zurück. Er nahm etwas zu, änderte seinen Haarschnitt. Er lebte ziemlich zurückgezogen, aber nach einem regelmäßigen Rhythmus. Er hatte Alibis. Niemand konnte ihn mit Janus in Verbindung bringen. Dann übernahmen meine Leute die Aufträge. Drew, das *Uhrwerk*!«

»Aufträge gegen die katholische Kirche?« Die Empörung in Drew war so überwältigend, daß er seinem Onkel am liebsten den Pistolenkolben ins Gesicht geschlagen hätte. »*Du hast Priester getötet – nur als Bluff, als reine Finte?*«

»Ein heiliger Krieg. Wir wollten, daß es so aussehen sollte, als würde der Ayatollah einen *Dschihad* gegen die Kirche führen. Er ist fanatisch genug, um so etwas zu tun. Ein neuer Kreuzzug – nur in umgekehrter Richtung. Diesmal nicht im Nahen Osten, sondern in Europa.«

Fünfundfünfzig Sekunden.

»Schalt ab!«

Drew berührte den Knopf an der Skala. »Und dann würdest du Beweise für das veröffentlichen, was der Ayatollah angeblich getan hatte. Der Westen würde mit Empörung darauf reagieren und ihn zerschmettern. Und sobald der Staub sich gelegt hätte, hätte der Irak das erreicht, was er wollte.«

»*Die Welt* hätte gesiegt! Das Geld ist mir gleichgültig. Was ich getan habe, war notwendig!«

Drew wiederholte das Wort, er spie es fast verächtlich aus. »*Notwendig?*«

»Ja! Und jetzt schalt ab!«

Drew zuckte die Achseln und ließ das Uhrwerk die letzten Sekunden austicken. Er lächelte. »Leb wohl, Onkel Ray.«

Ray stöhnte. »Nein! Warte! Du wirst es wirklich tun?«

»Du solltest besser anfangen, an Gott zu glauben. Wenn ich du wäre, würde ich jetzt Reue zeigen. Erinnerst du dich daran, wie es geht? ›O mein Gott, ich bereue...‹«

Mit einem Schrei machte Ray einen Satz auf das Heck zu. Eine Welle erfaßte die Jacht und unterstützte seinen Sprung. Er ging über Bord, tauchte in die Schwärze.

Das Uhrwerk hielt an. Ein kalter Wind biß in Drews Gesicht. Wellen, die gegen den Rumpf der Jacht schlugen, hüllten ihn in eisigen Nebel. Er schaltete den Motor ab. Die Nacht wurde still – abgesehen vom Pfeifen des Windes und dem dröhnenden Aufprall der Wellen. Er schnappte sich eine gummiarmierte Taschenlampe vom Armaturenbrett und ging ans Heck, sah auf Ray hinunter, der sich abmühte, in dem aufgewühlten Wasser nicht unterzugehen.

Erschreckt sah Ray mit zusammengekniffenen Augen in den Lichtkegel.

»Wenn ich du wäre, würde ich den Mantel ausziehen«, sagte Drew. »Der wird dich in die Tiefe ziehen.«

»Die Bombe!« Ray schlug im Wasser um sich.

»Das hab' ich übersehen. Ich vergaß, das Uhrwerk mit der Sprengkapsel zu verbinden. Wie gesagt, ich hatte nicht vor, Selbstmord zu begehen.«

»Du Hundesohn!«

»Da! Nimm diesen Rettungsring.« Drew warf ihn ihm hin.

Ray klammerte sich daran fest und spuckte Wasser. »Kalt.« Seine Stimme zitterte. »So kalt. Das kannst du dir nicht vorstellen.«

Drew sah ihn ungerührt an.

»Bitte! Zieh mich an Bord!«

»Tut mir leid. Ich hab' dir den Rettungsring gegeben, damit du nicht ertrinkst. Aber das heißt nicht, daß ich dich nicht an Unterkühlung sterben lasse. Ertrinken geht zu schnell, und manche sagen, es sei sogar angenehm. Aber so...«

»Du Dreckskerl, ich hab' getan, was du verlangt hast! Ich hab' dir gesagt, was du wissen wolltest!« Rays Gesicht war erschreckend weiß. Seine Zähne klapperten. »*Bitte!*«

»Aber du hast mir nicht alles gesagt. Diese Priester, die Janus ermordet hat. Wie hast du es fertiggebracht, einen solchen Befehl zu erteilen? Wie konntest du glauben, daß je aus dem Mord unschuldiger Priester Gutes kommen könnte?«

Mit bebender Stimme antwortete Ray, während er im Wasser wild um sich schlug. »Wenn diese Priester in ihrem Glauben stark waren, sind sie in den Himmel gekommen. Sie waren Märtyrer. Sie haben ihr Leben aufgegeben, um den Ayatollah aufzuhalten. Und das rechtfertigt *alles*.«

»Du behauptest, diese Priester seien in den Himmel gekommen? Dabei hast du vor einer Weile gesagt, du würdest nicht an ein Leben nach dem Tod glauben. Du würdest alles sagen, alles *tun* für ein Ziel, das du für richtig hältst.« Drew machte eine Pause. Er war jetzt völlig sicher. »Du hast meine Eltern getötet, um eines Prinzips willen.« Die Galle stieg ihm in die Kehle. Er hatte Angst, sich übergeben zu müssen.

»Aber das habe ich nicht! Bitte... So kalt. Hol mich hier heraus!«

»Wir werden sehen. Das hängt alles davon ab, wie du meine nächsten Fragen beantwortest. Dann werde ich entscheiden, was mit dir geschehen soll. Das Kloster. Ich muß herausbekommen, wie das mit dem Überfall auf das Kloster war. Wie hast du herausgefunden, daß ich nicht tot war? Wie erfahren, wo ich war?« Obwohl Drew die Antwort ahnte und deswegen nahe daran war, sich zu erbrechen, mußte er es genau wissen.

»Jake.« Eine Welle schlug Ray in den offenen Mund und ließ ihn nach Luft ringen.

»Was ist mit ihm? Was ist mit ihm geschehen?«

Mit klappernden Zähnen und blauem Gesicht quälte Ray sich ab, nicht in dem kalten, schwarzen Wasser unterzugehen. »Ich habe ihn dabei erwischt, wie er auf Janus Jagd machte. Meine Männer haben ihn festgenommen. Und dann hat er mir unter dem Einfluß von Amytal gestanden, daß er dich nicht getötet hatte. Er hat mir von dem Kloster erzählt.«

»Und du hast ihn töten lassen?«

»Er wußte zuviel. Man konnte ihm nicht vertrauen. Es mußte sein.«

»Nein!« Drew schauderte vor Abscheu. Er schrie sein Leid hinaus.

Wie konnte er es Arlene sagen?

»Meine Arme.« Ray sank und kam dann wieder mit Mühe an die Oberfläche. »Krämpfe. Hilf mir. Kalt... Im Namen... Bitte! So kalt!«

Jake tot? Drew hatte die ganze Zeit mit der Möglichkeit gerechnet. Er hatte geglaubt, er sei darauf vorbereitet, sie zu akzeptieren. Aber jetzt war er davon so benommen, daß er Rays Flehen fast nicht hörte. Eine Welle schlug über die Bordwand, klatschte gegen Drews Gesicht und riß ihn aus seiner Benommenheit.

Wieder ging Ray unter.

Die Rache verlangte ihr Recht. Es würde ein so gutes Gefühl sein, Ray sterben zu lassen, und doch würde Rays Tod Jake nicht zurückbringen.

Ray kam nicht wieder herauf. Drew begriff. Gott stellte ihn auf die Probe. Die Konsequenz war klar. Ich kann nicht darauf hoffen, daß Gott Barmherzigkeit zeigt, wenn ich nicht jemand anderem gegenüber auch barmherzig bin.

Drew zerrte verzweifelt an dem Tau, an dem der Rettungsring befestigt war. Aber als er Ray schließlich an die Oberfläche gezogen hatte, war sein Körper reglos, der Mund stand ihm offen, und Wasser rann aus den Mundwinkeln.

Nein!

Drew zog mit aller Kraft an der Leine und zerrte Ray verzweifelt über die Bordwand, ließ ihn auf das Deck plumpsen.

Ray stöhnte. Er lebte!

Ich muß ihn erwärmen!

Auf der Suche nach Decken, heißem Tee und trockenen Kleidern rannte Drew auf die Luke zu, die unter Deck führte. Nein! wurde ihm klar. *Ich sollte ihn mitnehmen. Hier oben ist es zu kalt. Die Gischt macht die Decken naß!* Er wirbelte herum und rannte zurück zu Ray.

Und warf sich auf das Deck, als sein Onkel feuerte.

Rays Hand zitterte, eine Folge des eisigen Wassers, in dem er sich befunden hatte. Seine Kugel verfehlte Drew, bohrte sich in die Kabinenwand. Ray packte die Pistole mit beiden Händen, fluchte, während er zu zielen versuchte.

Drew schoß ihm dreimal ins Gesicht.

Und schrie. Vor Wut, Enttäuschung, fast Verzweiflung. Zu viel Tod. Überall. Aber diesmal hatte er versucht, es zu vermeiden.

Sinnlos, nutzlos.

Und das Schlimmste war, daß er wußte, was ihm bevorstand. Er würde Arlene sagen müssen, daß ihr Bruder tot war. Er wußte, was Father Stanislaw jetzt von ihm verlangen würde. Seine Heimsuchung war immer noch nicht vorbei.

Die Wellen peitschten ihm eisigen Sprühregen ins Gesicht. Die Dunkelheit schloß sich um ihn.

22

Der Gott der Anfänge.

Drew stand auf dem Friedhof in Boston und sah wieder einmal auf die Gräber seiner Eltern hinab; ein Ritual, dem er nicht mehr hatte nachkommen können, seit er das Kloster verlassen hatte. Robert und Susan MacLane. Ihre Geburtsdaten waren unterschiedlich, das Todesdatum dasselbe. 25. Juni 1960. Es überlief ihn kalt, als er sich an die einzelnen Stücke der Leiche seines Vaters erinnerte, die die Explosion über den japanischen Garten verteilt hatte. Und die Glassplitter, die aus den blutigen Wangen seiner Mutter herausragten.

In meinem Anfang ist mein Ende.

Seit Onkel Rays Tod war ein Tag vergangen. Während er die Gebete für die Toten sprach, hatte Drew den Leichnam über Bord geworfen und die Jacht in südlicher Richtung an der Küste entlang gesteuert, bis er eine private Anlegestelle fand, wo er seine Fingerabdrücke entfernt und das Boot dann hatte treiben lassen, hinaus in die Bucht. In der Dunkelheit begab er sich zurück nach Boston.

Jetzt ging die Sonne wieder unter. Während das Zwielicht ihn langsam einhüllte, fuhr er fort, die vor seinen Augen verschwimmenden Namen auf den Grabsteinen anzustarren. Eine kalte Brise zerzauste ihm das Haar.

Eine Gestalt näherte sich, ohne den Versuch zu machen, sich vor ihm zu verbergen. In den sich verdichtenden Schatten erkannte Drew nicht genau, wer es war; aber weil die Gestalt sich um Auffälligkeit bemühte, beunruhigte sie ihn nicht. Er sah einen weißen Fleck vor einem schwarzen Mantel. Eine Schlinge für einen verletzten Arm. Father Stanislaw.

Der Priester trat neben ihn, und seine Stimme klang respektvoll. »Störe ich? Wenn ja, kann ich bei meinem Wagen auf Sie warten.«

»Nein. Bleiben Sie nur, wenn Sie mögen. Sie stören mich nicht. Aber woher wußten Sie, daß ich hier bin?«

»Wahrscheinlich könnte ich jetzt behaupten, ich würde Sie gut genug verstehen, um Ihre Handlungen vorherzusagen.

Aber in Wirklichkeit ist es so, daß Sie Arlene heute nachmittag beim Aufwachen im Stadthaus gesagt haben, wohin Sie gehen wollten. Ich hoffe, Sie haben nicht das Gefühl, daß sie Ihr Vertrauen verletzt hat, indem sie es mir gesagt hat.«

»Nein, keineswegs. Ich vertraue auf ihr Urteil.«

»Hier ist es friedlich.«

»Ja. Friedlich.« Drew wartete, daß der Priester ihm sagte, was er im Sinn hatte.

»Als wir uns das erstemal begegneten« – Father Stanislaws Stimme klang kräftig – »fragten Sie mich nach meinem Ring. Ich sagte Ihnen damals, daß ich es Ihnen erklären würde, sobald wir einander besser kannten.«

»Die Brüderschaft des Steins?« Drews Interesse war geweckt.

»Ja.«

Selbst im Schatten des anbrechenden Abends schien es, als würde in dem Rubin ein schwaches Feuer leuchten. Father Stanislaw rieb über das Emblem des Kreuzes mit dem Schwert. »Dies ist eine Kopie eines Ringes, der bis in die Zeit der Kreuzzüge zurückreicht. Geschichte. Sind Sie in Geschichte bewandert?«

»Sie haben meine Aufmerksamkeit, wenn Sie das meinen.«

Father Stanislaw gab ein glucksendes Geräusch von sich. »Palästina«, sagte er. »Elfhundertzweiundneunzig. Der Dritte Kreuzzug. Damals drangen mit dem Segen des Papstes Armeen aus Frankreich und England in das Heilige Land ein, um es den Moslems, den Heiden wegzunehmen. Aber bei der siegreichen Belagerung von Akka kam es zu Spannungen zwischen den französischen und englischen Truppen. Sie müssen wissen, die Engländer erhoben Anspruch auf umfangreiche Territorien in Frankreich, und der französische König Philip beschloß, die Chance zu nutzen, sich einen Vorteil zu verschaffen, und zog seine Truppen aus dem Heiligen Land ab. Seine Absicht war es, die Herrschaft über jene strittigen Regionen in Frankreich zurückzugewinnen, während der englische König Richard und seine Armee im Heiligen Land blieben und den Kreuzzug fortsetzten.«

»Politik«, sagte Drew verächtlich.

»Aber schlau. Und daraus entstand etwas Gutes. Ehe die Franzosen nach Europa zurückkehrten, trafen sich ihre Abwehroffiziere – wie man das heute nennen würde – mit ihren englischen Kollegen. Als Geste ihrer durch das gemeinsame Ziel begründeten Brüderschaft schlugen die Franzosen trotz ihrer politischen Differenzen eine Lösung für ein zunehmend gefährlicher werdendes Problem vor, mit dem die Engländer sich jetzt allein auseinandersetzen mußten. Die Assassinen.«

»Ja. Die ersten ihrer Art. Der Anfang des Terrorismus«, sagte Drew.

»Ja, für die Kreuzfahrer waren sie schierer Terror. Als Ritter waren sie einen edlen Schlachtenkodex gewöhnt, den offenen Kampf von Angesicht zu Angesicht. Sie hatten keine Erfahrung mit einem Feind, der es für ebenso edel hielt, im Schutze der Nacht anzugreifen, in das Zelt des Gegners einzudringen und ihn zu töten, solange er hilflos war, unbewaffnet, im Schlaf. Den Assassinen bereitete es besondere Freude, den Kopf eines Kreuzfahrers abzuschneiden und ihn auf den Altar zu legen, wo am nächsten Morgen die Messe gefeiert wurde. Dieses barbarische Tun ließ die Kreuzfahrer glauben, ihre Welt sei aus den Angeln geraten.«

»Der Zweck des Terrorismus.«

»Genau. Zu töten, um zu demoralisieren. Aber die französischen Abwehroffiziere schlugen, ehe sie das Heilige Land verließen, eine Lösung vor. Ihr Vorschlag war es, Feuer mit Feuer zu bekämpfen, Meuchelmörder gegen Meuchelmörder einzusetzen. Den Feind selbst so zu demoralisieren, wie man sie demoralisiert hatte. Die Engländer hatten ernste Einwände gegen diesen Vorschlag. ›Auf das Niveau unseres Feindes herabsteigen? Niemals.‹ Aber am Ende stimmten die Engländer zu. Weil der christliche Meuchelmörder keiner aus ihrer Mitte sein würde, sondern vielmehr ein ehemaliger Moslem. Ein Palästinenser, der zum wahren Glauben des Katholizismus übergetreten war. Ein Mönch im Benediktiner-Kloster von Monte Cassino, Italien.

Dieser Mönch kannte infolge seiner Herkunft die Traditionen der Assassinen. Und weil er ihrer Rasse angehörte, könnte er sich mühelos in ihrer Mitte bewegen. Ein Meuchelmörder, der seinerseits Meuchelmörder angriff – er würde den Terror mit Terror bekämpfen. Aber *dieser* Terror wäre anders. Mit dem Segen des Papstes würde dieser Mörder für Gott töten. Sein Terror wäre ein heiliger.«

Drew hörte mit wachsender Unruhe zu; die Dunkelheit drohte ihn zu ersticken.

»Der christliche Name dieses Mönches war Father Jerome. Sein Moslem-Name ist nie bestätigt worden, obwohl er der Legende nach Hassan ibn al-Sabbah lautete, durch einen göttlichen Zufall derselbe Name wie der Gründer der Moslem-Assassinen-Bruderschaft. Ich halte das für apokryph. Aber kein Zweifel besteht an seinen Leistungen. Er jagte den Terroristen Schrecken ein, und am Ende seiner Dienste für Gott, als der Dritte Kreuzzug vorüber war, kehrte er in das Kloster auf dem Monte Cassino zurück, wo ihm die Ehre und der Lohn zuteil wurden, die er verdiente.«

»Unter ›Lohn‹ verstehen Sie den Ring?«

»Nein, das kam später. Tatsächlich bekam diesen Ring zuerst ein anderer, obwohl er nach einer Weile auch Father Jerome übergeben wurde.«

Die kalte Nachtluft ließ Drew frösteln. »Wenn Sie jetzt mit mir ›Frage und Antwort‹ spielen wollen...«

»Verzeihen Sie mir, wenn ich etwas unklar erscheine. Die Geschichte ist kompliziert. Am Ende des Dritten Kreuzzuges schickte sich der englische König Richard – dem man den Namen Löwenherz verliehen hatte – an, nach England zurückzukehren. Zum einen wollte er den Kreuzzug beenden, weil er erkannt hatte, daß er einen Fehler gemacht hatte, indem er den Franzosen gestattete, vor ihm zurückzukehren. Der französische König Philip hatte mit Richards Stellvertreter einen verschwörerischen Handel geschlossen. Tatsächlich trat damals Richards Bruder, John, als Staatsoberhaupt auf. Dieser Handel sollte die Auseinandersetzung über die englischen Ländereien in Frankreich beilegen. John verpflichtete sich, Englands Anspruch auf die Ländereien in Frankreich aufzugeben, Philip seinerseits verpflichtete sich, Johns Anspruch auf den englischen Thron zu unterstützen – gegen den rechtmäßigen Anspruch Richards.«

»Und deshalb beschloß Richard, nach Hause zurückzukehren«, sagte Drew.

»Aber er wurde aufgehalten. Auf dem Rückweg vom Heiligen Land durch Europa wurde er von den Österreichern gefangengenommen und für Lösegeld festgehalten. Das Problem bestand darin, wie dieses Lösegeld aufbringen und bezahlen. Richards Bruder John wollte nicht, daß sein Bruder freigelassen wurde. John tat, was in seiner Macht stand, um zu verhindern, daß das Lösegeld bezahlt wurde. Er schickte Agenten aus, die vorgeben mußten, von Richard zu kommen, und ließ sie wertvollen Schmuck und dergleichen sammeln, unter dem Vorwand, daraus das Lösegeld bestreiten zu wollen. Aber alles wanderte in Johns eigene Schatztruhen. Unterdessen darbte Richard im Gefängnis. Am Ende fand Richard in seiner Verzweiflung eine Möglichkeit, um zu garantieren, daß seine Untertanen wußten, welche Lösegeldsammler in Wahrheit von ihm und nicht von John kamen.«

»Der Ring? Habe ich recht?«

»Ja, der Ring. Fast identisch mit dem, den ich trage.« Wieder rieb Father Stanislaw über den Rubin. »Richard gab seinen Ring einem vertrauten Helfer. Seine Untertanen hatten gelernt, den Ring mit ihm zu identifizieren. Indem der Helfer ihn zeigte, konnte er beweisen, daß das, was er sammelte, helfen würde, Richard aus dem Gefängnis zu holen und nicht in Johns Schatzkammer wandern würde.«

Drew schüttelte den Kopf.

»Zweifeln Sie am Erfolg dieser Taktik?« fragte Father Stanislaw.

»Um seinen Bruder aufzuhalten, brauchte John doch bloß einen Juwelier damit zu beauftragen, eine Kopie des Ringes herzustellen.«

»John hatte seine geistigen Grenzen. Daran dachte er nie. Hätte er das getan, dann hätte er vielleicht den Thron gewonnen. Statt dessen sammelten Richards Helfer mit Hilfe des Ringes das Lösegeld ein, und Richard wurde freigelassen. Er kehrte nach England zurück und besiegte seinen Bruder. *We-*

gen seines Ringes. Wegén *dieses* Ringes. Er war wichtig. Er war ein Lösungswort. Er besaß Macht.«

Drew wurde unruhiger; er fühlte, daß die Geschichte einen bedrohlichen Beigeschmack bekam.

Father Stanislaw fuhr fort. »Richard weigerte sich, Johns Übereinkunft mit den Franzosen anzuerkennen. Er führte seine Armee auf das Festland und gewann seine Territorien zurück. Aber dort sah ihn einer seiner Untertanen, ein französischer Bauer, eines Tages vor seiner Burg wandeln und schoß einen Pfeil auf ihn ab. Er verwundete ihn an der Schulter – eine Wunde, die nicht tödlich hätte sein dürfen; aber sie wurde unsachgemäß behandelt, wodurch sie zum Tode führte. Im Sterben bestand Richard darauf, daß man den Attentäter vor ihn brachte. ›Warum hast du mich getötet?‹ fragte Richard. Der Bauer antwortete: ›Weil du meine Frau vergewaltigt und meine Kinder verhungern lassen hättest.‹ Richard wandte ein: ›Meine Untertanen lieben mich. Alles, was ich wollte, war das Land. Ich hätte euch in Frieden leben lassen.‹ Aber der Bauer antwortete: ›Nein, dein Bruder hätte uns in Frieden leben lassen.‹ Und Richard begriff, wie dieser einfache Mann von seinen Feinden mißbraucht worden war, und sagte: ›Gott helfe dir. Du weißt nicht, was du getan hast. Ich verzeihe dir. Laßt diesen Mann unbestraft laufen.‹ Es heißt, der Priester, der an Richards Totenbett zugegen war, hätte ihn aufgefordert, seine Sünden zu bereuen, aber Richard vertrieb den Priester und starb, ohne die heiligen Sakramente empfangen zu haben.«

»Und der Bauer?« fragte Drew. »Ließ man ihn unversehrt laufen?«

Father Stanislaw trat in der Dunkelheit näher an Drew heran. »Das ist es, worauf ich hinaus will. Nachdem Richard gestorben war, überlegten seine zornigen Gefährten, ob sie den letzten Wunsch ihres Herrn erfüllen sollten. Sie wollten den Bauern verhören, um herauszufinden, ob noch jemand anderer in den Mord verwickelt war. Aber ehe sie das taten, nahm ein Priester dem Bauern die Beichte ab. Der Bauer starb, kurz nachdem sein Beichtvater gegangen war. Es scheint, daß er Selbstmord begangen hatte, indem er Gift schluckte, obwohl niemand herausfand, wie er das Gift bekommen hatte.«

»Von dem Priester?« fragte Drew.

»Hilft es weiter, wenn ich sagte, daß der Priester, der dem Bauern die Beichte abnahm, auch jener Priester war, dessen medizinische Behandlung Richards Leben nicht retten konnte?«

Drew lief es eisig über den Rücken. »Der Priester war Father Jerome?«

»Nein. Seine levantinischen Gesichtszüge hätten ihn verraten. Aber er war von Father Jerome ausgebildet.«

»Und warum tötete er...?«

»Um zu verhindern, daß der Bauer ausplauderte, daß König Philip ihn bezahlt hatte. Nur ein Priester konnte über den Verdacht erhaben sein, Richards Mörder zum Schweigen gebracht zu haben. Auf diese Weise wurde ein französisch-englischer Krieg abgewendet.«

»Das meine ich nicht. Warum ein Priester? Warum ließ Father Jerome sich da hineinziehen?«

»Für seine Dienste – und die Dienste seines Helfers – bekam Father Jerome für die Kirche, zu der er übergetreten war, etwas von dem englischen Landbesitz in Frankreich.«

Drew überkam Übelkeit. »Und die Kirche hat da mitgemacht?«

»Die Kirche, der Papst und seine Gefährten erfuhren nie etwas davon. Sie haben es *nie* gewußt. Die Brüderschaft des Steins ist ein Orden, der seinen Sitz an der Atlantikküste Frankreichs hat, in einer der Regionen, auf die England einmal Anspruch erhob. Ihr Symbol ist dieser Ring. Das Schwert mit dem Kreuz.«

»Religion und Gewalt?« Drew war erschüttert.

»Das Symbol eines Krieges für Gott. Heiliger Terror. Über die Jahre hinweg hat sich die Bruderschaft, dem Beispiel Father Jeromes folgend, immer dann für die Kirche eingesetzt, wenn die profane Welt sie bedroht hat. Soldaten für Christus. Militante Kirche. Wir kämpfen mit Satans Taktik gegen Satan. In der Zeit Richards – und noch stärker heute.«

Ebenso wie letzte Nacht, als Onkel Ray gestorben war,

hatte Drew auch jetzt das Gefühl, sich erbrechen zu müssen. Die Enthüllung machte ihn wachsam. Der Priester verriet ihm Dinge, die Drew nicht wissen sollte.

»Die drei Männer, die Ihnen gestern nacht geholfen haben – Sie haben ihre Ringe bemerkt – sind Mitglieder der Bruderschaft«, sagte Father Stanislaw. »Ich möchte betonen, daß unser Orden etwas anderes ist als Opus Dei, dessen Angehörige uns unterstützt haben. Opus Dei ist die Abwehrorganisation der Kirche. Wir sind ...«

»Die Meuchelmörder der Kirche.« Drew war empört. »Nur daß die Kirche nichts davon weiß.«

»Obwohl wir von der Kirche sanktioniert sind.«

»Das ergibt keinen Sinn. Sanktioniert? Wie? Wenn die Kirche es nicht weiß.«

»Durch Tradition. So, wie jeder Papst das Mandat erbt, das Christus dem Petrus übergeben hat, so erben wir die Absolution, die der Papst Father Jerome zur Zeit des Dritten Kreuzzuges erteilte. Ein Papst ist unfehlbar. Wenn man es in *jener* Zeit rechtfertigen konnte, für die Kirche zu töten, dann muß es in gleicher Weise zu rechtfertigen sein, zu anderen Zeiten für die Kirche zu töten.«

»Ich will nichts mehr hören.«

»Aber ich dachte, Sie fänden das interessant.« Father Stanislaw rieb seinen Ring. »Schließlich haben Sie um eine Erklärung des Steins gebeten. Angesichts Ihrer Reaktion begreifen Sie jetzt, weshalb ich gewartet habe.«

»Bis wir einander besser kannten.«

»Ja.«

Der Friedhof lag still in der sich herabsenkenden Nacht. Drew ahnte, was jetzt kommen würde.

»Schließen Sie sich uns an«, sagte Father Stanislaw.

Trotz seiner Vorahnung war Drew nicht darauf vorbereitet. Er reagierte automatisch – angewidert. »Ich soll ein Meuchelmörder für Gott werden?«

»In gewissem Maße sind Sie das bereits. Seit Sie das Kloster verlassen haben, haben Sie einige Menschen getötet. Um die Kirche zu schützen.«

»Ich hatte ein anderes Motiv.«

»Welches denn – am Leben zu bleiben? Sich an jenen zu rächen, die Sie angegriffen haben? Sie sind ein Mensch mit mehreren Seelen in der Brust. Als Kartäuser, der einmal ein Killer war, wenn auch aus den falschen Gründen, könnten Sie jetzt Ihre Fähigkeiten für die *richtigen* Gründe einsetzen. Um die Sicherheit des Heiligen Stuhls zu garantieren. Um die Mission Christi auf Erden zu verteidigen.«

»Die Mission Christi verteidigen?« Drew war nun nicht mehr fähig, seinen Zorn im Zaum zu halten. »Vielleicht habe ich ein anderes Neues Testament gelesen als Sie. Hat Christus nicht gesagt, daß man die andere Wange hinhalten und daß die *Friedlichen* die Erde erben sollen?«

»Aber das war vor seiner Kreuzigung. Die Welt, mein Freund, ist ein Ort der Verzweiflung. Ohne die Bruderschaft wäre die Kirche schon lange gescheitert. Die Geschichte – und sie ist die Aufzeichnung des Willens Gottes – hat unsere Sache gerechtfertigt.«

»Ich passe«, sagte Drew.

»Aber das können Sie nicht.«

»Töten? Damit will ich nichts mehr zu tun haben. Was ich will, ist Frieden.«

»Aber in *dieser* Welt ist Frieden nicht möglich. Nur ein langer, harter Kampf. Bis zum Tage des Jüngsten Gerichts.«

»Sie haben unrecht. Aber ich werde für Ihre Seele beten.«

Father Stanislaw atmete tief. »Ich habe Ihnen dreimal das Leben gerettet.«

»Das weiß ich. Und ich habe versprochen, alles zu tun, um dafür Ihr Leben zu retten.«

»Da erinnern Sie sich nicht richtig. Letzte Nacht haben Sie versprochen, daß Sie die Ihnen erwiesenen Gefälligkeiten auf *dieselbe* Art erwidern würden. Erinnern Sie sich daran, wie ich meine Bitte formuliert habe? Auf *dieselbe* Art erwidern! Und jetzt fordere ich Sie auf, Ihr Versprechen zu erfüllen. Ihr Wort zu halten. Schließen Sie sich uns an. Nicht um mein Leben zu retten – um das Leben der Kirche zu retten. Nutzen Sie Ihre Talente zum Besten des Herrn.«

»Ich frage mich nur«, sagte Drew bitter, »welcher Herr das ist.«

»Gott. Ich fordere Sie auf, Gott zu dienen!«

»Aber wie viele Götter kann es denn geben? Der Ayatollah glaubt, sein Gott sei der einzig wahre. Die Hindus glauben das von dem ihren auch. Die Buddhisten. Die Juden. Die Moslems. Die Katholiken. Die Protestanten. Die Eingeborenen, die den Mond anbeten. Gott kommt wirklich weit herum. Und wie es scheint, verlangt er eine Menge Morde. Wieviel Millionen sind denn für ihn gestorben? Sie sagen, die Geschichte sei die Aufzeichnung des Willens Gottes? Für mich ist sie eine ununterbrochene Folge heiliger Kriege. Und jede Seite war absolut sicher, daß sie recht hatte! Alle vertrauten absolut darauf, daß sie, wenn sie für ihren Glauben starben, ihre Seelen retten würden! Nun denn, wie viele gute Sachen kann es denn geben? Wie viele Himmel? Letzte Nacht sagte mir Onkel Ray, daß er es für gerechtfertigt gehalten habe, den Anschein zu erwecken, als würde der Ayatollah die katholische Kirche angreifen – nur um den Ayatollah aufzuhalten. Die Priester, die gestorben waren, sagte er, würden wegen ihres unbewußten Opfers die Erlösung finden. Ray glaubte nicht einmal an Gott, und doch benutzte er die Religion, um sein Handeln zu verteidigen. Wahnsinn. Religion? Bewahre uns vor den Sünden, die wir im Namen der Religion begehen.«

Father Stanislaw schauderte. »Nehmen Sie den Ayatollah in Schutz?«

»Nicht mehr, als ich Sie in Schutz nehme. Oder Ray. Ich kann es verstehen, daß man tötet, um sich selbst zu verteidigen. Ich selbst habe das in den letzten zwei Wochen getan. Aber um eines Prinzips willen töten? Das ist unverzeihlich.«

»Dann gibt es ja keine Meinungsverschiedenheiten zwischen uns.«

Drew spürte, wie sein Herz schlug. »Wie können Sie das sagen?«

»Weil wir die Kirche schützen«, sagte Father Stanislaw, »*ist* es Selbstverteidigung.«

»Die Kirche sollte keinen Schutz brauchen. Wenn Gott hinter ihr steht – oder jeder anderen Religion –, dann wird *er* dafür sorgen, daß sie überlebt. Ohne Gewalt. Er hat Ihnen eine

Prüfung geschickt. Sie haben versagt. Ich sagte Ihnen, ich werde für Ihre Seele beten.«

Drew wandte sich ab und ging.

»Ich bin noch nicht fertig!« sagte Father Stanislaw.

Drew ging weiter.

Father Stanislaw folgte ihm. »Sie dürfen mein Angebot nicht ablehnen!«

»Das habe ich gerade.« Im Schatten führte ein Grabstein zum nächsten.

Father Stanislaw ließ nicht von ihm ab. »Da ist noch etwas, was ich Ihnen nicht gesagt habe.«

»Das wird keinen Unterschied machen.«

»Erinnern Sie sich, daß ich sagte, dieser Ring sei *beinahe* mit dem Richards identisch? Der Rubin ist derselbe. Der goldene Ring und die Fassung auch. Das Emblem. Das Schwert und das Kreuz.«

Drew ging an einem Grabmal vorbei.

»Aber es gibt einen ganz wesentlichen Unterschied.« Father Stanislaw ging dicht hinter ihm. »Der Stein läßt sich drehen. Und unter dem Stein ist ein winziges Fach. Und in dem Fach eine Kapsel. Das Gift wirkt blitzartig. Wenn nämlich ein Angehöriger des Ordens je festgenommen werden sollte, muß er garantieren, daß kein Außenstehender uns bedrohen kann. Unser Geheimnis muß bewahrt werden. Ich kann mir keinen anderen Umstand vorstellen, unter dem Selbstmord gerechtfertigt wäre. Sie verstehen doch sicherlich, was ich Ihnen sagen will. Wenn wir bereit sind, uns selbst zu töten, um das Geheimnis des Ordens zu schützen, sind wir auch zu anderen extremen Schritten bereit.«

Drew setzte seinen Weg durch die Dunkelheit fort.

»Mein Freund, wenn Sie jetzt nicht sofort stehenbleiben und sich verpflichten, sich uns anzuschließen, bin ich gezwungen, Sie zu töten. Kein Außenstehender darf je von uns wissen.«

Drew drehte sich nicht um. »Wollen Sie, daß ich es Ihnen leicht mache? Erwartet man von mir, daß ich versuche, mich zu wehren? Damit Sie sich gerechtfertigt fühlen? Den Teufel werde ich tun. Von hinten – so werden Sie mich töten müssen. Und Sie werden mir einen Gefallen tun. Denn wenn ich sterbe, indem ich Ihr Ansinnen ablehne, habe ich eine gute Chance, meine Seele zu retten.«

»Zwingen Sie mich nicht, das zu tun«, sagte Father Stanislaw. »Ich mag Sie inzwischen. Ich bewundere Sie sogar.«

Drew blieb nicht stehen.

»Ihre Entscheidung ist endgültig?«

Drew ging weiter und studierte düstere Grabsteine.

»Also gut.« Father Stanislaw seufzte.

»Sie wissen, daß ich keine Bedrohung für Sie darstelle. Ich würde nie etwas sagen.«

»Oh, sicherlich. Daran zweifle ich nicht. Sie würden nie etwas sagen.«

Drew spürte ein eisiges Prickeln zwischen seinen Schulterblättern, an der Stelle, wo das Messer oder die Kugel ihn treffen würde. Selbstverteidigung, dachte er. Es ist keine Sünde, wenn ich mich selbst schütze.

Das spuckende Geräusch einer mit Schalldämpfer versehenen Pistole ertönte schrecklich dicht hinter ihm. Er warf sich nach rechts, suchte hinter einem marmornen Todesengel Deckung, zog seine Mauser.

Aber anstelle eines weiteren spuckenden Geräusches hörte er ein Stöhnen. Er veränderte die Richtung, huschte um den Engel herum, riskierte es, sich dem Feuer auszusetzen.

Aber das Risiko war überflüssig.

Father Stanislaw sackte über einem grasbedeckten Grabhügel zusammen. Seine Pistole mit dem Schalldämpfer entlud sich. Mit einem erstickten Laut zerfetzte sie das Gras über dem Grab. Er fiel auf das Gras, mit dem Kopf auf den Grabstein zu. Zitterte. Und regte sich nicht mehr.

Drews Muskeln spannten sich, er suchte die Dunkelheit ab.

Ein Schatten bewegte sich. Er hielt den Atem an, duckte sich.

Der Schatten trat hervor, kam näher.

Jake.

EPILOG

»Und als Buße...«

Die Wanderer

1

Eine Stunde später betrat Drew das Stadthaus in Beacon Hill. »Wir sollten jetzt gehen«, sagte er zu Arlene.

Sie schien überrascht. »Jetzt gleich?«

»Was wir zu tun hatten, ist erledigt. Es ist sicherer, wenn wir nicht in der Stadt bleiben.«

Die Frau, die Father Stanislaw versorgt hatte, fragte, ob der Priester zurückkehren würde. »Nein, er ist in einer dringenden Angelegenheit abberufen worden. Er hat mich gebeten, Ihnen für Ihre Freundlichkeit zu danken. Er läßt auch Ihren Freunden und dem Mann danken, der uns dieses Haus zur Verfügung gestellt hat. Ich habe den Sportwagen in die Garage gestellt.« Drew gab ihr die Schlüssel für den Wagen und das Haus. »Möge Gott mit Ihnen sein.«

»Und mit Ihrem Geiste.«

»*Deo gratias.*«

2

»Was geht hier vor?« wollte Arlene wissen. »Warum die Eile?«

Drew ging mit ihr in der Dunkelheit um die Ecke.

Sie blieb verwirrt stehen, als sie sah, wo der Oldsmobile parkte. »Aber du hast doch gesagt, Father Stanislaw sei abberufen worden.«

»In einem endgültigen Sinne ist er das. Er ist tot.«

»Er ist *was*?«

»Jemand hat ihn erschossen.« Drew deutete auf den Kofferraum des Oldmobile. »Die Leiche ist dort drinnen.«

»Ihn erschossen?«
»Derjenige hat mir das Leben gerettet.«
»Aber *wer*?«
Drew öffnete die Beifahrertür.
Jake grinste. »Wie wär's mit einem Kuß, Schwesterchen?«
Sie brach in Tränen aus.

3

Jake hatte sich kaum verändert. Sein Schnurrbart war so rot wie eh und je, sein Haar dick, wirr und rot, seine Stirn hoch. Gutaussehend. Er trug Freizeitkleidung. Kletterstiefel. Neben ihm stand ein Nylonrucksack.

»Sie wollten, daß mein Tod wie ein Unfall aussehen sollte – damit du keine Fragen stellen würdest, Schwesterchen. Ich sollte beim Klettern stürzen. Die haben bloß vergessen, wie gut ich bin.« Jake grinste. »Ich ließ die Idioten, die mit mir zusammen waren, abstürzen und sah zu, daß ich verschwand.«

»Wenn du es mir doch gesagt hättest. Irgendwie hättest du mir eine Nachricht zukommen und mich wissen lassen können, wo du bist, damit ich mir keine Sorgen zu machen brauchte.«

»Aber was wäre gewesen, wenn sie *dich* verhört hätten? Wenn sie dir Amytal gegeben hätten, dann hättest du ihnen, obwohl du meine Schwester bist, sagen müssen, wo ich war, genauso wie sie mich mit Amytal dazu gebracht hatten, ihnen zu sagen, daß Drew noch lebte und in dem Kloster war. Ich konnte das Risiko nicht eingehen, mit dir Kontakt aufzunehmen. Ich habe die ganze Zeit in den Nachrichten gesucht, ob etwas über einen Angriff auf das Kloster bekannt wurde. Aber in den Zeitungen kam nichts und im Fernsehen auch nichts. Ich fing an, mir den Kopf zu zerbrechen. War etwas schiefgelaufen? Hatte Drew überlebt? Ich konnte nicht zu dir gehen, Schwesterchen, aber ich wußte, daß es einen Ort gab, den Drew ganz sicher aufsuchen würde, wenn er noch am Leben war. Vielleicht nicht sofort, aber irgendwann einmal.

Dieselbe Stelle, an der ich ihn neunundsiebzig gefunden habe.«
»Die Gräber meiner Eltern.«
»Und jetzt sind wir zusammen«, sagte sie.
Aber wie lange? fragte sich Drew.

4

Sie verließen Boston und fuhren mit dem Oldsmobile zurück nach Pennsylvania, nach Bethlehem, zu Arlenes Firebird, den sie in einer Parkgarage abgestellt hatten. Die Reise über die dreihundert Meilen Entfernung dauerte den größten Teil der Nacht. Unterwegs hielten sie in der Nähe von Stuart Littles Grab an, um Father Stanislaw in der Finsternis auf einem kalten, hohen, mit Bäumen bestandenen Hügel zu begraben.

Ehe sie die Leiche zudeckten, zogen sie ihm seine Priesterkleider aus und entfernten die Christophorus-Medaille, die er an einer Kette um den Hals trug, und seinen Ring. Und ebenso, wie er es getan hatte, als er Onkel Rays Leiche in der Bucht versenkt hatte, sprach Drew auch jetzt stumm das Gebet für die Toten. Vielleicht vergibt Gott wahrhaftig, dachte er. Vielleicht hat er Nachsicht mit all jenen, die ihn zu inbrünstig verehren. Und als dann ein schwacher Regen einsetzte – vielleicht als ein Segen – wandte Drew sich ab.

In Bethlehem weckte Arlene um vier Uhr morgens einen verschlafenen Garagenwärter, holte ihren Firebird ab und folgte Drew und Jake in dem Oldsmobile an eine abgelegene Stelle am Ufer des Lehigh River. In Regen und Finsternis schoben sie den Wagen des Priesters und die Waffen, die er enthielt, über die steile Böschung an einer tiefen Stelle in dem Fluß. Da die Fenster offen waren, sank der Wagen schnell.

Drew zog Father Stanislaws Ring aus der Tasche, strich mit dem Finger über das Kreuz und das Schwert auf dem Rubin und schleuderte ihn weit in den Fluß hinaus. In der Dunkelheit sah er nicht, wo er verschwand.

Es regnete jetzt stärker, so daß die Morgendämmerung

verdeckt war. Sie fuhren in östlicher Richtung, überquerten den Delaware nach New Jersey, wo sie die Erschöpfung schließlich zwang, eine Raststelle neben der Straße aufzusuchen. Drew schlief unruhig, weil ihn Alpträume plagten, bis die schrille Hupe eines vorbeirasenden Lastzuges sie alle drei aufweckte. Es war kurz nach elf Uhr vormittags. Müde und von Angst erfüllt setzten sie die Reise nach Osten fort.

Den ganzen Nachmittag lang wurden in den Nachrichtensendungen Einzelheiten über den Überfall auf Onkel Rays Villa und sein geheimnisvolles Verschwinden wiederholt. Es wurde erwähnt, daß er ein ehemaliger Abwehrbeamter war, der sich mit der Bekämpfung des Terrorismus befaßt hatte, und es war dem Anschein nach nicht ausgeschlossen, daß Terroristen ihn aus Rache entführt und getötet hatten.

Und dann wurde von einer Leiche berichtet, die man im State College in Pennsylvania im Keller eines von Studenten bewohnten Mietkomplexes gefunden hätte und die den Fotos eines internationalen Mörders ähnelte, der unter dem Namen Janus bekannt war. Aus vorangegangenen Berichten ging hervor, daß dieser bezahlte Killer verschiedene Identitäten benutzt hatte, darunter auch die eines Andrew MacLane, Mitglied einer aufgelösten Antiterroristengruppe, der 1979 verschwunden war. MacLane, so wurde vermutet, war von Janus getötet worden, weil ihre zufällige Ähnlichkeit es Janus erlaubte, die Identität MacLanes anzunehmen. Indem die Behörden auf MacLane, einen Toten, Jagd machten, könnten sie vom tatsächlichen Ziel ihrer Suche abgelenkt werden.

Drew, Arlene und Jake wechselten sich beim Fahren ab, bis sie schließlich New York erreichten, wo sie bis zum Einbruch der Nacht warteten, ehe sie anfingen, die Zwölfte Straße zu erforschen. Der Ziegelbau wurde offenbar nicht beobachtet. Drew überraschte das nicht; jetzt, da Onkel Ray verschwunden, Risk Analysis zerstört und Janus enttarnt war, gab es für niemanden Anlaß, das Haus zu beobachten. Weder Drew noch Arlene hatten Opus Dei ihre Namen bekanntgegeben. Daß Father Stanislaw tot war, wußte die Bruderschaft nicht. Verbindungen zwischen Arlene und Risk Analysis waren nicht herstellbar, auch nicht zu Drew. Und auch nicht zwischen Drew und ihr. Es schien also ungefährlich, das Haus zu betreten.

Aber da sie von Natur aus vorsichtig waren, betraten sie den Ziegelbau durch ein Gebäude an der Elften Straße, verließen das Gebäude durch den Hinterausgang und überquerten einen schmalen Garten, in dem Arlene einmal erfolglos versucht hatte, Blumen zu züchten.

Die Küche roch muffig. Arlene öffnete die Fenster und sah in den Kühlschrank – sie hatte alles weggeworfen, was etwa verderben könnte, ehe sie zu Beginn der Suche nach Jake zum Satanshorn gefahren war – und öffnete ein paar Dosen Thunfisch, die sie im Schrank aufbewahrt hatte.

»Du ißt immer noch kein Fleisch, wie?« meinte sie mit leichtem Sport, zu Drew gewandt.

Er lächelte nicht. »Das ist die letzte Gewohnheit, die ich vom Kloster beibehalten habe.«

Jake schien zu verstehen. »Ich sollte euch beide jetzt wohl besser alleine lassen.«

5

Drew sah Arlene über den Tisch an.

»Was ist denn?« fragte sie.

Er gab keine Antwort.

»Mach' ich dich nervös?« fragte sie.

»Weshalb solltest du mich nervös machen?« Er lächelte und ergriff ihre Hand.

»Weil du mir versprechen mußtest, daß wir reden würden, wenn das alles vorbei sei.«

Er erinnerte sich an das Versprechen und wurde ernst. »Ja, das habe ich gesagt.«

»Über die Zukunft. Über uns. Ich möchte nicht, daß du dich irgendwie unter Druck gesetzt fühlst«, sagte sie. »Ich weiß, daß du dich an vieles erst gewöhnen mußt. Nach sechs Jahren in einem Kloster. Aber es gibt da etwas, was wir früher einmal miteinander geteilt haben, etwas ganz Besonderes. Vielleicht können wir das eines Tages wiederhaben.«

»Eines Tages«, wiederholte er niedergeschlagen.

»Willst du ins Kloster zurückgehen? Ist es das, was du mir zu sagen versuchst?«

»Nein. Ich werde nicht zurückgehen. Das kann ich nicht.«

»Das kannst du nicht?«

Er brachte es einfach nicht fertig, es ihr zu erklären. Er hatte versprochen, daß sie reden würden, wenn das alles vorbei war. Aber er konnte einfach seine Besorgnis nicht unterdrücken, daß es noch nicht vorbei war. Erklären? Das zerstören, was vielleicht die letzten friedlichen Augenblicke sein könnten, die sie zusammen hatten? Statt dessen stand er auf, ging zu ihr hinüber und umarmte sie.

Ohne ein Wort zu sagen, gingen sie nach oben in ihr Schlafzimmer.

Und liebten sich endlich.

Er empfand keine Schuld. Was Arlene einmal gesagt hatte, stimmte: Sein Gelöbnis war nur das des Zölibats, nicht das der Keuschheit. Angesichts der Haltung, die die Kirche gegenüber gemeinschaftlichem Besitz einnahm, war Angehörigen eines religiösen Ordens nicht so sehr Sex verboten als das Heiraten. Es war dies eine gesetzliche, nicht etwa eine moralische Einschränkung. Um zu verhindern, daß eine Frau das teilen wollte, wofür ihr Mann arbeitete: den Besitz der Kirche.

Ansonsten war die Einschränkung nur eine der Selbstverleugnung. Und in diesem Augenblick, müde, im Herzen krank, war Drew die Selbstverleugnung egal. Es kam ihm in den Sinn, daß zwei menschliche Wesen, die einander gegenseitig Wohlbehagen bereiten, die den Schmerz des anderen lindern wollten, unmöglich etwas Unrechtes tun konnten.

Jetzt – nackt, seinen Körper an den ihren gepreßt, ihre Wärme fühlend, ihre schlanke, gelenkige, muskulöse Reaktion auf seine Stöße, hart und doch weich, fordernd und zugleich gebend – fühlte er eine Vollkommenheit in sich.

Es war ein sinnliches Gefühl, ja, auch erotisch. Aber es war mehr. Denn über das physische Vergnügen hinaus verdrängte dieses Miteinander-Teilen seine Einsamkeit, seine Angst, seine Ahnung eines bevorstehenden Unheils. In diesem langen, eine Ewigkeit dauernden Augenblick fühlte er sich nicht mehr verdammt.

Doch etwas zerschmetterte die Ewigkeit. Die Gegenwart verlangte grausam ihr Recht, als Drew das Telefon klingeln hörte.

Er zuckte von Arlenes Körper zurück, starrte das Telefon auf dem Nachttisch an.

Nein, noch nicht! Es gibt da noch Dinge, die ich sagen will! Ich wollte...!

Wieder klingelte das Telefon. Er fühlte, wie Arlenes Körper neben dem seinen erstarrte.

Aber ich bin noch nicht bereit! Hätten die uns nicht wenigstens noch ein paar Stunden zusammen geben können?

Das Telefon klingelte zum drittenmal. In dem sich aufbauenden Schweigen klang es besonders schrill.

»Ich sollte wohl besser drangehen«, sagte sie. »Vielleicht hat ein Nachbar die Lichter gesehen und will sich jetzt vergewissern, daß ich wieder da bin. Wir wollen ja nicht, daß die Bullen auftauchen und Einbrecher suchen.«

Er nickte gequält.

Sie nahm den Hörer ab. »Hallo?« Ihre Augen verdunkelten sich. »Wer? Tut mir leid. Ich kenne niemanden, der so heißt... O ja, ich verstehe. Wenn Sie's so ausdrücken.« Sie legte die Hand über die Sprechmuschel.

Drew brauchte nicht zu fragen, wer es war.

»Ein Mann möchte dich sprechen. Ich verstehe nicht, wie er wissen kann, daß du hier bist. Er sagt, er würde dir die Wahl lassen. Auf die bequeme Art oder...«

»Ich verstehe schon.« Bemüht, seine Unruhe zu unterdrücken, nahm Drew den Hörer. »Hallo?«

»Brother MacLane« – die Stimme war tief und wohltönend; Drew malte sich aus, wie die Stimme eine Messe zelebrierte – »wir wüßten gerne, was Father Stanislaw zugestoßen ist. Er hat sich nicht zur vereinbarten Zeit bei uns gemeldet. Wir wissen, daß er Sie rekrutieren wollte. Wir möchten, daß Sie uns sagen, was Sie mit ihm gemacht haben. *Und mit seinem Ring.*«

Der Raum schien zu schwanken. »Darüber kann ich am Telefon nicht sprechen.«

»Natürlich. Wollen wir uns in fünfzehn Minuten treffen? An dem Bogen am Washington Square? Das ist nur ein paar Straßen entfernt.«

»Ich werde dort sein.«

»Das wissen wir. Wir sind sicher, daß Sie ebenso wie wir daran interessiert sind, jedes Mißverständnis auszuräumen.«

»Ja, das ist es. Ein Mißverständnis.« Drew schluckte und legte auf.

Er griff nach seinen Kleidern.

»Wer *war* das?« fragte Arlene.

Er zog Hemd und Hosen an.

»*Wer?*«

»Die Bruderschaft.«

Sie schauderte.

»Sie wollen wissen, was Father Stanislaw passiert ist. Sie wollen, daß ich mich mit ihnen treffe. Am Washington Square.«

»Aber das Risiko darfst du doch nicht eingehen!«

»Ich weiß.« Er drückte sie an sich, lang und fest, und fühlte ihren nackten Körper, der sich gegen ihn preßte. »Wenn ich zulasse, daß sie mich in die Hände bekommen, dann werde ich bei allem Widerstand gezwungen werden, ihnen zu sagen, wer Father Stanislaw getötet hat: Jake – nicht ich. Und sobald sie mit mir fertig sind, werden sie sich Jake vornehmen und dann vielleicht dich. Das darf ich nicht zulassen. Herrgott, ich liebe dich!«

Sie hielt ihn so fest, daß seine verletzte Schulter zu pochen anfing. »Aber wohin wirst du gehen?«

»Darauf wage ich nicht zu antworten. Für den Fall, daß sie Drogen einsetzen, um dich zu verhören.«

»Ich werde mit dir gehen.«

»Und beweisen, daß du mit der Sache zu tun hast?« Drew schüttelte den Kopf. »Sie würden dich töten.«

»Das ist mir gleichgültig!«

»Aber mir nicht!«

»Ich würde für dich *überallhin* gehen.«

»In die Hölle? Ich gebe dir dein Leben. Nach deiner Seele ist das das größte Geschenk. Bitte, nimm es an.«

Sie küßte ihn, schluchzte. »Aber wann werden...?«

Drew verstand. »Wir uns wiedersehen? Eines Tages, in der Fastenzeit.«

»Und in welchem Jahr?«

Er wußte es nicht. So wie ein Ertrinkender sich an seinen Retter klammert, hielt er sie umfangen.

Und ließ sie los.

Und verschwand.

Exil

Ägypten. Südlich von Kairo, westlich des Nils.

Er ging in die Nitrische Wüste, wo im Jahre 381 nach Christi Geburt die ersten christlichen Eremiten auf der Flucht vor Rom das Mönchstum gegründet hatten. Es war nicht leicht für ihn gewesen, diese Wildnis zu erreichen. Ohne Geld, ohne einen Paß, von der Bruderschaft verfolgt, hatte er jeden Trick eingesetzt, den er kannte, jede List, jedes Quentchen Stärke und jeden Fetzen Entschlossenheit. Seine qualvolle Reise hatte sechs Monate gedauert. Und jetzt, während er über den von der Sonne ausgedörrten Sand schritt und mit zusammengekniffenen Augen zu dem Felsmassiv in der Ferne hinübersah, wo er seine Zelle zu errichten gedachte, empfand er eine große Erleichterung, das Gefühl, als würde eine Bürde von ihm abfallen. In Sicherheit, fern von den Menschen und den Schrecken der Zivilisation, brauchte er nicht länger Furcht um Arlenes Sicherheit zu haben. Das einzige, wofür er Furcht empfinden mußte, war seine Seele.

Er fand eine Höhle zwischen den Felsen, ein kleines Wasserloch in der Nähe, ein Dorf einen Tagesmarsch entfernt, um dort Lebensmittel zu kaufen, und führte aufs neue seine Routine aus dem Kloster ein, rezitierte stumm das Vespergebet, erinnerte sich an den Matutin-Dienst und lieferte einem imaginären Priester, der die Messe feierte, die Antworten. Er meditierte.

Selten sah er in der Ferne einen anderen Menschen vorüberziehen. Er verbarg sich stets. Aber alle sechs Wochen – er wartete so lange wie möglich – mußte er sich der Welt stellen, wenn er in das Dorf ging, um dort einzukaufen. Bei jenen gefürchteten Gelegenheiten sprach er nur soviel wie nötig, um seine Geschäfte zu erledigen, und die Händler, die normalerweise zu feilschen liebten, ermunterten ihn nicht zur Konversation. Dieser hochgewachsene, hagere, sonnenverbrannte Mann mit den gehetzten Augen, mit dem Haar, das ihm über die Schultern fiel, und dem Bart, der ihm bis zur Brust reichte, dieser Mann mit dem zerfetzten Gewand war ganz offensichtlich ein Heiliger. Sie zollten ihm Respekt und hielten Distanz.

Seine Tage waren mit Einsamkeit gefüllt. Aber nicht mit Frieden. Und so sehr er auch meditierte, suchten ihn doch oft Gedanken an Arlene heim. Eines Tages in der Fastenzeit, hatte er gelobt, werde ich zu ihr zurückkehren.

Er dachte über Jake nach. Und Onkel Ray. Und Father Stanislaw. Die Bruderschaft. Würden sie je aufhören, auf ihn Jagd zu machen? Oder war dies Teil seiner Buße, war es ihm auferlegt, bis in alle Ewigkeit gejagt zu werden?

Gelegentlich erinnerte er sich an seine Eltern. Ihren Tod. Ihre Gräber. Anfänge und Enden.

Er blickte nach Westen hinüber, nach Libyen, zu dem Wahnsinnigen, der es beherrschte, und den Terroristen, die dort ausgebildet wurden.

Er blickte nach Osten zum Irak und zum Iran, zu Israel und seinen Feinden, zum Heiligen Land, dem Geburtsort der Assassinen und des Terrorismus.

Sein Herz füllte sich mit Galle.

Es gab vieles, worüber er nachdenken mußte.

Das Gesamtverzeichnis der Heyne-Taschenbücher informiert Sie ausführlich über alle lieferbaren Titel. Sie erhalten es von Ihrer Buchhandlung oder direkt vom Verlag.

Wilhelm Heyne Verlag, Postfach 201204, 8000 München 2

DAVID MORRELL

DAVID MORRELL gehört zu den meistgelesenen Thriller-Autoren Amerikas. Er schreibt so brillant, spannend und fesselnd wie kaum ein anderer!

01/6582

01/6682

01/6850

01/6760

01/7605

01/7652

01/7760

WILHELM HEYNE VERLAG MÜNCHEN

Große Romane

01/8155

01/7995

01/8082

01/7910

01/7735

01/7781

01/7908

01/7890

01/7851

großer Autoren

01/8037

01/7730

01/8141

01/7917

01/7813

01/8044

01/7897

01/8057

01/8126

DAVID MORRELL

**Rambo ist ein Einzelkämpfer,
der bis zum Letzten geht. Für ihn gibt es nur
einen Kampf auf Leben oder Tod ...**

01/6448

01/7664

01/6364

**David Morrell erreichte mit seinen spannenden
„Rambo"-Romanen Weltruhm.
In den gleichnamigen Verfilmungen spielt
Sylvester Stallone die Titelrolle.**

WILHELM HEYNE VERLAG MÜNCHEN